【臺灣現當代作家研究資料彙編】91

翁鬧

國立台灣文學館
出版

部長序

「臺灣現當代作家研究資料彙編」是臺灣文學研究一場極富意義的文學接力，計畫至今已來到第七階段，累積的豐碩成果至今正好匯聚百冊。欣見國立臺灣文學館今年再次推出十部作家研究成果，包括：翁鬧、孟瑤、楊念慈、施明正、劉大任、許達然、楊青矗、敻虹、張曉風和王拓。謹以此套叢書，向長期致力於臺灣文學創作的文學家們致敬。

文學是一個國家的靈魂，反映出一個民族最深刻的心靈史。回顧臺灣史，文學家一直是引領社會思潮前進的先鋒，是開創語言無限可能的拓荒者，創造出每一個時代的時代精神。「臺灣現當代作家研究資料彙編」透過回顧作家的生平經歷、尋訪作家與文友互動及參與文學社團的軌跡、閱讀其作品並且整理歷來研究者的諸多評述，讓我們能與作家的生命路徑同行，由此更認識他們所創造的文學世界。越深入認識臺灣文學開創出的獨特風采，我們對這塊土地的情感也會更加踏實，臺灣文化的創發與新生才更活潑光燦。

「臺灣現當代作家研究資料彙編」計畫推動至今已歷時八年，感謝這一路走來勤謹任事的執行團隊及諸多專家學者的戮力協助，替臺灣文學的作家研究奠定厚實根基。在此向讀者推介這一套兼具深度與廣度的臺灣文學工作書，讓我們藉由創作、閱讀和研究，一同點亮臺灣文學的璀璨光芒。

文化部部長 鄭麗君

館長序

在眾人引頸期盼中，「臺灣現當代作家研究資料彙編計畫」第七階段成果終於出爐，把一年來辛勤耕耘的果實呈現在讀者面前。此次所編纂的作家研究資料彙編，包含翁鬧、孟瑤、楊念慈、施明正、劉大任、許達然、楊青矗、敻虹、張曉風、王拓等十位作家。如同以往，在作家的族群身分、創作文類、性別比例各方面，均力求兼顧平衡；而別具意義的是，這十位作家的加入，讓「臺灣現當代作家研究資料彙編計畫」，匯聚累積共計百冊，為這份耗時良久的龐大學術工程，締造了全新的歷史紀錄。

從 1894 年出生的賴和，到 1945 年世代的王拓，這 51 年間，臺灣的歷史跌宕起伏，卻在在滋養著出生、成長於這塊土地上的文學青年、知識分子。而諸多來自對岸的戰後移民作家，大概也從來沒有想過，有一天，他們的書寫創作是在臺灣這塊土地發光發熱。事實證明，作家研究資料彙編的出版，不僅重新點燃了許多前輩作家的熱情，使其生命軌跡與文學路徑得到更為精緻細膩的梳理，某些已然淡出文學舞臺的作家與作品，也因而再次閃現光芒。另一方面，對於關心臺灣文學發展的學者專家，乃至一般讀者來說，這套巨著猶如開啟一扇窗扉，足以眺望那遼闊無際的文學美景，讓我們翻轉過去既有的印象和認知，得以嘗試用較為活潑、多元的角度來解讀作品。

在李瑞騰前館長的擘畫、其後歷任館長的大力支持下，自 2010 年起步的「臺灣現當代作家研究資料彙編計畫」，至今已持續推動八年。走過如此漫長的時光，臺文館所挹注的人力、物力等資源之龐大，自是不難想像。而我們之所以對作家研究投以如此關注，最根本的緣由乃是因為作家與作品，實為當代社會的縮影與靈魂的核心，伴隨著文本所累積的研究論述及文獻史料，則不僅是厚實文學發展的根基，更是深化人文思想的依據。本叢書既是對近百年來臺灣新文學的驗收及盤點，也是擴展並深化臺灣文學研究的嶄新契機，體現了臺灣文學研究總體成果中最優質精緻的部分，並對未來的研究指向與路徑，提出嶄新而適切的指引。

在此，特別感謝承辦單位臺灣文學發展基金會所組成的工作團隊，以及參與其事的專家、學者；更謝謝長期以來始終孜孜不倦、埋首於文學創作的前輩作家們。初冬時節，我們懷抱欣喜之情，向讀者推介此一深具實用價值的全方位臺灣現當代文學工具書，並期待未來有更多人，善用這套鉅著進行閱讀研究，從而加入這一場綿長而優美的臺灣文學接力賽。

國立臺灣文學館館長　廖振富

編序

◎封德屏

緣起

1995 年 10 月 25 日，在臺灣師範大學教育大樓的 201 室，一場以「面對臺灣文學」為題的座談會，在座諸位學者分別就臺灣文學的定義、發展、研究，以及文學史的寫法等，提出宏文高論，而時任國家圖書館編纂張錦郎的「臺灣文學需要什麼樣的工具書」，輕鬆幽默的言詞，鞭辟入裡的思維，更贏得在座者的共鳴。

張先生以一個圖書館工作人員自謙，認真專業地為臺灣這幾十年來究竟出版了多少有關臺灣文學的工具書，做地毯式的調查和多方面的訪問。同時條理分明地針對研究者、學生，列出了十項工具書的類型，哪些是現在亟需的，哪些是現在就可以做的，哪些是未來一步一步累積可以達成的，分別做了專業的建議及討論。

當時的文建會二處科長游淑靜，參與了整個座談會，會後她劍及履及的開始了文學工具書的委託工作，從 1996 年的《臺灣文學年鑑》起始，一年一本的編下去，一直到現在，保存延續了臺灣文學發展的基本樣貌。接著是《中華民國作家作品目錄》的新編，《臺灣文壇大事紀要》的續編，補助國家圖書館「當代文學史料影像全文系統」的建置，這些工具書、資料庫的接續完成，至少在當時對臺灣文學的研究，做到一些輔助的功能。

2003 年 10 月，籌備多年的「臺灣文學館」正式開幕運轉。同年五月《文訊》改隸「財團法人台灣文學發展基金會」，為了發揮更大的動能，開始更積極、更有效率地將過去累積至今持續在做的文學史料整理出來，讓豐厚的文藝資源與更多人共享。

於是再次的請教張錦郎先生，張先生認為文學書目、作家作品目錄、文學年鑑、文學辭典皆已完成或正在進行，現在重點應該放在有關「臺灣現當代作家評論資料目錄」的編輯工作上。

很幸運的，這個計畫的發想得到當時臺灣文學館林瑞明館長的支持，於是緊鑼密鼓的展開一切準備工作：籌組編輯團隊、召開顧問會議、擬定工作手冊、撰寫計畫書等等。

張錦郎先生花了許多時間編訂工作手冊，每一位作家的評論資料目錄分為：

（一）生平資料：可分作者自述，旁人論述及訪談，文學獎的紀錄。

（二）作品評論資料：可分作品綜論，單行本作品評論，其他作品（包括單篇作品）評論，與其他作家比較等。

此外，對重要評論加以摘要解說，譬如專書、專輯、學術會議論文集或學位論文等，凡臺灣以外地區之報刊及出版社，於書名或報刊後加註，如中國大陸、香港、新加坡等。此外，資料蒐集範圍除臺灣外，也兼及中國大陸、香港、新加坡、日本、韓國及歐美等地資料，除利用國內蒐集管道外，同時委託當地學者或研究者，擔任資料蒐集工作。

清楚記得，時任顧問的學者專家們，都十分高興這個專案的啟動，但確定收錄哪些作家名單時，也有不同的思考及看法。經過充分的討論後，終於取得基本的共識：除以一般的「文學成就」為觀察及考量作家的標準外，並以研究的迫切性與資料獲得之難易度為綜合考量。譬如說，在第一階段時，作家的選擇除文學成就外，先考量迫切性及研究性，迫切性是指已故又是日治時期臺籍作家為優先，研究性是指作品已出土或已譯成中文為優先。若是作品不少而評論少，或作品評論皆少，可暫時不考慮。此外，還要稍微顧及文類的均衡等等。基本的共識達成後，顧問群共同挑選出 310 位作家，從鄭坤五、賴和、陳虛谷以降，一直到吳錦發、陳黎、蘇偉貞，共分三個階段進行。

「臺灣現當代作家評論資料目錄」專案計畫，自 2004 年 4 月開始，至 2009 年 10 月結束，分三個階段歷時五年六個月，共發現、搜尋、記錄了十餘萬筆作家評論資料。共經歷了三位專職研究助理，近三十位兼任研究助理。這些研究助理從開始熟悉體例，到學習如何尋找資料，是一條漫長卻實用的學習過程。

接續

「臺灣現當代作家評論資料目錄」的專案完成，當代重要作家的研究，更可以在這個基礎上，開出亮麗的花朵。於是就有了「臺灣現當代作家研究資料彙編暨資料庫建置計畫」的誕生。為了便於查詢與應用，資料庫的完成勢在必行，而除了資料庫的建置外，這個計畫再從 310 位作家中精選 50 位，每人彙編一本研究資料，內容有作家圖片集，包括生平重要影像、文學活動照片、手稿及文物，小傳、作品目錄及提要、文學年表。另外每本書分別聘請一位最適當的學者或研究者負責編選，除了負責撰寫八千至一萬字的作家研究綜述外，再從龐雜的評論資料中挑選具有代表性的評論文章，平均 12～14 萬字，最後再附該作家的評論資料目錄，以期完整呈現該作家的生平、創作、研究概況，其歷史地位與影響。

第一部分除資料庫的建置外，50 位作家 50 本資料彙編（平均頁數 400～500 頁），分三個階段完成，自 2010 年 3 月開始至 2013 年 12 月，共費時 3 年 9 個月。因為內容充實，體例完整，各界反應俱佳，第二部分的 50 位作家，接著在 2014 年元月展開，第一階段至第三階段共出版了 40 本，此次第四階段計畫出版 10 本，預計在 2017 年 12 月完成。

成果

雖然過程是如此艱辛，如此一言難盡，可是終究看到豐美的成果。每位編選者雖然忙碌，但面對自己負責的作家資料彙編，卻是一貫地認真堅持。他們每人必須面對上千或數百筆作家評論資料，挑選重要或關鍵性的評論文章，全面閱讀，然後依照編選原則，挑選評論文章。助理們此時不僅提供老師們所需要的支援，統計字數，最重要的是得找到各篇選文作者，取得同意轉載的授權。在起初進度流程初估時，我們錯估了此項工作的難度，因為許多評論文章，發表至今已有數十年的光景，部分作者行蹤難查，還得輾轉透過出版社、學校、服務單位，尋得蛛絲馬跡，再鍥而不捨地追蹤。有了前面的血淚教訓，日後關於授權方面，我們更是如臨深淵、如履薄冰，希望不要重蹈覆轍，在面對授權作業時更是戰戰兢兢，不敢懈怠。

除了挑選評論文章煞費苦心外，每個作家生平重要照片，我們也是採高標準的方式去蒐集，過世作家家屬、友人、研究者或是當初出版著作的出版社，都是我們徵詢的對象。認真誠懇而禮貌的態度，讓我們獲得許多從未出土的資料及照片，也贏得了許多珍貴的友誼。許多作家都協助提供照片手稿等相關資料，已不在世的作家，其家屬及友人在編輯過程中，也給予我們許多協助及鼓勵，藉由這個機會，與他們一起回憶、欣賞他們親人或父祖、前輩，可敬可愛的文學人生。此外，還有許多作家及研究者，熱心地幫忙我們尋找難以聯繫的授權者，辨識因年代久遠而難以記錄年代、地點、事件的作家照片，釐清文學年表資料及作家作品的版本問題，我們從他們身上學習到更多史料研究可貴的精神及經驗。

但如何在規定的時間內，完成每個階段資料彙編的編輯出版工作，對工作小組來說，確實是一大考驗。每一冊的主編老師，都是目前國內現當代臺灣文學教學及研究的重要人物，因此都十分忙碌。每一本的責任編輯，必須在這一年的時間內，與他們所負責資料彙編的主角——傳主及主編老師，共生共榮。從作家作品的收集及整理開始，必須要掌握該作家所有出版的作品，以及盡量收集不同出版社的版本；整理作家年表，除了作家、研究者已撰述好的年表外，也必須再從訪談、自傳、評論目錄，從作品出版等線索，再作比對及增刪。再來就是緊盯每位把「研究綜述」放在所有進度最後一關的主編們，每隔一段時間提醒他們，或順便把新增的評論目錄寄給他們（每隔一段時間就有新的相關論文或學位論文出現），讓他們隨時與他們所主編的這本書，產生聯想，希望有助於「研究綜述」撰寫的進度。

在每個艱辛漫長的歲月中，因等待、因其他人力無法抗拒的因素，衍伸出來的問題，層出不窮，更有許多是始料未及的。譬如，每本書的選文，主編老師本來已經選好了，也經過授權了，為了抓緊時間，負責編輯的助理們甚至連順序、頁碼都排好了，就等主編老師的大作了，這時主編突然發現有新的文章、新的資料產生：再增加兩三篇選文吧！為了達到更好更完備的目標，工作小組當然全力以赴，聯絡，授權，打字，校對，重編順序等等工作，再度展開。

此次第二部分第七階段共需完成的 10 位作家研究資料彙編，年齡層較上兩個階段已年輕許多，因此到最後的疑難雜症，還有連主編或研究者都不太清楚的部分，譬如年表中的某一件事、某一個年代、某一篇文章、某一個得獎記錄，作家本人及家屬絕對是一個最好的諮詢對象，對解決某些問題來說，這是一個好的線索，但既然看了，關心了，參與了，就可能有不同的看法，選文、年表、照片，甚至是我們整本書的體例，於是又是一場翻天覆地的大更動，對整本書的品質來說，應該是好的，但對經過多次琢磨、修改已進入完稿階段的編輯團隊來說，這不啻是一大挑戰。

1990 年開始，各地縣市文化中心（文化局），對在地作家作品集的整理出版，以及臺灣文學館成立後對日治時期作家以迄當代重要作家全集的編纂，對臺灣文學之作家研究，也有了很好的促進作用。如《楊逵全集》、《林亨泰全集》、《鍾肇政全集》、《張文環全集》、《呂赫若日記》、《張秀亞全集》、《葉石濤全集》、《龍瑛宗全集》、《葉笛全集》、《鍾理和全集》、《錦連全集》、《楊雲萍全集》、《鍾鐵民全集》等，如雨後春筍般持續展開。

經過近二十年的努力，臺灣文學的研究與出版，也到了可以驗收或檢討成果的階段。這個說法，當然不是要停下腳步，而是可以從「臺灣現當代作家評論資料目錄」所呈現的 310 位作家、10 萬筆資料中去檢視。檢視的標的，除了從作家作品的質量、時代意義及代表性去衡量外、也可以從作家的世代、性別、文類中，去挖掘有待開墾及努力之處。因此這套「臺灣現當代作家研究資料彙編」，大部分的編選者除了概述作家的研究面向外，均有些觀察與建議。希望就已然的研究成果中，去發現不足與缺憾，研究者可以在這些不足與缺憾之處下功夫，而盡量避免在相同議題上重複。當然這都需要經過一段時間去發現、去彌補、去重建，因此，有關臺灣文學的調查、研究與論述，就格外顯得重要了。

期待

感謝臺灣文學館持續推動這兩個專案的進行。「臺灣現當代作家評論資料目錄」的完成，呈現的是臺灣文學研究的總體成果；「臺灣現當代作家研究資料彙編」的出版，則是呈現成果中最精華最優質的一面，同時對未來臺灣文學的研究面向與路徑，作最好的建議。我們可以很清楚的體會，這是一條綿長優美的臺灣文學接力賽，經過長時間的耕耘、灌溉，風搖雨濡、燭影幽轉，百年臺灣文學大樹卓然而立，跨越時代並馳而行，百冊作家研究資料彙編得千位作家及學者之力，我們十分榮幸能參與其中，更珍惜在傳承接力的過程，與我們相遇的每一個人，每一件讓我們真心感動的事。我們更期待這個接力賽，能有更多人加入。誠如張恆豪所說「從高音獨唱到多元交響」，這是每一個人所期待的。

編輯體例

一、本書編選之目的，為呈現翁鬧生平、著作及研究成果，以作為臺灣文學相關研究、教學之參考資料。

二、全書共五輯，各輯內容及體例說明如下：

輯一：圖片集。選刊作家各個時期的生活或參與文學活動的照片、著作書影、手稿（包括創作、日記、書信）、文物。

輯二：生平及作品，包括三部分：

1.小傳：主要內容包括作家本名、重要筆名，生卒年月日，籍貫，及創作風格、文學成就等。

2.作品目錄及提要：依照作品文類（論述、詩、散文、小說、劇本、報導文學、傳記、日記、書信、兒童文學、合集）及出版順序，並撰寫提要。不收錄作家翻譯或編選之作品。

3.文學年表：考訂作家生平所進行的文學創作、文學活動相關之記要，依年月順序繫之。

輯三：研究綜述。綜論作家作品研究的概況，並展現研究成果與價值的論文。

輯四：重要文章選刊。選收作家自述、國內外具代表性的相關研究論文及報導。

輯五：研究評論資料目錄。收錄至 2017 年 11 月底止，有關研究、論述臺灣現當代作家生平和作品評論文獻。語文以中文為主，兼及日文和英文資料。所收文獻資料，以臺灣出版為主，酌收中國大陸、香港、日本和歐美國家的出版品。內容包含三部分：

1.「作家生平、作品評論專書與學位論文」下分為專書與學位論文。

2.「作家生平資料篇目」下分為「自述」、「他述」、「訪談」、「年表」、「其他」。

3.「作品評論篇目」下分為「綜論」、「分論」、「作品評論目錄、索引」、「其他」。

目次

【輯五】研究評論資料目錄

輯一◎圖片集

影像◎手稿◎文物

1923年，翁鬧就讀臺中師範學校（今臺中教育大學），與全校師生合影。
（臺中教育大學提供）

1935年，翁鬧與文友合影於「臺灣文藝聯盟東京支部」主辦在東京之同好者座談會。前排左起：曾石火、林煥平、中野重治、顏水龍、卓戈白、楊任、郭明欽；後排左起：蔡嵩林、張文環、吳坤煌、翁鬧、楊肇嘉、江文也、孔芥、翁榮茂。（楊佩穎提供）

1936年6月7日，翁鬧與「臺灣文藝聯盟東京支部」同人合影於東京。前排左起：楊基椿、莊天祿、賴貴富、曾石火、翁鬧、劉捷、張星建、陳瑞榮、顏水龍、郭明昆；後排左起：陳遜仁、溫兆滿、吳坤煌、陳遜章、吳天賞、張文環、陳傳纘。（翻攝自《臺灣現當代作家研究資料彙編．張文環》，國立臺灣文學館）

異郷にて

翁　鬧

山往きて 谷に狂ひぬ
海越えて 淵に臨みぬ
かそけき聲 わが名を呼べり
そは心に巣くふ 大き鷹

故郷を 有たぬものは
禍なりとや ニイチエは語りしか
荊棘みつ 荒野を轉ぶ
身とはなりに、けるかな

やがて此の俺も
石の塔に變るのだ
かう思ふ時
足下の落葉にも同情をよせる
その昔
青々として山をかざつた
一つの景色だつたらうに
生者必滅
會者定離
何と云ふ無情な浮世だらう
何と云ふ皮肉な運命だらう
日にうつる暮秋の
すべての事物が
それを物語つてゐる様だ

淡水の海邊に（寄稿）

翁　鬧

潮風は爽かだつた
西の空は銀と薔薇とに輝いてゐた
無數の小兒のやうに
打ち寄せる潮を眺めて
僕は君の手を握つて
君の薄桃色の姿を見るのが好きだつた

君はあの大都會の一區劃
暗黑の路次に住んでゐた
君と明るい舗道を歩いた夜は
ビルディングの平屋根の上の滿月が
何時もよりほんのり朱かつた

君の住む部屋に
或朝眠を醒した僕は
わづかに天井の硝子窓を通して
射し込む光りに
凄慘な明暗をつくり出してゐる
君の持物——圓卓、箪笥、
藤椅子さては寢床の上にも

詩

ふるさとの丘

翁　鬧

雛菊の咲いてゐる丘をめぐつて
小蛙をその土の穴に追ふた

陽はこの胸のまわりでとけ
わたしはその囁きに戰いた

あゝ　大空の絃を奏でるもの
この日　死への距離は遠い

甘蔗畑の上には花がさいて
夕日があたふたと駈けつけた

父母の家は墓場のむかふにある
わたしは口笛を吹き春をよんだ

詩人の戀人

彼女は彼の生れるまへに死んだ
そして
彼が死んでから生れた

Cosmopolitan

太陽の凍つた死寂の夜、氷を抱いて彼は遁走した。そこは謝肉祭（カーニヴアル）の市だ。山車、松明、息のない舞踏、海の底の光の動搖めき……凄まじい風に彼を木の葉のやうに吹き捲くる、彼だけを

世界が死んで、彼は岩角に坐してさし招く。天の一角が墜下る。彼は滄々つかんできた光をそれへぶち撒いた

世界が蘇つて、人々は歡喜する。けれども星の由來を知つてゐるものは彼だけである

鳥ノ歌

鳥ハ
黎明ト暗黑トノ境ニ啼ク
チチ　チチ　チチチ
闇ヲ出タノガ
悲シイノカ
光ガ來タノガ
嬉シイノカ
チチ　チチ　チチチ
空カラ谷ヘ
谷カラ野ヘ
コノ世ニ
鳥ノ棲ヘル處ハナイ
晝ハ明ルスギ
夜ハ暗スギル
聽ノ
ホンノヒトトキ
オ前ハ幸福デアル
人間ニハ
最モ不幸ナトキナノダガ
チチ　チチ　チチチ
鳥ヨ
オ前ノフルサトハ
山カ
海カ
四角ノ窓ガ白ムトキ
山ノ氣ト
海ノ香ガ
チチ　チチ　チチチ
オ前ノ歌ト共ニ
ヤツテクル
純粹ニ生キル
オ前ノ哀シサヲオモツテ

征け勇士

翁鬧

[illegible]の光りまぶしき○○[illegible]
[illegible]然として湧き出づる喇叭の響き
[illegible]と見れば旗、旗の波
[illegible]の垣は旗の波を取り[illegible]れり
[illegible]はず帽を脱(と)りて立てる
[illegible]の閃[illegible]！
[illegible]よ 人垣の中に立てる不動の勇士一人
[illegible]が前に列を正して喇叭を吹くは少年[illegible]
勇士の面上には決意と熱情溢れたり
[illegible]や祖國に身命を捧げ殉せしその[illegible]
[illegible]今や國民(くにたみ)に見送られて戰ひに征かんとす
[illegible]意と熱情は燃えて彼が頬を紅(くれなゐ)に染めたり
[illegible]が榮ある門出を祝ふ少年達の喇叭の音は
[illegible]人を衝いて鬨の雄叫(をたけ)びに似たり
[illegible]々しき勇士！
[illegible]なる少年達！
[illegible]送らるゝ者と見送る者と
[illegible]くも氣高き熱情に結ばるゝことの又と世にありや
[illegible]叭の響き鳴り歇みて
國民(くにたみ)は[illegible]を振り[illegible]に叫びたり
「萬歳！ 々々！ 々々！」と
[illegible]如く力を籠めて勇士は應(こた)へたり
「ありがたう！」と
征け 勇士！
征きて榮ある祖國の爲に戰ひて勝て！
[illegible]たずば生きて再び還らざれ！
これぞ汝 な[illegible]が祖先(とほつみおや)の世々に語り傳へ給ひし教訓(みおしへ)
[illegible]が祖先(とほつみおや)は劍(つるぎ)と詩(うた)とによりて
[illegible]い美はしき神の國を創り給ひ
永久(とは)に榮ゆる大八洲を子々孫々に語りつぎ給へり
[illegible]なれ、我が祖國の爲には凡て英雄なる國民(くにたみ)
の[illegible]人なりき[illegible]

38

詩

石を運ぶ人

翁 鬧

面を向けられない刻薄な暴風雨のなかで
疲れ果てた人間が石を運んでゐる……
顔はごす黒くくすみ
手は土が滲んで爪が裂け
足は肉が落ちて、だが鐵骨の様に堅い
晝を暗黑にしてゐる慘い外界の仕打ちの底
蹌踉めき、仆れんこして
幾歲月をあえかなる業を營んできた人！
暗黑のなかでは朋友の顔も見分けられない
額をかち合はさんばかりにして
蹣跚めき石を運んでゐる朋友の顔が……

1933～1936年，翁鬧詩作〈淡水海邊寄情〉、〈在異鄉〉、〈故鄉的山丘〉、〈詩人的情人〉、〈鳥兒之歌〉、〈搬運石頭的人〉、〈勇士出征去吧〉分別發表於『フオルモサ』（福爾摩沙）創刊號，《臺灣文藝》第2卷第4期、第2卷第6期、第3卷第2期及《臺灣新民報》，1938年10月14日，8版。（文訊文藝資料中心）

1935年2月5日，「臺灣文藝聯盟東京支部」召開的茶話會中，由顏水龍所繪的翁鬧素描。（翻攝自《臺灣文藝》第2卷第4期）

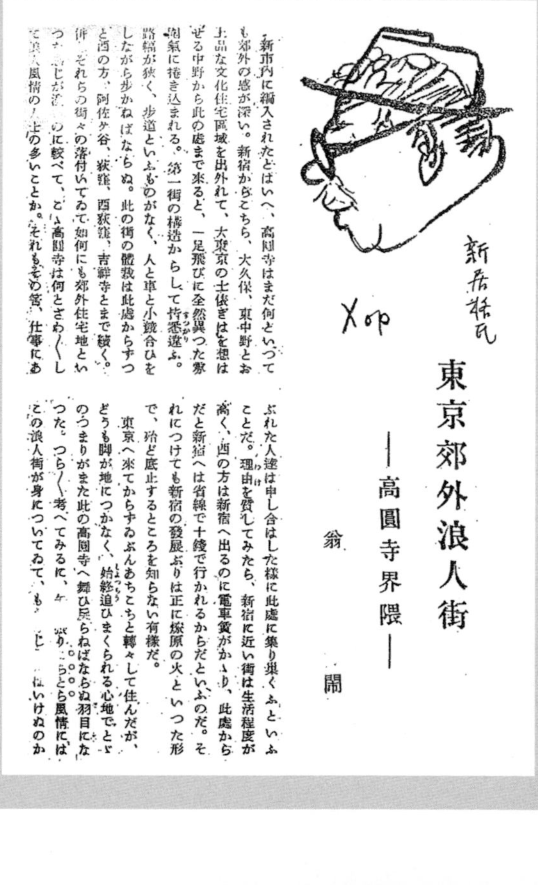

東京郊外浪人街

—高圓寺界隈—

翁　鬧

新市内に編入されたとはいへ、高圓寺はまだ何といつても郊外の感が深い。新宿からこちら、大久保、東中野とお上品な文化住宅區域を出外れて、大東京の土俵ぎはを想はせる中野から此の處まで來ると、一足飛びに全然異つた雰圍氣に捲き込まれる。第一街の構造からして皆悉違ふ。路幅が狹く、歩道といふものがなく、人と車と小競合ひをしながら歩かねばならぬ。此の街の體裁は此處からずつと西の方、阿佐ケ谷、荻窪、西荻窪、吉祥寺とまで續く。併しそれらの街々の落付いてゐて如何にも郊外住宅地といつた[illegible]じが[illegible]のに較べて、こゝ高圓寺は何とざわ〳〵した[illegible]風情の人士の多いことか。それもその筈、仕事にあぶれた人達は申し合はした樣に此處に集り巣くふといふことだ。理由を質してみたら、新宿に近い街は生活程度が高く、西の方は新宿へ出るのに電車賃がかゝり、此處からだと新宿へは省線で十錢で行かれるからだといふのだ。それにつけても新宿の發展ぶりは正に燎原の火といつた形で、殆ど底止するところを知らない有樣だ。

東京へ來てからずゐぶんあちこちと轉々して住んだが、どうも脚が地につかなく、始終追ひまくられる心地でとゞのつまりがまた此の高圓寺へ舞ひ戻らねばならぬ羽目になつた。つら〳〵考へてみるに、[illegible]ぶり[illegible]らとら風情にはこの浪人街が身についてゐて、も[illegible]ないけぬのか

1935年4月，翁鬧發表於《臺灣文藝》第2卷第4期〈東京郊外浪人街——高圓寺界隈〉當期雜誌內頁，敘述高圓寺周邊環境及附近活動人物，另有翁鬧手繪新居格的素描。（文訊文藝資料中心）

感想・書信

感想・跛の詩

翁鬧

モン、ブランへ登るとか、イースト、エンドの泥棒達の巣所へ行つて見るとか、潜水服を着けて水底へ沈むとか、又は風船に乗つて昇るとかしたいと思ふなら、まだ若い中にしなければいけない。用心とかいふもので邪魔され、リウマチスで跛を引く様になり、人々が「御老體、お床で何をなさる？」と訊ねる様になるまで延ばすのはよくない。青春時代は精神と共に世界の一端から他端へ、閃光の様に飛んで行くべき時であり、種々異つた風習をやつて見るべき時であり、眞夜中に鐘の音を聽くべき時であり、都會にでも田舎にでも日の出を見るべき時であり、宗教の復活に依つて改宗したくなるべき時であり、形而上學をぐる／＼廻るべき時であり、跛の詩を作り、火事見物に一哩も走り、「ハルナニ」を賞讃する爲に劇場で終日待つて居るといふ時代なのだ。若氣の放蕩を盡した方がよいといふ古くからの考へ方には意味があるのだ。又萎黄病に罹つたことのない、又は永久に罹らない様になつた人は、種痘をしなかつた幼兒と同じく、殆んど頼りにならないものだ。——。

「臺灣文藝」を手にする度に、臺灣文學に思ひを到す毎に、私はスティヴンスンの言葉——わけても「跛の詩」といふ語句を思ひ起さずには居られない。

さうだ、私達は跛の詩を書き續けて居るのだ。そして、私達は紛れもなく青年なのだ。拙く、傷だらけで、跛を引いては居るが、青春そのものに獨特な、强烈な體臭を私はそこに嗅ぎつける。そして私自身の青春の血がたぎり、肉がわく／＼戰くのを覺える。

私は爛熟した年増女より、含蓄屋で、その故にぎごちなさだらけのうら若き乙女を深く愛する。「臺灣文藝」乃至臺灣文學に對する私の希望と矜持とは、かうして强く私の心に巣くつてゐる。

私は偉人の最終を想はせるといふ圓滿と靜謐そのもの丶象徴である様な夕暉よりも、萬物が眼を醒ましたばかりのしどけなくあどけない朝暾がすきだ。

私は世界の始まりの遲々たる序曲をそこに聞く。が軈て息をもつかせない急速調と、耳を劈く様な急遽調とが響いて來るであらう。

「臺灣文藝」の顔に接する毎に、私は切に思ふ。「美はしき島」に曉の女神が今凛として夜明けを告げ渡つて居るのだと。

雲は徹かに裂けた。曙光が今に山を谷を野を赫灼として照らすであらう。

兄弟よ！跛の詩をうんと書かう。そしてしつかり呼吸を合はして、今に宇宙的交響樂を高らかにまた朗らかに奏でようでは

詩に關するノオト

——ハイブラウのことども

◇Highbrow なる言葉はアメリカに生れ、イギリスに育つた。Will Irwin が生みの親であり、Norman Venner が育ての親である。

◇ハイブラウは藝術的欲望の先驅者、探險者である。

◇眞のハイブラウは決して通俗人になれない彼は常に孤獨である。

◇佐藤春夫といふ人は「孤り高く侍れ！」とかつて彼の若き詩友に忠告した。過ぎし日、彼は幾つかの美しい詩を書いた。

◇ハイブラウはコミックな存在である。終生礦の山を搔廻して歩く、小さな金の一片が現れるまで。これがコミックでなくて何であらう。

◇Low-brow が、あたふたと駈けつける。けれどもその時にはハイブラウはもうそこには居ない。

◇サタイヤとは高き批評の精神。このエスプリを缺いたサタイヤは單なる言葉のメタフオルに過ぎない。

◇言葉のメタフオルに眩暈し、それのみに供つて行爲する者はエピゴオネンである。これなぞは吾人の批評のカテゴリーを完全に脱却する。

◇ハイブラウは傲慢であり、個人主義者である。けれども彼のみが人類に金色のラムプを殘して去つてゆく。

◇彼は永久に孤獨であり、未成年である。通俗は彼とは自づから別個の世界のものである。彼は聞いたこともない本を讀み、他人の耳には alien な音樂に傾聽し、名も無い畫家の繪に陶醉する。彼はマスネエの「エレジー」やピカソの「詩人の出發」に秘かに魂の桑梓を感ずる。けれどもその歌辭が巷に滿ちてゐるのを聞き、その繪が人口に膾

1935～1936年，翁鬧所作〈跛腳之詩〉、〈有關於詩的點點滴滴——兼談high brow〉，敘述其對詩歌創作的看法，分別發表於《臺灣文藝》第2卷第4期、第2卷第6期。（文訊文藝資料中心）

論壇

新文學三月號讀後感

翁　鬧

新文學三月號を通讀したところである。それについて少し許り感想を書かう。

夏……賴明弘

運わるく私の貰つた雜誌は君の作品の最後の二頁が落丁だつたので、途中までしか讀めなかつたのが殘念だつた。「夏」といふ標題に實は魅力を感じたのだつた。が、率直に言ふて私は君の此作を讀んで感心しなかつた。先づ私は君がこゝに取上げてゐる事象について考へよう。

劈頭、主人公の娘秀月のことが出てくる。秀月が好いた男と密通した爲に緣談は破約になり、彼女は村中の指彈の的となつた許りでなく、兩親からも虐待される樣になつて到頭彼女は投身自殺をしたといふのである。(あゝ、何といふ淺間しい村と家庭であらう!)

次に、水利組合の事務員豐原のことが出てくる。林阿成は豐原に田に水を灌いで吳れと賴むのだが、豐原はてんから取合はない。林阿成は思ふのだ。「同じ臺灣人同志が……」と。(あゝ、何といふ醜い民族の姿であらう!)

次は、地主林萬舍だ。林萬舍は折に觸れ、小作人たる林阿成に恩を被せることを忘れず、而も懷柔策に依つて私利を貪ることにかけては些も拔目がない極惡非道のブルジョワである。(あゝ、何といふ俗惡な人間性であらう!)

新文學五月號感言

翁　鬧

新文學五月號…中略…立派になつたものだと喜びを禁じ得ませんでした。表紙は大へん感じのよいものになりました。臺灣の現狀でこれ以上の雜誌を作ることは出來ないでせう。これで二十錢とは超特價です。臺灣のインテリに一人一册宛有たせたいものですね。內容も一通り讀みました。「行末の記」と「紈」を面白く讀みました。小說としては「行末の記」の方がすぐれてゐるでせう。「紈」は藝術作品にまでまだ十分濾過し切れない所がありましたが、植民地特有の素材的興味はあります。「或る結婚」は小說とは言へますまい。これを創作欄に組入れたことを不思議に思ひます。これは何かの報告[illegible]說明文であるかも知れませんが。斷じて小說ではありません。文學作品として缺く可らざる個性の創造、描寫の具象性といつた樣なものが藥にしたくもないのです。こんなものを讀者が小說と誤認しては大へんです。その[illegible]でもあり

1936年，翁鬧針對《臺灣新文學》第1卷第2期、第1卷第4期發表〈新文學三月號讀後感〉、〈新文學五月號讀後感〉，對當期刊載作品進行評論，分別發表於《臺灣新文學》第1卷第2期、第1卷第5期。（文訊文藝資料中心）

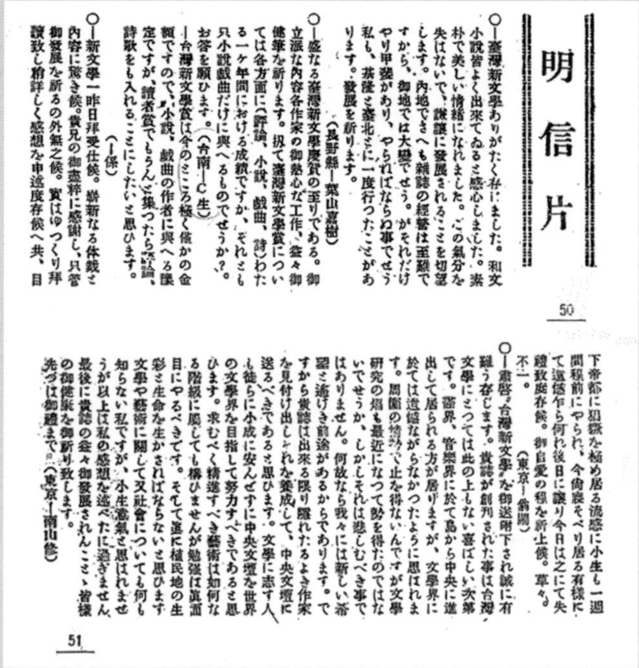

明信片

○―臺灣新文學ありがたく存じました。和文小說皆よく出來てゐると感心しました。素朴で美しい情緒になれました。この氣分を失はないで、謙讓に發展されることを切望します。內地でさへも雜誌の經營は至難ですから、御地では大變でせう。がそれだけやり甲斐があり、やらればならぬ事でせう私も、基隆と臺北とに一度行つたことがあります。發展を祈ります。

（長野縣―葉山嘉樹）

○―盛なる臺灣新文學慶賀の至りである。御立派な內容各作家の御熱心な工作、益々御健筆を祈ります。扨て臺灣新文學賞については各方面に（評論、小說、戲曲、詩）わたる一ケ年間における成績ですか、それとも只小說戲曲だけに與へるものでせうか？。お答を願ひます。（台南―C生）

―台灣新文學賞は今のところ極く僅かの金額ですので、小說、戲曲の作者に與へる豫定ですが、讀者賞でもうんと集つたら評論、詩歌をも入れることにしたいと思ひます。

（―係）

○―新文學一昨日拜受仕候。嶄新なる体裁と內容に驚き候。貴兄の御盡粹に感謝し、只管御發展を祈るの外無之候。實はゆつくり拜讀致し稍詳しく感想を申述度存候へ共、目下帝都に狂燥を極め居る流感に小生も一週間程前にやられ、今尙床そべり居る有樣にて遺憾乍ら何れ後日に讓り今日は之にて失禮致度存候。御自愛の程を祈上候。草々。不一。

（東京―翁鬧）

○―謹啓『台灣新文學』を御送附下され誠に有難う存じます。貴誌が創刊された事は台灣文學にとつては此の上もない喜ばしい次第です。畫界、音樂界に於て島から中央に進出して居られる方が居りますが、文學界に於ては遺憾ながらなかつたように思はれます。周圍の情勢で止を得ないんですが文學研究の焰も最近になつて勢を得たのではないでせうか、しかしそれは悲しむべき事ではありません。何故なら我々には新しい希望と溢げき前途があるからであります。ですから貴誌は出來る限り離れたるよき作家を見付け出しそれを養成して、中央文壇に送るべきであると思ひます。文學に志す人も徒らに小成に安んぜずに中央文壇を世界の文學界を目指して努力すべきであると思ひます。求むべく精進すべき藝術は如何なる階級に屬しても構ひませんが勉强は眞面目にやるべきです。そして眞に植民地の生彩と生命を生かさればならないと思ひます文學や藝術に關して又社會についても何も知らない私ですが、小生意氣と思はれませうが以上は私の感想を述べたに過ぎません、最後に貴誌の益々御發展されんことゝ皆樣の御健康を御祈り致します。先づは御禮まで。（東京―南山修）

50

51

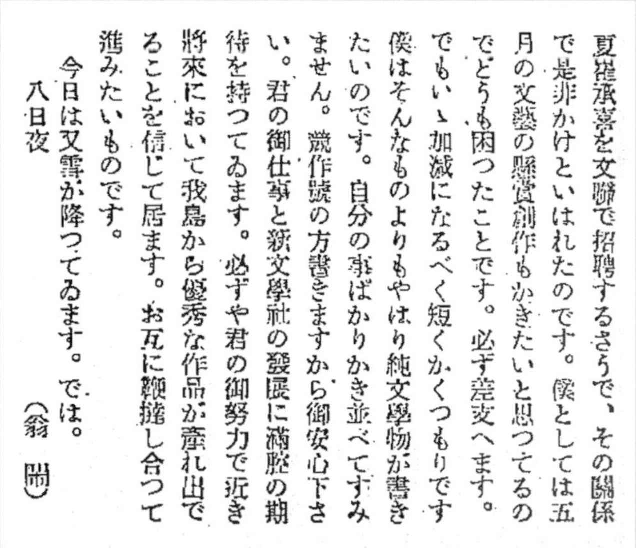

夏雄承喜を文聯で招聘するさうで、その關係で是非かけといはれたのです。僕としては五月の文藝の懸賞創作もかきたいと思つてるのでどうも困つたことです。必ず差支へます。でもいゝ加減になるべく短くかくつもりです僕はそんなものよりもやはり純文學物が書きたいのです。自分の事ばかりかき並べてすみません。戲作號の方書きますから御安心下さい。君の御仕事と新文學社の發展に滿腔の期待を持つてゐます。必ずや君の御努力で近き將來において我島から優秀な作品が產れ出でることを信じて居ます。お互に鞭撻し合つて進みたいものです。

今日は又雪が降つてゐます。では。

八日夜　（翁　鬧）

1936年，翁鬧致楊逵明信片，信中提及對《臺灣新文學》的讚賞與自身近況，後被楊逵分別刊登於《臺灣新文學》第1卷第2期、第1卷第3期。（文訊文藝資料中心）

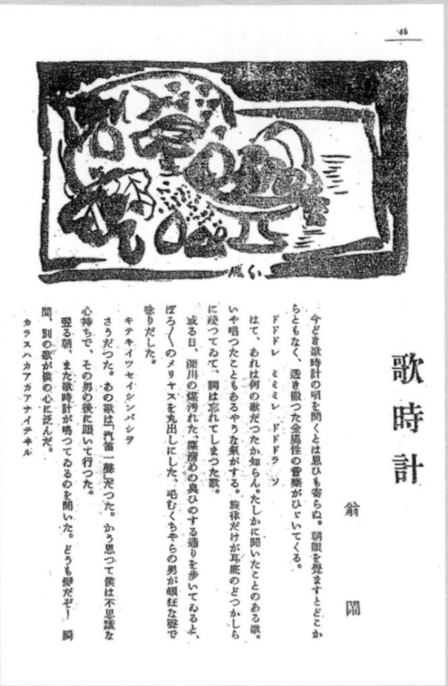

46

歌時計

翁　鬧

今どき歌時計の唄を聞くとは思ひも寄らぬ。朝眼を覺ますとどこからともなく、透き徹つた金屬性の音樂がひゞいてくる。

ドドドレ　ミミミレ　ドドドラ　ソ

はて、あれは何の歌だつたか知らん。たしかに聞いたことのある歌。いや唱つたこともあるやうな氣がする。旋律だけが耳底のどつかしらに殘つてゐて、詞は忘れてしまつた歌。

或る日、深川の煤汚れた、饐溜めの臭ひのする通りを歩いてゐると、ぼろ〳〵のメリヤスを丸出しにした、毛むくぢやらの男が頓狂な聲で唸りだした。

キテキイツセイシンバシヲ

さうだつた。あの歌は「汽笛一聲」だつた。かう思つて僕は不思議な心持ちで、その男の後に跟いて行つた。

翌る朝、また歌時計が鳴つてゐるのを聞いた。どうも變だぞ！　瞬間、別の歌が僕の心に泛んだ。

カラスハカアカアナイテキル

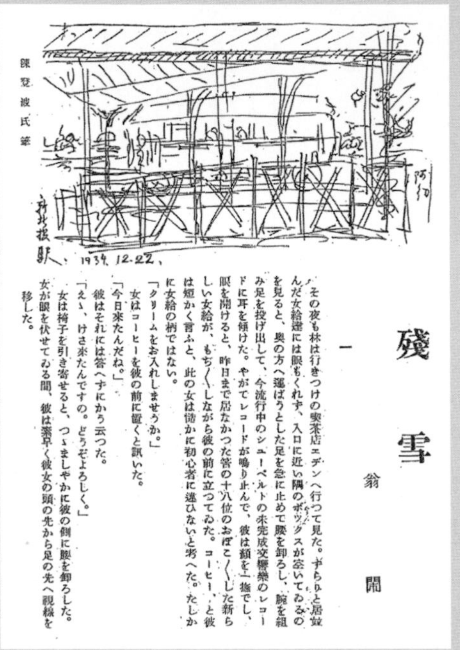

殘雪

翁　鬧

一

その夜も林は行きつけの喫茶店エデンへ行つて見た。ずらりと居竝んだ女給達には眼もくれず、入口に近い隅のボックスが空いてゐるのを見ると、奥の方へ運ばうとした足を急に止めて腰を卸ろし、腕を組み足を投げ出して、今流行中のシューベルトの未完成交響樂のレコードに耳を傾けた。やがてレコードが鳴り止んで、彼は額を一撫でし、眼を開けると、昨日まで居なかつた筈の十八位のおぼこ〳〵した新らしい女給が、もぢ〳〵しながら彼の前に立つてゐた。コーヒー、と彼は短かく言ふと、此の女は慥かに初心者に違ひないと考へた。たしかに女給の柄ではない。

「クリームをお入れしませうか。」

女はコーヒーを彼の前に置くと訊いた。

「今日來たんだね。」

彼はそれには答へずにかう云つた。

「えゝ、けさ來たんですの。どうぞよろしく。」

女は椅子を引き寄せると、つゝましやかに彼の側に腰を卸ろした。女が眼を伏せてゐる間、彼は素早く彼女の頭の先から足の先へ視線を移した。

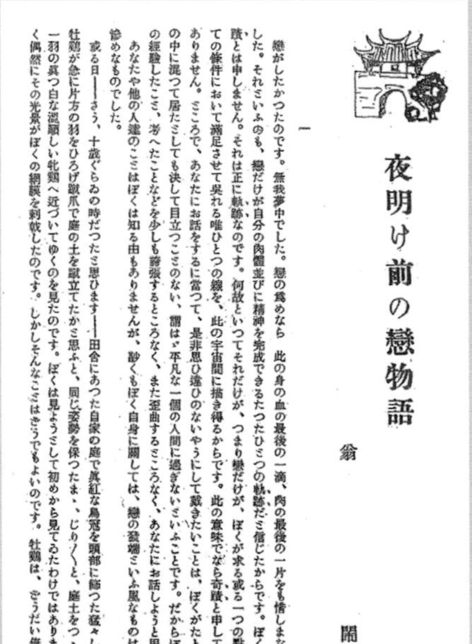

夜明け前の戀物語

翁　鬧

一

戀がしたかつたのです。無我夢中でした。戀の爲めなら　此の身の血の最後の一滴、肉の最後の一片をも惜しまない心算でした。それといふのも、戀だけが自分の肉體並びに精神を完成できるたつたひとつの軌跡だと信じたからです。ぼくは敢て奇蹟とは申しません。それは正に軌跡なのです。何故といつてそれだけが、つまり戀だけが、ぼくが求る或る一つの點を、すべての條件において滿足させて吳れる唯ひとつの線を、此の宇宙間に描き得るからです。此の意味でなら奇蹟と申しても差支へありません。ところで、あなたにお話をするに當つて、是非思ひ違ひのないやうにして戴きたいことは、ぼくがたとひ千萬人の中に混つて居たとしても決して目立つことのない、謂はゞ平凡な一個の人間に過ぎないといふことです。だからぼくは自分の經驗したこと、考へたことなどを少しも誇張するところなく、また歪曲するところなく、あなたにお話しようと思ひます。

あなたや他の人達のことはぼくは知る由もありませんが、尠くもぼく自身に關しては、戀の發端といふ風なものはおほよそ慘めなものでした。

或る日――さう、十歳ぐらゐの時だつたと思ひます――田舍にあつた自家の庭で眞紅な鳥冠を頭部に飾つた猛々しい一羽の牡鷄が急に片方の羽をひろげ蹴爪で庭の土を蹴立てたかと思ふと、同じ姿勢を保つたまゝ、じり〳〵と、庭土をつゝいてゐた一羽の眞つ白な溫順しい牝鷄へ近づいてゆくのを見たのです。ぼくは見ようとして初めから見てゐたわけではありません。全く偶然にその光景がぼくの網膜を刺戟したのです。しかしそんなことはどうでもよいのです。牡鷄は、どうだい俺の男振り

2

1935～1937年，翁鬧以對愛情的渴望、異性的思慕為主題創作的短篇小說〈音樂鐘〉、〈残雪〉、〈天亮前的愛情故事〉分別發表於《臺灣文藝》第2卷第6期、第2卷第8、9期合刊及《臺灣新文學》第2卷第2期。（文訊文藝資料中心）

戇爺さん

翁鬧

六十五歳になつたらば
草葉の蔭に隠れると
支那の易者が云ひました。
今年わつしや六十五
そろ／＼行かんばなりますまい。
だが若し嘘であつたなら
そなたにやつた五圓の金は
もちろん返して呉れるねと
あの時わつしや訊きました。
おや／＼共いつあ初耳で
貰つた金を返すなら
神様だつてしはしません、
然しさうだねお前さん
六十五歳の最後まで

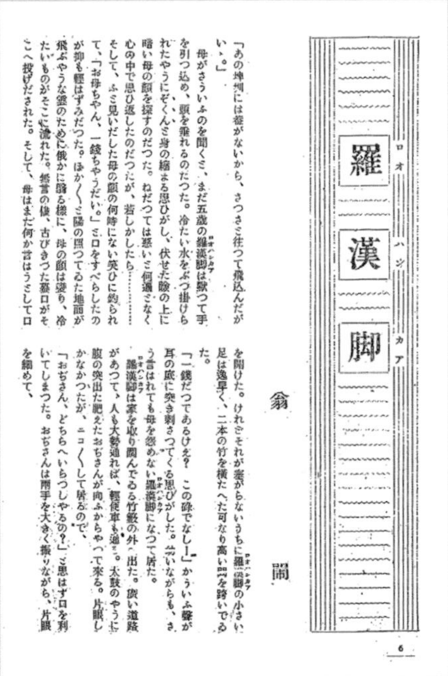

6

羅漢脚（ロオハンカア）

翁鬧

「あの坤州には蓋がないから、さつさと往つて飛込んだがい丶。」

母がさういふのを聞くと、まだ五歳の羅漢脚は默つて手を引つ込め、頭を垂れるのだつた。冷たい水をぶつ掛けられたやうにぞくんと身の縮まる思ひがし、伏せた瞼の上に暗い母の顔を探すのだつた。ねだつては惡いと何遍となく心の中で思ひ返したのだつたが、若しかしたら……………そして、ふと見いだした母の顔の何時にない笑ひに釣られて、「お母ちやん、一錢ちやうだい。」と口をすべらしたのが抑も輕はずみだつた。ほか／＼と陽の照つてゐた地面が飛ぶやうな雲のために俄かに翳る樣に、母の顏は變り、冷たいものがそこに流れた。緘言の儘、古びきつた蓉口がそこへ投げだされた。そして、母はまだ何か言はうとして口を開けた。けれどそれが塞がらないうちに羅漢脚の小さい足は逸早く、二本の竹を横たへた可なり高い閾を跨いでゐた。

「一錢だつてあるけえ？　この碌でなし！」かういふ聲が耳の底に突き刺さつてくる思ひがした。笑いながらも、さう言はれても母を怨めない羅漢脚になつて居た。

羅漢脚は家を取り圍んでゐる竹籔の外へ出た。廣い道路があつて、人も大勢通れば、輕便車も通る。太鼓のやうに腹の突出た肥えたおぢさんが向ふからやつて來る。片眼しかなかつたが、ニコ／＼して居るので、

「おぢさん、どちらへいらつしやるの？」と思はず口を利いてしまつた。おぢさんは兩手を大きく振りながら、片眼を細めて、

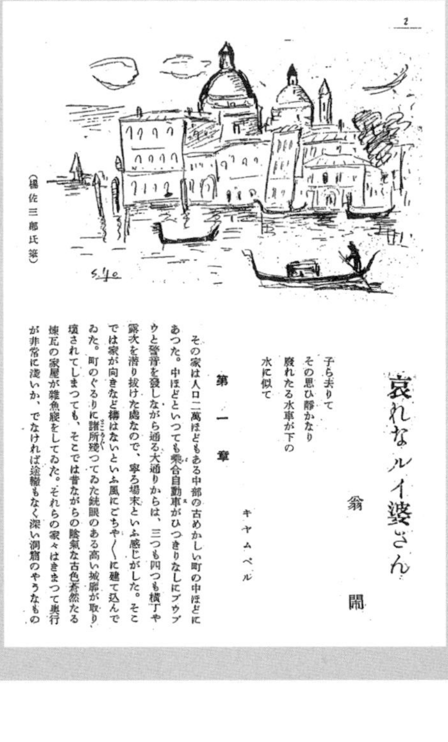

2

(楊佐三郎氏筆)

哀れなルイ婆さん

翁鬧

子ら去りて
その思ひ靜かなり
廢れたる水車が下の
水に似て

キヤムペル

第一章

その家は人口二萬ほどもある中部の古めかしい町の中ほどにあつた。中ほどといつても乘合自動車がひつきりなしにブウブウと警笛を發しながら通る大通りからは、三つも四つも横丁や露次を潜り拔けた處なので、寧ろ場末といふ感じがした。そこでは家が向きなど構はないといふ風にごちや／＼に建て込んでゐた。町のぐるりに諸所殘つてゐた銃眼のある高い城廓が取り壞されてしまつても、そこでは昔ながらの陰氣な古色蒼然たる煉瓦の家屋が雜魚寢をしてゐた。それらの家々はきまつて奧行が非常に淺いか、でなければ途轍もなく深い洞窟のやうなもの

1935～1936年，翁鬧以臺灣農村生活、農村小人物為描繪對象創作的短篇小說〈戇伯仔〉、〈羅漢腳〉、〈可憐的阿蕊婆〉分別發表於《臺灣文藝》第2卷第7期及《臺灣新文學》第1卷第1期、第3卷第6期。（文訊文藝資料中心）

明後日より本文藝面に連載

「新銳中篇創作集」の第一篇として、翁鬧君の「港のある街」をいよいよ明後日より本文藝面に連載することになつた。翁鬧君は、目下東京で文學の勉強を續けてゐるが、同君は、過去の臺灣文藝界にかつては[illegible]「戇爺さん」「哀れなルイ婆さん」「羅漢脚」等の郷土味たつぷりな力作を「臺灣文藝」や「臺灣新文學」誌上に發表し、夙にその文名を謳はれたが、今回の「港のある街」は國際都市神戸のある時代の人間史の斷層を描いたものである。又挿繪はお馴染の榎本眞砂夫君で、同君は[illegible]以外に挿繪についても夙に一家をなし、その[illegible]な筆致と獨自の畫風はよく原作者の氣持を出し、正に名コンビといふべく、必ずや讀者各位の御期待に副ひ得るものと信じます。尚、目下連載中の「大陸一人娘」は夕刊三面に連載することになつたから左樣御承知を願ひます。

港のある街

翁鬧作
榎本眞砂夫畫

作者の言葉　陸と海の相接するところ、あらゆる旅人のエスカール、そこには自らなる別個の生活様式があるであらう。朝霧を衝いて出現する汽笛を耳にするとき、夜霧の中に幻のごとく浮ぶ燈を目にするとき、人は明日の夢を描くであらうか、はた傷痕に心を亂さるゝであらうか。これは有名な開港場の或時代の人間史の一斷層である。かつてそこに遊び、そこの埠頭に彳んだ私は、その港のために何か書きたいと思ひ、その後更にそこを訪ねた私は、愈々何か書きたいと思ひ立つた。私は私の力に及ぶ限りの資料蒐集にかゝつた。そしてそれらを纏めあげた今日となつては、私は此の一篇を、父を失へる子、子に別れし父、而して薄倖な兄弟に獻げたいと思つてゐる。幸に御愛讀を得ば望外である。

翁鬧君

榎本君

1939年7月4日，《臺灣新民報》8版刊載翁鬧中篇小說〈有港口的街市〉連載預告、作者的話及作者照片。

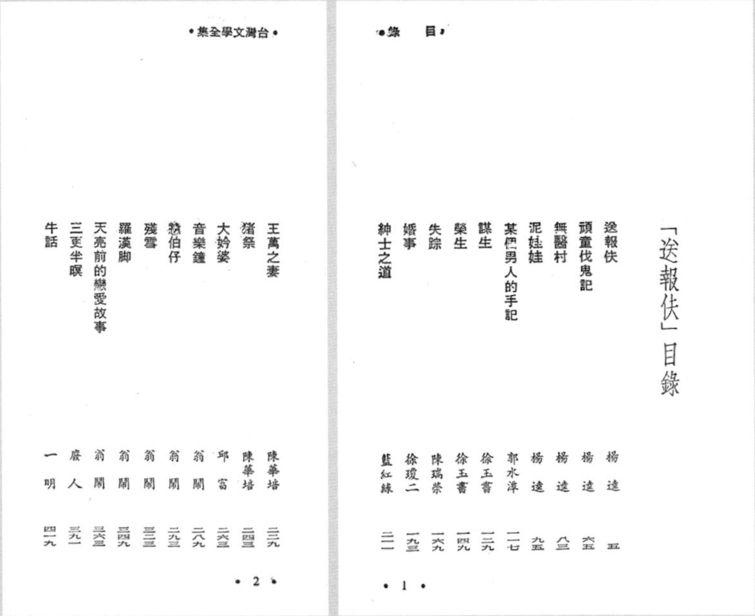
·目錄·

「送報伕」目錄

·1·

·台灣文學全集·

·2·

1979年7月，鍾肇政、葉石濤主編《光復前臺灣文學全集卷六·送報伕》目錄頁，翁鬧共有五篇小說入選，可見翁鬧小說為評論者重視之程度。

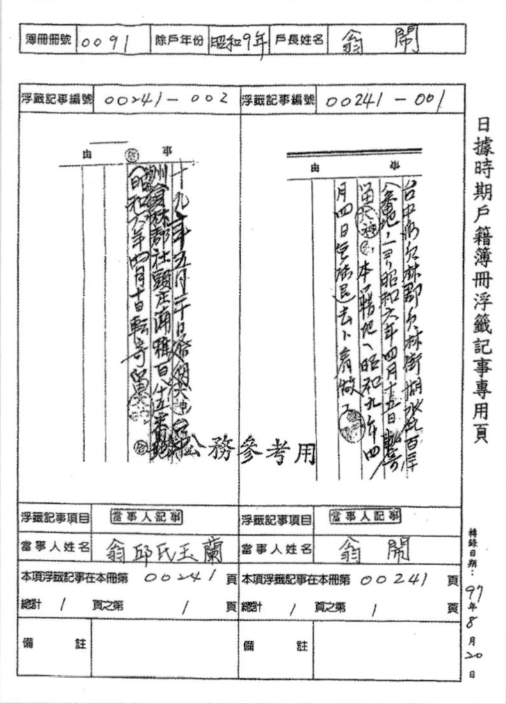

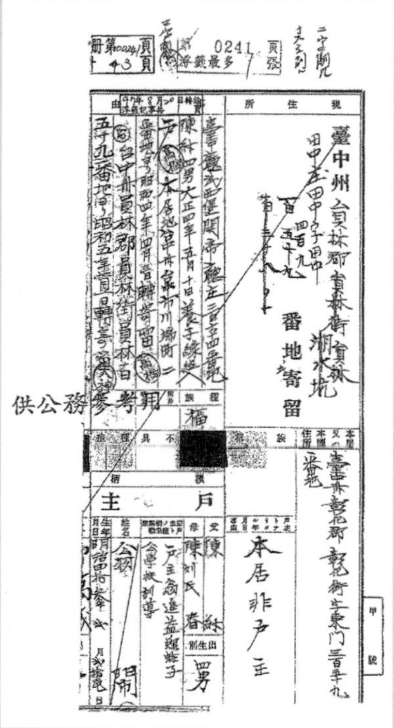

翁鬧之戶籍記載，可見其出生、過戶紀錄及多次遷徙的紀錄。

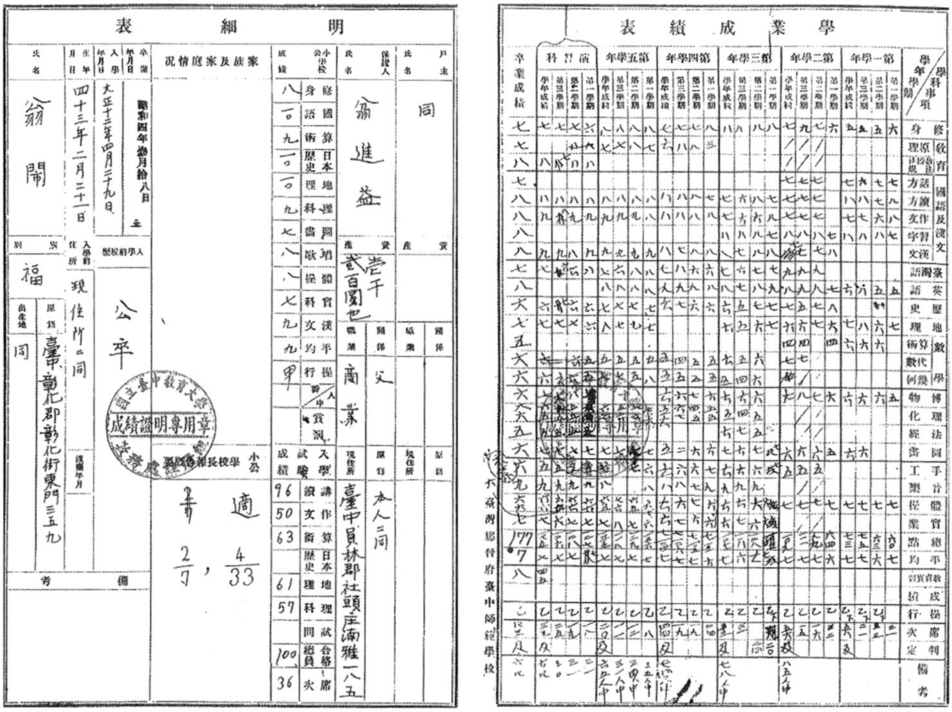

翁鬧於臺中師範學校之學籍明細表與學業成績表，可見翁鬧入學日期、入學測驗成績、入學測驗排名、在校各科目成績表現及排名。

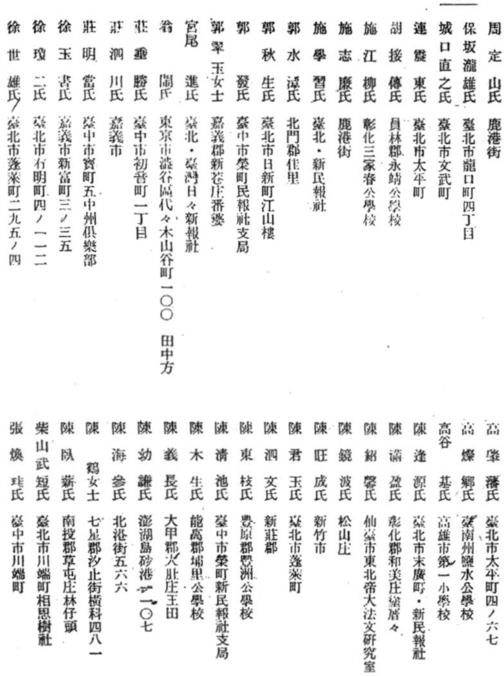

周　定　山氏　鹿港街
保坂瀧雄氏　臺北市龍口町四丁目
城口直之氏　臺北市文武町
連　震　東氏　臺北市太平町
胡　接　傳氏　員林郡永靖公學校
施　江　柳氏　彰化三家春公學校
施　志　廉氏　鹿港街
施　學　習氏　臺北・新民報社
郭　水　潭氏　北門郡佳里
郭　秋　生氏　臺北市日新町江山樓
郭　　發氏　臺中市榮町民報社支局
郭翠玉女士　嘉義郡新港庄番婆
宮尾　進氏　臺北・臺灣日々新報社
翁　　鬧氏　東京市澁谷區代々木山谷町一〇〇　田中方
莊　垂　勝氏　臺中市初音町一丁目
莊　泗　川氏　嘉義市
莊　明　當氏　臺中市寶町五中州俱樂部
徐　玉　書氏　嘉義市新富町三ノ三五
徐　瓊　二氏　臺北市有明町四ノ一一二
徐　世　雄氏ノ　臺北市蓬萊町二九五ノ四

高　肇　藩氏　臺北市太平町四ノ六七
高　燦　鄉氏　臺南州鹽水公學校
高谷　基氏　高雄市第一小學校
陳　逢　源氏　臺北市末廣町・新民報社
陳　滿　盈氏　彰化郡和美庄塗厝々
陳　紹　馨氏　仙臺市東北帝大法文研究室
陳　鏡　波氏　松山庄
陳　旺　成氏　新竹市
陳　君　玉氏　臺北市蓬萊町
陳　泗　文氏　新莊郡
陳　東　枝氏　豐原郡墨洲公學校
陳　清　池氏　臺中市榮町新民報社支局
陳　木　生氏　能高郡埔里公學校
陳　義　長氏　大甲郡大肚庄王田
陳　幼　謙氏　澎湖島砂港一〇七
陳　海　參氏　北港街五六六
陳　鶏女士　七星郡汐止街橫科四八一
陳　臥　薪氏　南投郡草屯庄林仔頭
柴山武矩氏　臺北市川端町相思樹社
張　煥　珪氏　臺中市川端町

1934年11月，《臺灣文藝》創刊號刊載〈文藝同好者氏名住所一覽〉，可見翁鬧當時已寓居東京。（文訊文藝資料中心）

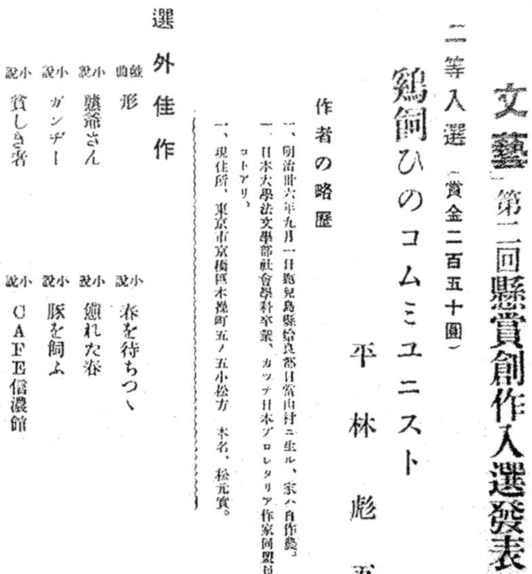

『文藝』第二回懸賞創作入選發表

二等入選（賞金二百五十圓）

鶏飼ひのコムミユニスト　平林彪吾

作者の略歷

一、明治卅六年九月一日鹿兒島縣姶良郡日當山村ニ生ル、家ハ百姓業。
一、日本大學法文學部社會學科卒業、カツテ日本プロレタリア作家同盟員タリシコトアリ。
一、現住所、東京市京橋區木挽町五ノ五小松方　本名、松元實。

選外佳作

戯曲　形
小說　戇爺さん
小說　ガンヂー
小說　貧しき者
小說　春を待ちつゝ
小說　饑れた春
小說　豚を飼ふ
小說　CAFE信濃館

1935年6月，『文藝』雜誌第3卷第6號刊載〈第二回懸賞創作入選發表〉，可見翁鬧短篇小說〈戇伯仔〉獲得選外佳作。

2009年5月，明道大學舉辦「翁鬧的世界——翁鬧百歲冥誕紀念學術研討會」。右起：楊翠、李進益、張瑞芬、陳金木、林明德、杉森藍、許素蘭。（明道大學人文學院提供）

輯二◎生平及作品

小傳◎作品◎年表

小傳

翁鬧（1910～1940）

翁鬧，男，號杜夫，籍貫臺灣彰化，1910 年（明治 43 年）2 月 21 日生於彰化縣永靖鄉，1940 年（昭和 15 年）11 月 21 日辭世，得年 31 歲。

臺中師範學校（今臺中教育大學）演習科畢業。曾任教師、日本內閣印刷局校對員。完成五年義務教職後赴日留學，曾數度參與臺灣文藝聯盟東京支部召開的座談會。短篇小說〈戇伯仔〉獲日本改造社發行的刊物《文藝》雜誌的選外佳作。

翁鬧的創作文類以新詩、小說為主，兼及翻譯、散文，均以日文創作。新詩觸及多元的主題，有對往昔愛情的追憶與離鄉背井的情感抒懷，也有對搬運工艱苦工作的刻畫和對赴戰勇士的高昂頌歌。其詩致力於現實的基礎上追求獨特的個性，表現在著重意象經營的手法和語言形式的鍛造上，例如在〈詩人的情人〉中採用散文體的分段形式；而在〈鳥兒之歌〉中則刻意使用了漢字與已不被使用於正文中的片假名構句。向陽認為翁鬧的新詩「在語言的冶鍊、詩藝的琢磨、以及意象的使用、形式的翻新上，顯然都相當苦心經營，且表現了卓然不群的風格。」其詩作篇數雖有限，卻已反映了大膽創新的態度，亦展現出現代性的取向。

小說方面以短篇為主，在題材上可分為兩類，一是以現代男女為主，藉由描寫對愛情的渴望及對異性的思慕，勾勒出身處都會空間下，人物內心騷動的欲念與文明體驗的矛盾。二是以臺灣底層小人物為對象，藉由描繪角色生活及其遭遇，揭露出殖民地社會臺灣人民的困境和時代的氛圍。中篇小說〈有港口的街市〉則跳脫短篇小說的敘述模式，採用錯時法的敘事技巧，將諸多人物與事件交錯編排分述。在主題上則呈現了多元的關懷，有對妓女、孤兒、窮人、不良幫派分子等社會底層階級人物的關注，亦展現對資本主義的批判。

作為一位日語教育下的創作者和現代主義文學的實踐者，翁鬧的日文優雅流利，並承襲了日本新感覺派的寫作技法。其文字細膩，意象飽滿豐富，著重各種感官知覺的描寫，並擅用心理分析、象徵手法、意識流或獨白式的敘事去捕捉幽微的心理感覺。而同時身為一位殖民地體制下的知識分子，其寫作傾向人類內心情感各種面貌的探索之餘，亦客觀地凝視現實，他不採取左翼寫實的筆法，著力揭露殖民地社會的生活苦痛和批判資本主義的階級剝削；反而以敏銳的感覺呈現出現實社會和人性的複雜現象，在小說的創作上開拓了新的寫作畛域，張恆豪即稱其小說：「充滿了現代主義的敏銳感覺、心理分析和象徵手法。日據時代的臺灣小說，可說到了翁鬧的手上，才有獨樹一幟的表現，才開啟了另一文學藝術的嶄新領域。」

作品目錄及提要

【小說】

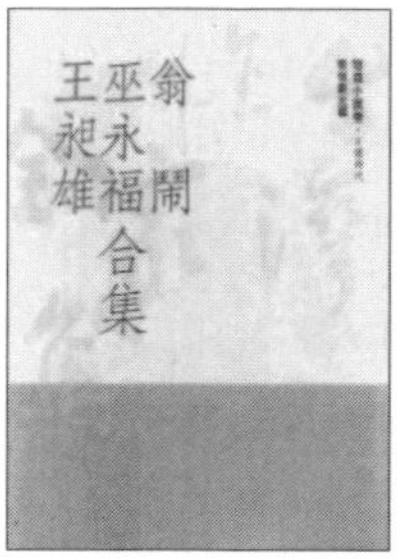

翁鬧、巫永福、王昶雄合集
臺北：前衛出版社
1991年2月，25開，387頁
臺灣作家全集‧短篇小說卷／日據時代6
張恆豪主編

中、短篇小說集。本書為翁鬧、巫永福、王昶雄三人作品合集，翁鬧部分收錄〈音樂鐘〉、〈戇伯仔〉、〈殘雪〉、〈羅漢腳〉、〈可憐的阿蕊婆〉、〈天亮前的戀愛故事〉共六篇。正文前有作家照片、張恆豪〈幻影之人——翁鬧集序〉，正文後有楊逸舟〈憶夭折的俊才翁鬧〉、張良澤〈關於翁鬧〉、張恆豪編〈翁鬧小說評論引得〉、張恆豪編〈翁鬧生平寫作年表〉。

有港口的街市
臺中：晨星出版社
2009年5月，25開，328頁
彰化學叢書016
杉森藍譯

中篇小說。本書為作者於1939年7月6日至1939年8月20日連載於《臺灣新民報》8版上日文小說的中日對照本，描述在1925年神戶的港口，小說人物谷子和其周遭人物的糾葛關係。全書共七章。正文前有林明德〈啟動彰化學——共同完成大夢想〉、林明德〈歡迎「翁鬧」返回彰化——為《有港口的街市》出版而寫〉、杉森藍〈翁鬧生平及其文學活動〉、杉森藍〈〈有港口的街市〉導讀〉，正文後有杉森藍整理〈翁鬧年表〉。

【合集】

翁鬧作品選集

彰化：彰化縣立文化中心
1997 年 7 月，25 開，322 頁
磺溪文學第五輯・彰化縣作家作品集 1
陳藻香、許俊雅編譯

詩、翻譯、散文、小說合集。全書分四部分，「新詩」收錄詩作〈淡水海邊寄情〉、〈在異鄉〉、〈故鄉的山丘〉等六首，翻譯〈現代英詩抄十首〉；「隨筆與書信」收錄〈東京郊外浪人街——高圓寺界隈〉、〈明信片〉、〈明信片〉共三篇；「小說」收錄短篇小說〈音樂鐘〉、〈戇伯仔〉、〈殘雪〉、〈羅漢腳〉、〈可憐的阿蕊婆〉、〈天亮前的戀愛故事〉共六篇；「感想」收錄〈跛腳之詩〉、〈有關於詩的點點滴滴——兼談 High brow〉、〈《新文學》三月號讀後感〉等四篇。正文前有阮剛猛〈文學是社會的轉機〉、楊素晴〈收穫與希望〉、許俊雅〈幻影之人——翁鬧及其小說（代序）〉、作家相關手稿、生活剪影，正文後有吳轡三〈蜘蛛〉、陳藻香譯〈臺灣文學當前諸問題——文聯東京支部座談會〉、郭水潭〈文學雜感——關於翁鬧氏的〈羅漢腳〉（節錄）〉、徐瓊二〈《臺新》讀後（節錄）〉、陳梅溪〈創刊號讀後（節錄）〉、吳濁流〈創刊號讀後感（節錄）〉、藤原泉三郎〈放肆之評——《臺灣新文學》創刊號作品評（節錄）〉、河崎寬康〈關於臺灣文藝運動的二三問題（節錄）〉、莊培初〈從所讀的小說談起——由《臺新》創刊號至八月號（節錄）〉、羊子喬〈翁鬧作品解說〉、楊逸舟〈憶夭折的俊才翁鬧〉、張良澤〈關於翁鬧〉、巫永福〈阿戇伯的形象〉、劉捷〈幻影之人——翁鬧〉、張恆豪〈幻影之人——翁鬧集序〉、許素蘭〈「幻影之人」翁鬧及其小說〉、施淑〈翁鬧〉、李怡儀〈有關翁鬧之記事（試稿）〉、謝肇禎〈地平線上的幻影——淺談翁鬧小說的特質〉、許俊雅〈翁鬧生平著作年表初稿〉、許俊雅〈編譯後語〉。

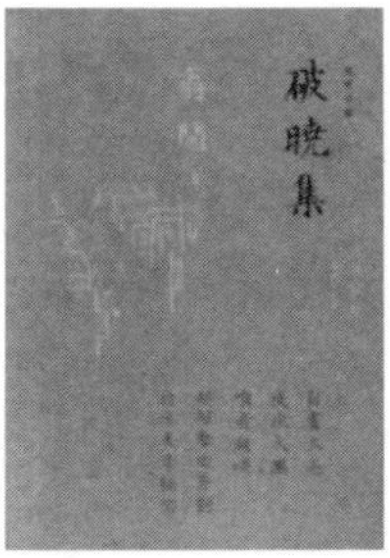

破曉集——翁鬧作品全集

臺北：如果出版
2013 年 11 月，25 開，511 頁
黃毓婷譯

詩、翻譯、散文、小說合集。本書蒐羅作者發表於《福爾摩沙》、《臺灣文藝》、《臺灣新文學》、《臺灣新民報》等報章雜誌的作品。全書分四部分，「刊載於《福爾摩沙》」收錄詩作〈淡水的海邊〉；「刊載於《臺灣文藝》」收錄詩作〈在異鄉〉、〈故鄉的山丘〉、〈詩人的戀人〉等四首，翻譯〈現代英詩抄〉，短篇小說〈音樂鐘〉、〈戇伯〉、〈殘雪〉、〈可憐的阿蕊婆〉共四篇，散文〈東京郊外浪人街〉、〈跛之詩〉、〈詩的相關筆記——兼談 Highbrow〉等五篇；「刊載於《臺灣新文學》」收錄短篇小說〈羅漢腳〉、〈天亮前的愛情故事〉共二篇，散文〈書信：一九三六年三月〉、〈書信：一九三六年四月〉、〈《新文學》三月號讀後感〉等四篇；「刊載於《臺灣新民報》」收錄詩作〈勇士出征吧〉，中篇小說〈港町〉。正文前有作家相關照片、報章雜誌影像、陳芳明〈日新又新的新感覺——翁鬧的文化意義〉、黃毓婷〈譯者序〉、黃毓婷〈翁鬧是誰〉、黃毓婷〈東京郊外浪人街〉，正文後有黃毓婷〈翁鬧年表〉。

文學年表

1910年 （明治43年）	2月	21日，生於臺中廳武西堡關帝廳庄264番地（今彰化縣永靖鄉）。父親陳紂，母親陳劉氏春，為家中四男。
1915年 （大正4年）	5月	10日，由翁家收為養子（螟蛉子），入戶臺中廳線東堡彰化街土名東門359番地（今彰化市）。養父翁進益，養母邱氏玉蘭，上有一姐，下有一弟。
1918年 （大正8年）	2月	5日，與養父寄居臺中廳線東堡滴雅庄185番地（今彰化縣社頭鄉）。
	3月	31日，遷至臺中廳燕霧下堡員林街528番地（今彰化縣員林鎮）。
1919年 （大正9年）	1月	4日，搬回臺中廳線東堡滴雅庄185番地。
1923年 （大正12年）	4月	29日，入學首屆臺中師範學校（今臺中教育大學）演習科。同屆友人有吳天賞（鬱三）、楊杏庭（逸舟）、吳坤煌等人。友人間常一起討論文學及讀書心得。
1929年 （昭和4年）	3月	18日，畢業於臺中師範學校演習科。 31日，任職員林公學校（今員林國民小學）教師。
	4月	3日，寄居臺中州員林郡員林街員林159番地（今彰化縣員林鎮）。
1930年 （昭和5年）	7月	1日，轉居臺中州員林郡員林街湖水坑138番地之1（今彰化縣員林鎮）。
	本年	轉任員林公學校柴頭井分教場（今青山國民小學）教師。

1931 年 （昭和 6 年）	4 月	15 日，轉居臺中州員林郡田中庄田中字田中 409 番地（今彰化縣田中鎮）。
	本年	轉任田中公學校（今田中國民小學）教師。
1933 年 （昭和 8 年）	7 月	詩作「淡水の海邊に（寄稿）」（淡水海邊寄情）發表於『フォルモサ』（福爾摩沙）創刊號。
1934 年 （昭和 9 年）	本年	結束五年義務教職，前往東京留學。
1935 年 （昭和 10 年）	2 月	5 日，參加臺灣文藝聯盟東京支部於東京市新宿維特茶房召開的茶話會，出席者有顏水龍、賴貴富、雷石榆、張文環、楊杏庭、陳傳纘、吳天賞、吳坤煌、賴明弘。會後紀錄「臺灣文聯東京支部第一回茶話會」發表於《臺灣文藝》第 2 卷第 4 期。
	4 月	「東京郊外浪人街——高圓寺界隈」、「跛の詩」（跛腳之詩）、詩作「異郷にて」（在異鄉）發表於《臺灣文藝》第 2 卷第 4 期。
	5 月	翻譯「現代英詩抄」發表於《臺灣文藝》第 2 卷第 5 期。
	6 月	「詩に關するノオト——ハイブラウのことゞも」（有關於詩的點點滴滴——兼談 High-brow）、短篇小說「歌時計」（音樂鐘）、詩作「ふるさとの丘」（故鄉的山丘）、「詩人の戀人」（詩人的情人）、「鳥ノ歌」（鳥兒之歌）發表於《臺灣文藝》第 2 卷第 6 期。
	7 月	短篇小說「戇爺さん」（戇伯仔）發表於《臺灣文藝》第 2 卷第 7 期。
	8 月	短篇小說「殘雪」發表於《臺灣文藝》第 2 卷第 8、9 期合刊。
	12 月	短篇小說「羅漢脚」（羅漢腳）發表於《臺灣新文學》第 1 卷第 1 期。

	本年	參加臺灣文藝聯盟東京支部主辦在東京之同好者座談會。出席者有曾石火、林煥平、中野重治、顏水龍、卓戈白、楊任、郭明欽、翁榮茂、孔芥、江文也、楊肇嘉、吳坤煌、張文環、蔡嵩林。 短篇小說「戇爺さん」被選為日本改造社《文藝》雜誌的選外佳作。
1936年 （昭和11年）	1月	詩作「石を運ぶ人」（搬運石頭的人）發表於《臺灣文藝》第3卷第2期。
	3月	「明信片」發表於《臺灣新文學》第1卷第2期。
	4月	「明信片」、「新文學三月號讀後感」發表於《臺灣新文學》第1卷第3期。
	5月	短篇小說「哀れなルイ婆さん」（可憐的阿蕊婆）發表於《臺灣文藝》第3卷第6期。
	6月	7日，參加臺灣文藝聯盟東京支部於東京市新宿明治製菓召開的座談會，出席者有莊天祿、賴貴富、田島讓、張星建、劉捷、曾石火、陳遜仁、溫兆滿、陳瑞榮、陳遜章、吳天賞、顏水龍、郭明昆、鄭永言、張文環、楊基椿、吳坤煌。會後紀錄「臺灣文學當面の諸問題——文聯東京支部座談會」（臺灣文學當前的諸問題——文聯東京支部座談會）發表於《臺灣文藝》第3卷第7、8期合刊。 「新文學五月號感言」發表於《臺灣新文學》第1卷第5期。
1937年 （昭和12年）	1月	短篇小說「夜明け前の戀物語」（天亮前的戀愛故事）發表於《臺灣新文學》第2卷第2期。
1938年 （昭和13年）	10月	14日，詩作「征け勇士」（勇士出征去吧）發表於《臺灣新民報》8版。

1939 年 （昭和 14 年）	7 月	4 日，《臺灣新民報》8 版刊出「作者の言葉」（作者的話），為「港のある街」（有港口的街市）連載預告所寫。 6 日，中篇小說「港のある街」連載於《臺灣新民報》8 版，至 8 月 20 日止，共 46 回。
1940 年 （昭和 15 年）	11 月	21 日，逝世於日本，死因不明，得年 31 歲。
1979 年	7 月	葉石濤、鍾肇政主編《光復前臺灣文學全集》由臺北遠景出版社出版，收錄翁鬧短篇小說〈音樂鐘〉、〈戇伯仔〉、〈殘雪〉、〈羅漢腳〉、〈天亮前的戀愛故事〉，詩作〈在異鄉〉、〈故鄉的山丘〉、〈詩人的情人〉。
1985 年	7 月	《臺灣文藝》第 95 期推出「翁鬧研究專輯」，刊載翁鬧短篇小說〈可憐的阿蕊婆〉、楊逸舟〈憶夭折的俊才翁鬧〉、張良澤〈關於翁鬧〉、巫永福〈阿憨伯的形象〉、劉捷〈幻影之人——翁鬧〉。
1991 年	2 月	張恆豪主編《翁鬧、巫永福、王昶雄合集》由臺北前衛出版社出版。
1997 年	7 月	陳藻香、許俊雅編譯《翁鬧作品選集》由彰化縣立文化中心出版。
2009 年	5 月	1 日，明道大學舉辦「翁鬧的世界——翁鬧百歲冥誕紀念學術研討會」。會後論文集結為《翁鬧的世界》，由臺中晨星出版社出版。 20 日，杉森藍譯《有港口的街市》由臺中晨星出版社出版。
2013 年	11 月	黃毓婷譯《破曉集——翁鬧作品全集》由臺北如果出版出版。 《印刻文學生活誌》第 123 期推出「幻影之人——翁鬧」專輯，刊載〈詩的相關筆記——兼談 High-brow〉、〈東京

郊外浪人街——高圓寺界隈〉、詩作〈故鄉的山丘〉、〈詩人的戀人〉、短篇小說〈殘雪〉、中篇小說〈港町〉、黃毓婷〈翁鬧是誰〉、陳芳明〈日新又新的新感覺——翁鬧的文化意義〉。

參考資料：

- 張良澤，〈關於翁鬧〉，《臺灣文藝》第 95 期，1985 年，頁 172～186。
- 許俊雅，〈翁鬧生平著作年表初編〉，《臺灣文學家年表六種》，臺北：臺北縣文化局，2006 年，頁 217～223。
- 杉森藍，〈翁鬧生平及其文學活動〉、〈翁鬧年表〉，翁鬧著；杉森藍譯《有港口的街市》，臺中：晨星出版社，2009 年，頁 12～61，頁 326～328。
- 蕭蕭，〈舊記憶與新感覺的激盪——翁鬧詩作中的土地意象與生命感喟〉，蕭蕭、陳憲仁編《翁鬧的世界》，臺中：晨星出版社，2009 年，頁 313～332。
- 黃毓婷，〈翁鬧是誰〉、〈翁鬧年表〉，翁鬧著；黃毓婷譯《破曉集——翁鬧作品全集》，臺北：如果出版，2013 年，頁 42～66，510～511。

輯三◎
研究綜述

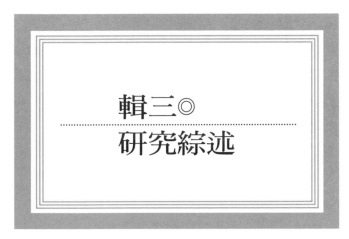

時代之子
翁鬧研究概況綜述

◎許俊雅

一、前言

在臺灣文學史上，翁鬧是一位才氣縱橫、早慧又早逝的作家，像短暫急速發光的流星，讓人充滿遐思。1970 年代末，臺灣日治時期作家作品被整理及翻譯，在《光復前臺灣文學全集·第六卷——送報伕》（小說）收錄了 11 人，22 篇作品，翁鬧作品乃居全書之冠，共五篇入選，比楊逵作品尚且多一篇，如就目前僅見的七篇小說而言，其入選比例則更是高於任何一位日治作家，足見其成就在當今評論者眼中有舉足輕重之地位。翁鬧雖然早逝，遺留作品亦不多，但文學成就頗受推崇，創作文類包括新詩、小說、隨筆、評論等，其中，又以小說見長。根據張恆豪、施淑諸氏對翁鬧小說的研究綜述之，他重視人物內心世界的探索，充滿現代主義的敏銳觸角，心理的細緻剖析，在藝術上，他的作品無疑的是諸多超越時代的心靈躍動，是日治時代臺灣小說中非常特異的文學風格。手法受日本新感覺派的影響，強調人物心理意識流動與主觀性的刻畫，現實與現代的融合，呈顯出現實主義的人道關懷。[1]李進益亦指出「翁鬧小說寫作的動機，顯然不全是為了忠實地呈現客觀的外在世界，從短篇小說來看，他毋寧是在從事一種內省的思考與探索，他所重視和追求的理想境地，偏向人

[1]張恆豪，〈幻影之人——翁鬧集序〉說：「日據時代的臺灣小說，可說到了翁鬧的手上，才有獨樹一幟的表現，才開啟了另一文學藝術的嶄新領域。」張恆豪編，《翁鬧、巫永福、王昶雄合集》（臺北：前衛出版社，1991 年），頁 15。

性、心理方面大於政治、經濟社會層面。」[2]可謂是當時最不帶意識型態色彩的作家。

關於翁鬧的生平，雖經同時代楊逸舟、劉捷、巫永福諸人的憶述及研究者杉森藍、黃毓婷的耙梳綜理，但我們能掌握的仍有限。或許是作家本身的孤傲和矜持，他從未在文章提及自己的家庭，關於他的一切，我們能掌握的不多。與翁鬧同時的作家楊逸舟（1909～1987）〈憶夭折的俊才翁鬧〉一文中透露臺中師範時期翁鬧的零星瑣碎事件[3]，劉捷提到他時說：「他像夢中見過的幻影之人。」翁鬧謎樣的生平，予人的感覺確實「迷離虛幻」，總似熾烈豔陽下的白茫身姿。然而我們卻從其作品的字裡行間，真實感受到其誠摯而熱情的生命，折磨於沙漠似的孤獨和寂寞。

二、日治時期對翁鬧文學作品的評論

翁鬧在 1930 年代以日文書寫作品，文學活動已受矚目，雖然其作重新被翻譯、解讀，已是 1970 年代，此後對翁鬧的研究樂此不疲。在 1930 年代，對翁鬧作品的評論每見於文學雜誌。1935 年他在《臺灣文藝》發表〈戇伯仔〉（早先是日本改造社發行的雜誌『文藝』之選外佳作），李禎祥在《臺灣文藝》的〈文藝短評〉裡即有評述，翁鬧的文章「像行雲流水」、「讓人覺得相當純熟」、「是一種有良心的寫法」，又說：「充塞在字裡行間的鄉土色彩，只不過是被雕琢成藝術品之前的素材」。[4]東方孝

[2]李進益，〈翁鬧短篇小說論〉，收入蕭蕭、陳憲仁編，《翁鬧的世界》（臺中：晨星出版社，2009 年），頁 141～161。

[3]楊逸舟，〈憶夭折的俊才翁鬧〉，《臺灣文藝》第 95 期（1985 年 7 月），頁 169～172。後收入於陳藻香、許俊雅編譯，《翁鬧作品選集》（彰化：彰化縣立文化中心，1997 年），頁 248～251。文中記翁鬧諸事，如臺中師範第一屆畢業，名列全年級第六。喜歡「翁」姓，不愛「鬧」名。日文通順能寫詩。瞧不起臺灣女子輕臺崇日。古靈精怪，自修時常發噪音擾人。因清國奴事件而交談起。因家貧而須服師範義務任教五年。曾躺在床上，以白眼視楊逸舟的醫生朋友，毫不在意人情世故。教書時寫情書給日本女教師，見中師校長卻畏縮謹慎。於東京掛名私立大學，難撫其自尊心。散步銀座時妄大自言：眾愚的腦袋集合亦不及他一人。在東京高圓寺時，28 歲的翁鬧曾與 46 歲的日本婦人同居。考上內閣印刷局校對員。擔任校對員時又寫情書給日本女子，遭到撤職。撤職後，典當書籍衣物過日。冬天凍死於報紙堆裡。以上為臺灣師範大學臺灣語文研究所曾映泰同學之整理。

[4]李禎祥，〈文藝短評〉，原刊《臺灣文藝》第 2 卷第 8、9 期合刊（1935 年 8 月），頁 69。收入

義〈臺灣習俗——本島人的文學〉對〈戇伯仔〉（或譯〈憨爺〉）相當肯定，認為是「受到注目的作品」、「多數人都承認其成就。」[5]

翁鬧另篇〈羅漢腳〉的討論最多（戰後評論則以〈天亮前的戀愛故事〉最多），但彼此看法出入較大。郭水潭在《新文學月報》裡對〈羅漢腳〉十分欣賞：

> 此人的作風有極謙讓之處，更不受意識傾向左右——卻十分拘泥於文章的表現。恐是關於此人本身富於詩人的純真之特性所至。因此從他的作品中極難找出作者的心路歷程，但在字裡行間提示不少問題，構成作品之健全性。……筆調雖為浪漫、甘美，卻能從中覺察到作者想要提示的諸多事象之意圖，就因為浪漫之故，對所設定的作中人物不幸之遭遇，就不易陷入過於意圖化，或矯作的毛病。[6]

此外，莊培初也對翁鬧讚譽有加：

> 這位作家是極擅長寫短篇之作家。文中隨處令人感到有大文豪志賀直哉的風範。就臺灣而言，可算文筆相當流麗。因而易令人誤解作品中缺乏臺灣的社會性，亦未能十分把握經濟結構。……此作者將農村描繪得生動美麗，而帶著諷刺的意味，亦可謂他獨到成功之處。因諷刺的筆調過於鋒利，甚至有誘人淌淚之處，頗為奇妙。[7]

涂翠花譯；黃英哲主編，《日治時期臺灣文藝評論集雜誌篇・第一冊》（臺南：國立臺灣文學館，2006 年），頁 269～270。

[5]東方孝義著；葉笛譯，〈臺灣習俗——本島人的文學〉，原載《臺灣時報》第 196 期（1936 年 3 月）。收入黃英哲主編，《日治時期臺灣文藝評論集雜誌篇・第一冊》，頁 426。

[6]郭水潭著；陳藻香譯，〈文學雜感〉，原刊《新文學月報》第 2 期（1936 年 3 月）。後收入於陳藻香、許俊雅編譯，《翁鬧作品選集》，頁 238。

[7]莊培初著；陳藻香譯，〈從所讀的小說談起——由臺新創刊號至八月號止〉，原刊《臺灣新文學》第 1 卷第 8 期（1936 年 9 月）。收入於陳藻香、許俊雅編譯，《翁鬧作品選集》，頁 245。

郭、莊二氏對於呈現臺灣農村諸多變動的〈羅漢腳〉提出讚賞，徐瓊二則有褒有貶，他認為翁鬧：「有小說家相當好的秉賦。節奏自然，而處處確切地把握了現實。」[8]但同時亦批評翁鬧的寫作技巧令人不忍卒讀：

> 關於翁鬧〈羅漢腳〉的文章，有必要來說說。他的文章，因為句子極短，對文章全體有令人覺得未盡然的感覺。……宛如火車疾駛的鐵軌一般，因為各段鐵軌的銜接，使火車搖晃震動，更不舒服的是使讀者飽嚐車內不斷「喀噸、喀噸」噪音的干擾似的。當讀者坐在翁鬧號火車裡，承受上下的搖晃與噪音的干擾，好像要引起腦震盪一般。除此之外，作者在作品中提起「羅漢腳」的名，竟有幾十次，實令人不易卒讀。[9]

吳濁流則對其小說主題有意見，略云：「所要提示的主題究竟是在羅漢腳的命運，或是羅漢腳家庭之悲慘，兩者不甚清楚。因此沒有咄咄逼人的魄力。宛如在聽堆砌美辭麗句的街頭演講一般，讀的時候頗可陶醉其中，爾後一想，作者要講甚麼不甚清楚。」[10]可謂評論者各有其鑑賞眼光及批評之處，措辭嚴厲，毫不隱藏心中之不滿，但如以作者在作品中提起「羅漢腳」幾十次名字，即令人不易卒讀，恐亦不免讓人有疑慮。小說主題亦無需只限一種，不同的讀者可從小說發現不同的旨意，小說是讀者閱讀的歷史，文學史之意義也在此。

以上是臺灣作家的評論，那麼當時的日本人又是如何看待翁鬧〈羅漢腳〉呢？藤原泉三郎在《臺灣新文學》〈放肆之評——臺灣新文學創刊號作品評〉表示：

[8]徐瓊二，〈《臺新》讀後〉，原刊《新文學月報》第 2 期。後收入陳藻香、許俊雅編譯，《翁鬧作品選集》，頁 240。
[9]徐瓊二，〈《臺新》讀後〉，原刊《新文學月報》第 2 期。後收入陳藻香、許俊雅編譯，《翁鬧作品選集》，頁 240。
[10]吳濁流，〈創刊後讀後感〉，原刊《新文學月報》第 2 期。後收入陳藻香、許俊雅編譯，《翁鬧作品選集》，頁 242。

> 像是一篇長篇小說的起頭：沒有結尾，未免給人有斷了尾巴的蜻蜓之感。……對描寫的著眼點，亦達水準。若以此筆法去挑戰更完整的題材，必可寫出好的作品。若將羅漢腳成長的過程，著實地寫下去，也可能成為不錯的中篇小說。但若僅止於此，則實無可奈何。[11]

同樣在《臺灣新文學》的〈關於臺灣文藝運動的二三問題〉中，河崎寬康又說：「〈羅漢腳〉與前作〈戇伯仔〉相較，作者對現實的熱情大為提升，可謂進步之處。此作的缺陷是對臺灣特殊現況之描寫稍嫌不足。……作者對現實的高昂情緒，似乎構成對寫實的一種阻礙。——文中敘述：羅漢腳隱約模糊地領悟到逆境，是因窮困所引起之情節，好像要強迫讀者去了解貧窮的痛苦。其實更重要的是應更確切地描寫窮之痛苦之情景。」[12]除此二篇備受討論外，翁鬧〈可憐的阿蕊婆〉亦受重視，林芳年曾譽之絲毫不遜色於日本中央文壇。

三、戰後翁鬧研究概述

（一）關於翁鬧作品的整理

1979 年遠景出版社《光復前臺灣文學全集》收錄翁鬧小說五篇、詩三首，是翁鬧作品初次翻譯，但當時對其人所知極有限。1985 年 7 月《臺灣文藝》策畫「翁鬧研究專輯」，刊登數篇翁鬧作品及友人回憶，楊逸舟、劉捷等人提供了翁鬧若干生平軼事，劉捷並稱之為「幻影之人」。[13]雖然楊逸舟、劉捷、張良澤等前輩文章因資料上局限，出現若干錯誤，或者新鮮感已褪；但做為先行者的評論、憶述，仍值得吾人注目，彙編因此選錄，讀者當可自辨。1991 年 2

---

[11]藤原泉三郎，〈放肆之評——臺灣新文學創刊號作品評〉，《臺灣新文學》第 1 卷第 2 期（1936 年 3 月）。後收入陳藻香、許俊雅編譯，《翁鬧作品選集》，頁 243。

[12]河崎寬康，〈關於臺灣文藝運動的二三問題〉，《臺灣新文學》第 1 卷第 2 期。後收入陳藻香、許俊雅編譯，《翁鬧作品選集》，頁 244。

[13]劉捷〈幻影之人——翁鬧〉，《臺灣文藝》第 95 期，頁 190～193。見陳藻香、許俊雅編譯，《翁鬧作品選集》，頁 276～280。

月前衛出版社出版了《翁鬧、巫永福、王昶雄合集》，收錄翁鬧六篇短篇小說。1997 年 7 月筆者與陳藻香編譯《翁鬧作品選集》，由彰化縣立文化中心出版，全書分四部分，「新詩」收錄詩作〈淡水海邊寄情〉、〈在異鄉〉、〈故鄉的山丘〉等六首，翻譯〈現代英詩抄十首〉；「隨筆與書信」收錄〈東京郊外浪人街——高圓寺界隈〉、〈明信片〉、〈明信片〉共三篇；「小說」收錄短篇小說〈音樂鐘〉、〈戇伯仔〉、〈殘雪〉、〈羅漢腳〉、〈可憐的阿蕊婆〉、〈天亮前的戀愛故事〉共六篇；「感想」收錄〈跛腳之詩〉、〈有關於詩的點點滴滴——兼談 High brow〉、〈《新文學》三月號讀後感〉等四篇。並收錄相關評論供研究者參考，有吳鬱三〈蜘蛛〉、〈臺灣文學當前諸問題——文聯東京支部座談會〉、郭水潭〈文學雜感——關於翁鬧氏的〈羅漢腳〉（節錄）〉、徐瓊二〈《臺新》讀後（節錄）〉、陳梅溪〈創刊號讀後（節錄）〉、吳濁流〈創刊號讀後感（節錄）〉、藤原泉三郎〈放肆之評——《臺灣新文學》創刊號作品評（節錄）〉、河崎寬康〈關於臺灣文藝運動的二三問題（節錄）〉、莊培初〈從所讀的小說談起——由《臺新》創刊號至八月號（節錄）〉、羊子喬〈翁鬧作品解說〉、楊逸舟〈憶夭折的俊才翁鬧〉、張良澤〈關於翁鬧〉、巫永福〈阿憨伯的形象〉、劉捷〈幻影之人——翁鬧〉、張恆豪〈幻影之人——翁鬧集序〉、許素蘭〈「幻影之人」翁鬧及其小說〉、施淑〈翁鬧〉、李怡儀〈有關翁鬧之記事（試稿）〉、謝肇禎〈地平線上的幻影——淺談翁鬧小說的特質〉等。其時翁鬧中篇小說〈有港口的街市〉（港のある街）尚未覓得，該作是翁鬧於 1939 年 7 月 6 日至 1939 年 8 月 20 日連載於《臺灣新民報》的日文小說，直到 2007 年杉森藍碩論附錄中譯文，文本由其同門陳淑容提供。2009 年 5 月，杉森藍此譯文由臺中晨星出版社出版。正文前有林明德〈啟動彰化學——共同完成大夢想〉、〈歡迎「翁鬧」返回彰化——為《有港口的街市》出版而寫〉、杉森藍〈翁鬧生平及其文學活動〉、杉森藍〈〈有港口的街市〉導讀〉，正文後有杉森藍整理〈翁鬧年表〉。至 2013 年 11 月黃毓婷重新再翻譯《破曉集——翁鬧作品全集》，由臺北如果出版出版，收入〈有港口的街市〉，為目前翁鬧作品整理最完整者，對翁鬧後續研究甚有貢獻。同時，《印刻文學生活誌》第 123 期推出「幻影之人——翁鬧」專輯，刊載黃毓婷所譯翁鬧若干作品及黃毓婷〈翁鬧是誰〉、陳芳明〈日新又新的新感覺——翁鬧的文化意義〉，這些文章亦都收入《破曉集——翁鬧作品全集》。另值得一提的是杜國清《臺灣文學英譯叢刊》從 2006 年起逐年將翁鬧作品譯為英文，推廣臺灣文學作品，除譯詩外，六篇短篇小說皆有所譯，2009 年且以「翁鬧巫永福專輯」為主，尤重新感覺派作品，卷頭語有所陳述。

（二）翁鬧研究的相關論文

研究翁鬧的相關學位論文始自 1994 年東吳大學日本文化研究所李怡儀的碩士論文〈日據時代的臺灣新文學——以翁鬧的作品為主〉[14]，及至 2007 年 2 月杉森藍的〈翁鬧生平及新出土作品研究〉[15]，2011 年楊明潔〈新感覺派的存在美學研究——以翁鬧短篇小說與劉吶鷗《都市風景線》為例〉[16]。2012 年 1 月謝惠貞「日本統治期臺湾文化人による新感覚派の受容：横光利一と楊逵・巫永福・翁鬧・劉吶鷗」[17]，2012 年 1 月黃毓婷「植民地作家翁鬧再考——1930 年代の光と影」。[18]

李怡儀碩論曾將龍瑛宗、呂赫若與翁鬧的作品做比較，針對呂赫若與翁鬧的部分，李怡儀認為呂赫若所重視的社會性、階級性之文學觀念，與為藝術而書寫的翁鬧之文學觀是截然不同的。李文指出〈天亮前的戀愛故事〉主題是圍繞著描寫性慾、反文明等，認為〈天亮前的戀愛故事〉與杜斯妥也夫斯基〈地下室的手記〉的寫作技巧幾乎如出一轍。而這篇作品可以說是翁鬧轉換期的作品，李氏進一步解釋翁鬧的作品與臺灣 1960 年代現代主義小說基本上是相同的。

---

[14]李怡儀，「日本領台時代の台湾新文学：翁鬧の作品を中心にー」（東吳大學日本文化研究所碩士論文，1994 年 6 月）。

[15]杉森藍，〈翁鬧生平及新出土作品研究〉（成功大學臺灣文學研究所碩士論文，2007 年）。

[16]楊明潔，〈新感覺派的存在美學研究——以翁鬧短篇小說與劉吶鷗《都市風景線》為例〉（彰化師範大學臺灣文學研究所碩士論文，2011 年）。

[17]謝惠貞，「日本統治期臺湾文化人による新感覚派の受容：横光利一と楊逵•巫永福•翁鬧•劉吶鷗」（東京大學人文社会系研究科博士論文，2012 年）。

[18]黃毓婷，「植民地作家翁鬧再考——1930 年代の光と影」（東京大學大學院總合文化研究科博士論文，2012 年）。

杉森藍的研究亮點，尤其是耙梳出翁鬧生年、東京留學時期的情形及兩篇新出土資料：詩作〈勇士出征去吧〉（征け勇士）及中篇小說〈有港口的街市〉（港のある街），新文本出現，再度喚起學界重視及研究熱情。翁鬧新出土資料的中篇小說〈有港口的街市〉（港のある街），這一篇是黃得時任《臺灣新民報》文藝欄編輯時所規畫，作為「新銳中篇創作集」的第一篇，1939 年 7 月開始在《臺灣新民報》文藝欄連載。翁鬧在序裡面提及：「這故事是著名通商港口在某時代的人類史上的一個斷層。」翁鬧更說明要將這一篇作品獻給失去父親的孩子、跟小孩離別的父親、以及不幸的兄弟。再者，杉森藍從小說的語言來看翁鬧的日文文體，以句子的長短、會話型態、比喻表現、標記方法等綜合考察，表示翁鬧的文章非常短小精簡，名詞使用得較為頻繁，與志賀直哉的文體風格十分類似、接近。在漢字的用法上，翁鬧在描述素樸的農村風景時採用訓讀的策略。相對地，在〈天亮前的戀愛故事〉是描寫心理的感受，音讀的呈現率比較高，是因為在關於顏色、氣味、溫度、味覺、觸覺等感官知覺的描寫，採用漢字的抽象原則，可以說翁鬧基於自己的創作主題以及觀念，有意圖地操作漢字的用法。另從短句子、有趣的比喻、重複的節奏、片假名的使用、採用內地折衷的方式，以臺灣鄉土的素材，運用臺語詞彙等觀察翁鬧幽默文章的特點，小說中對於不同身分背景及地位的人物會話型態，也都有一定的掌握。這幾項觀點頗有創見，此或與其日本人身分（臺灣媳婦）有關係，因此能見他人所未見。黃毓婷「植民地作家翁鬧再考——1930 年代の光と影」後出轉精，對翁鬧隨筆東京郊外浪人街多所考證，其研究成果且衍生出對翁鬧作品的全譯本《破曉集——翁鬧作品全集》，已然是翁鬧研究的權威學者。

2009 年適逢翁鬧百年冥誕，明道大學因此舉辦「翁鬧的世界——翁鬧百歲冥誕紀念學術研討會」，並集結為專書《翁鬧的世界》。[19]此次研討會

[19]蕭蕭、陳憲仁編，《翁鬧的世界》。

對於新出土的中篇小說〈有港口的街市〉(港のある街)在會中備受討論；本來詩作歷來僅李怡儀、杉森藍的論文各闢一小節對翁鬧詩作進行分析，此次研討會討論翁鬧詩作的論文有黃韋嘉〈頹廢幻影下的顯影——翁鬧及其詩作研究〉，將臺灣之於翁鬧猶如愛爾蘭之於葉慈作比附，試圖闡述殖民地與新時代兩相糾葛下對創作者的影響，另有蕭蕭〈舊記憶與新感覺的激盪——翁鬧詩作中的土地意象與生命感喟〉一篇。羊子喬〈漂浮在一九三〇年代東京街頭的幻影——翁鬧作品中的自我書寫與現代性敘述〉將小說與詩並看，分析翁鬧的自我書寫與現代性；李桂媚〈日治時期臺灣新詩標點符號運用——以賴和、楊守愚、翁鬧、王白淵為例〉由標點符號與節奏、音韻關係入手，解析翁鬧詩作技巧與特色；向陽〈幻影與真實——翁鬧詩作翻譯符碼的「演譯」與「延異」〉以翻譯角度來闡釋，議題新穎。以上諸篇各有所見，皆是力作。該書後面有附錄李桂媚整理的「翁鬧研究相關資料」，對於研究者提供了按圖索驥的方便性。

1、幻影之人

劉捷將翁鬧比擬為「幻影之人」，或許緣於翁鬧與文壇疏離，內在隔閡，又近似日本超現實主義詩人西脇順三郎。西脇順三郎曾在《旅人不歸》、《近代寓言》及《第三的神話》等詩集裡屢屢提及自我內心潛在的「幻影之人」。後來學界多引用劉捷的說法，認為翁鬧是一個「幻影之人」，張恆豪〈幻影之人——翁鬧集序〉、許素蘭〈「幻影之人」翁鬧及其小說〉、謝肇禎〈地平線上的幻影——淺談翁鬧小說的特質〉、許俊雅〈幻影之人——翁鬧及其小說〉，與楊翠〈追逐幻影的時代之子——翁鬧〉等等，都沿用劉捷的說法，以幻影之人來形容翁鬧。

2、翁鬧生卒年及其生平

翁鬧嘗「自稱是養子，對於親生的雙親一無所知」，關於翁鬧相關資料的不足，甚至於連他的名字也成為討論的對象，其生平就有幾個版本，到底是在 1908 年或是 1909、1910 年呢？他的死因，或謂其在冬天飢寒交迫下只能以舊報紙裹身禦寒，遂凍死街頭，或曰死於東京瘋人院，翁氏究死於何處何時，究意發瘋否，如今仍是傳聞臆測，眾說紛紜，都沒有得到證實。另外由於黃得時在〈輓近臺灣文學運動史〉裡提到：「最富於潛力的翁鬧，以本作品為最後作品而辭世」，所以翁鬧的死年被推算從 1939 到 1940 年之間。

但經過杉森藍的追蹤，獲得彰化縣戶政事務所協助，得知戶籍謄本所載：生年為明治 43（1910）年 2 月 21 日，而他的死亡年日是昭和 15（1940）年 11 月 21 日。不過，其死因仍然不了解。翁鬧出生於臺中廳武西堡關帝廟社 264 番地，本是陳家四男，五歲時被彰化社頭的雜貨商翁進益收為養子。杉森藍為了釐清翁鬧生平，前往翁鬧的母校臺中師範學院找到翁鬧的學籍資料以及成績單。新資料與從前評論者描述的翁鬧生平有些許出入，杉森藍訂正了某些說法，比如在成績方面，翁鬧不但沒有拿過「全級第六名」，而且他並不是楊逸舟所說的「高材生」。他最好的成績是在第五學年的第一學期。他雖然拿過 35 人中的第八名，但是畢業成績是 64 人中第 43 名。成績屬一般。不過，其作文、漢文、英語、音樂這四科成績相當不錯，相對數理成績比較落後。

3、翁鬧與現代主義、新感覺派關係

近年臺灣文學研究對翁鬧及其文學作品的討論已多有著墨，且就現代主義及其影響切入探討者眾。朱惠足〈「現代」與「原初」之異質交混：翁鬧小說中的現代主義演繹〉特別針對翁鬧小說中的兩大主題——性慾與臺灣鄉土人物，「探討兩者如何作為『原初（the primitive）』的象徵，與都市文明體驗及現代主義表現形式之間，產生異質文化的交混與碰撞，呈現殖民地青年對現代主義的獨特演繹。」[20]從黃毓婷〈東京郊外浪人街——翁鬧與一九三〇年代的高圓寺界隈〉[21]及〈有關於詩的點點滴滴〉一文中，翁鬧寫道「於夢中尋求真實，從現實中追求更新的現實，在個性上發揮獨自的創意——

[20]朱惠足，〈「現代」與「原初」之異質交混：翁鬧小說中的現代主義演繹〉，《臺灣文學學報》第 15 期（2009 年 12 月），頁 1～32。收入本書時，「交混」改作「共構」。

[21]黃毓婷，〈東京郊外浪人街——翁鬧與一九三〇年代的高圓寺界隈〉，《臺灣文學學報》第 10 期（2007 年 6 月），頁 167。

這就是賦予超現實主義者的途徑」[22]，可見他對超現實主義曾有一定程度的思索。

與日本新感覺派相關的學位論文，除前述李怡儀「日本領台時代の台湾新文学：翁鬧の作品を中心に」、杉森藍〈翁鬧生平及新出土作品研究〉外，尚有楊明潔〈新感覺派的存在美學研究——以翁鬧短篇小說與劉吶鷗《都市風景線》為例〉。此外，在其它相關學位論文的討論中，關於日本新感覺派思潮的研究，多半以劉吶鷗並論。臺灣方面，新感覺派受囿於特殊的殖民背景，除對劉吶鷗與翁鬧文學造成影響之外，後並未有明顯的發展。關於日本新感覺派與中國海派文學的研究詳見：王明君〈中國新感覺派小說之研究〉[23]；許秦蓁〈重讀臺灣人劉吶鷗：歷史與文化互動的考察〉[24]；邱孟婷〈「新感覺」的追尋——劉吶鷗、穆時英、施蟄存小說研究〉[25]；陳依雯〈新感覺派的頹廢意識研究〉[26]；邱詠晴〈「新感覺派文學」的現代性——以三〇年代上海和臺灣的都市文學為範圍〉[27]；楊雅韻〈兩岸新感覺小說中的城鄉意象〉[28]。另單篇論文有厦大張羽〈20 世紀 30 年代海峽兩岸的新感覺書寫〉，認為「20 世紀 30 年代受日本新感覺派的影響，上海和臺灣都出現了一些進行新感覺書寫的作家，這些作家在文本中做過相似的語言實驗和敘事實驗，傾向於精神分析的人性解剖和交感式的感覺描寫，他們的文學實驗在某種意義上可以說是與各自的文化場域中殖民話語和類型化文本進行文字搏鬥的結果。」[29]塗逸凡〈日治臺灣文學中

[22]翁鬧，「詩に關するノオト——ハイブラウのことゞも」（有關於詩的點點滴滴——兼談 High-brow），《臺灣文藝》第 2 卷第 6 期（1935 年 6 月）。收入陳藻香、許俊雅編譯，《翁鬧作品選集》，頁 200。

[23]王明君，〈中國新感覺派小說之研究〉（政治大學中國文學研究所碩士論文，1997 年）。

[24]許秦蓁，〈重讀臺灣人劉吶鷗：歷史與文化互動的考察〉（中央大學中國文學研究所碩士論文，1998 年）。

[25]邱孟婷，〈「新感覺」的追尋——劉吶鷗、穆時英、施蟄存小說研究〉（東海大學中國文學研究所碩士論文，2002 年）。

[26]陳依雯，〈新感覺派的頹廢意識研究〉（中山大學中國文學研究所碩士論文，2003 年）。

[27]邱詠晴，〈「新感覺派文學」的現代性——以三〇年代上海和臺灣的都市文學為範圍〉（中興大學中國文學系所學位論文，2015 年）。

[28]楊雅韻，〈兩岸新感覺小說中的城鄉意象〉（中央大學中國文學研究所碩士論文，2016 年）。

[29]見張羽，〈20 世紀 30 年代海峽兩岸的新感覺書寫〉，「摘要」，刊於《臺灣研究集刊》第 91 期

的「頹廢」意識〉[30]，討論翁鬧、龍瑛宗、佐藤春夫等作家的頹廢意識如何用以做為文學表達上的一種形式。

四、翁鬧作品討論的面向

除中篇小說〈有港口的街市〉外，短篇小說有六篇，如依題材的不同，大致可分成兩類：一為對愛情的渴望、異性的思慕為主題的〈音樂鐘〉、〈殘雪〉、〈天亮前的戀愛故事〉；二為以臺灣農村生活、農村小人物為描繪對象的〈戇伯仔〉、〈羅漢腳〉、〈可憐的阿蕊婆〉。這兩組剛好各占三篇。這些 27、28 歲之作，證明了他早熟而可畏的才華，以及內蘊的自我毀滅傾向。前組寫出對情戀的憧憬、真誠的追求與失落，唈唈吞吐出自我內在的深層面；後者再現臺灣庶民存在之困境，傳達出殖民社會環境與時代之氛圍。〈有港口的街市〉則批判社會資本主義，憫念社會畸零人之作。

（一）　渴望愛情、思慕異性之作：〈音樂鐘〉、〈殘雪〉、〈天亮前的戀愛故事〉

〈音樂鐘〉發表於 1935 年，當時翁鬧 26 歲，是目前所知翁鬧最早的小說。作者採用第一身主角自知觀點「我」來敘述故事。「我」偶然聽到清脆的金屬性音樂，一曲似曾相識的音樂鐘的旋律，這使得潛藏於音樂鐘的少年故事，一一浮現「我」腦海。少年的「我」迷上祖母家的音樂鐘，每次到祖母家，就走進悄無一人的客廳，讓那座鐘唱歌，為了做這件事，到祖母家成了「我」最快樂的事。

中學一年級暑假時，「我」悄然喜歡上到祖母家做客的漂亮女孩，當叔叔安排「我」和那女孩在廂房一塊兒睡時，「我」害羞得頰顏發燙，內心突然萌發了想伸手去碰一碰女孩身體的念頭。在欲念肆意伸展的暗夜，雖然整夜都在想那麼做，但「我的手始終不曾搆到女孩」。不久白天來

（2006 年 3 月），頁 81。

[30]塗逸凡，〈日治臺灣文學中的「頹廢」意識〉（中興大學臺灣文學與跨國文化研究所碩士論文，2013 年）。

臨，預設的時鐘開始唱歌。小說的時間線索相當清晰，從現在到過去，然後又回到現在，首尾相呼應，前後連貫，尤其落筆於音樂鐘，結束於音樂鐘，令人倍覺音樂鐘旋律輕輕流瀉於整篇作品中，而少男情欲初動，愛慕女性之春思，亦恰如音樂鐘單一而反覆之樂音，歷歷分明，聲聲動人心弦，生動摹寫了少男曾有過的一段單純、強烈而原始的慾想。在優美、清純的氣息中，伴隨了作者淡淡的愁懷：

> 令人嘆息青春的易逝，那個女孩嫁到那裡去了呢？
> 那是遙遙遠遠的故鄉，老早老早的過去的故事。
> 那座音樂鐘，如今是否還放在祖母的客廳的桌子上呢？
> 想都沒想到，如今竟會在這個城市聽到那座音樂鐘相同的歌。

情欲真率的表白，素為翁鬧予人的深刻印象，他猶如莽莽撞撞的小鹿渴求愛情卻得不到滿足，常常弄得遍體鱗傷。在看似狂放不馴的舉措下，我們從他作品卻感受到一顆懷舊而多情的心思。在異鄉東京寫下這篇小說，他的心情多少有無根漂泊、孤獨寂寞，想望家鄉卻歸不得的苦悶！

這篇小說的謀篇布局，與音樂鐘的輕盈流轉有相當密切的關係，將少男之欲念與音樂結合，在日治時期的小說裡，這是唯一的一篇，由此，可看出翁鬧敏銳、細膩而善感的心思。主人公是中學一年級的青春期小男——欲想激情的時期，通常對音樂神奇力量有著格外的興趣。事實上，人類一開始就把對音樂的感受同他所不了解的大自然崇拜聯繫在一起，那是一種下意識的自發力量，是人擺脫理性和道德和諧的方法。黑格爾認為音樂是體現意識的浪漫主義衝動的形式之一，是從美感的高度戰勝肉體和肉欲，它創造了物質的情感性和心靈性，以自己內在的音調、節奏和旋律形式表現一切「特別」的感情。托爾斯泰在《克萊采奏鳴曲》中也指出，音樂會使人發現從未體驗過的新感情，具有可怕的魔力，人們應當規避它的巨大的誘惑力，儘管純潔的音樂可以使靈魂超凡脫俗。

愉快的音樂使人的心田充滿人性的激情，賦予愛情追求的內在共鳴，應是無庸置疑的。因此，〈音樂鐘〉單純而優美的旋律，必然也使欲念導向於意境美妙、清純的愛慕情懷。

〈殘雪〉敘述主角林春生與臺灣、日本女子之間微妙的感情與複雜矛盾的心情。此篇經常以「現代性」下知識分子的認同問題切入。小說裡那個被形容為「蒼白青年」的男主角，認識了舉家從臺南遷居他家附近的少女陳玉枝，兩人很快陷入熱戀，但雙方家長各有所利益打算。林春生屈從了父親的安排到東京留學，但他「揚棄權威與榮耀象徵的高級文官，投身動人心靈的演劇」。一次偶然的機會認識了從北海道到東京謀生的日本姑娘喜美子，正當兩人逐漸產生微妙情感時，林春生接到臺灣家鄉女友陳玉枝的來信，勾起了三年前的回憶。當初他到東京後，曾寫了封信給玉枝，但沒有回音，他那激越的感情也隨著三年漫長時間緩緩消失。收到玉枝的信函，才知她為了反抗養父強迫她與一富家子訂婚，遂離家出走到臺北喫茶店工作。

林春生舞臺演出日益成功，喜美子也常來鼓勵，林對她亦萌愛意，但一直未表達。後來又遇到他中學時低一班的許北山，得悉玉枝已被家人尋覓，即將被迫成婚。林決定請假返臺，正籌思搭船日期時，意外接到喜美子的信，說明自己已被父親尋著，強被帶回北海道，林又想去北海道，男子氣地向她表明自己的心意，就在這時：他突然想起了一個奇妙的念頭：北海道和臺灣，究竟哪個地方遠？他記得在地圖上北海道比較近，但他發覺在內心這兩個地方都同樣遠。

> 後來他既不回臺灣，也不到北海道。結尾時，他想，打開窗戶望著外頭。昨晚下的雪，可能也是今年最後一次下的雪，從頭上的屋頂滑落到眼前的地面，接著又慢慢疊合在一起。

小說運用了雙條線索交叉發展的方式進行，情節跌宕起伏，但繁而不亂，最後透過景物襯托出主角的心境，饒有意味。它不僅只是男女情愛的層次，也是介於臺灣人、日本人之間，身分認同的困擾。玉枝是臺灣的化身，喜美子是日本的化身，就情義上來說，他應回歸臺灣的玉枝，但內心裡，他捨不得幸福輕輕溜掉，他又想去擁抱日本的喜美子。然而，內心深處總覺兩者都跟自己遙遙相隔。這樣的矛盾，無論是男女之情或身分認可的兩難，或許正可看出翁鬧當時內心的苦悶。

楊逸舟在〈憶夭折的俊才翁鬧〉一文中，曾說：「翁鬧的缺點是看不起臺灣女性，而對於日本女性卻是盲目的崇拜。」小說男主角雖無明顯輕視臺灣女子之傾向，然對日本女性之愛戀，的確缺乏說服力。對臺灣女性看不起，是因自卑引起的自狂，而對日本女子盲目的愛戀，則似為一段未能實現的民族情緒中的緬懷思戀，所以翁鬧對日本女子的痴戀，應該還包括對自己身分認同的想像和幻戀，然而他似乎也很清楚知道「純得像雪一般」的日本女子，或許終究會融化、殘餘，以至於消失不見。

在這篇頗濃厚抒情色彩的小說裡，可以看出翁鬧己身情感的迷惘和困惑，這樣的情況，事實上必然摧殘他的生活應有的情趣，蝕空了仍在進行的生命。就心理層次而言，那也是一種精神分裂，是與人接觸極易衝突的潛藏因子。

施淑指出男主角林春生是浮游於臺灣現實的「幻影之人」，在殖民地臺灣的社會結構中是無所歸屬的，林春生揚棄高等文官的考試，也淡忘了故鄉：阻撓愛情的除了傳統，還有殖民地式的新價值標準。「小說裡那個被形容為『蒼白青年』的主角，因為鬧了一場不符合他的中產階級家庭利益的戀愛，被家裡送到東京讀大學，但他『揚棄權威與榮耀象徵的高級文官，投身動人心靈的演劇』，寧願過著『丑角』般的生活，跟偶然相遇的麵家女孩交往，幾年過去，幾乎把故鄉的一切遺忘。」[31]

1937 年《臺灣新文學》第 2 卷第 2 期刊載了翁鬧〈天亮前的戀愛故

---

[31]施淑，〈日據時代臺灣小說中頹廢意識的起源〉，施淑著，《兩岸文學論集》（臺北：新地文學出版社，1997 年），頁 116。

事〉（夜明け前の戀物語）。小說以「我」展開一連串的談話（其實只是他一人的獨白），傾訴對象應是一位柔情善良的女性，「你」是隱設的讀者（女性），讀此篇小說猶如面對作者呢喃的絮語。小說從想談戀愛寫起，到午夜，再到黎明天亮前「我」離開為止，時間只是一個晚上。雖然時間很短，但錯綜夾雜不少記憶的追溯，從十歲、中學 15 歲、17 歲、18 歲到目前的 30 歲，時間綿亙約一、二十年。主角自小到大的心思感受、心理起伏，有著細膩的刻畫。而作者亦曲曲描繪自然物界生物交歡的情景，並以外在事物的交互迭現，襯托人物意識的流動，暗示了主角強烈的愛欲，尤其敘述蝴蝶一般，生動美麗而殘忍。

由雞、鵝、蝴蝶的各自交歡情景以下，便延伸到主角想談戀愛的欲望，想「戀愛」才能夠完成自己肉體與精神合一，「我」只想把自己唯一喜歡的女孩，緊緊摟抱在懷裡，把那女孩用胳膊盡力抱住，貼緊那甜蜜的櫻唇……。小說情懷，時而歡欣愉悅，時而悲傷感歎，意識流動極其靈活，呈顯了翁鬧某種人生觀和戀愛觀，對愛情的熾熱渴望，對異性的強烈思慕，在小說裡皆表露無遺。而終日尋愛不獲，黯然神傷的景況，正是作者翁鬧一再受挫於異性的寫照。在感情的認識上，翁鬧似乎是沉迷於自我封閉的虛幻世界裡。作者寫完該篇不久，似乎也精神恍惚了。

這篇小說頗受重視，研究者不少。河原功在《日本統治期臺灣文學：臺灣人作家作品集》（日本統治期台湾文学：台湾人作家作品集）提到對此篇小說的看法：「創作中幾乎沒有關於臺灣的內容，若沒有作者的名字，難以想像這是臺灣人的作品。為翁鬧作品中的特異之作。」臺灣學者對這篇小說有數種不同的解讀。羊子喬認為這是一篇「抒發如夢似詩的戀愛故事」；張良澤認為「這篇小說是翁鬧最直截地表達了某種人生觀和戀愛觀的作品」；施淑則認為「這篇帶有惡魔（Diabolism）味道的小說，它的世紀末色調，它之力圖表現思想上無法說明的事物，乃至於敘述上的不穩定、幾近消失了輪廓的語言及文體，為臺灣文學開展了一個新的面向，使它成為 1930 年代臺灣小說的『惡之華』。」[32]林明德則以「新感覺派」解碼〈天亮前的戀愛故事〉，並認為這篇小說深受「意識流」小說影響，透過角色追溯回憶，營造戲劇張力。[33]崔末順〈日據時期臺灣小說所反映的現代性接受樣態〉說明此篇小說所呈現的「現代性排拒」。[34]晚近亦以廚川白村「近代戀愛觀」的思想及在臺、日傳播現象，討論翁鬧筆下的主人公對於「戀愛」的想法、渴求與企望。

再者，1930 年代出現以都會為主題，展現男女複雜感情之作，評論者陳建忠認為這些故事並非發生在臺灣，而是以日本東京為舞臺發展出來的。臺灣現代主義在境外，藉由日本的都市現代性所引發的文學現代性，顯示的正是臺灣知識分子另類的人生思考，更個人主義的，而非以國族命運為主軸的思考。這與作家留學日本的經驗有直接的關係，因而感受到日本的都市現代性，在文化流動的過程中，發展了臺灣的都市文學的書寫。和野獸的狀態對比的都市生活經驗，成為翁鬧小說中以都市為表現的生活場景，這種知識分子作家的都市現代性經驗，源自於都市生活本身而產生的所有苦惱、矛盾或是頹廢的內心描寫，成為這批臺灣留學生創作的主要素材，也顯示了翁鬧對現代文明的觀感。[35]張羽則認為「翁鬧在帶有自傳性質的〈天亮前的戀愛故事〉將情欲書寫推展到瘋狂的極致，具有精神病理學意義，其敘事明顯受到意識流小說的影響，短短的情緒化句式，幾乎通篇的『內心獨白』，將人物的精神分裂流（即精神上的不一致或者反常）展現出來，關注的是人物的精神世界萬象雜處的境況。」[36]廖淑芳〈國家想像、現代主義文學與文學現代性——以日據時期臺灣作家翁鬧為例〉，以

---

[32]施淑，〈翁鬧介紹〉，施淑編，《日據時代臺灣小說選》（臺北：前衛出版社，1992 年），頁 206。

[33]林明德，〈細讀翁鬧〈天亮前的戀愛故事〉〉，收入蕭蕭、陳憲仁編，《翁鬧的世界》，頁 10～24。

[34]崔末順，《海島與半島：日據臺韓文學比較》（臺北：聯經出版公司，2013 年），頁 224～225。

[35]陳建忠，《日據時期臺灣作家論：現代性、本土性、殖民性》（臺北：五南圖書出版公司，2004 年）。

[36]張羽，〈尋找臺灣文學史中的「幻影之人」——翁鬧〉，收入張羽著，《臺灣文學的多種表情：關於臺灣文學研究的思考》（廈門：鷺江出版社，2008 年）。

此篇及〈可憐的阿蕊婆〉為例，析論翁鬧「時間意識」上所呈現的由低抑到高蹈的巨大轉折，表面上〈天亮前的戀愛故事〉呈現翁鬧個人的頹廢虛無，但從內面歷史視之，則正說明了身為雙重邊陲的被殖民地一員，更是曲折深刻的文化抵抗，另闢蹊徑，文本解讀極細膩。[37]

（二）臺灣農村生活、農村小人物描繪之作：〈戇伯仔〉、〈羅漢腳〉、〈可憐的阿蕊婆〉

除前述三篇以對愛情渴望、思慕異性，展現男女複雜感情心理之作外，翁鬧小說創作重要內容之一，便是以臺灣農村社會、農民生活為描繪重點。據心理學家之研究，一個人在青少年成長時期，所接觸的諸般環境、人生體驗，往往會成為他個人一生創作中取之不竭的泉源，而且是其作品中較為深刻生動之所在。從翁鬧這一組以臺灣農村生活為題材的〈戇伯仔〉、〈羅漢腳〉、〈可憐的阿蕊婆〉三篇小說來看，吾人固多少可按圖索驥去搜尋作家本身的殘影，或作家的童年經驗。不過，翁鬧選擇了農村卑微人物，做為小說主題，敘說其生命歷程，自然有他動人的企圖，無論是為引起日本文壇的注意（尤其有關民俗之描繪），或是做為一位作家，其藝術個性形成之必然途徑（思考、觀察社會的支點），這一組小說，就某種意義上而言，可謂是作家架構他個人觀察世界、況味人生的獨特經驗，這些人物成為翁鬧作品中的標幟，也是該一時空中臺灣農村的眾生相。

〈戇伯仔〉描述了戇伯仔所居農村，由於貧瘠、匱乏的關係，村里人「都習慣於用萎縮、扭曲的面孔來看東西」，「想裝出笑臉，那是不可能的事，人人都只有擺著冷冷的面孔，說起話來無精打采。」戇伯仔的弟媳阿足仔「即使不工作的時候，也絕不笑。」就像〈羅漢腳〉中的母親形象，也經常不露笑臉的。貧窮的經濟壓力，逼得人民失去臉上的笑容。甚

[37] 廖淑芳，〈國家想像、現代主義文學與文學現代性——以日據時期臺灣作家翁鬧為例〉，《北臺國文學報》第 2 期（2005 年 6 月），頁 129～168。〈天亮前的戀愛故事〉評論較多，另有朱宥勳，〈誰是強摘的果子？——翁鬧〈天亮前的戀愛故事〉〉，《學校不敢教的小說》（臺北：寶瓶文化公司，2014 年），頁 42～47。

至過年對他們來說，也「只是胡亂地加上一歲又一歲，胡亂地死去」，在這樣的地方（玉山腳下清水街附近的某一村落），貧窮之因，並非自己不打拚，主要的應是時代環境、社會變遷，他們缺少了條件、機會與掌握自己生活方式的能力吧！「村子裡，人人都牛馬般地幹著活。他們之中沒有一個人懶惰的，也沒有一個人在想著生活以外的事，或策畫什麼陰謀。然而，那種晴朗的笑卻從他們臉上消失了。」日子一天比一天更暗鬱。戇伯仔幾十年來不分白天黑夜，什麼都做，但還是窮得年過 60 仍娶不起老婆，他種出來的香蕉曾得一等賞，可是面臨不景氣，香蕉價格滑落，試種南洋種鳳梨，不僅苗大半被雞糟蹋，到了收穫季，鳳梨價格仍然跌落。他只好幫人送米、劈柴、搬貨……。翁鬧賦予了戇伯仔一種毫無緣由，一而再，再而三複製自己歲月，終究無法超越生活的困境。然而這樣貧窮的臺灣小農民，始終有生生不息，頑強的生命力，在戇伯仔悲苦命運的同時，我們可以看到他倔強不屈的性格。儘管活得卑陋可憐，活得悲苦艱辛，他仍使盡力氣和現實搏鬥，在夢境中「活下去」的信念，使戇伯仔不停地掙扎、反抗。在小說最末一段，我們仍可看到戇伯仔依舊為生活而工作、而存在。第二天早上天還沒亮，老伯仔又挑起了籠子，走過闃無人聲的村落，並用路邊的石頭擦著因露水和泥巴而重起來的草鞋，爬往那座已經沒有了屍首，只剩下扁擔的有牛墓的故鄉的山。

〈戇伯仔〉其實也側寫了臺灣殖民統治背後種種的辛酸，及臺灣農村流逝歲月的諸多變貌。如面臨經濟不景氣，首當其衝的是純良無爭的農民；過去的白牆褪去、磚房傾圮、嬉笑活潑的人們不見了；農村演戲愈來愈少；清水街的天主教堂、英國神父的傳教……種種描繪。農村、房舍、人物在翁鬧筆下，呈現的是一片灰暗，小說起始即寫道憨伯仔腦頂上滴落的煤煙，黑黑的，有時菜飯也被弄得面目全非，房子裡一片煙濛濛，此處的描寫，就如龍瑛宗後來的〈植有木瓜樹的小鎮〉之情景：「屋頂被煤煙薰得黑漆漆，蜘蛛像樹鬚一般垂下來。」煤煙塗染屋頂，也塗炭屋裡人的健康，這正是典型貧困農家的生活環境。在小說裡，我們隨處可看到這樣的句子描繪：「屋子裡一片黑暗，同樣地，大家臉上也一片昏暗。」「屋子裡暗暗的。牆上多半剝落了，到處有洞洞，冬天的冷風從那兒吹進來。」「屋子裡連白天也暗暗的，尤其是睡房裡，一年到頭都看不到天日。霉與濕土的臭味，飄浮在空氣之中。」「好陰鬱的房子。好比就是一隻破爛不堪的袋子。」這樣的居家環境，自不可能悠閒生活其中，他們只有不斷重複過日子，儼如生活於黑暗的洞窟，有時吹來一陣寒風，都不免令人顫慄，即使走出室內到郊外，日頭也不是友善的，大日頭猛炙猛照，綠葉很快就變色、變硬而易於折斷。日頭威力是否象徵了日本的威權，我們不得而知，但從小說卻隱約感受到臺灣人想擺脫卑屈陰濕的身分，獲得統治者的暖陽，似乎不是很容易的。「不管怎樣掙扎，都是沒法從陰暗濡濕的地方逃開的好長好長的過去。」這樣的空間意識、色彩塗抹，明顯地象徵了日治下臺灣陰鬱暗淡的鄉村面貌。

〈羅漢腳〉透過農村小孩天真的眼光，反映了臺灣農村的凋蔽、貧農生活的悲苦。五歲的羅漢腳在六個兄弟中排行第五，他對於外在事物充滿新奇、憧憬（有關員林、河水的描述等），其後弟弟誤食煤油，不久，弟弟又被陌生阿姨帶走，他自己的腳也被輕便車撞傷，與其說整篇小說呈現的是悲喜交加的成長經驗，不如說是荒謬的人生情境。結尾時羅漢腳因被輕便車撞倒，必須送到員林治療，而使他在心底湧起莫大的喜悅，此一寫法令人聯想到黃春明的小說〈蘋果的滋味〉。

作者此處描寫，首尾相呼應，可謂工於結構，以浪漫式結局的喜劇處理羅漢腳的悲劇。羅漢腳並不明白到員林的目的是為了治療受撞傷的雙腳，與先前心中對員林好奇幻想之情是不同的；貧窮的家庭並不因鬻賣了親身子（小弟），而得以改善經濟，而羅漢腳遭遇的車禍，果真能因「禍」得福？顯然，貧窮的家庭欲與疾病災禍完全撇清並不易。

事實上以受傷的腳，換來汽車玩具、笛子和到員林的夢想，不傷悲反而喜悅的心理狀態來看，這麼一點點補償，可說是相當微不足道的。小說中當人物面臨新事物、文明的入侵時，最終結果只是受傷害。煤油可以用來照明，但也可因誤食而導致不幸；輕便車可以運輸載人，但微弱身軀禁不起其衝撞。周遭的不幸，似亦逐漸入侵此一貧苦的家庭。該作同時對農村生活民俗有相當細膩的描寫，如膜拜大樹、領墓粿、吃口水、收驚、玩水禁忌、以韭菜、豆芽消解被誤食的煤油，以及村人取名的原委。其中寫羅漢腳六歲那年，始知自己名字不太好聽──「無家」、「無賴」的意思，此一情節令人聯想到翁氏本身不甚喜歡他的名字「鬧」，他覺得鬧字太俗氣了。可能有時他也故意順其名行事，在別人靜肅自修時，以攪亂別人安靜讀書，宣洩其心中的苦悶與寂靜。

鄉土、草根性十足的名字符號，隱喻了臺灣農村社會的小人物階層。村子裡的人大都取名粗俗、怪裡怪氣，主要的原因是：「他們對人世從未懷抱任何希望，所以也不想替孩子們取得堂堂皇皇的名字。」翁鬧這一組小說中的人物情境，幾乎都是如此，不能超越生活的困境，對自己生活現狀，只有認命。深刻而準確反映了日治下臺灣農民與社會，羅漢腳的母親，面色晦暗，經常沒有笑容，是因終日不停忙碌仍貧窮的緣故，也因貧窮迫人不得不賣掉親生子，種種荒謬可笑的現狀，使一般人相信並無多大能力可以完全掌握自己的現在和未來。對人世未抱任何期待，說明的正是多數普遍的農民被歲月和苦難生活磨折得信心盡失、認命的狀態。認命，並不意味消靡頹唐，他們感謝神明的庇佑，也仍努力的生活下去。那是一個變動不大，個人很難有大轉變的時代。

許素蘭指出翁鬧短篇小說中兩位主角戇伯仔和阿蕊婆，是以小說人物內在的現實而非外在的形象，換句話說是著重於心靈層面的挖掘，以至於小說缺少完整的情節，人物外貌也非常模糊，翁鬧在以臺灣農村為描繪對象的作品中，文字意象豐富飽滿，特別是關於顏色、氣味、溫度、味覺、觸覺等感官知覺的描寫，十分契合傳達出細膩又特殊的審美觀點。在〈戇伯仔〉，戇伯仔和他的一家人，都是不被命運之神照顧的農村小人物，他們在殖民統治下，雖然賣力、用心地生活，卻仍然飽受貧窮、病痛的折騰，一家人沒有一個是健康的，戇伯仔的眼睛快要失明，種香蕉都賣不了好價錢。這些認真生活的農民，最終的結局都暗示農村經濟的蕭條。翁鬧作品中美學的感受十分細膩，從感官知覺的象徵手法來傳達戇伯仔的農村生活場景，象徵出臺灣農民被生活所迫的無告心情，小說沒有高潮起伏，小說以沉悶的筆調寫出人們如牛馬般幹活的人生。蔡知臻〈重探日治時期小說家翁鬧：聚焦於底層書寫與現代主義〉[38]，以底層書寫與身心障礙探討〈戇伯仔〉、〈羅漢腳〉這兩篇小說中的身心障礙人物如何在小說中展演？其書寫策略為何？以及內心描寫、意象鋪陳、簡短跳躍的敘事句法特色。再者，亦有從翁鬧〈戇伯仔〉、〈羅漢腳〉兩篇小說的信仰、民俗醫療，探究與翁鬧身世息息相關的國族情結。[39]

在日治下臺灣小說中以阿婆為描述對象，而令人印象深刻的，除了張文環〈辣薤罐〉那位精明幹練，機趣詼諧，生命極具耐力與韌性的阿粉婆外，便是翁鬧的〈可憐的阿蕊婆〉。阿粉婆屬於偏僻的小山村，阿蕊婆則是住在城鎮的老婦人，兩人形象截然不同。在阿粉婆身上不斷散發出生生不息的生命力；阿蕊婆則有如空心花蕊，最後終於凋謝。翁鬧藉由阿蕊婆晚年的孤寂，勾勒日治時代臺灣城鎮與鄉村的變遷，以及因城鄉變化而影響家族興衰的圖像。同時作者也仔細鋪排了臺灣喪葬習俗的細節，一如在〈戇伯仔〉一作中藉由貫世娶妻情節，以敘及婚嫁習俗。此一手法之運用，可說是作者相當熱衷的技巧，此或與其小說寫作理念有關。翁鬧素秉持「形式上與日本文學相通，內容以臺灣為主」；「文字則在日本語與臺灣語之間求折衷」，並兼顧臺灣風土特色。

在〈可憐的阿蕊婆〉一作裡，阿蕊婆的住處是汙穢、晦暗、陰暗蒼老，猶如洞窟那樣，她住在隔間的中央，周圍是一片漆黑。翁鬧寫戇伯仔、羅漢腳的居家也是陰鬱無光、殘破的景象，而眾人的臉上則呈顯低沉、不開朗的表情。這幾篇作品都完成於異鄉日本，在翁鬧內心深處總是

[38]蔡知臻，〈重探日治時期小說家翁鬧：聚焦於底層書寫與現代主義〉，《國文天地》第 383 期（2017 年 4 月），頁 86～91。

[39]陳婉嫈，〈日治時期臺灣新文學中的民俗議題與文化論述：以小說為中心（1920～1937）〉（清華大學臺灣文學研究所碩士論文，2011 年）。

有那麼一個極黑暗的洞窟在蔓延，陰鬱、卑濕、雜亂的故鄉臺灣，不斷縈繞在他的記憶裡。而閱讀其小說的經驗，似乎「黑暗」不單只是視覺或是一種空間，好像它也是觸覺、味覺的，我們用心、用力嗅聞黑色的味道，觸摸黑暗的感覺，而這樣的感覺，無論心理的或視覺的，多半破碎不易連貫，它始終無法如一大片白日銀光那樣流暢。小說裡臺灣庶民的人生一如黑暗的色調。

在阿蕊婆這篇小說，我們看到了他濃厚的鄉愁（他的新詩〈在異鄉〉亦可見），「人的靈魂卻奇怪地具有所屬性，儘管如何骯髒的土地或醜陋的地方，以自己長久居住的地方為故鄉，縈繞在他的回憶裡。有時會成為嚴重的鄉愁，儘管住在如何美麗的地方，也會驅策人焦躁忍受不住哩。」飄泊異鄉的翁鬧，雖居於較為美好的東京郊外，但對陰暗、髒骯的故鄉，在心底處，他亦斷絕不了緬懷思念之情。在〈可憐的阿蕊婆〉這篇小說裡，如果細心推敲，有不少描述，和盤托出翁鬧當時的心境。「嘗盡了所有寂寞」、「臉上既無感覺，也沒有表情，……假如阿蕊婆夜裡沒有回去，蹲在那裡睡覺的話，人們都不會覺得詫異吧。甚至阿蕊婆就這樣停止呼吸，不再動了，任誰也都不會覺得奇怪吧。」、「無論是何人，無疑的都想在地上黑暗的角落尋求靈的休息處。」諸如此類，翁鬧已將其心境不知不覺投射到小說裡，甚至可說他早已寫出了其人生結局。

（三）批判資本主義，呈現社會畸零人的〈有港口的街市〉

〈有港口的街市〉（港のある街）是由任《臺灣新民報》文藝欄主編黃得時策畫的新銳的中篇小說特輯之一。除了翁鬧的作品之外，還有王昶雄〈淡水河漣漪〉、陳華培〈蝴蝶蘭〉、呂赫若〈季節圖鑑〉、龍瑛宗〈趙夫人的戲畫〉、陳垂映〈鳳凰花〉、中山千枝〈水鬼〉、張文環〈山茶花〉等九篇。翁鬧〈有港口的街市〉是作為「新銳中篇創作集」的第一篇，從 1939 年 7 月 6 日開始連載到 8 月 20 日 總共 46 回。1939 年這期間是所謂的空白期，黃得時在〈輓近臺灣文學運動史〉裡面提到：

> 盧溝橋事變勃發同時，本島的文學活動也遭致暫時的停滯，直到昭和 15 年（1940）1 月 1 日的《文藝臺灣》創刊以前的兩年半時間，只有《臺灣新民報》上的新銳中篇小說的企畫之外，沒有文學活動亦沒有文藝雜誌。這兩年半時間可以說是臺灣文學運動的一個空白時代。

黃得時接著說明出現特輯的緣故：「隨著事變長期繼續，眾人也逐漸恢復做文學的心情，加上被朝鮮及滿州厲害的進展所刺激，不期而遇地在眾人念頭浮現了臺灣文學必須有所發揮的想法。這就是《臺灣新民報》出現新銳中篇小說的緣故。」而「依靠這些作品，暫時萎縮中的文學熱情再度昂揚。」翁鬧也自述創作的動機和社會與歷史的意義——「獻給失去父親的孩子、跟小孩離別的父親、以及不幸的兄弟。」（以上為杉森藍譯文）杉森藍論此作：「小說以神戶為背景，細膩描寫爵士音樂、寶塚歌劇、俄羅斯馬戲團、舞廳、電車、神戶、奏川等街頭情景，或參雜了翁鬧個人的經驗。小說以現代主義的寫作方式來呈顯出現實主義的人道關懷，諸多人物錯綜，但圍繞在孤兒、妓女等等社會底層階級的悲苦遭遇上。谷子從對孤兒支那子的救贖中轉變為救贖者的地位，這也是暗示著谷子生命型態的轉變，和父親相認，使得原本身為孤兒的谷子，以確認自己身世的方式來重新肯定自己；二是對資本主義的批評，翁鬧在小說中對優越生產條件的資本家山川，逐步脫離生產勞動，變為剝削僱傭勞動維生資本家的譴責。」[40]

另陳淑容〈戰爭前期臺灣文學場域的形成與發展——以報紙文藝欄為中心（1937～40）〉[41]以「新銳中篇創作集」為中心，討論翁鬧、王昶雄、龍瑛宗、呂赫若及張文環等五位作家所創造的中篇小說，如何引領讀者的想像。許素蘭曾將翁鬧〈羅漢腳〉結尾以黃春明〈蘋果的滋味〉類比，

---

[40]杉森藍，〈畸零的象徵，孤兒的救贖——以翁鬧新出土小說《有港口的街市》為分析對象〉，蕭蕭、陳憲仁編，《翁鬧的世界》，頁 49～50。

[41]陳淑容，〈戰爭前期臺灣文學場域的形成與發展——以報紙文藝欄為中心（1937～40）〉（成功大學臺灣文學研究所博士論文，2009 年）。

〈有港口的街市〉亦為陳涵筠以黃春明《看海的日子》類似情節比較[42]，當時黃春明自然未曾讀過翁鬧作品，情節上的類似，說明了貧困的臺灣人在資本主義侵凌下，其生活方式、想法的雷同。

（四）關於翁鬧的新詩、譯詩、隨筆

翁鬧的詩作目前有〈淡水海邊寄情〉、〈在異鄉〉、〈故鄉的山丘〉、〈詩人的情人〉、〈鳥兒之歌〉、〈搬運石頭的人〉、〈勇士出征去吧〉等，十首為翻譯英文詩〈現代英詩抄〉。但對翁鬧新詩的研究，現今仍然為數不多。翁鬧曾自述：「詩的創作是如何困難。我認為文學之中，最為困難的是詩。如今，不得不令我深深感到：詩是文學創作之首要。亦為終極，不可忽視。」[43] 自言：「吾非魔鬼之子，乃時代之子」。[44]詩作為一種比小說更純粹、更貼近作家的一種文體，當能更清楚表現翁鬧的文學觀點。楊翠指出以新詩而論，翁鬧的詩作最鮮明的仍是苦戀與絕望的情緒。[45]黃毓婷定位翁鬧詩作時，特別以黑圓圈強調：「出身殖民地的翁鬧，是以一個熟習各種日文文體的日語詩人的身分，踏上了文壇」，翁鬧早期作品以詩作居多，甚且「以詩行作為小說的開頭」。[46]蕭蕭〈舊記憶與新感覺的激盪——翁鬧詩作中的土地意象與生命感喟〉，進一步釐清翁鬧生平，將移動的軌跡與創作結合，首開翁鬧詩作的專篇論述，〈翁鬧詩觀研究〉更具體論述詩與小說的互文，並歸納出「以新詩為尚」、「以孤獨為高」、「以現實為先」、「以創意為優」等四點創作觀。其詩作文字凝斂細膩，意象豐富飽滿，手法前衛，表現兩大特色，一個是對故鄉的苦戀和

[42]陳涵筠，〈戰前與戰後小說類似情節之探討——以翁鬧《有港口的街市》與黃春明《看海的日子》為例〉，曾軍主編，《文史與社會：首屆東亞「文史與社會」研究生論壇文集》（上海：上海大學出版社，2012 年）。

[43]翁鬧，〈新文學五月號感言〉，《臺灣新文學》第 1 卷第 5 期（1936 年 6 月）。見陳藻香、許俊雅編譯，《翁鬧作品選集》，頁 208～209。

[44]翁鬧，「異郷にて」（在異鄉），《臺灣文藝》第 2 卷第 4 期（1935 年 4 月）。後收入於陳藻香、許俊雅編譯，《翁鬧作品選集》，頁 8。

[45]楊翠，〈追逐幻影的時代之子——翁鬧（1908～1940）〉，康原等著，《八卦山文學步道導覽手冊》（彰化：彰化縣文化局，2002 年）。

[46]黃毓婷，〈翁鬧是誰〉，見翁鬧著；黃毓婷譯，《破曉集——翁鬧作品全集》，頁 50。

對父母的思念，〈在異鄉〉、〈故鄉的山丘〉為代表，詩中透露對於故鄉的依戀，而在〈淡水海邊寄情〉描寫對少女的情愛與思念。另外一個是對藝術的執著，如〈詩人的情人〉呈現翁鬧自誇、傲慢的性格，〈鳥兒之歌〉除了使用漢字和片假名來呈現獨特的文體之外，表現出翁鬧不順應時代的個性以及幽默感。[47]李桂媚〈臺灣新詩標點符號運用——以彰化詩人為例〉一文觸及翁鬧如何展示出獨特的標點符號美學。[48]向陽認為翁鬧日文詩作不易翻譯，其〈幻影與真實——翁鬧詩作翻譯符碼的「演譯」與「延異」〉一文以翻譯角度闡釋翁鬧因譯者與時代語言使用變遷的隔閡，點出翁鬧詩作被沉埋，其詩作研究匱乏之原因。

有關〈東京郊外浪人街——高圓寺界隈〉的研究，以杉森藍、黃毓婷二文最深入[49]，翁文體現了翁鬧的思想性情、他在日本的生活及當時文壇現象等陳述。劉捷曾說：「他（翁鬧）和當時一般窮學生一樣，一年到頭穿的是黑色金鈕的大學生制服，蓬頭不戴帽子，表示輟學已不上學堂。四處旁聽，逛講演會、書鋪或參加各種座談會，這種『遊學』方式盛行，畢業後不願返臺灣的文藝者個個如此，而實際上對於文藝寫作的修練也是最有效的方法之一，這樣可以自由參加各種有關文學、藝術的集會，多認識圈內文壇人士。」「那時為進出日本文壇，畢業後不肯返鄉，在東京苦修流浪的文藝人，翁鬧是典型人物之一。」[50]翁鬧對文學之熱忱，吾人確可以深刻體會到。在隨筆〈東京郊外浪人街——高圓寺界隈〉，他說：「高圓寺的萬年文學青年們啊！你們究竟在猶豫什麼？為何一直要鑽牛角尖，三餐不繼地徘徊在高圓寺的界隈呢？」這一段話，不也正指向自己嗎？來到東京

[47]蕭蕭，〈翁鬧詩觀研究〉，《後浪詩社與臺灣現代詩學術研討會》（臺中：臺中教育大學，2009年）。

[48]李桂媚，〈臺灣新詩標點符號運用——以彰化詩人為例〉（臺北教育大學臺灣文化研究所碩士論文，2009年）。

[49]見杉森藍，〈翁鬧生平及新出土作品研究〉及黃毓婷，〈東京郊外浪人街——翁鬧與一九三〇年代的高圓寺界隈〉，《臺灣文學學報》第10期，頁163～195。

[50]劉捷，〈幻影之人——翁鬧〉，《臺灣文藝》第95期，頁190～193。見陳藻香、許俊雅編譯，《翁鬧作品選集》，頁276、280。

郊外的貧窮文士，多不在乎赤裸顯露自我，他們把文學當作表現赤裸而真實生活的方式，孤單無依，但對文學、生活、愛情深深抱著期望。而在顯露自我時，不免觸及到「性」、「情欲」之意識。

五、結語

從臺灣新文學運動發展伊始，其文學內涵便蘊蓄著反封建、反帝國主義之主題。大部分作家無暇於從容審視愛情之具體歷程，直到翁鬧一系列男女複雜感情的心理剖析之作發表，漫情調的濃郁之思，方如夢如幻的展開。翁鬧小說重視人物內心世界的探索，充滿現代主義的敏銳觸角，心理的細緻剖析，在藝術上，他的作品無疑的是諸多超越時代的心靈躍動，是日治時代臺灣小說中非常特異的文學風格。但在時代的氛圍下，1930 年代關於鄉土與寫實的議題大行其道，因而左翼作家常批評翁鬧的作品無魄力、過於虛無，但誠如陳芳明精準的概括：「他所創造的藝術高度，對同輩作家而言簡直是遙不可及。這種文化差距，不僅僅是帝國與殖民地之間的距離所造成，也是鄉土寫實文學與都市現代文學的隔閡所造成。殖民地的、寫實的、鄉土的這些特質，可能很容易定義充滿批判精神的在臺作家。而這樣的定義，卻很難概括翁鬧的文學格局。」[51]

翁鬧在 1935 年這一年寫下了不少作品，幾乎他大部分的作品都在這一年完成。人生諸事，實在很難以論定其是非得失。在這一年完成的小說有：〈音樂鐘〉、〈戇伯仔〉、〈殘雪〉、〈羅漢腳〉四篇。這四篇小說事實上正好呈現了他漂泊異鄉，緬懷故居、渴望愛情撫慰心靈的寫照。從其作品可隱約感受到文學是他生命的紀錄。在這些故事裡，多少呈現了他自己私生活的一部分，他對年輕女性一瞥的驚鴻，從小說對女性美感的平面，刻板描述可以看出。小說中人物塑造成功的，大抵為年老的女人與男人，和那少男情懷的翁鬧化身殘影。透過人物的動作、行為及細微、瑣碎

---

[51]陳芳明，〈日新又新的新感覺——翁鬧的文化意義〉，見翁鬧著；黃毓婷譯，《破曉集——翁鬧作品全集》，頁 33～34。

的日常生活描寫，和盤托出可憐的臺灣農民的諸般形貌。這一組以臺灣農村小人物為描繪對象的小說，讀來皆有無可化解的悲痛，與另一組思慕愛戀異性的小說，可淺斟低唱之韻味純然不同。這另組小說，正是翁鬧一次次的靈肉冒險，體驗到的純粹的激動，不為世間一切俗累所拘，將真我裸裎於世人之前。

離開了日本婦女之後，他一度取得內閣印刷局校對員職位，待遇較高考及格者的初任官月俸還高，惜盲目愛戀某一日本女子，因故喪失了高薪的工作。此後他似乎三餐經常不繼，陷入了窮愁潦倒，愛情追求不順的種種孤冷苦悶中。寫下了〈天亮前的戀愛故事〉後，他的生命儼然如一團光燦的烈火，憧憬女性知音，不顧一切縱身情網，擁抱纏綿繾綣的情愛。再過幾年，他終於承受不住內在情愛的延燒與外在蹇阨環境的拉扯，心靈早先於肉體崩潰，對生命、對情欲，他感到更加迷惘。沒有真愛的生命，就如同影子一般，只成了一場囈語罷？他在無聲無息中倒了下去。

今日閱讀翁氏之作，對於那顆熱切、敏感、細膩的心靈，那渴求愛情得不到滿足，卻又沉迷狂亂的氣息，不覺令人悲憐。他，不也就像可憐的戇伯仔？可憐的阿蕊婆嗎？在燈光蒼然的書房裡，我們也早就發現佇立在文學史裡的他本人的幻影。最後謹以《印刻文學生活誌》翁鬧專號之推薦為結：

> 他用下一個世代才能了解的生命文字，過早的寫下他對情慾與人世的虛無體驗。我們無法想像，上個世紀 1930 年代的翁鬧，已經可以用喃喃自語的筆調，寫出帶有存在主義意味的作品。他用虛無探測人類生命的深度，而我們今天則用他的作品，衡量一個時代心靈的真實面貌。[52]

[52]《印刻文學生活誌》第 123 期（2013 年 11 月）封面推薦，〈用虛無測量生命的深度——戰前臺灣文學的一個悲劇性天才〉。

輯四◎

重要評論文章選刊

憶夭折的俊才翁鬧

◎楊逸舟*

翁鬧是臺中師範第一屆畢業的高才生，名列全級第六名。翁姓是不多的，但是如莎翁（莎士比亞）、托翁（托爾斯泰）卻是膾炙人口的芳名，所以翁鬧是很喜歡這個姓氏的。至於熱鬧的鬧字，他覺得太俗氣，不愛這個名字。

翁鬧的特長是會寫很通順的日文，且會做些詩詞。我現在都忘了他所寫的日文詩，只能記住一兩行如下：

春日麗うらに輝く，
鳥は千代（ちよ）と鳴く。

這兩行似乎是讚美 4 月 29 日的天長節的詩句吧？

翁鬧的缺點是看不起臺灣女性，而對於日本女性卻是盲目的崇拜。有一個日本女教員比普通的女子也都不美貌，但他卻寫了好多詩詞去賞美她。完全是一種幻想的美吧。此事經過吳天賞（基督徒）和我給他說破了，他才如夢初醒。

翁的個性很倔強，他原來與我是合不來的。譬如在晚間七時至九時的自修室裡，學生們都應靜肅地自修，唯翁鬧卻在時間內，奇克奇克地作響，攪亂人家的讀書。對於這種故意的搗鬼，我覺得極不愉快，可是沒有人敢去阻止他。

---

*楊逸舟（1909～1987），本名楊杏庭，另有筆名楊行東，臺中人。哲學家、史學家。

到六年級快要畢業的那年（1929 年），因為一個流氓體操教員小山，亂罵臺灣學生為支那人、清國奴（chiang ko-ro）的當兒，我和翁鬧才交談起來。

當時的師範畢業生，需要服務五年的義務教員。如果不服務，便要賠償總督府六年的補貼金，共 720 圓。因此翁鬧畢業後，也乖乖去任教了。

有一次，禮拜六，他來到我教書的龍泉公學校來玩。正好有一位名醫陳以專先生來訪，翁鬧卻躺在床上不起來，用白眼瞥了瞥，毫不理睬陳醫師。

後來陳醫師對我說：「你那位朋友好像是狂人吧。」此言雖不甚恰當，但亦不遠矣。翁鬧如此一點都不在意人情世故。

以後，他單戀一個不值錢的日本女子，為她落淚，性格變得更怪異。

有一次，他寫了一封情書給日本女教員，大家傳說她將告上郡督學，他便有點慌了。我便陪翁鬧去見中師校長大岩榮吾，以免萬一懲戒革職，實在是一件大事。此時，翁鬧在校長官舍的玄關卻很畏縮而謹慎的站立著。

大岩校長對他說：「你寫情書的癖性，應該多多修改。」大岩並答應將去州廳教務課打聽打聽。後來證實所謂告狀一事，只是謠言罷了。真是虛驚一場。

翁鬧遵照規定服滿了五年教員後，也渡航前來日本東京留學。起先在一所私立大學掛名，穿了私大的制服，對他倔強的自尊心，當然很不滿足。有一次他在銀座散步時候就說：「在銀座遊蕩的這些眾愚的頭腦集中起來，也不及我一個。」雖是說笑，也可窺見他的妄大。

翁鬧住東京高圓寺時，曾與一個 46 歲的日本婦人同居。當時翁鬧是 28 歲，與那婦人相差將近 20 歲。那個日本婦人曾嫁給俄國人，後來離婚了，在高圓寺街頭擺麵攤，專供薪水階級吃宵夜。

吳天賞是一個基督徒，他在青山學院就讀英文科。我和吳天賞覺得翁會墮落，所以便去勸他與那個日本婦人分開。他也就淡然與她分離了。

後來，翁鬧去應考內閣印刷局的校對員，竟給他考上了。校對員的日本名稱是「校正係」，月薪為 95 圓。當時東大畢業生的初任級為 70 圓，高考及格者的初任官月俸為 85 圓，所以翁鬧的待遇實在太好了。

翁鬧考取了這樣好的職位，實在難能可貴，不知他的心情如何？因為那時我已搬到了靠近大學的雜司谷區，後來又搬到了大塚窪町，愈來愈與他疏遠了。

翁鬧在職時，又寫了「情書」給陌生的日本女子。他自認為自己的日文詩可打動日本女子的心扉，可是自第二封信起，那女子就把他的情書原封不動地退回給他。翁鬧不死心，還繼續寫，那女子只好告訴她的父親。

翁鬧想和日本人希求平等，這種心理我們都能夠了解。可是如果站在日本人的立場而言，臺灣是日本的殖民地，臺灣人倘若乖乖地順從，當然沒話講，但是萬一要太出風頭，便會惹起麻煩。

那女子的父親索性就向印刷局長告狀，望他制止翁鬧的盲動。那位局長也不查問，就把翁鬧撤職了。從而，翁鬧便失去了高薪和愛情，真是雙頭無一兜了。

翁鬧被撤職之後，很失志。且本來他就不努力，只想靠才取巧，所以無職之後，他就把書籍拿去當鋪借錢過活。他有一部英文學叢書，從來沒讀過，也拿去當掉了。後來，連衣服、被單都提去當掉。

冬天氣候奇冷，翁鬧睡在亂七八糟的報紙堆裡，就這樣凍死了。

28 歲的青年，年富力壯，怎麼不肯勞動掙錢，而白白給餓死。對於這點，我不甚了然。他自稱是養子，對於親生的雙親一無所知，因此自暴自棄也說不定。

——選自《臺灣文藝》第 95 期，1985 年 7 月

幻影之人——翁鬧

◎劉捷*

臺灣新文學運動，約略開始於 1932 年，由日本留學生所組織的「臺灣藝術研究會」發行《福爾摩沙》，經過兩三期之後，畢業的返家，後繼無人，陷於無法再進軍之時，島內即有《先發部隊》、《第一線》出現，接著又有集結全島文人的臺灣文藝聯盟成立，發刊《臺灣文藝》月刊，幾乎是臺灣文藝運動的十字軍，戰線擴大至四百五十萬方里的島內各角落。

此時有一群的文藝愛好者，以中文寫作的島內在住者和以日文寫作的日本留學生，他們各受祖國五四新文學運動以及日本文學之影響下孜孜耕耘、開拓、創作。翁鬧就是那時日本留學生臺灣藝術研究會的一分子，我和他沒有個人的往來深交。東京市本鄉區元町張文環兄之家每日有文學青年出入，因為那時文環兄與奈美子夫人結婚，設有伙食，初次來到日本的，在住的常常在此集合，這裡雖然沒有掛上招牌，無形中就是「臺灣藝術研究會」——《福爾摩沙》的集會所。我和翁鬧常在此地碰面交談，有時候是翁鬧、張文環、我三人，有時候是曾石火、蘇維熊、施學習、巫永福、吳坤煌等多數人。在我的記憶中，他和當時的一般窮學生一樣，一年到頭穿的是黑色金鈕的大學生制服，蓬頭不戴帽子，表示輟學已不上學堂。四處旁聽，逛講演會、書鋪或參加各種座談會，這種「遊學」方式盛行，畢業後不願返臺灣的文藝者個個如此，而實際上對於文藝寫作的修練也是最有效的方法之一，這樣可以自由參加各種有關文學、藝術的集會，

---

*劉捷（1911～2004），筆名郭天留、張猛三、敏光，屏東人。詩人、小說家、評論家。發表文章時為《農牧旬刊》發行人兼社長。

多認識圈內文壇人士。

翁鬧的中篇小說〈憨阿伯〉，刊在距今 50 年前昭和 10 年（1935）7 月 1 日發行的第 2 卷第 7 期《臺灣文藝》，有人譯做〈憨爺〉，稱「爺」恐與原作原意有差，「憨阿伯」是個獨身漢，砂眼、體強、目不識丁的鄉下好人，作者在開場白有詩云：

算命先生說六十五歲那年
你會上草埔，
今年我已六十五
要作準備不是？
但若不死呢？我說
你得還我五塊錢
算命先生搖頭說，豈有此理，
又說過了六十五以後
你將活到一百歲
命長可喜只是終生娶不到老婆。
算命先生要我再給二塊錢
授以解運的錦囊妙計，
我認命了，沒有答應他
又經過了十年
今年我已七十五歲
該做上草埔的準備不是？

從這一首詩可知主角憨阿伯性情的一斑，篇中尚有下面的人物：

憨阿伯的母親金媼——纏足，咬檳榔，同患砂眼，養豬。

憨阿伯的弟弟夫妻——貫世和阿足，阿足是煉瓦工廠的女工，體格肥胖力大，人稱「火車母」。

全篇的主題內容是 50 年前，日本殖民地臺灣農村的生活風景，背景是臺中縣清水鎮附近山腳的農村，憨阿伯一家人，為生活個個勤勞工作，憨阿伯栽種香蕉、鳳梨等都賣不到好價錢，文中有豬、蛇、蜘蛛、蟾蜍等的動物出現，憨阿伯後來經人介紹在清水鎮，被一家賣鹹魚的店鋪雇用做雜工，遇到不同性格的各樣人物，但都是平凡的農村小鎮上善良的鄉下人，在這裡又有基督教會、警察派出所、獅陣等的描寫，點綴當時臺灣農村社會的單純、樸素，那時女工一天的工資只有四毛錢，可見養活也不易，但作者翁鬧對於殖民地農村的描寫不像當時普羅文學作家取材鬥爭對立，叫囂，揭發貧苦、黑暗等等，他的筆觸輕鬆、流利，雖然對象盡是農村小鎮的平民，生活貧苦、衛生環境不良、知識水準不高，但皆是純樸可愛的田舍人，日出而作，日入而息，筆者的主題意圖明顯地為描寫憨阿伯的生平以及當時的農村風俗、生活習慣，可惜，對於憨阿伯的「憨」（傻）氣描繪不夠深刻，人物故事的安排也不怎麼生動，令人讀後不留印象，這也許當時留學生寫作技術的限界如此。記得同一時候，韓國出現一位作家張赫宙，他以〈叫做權的男人〉一作登上日本文壇，轟動一時，翁鬧是不是也受他的影響，不得而知，但在今日讀他的這一篇代表作之時，不難看出他多少是為適合日本文壇的口味而寫，其次是翁鬧取材鄉土，描寫農村小人物，略有民族氣息，然而只因他所走的路線是純文藝新感覺派，為藝術而藝術，日本文學一直以純文藝為主流，而且 1934、1935 前後數年是俄羅斯古典文學、法國文學昌盛的時代。出版界有《改造》、《中央公論》、《文藝春秋》、《新潮》、《文學界》等之大型雜誌。橫光利一、川端康成、林房雄、武田麟太郎、豐島與志雄、小林秀雄等作家大活躍，翁鬧的思想生活大受杜斯妥也夫斯基的影響，寫作技術則受日本純文學派之感化，不以故事情節的新奇號召人，概從日常生活的瑣事取材，靠自己的寫作技術，雕身鏤骨，以表現真善美純粹為第一，所以純文學這一派的作家多半是文章的鍊金巨匠，翁鬧年輕而去世，否則大可占有日本文壇的一席。

關於翁鬧的個人生平，我所接觸的只是東京《福爾摩沙》時代一段短時間，所知不多，在我的回憶中，他像夢中見過的幻影之人。有一次是我住在東京湯島天神町，內人利用假日購進大量的雞頭雞腳，一一拔毛，燉醬油，準備做為一星期的菜料，夜間翁鬧同兩位學生上門而來，約一兩小時之後，把所有燉雞、冷飯、鹹菜吃得一乾二淨，然後悠揚走路返回他所住的中野而去。

那時為進出日本文壇，畢業後不肯返鄉，在東京苦修流浪的文藝人，翁鬧是典型人物之一。又有《暖流寒流》的作者陳垂映（陳瑞榮先生）有一年暑假回臺，請翁鬧暫時住下他的公寓，返來之後，所有棉被衣服都不見，看家的翁兄亦不知去向，可見當時的翁鬧生活浪漫，窮苦到了極端，他那種深刻的人生體驗，鍥而不捨的精神，倘若能夠發揮於文學作品，天再假以長壽的話，翁鬧的成就必然可以期待，更有可觀。

——選自《臺灣文藝》第 95 期，1985 年 7 月

關於翁鬧

◎張良澤*

多情才子多情恨

楊逸舟先生自敘傳《不堪回首話生平》大作中，〈憶翁鬧〉一文，提供了臺灣文學史上一位頗為重要的作家之背景資料，彌足珍貴。

我自摸索臺灣文學以來，即甚喜愛翁鬧的作品，可是苦於無從知道他的身世背景。今讀楊文，始知他的文學正如其人：熱情奔放，感情纖細，洞察入微。

他為人倨傲，不阿世俗，放浪不拘，愛寫情書，不善營生，種種「劣跡」，在學者風範的楊先生筆下，難免有「微詞」。但翁鬧之所以會成為作家，也是這種氣性使然。當然不一定所有的作家都要有浪漫性格，但至少翁鬧之所以成為翁鬧，且在臺灣文學史上留下不朽足跡，終至凍餓而死，恐怕也非常人所能模仿的。

我本非學者（如今為了混飯吃而冒充「學者」，可恥之至），自幼多愁善感，愛寫情書，「劣跡」很像翁鬧，但我沒有在 28 歲時凍餓而死，所以無法成為「翁鬧」。不過，翁鬧的多情善感，憤世嫉俗而未得倩女青睞，終至抱憾而死，其心境我可理解一二。

文壇地位

楊文中，只提到翁鬧學生時代的詩，使人以為他只是耽溺於女色的幻

*發表文章時為日本筑波大學副教授，現為真理大學臺南校區臺灣文學資料館名譽館長。

想者。其實他於情書之外，也創作了不少小說與詩歌。如果今日能再找到當年他所寫的情書，加以彙集成冊，則可能比美於《少年維特之煩惱》，而成為不朽之作。可惜當年的日本女子未具慧眼，沒有接納他的奔放如火之愛；而他的友人也沒有珍惜他的奇才，替他保存那些激情的書簡，終至埋沒了臺灣青年維特。痛哉！惜哉！

雖然翁鬧留傳的作品不多，但時至今日，臺灣文壇仍尊崇備至。

1979 年 7 月，臺北遠景出版社出版了一套《光復前臺灣文學全集》，蒐羅了戰前所有重要作家作品。其第 1 卷至第 8 卷為小說集，由當代臺灣文學巨匠鍾肇政、葉石濤主編；第 9 卷至第 12 卷為詩歌集，由當代臺灣詩壇主將陳千武、羊子喬主編。二者都採收了翁鬧的作品如下：

《光復前臺灣文學全集・卷 6——送報伕》

1.音樂鐘　（原發表於 1935 年 6 月《臺灣文藝》第 2 卷第 6 期）
魏廷朝譯

2.憨伯仔　（原發表於 1935 年 7 月《臺灣文藝》第 2 卷第 7 期）
鍾肇政譯

3.殘雪　（原發表於 1935 年 8 月《臺灣文藝》第 2 卷第 8、9 期合刊）
李永熾譯

4.羅漢腳　（原發表於 1935 年 12 月《臺灣新文學》第 1 卷第 1 期）
陳曉南譯

5.天亮前的戀愛故事　（原發表於 1937 年 1 月《臺灣新文學》第 2 卷第 2 期）　魏廷朝譯

《光復前臺灣文學全集・卷 10——廣闊的海》

1.在異鄉　（原發表於 1935 年 4 月《臺灣文藝》第 2 卷第 4 期）
月中泉譯

2.故里山丘（原發表於 1935 年 6 月《臺灣文藝》第 2 卷第 6 期）

同人譯

3.詩人的情人（原發表於 1935 年 6 月《臺灣文藝》第 2 卷第 6 期）

同人譯

上述兩卷中，都附有作者簡介，彼此大同小異。茲抄錄如下：

翁鬧，彰化縣人，1908 年生，畢業於臺中師範，曾擔任教師，後赴日本，就讀日本大學。翁鬧生活浪漫，不修邊幅，無拘小節，類似現今的西皮。他曾以小說〈憨伯仔〉一作，入選日本「改造社」的文藝佳作。在日本與張文環、吳坤煌、蘇維熊、施學習、巫永福、王白淵、劉捷等人組織「臺灣藝術研究會」，並創辦《福爾摩沙》雜誌。1940 年左右，病歿在日本。

——《光復前臺灣文學全集・卷 6——送報伕》

翁鬧，彰化人，1908 年左右生，畢業於臺中師範，曾擔任教師，後赴日本就讀日本大學，加入「臺灣藝術研究會」，並創辦《福爾摩沙》雜誌，1940 年左右，病歿於日本精神病院。

——《光復前臺灣文學全集・卷 10——廣闊的海》

此套全集的〈編例體制〉（張恆豪、林梵、羊子喬三人執行編輯）曰：「凡是當時的傑作佳篇皆盡力地予以蒐全編入，其性質一如時下的『世界文學名著全集』，並非是廣義的良窳不分，照章全收。」可見各家作品皆經過一番的精選。試觀第六卷所收同時代的各家篇數如下：

楊　逵　四篇

郭水潭　一篇

徐玉書　二篇

陳瑞榮　一篇

徐瓊二　一篇

藍紅綠　一篇
陳華培　二篇
邱　富　一篇
翁　鬧　五篇
廢　人　一篇
一明　　一篇

以上計 11 人 20 篇。以臺灣文壇響叮噹的楊逵作品之多，本卷才收四篇，而翁鬧的全卷之冠。可見翁鬧出道雖比楊逵為遲，但其成就在當今年輕評論者眼中，並不遜於楊逵。憑此一點，即可證實翁鬧在臺灣文學史中所占地位之重要。

作品簡介

茲就前舉小說五篇，簡介其內容梗概如下：

〈音樂鐘〉（原題「歌時計」）

我在東京的住宿處，某天早晨醒來，聽到何處傳來音樂鐘唱出的很熟悉的音樂。想起那支歌曲正是祖母家的音樂鐘的歌曲。

童年時代，最愛去祖母家把玩那個音樂鐘。

中學一年級暑假，祖母家大拜拜，各方親戚都聚來，也來了一個從未見過的漂亮女孩。

是夜，小叔（大我三歲）、我和那個女孩被分配於同房。

「喂，你跟她一塊兒睡吧。」等到女孩睡著了，小叔這麼說著，輕輕撞我的身體。

「不要，小叔去跟她一起睡好了。」我羞得在黑暗中感到臉頰發燙。

一會兒，我慢慢開始伸手過去。只想碰一碰女孩的身體。當然，只要女孩和小叔沒發覺，我未嘗不想輕輕摟抱她一下。

可是，時間過了很久，我的手始終未觸到女孩的身體。整夜都在伸手過去，可是音樂鐘開始唱歌時，我的手還未到達女孩身邊。天色已亮了。

遙遠的故鄉，遙遠的往事。那女孩如今嫁到何處呢？

此篇描寫少年情慾初動，意境美妙，令人如臨其境，而又不免嘆青春之易逝。

〈憨伯仔〉（原題「憨爺さん」）

憨伯仔今年 65 歲，未娶妻。上有老母阿金婆，下有弟弟貫世及弟媳阿足仔。

八年前，一家人住在山上，種了些茶樹。自從瞎眼的老爸死了以後，他們搬回鄉下老家。開闢了一塊荒地種香蕉，曾得過香蕉品評會的一等賞。可是好景不常，南部興起的鳳梨罐頭業打垮了香蕉業，憨伯也改種鳳梨，但土地不合，鳳梨收成不佳。農村經濟凋敝，憨伯仔只好做些散工，扒掃枝葉，供老母煮豬菜餵母豬。

弟弟貫世得蛤蟆病，肚子一天比一天大，推臺車掙些生活費。他娶了「火車母」，大臉厚唇，毫無表情，但在磚窯工作，象腳咚咚踩響大地，搬運磚頭屬第一。

憨伯仔積了一點錢，為了醫治快要失明的眼睛。在清水街的厚仁醫院接受手術。但不久，那眼科醫生不知何故被巡查逮捕。

貫世兩眼細得像兩柱香，但肚子卻比阿足仔懷胎的肚子更大。終日呻吟床上。老婆阿足仔說：「你死了也不會有人哭的，快死好啦。」

鄰居的「牛母仔」每天上山買豬糞。一天，憨伯仔路過，看到「牛母仔」死在路邊，手裡還抓住裝豬糞的籠子。

生活沒有任何改變。第二天一早，阿足仔的鼾聲和貫世的呻吟聲中，阿金婆起來餵豬，憨伯仔挑起籠子，走向沒有屍體的山路。

這篇小說沒有故事，沒有高潮，用沉悶筆調描寫「村子裡，人人都牛馬般地幹著活。他們之中沒有一個懶惰的，也沒有一個人在想著生活以外的事，或策畫著什麼陰謀。然而，那種晴朗的笑卻從他們臉上消失了。他們變得習慣於用萎縮的、扭曲的面孔來看東西，與別人交談」的殖民統治下的生活。環繞於憨伯一家人的生活環境，有臺灣民間習俗、英國神父的傳教、農村經濟的蕭條種種。而作者對於殖民統治的反抗，若隱若現於字裡行間。

〈殘雪〉（原題）

林春生[1]出生於臺灣南部的中產階級農家。來東京就讀 T 大法科，每月家裡寄來生活費。但林拋棄文官仕途，立志從事戲劇工作，並決心數年後要組團回臺灣演出。家裡反對，不再寄錢，林過著貧苦生活。

某日，林在新宿的咖啡屋，奇遇了一美貌女侍名字喜美子，強求林帶回宿處。兩天的共同生活，始知喜美子家住北海道，高中畢業即離家出走，隻身來京謀職。林為全神貫注於演戲，勉強壓抑慾念。第三天，喜美子找到新工作，便離開林而去。

其後，林一邊猛練戲劇，一邊後悔自己的優柔寡斷，失去了一朵開在原野上的百合花。一天，正想去找喜美子，突然接到署名陳玉枝的來信。

那是 19 歲，畢業中學那年，陳家經商失敗，搬來鄉下附近。陳家養女陳玉枝原先就讀臺南女中，現已輟學，但仍穿女中制服，17 歲，發育良好。林春生與她偷偷交往一年，謠言傳遍全村。林家為了制止兒子娶了養女，便送他來東京讀大學。如今，陳玉枝才打聽出情人住址，也知道他生活困苦，便寄來 50 圓匯票。並說她為了反抗養父強迫與一富家子弟訂婚，便離家出走，到臺北的喫茶店工作。

林的舞臺演出頗為成功。喜美子也來捧場。導演決定採用為正式演員。

每有演出，喜美子總來鼓勵。林頗愛她。但又遇中學許北山，從許口中得悉陳玉枝已被家人尋覓，即將被迫成婚，後果不堪設想。

林春生決定請假歸臺，正籌思船期之際，突接喜美子來信稱：已被父親尋著，強被帶回北海道。

林春生又想去北海道，男子氣地向她表明愛意，抓住輕輕溜掉的幸福。但是玉枝可能在農舍屋簷下哭泣。

---

[1]編按：本文原作「林春山」，據翁鬧日文原文，逕訂正為「林春生」。

他不知要回臺灣還是去北海道？究竟哪邊較遠？他覺得哪頭都很遙遠。最後他不想走動。打開窗戶，昨夜的殘雪從屋頂上滑落下來。

這篇小說描寫了兩個造型不同的少女，一個是鄉土之親，一個是異族之情。就義理上而言，男主角應該回臺探望；就感情上而言，他又嚮往北海道的野百合。且男主角又拋開不下他的藝術工作。其心理之矛盾，或可看出當時翁鬧的苦悶。

〈羅漢腳〉（原題）

羅漢腳今年五歲，在六個兄弟中排行第五，他爸爸一年到頭不是在田圃工作，便是幫別人做農事，所以他對阿爸所知不多。他阿母有時則到鄰家幫忙碾穀子，或在家忙著編竹笠。

羅漢腳有時向阿母吵著要一分錢去店仔買糖果，阿母就罵他說：「圳溝沒蓋蓋子，去跳水好了。」羅漢腳只好去大榕樹下玩。樹頭凹洞處，有小酒杯、線香供奉神明。他跳攀低垂的樹枝，吊著搖到手麻才下來。

有時去池塘玩水，阿母說水裡有生蕃放毒藥，碰了水，會直立不動，生蕃便來砍頭。羅漢腳怕得不敢去玩水。

正月時節，阿母要他跟鄰居烘爐仔去墓地領些粿仔回來。羅漢腳果然去墓地看人家祭掃，人家便分一個白粿給他。這天領了三個白粿回來，阿母很高興。

羅漢腳六歲那年，始知自己的名字不太好聽，和「剃頭仔」、「吹鼓吹」甚至和「乞丐」差不多。但村子裡的小孩子大多類似這樣的名字。

有一天在稻穀堆裡取暖的時候，被烘爐仔嚇了一驚，兩天不吃飯。阿母向烘爐仔要些唾液回來給他喝，也未治好。阿母用廚巾包住一碗米，在羅漢腳身上各處按來按去，口中唸唸有詞。果然第二天就精神煥發了。

有一天，三歲的小弟弟因為肚子餓，喝下了煤油。阿母急著大叫，叫羅漢腳飛跑去買韮菜和豆菜芽回來，搗成汁，灌入小弟口中，不久，小弟吐出許多穢物。阿母把他抱在懷裡取暖，顫顫地說：「好可憐，肚子一定餓死了。」

不久，有一個陌生的阿姨來了，分給小孩幾個糖果，阿母給小弟弟穿上新衣新鞋。阿姨背了小弟弟要去哪兒。阿母說：「乖孩子，阿姨要帶你上街去看戲，馬上就會回來。」小弟弟被長帶子縛在阿姨背上，不時轉頭看阿母。等送出門口，阿母就哭起來。

烘爐仔的母親後來偷偷告訴羅漢腳說：小弟弟被賣到很遠的地方去了，不會回來了。

這篇小說片片段段描寫羅漢腳仔的生活，平實地展現臺灣農村的景物和人情；尤其是貧農生活的悲苦，透過小孩天真的眼光，雖無特異奇突，但叫人讀來不禁欲哭。

〈天亮前的戀愛故事〉（原題「夜明け前の戀物語」）

想談戀愛，想得昏頭昏腦。為了戀愛，決心不惜拋棄身上最後一滴血，最後一片肉。只有戀愛才是能夠完成自己的肉體與精神的唯一軌跡。

像我這樣的廢料，自然沒有理想、希望，從而一般人所嚮往的名譽、成功、富貴等事體，我更是從來沒有想過。我只想把自己唯一喜歡的女孩，緊緊摟抱在懷裡。把那女孩用胳膊盡力抱住，貼緊那甜蜜的櫻唇，然後使這副肉體跟她的肉體合而為一的時候，「我」才會體現完整的狀態。

今天是我滿 30 歲的最後一天。最後的青春，只要一分鐘，不，只要一秒鐘就好，我的肉體可以跟愛人的肉體融合，我的靈魂可以完全與愛人的靈魂緊緊貼在一起，那麼我死也無憾矣。

妳才 17、18 歲吧，你是出身北海道的可人兒。讓我告訴妳南國熱帶一個早熟孩子的故事吧。

大概十歲左右，我在庭院裡看到一隻公雞追母雞，公雞爬到母雞身上，幾次滑下來，最後牠們都流著口水，氣喘吁吁。

中學二年級時，有兩隻蝴蝶連在一起，飛到我眼前，我把牠們拆開來，可是兩隻仍然顫抖著相看。中學四年級時，我和朋友在街上跟蹤一位貌美的小姐，至其家，始知小姐明天要出嫁。這該是我的初戀，也是第一次失戀。五年級時，愛上一個女學生，苦戀了兩年，最後她屈服於家庭的壓力，同別人結婚了，再兩年後，她突然來信，坦承這四年來對我的愛慕之心，並要我忘記她已逝的青春。

啊！說不完的故事。我總覺得這世間的所謂文明，無非是虛偽的面具。處於這種環境，我幾乎要瘋狂了，人類應該回到野獸時代。

天快亮了，我該走了。如果妳願意認真地考慮妳和我的命運，那麼我下次再來。請妳送我到門邊，露出妳的笑容，讓我再看一眼。再見！

這篇小說是翁鬧最直截地表達了某種人生觀和戀愛觀的作品。這篇之後，再也沒看到其他作品，可能他真的瘋狂了，或可能他已走上自我毀滅之途了，後人不得而知。

筆者讀此篇，想起一顆熱情而孤獨的靈魂，不禁百感交集。

事蹟待考

翁鬧的作品除了上述五篇小說之外，尚有詩、隨筆、短評等多篇，於此不及一一介紹。

現在，關於翁鬧的生平事蹟略作考察如下：

一、關於生死年月

《光復前臺灣文學全集・卷 6——送報伕》記翁鬧生於 1908 年，《光復前臺灣文學全集・卷 10——廣闊的海》記生於 1908 年左右。楊逸舟文中未明記。考之楊逸舟先生誕生於 1909 年，則可能與楊同年或長一些，即 1908 年或 1909 年。

又《光復前臺灣文學全集・卷 6——送報伕》稱「1940 年左右，病歿於日本」，《光復前臺灣文學全集・卷 10——廣闊的海》稱「1940 年左右，病歿於日本精神病院」，而楊文稱：「28 歲凍餓死於報紙堆中」。若 28 歲可靠的話，則死年為 1936 年或 1937 年。至於死所，若在精神病院，則楊逸舟必定知道。且「外地」（殖民地）學生若被發現精神病，必先通知臺灣家人領回療養。故翁鬧可能於家人不知、親友疏離之下，孤獨地死在自己的寓所。後來傳言也得了精神病，才使人聯想到他死於精神病院吧。

天才與瘋子，只是一紙之隔。世人往往自認為自己是天才而非瘋子，或裝瘋子以假冒天才。其實真瘋子何其寥寥哉。

二、關於文學活動

《光復前臺灣文學全集‧卷 6——送報伕》、《光復前臺灣文學全集‧卷 10——廣闊的海》皆稱他與張文環等人組織「臺灣藝術研究會」，並創辦《福爾摩沙》雜誌。此項恐與事實不合。

查當年日本特高警察密探追蹤所記下來的文獻《臺灣總督府警察沿革誌》第二編，當最可靠。據該文獻稱：東京留學生籌組文化團體始於昭和 7 年（1932）2 月，由王白淵發起，經過多次聚商，前後露名者有：林兌、吳坤煌、葉秋木、張麗旭、張文環、林衡權、翁廷森、張水蒼、吳遜龍、謝榮華。但於是年 9 月 1 日即被迫解散。隨即籌組「臺灣藝術研究會」以避政治壓力，前後開會三次，露名者有：林添進、魏上春，巫永福、柯賢湖、吳鴻秋、吳坤煌、張文環、莊光榮、陳某、王白淵、蘇維熊、施學習、陳兆栢、王繼呂、楊基振、曾石火。最後於昭和 8 年（1933）5 月 10 日，選舉人事如下：

編輯部長　蘇維熊

部員　張文環

會計部　施學習、吳坤煌

並決定發行機關雜誌『フォルモサ』（福爾摩沙）。

至此，翁鬧之名，從未出現過一次。如果「翁廷森」（日本大學）是翁鬧的化名，則亦屬於「藝術研究會」之前的胎動時期，並未直接加入研究會，更遑論創辦《福爾摩沙》。

再根據最近巫永福與吳天賞的座談（發表於 1985 年 2 月《笠》雙月刊），也都未提及翁鬧參與其事。

三、關於入選佳作

看了多種翁鬧的介紹文，其中必提到：翁鬧曾以〈憨伯仔〉一作獲得「改造社」的文藝佳作。

按〈憨伯仔〉發表於昭和 10 年（1935）7 月《臺灣文藝》（張星建編輯兼發行），其文未加註「1934 年 12 月作、1935 年 5 月改寫」。則此篇創作於 1934 年底，投寄雜誌社，則必揭曉於 1935 年。故筆者特地調查『改造』雜誌全部，果然於 1935 年 4 月的『改造』第 17 卷第 4 期上，刊登「第八回懸賞創作入選發表」啟事。其入選名單如下：

第一等入選：（缺）
第二等入選：小說「火焰的記錄」
　　作者　湯淺克衛
佳作　　　：小說「尼克拉伊黑夫斯庫」
　　作者　三波利夫
選外佳作　：小說「序文」
　　小說「接觸面」
　　小說「姊」
……

按，選外佳作共 22 篇，未具名，無「憨爺さん」之篇名。翁鬧絕不可能把佳作的題目改掉。故可證未入選『改造』佳作。

但當年改造社另發行一刊物『文藝』。有可能是應徵『文藝』的小說徵文。可惜手邊資料不全，有待日後追查。

不過，《臺灣文藝》該期的〈編輯後記〉稱：「本期創作欄的「憨爺さん」為『文藝』的選外佳作，已迫近入選圈，今由作者細心改作的作品」云云。似乎可信。但未找出證據之前，筆者寧可保留。

翁鬧的處女作

前文中，筆者考證翁鬧並未參加「臺灣藝術研究會」，亦未參加創辦《福爾摩沙》的另一旁證是：《福爾摩沙》的創刊號（昭和 8 年 7 月 15 日發行，編輯兼發行人蘇維熊），裡面有翁鬧的一篇詩作，題目〈寄淡水海邊〉；其題目之下，編者括弧稱「投稿」。並於〈編輯後記〉稱：「謹向本期的投稿者楊行東、翁鬧（誤印為翁閑）致謝。」

可證《福爾摩沙》創刊時，翁鬧還是圈外人。至於「楊行東」是誰？尚待考證。但就該篇投稿〈對臺灣文藝界的期待〉的文脈看來，很像楊杏庭（楊逸舟）的口氣。此事有待其本人出來證實。

我為什麼如此大膽推想？因為吳天賞是《福爾摩沙》的同仁，亦於該創刊號上發表小說〈龍〉。根據楊逸舟自敘中稱，他曾和吳天賞去勸導翁鬧勿可墮落。由此交情之深，則吳天賞加入《福爾摩沙》，豈有不拉同志入夥或鼓勵朋友投稿之理？

至於翁鬧發表了〈寄淡水海邊〉一詩，是筆者目前找到的翁鬧最早期作品。除了學生時代的習作之外，姑且認定此篇為翁鬧踏入文壇的「處女作」。可惜這篇「處女作」並未被選入《光復前臺灣文學全集》，故特選譯於下，以資紀念。

海風輕爽地吹來
西天燦耀著玫瑰色與銀光
如同無數的小白兔
浪潮不斷擁來
我握著妳的手　眺望著
妳的淡桃色的姿影令人難忘

妳住在那個大都市的——區域的
暗黑小巷裡
我和妳走在鋪石路的夜晚
高樓的平臺屋頂上的滿月
比平時顯得紅暈些

在妳的房間裡
有一天早晨我醒來的時候
透過屋頂的玻璃小窗口
投射進來的陽光
造出悽愴的明暗
妳的傢俱——圓桌、衣櫥
藤椅甚至睡床上
我偷偷地掉了眼淚

如今還常常襲擊我心的憂愁
那未滿十六歲的花蕾
不得不出賣肉體的妳！
妳現在還在那陰暗寂寞的小屋裡嗎？
在那島上的岬角上的砂丘
同妳佇立而做夢的日子呀！

——翁鬧作，張良澤譯〈寄淡水海邊〉

餘話——楊逸舟的一篇論文

在我翻查翁鬧的資料之際，赫然發現了《臺灣文藝》第 2 卷第 6 期（昭和 10 年 6 月）上有一篇重要論文排於卷首。題目是〈無限否定與創造性〉，作者為「楊杏庭」！

楊逸舟先生原名楊杏庭。此篇論文主要評介黑格爾、海涅、謝斯托夫三家哲學的異同，並就無限的自我否定，探討藝術創造的無限性。內容精深，非我淺輩所能理解。綜觀當年的臺灣文壇，寫文學評論者不乏其人，但多停留於直觀式或主義式的評論。就純粹哲學的立場剖析生命的藝術論，恐怕此篇是開河之作。難怪編者以顯著地位排於卷首。

此篇論文的末尾，作者附了三頁的「後記」。說明自己苦讀英文、德文、法文的經過，以及閱讀各國文學書、哲學書的心得。由此可見楊先生之治學精神之嚴謹。

這些經驗，希望在今後的自敘傳中，不斷地寫出來。故我不必在此多嘴。

唯在其「後記」中，楊杏庭先生說了一段話，大致如此：「我還沒有資格論談文學。一年也不過讀十數篇作品而已。臺灣人的作品之中，我認為較好的作品是呂赫若的〈牛車〉」云云。

可見當時楊先生對呂赫若的評價高於自己的友人翁鬧或吳天賞。這是很公允的。

順便一提。與楊杏庭的論文同期出現的翁鬧的作品有：小說〈音樂鐘〉，詩〈故鄉的山丘〉、〈詩人的情人〉、〈鳥之歌〉。共四篇。

楊與翁兩人同在東京，同樣看到此期同時刊載彼此的作品。不知兩人有無交換過意見？或彼此有何批評？

這些問題都是引人興趣的「軼事」，也是文學史上的「逸話」。希望楊老及所有前輩們多多記下點點滴滴。

1985 年 2 月 28 日　成稿

——選自《臺灣文藝》第 95 期，1985 年 7 月

東京郊外浪人街

◎黃毓婷[*]

「東京都」作為一個概念上的空間，它以昔日的江戶城、今日的皇居為圓心，持續不斷地吸引各地方來的人駐留在這圓心向外輻射出的同心圓裡；東京都的發展，就是這個同心圓將外圍的郊外不斷包攝到內部的過程。東京都中央環狀鋪設的鐵路線「山手線」，大致就是第一個同心圓的範圍。

1889 年，那時候的東京都還是「東京市」，從山手線的新宿站（還不屬於東京市內）向西延伸的一條長長的鐵路部分通車了，沿線只有中野和大久保兩個車站，直到 1922 年 7 月，才增設了高圓寺、阿佐谷、西荻窪三站。鐵路線和車站的開通為新宿以西的東京市郊大片土地作好了迎接大量人口的準備。翌年，震度 7.9 的大地震震垮了市內近半數的房舍，地震前已完成鐵路鋪設的地區便在短時間內遷入了大量的人口，西郊的中央線沿線地區就是其中之一。住在中央線沿線的半數以上居民是住在郊外、工作在東京市內的通勤人士，公司雇員、官吏、軍人、教師這類「專業受雇者」和他們的家人占了絕大多數。中央線上的高圓寺也應當反映出這樣的居民相貌，從 1936 年《臺灣文藝》上刊登的植村諦〈高圓寺站前街道〉[1]，便相當紀實地呈現了這些人的生活。

當太陽高高離開地平時，

早晨亦在此街道降臨。

---

*發表文章時為中央研究院臺灣史研究所博士後研究員，現為交通大學通識教育中心專任教師。
[1]植村諦，「高圓寺驛前通り」，《臺灣文藝》第 3 卷第 6 期（1936 年 5 月），頁 58～60。

卻非一日之始，而是昨日的連續的早晨……。
開門的店員睡眠不足的眼前，
是流向車站的浩大的人龍、
廉價卻整潔的洋服、
磨得光亮的鞋
以鬍鬚和走路的方式作威嚴或高尚狀，
著了什麼魔似的流動行列
這個街道像接了動員令，
接連將近兩個鐘頭，
末尾的要比排頭的更添威儀和高尚，
那直接顯示了他們在辦公室裡的階級。
……
傍晚——
今晨通過此地的行列賦歸。
不是凱旋的勇士，較似敗軍的士卒。

這些不具表情、「像接了動員令」一般盲目行進的人群，就是構成此地主要人口的白領階級。然而，在這些白領階級的生活律動之外，還存在著另外一種「高圓寺」居民，這些人和郊外大多數的居民大相逕庭，卻是這首詩真正謳歌的對象。

從各處巷弄裡走出披髮垢面的醉漢，
雙瞳中閃耀著詭譎的光，
這宿命的、乏味單調又可笑的，
小市民生活的不幸與
對那看不見摸不著的巨大力量的憤懣，
彷彿不惜激辯、不惜自戕，即使殺人亦無所懼般，

猛烈而狷狂地，

在正熟睡的深夜街道上咆嘯著。[2]

植村諦是奈良縣出身的詩人，當時就住在高圓寺七丁目。遠從東京寄稿予臺中《臺灣文藝》的內地（日本）作家中，住址可考的僅植村諦和江口隼人二人，巧合的是，這兩人1936年當時都住在高圓寺車站附近。

翁鬧在他的散文裡說：

高圓寺這裡紛紛擾擾、街上走動的浪人何其多啊！說起來，到底是因為丟了飯碗的人們像講好了似地集體窩到這裡來的緣故。……來到東京之後我頻頻遷徙，也落腳過許多地方，卻始終像被什麼追趕著似的，有踏不著地的感覺，最後還是不得不又淪落到高圓寺這裡。仔細想想，這浪人街的風情畢竟是溶入了自己的調調裡，再也逃不掉了吧！況且，從這裡到新宿只要十錢、到銀座只要二十錢，每每還可以看到聞人名流交錯在失業遊民的人潮裡，即便是黑暗的巷弄也充滿了首都才有的空氣，這就更使我難以割捨了。

殖民地青年在東京借宿的困難，在吳新榮自傳性質的小說〈友情〉裡也可見一斑。小說中，殖民地來的青年人為了參加高等文官考試來到東京，想要租個可以安靜準備應考的地方，可是「若那是個舒適的小房子，別人覺得你不過是個學生怎麼租得起；若是個還可以的地方，房東一聽見你是臺灣人，那表情就像在說『開什麼頑笑』，當場便拒絕你」。[3]最後，吳新榮在「高圓寺車站下車後要走十分鐘路程」的荒涼地方找到了落腳處。看盡了千帆，最後的選擇畢竟有些無可選擇的不甘。

我們不知道翁鬧來到東京之後漂流過哪些地方，但從後人的口述紀錄

---

[2]植村諦，「高圓寺驛前通り」，《臺灣文藝》第3卷第6期，頁60。

[3]朱南化，〈友情——「青年時代」之一章〉，《臺灣新文學》第1卷第8期（1936年9月），頁64。

裡可以知道的是，高圓寺就是翁鬧來到東京的第一個落腳處。臺中師範第一屆的學生當中，吳坤煌第一個到東京，不知是在什麼樣的因緣際會之下落腳到了高圓寺，接著，吳天賞來了，翁鬧來了，幾多臺灣學生就在同窗同鄉的牽引下與高圓寺結下了不解之緣。當時，中國來的留學生雷石榆也住在高圓寺，他或許就在與這些旅日臺灣人的緣會下寄稿到遠在臺中的《臺灣文藝》，並在日後娶了臺灣舞蹈家蔡瑞月女士為妻。

至於翁鬧說的「高圓寺風情」具體是什麼樣的風情？從當時的日本作家筆下也看得到不少與高圓寺相關的紀錄，例如太宰治曾師事的作家井伏鱒二便曾經寫道：

> 我看見兩名青年邊走邊談著同人雜誌，便尾隨在後。他們都沒戴帽子、穿著木屐，頭髮也蓬鬆散亂——這種調調的青年在中央沿線的高圓寺尤其多見。他們談起專門的學科時可以和大學教授一樣侃侃而談，要是再穿上一套整整齊齊的西裝站上學校講壇，決不比正規老師遜色。但他們都過於執著在某件事情上，成日只是泡泡咖啡廳、衣著邋遢地逛大街。[4]

不修邊幅卻口才便給的文藝青年形成了高圓寺特出的景致。他們遇上了 1930 年代初襲捲全球的金融風暴，他們就是小津安二郎〈大學畢業即失業〉（1929 年）裡四處碰壁的知識青年，因此不得不「成日只是泡泡咖啡廳、衣著邋遢地逛大街」，卻又「過於執著在某件事情上」。這樣的知識分子情調，加上「女侍、舞者、留法歸來的畫家、理『河童頭』的文藝青年、彩色眼珠的外國人、醉漢」，交織出高圓寺獨特的浪人風情。

行動主義的木鐸——小松清

> 這天沒下雨也沒下雪，我照樣把一雙高腳木屐踢得趴躂趴躂響，一邊往

[4]井伏鱒二，「高圓寺風景」，『井伏鱒二全集・第三卷』（東京：筑摩書房，1997 年），p.585。

上坡走的時候，有個男人帶了個書僮模樣的年輕人、旁若無人地講著話，風急火急趕在我前頭。他的個子不過我的肩膀一般高、短一截的上衣和長褲、沒穿襪子的腳，腳下一蹭一蹭地拖著那雙讓襪子給磨耗得只剩塊板子的木屐，手插在胸前、弓著上身急急忙忙地趕路。那個樣子，任誰看了都難以想像他是行動主義文學運動的理論引介人和倡導人，但他不折不扣就是目前紅得發紫的小松清本人。此君的身分是 NRF 日本特派員，最近翻譯出 1933 年龔固爾獎得獎作品《征服者》，成為攪動日本文壇的話題人物。上回不知是法蘭西的哪位旅行文學作家訪日時，此君就是他的陪同翻譯；還有那回演講，除了「esprit nouveau」這個字在耳際縈繞不去以外，艱澀得讓我一睡不醒的講者也是此君。行動主義文學之木鐸竟然以這副德性出現在大街上，怎麼看怎麼像是個米店跑腿的小廝。

高圓寺的名流裡，翁鬧特別著墨描寫了新居格和小松清，這兩人對高圓寺的浪人們來說幾乎是「天天照面」的熟面孔。小松清在 1931 年的時候才剛結束十年的法蘭西遊歷回到日本。小松清將紀德引介到日本文壇，也因此與紀德的 NRF（《新法蘭西評論》）保持密切的聯繫，時常撰文介紹法國最新的文學動向；1934 年小松清在雜誌上的一系列文章引發了文壇上對「行動主義文學」的論戰，迫使知識界思考人道立場上該如何作為的問題。翁鬧對小松清的介紹大致無差，但對譯作有若干錯誤的記述[5]，可見翁鬧大概沒讀過小松清的作品，畢竟翁鬧也承認自己沒天分領受小松清的高談，在演講當下「一睡不醒」，連介紹的是「哪位」法蘭西的作家都想不起來了。

小松清除了在文壇上活躍以外，與美術界也相當熟稔。小松清留法期

[5]〈東京郊外浪人街——高圓寺界限〉提及小松清「最近翻譯出 1933 年龔固爾獎得獎作品《征服者》」。其原作者為法國作家馬爾羅，馬爾羅確為 1933 年龔固爾獎的得獎作家，但當年的得獎作為 *La condition humaine*（日譯：人間の条件），並非 1928 年出版的《征服者》(*Les Conquérants*)。小松清的譯作《征服者》於 1934 年 11 月由改造社出版。

間曾一度想當畫家，回到日本後也展出過自己的畫作，對美術界並不陌生；當他住在高圓寺界隈時，中央線吉祥寺附近的帝國美術學校剛創校未久，雖然小松清並非該校的教師，但因地利之便常有美術學校的學生在他的家中聚集，據說因此產生出許多奉小松清之言為圭臬的「信徒」。如此頂戴著光環的人物在高圓寺也就是一副浪人的「德性」出現在大街上，莫怪翁鬧這樣在首都中頻頻遷徒卻始終「踏不著地」的人，竟然能夠在這裡找到自在了。

新居格與植村諦

新居格是高圓寺浪人街上另一個天天照面的臉孔。他是「高圓寺界隈文士們的老大哥」，「他的別稱是高圓寺散赤仙。此人戴著黑色軟帽、握著手杖，以一副睥睨群倫的姿態在街上閒閒遊蕩的背影，已經是高圓寺少不了的一風景」。翁鬧〈東京郊外浪人街〉的卷首插入了一幅署名「Xop」的新居格素描，同一幅素描日後又重複出現在新居格首次於《臺灣文藝》雜誌上發表的文章前頭。[6]刊登這篇文章的是《臺灣文藝》3 卷 2 期，這一期的〈編輯後記〉裡記載道新居格自前年起「即因翁鬧君的文章等而為讀者所熟悉，這次來臺更加深了與本島文學相關人士的因緣」。[7]

新居格在今日或許少有人知，但在二戰前和戰後初期的日本可算是名氣不小的人物。他是新聞記者（《讀賣新聞》、《大阪每日新聞》、《東京朝日新聞》）、推動生活協同組合的社運人士、評論人、譯者，著述的內容包括思想、政治經濟和現代文化無所不包，甚至在政治風向丕變的戰後當選過杉並區的區長，為他的資歷再添上了「政治人物」一項。新潮社在昭和初年出版淺顯易懂的社會問題叢書時，撰寫《無政府主義》一冊的是他，在雜誌上積極譯介國外的無政府主義者最新消息的也是他。新居格關注的不僅僅是政治思想，對於現代社會中的文化現象也有著比一般人更敏銳的觸

[6]此文為新居格，〈文學に於ける言葉の問題〉，《臺灣文藝》第 3 卷第 2 期（1936 年 2 月）。
[7]〈編輯後記〉，《臺灣文藝》第 3 卷第 2 期。

角，傳說日文裡的「左傾」和「摩登女郎」（モダンガール）便是他新創的詞彙，新居格對當時新潮事物的觀察和描寫也成了我們理解昔日「摩登」文化的重要參考。

且不知是否就是翁鬧將這位知名的記者・評論人・無政府主義者介紹到臺灣，甚至因此牽成了新居格 1936 年 1 月的臺灣之旅，不過新居格以及前述詩作〈高圓寺站前街道〉的作者植村諦都是無政府安那其的身分卻點出了高圓寺浪人的一部分面向。在 1935 年和 1936 年間居住在高圓寺一帶的安那其還有小川未明、岡本潤、平林たい子，和翁鬧住過一段時間的上脇進也曾為無政府主義的詩誌寫稿。安那其們相信財富是掠奪的結果，他們以不工作來抵制資本主義社會的遊戲規則，他們也喜歡泡在咖啡廳裡，唱歌、寫詩、無意義地喧鬧，這些青年反正沒正經事可作，又是血氣方剛的年紀，掀桌子打群架是安那其的家常便飯，翁鬧所造訪的高圓寺或許也正搬演著同樣的戲碼。

植村諦曾經在鄉里參加過消弭族群歧視的水平社運動，也曾經遠渡朝鮮半島馳援朝鮮殖民地的獨立運動。1930 年上京後，他一邊在文學雜誌上倡議無政府主義的思想，甚至一度要籌組無政府主義的政黨。無政府主義強調個體之間的自由互助，排除任何形式的組織，即便是暫時性的組織——像馬克思主義者在無產階級專政的最終目的之前能夠容許各種「階段性」的違反原則事態出現那般。「組黨」對無政府的安那其來說可謂破天荒的修正，然而在 1930 年代一波強過一波的大規模拘捕底下，借組織來集結勢力進而謀求自保乃是極具現實考量的手段。就這樣，「日本無政府共產黨」在 1934 年 1 月誕生，然而很快地又被日本政府防患於未然地撲滅了。植村諦在 1935 年因為組黨下獄，在牢房裡待了八年。

至於新居格，他在遭《東京朝日新聞》「流放」[8]、結束記者生涯以後，先後向報知新聞及三菱合資會社謀職的結果，都只得到「十分遺憾」

[8]彷彿為了表現此事所帶來的衝擊，新居日記裡「遭東京朝日新聞流放」幾個字比前後的字體大了五倍有餘。

的回應，兩方都暗指新居身為普羅評論家、無政府主義研究者的知名度太高是被拒的主要原因。既不受容於體制，又求職無門的他，在同年十月借了錢，舉家搬到高圓寺。

而今飄零向何處——上脇進

上脇進，一個名不見經傳的譯者，卻出現在翁鬧的散文裡。

> 我和譯介普里波《對馬》的上脇進住過一段時間，這人是個不可救藥的酒徒，十年如一日長醉在酒鄉裡；菊池寬《第二之吻》的主角是他，林芙美子《放浪記》裡也有他的身影。如許人生，「而今飄零向何處　紛飛落葉」就是上脇的寫照了。他唯一的一件短褂也進了當鋪，上回相遇時看見他在睡衣外頭罩著件千瘡百孔的外套，在外頭走動。據說他現在依然寄居在朋友家，一邊翻譯《回憶杜斯妥也夫斯基》之類的書。但願他前途明亮！

《對馬》是俄國作家普里波根據自己在日俄戰爭時從軍的見聞寫成的小說，原題為 *Tsushima*（即「對馬」），日文譯本題為《日本海海戰》。吳天賞的小說〈蜘蛛〉裡那位住在高圓寺、翻譯《海戰》的日本人想必也是上脇進無疑。[9]據說，上脇進愛喝酒、愛談戀愛，並且調皮；他與翁鬧和吳天賞相識的所在是一個賣伏特加和茶泡飯的小吃攤，經營這小吃攤的是個「頗具姿色」的女人，這女人與翁鬧之間似乎也有相當親暱的關係。

這位衣服襤褸、常進當鋪的俄文翻譯不知飄零到何處時，他的譯作在 1935 年前後倒引起了不小波紋。1935 年正逢日俄戰爭結束 30 週年，報紙上為紀念 30 年前的這場大勝，制作不少宣揚當年武勇的特輯，《東京朝日

[9]吳轡三（即吳天賞），〈蜘蛛〉，《臺灣文藝》第 2 卷第 3 期（1935 年 3 月）。據臺中師範學校的江燦琳說，吳天賞曾告訴他這篇小說是以翁鬧為原型寫的，小說中的角色看來都有真實人物的影子，只不過，上脇進的身分在這裡成了「法國文學的翻譯家」。

新聞》便刊登了一系列日俄戰爭從軍記的連載。這個題為「一個水兵的日本海海戰」的連載裡，邀集了 30 年前曾親歷日俄戰爭戰火的士兵、水雷艦艇乘組員、炮手等等火線最前端的戰士們口述當年。企畫這份連載的報社主筆語氣激越地寫道：「俄國一介水兵普里波寫下了《對馬》，日本的普里波可有大作述懷？」

30 年前的日本海海戰裡，日本僅以三艘軍艦的損失換來俄軍全軍覆沒，成為史上損傷最懸殊的戰役。報社企畫的言下之意是，當年參與戰事的俄國水兵寫出一部小說，身為戰勝國的日本豈可未留名著傳世？為了配合這個目的，或者說，基於戰勝方無可救藥的後見之明，連載的內容除了宣揚武勇之外還是武勇。

當報紙號召「日本的普里波」站出來時，不知道是否認真看過了俄國普里波的作品。普里波在《對馬》中直指俄軍的失敗來自國家的失政：

> 我們的失敗是誰的責任？……日本不是對露西亞的勞働階級取得勝利，不過是勝過了一個已經分崩離析、為人民所棄的政府而已；若有別的階級取代這個政府，日本斷不能贏。……多虧日本，讓我國最無知的人都對現實睜亮了眼睛，幸而我們的士兵們都要把槍炮對準的方向調頭了——朝向令他們死得不明不白的那群人。戰爭要由革命來作了結。

歷史證明，日俄戰爭的失敗直接點燃了俄國革命的力量。然而在日本，社會上針對日俄戰爭激盪的不僅僅是歷史本身的關注而已，更重要的是它喚起了身為一國國民的歸屬感與自我誇耀的欲望。這種欲望普遍存在於 1930 年代的文化現象中，也就是這樣一種我武唯揚的自我想像，縱容甚至鼓勵了國家對外侵略、對內鎮壓異己的惡行。

上脇進在這樣的年代翻譯這本書，或許是他有意的選擇，借別人的歷史以為鑑。只不過，攬鏡的人若是自我形象太美好，通常看不到、也聽不進去。

左派作家與高圓寺界隈

1931 年，現代派作家龍膽寺雄移居到高圓寺時，當時《讀賣新聞》的文藝欄曾大肆報導〈龍膽寺雄　單騎闖敵營〉。當時的高圓寺確實住著不少左派作家，從龍膽寺家再過去幾戶就住著林房雄（高圓寺四丁目）、不遠處是葉山嘉樹（高圓寺四丁目）。1933 年 2 月遭築地警察署逮捕後不到七小時即因刑求致死的小林多喜二是在 1930 年代初期遷居至杉並區馬橋三丁目（今高圓寺南三丁目附近）。翁鬧〈東京郊外浪人街〉裡也出現了左派作家鈴木清的名字。鈴木清曾在一篇訪談中指稱，社會主義組織的主要幹部在 1930 年代的大規模搜捕下大多身繫囹圄，剩下的同志跟隨著鹿地亘、山田清三郎、本庄陸男、龜井勝一郎、窪川（佐多）稻子、川口浩等人潛入地下繼續活動，這些人「大部分住在高圓寺界隈」。其餘沒提到的左派作家、記者、學者和社運人士，光就筆者查找出來的，還有片岡鉄兵、淀野隆三、平林英子、內藤辰雄、雷石榆、里村欣三、三木清、石濱知行、小堀甚二、新島繁、前田河廣一郎、佐多忠隆、荒木巍、岩藤雪夫、上野壯夫……

1934 年，翁鬧極不情願地盡完五年的義務教職，來到內地東京的那一年，日本普羅作家同盟第三次擴大中央委員會宣告「解散聲明」，紅極一時的左派作家一個個或被迫或自願地轉向，內務省警政單位則吸收了當時重量級的作家組成「文藝懇話會」，以授獎的方式主導文藝創作的方向。在這樣的時局下，雖也有部分左派作家投向「文藝復興」的懷抱，或以「轉向」換取繼續創作的空間，大多數人已經不再得到媒體的青睞，從文壇上淡出。然而，從翁鬧的散文裡，卻不經意地揭示了左派作家在首都當中蝟集的所在，1930 年代中期以後消聲匿跡的左派作家，意外地在同一個區域內留下了蹤跡。透過翁鬧的紀錄以及後續的調查，如果要具體地辨識出高圓寺界隈的「浪人」，或許就是潛伏的共黨、不修邊幅的失業青年、殖民地以及外國來的異鄉人。這些人如許的身分，可想而知便是高圓寺之所以被傳誦為「浪人街」的原因。在 1930 年代以來對左派一貫的嚴厲鎮壓以及日本舉國總動員化的時局裡，高圓寺的浪人們面對個人生活的困頓時，仍然堅持自己政治上、藝術上的信仰，在國家暴力以越來越具體的形式步步進逼時，以特立獨行的演出確保了個人最小限度的自由。

浪人街在總動員的年代

翁鬧在 1939 年完成了中長篇的小說〈港町〉，翌年，日本與德國、義大利締結了軍事同盟，不多久，日本國內架構起經濟和思想極權的「翼贊體制」，要求民族自尊心和疆域都快速膨脹下的大日本帝國國民整齊劃一地齊步走，正式揭開一個如假包換的「總動員」的年代。1940 年左右，翁鬧在東京死亡的消息逐漸在友人之間傳開了，關於死因有人說是在精神病院死的、又有說是在路上凍死的，至今仍莫衷一是。究其因，畢竟和他被特務警察盯上有關，曾經與他同住的吳天賞兄弟就因為翁鬧而被輪番關進警局裡訊問[10]，令他從此在同鄉同學間成了一號危險人物，以至於無人聞問。

翁鬧當初被特務警察盯上的原因不明，但從高圓寺浪人們突出的屬性來看，翁鬧在此地的人際關係極可能就是為他招來禍端的來源。浪人們以特立獨行的姿態與時代的風潮背道而行，自然成為當局必須清肅的對象，隨著國家總動員的要求越來越緊，浪人們的命運也益加險惡。前述的植村諦在 1935 年，山田清三郎在 1936 年下獄。翁鬧的同窗吳坤煌在 1937 年時，因為「企圖謀畫臺灣、朝鮮、支那三民族解放運動統一戰線」的嫌疑被捕。[11]知名的左派思想家三木清因為「藏匿共黨分子」的理由問罪，最後因腎臟病和營養失調，死於中野的豊多摩刑務所。其餘因為各種理由被捕、被關甚至失去生命，卻在沒有任何文字紀錄或口傳，以至於就此被人

[10]吳天賞的弟弟回憶道「大兄被特高抓去關了三個星期，已經被日本人嚇破膽，二二八事件時再被國民黨政府一嚇，就招架不住了」。吳天賞在二二八事件發生後不到半年，病逝於臺中。

[11]吳坤煌出獄後，在 1939 年初因為不堪日本特務騷擾，前往中國。日本戰敗後，吳坤煌辭去北平新民學院的教職返臺，浪漫地想獻身給「建設臺灣文學與文化」的神聖使命，卻在二二八事件前後三度下獄，並在國民政府來臺後的 1950 年 8 月，遭臺灣省保安司令部以叛亂罪處十年徒刑，此後成了一個寡言的人。

們淡忘、再不復記憶的青春生命，不知凡幾。

翁鬧或許就是其中的一個。從翁鬧戶籍簿上記載的死亡年月來看，他在〈港町〉發表過後 14 個月過世。翁鬧去世前有過什麼樣的生活無人知曉，今後恐怕也不會有查明的可能了。所幸，今日我們有機會透過作品知道這位作家的存在，從而認識他的靈魂。

——選自翁鬧著；黃毓婷譯《破曉集——翁鬧作品全集》
臺北：如果出版，2013 年 11 月

地平線上的幻影
淺談翁鬧小說的特質

◎謝肇禎*

前言

「萬象地平線」，物理學上又稱為「極限地平線」，是黑洞內部動力生產的極限，裡頭的動力強烈無比，沒有任何事物逃得開，就連最高動力的分子和光波都一樣。一個分子若朝向地平線或掉入裡面，就會停止移動，因為它正進入一個重力已經把時間凝固的區域，消失於大崩潰之中。

這是一個邊界——翁鬧本身的際遇和文章發散的質感，使人如同墜入「萬象地平線」裡頭，撫觸皆真實，卻一步一步逼近虛幻境域，不可自禁。

劉捷曾在評論翁鬧時說道：「他像夢中見過的幻影之人。」[1]張恆豪的〈幻影之人——翁鬧集序〉，與許素蘭的〈「幻影之人」翁鬧及其小說〉[2]之文論中，明確地延續劉捷的說法。究竟，這幻影之說，形成翁鬧本身、作品和讀者間何等的對話？又發散出如何的質感呢？

本文論述的方向，即是以翁鬧小說的彧彧風采為中心，試圖捕捉那一波一波影影綽綽、魍魎魑魅的幻境。

---

*發表文章時為靜宜大學中國文學系四年級學生，現為亞洲大學通識教育中心兼任助理教授。

[1]劉捷，〈幻影之人——翁鬧〉，《臺灣文藝》第95期（1985年7月），頁190～193。

[2]張恆豪與許素蘭所謂「幻影之人」皆為延續劉捷之說法，二人所著文章論述如下：張恆豪，〈幻影之人——翁鬧集序〉，《翁鬧、巫永福、王昶雄合集》（臺北：前衛出版社，1991年2月），頁15。許素蘭，〈「幻影之人」翁鬧及其小說〉，《國文天地》第77期（1991年10月），頁35。

文學史上的翁鬧

有關翁鬧的生平資料非常少，只知他大約生於 1908 年，彰化社頭人，出身於窮苦的農村子弟；嘗「自稱是養子，對於親生的雙親一無所知」。[3] 1929 年畢業於臺中師範，教員生涯的五年服務之後，前往日本東京發展。由於他恃才傲物、浪漫成性、不阿世俗、放浪不拘，結果懷抱著文學的理想困倒街頭，亡逝時間大約於 1939 年至 1940 年左右，享年 32 歲。

根據張恆豪所編〈翁鬧生平寫作年表〉[4]，推測得知翁鬧在臺灣文學史上留下的一些作品：

六個短篇小說	〈音樂鐘〉、〈殘雪〉、〈戇伯仔〉、〈羅漢腳〉、〈可憐的阿蕊婆〉、〈天亮前的戀愛故事〉。
一個中篇小說	〈有港口的街市〉。
四篇評論	〈新文學三月號讀後感〉、〈新文學五月號感言〉、〈跛腳之詩〉、〈關於詩的點點滴滴〉。
一篇散文	〈東京郊外浪人街——高圓寺界限〉。
六首詩作	〈在異鄉〉、〈故里山丘〉、〈詩人的情人〉、〈鳥之歌〉、〈寄淡水海邊〉、〈搬運石頭的人〉。
多首譯詩	〈現代英詩抄〉。

本文論述的焦點將集中於短篇小說方面，進行挖掘、探索之工作。翁鬧的六篇小說，依照題材之不同，可區分為兩類：

一種是以臺灣農村、城鎮生活為描繪對象，展現沉痛、悲憫、關懷的作品；計有〈戇伯仔〉、〈羅漢腳〉、〈可憐的阿蕊婆〉三篇。

另一種是以對愛情的渴望、異性的思慕為主題，展現男女複雜感情心理的作品；計有〈音樂鐘〉、〈殘雪〉、〈天亮前的戀愛故事〉三篇。

[3]參閱楊逸舟，〈憶夭折的俊才翁鬧〉，《翁鬧、巫永福、王昶雄合集》，頁 142。文見楊逸舟著；張良澤譯，《受難者》（臺北：前衛出版社，1990 年 12 月）。

[4]張恆豪編，〈翁鬧生平寫作年表〉，《翁鬧、巫永福、王昶雄合集》，頁 167～168。

翁鬧小說的特質

翁鬧作品首先呈現的是陰鬱濛濛的鄉村，這可以舉〈戇伯仔〉為例：

> 這二天早上天還沒亮，老伯仔又挑起了籠子，走過闃無人聲的村落，並用路邊的石頭擦著因露水和泥巴而重起來的草鞋，爬往那座已經沒有了屍首，只剩下扁擔的有牛墓的故鄉的山。[5]

這是出自〈戇伯仔〉最末的一段話，戇伯仔依舊為生活而工作，為工作而存在。日子像是快速翻動的扉頁，啪啦啪啦劃過戇伯仔眼簾；日子又像是旋轉不停的巨輪，轟隆轟隆輾過戇伯仔身上。不過，翁鬧賦予他一種不黑暗、不光明，生不知為何、死遙遠無期，一而再，再而三，永無止盡的重複。

翁鬧以細膩筆調，將戇伯仔的居住環境、生活變遷、日常作息，以及家人鄰居的生活內容，生動鮮明的刻畫出來，且雕鏤出當時臺灣鄉村窮困貧乏的面貌。同時，翁鬧一方面記錄現象、反映現實；一方面也宣告人類生存的樣態，只是接連不斷地毫無緣由地一再複製自己。

翁鬧寫作的技巧，變化多端地呈現文章不同的肌理，並且十分契合。此篇文章開頭便點出傳統農村社會與歲月流逝的關係，其中，環境變遷、人事無奈等等之緣由，更促使兩者間不停的對話，感嘆和渺茫是貫穿文章的情感基石。例如文中一段感懷歲月的描繪：

> 他們都感覺到，一如一天容易過去，長久的歲月也成了一塊飛逝而去。看來，過去就如呆板的鉛灰色曠野。[6]

---

[5]翁鬧著；鍾肇政譯，〈戇伯仔〉，《翁鬧、巫永福、王昶雄合集》，頁 49。
[6]翁鬧著；鍾肇政譯，〈戇伯仔〉，《翁鬧、巫永福、王昶雄合集》，頁 25。

這種比喻就好像從火車車廂往外望，灰灰曠野一塊一塊迅速流逝。呆板是形容日子反覆、迴繞的機械化過程；曠野是人類整個歲月所能包容的極限；鉛灰色是一種蒼茫、空洞、過渡的色調。翁鬧比擬出時間的長程，結合視覺經驗的聯想，充分說明人生的過渡、擺盪間的心境。

另外，翁鬧為這樣的農村，房舍、人物塗上一種「陰鬱黑暗」的色彩，明顯地象徵臺灣在日據時期鄉村的形態，都只是一抹濛濛鬱鬱的暗彩。翁鬧同時亦為如此色調發出不平之鳴，以一種反調技巧，悲憫村人，側寫執政者的無能及蠻橫：

> 有一年夏天，在一次香蕉的品評會上，戇伯仔的園裡種出來香蕉得了一等賞。那當局給的賞狀，至今還被熥得黑黑地掛在廚房裡的煙囪旁，沒有了玻璃的鏡框上，蜘蛛網發著黑光。[7]

翁鬧對於人性底層的幽微浮動有著深邃的感悟，特別是象徵人性衰亡、農村頹敗、歷史沉痾、與歲月流逝的種種描繪，令人心酸動容。臺灣雖已由農業社會轉型為工商業社會，然而，經濟奇蹟、繁榮富庶的背後，依舊潛藏許多問題，發人深省。而翁鬧對人性的觀察，以今日 20 世紀末的眼光看來，仍是十分適用。臺灣一直在尋求進步、尋求解放，弔詭的是：壓迫的本質似乎未曾改變，只是轉換不同形式、不同說法，箝制大眾思想的咽喉。〈戇伯仔〉一文正可以衝激僵化民心，喚醒更深層的注視。

翁鬧作品第二個特質，便是呈現悲辛蒼涼的城鎮，以〈可憐的阿蕊婆〉這篇小說最為清楚：

> 傍晚時分，海東帶著孩子從山上回來，
> 在剛有燈光蒼然的屋子裡，

[7]翁鬧著；鍾肇政譯，〈戇伯仔〉，《翁鬧、巫永福、王昶雄合集》，頁 26。

他早就發現佇立在那裡的他本人的黑影。[8]

這是出自〈可憐的阿蕊婆〉最末的一段話。阿蕊婆死後，她的兒子海東剛從墓地回來，發現了一抹自己黑暗的身影。這影子也許是傍晚夕陽的投射反映所致，既然翁鬧已說明回歸歷史與鄉村的不可能性，那麼，這影子便是未來城鎮生活的延續。然而，繼續開鑿未來卻顯得如此陰暗、晦澀。

翁鬧藉由阿蕊婆晚年的孤單寂寞，描繪出日據時代臺灣的城鎮變遷，以及家族興衰的圖像。誠如文中所述：「她的臨終，看來似乎一點兒痛苦也沒有，像花凋謝一般靜靜的。」[9]翁鬧藉由花的意象形容女人，而阿蕊婆又象徵臺灣城鎮的變遷：花（花蕊）→女人（阿蕊婆）→城鎮（臺灣）。

三個層次意象，所勾勒和代表的對象皆有不同，卻一以貫之，串聯交感出龐大體系的徵召。文明的入侵、現代的開發、帝權的掌控，都是一點一滴、日積月累形成。「看來似乎一點兒痛苦也沒有」其實是帝國主義強勢入侵數十載，島國人民的本位認同遭到蠻橫扭曲，漸趨麻木：「像花凋謝一般靜靜的」其實是因為被殖民的土地，慢慢繁衍出奇特枝葉，又吸入過量異質空氣而枯萎、凋零。這些意象，在在隱喻強權體制下的臺灣，正一步一步枯殘老化，終將如同阿蕊婆逕自滅亡。

〈可憐的阿蕊婆〉中，翁鬧運用一種特殊的敘述語法貫穿全文：

無論是哪一晚，阿蕊婆都從未關門，不如說她無法關門哩。[10]

與其說她要拜別的，不如說她是自己該受別人拜哩。[11]

說是不幸，不如說是絕望。[12]

說是作勢，其實只是把祖母的衣服放在包袱裡面。[13]

---

[8]翁鬧著；廖清秀譯，〈可憐的阿蕊婆〉，《翁鬧、巫永福、王昶雄合集》，頁 112。
[9]翁鬧著；廖清秀譯，〈可憐的阿蕊婆〉，《翁鬧、巫永福、王昶雄合集》，頁 111。
[10]翁鬧著；廖清秀譯，〈可憐的阿蕊婆〉，《翁鬧、巫永福、王昶雄合集》，頁 93。
[11]翁鬧著；廖清秀譯，〈可憐的阿蕊婆〉，《翁鬧、巫永福、王昶雄合集》，頁 92。
[12]翁鬧著；廖清秀譯，〈可憐的阿蕊婆〉，《翁鬧、巫永福、王昶雄合集》，頁 98。

這種「雖然……卻是……」、「與其說……不如說……」、「無論是……不如說……」、「說是……其實只是……」等等的用法，先是提供一組形象或態度，接著開始進行語句或氣勢的瓦解、顛覆、修正，然後再締造一組新的氣度形象。翁鬧筆下的技巧，使得圖像的勾勒和心靈的流動，一一鮮活起來。

此外，翁鬧亦在文中大量隱喻，嘲諷社會脈動的人情世故：

> 說是奉祀神明的地方，掛在壁上的神像卻很陳舊，蜘網纏連著它，看不清祂是什麼神……[14]
>
> ……現在變成了小街暗巷裡常有的私娼窟。日間像該地的修道院一般靜悄悄的。[15]
>
> 和尚唸完了經，午後就開始抬棺了……婦女有的充滿真正悲傷，有的卻唱歌似的，每個人哭著每個人的音調……！[16]

這類的描繪除了展現本身的寫實程度外，也增添了一股莞爾、哀傷的氣息。在歡鬧或比擬的背後，直指人心的現實和殘忍才是翁鬧期待喚起的控訴。同時，亦讓人反芻省思這些世俗民情、人性思維、社會異動的種種變遷。

翁鬧小說的第三個特色，則是集中於突顯荒謬哀憫的人生，〈羅漢腳〉這篇小說是很好的例子：

> 他終於知道「員林」的意義了，
>
> 但仍不知道它在何處。

---

[13]翁鬧著；廖清秀譯，〈可憐的阿蕊婆〉，《翁鬧、巫永福、王昶雄合集》，頁 100。
[14]翁鬧著；廖清秀譯，〈可憐的阿蕊婆〉，《翁鬧、巫永福、王昶雄合集》，頁 91。
[15]翁鬧著；廖清秀譯，〈可憐的阿蕊婆〉，《翁鬧、巫永福、王昶雄合集》，頁 97。
[16]翁鬧著；廖清秀譯，〈可憐的阿蕊婆〉，《翁鬧、巫永福、王昶雄合集》，頁 111。

輕便車爬上緩坡，經過濁水悠悠的大河，

然後下坡滑行，

許多陌生的景色次第映入他的眼簾。

這是羅漢腳生平第一次遠離這條小街。[17]

這是出自〈羅漢腳〉最末的文句。羅漢腳嚮往遠方的情景，卻因自己年齡的限制，和傳統禁忌的避諱，一直待在鄉村。這一次，終於可以見見員林的面貌，羅漢腳滿心喜悅。然而，他並不明白，前往員林的目的是為了治療受撞的雙腿；他更不明白，賣斷小弟的錢，尚不足維持家用，何況是要醫治他的腿呢？人生的荒謬情境，明顯地浮現出來。

羅漢腳，一個普通孩童，為何喚作「無家」、「無賴」意思的名字呢？怪裡怪氣、粗俗的背後，主要原因是：「他們對人世從未懷抱任何希望，所以也不想替孩子取個堂堂皇皇的名字。」[18]這樣的語句，實在令人玩味。未來的期待與希望已經消逝，被歲月和生活折磨得體無完膚、性靈殆盡；甚至，連抗拒的著力點都找不到，鬱鬱生活中，只有以自嘲、戲謔的方式，來抵減現實壓力的侵襲迫害。

〈羅漢腳〉描寫小孩對於外在事物的好奇、憧憬，非常深刻鮮明，塑造出臺灣鄉下貧窮孩童的典型，題材的觸角深入家庭，觀照憫懷的勁度卓越。不但承繼〈戇伯仔〉、〈可憐的阿蕊婆〉中，翁鬧特有的細膩描繪、現實反映；同時，也表現出日據時代農村生活的習俗。

〈羅漢腳〉描摹赤貧孩童的心聲，對於人生的荒謬和無奈，著墨再三。它代表著人類族群追隨文明的步伐，卻又輕易為文明所戕傷。例如，煤油可以燃燒照明，也可以誤食而奪命；例如，羅漢腳被輕便車撞傷，又搭乘輕便車離開，實現夢想。周遭的不幸，漸漸侵近貧苦的家庭，幸運的是，他們並未因此受創，默默地和命運拉鋸，注目著生命的點點滴滴，彰

[17]翁鬧著；陳曉南譯，〈羅漢腳〉，《翁鬧、巫永福、王昶雄合集》，頁 89。
[18]翁鬧著；陳曉南譯，〈羅漢腳〉，《翁鬧、巫永福、王昶雄合集》，頁 83。

顯出人性的堅韌力度。這是當時所有臺灣人的「寫照」。

翁鬧對人生發出喟嘆之下，其作品的第四個特色是描述懵懵騷動的青春，〈音樂鐘〉就有如此的寫法：

> 那是遙遙遠遠的故鄉，老早老早的過去的故事。
> 那座音樂鐘，
> 如今是否還放在祖母的客廳的桌子上呢？
> 想都沒想到，
> 如今竟會在這個城市聽到那座音樂鐘相同的歌。[19]

這是出自〈音樂鐘〉最末的幾句話。翁鬧以倒敘手法、追尋歌謠的出處。旋律和歌調的疊合，使得主人翁恍然明白音樂鐘在人生歷程的定位。雜沓回溯，中學時期的印象浮現，亦找著了郁郁舒展的思慕情懷。

音樂鐘，潛藏著一串響亮的記憶。清脆的金屬性樂音，挑動主人翁的朦朧慾念。「多多多雷——咪咪咪雷——多多多拉梭——」滋滋擾擾流洩出萌發的青春。夜裡，瑟縮的蕊心綻出一雙青澀枝枒，橫越時間界限，朝向女孩肉體延伸，觸碰到的卻是自己懵懵的慾念。

〈音樂鐘〉裡的簡單懷想，翁鬧以一種輕便叨絮的語言來表現，文風清澈爽朗，充滿稚嫩活潑的氣息。深深緬懷，淺淺嗟嘆，對於心靈慾望的描寫生動、自然。暗夜是慾望舒展的時機，鐘聲喚醒著青春的來臨。黑夜與白日的過渡，預設的時鐘開始唱歌。於是，清清楚楚看見自己的青春，初綻於曙光之中，靜謐的微笑著。

翁鬧小說的第五個特色，無疑在於刻畫掙扎溺陷的愛戀，以〈殘雪〉為例：

---

[19]翁鬧著；魏廷朝譯，〈音樂鐘〉，《翁鬧、巫永福、王昶雄合集》，頁 75。

既然如此，我不回臺灣，也不到北海道——

他想，打開窗戶望著外頭。

昨晚下的雪，可能也是今年最後一次下的殘雪，

從頭上的屋頂滑落到眼前的地面，

接著又慢慢疊合在一起。[20]

這是出自〈殘雪〉最末的一段話，臺灣與北海道，是林春生掙扎認同的居所[21]，日據時期，臺灣人己身的本位取向搖曳、飄零。陳玉枝是臺灣的化身，喜美子是日本的化身，赴日求學的林春生出生於臺灣南部，然而，他猶豫著鄉土的回歸，二者似乎跟自己遙遙相隔。他排拒任何形式的取決，內心深處，悄悄地將兩處交溶、疊合在一起。

翁鬧形容喜美子「一個豐麗的少女」、「這女孩真純，純得像雪一般。」[22]；形容陳玉枝「發育良好，不管怎麼說，實在是一個不多話的女孩。」[23]；形容納涼群舞的女子為「圓臉稍胖的美麗女人」。[24]翁鬧筆下的女子似乎流於平面、刻板，塑造出典型女性的完美形象。而人物的性格無懼無悔、一心一意，彷彿永遠伸展雙臂，等待主人翁的回歸。

雖然如此，翁鬧仍透過角色細緻的互動關係，幽微的意慾鳴放，以及情感的迸發、流轉、和衝激，再再著墨鮮明契合，彰顯身體與心境的諸多反覆、徘徊。雪，是春生愛人的比擬；終究癱軟分化，象徵思慕女子的囿限，嚮往國度的瓦解，殘餘一片亮麗的缺憾。

翁鬧對於林春生的愛戀濛上一股迷彩，他所愛戀的對象不僅僅是女性，而且是自己身分的投射和反映。究竟，棧戀的是那一方的祖國？這樣龐雜的情愫，使得春生不時剖白疑慮；意慾的動盪不安，加深他衝撞、奔

[20]翁鬧著；李永熾譯，〈殘雪〉，《翁鬧、巫永福、王昶雄合集》，頁 75。
[21]此文原作林春山，茲據翁鬧日文原文，以下逕訂正為林春生。
[22]翁鬧著；李永熾譯，〈殘雪〉，《翁鬧、巫永福、王昶雄合集》，頁 53～54。
[23]翁鬧著；李永熾譯，〈殘雪〉，《翁鬧、巫永福、王昶雄合集》，頁 63。
[24]翁鬧著；李永熾譯，〈殘雪〉，《翁鬧、巫永福、王昶雄合集》，頁 60。

馳的陷溺。這是一則當時知識分子的際遇縮影，觀照著本位認同的人生態度，充分表達出溯往己身的迷惘和困惑。

翁鬧小說的最後一個特色，也是最值得注意的，無非是他所表達的頹靡顛狂的情慾。〈天亮前的戀愛故事〉是這樣結束的：

天要亮了。我非趕時間不可。

請送我到那邊門口吧。對不起，善良的你！

請露出你的笑容，讓我看一眼。

謝謝，這樣我就可以放心回去了。再見！再見！[25]

這是出自〈天亮前的戀愛故事〉文末的一段話。翁鬧以第一人稱自白剖析的文體，闡述男子思慕異性、渴望愛情的經緯。訴說的對象是一個柔情心善的女性：「你」，文末逐漸明朗浮現；所以，「你」更是整篇文章隱設的讀者，聆聽翁鬧喃喃的絮語。

翁鬧藉由一些瑣碎的敘述起頭，言明幼年觀察雞、鵝、蝴蝶等動物的濃情蜜意、溫柔繾綣；於是，網膜一點一滴受到刺激，腦下垂體開始分泌需求與被愛的汁液。其後延續的篇章，便擾擾嚷嚷表明想談戀愛的慾望；不顧一切，只為成就那麼一次轟轟烈烈的明晃愛情，瘋狂傾注一切等待和熱情。這是一個執拗男子的情慾告白。

文章的時序由某個點起始，延伸到午夜，再持續至黎明前，僅僅為一夜之間；地點則是隱設女性讀者的住處。文中角色敘述的一個又一個戀愛故事，以幼年到成年為其基本主軸。時空背景隨意調轉，生動自然的語調，時而歡欣喜悅、時而悲傷慨歎。意識的流動非常真實，描繪現實生活和情境夢想的落空，瀰漫著偏執、純摯的性靈感受。極其容易捕捉讀者的注目，漫漫滲透一種郁郁馥馥的愁思。清清楚楚地，有一股愈夜愈華麗頹

[25]翁鬧著；魏廷朝譯，〈天亮前的戀愛故事〉，《翁鬧、巫永福、王昶雄合集》，頁 137。

靡的熱流溼浸全身。

結語

劉捷為文撰述翁鬧——「他像夢中見過的幻影之人」，主要是憑藉他在日本東京時期，遇見翁鬧兩三次所浮現的印象。這樣的氣質也表現於翁鬧文章之中，流動於作者與讀者彼此對話之間。

關於翁鬧的資料寥寥可數，既無明確的思想背景，也無確切的身世際遇；除了幾項粗略的生平紀事之外，所知實在有限。後人提及翁鬧，總是這樣為他定位：為進出日本文壇，畢業後未返鄉，而流浪東京，苦苦修持的文藝人士。

與其如此，本文寧可將翁鬧置放於這樣的視野：心境的明亮與苦悶時時交感，內在情愛盈盈泛流，外在環境壓迫重挫，兩廂力度削減於翁鬧失意的肉身；造成他豐富異彩匯流筆下；同時，對於人生的焦距也自有其一套瀲灩的詮釋方法。所以，翁鬧總是予人一種迷離虛幻、神祕霧霧的質感。如同熾熱豔陽下，茫茫色溫中，一抹淒切壯闊的凝白身影。

穿越翁鬧生活的樣態，繫串〈戇伯仔〉、〈可憐的阿蕊婆〉、〈羅漢腳〉三篇文章，各自映照農村、城鎮、人生的變遷，背後碩大的命題是慌亂慘痛、苦悶荒謬的臺灣動向。翁鬧小說反映現實，投射出悲苦大眾的身影，亦彰顯出自己性靈深處的膠著。

此三篇文章的描寫，通常是一大片長長的遠景，感覺到人物躍動。眼睛捕捉到情節的簡單意象，再由意象點切入，彷彿拿著一根手術尖管刺進意象，螢幕上開始顯現內在世界的活動——大大的心靈慾望、大大的冥想思維。

情節鋪展的流程已經化約，翁鬧強調的是生活情境的雕鏤。所以情境被極度擴張放大，情節似乎只是情境狀況的包裝；當然，情節固有其寫實觀照的面向。掌握情境的延展，一幕一幕，看到的就是翁鬧心靈的實際寫真。

例如，翁鬧描寫阿蕊婆的住處狹小骯髒，她住在隔間的中央，周圍盡是一片漆黑，無論白天夜晚，舉目皆是黯淡。他描寫戇伯仔的屋子也是一片昏暗濛濛，大家的臉上都是永無止境的黑。相同地，羅漢腳的居家也是晦暗無光。這些陰暗的外圍，只是圈住更深沉的內裡、翁鬧便是透過這樣的現實環境，勾勒出一塊自己的心靈版圖。

另外，翁鬧的〈音樂鐘〉、〈殘雪〉、〈天亮前的戀愛故事〉三篇文章，各自表現出 14 歲中學少年、23 歲留日學年、30 歲社會青年的感情世界。不同的年齡層次，相同的情思湧動，激盪著渴望愛情、思慕異性的橫流，剖析男女複雜的愛戀情感。

楊逸舟曾說過：「翁鬧的缺點是看不起臺灣女性，而對於日本女性卻是盲目的崇拜。有一個日本女教員比普通的女子也都不美貌，但他卻寫了好多詩詞去賞美她。」又說：「以後，他單戀一個不值錢的日本女子，為她落淚，性格變得更怪異。」又說：「翁鬧住在東京高圓寺時，曾與一個 46 歲的日本婦人同居。」[26]這是僅存資料中翁鬧情感生活的記載。他對浪漫愛情的誠摯注解，不但體現於日常生活，也展現在他的小說之中。

日據時代，臺灣的文學家秉持人道精神，關懷著墨於批判臺灣社會殘存的封建遺毒，或對日本殖民政權的反抗，或表現民族意識和現代精神，或反映現實橫逆下的人事悲苦，或描繪知識分子的困境掙扎。在瀰漫著大量悲苦、迷茫的氛圍之中，翁鬧蒼白頹靡的文學無疑延續了這波苦情，反映了現實環境的悲涼。他同時大膽地開拓了小說領域、書寫向度的另一層次，成就了前人未曾觸及的風格。甚至，翁鬧以他的肉身書寫愛情，刻畫男女心理、描繪鄉土人物，渡化在疏離環境下的深沉心靈。

翁鬧從日常生活的瑣事取材，重視心理情境的分析，故常被冠上純文藝路線、新感覺派小說之名。因此，如果未能行進於翁鬧境域的版圖，或是未能夠鑽營深層心底的狀態，常常會受情境波瀾的餘韻盪漾所消解，而無法在心靈層面上，適度地擴張。

---

[26]楊逸舟，〈憶夭折的俊才翁鬧〉，《翁鬧、巫永福、王昶雄合集》，頁 139～141。

所以，實虛的遞嬗、外在內裡的融通、表面深層的追索，造成作者與讀者、小說文采與想像意識之間，種種對話的幻象。這些幻象，如同翁鬧本身的彩度，發散著誘人鼻息，一點一滴隨意增補、削減。一個虛幻迷離、任人捏塑的層次空間，遞現不已，永無休止。

錄自《文學臺灣》第 18 期，1996 年 4 月發行

——選自陳藻香、許俊雅編譯《翁鬧作品選集》
彰化：彰化縣立文化中心，1997 年 7 月

國家想像、現代主義文學與文學現代性

以日據時期臺灣作家翁鬧為例

◎廖淑芳*

壹、翁鬧的文學現代性與時間焦慮

如果從臺灣現代主義文學發展[1]的歷史脈絡來看，日據時期文學在詩方面的代表是自稱不見容於當時文壇而被稱為「惡魔的作品」的楊熾昌，而小說方面最具代表性的則應為以「早夭的俊才」「幻影之人」被熟知的作家翁鬧、和以〈植有木瓜樹的小鎮〉崛起於文壇並即獲日本『改造』雜誌第九屆懸賞小說佳作獎的龍瑛宗。

簡單比較三人創作特色，可以發現，楊熾昌曾明白點出其寫作深受日本『詩と詩論』（詩與詩論）雜誌及西脇順三郎等超現實派影響[2]，而其創

---

*發表文章時為北臺科學技術學院（今臺北城市科技大學）通識教育中心講師，現為成功大學臺灣文學系副教授。

[1]「現代主義」在此指的是 20 世紀初，崛起於西方的文學藝術現代流派，所開展出來的美學觀和美學形式的總概稱。放在小說形式上，比如對創作形式的複雜性的關注、對內心活動的呈現的好奇、對表象與現實背後毀滅力量的關注及對如何開展敘述模式的關注等，其中雖然包括各種內部論述的衝突差異，但在現在的視野下，將它放在與「寫實主義」對話的「臺灣現代主義文學發展史」項下當作一相對穩定的定型話語。這樣的分析已預設筆者似乎接受目前為止「寫實主義」與「現代主義」相對立的一般分析架構，而這一分析架構之相對穩定與權威性，我認為除了出自西方盧卡契與布萊希特著名的「寫實主義論爭」，主要也和 1977 年臺灣鄉土論戰有直接的關聯。然而，正是對這個分析架構的質疑才是我的問題意識的起點，因此所謂「臺灣現代主義文學發展」就不可能是一穩定的分析架構，反而是我們的分析對象。亦即不進入個別作者和其創作實踐所顯出來的特殊狀況以及與政治或歷史現實的互動，不足以靈活顯示各種現代主義文學創作者的個別特色，也會陷入分類文學史普遍性的單向解釋中。本文在這樣的觀點下運用的是「舉隅法的研究」。

[2]参其〈新精神與詩精神〉、〈西脇順三郎的世界〉、〈《燃燒的臉頰》後記〉等相關論述，收入楊熾昌著；葉笛譯；呂興昌編訂，《水蔭萍作品集》（臺南：臺南市立文化中心，1995 年 4 月），頁 167～

作無論從創作意識、創作風格甚至只是語言的運用，都的確顯出其與寫實主義「外在世界——語言呈現」作直接聯結的手法有截然的不同，應可算是日據時期最與歐美現代主義文學風格相應的創作者。[3]

龍瑛宗〈植有木瓜樹的小鎮〉一文藉由本地知識青年陳有三努力向上希望有朝一日能和日人平起平坐得到相同待遇卻終不可得而苦悶矛盾終至頹喪自棄的故事，將殖民地臺灣人的處境以纖細哀愁的筆調刻染得深婉悃切。雖然，其創作精神仍是非常寫實主義的，但從美學風格來看，其深刻的內心描寫，無疑也是非常「現代主義」，因此，葉石濤曾提出日據時期臺灣文學「到了龍瑛宗以後臺灣的小說裡才出現了『現代人心理的挫折、哲學的瞑想以及濃厚的人道主義』，是別於先前占主流的富抵抗精神與民族意識的，可資紀念的新的異質文學之出現。[4]

和楊熾昌、龍瑛宗相較，翁鬧不曾像楊熾昌那樣明白高揭現代主義的寫作路線，也不像龍瑛宗，曾以作品中的強烈感性呈現其「作為殖民地知識分子的苦悶」的現實和時代關懷。但無疑的，讀過〈天亮前的戀愛故事〉的人都不能否認，作品中的「反叛」意識不僅令人印象深刻，而且比所有的前衛更前衛，他透過作品坦露的「我只想談戀愛」，否則「絕對不要再活下去」的論點，否決了「人的歷史處境」裡所有國族的、階級的、性別的差異現實，直接質問「讓人類思想情感的發生和進展，如果不是開端於無聊的、帶幼稚氣味的、瑣碎的事象，又是什麼呢？」[5]換言之，如果文明、城市、現代的所有紛擾喧囂，最後無非根源於個人的欲望需求，「人和動物有何兩樣？」

175、185～186、217～220。

[3]關於楊熾昌與現代主義的關係，目前最有價值的討論可見陳明台，〈楊熾昌、風車詩社、日本詩潮——戰前臺灣新詩現代主義的考察〉，收入《水蔭萍作品集》，頁 307～336；及劉紀蕙，〈變異之惡的必要：楊熾昌的「異常為」書寫〉中的討論，收入《孤兒、女神、負面書寫——文化符號的徵狀式閱讀》（臺北：立緒文化出版公司，2000 年 5 月），頁 190～223。

[4]葉石濤，《葉石濤作家論集》（高雄：三信出版社，1965 年），頁 3～4，引自羅成純，〈龍瑛宗研究〉，原載《文學界》第 12、13 集（1984 年 11 月、1985 年 2 月），收入張恆豪編，《臺灣作家全集——龍瑛宗集》（臺北：前衛出版社，1991 年 2 月），頁 234。

[5]翁鬧著；陳藻香、許俊雅編譯，《翁鬧作品選集》（彰化：彰化縣立文化中心，1997 年），頁 177。

這一完全建立在個人主義的意識，使他和楊熾昌以文學自主性為主要關懷，及龍瑛宗以殖民地人民的精神苦悶為主的現代主義特質顯得截然不同，成就了他作為日據時期現代主義代表作家的獨特性。

綜觀其作品，單以目前所得見的六篇小說為例，依題材的不同，大致可分為以描寫年輕的愛情渴望與異性思慕為主的〈音樂鐘〉（歌時計）、〈殘雪〉、〈天亮前的戀愛故事〉（夜明け前の戀物語）和以描寫茫茫默默的自生自滅的小人物為主的〈戇伯仔〉（戇爺さん）、〈羅漢腳〉（ロオハンカァ）、〈可憐的阿蕊婆〉（哀れなルイ婆さん）等兩組。[6]這兩組作品，乍看並無關聯，如果由「時間意識」此一充滿「現代性意涵」[7]的要素切入，卻會發現第一組作品對愛情渴望與異性思慕的描寫，正是一種希望掌握住青春、不斷往前的時間意識；而對第二組作品中那些茫茫默默自生自滅的小人物而言，時間的變化，對他們而言，帶來的不是進展，而只是停滯不進或不斷循環的單調和悲苦，或者像〈羅漢腳〉中的小羅漢腳以斷腿為代價去換取「終於可以到員林去」的夢想實踐。二者正是一相互論辯對照的顛倒論述，卻共同匯焦於時間的焦慮感上。

如果再把他的寫作放在日本／臺灣，殖民／抵抗這一國族意涵的框架下，尤其 1936 年文學場域的各種現象、互動去探討，更可以發現，翁鬧各別創作的特質與其作品中透露的思想變化，確實就像施淑兩篇論文〈感覺世界——三〇年代臺灣另類小說〉、〈日據時代臺灣小說中頹廢意識的起源〉[8]中所謂的，「即便是逃向感覺世界也無法解決現實的、存在的困境」。

---

[6]為統一及行文之便，以下均以中文稱其篇目。

[7]現代性一般指的是 18 世紀西方啟蒙運動以來由中產階級為主的，對歷史進展與科技的高度信心；但相對於此，另一種對這樣自信的質疑和反叛，兩種相互矛盾的拉力共同構成了現代性的衝突面貌。表現在時間意識上，一個是對理性、線性時間觀的肯定，另一個則是對歷史進展的「進步性」的否定質疑，強調「認同於一種感官現時的企圖，這種感官現時的企圖是在其轉瞬即逝中得到把握的」，這種「趨於某種當下性的趨勢」，以法波特萊爾為代表被稱為「美學的現代性」，參馬太・卡林內斯庫著；顧愛彬、李瑞華譯，《現代性的五副面孔》（北京：商務印書館，2002 年），頁 55。用齊格蒙特・鮑曼的話說，「現代性就是時間的歷史：現代性是時間開始具有歷史的時間。」參氏著；歐陽景根譯，《流動的現代性》（上海：生活・讀書・新知三聯書店，2002 年），頁 173。

[8]參施淑，《兩岸文學論集》（臺北：新地文學出版社，1997 年），頁 84～120。

然而，本文關懷的角度是，除了像施淑論證〈天亮前的戀愛故事〉所言，殖民地青年因為時代的現實必然導致這種「始而叛逆、繼而頹廢、終而虛無」的精神的敗北，從翁鬧作品中所反映的文學現代性現象，究竟說明了什麼樣的國家與現代主義文學的關係？在當時的歷史情境下，文學自主性的可能為何？

本文將從 1936 年左右臺灣文化場域的性質與翁鬧在文學場域中的創作、論述、身體參與的過程，以〈可憐的阿蕊婆〉中的時間意識為主要焦點，嘗試說明這樣的現代主義特質究竟是否還反映了什麼可能的意義？

貳、日據新文學運動的「雙重邊緣」性質[9]與文學自主趨勢的出現

日據時期，臺灣新文學是作為新文化運動的一個部分而出現於臺灣社會的，而以追尋臺灣的主體性為主的新文化運動，也是發展為福爾摩沙意識型態——由「雙重邊陲的抵抗」下所孕生的——「臺灣國族建構」理想的一種主要形式。相對來看，處於以「寫實主義」思潮為主流下的「日據時期臺灣現代主義文學」，則不免如布爾迪厄在《實踐與反思——反思社會學導引》中所謂「在社會結構與心智結構之間，在對社會世界的各種客觀劃分——尤其是在各種場域裡劃分成支配的和被支配的——與行動者適用於社會世界的看法及劃分的原則之間，都存在著某種對應關係。」[10]之說一樣，也具有一種和臺灣新文化運動的結構一樣的相對應關係，呈現出「邊陲」的性質。

---

[9]「雙重邊陲」之說，見吳叡人，「第二章　差序性吸收：日本在其周邊的殖民國建造」，〈福爾摩沙意識型態：東方殖民主義與臺灣國族主義的興起 1895～1945〉"The Formosan Ideology: oriental colonialism and the rise of Taiwanese Nationalism,1895-1945"，(芝加哥大學政治科學所博士論文，2003 年 6 月)。

[10]參（法）布爾迪厄、(美）華康德著；李猛、李康譯，第一部分第二節「分類體系的鬥爭以及社會結構與心智結構的辯證關係」《實踐與反思——反思社會學導引》(北京：中央編譯局出版社，1998 年)，頁 11～14。布爾迪厄認為社會是一逐漸分化的過程，分化出來一個一個不同的場，每個次場都受到其所來自的源頭的場的邏輯所約束，但又會逐漸發展出自己的邏輯，各個場就像「資本市場」一般，由各種受到權力籠罩的「資本」所組成，以勞動累積資本，並結合不同的資本不斷再生產，以在各場域中爭取較優勢的位置。各場域間有機地相聯繫，不但有著「相應」的關係，也會在發展分化中相互「滲透」。

據學者陳培豐研究指出，早在日本據臺之初，活躍於日本的國語創造運動[11]，為日本的近代化教育奠下指導者功勞的日本東京市議會議員伊澤修二，已經向臺灣第一任總督樺山資紀自薦並自請赴臺開始實施其以「智育」「德育」兩大內涵為主的「國語同化教育」，「智育」屬「文明教育」，要訓練臺灣人向進步、啟蒙的；「德育」屬於「民族教育」，以日本傳統上的文化和精神和近代日本天皇制原理中的道德觀和價值觀為主。但在實際執行上，由於伊澤修二認為「智育應該可以說是涵養德育的基礎」，因此，雖然最終目標是想以此讓臺灣人「同化於日本民族」，卻因以「同化於現代文明」為其先期策略，而在實際教育內涵上，「德育」重於「智育」，推展成一種無差別式的，耗費龐大非常不經濟的「極端的同化主義」，以致當時日本聘雇的英國人顧問警告日本政府，如果是為了統治溝通的方便，與其讓大部分臺灣人去學日語，不如讓一小部分日本人去學習臺灣話來得經濟合理，這種教育方針原是為了日本以「國體論」來教化臺灣人時所造成的政治文化上的破綻，繼而維持日本天皇制國家統治體制的平衡，即這種建立在國體論上的「同化」概念的產生，原是出於建立在君民同祖、萬世一系，天皇是所有日本人的族父，所有日本人都是赤子的「單一民族」「擬血緣式國家原理」[12]上，目的在強調天皇下的赤子，每個都能享受的恩澤。但

[11]日本在江戶時期已經開始使用「國語」這兩個字，明治初期所謂國語國字論爭中，「國語」一詞也經常被使用。然而此時期所謂的國語只是思考上、主張上、議論上的階段性用語，定義極不穩定。臺灣的占有，促使日本政府和一些知識分子開始把「國語」從觀念構想上的範疇迅速推進到行政制度的軌道上，並賦予公定的內涵。制度上的日本國語的正式成立始於明治 33 年（1900）。在小學校令改正之時，當時的文部省把原本讀書、作文、習字的三科目整合成為「國語科」，並正式編入初等教育課程中。在此之前，日本各地的語言不但南轅北轍，書面語與口語也呈現分離狀態，無法「言文一致」。伊澤修二在這國語創造運動中，扮演著重要角色。參陳培豐，〈重新解析殖民地臺灣的國語同化政策——以日本的近代化思想史為座標〉，《臺灣史研究》第 7 卷第 2 期（2000 年 12 月），頁 1～49。

[12]按學者川路祥代的研究，「天皇國家理念」依其演變分為三個階段：第一期是「如家道德期」（明治初期到明治 30 年）：由維新政府形成「天皇——百官——萬機之統一國家體制」，並由元田永孚透過教育敕語（川路譯為「教育敕諭」）塑造「道德領袖天皇」，井上哲次郎衍義《教育敕語》提倡以天皇為中心凝聚民心，維持社會秩序。第二期是「家族國家期」（明治 40 年到大正末年）：由井上哲次郎所提「天皇國族國家理念」，分「家」、「村落」、「國家」之三層次。在國家層次，創造出「君臣同祖」的理念共同幻想塑造天皇為日本民族的大家長，並利用「祖先崇拜」之宗教情緒貫通「國家（天皇）——行政村落（地方領袖／氏子代表）——家（戶主／氏子）之分

這建立在「擬血緣式國家原理」和「一視同仁」兩個主軸上的「國體論」，移置來統治臺灣時，卻突顯出「單一民族」的虛構性。因此，當伊澤修二最終因為臺灣總督乃木希典和民政長官水野遵企圖減少教育預算，以致無法貫徹其同化理想而掛冠求去後，雖然後來日本在臺教育仍採用了「同化」的思考，但「同化」的內涵卻由「同化於現代文明」逐漸滑移向「同化於日本民族」，隨著「同化於文明」比重的緊縮措施，促使臺灣人建立了自主化近代化（即現代化）意識的覺醒，並為大正期以後臺灣知識分子的抗日運動畫出一條重要的軌道。[13]

班納迪克・安德森《想像的共同體：民族主義的起源與散布》的臺灣譯者吳叡人在〈福爾摩沙意識型態：東方殖民主義與臺灣民族主義的興起1895～1945〉（"The Formosan Ideology: oriental colonialism and the rise of Taiwanese Nationalism,1895-1945"）的研究中則進一步認為，日本對臺灣的殖民統治是在其對抗西方的殖民擴張中產生，其作為西方的「邊陲」的抵抗策略產生一種具高度折衷的新傳統主義（相當於晚清時中國面對西方侵略而產生的中體西用的折衷論述，即相信在科學物質文明上比不上西方，但精神上並不比西方差）[14]，當日本將這種折衷式的新傳統主義的「抵抗」

層統治結構，以鞏固天皇國家秩序結構。第三期是「國家神道期」（昭和初年到昭和 20 年）：井上受民主運動思潮考驗，修訂「家族國家」理念，創造「國家神道」理論，加強神道之宗教理論結構以及限制對象為國家恩人，使民間神社信仰轉變成具有觀念性的國家宗教。1937 年文部省《國體之本義》，以天皇為活神，成為民族生存發展根源。1941 年，推動「總戰力體制」，出版《臣民之道》，要求臣民不惜犧牲，扶翼天皇，使「天皇——村落——家——臣民」結構瓦解。變成天皇一個人直接結合。見川路祥代，〈日治時期臺灣總督府統合政策與「天皇國家理念」〉，《第二屆臺灣儒學國際學術研討會論文集》（臺南：成功大學中國文學系，1999 年），頁 611～653。

[13]參陳培豐，〈重新解析殖民地臺灣的國語同化政策——以日本的近代化思想史為座標〉，《臺灣史研究》第 7 卷第 2 期，頁 1～49；及陳培豐，〈殖民地臺灣國語「同化」教育的誕生——伊澤修二關於教化、文明與國體的思考〉，《新史學》第 12 卷第 1 期（2001 年 3 月），頁 115～155。

[14]吳叡人在此繼承了班納迪克・安德森在《想像的共同體：民族主義的起源與散布》中對「官方民族主義」終將導致「帝國主義」的說法，及第二波「歐洲模式的語言民族主義」對第一波以歐裔移民先驅為主形成的「美洲模式」的「自覺模仿」（piration，文譯為「盜版」）的觀念，挪移來解釋日本由「官方民族主義」形成的殖民擴張的性質，及其對西方殖民的「模仿」。同時臺灣 1920 年代知識分子的民族運動又是對大正民主時期知識分子啟蒙現代化的主體意識的「模仿」。見〈福爾摩沙意識型態：東方殖民主義與臺灣民族主義的興起 1895～1945〉，第四章，頁 280～289。論文引用頁碼根據吳叡人提供之論文電子檔，在此並向其提供電子檔全文致謝。

策略挪用為殖民擴張的「統治」策略時，由外部抵抗的新傳統主義論述發展成變成內部支配與規訓的一種「曖昧」「變形」的「同化主義」[15]，由臺灣總督府代表的統治形式輸入臺灣。卻也因為這種階層式的「同化主義」是帶有等級制的、不均的「差序式吸收」（differential incorporation）」的性質[16]，終究在其將近鄰邊陲（文化上共享儒家文明）的殖民地臺灣納入國家建造（state building）的「現代性計畫」過程中，也相應發展出以「福爾摩沙意識型態」為主的臺灣國族主義。因此，吳叡人提出「西方／日本／臺灣」的三元架構對印度後殖民理論學者 Partha Chatterjee 早先提出的「中心／邊緣」二元對立的殖民主義提出反駁，認為日本殖民統治的性質是一種有別於西方的，以「近鄰吞併」而非「遠距征服」的「東方殖民主義」，是先有「殖民」，才有「他者論述」。「臺灣國族主義」不僅是這對抗中所孕生的產物，也因此具有「雙重邊陲」（西方／日本／臺灣）的性質[17]，而作為邊緣抵抗而產生的以同一命運、同一領土、同一歷史、與同一語言的「臺灣共同體」內部，自然也是充滿著各種不同意識型態對抗策略的差異性。

這樣的「雙重邊陲」性質，反映出為何在 1923 年張我軍掀起的新舊文學論爭[18]，為何被認為是抗日運動在文學上的起點。因為作為新文化運動的一環

[15]用陳培豐的話說，這種變形的同化主義帶著「工具性」、「兩義性」和「流動性」的性質，參其〈重新解析殖民地臺灣的國語同化政策——以日本的近代化思想史為座標〉，《臺灣史研究》第 7 卷第 2 期，頁 14～20。

[16]參吳叡人，「第二章 差序性吸收：日本在其周邊的殖民國建造」，〈福爾摩沙意識型態：東方殖民主義與臺灣民族主義的興起 1895-1945〉，頁 51～154。吳叡人將其區分為「北海道／樺太」、「沖繩」、「臺灣／朝鮮」等三種類型，吳叡人並以一諺語說明日本國內當時確實有把沖繩當作長男、臺灣當次男、朝鮮當三男的說法，參〈福爾摩沙意識型態：東方殖民主義與臺灣民族主義的興起 1895～1945〉，頁 136。

[17]吳叡人並進一步引用 Partha Chatterjee, *The Nation and Its Fragments: Colonial and Postcolonial Histories* 中「fragment」一詞，提出臺灣的國族主義是在三個帝國（滿清、日本與中華）的歷史過程之中「被建造又未完成」的「（脫）帝國的碎片」（the fragment of／off empire）。參"Fragment of/f Empires: The Peripheral Formation of Taiwanese Nationalism" , *Social Science Japan*, N.30(2004.12), pp16-18。Partha Chatterjee 相關論述參其來臺講座結集，陳光興編，《發現政治社會——現代性、國家暴力與後殖民民主》（臺北：巨流圖書公司，2000 年）。

[18]張我軍於 1924 年 4 月起到 1925 年 8 月相繼發表〈致臺灣青年的一封信〉、〈糟糕的臺灣文學界〉、〈為臺灣的文學界一哭〉、〈請合力拆下這座敗草叢中的破舊殿堂〉、〈絕無僅有的擊缽吟的意義〉、〈揭破悶葫蘆〉、〈隨感錄〉、〈詩體的解放〉、〈新文學運動的意義〉等多篇文章，一方面提倡新文學的意義，一方面反駁攻擊新文學的文章。到 1926 年初，賴和也於《臺灣民報》發表〈臺

的「新文學運動」正是以自我否定的方式將「新」所代表的「與西方接觸」[19]的現代性意義，作為與日本殖民統治對抗的利器。之後，秉持新文學觀念的文藝創作漸漸穩定成長，新文學雜誌也隨著新文學運動的開展逐漸出現。[20]不論論戰雙方誰勝誰負，經過往來多場論辯，大致已經塑造出「新 VS.舊」「進步 VS.保守」等二元對立的模式，不僅在文學領域，文化上各種象徵「進步」的辭彙，如「覺悟」、「文明」、「革新」、「現代思潮」、「世界潮流」等詞彙，也伴隨各種啟蒙論述大量進入 1920 年代所有知識分子的視野。隨著臺灣文化協會舉辦的各種講習會、講演會、文化演劇，及議會請願運動的不斷嘗試[21]，所有文化運動者念茲在茲的，無非要如何「反封建」，以革除舊的「國民性」，「啟

日紙的「新舊文學之比較」〉、〈謹復某老先生〉之後，論爭告一段落，一般以此階段稱為新舊文學論爭期，但 1926～1932 年尚有針對舊詩人人格操守、道德觀點進行批駁的不少新舊文學論爭。相關探討，可參莊淑芝，《臺灣新文學觀念的萌芽與實踐》（臺北：麥田出版公司，1994 年）；翁聖峰，〈日據時期臺灣新舊文學論爭新探〉，（輔仁大學中國文學研究所博士論文，2002 年 6 月）；陳芳明，《殖民地摩登：現代性與臺灣史觀》（臺北：麥田出版公司，2004 年）等。新舊文學論爭並不意味原舊文學創作者即不具有新文化的概念，參黃美娥，〈過渡時代：尋找臺灣舊文學到新文學間的歷史軌跡〉（行政院文建會主辦「臺灣文學史書寫國際學術研討會」，2002 年 11 月）、黃美娥，〈傳統與維新：《臺灣日日新報》記者魏清德的文明啟蒙論述〉（國科會人文學研究中心暨中正大學中國文學系主辦「文學傳媒與文化視界國際學術研討會」，2003 年 11 月）會中多篇論文，收入黃美娥，《重層現代性鏡像：日治時代臺灣傳統文人的文化視域與文學鏡像》（臺北：麥田出版公司，2004 年）。

[19]如張我軍（一郎）在〈歡送辜博士〉一文中所謂：「日本之所以有今天者，一躍而為三大強國之一——以其說是東洋文明之力，倒不如說是東西文明之合力。以其說是東西文明之合力，不如說是西洋文明之力。」「我們臺灣的東洋精神，是嫌其太多不嫌其太少呵！辜老先生，你還不覺悟東洋文明或精神之不合於現代人的生活麼？要記得，輸入西洋文明太遲的中國，是被東洋文明弄壞了的。」見《臺灣民報》第 2 卷第 24 期（1924 年 12 月），頁 6。按：辜博士即辜鴻銘。當時精通西方多國語言，被印度聖雄甘地稱為「最尊貴的中國人」的「狂士怪傑」辜鴻銘，曾用西方人的語言倡揚古老的東方精神，創造性地向西方介紹中國典籍、中國精神，他的思想和文筆在極短的時間轟動了整個歐洲，並產生了巨大的影響。民國建立後，他在北大講授英國文學，用偏激的行為模式——留辮子，穿舊服，為納外家和纏足進行頭頭是道的辯解。因而當時訪問中國的外國作家、政治家、記者有這樣的說法「到中國可以不看紫禁城，不可不看辜鴻銘」。胡適、陳獨秀五四運動時期都把守舊的辜鴻銘立為論戰的靶子。1924 年 11 月 22 日他應侄孫辜顯榮之邀來臺講學約一月，據《臺灣日日新報》的報導，1924 年 12 月 11 日在臺南公會堂的演講，聽眾更高達四千人，盛況可見一般，見林慶彰，〈辜鴻銘在臺灣〉，林慶彰、陳仕華主編，《近代中國知識分子在臺灣 2》（臺北：萬卷樓圖書公司，2002 年），頁 97～119。

[20]一般以 1925 年 3 月 11 出刊的《人人》雜誌為日據時期臺灣第一份專門的新文學刊物，但該刊只辦了兩期，收入《臺灣新文學雜誌叢刊》第 2 卷，東方文化書局復刻本。

[21]關於當時文化活動與議會請願運動，參王詩琅譯註，《臺灣總督府警察沿革誌第二編：臺灣社會運動史——文化運動》（臺北：稻鄉出版社，1988 年）及周婉窈，《日據時期的臺灣議會設置請願運動》（臺北：自立晚報社文化出版部，1989 年）。

發民智」，好急起直追「趕上世界潮流」。

然而這種建立在啟蒙視野下的「現代性追求」，自始就脫離不了「帝國之眼」的局限。當知識分子們在殖民／抵抗的過程中逐漸發現臺灣社會越受到現代化的洗禮，本土自我卻不斷受到挑戰及否定時，不得不意識到重建本土文化的重要性，1929 到 1934 年左右的「鄉土文學及臺灣話文論爭」[22]即是新知識分子面對本土性與現代性的反省與再思的集中呈現。而在這一系列的鄉土文學及臺灣話文論爭裡，臺灣的「鄉土性」的內涵，也從這些論爭被「想像」出來，從「世界的臺灣」轉為「特種文化」的臺灣。[23]這是對否定了舊的臺灣世界的「世界的臺灣」的再否定，臺灣必須是臺灣人自己的臺灣，而「大眾」，在當時農業社會便意指著缺乏生產工具的勞動大眾。如賴和〈一桿「稱仔」〉中善良勤奮卻受苦受難的秦得參便成為「受苦的勞動大眾」「受苦的臺灣人」最具代表性的意象。

---

[22]當時的作家黃得時在其〈新文學運動概觀〉中稱這個論戰為「臺灣語文論戰」，而廖毓文在〈臺灣文字改革運動史略〉中則稱「鄉土文學論戰」，由於論戰主要在爭執要如何書寫？寫些什麼？才能反映臺灣的鄉土現實，與戰後 1970 年代「鄉土文學論戰」有相近的性質，一般習以「1930 年代鄉土文學論戰」稱之，目前為止對此論戰最完整的討論，見陳淑容，〈一九三〇年代鄉土文學‧臺灣話文論爭及其餘波〉（臺南師範學院鄉土文化研究所碩士論文，2000 年 6 月）。黃得時、廖毓文二文分見《臺北文物》第 3 卷第 2 期（1954 年 8 月），頁 13～25 及《臺北文物》第 4 卷第 1 期（1955 年 5 月），頁 128～136，兩文後並共同被收入李南衡編，《日據下臺灣新文學‧明集 5——文獻資料選集》（臺北：明潭出版社，1979 年），頁 296～298 及頁 458～496。

[23]施淑，〈想像鄉土，想像族群——日據時期臺灣鄉土觀念問題〉，《聯合文學》第 158 期（1997 年 12 月）。關於臺灣文學「特殊性」與「鄉土文學論爭」、「臺灣話文論爭」問題更詳細的探討，參前引陳淑容，〈一九三〇年代鄉土文學‧臺灣話文論爭及其餘波〉論文、向陽，〈民族想像與大眾路線的接軌〉（國立臺灣文學館主辦「臺灣新文學發展重大事件研討會」，2004 年 11 月）及游勝冠，《臺灣文學本土論運動的興起與發展》（臺北：前衛出版社，1996 年 7 月）。筆者同意向陽在〈民族想像與大眾路線的接軌〉最後的結論意見，「以臺灣想像共同體為臺灣文學主張，乃是 1930 年臺灣話文運動的主軸，應無疑問。」這和前引吳叡人，〈福爾摩沙意識型態：東方殖民主義與臺灣民族主義的興起 1895～1945〉是一樣的看法。當然，如果進一步延伸這一共同體的落實為「國家想像」時究竟所指是「臺灣」或「中國」，這應是戰後 1970 年代後期延伸出來的問題了。同時，吳叡人所謂在雙重邊陲下形成的「西方／日本／臺灣」的階序性結構關係，是從日本在對抗西方之下形成其國家建造計畫，而臺灣也在日本殖民主義下具有臺灣民族主義的結構關係去談，並不排除向陽所謂的「日本／中國／臺灣」各種民族主義想像存在的可能，而且正如吳叡人所謂的，日本試圖以折衷現代與傳統的「新傳統主義」對抗西方，又把同一套策略拿來殖民臺灣，相應於日本，臺灣民族運動者運用同一套帶著曖昧性的折衷邏輯去對抗日本時，隨著殖民／抵抗的深化，民族想像自然也更為多元模糊。關於日據時期民族想像的多元性質，參方孝謙，《殖民地臺灣的認同摸索：從善書到小說的敘事分析，1895～1945》（臺北：巨流圖書公司，2001 年）。

1930 年代以後隨著社會主義思潮逐漸蔓延擴大，「文藝大眾化」成為殖民地知識分子普遍的意識型態與理想追求，但相對的，不論臺灣總督府或日本內地都開始對此一力量展開強力鎮壓和反撲，加上當時由紐約金融危機引發全球性「經濟大恐慌」，臺灣無論在政治經濟社會文化上，都進入了「八面碰壁」的情況，創立於 1932 年 1 月的《南音》雜誌大力鼓吹強調臺灣話文和民間文學的重要性，企圖為臺灣文學和文化抵抗尋求新的出路。在新知識分子眼中，舊詩雖然瀕臨死亡，但民間資源充滿生機，可以作為新文學運動向前發展的養分。一年後，1933 年 7 月以日本留學生為主，由日本的東京臺灣留學生組成的「東京臺灣藝術研究會」成立，並發行機關刊物《福爾摩沙》，繼承 1920 年代新民會成立以來一直左右著他鄉青年的「離鄉／思鄉／憂鄉」的留學生普遍情懷，其成立「檄文」上說：

> 擁有數千年文化遺產，現在又處於各種特殊情形下的人們，迄今未能產生特殊的文藝，可以說是一大不可思議的事。臺灣已經萎死了。他們不是沒有充裕精神和才能，毋寧說是勇氣不夠。到了近年才有新人出現，開始創作繪畫和雕刻，實堪慶賀。向來拘拘束束的漢詩，只有束縛偉大思想之弊，今日已不適於作為一種文學型式。同仁於茲會合，自立為先驅者。或消極地把向來微弱的文學作品，以及現在民間膾炙的歌謠傳說等鄉土藝術加以整理研究；或積極地以誕生於上述氣氛中的我等全副精神，吐露內心湧出的思想和情感，新創真正的臺灣人的文藝。我們是要新創「臺灣人的文藝」。[24]決不俯順偏的政治和經濟所拘束，將問題從高遠之處觀察，來創造適合臺灣人的文化新生活。臺灣地理屬於祖國大陸和日本中間的臺灣人，好似一個橋樑，有必要將雙方的文化互為介紹，藉以貢獻繁榮東亞之文化。[25]

[24]譯文參柳書琴，〈荊棘之道：旅日青年的文學活動與文化抗爭〉（清華大學中國文學系博士論文，2001 年 7 月），頁 175。

[25]此段譯文取自施學習，〈臺灣藝術研究會與《福爾摩沙》創刊〉，原載《臺北文物》第 3 卷第 2 期，見李南衡編，《日據下臺灣新文學・明集 5——文獻資料選集》，頁 359。原文見《福爾摩

「東京臺灣藝術研究會」的成立原是繼承 1932 年的左翼組織「東京旅京臺灣人文化同好會」的文化抗爭宗旨而來，其宗旨即「創造真正臺灣人的文化」[26]，當時他們認為十餘年來肇始於東京留學生界的政治與文化啟蒙運動破而未立，又欠缺賭命貫徹之人，成效不彰，而臺灣現在已是「表面美麗，內藏朽骨爛肉」的「白色墳墓」，但考量組織成員參與反帝示威遊行被捕或搜查訊問甚至瓦解的挫折，決定以「合法組織出現」，於是以合法型態落實於 1933 年臺灣藝術研究會時，「創造真正臺灣人的文化」成為「新創『臺灣人的文藝』」。[27]

而「東京臺灣藝術研究會」的成立「檄文」稍晚成了《福爾摩沙》的創刊詞，這段從「檄文」到「創刊詞」的內容，有兩個部分值得注意，一是，兩份文字都指出「文藝」的追求相較於民間文學的整理與強調其實是更新更積極的出路，為什麼有這樣的想法，或許用同見於創刊號的楊行東〈對臺灣文藝界的待望〉中的一句話可以得到部分理解，他說：「日文是我們將來能活躍的最大且唯一的武器」[28]，這一視殖民語言為「最大且唯一的武器」的樂觀思維，在 1920 年代的臺灣可能是難以想像的。然而，卻顯現了 1930 年代臺灣新知識分子新的集體意識，經歷過日本以語言同化為殖民治理的工具，這些以留學生為主的新知識分子也渴望「反其道而行」，甚至認為這樣或許更方便藉由日文的語言工具更迅速接受世界新思潮，好「趕上日本」，甚至「比日本更西方」，在這樣的思考下，雖然是「本土臺灣」「傳統」的位階在精神意識上仍居於優位，但方法學上卻必然不如「文

沙》創刊號（1933 年 7 月），頁 1，收入《臺灣新文學雜誌叢刊》第 2 卷，東方文化書局復刻本。

[26]參《臺灣總督府沿革誌（三）》，此為「東京旅京臺灣人文化同好會」成立宗旨上的文字，見臺灣總督府警務局，《臺灣總督府沿革誌（三）》（臺北：南天書局，1995 年），頁 54～55，此為「臺灣藝術研究會」成立檄文。

[27]見臺灣總督府警務局，《臺灣總督府沿革誌（三）》，頁 58～60，此為「臺灣藝術研究會」成立檄文。感謝同學書琴幫忙釐清「檄文」與「創刊詞」意義之差異。由「東京旅京臺灣人文化同好會」到「臺灣藝術研究會」變化亦主要得自其博論之考證。

[28]《福爾摩沙》創刊號（1933 年 7 月），頁 16～22。《臺灣新文學雜誌叢刊》第 2 卷，東方文化書局復刻本。

藝」這一具有進步意涵的文化概念了。因為，「文藝」才是文化上更新更進步的，足以和日本同步甚至超越日本的。

其二，創刊號上的發刊詞中稍涉政治敏感的段落文句予以刪除，「真正的臺灣人的文藝」又改成了更溫和的「真正的臺灣純文藝」（真の台灣純文藝を創作する決心でぁる）。

考察當時日本文學場，或許這種「純文藝」的提出也和左翼大逮捕以後的「轉向」文學風潮有關，由於 1930 年代日本捲入了世界性的資本主義經濟危機，致使法西斯主義的擴張，在日本瘋狂鎮壓工農運動和日本共產黨及其所領導的無產階級文學運動。1932 年春開始，四百多名日本無產階級作家聯盟的成員被捕。1933 年 2 月，無產階級文學運動的領導者之一的小林多喜二被捕並被虐殺。6 月日共領導人佐野學、鍋山真親被捕後聲明脫離日共，並支持日本軍國主義的對外擴張，他們將這種背叛行為稱為「轉向」，引發大批無產階級作家宣布「轉向」。由「轉向」所帶來的，1933 年下半年遂興起「文藝復興」的口號，標榜去政治化的、個人主義至上的「純文藝」。[29]這段文字後面所謂「決不俯順偏頗的政治和經濟所拘束，將問題從高遠之處觀察，來創造適合臺灣人的文化新生活。」政治和經濟的拘束指的當然是「日本」。在強調「決不俯順偏頗的政治和經濟所拘束」的同時，「臺灣」和「文藝」巧妙地攜手，確實絲毫不顯衝突。但強調「決不俯順偏頗的政治和經濟所拘束，將問題從高遠之處觀察」，也隱含著「純文藝」是更超脫的，「去政治」的「自主性」味道。[30]這也許是為何戰後施學習和王詩琅及創造出版社等翻譯，可以如此「一個文藝，各自表述」。[31]

---

[29]葉渭渠，《日本文學思潮史》（北京：經濟日報出版社，1997 年），頁 500～516。

[30]巫永福在〈我的青年文學生涯〉裡曾說：「走純文藝路線的雜誌是從《福爾摩沙》開始，1920 以前的（按：當為 1930 才合理）臺灣文學都是政治派，1930 年代可以說是文藝派，我們注重文藝發展」。參巫永福著；沈萌華編，《巫永福全集》第 6 卷（臺北：傳神福音文化公司，1996 年），頁 281。

[31]目前有關〈檄文〉這段文字的三個譯文，王詩琅和創造出版社的則都翻為「臺灣人的文藝」，施學習的翻為「新文藝」。

《福爾摩沙》其實是由蘇維熊、吳坤煌、王白淵、施學習、吳天賞、張文環、巫永福、劉捷等當時留日的藝文工作者所組成（其中王白淵、吳天賞均能寫能畫）。之前臺灣藝術界除 1920 年代雕塑家黃土水曾以連續入選日本帝展造成轟動外，1920 年代中期以後如陳植棋、陳澄波、陳清汾、林玉山、郭柏川、楊佐三郎、廖繼春等畫家亦相繼赴日，並在日本帝展或大型美展奪下佳績；陳清汾、顏水龍亦曾先後入選法國巴黎秋季沙龍，揚名國際；音樂界如江文也從 1934 年起也以〈白鷺的幻想〉在日本屢獲音樂大獎等，這種新的文藝氛圍讓臺灣人大為振奮。因而，在新的契機之下這種文學家與藝術家的結盟在旗幟鮮明的左翼純文學刊物《伍人報》、《洪水報》、《明日》、《臺灣戰線》等刊物隨著左翼社會主義運動紛紛受挫消隱之後[32]繼《福爾摩沙》雜誌兩期結束之後再度出現。

1934 年 5 月 6 日，全臺八十餘位作家、藝術家集合於臺中，「臺灣文藝聯盟」宣告成立，曾參與過之前「東京臺灣藝術研究會」、「南音社」、「臺灣文藝協會」，甚至是左翼色彩文藝刊物的《伍人報》、《洪水報》、《明日》、《臺灣戰線》的重要作家，及當時剛由「赤島社」改名為「臺陽美術協會」的西畫創作畫家也同時加入這空前未有的大結盟，大會宣言強調，聯盟的成立在「刺激文藝家們的創作欲」[33]，隨後並於同年 11 月 5 日創刊《臺灣文藝》，創刊號上以一則〈熱語〉代替創刊詞，除了「希望把這本雜誌辦到能夠深入識字階級的大眾裡頭」，「把臺灣的一切路線築向全世界的心臟去吧！看我們的藝術之花在世界心臟上開花吧」。尤其當時位在「文學的帝都膝前」[34]的東京留學生組成的「東京文聯支部」的合流更使文聯的聲

[32]左翼刊物由於旗幟鮮明，往往出刊一到二期就遭日本當局查禁，目前為止，這部分較深入的討論，可見黃琪椿，〈日治時期臺灣新文學運動與社會主義思潮之關係初探 1927～1937〉（清華大學文學研究所中文組碩士論文，1994 年 7 月）及陳芳明，《殖民地臺灣——左翼政治運動史論》、《左翼臺灣——殖民地文學運動史論》（臺北：麥田出版公司，1998 年），二書同時出版。

[33]參賴明弘，〈臺灣文藝聯盟成立的斷片回憶〉，原載《臺北文物》第 3 卷第 3 期（1954 年 12 月），收入李南衡編，《日據下臺灣新文學・明集 5——文獻資料選集》，頁 383。

[34]「文學的帝都膝前」是劉捷初到東京時對《福爾摩沙》雜誌的形容，參見〈1933 的臺灣文藝〉，《福爾摩沙》第 2 期（1933 年 12 月），頁 31，吳坤煌等人也如此自詡，參柳書琴，〈荊棘的道路：旅日青年的文學活動與文化抗爭〉，頁 203。

勢日益浩大，「東京文聯支部」原即《福爾摩沙》成員因為畢業回臺等因素重新改組而成，除雜誌上展現了充分的自信、積極而活躍外，也扮演著邀請日本人與旅日中國作家投稿的重要橋梁。加上楊逵在 1934 年以〈送報伕〉，呂赫若在 1935 年以〈牛車〉在東京分別選入重要文藝刊物，大大鼓舞了臺灣作家的士氣，說明了作家既要建立臺灣文學又要和日本作家競爭的決心。於是，原則上是以留日作家為主的「臺灣文藝聯盟」，主要從一二期刊物內容去了解，確實積極「整理鄉土」「放眼國際」和日本文藝工作者結盟，共同切磋。尤其日據時期臺灣新文學的分期，雖然有幾種不同的說法[35]，但都以 1930 至 1937 年左右為「成熟期」，這些說法雖然相當模糊籠統，但也有一定的道理，正如陳芳明所言，1937 年戰爭前夕，因為「文學藝術家的大量結盟」，文藝創作開始進入一「成熟的，自主的」階段。[36]

然而，隨著日文作家的崛起，日文創作量的越來越多，這「文學」的「自主性趨勢」和臺灣人爭取「政治經濟」自主權的文化民族主義的一致性，到了後來較捍衛漢文空間的《臺灣新文學》與之分道揚鑣之後，終究形成了一個新的問題。

---

[35]一般對日據時期臺灣新文學的分期，有以下幾種說法：如王詩琅以 1924～1930 年為「萌芽期」，1930～1936 年為「本格化時期」（按：即成熟化），1937～1945 年終戰為「日文全盛時期」；葉石濤，《臺灣文學史綱》以 1920 到 1925 年為「搖籃期」，1926 到 1937 年中文被禁為「成熟期」，1937 到 1945 年為「戰爭期」；日人河原功以臺灣新文學自 1922 年中國文學革命理論波及臺灣到 1931 年的普羅文學興盛為止，稱「抬頭期」，1932 到 1937 年中日戰爭前夕為「自立上升期」，1937 年到日本戰敗為「戰時下的臺灣文學」等。王詩琅，〈半世紀以來臺灣文學運動〉，收入張良澤編，《王詩琅全集卷 9 臺灣文教——臺灣文學重建的問題》（高雄：德馨室出版社，1979 年），頁 125；葉石濤，《臺灣文學史綱》（高雄：文學界雜誌社，1987 年），頁 28～29；河原功，〈臺灣新文學運動的展開〉，《臺灣文學》創刊號（1991 年 12 月），頁 222～224。

[36]參其〈當殖民地的作家與畫家相遇——三〇年代臺灣文學史的一個側面〉，《殖民地摩登：現代性與臺灣史觀》（臺北：麥田出版公司，2004 年），頁 118。如果進一步比較臺灣藝術場與文學場兩個領域在作為臺灣人的文學藝術家自主意識上的追求，更可以看出這次的結盟不僅是臺灣文藝創作者是否「追求自主性」的意義，而確實是一個「自主性契機」的出現，這也是為何日據時期王白淵由繪畫轉到文學最後又轉到政治迂迴之路的原因。參羅秀芝，《臺灣美術評論全集——王白淵集》第 2、3 章（臺北：藝術家出版社，1995 年）及柳書琴，《荊棘之道：旅日青年的文學活動與文化抗爭》。

參、翁鬧前期時間意識：樂觀與悠揚的結合

翁鬧的寫作即誕生在前面所論的時代氛圍下，1934 年他和所有當時進步的知識青年一樣，在師範學校畢業教學五年後即隨同一波波的臺灣留學生負笈日本東京[37]，翁鬧第一篇作品詩〈寄淡水海邊〉刊在 1933 年 7 月的《福爾摩沙》，翁鬧到日本留學之前；之後，1935 年，他一口氣寫了隨筆〈東京郊外浪人街——高圓寺界隈〉一篇、英譯詩十首，及小說〈音樂鐘〉、〈戇伯仔〉、〈殘雪〉、〈羅漢腳〉等四篇。到 1939 年消失於文壇為止，他所有的作品除已佚失的〈有港口的街市〉[38]之外，都刊載在創刊於 1934 年 11 月的《臺灣文藝》和 1935 年 12 月 28 日創刊的《臺灣新文學》兩份雜誌上。[39]短短幾年的創作生涯中，起碼到 1936 年之前，翁鬧在寫作上顯然應是充滿自信的，就像其師範同學楊逸舟回憶的翁鬧，「在銀座散步的這些眾愚的頭腦集中起來，也不及我一個」[40]，這樣的自信除了是他對文學的單純熱情，可能主要還來自他仍站在「一切的起點」上的時間意識。1934

[37]據吳文星研究，1895 年開始，臺灣留日學生即繼踵而起，1902 年單東京地區已確知有臺灣留學生三十餘人，第一次世界戰後人數增長更急，到殖民統治後期已達 7091 人之多，吳文星認為實際人數可能遠在此之上。而留日學生早期（1918 年）以前，以接受初等教育者為主，後來大專生比例逐年攀升，至 1934 年接受高等教育者已達留日學生半數以上。當時以留日為主接受海外教育的高級知識分子人數遠超過島內教育機關所培養的六倍以上，他們逐漸取代受本土教育培養的菁英，成為新的社會領導階層主體。而東京對當時的年輕知識分子而言，或許是出於盲目崇拜或個人主義的因素，或許以嚮往人類的自由、世界的公民自居的進步理想，但也或許對社會主義民族主義起源地的嚮往而需去一取革命的火種，吳文星，《日據時期臺灣社會領導階層之研究》（臺北：正中書局，1992 年），轉引自柳書琴，〈帝都的憂鬱——謝春木的變調之旅〉，《臺灣文學學報》第 2 期（2001 年 2 月），頁 68～88。

[38]原刊 1939 年《臺灣新民報》中篇小說特輯，由黃得時策畫，特輯中另有王昶雄的〈淡水河的漣漪〉、呂赫若的〈季節圖鑑〉、龍瑛宗的〈趙夫人的戲畫〉、陳垂映的〈鳳凰花〉、中山智慧的〈水鬼〉、張文環的〈山茶花〉共九篇。黃得時於〈輓近臺灣文學運動史〉說：「（專輯中）最富潛力的翁鬧，以本作品為最後作品而辭世，真是本島文壇的一大損失。」編按：2003 年成功大學臺灣文學研究所博士生陳淑容將載有「港のある街」的《臺灣新民報》影印版交給來臺就讀成功大學臺灣文學研究所的日籍研究生杉森藍進行翻譯、研究。2006 年杉森藍完成〈有港口的街市〉中譯，2007 年推出碩士論文〈翁鬧生平及新出土作品研究〉，並於 2009 年由臺中晨星出版社出版《有港口的街市》。

[39]三份刊物創停刊時間，參附表。

[40]參楊逸舟，〈憶夭折的俊才翁鬧〉，原刊《臺灣文藝》第 95 期（1985 年 7 月），收入陳藻香、許俊雅編譯，《翁鬧作品選集》，頁 250。

年刊在《臺灣文藝》第 2 卷第 4 期的一篇短論〈跛腳之詩〉，說明了他這自信的可能根源。文中剛「出道」的翁鬧對該雜誌上許多被評為不成熟的「跛腳之詩」充滿熱情的讚頌和肯定，只因為他認為詩的「跛腳」正說明了寫作者的「青春」，而「青春」像是剛從夢中蘇醒般潔淨無邪的「晨曦」，是世界開始運行的「序曲」：

> 誠然我們不斷地在寫著跛腳般的詩。無疑的是個不折不扣的青年。的確我們瘸著腳在走路。但從我們身上可以嗅到青春的強烈的體臭。
> 在那裡我看到了世界之幕，徐徐上升的序曲。隨之響起的是令你來不及喘氣，幾乎要震破耳膜的急速的曲調。

他說青春就是要精神抖擻盡情揮灑，管他結果是好是壞，都是一種體驗。甚而，壞的結果和寫出跛腳般的詩一樣就像是生一場「萎黃病」或「種牛痘」一般，唯有曾經經歷過，才能產生抗體：

> 所謂青春時代，是精神抖擻，體力充沛，如閃電般翱翔天際的時代。是該去體驗各種不同習俗的佳期；是聽夜半鐘聲之時期；無論是居住在城市或鄉村都該放眼去觀賞日出日落美景之時期……。寫的是跛腳的不完整的詩，為了看一場失火的現場，不惜走上一哩路。為了欣賞一場劇，不惜整天佇守在劇院。這就是青春。……<u>不曾患過萎黃病，或永不患此病的人，就宛如不曾種過牛痘的人一般無抗體。</u>

青春時期需要像是種牛痘般地去為自己製造抗體，其需要對抗的病症當然是「老邁」這「充滿死亡陰影與威脅」的生命難關了，換言之，生命雖然終要告老，但只要「青春」過，這像「種牛痘」般難免會有發燒高熱病兆的「跛腳之詩」，終將只是過渡到更美好未來的「過程」，它會帶出抗體，讓人繼續走向未來。

這段樂觀的言論使他不久即進行了一組以意象主義為主的英詩的日譯，刊在當時正努力要跟上世界潮流的《臺灣文藝》上。隨後翁鬧又發表了一篇〈音樂鐘〉，以悠揚的筆調綰合兩種差異的時間意識和欲望動力，離開遙遠故鄉住到城市（東京？）裡的主角，一回在充滿垃圾車氣味的深川巷弄聽到一位把衛生衣全部亮出外面的毛茸茸男子，以瘋癲的聲音哼唱著〈汽笛一聲過小橋〉，那熟悉的旋律原來是祖母家音樂鐘裡的歌謠，「音樂鐘」在此喚起兩種交疊的「時間感」，一是兒時天剛亮音樂鐘唱的「烏鴉呱呱叫，痲雀啾啾喊，紙窗漸漸亮，趕快起來不然太晚」；一個是他青少年時一年中元夜與一位豐滿爽朗少女共宿的發燙記憶：「只想碰一碰女孩的身體。當然只要叔叔和女孩沒發覺，也未嘗不想輕輕摟抱一下，可是，那怕過了很久時間，我的手始終不曾搆著女孩。整夜都在想這麼做，到最後卻沒有搆到女孩的身體。於是，於是時鐘開始唱歌了。原來天已大亮。」異鄉男子隨興的形象和瘋癲的歌喉，拯救了他即將隨時間流動顛倒崩塌的悲喜，「待開啟」和「未完成」兩種相互衝突斷裂的時間欲望以美妙的音樂鐘聲得到巧妙的縫接。

反諷的是，這充滿生之期待的「時代之子」[41]翁鬧，在「徐徐上升的序曲」之後，終究沒能聆聽到任何「幾乎要震破耳膜的急速的曲調。」而在1937 年爆發出代表他最極端的「青春控訴」的〈天亮前的戀愛故事〉。這篇被視為日據時期「頹廢意識」「另類小說」終極文本的作品[42]，以「我已經對自己發誓過如果我到 30 歲的最後一剎那為止那一秒鐘還不來拜訪我的話，我絕對要中斷生命」的「時間極限感」宣告他「不要未來，只要當下」急迫的「青春焦慮」或者「時間憤怒」：

[41]見其詩作〈在異鄉〉，原載《臺灣文藝》第 2 卷第 4 期（1935 年 4 月），頁 15～16，《臺灣新文學雜誌叢刊》第 3 卷。收入陳藻香、許俊雅編譯，《翁鬧作品選集》，頁 8。

[42]此參施淑目前為止討論翁鬧最重要的兩篇作品〈感覺世界——三〇年代臺灣另類小說〉、〈日據時代臺灣小說中頹廢意識的起源〉，《兩岸文學論集》，頁 84～101 及頁 102～120。

你啊還處在青春頂峰的你啊，正像那芳香的酒變了教人皺眉的醋酸一樣，我精神內部對人世所抱的至高的愛，如今就要完成發酵作用，如今就要完成發酵作用，正像那芳香的酒正在逐漸變成激激的恨。縱然我的人生和青春在悠久的歲月中幾乎等於零，我確信這無窮小的恨，也必能跟無窮小的恨一起對宇宙發生破壞作用。

1939 年，翁鬧繼續發表了一篇至今無緣得見的中篇小說〈有港口的街市〉後，大約在同或隔年，即神祕而早衰地消失在文壇也消失於人間。〈天亮前的戀愛故事〉中的預言彷彿一語成讖。這中間，究竟發生了什麼事？使翁鬧不但沒有因為種牛痘而獲得免疫，甚至真的因青春的萎黃症而提早凋零？

前面說過，目前翁鬧研究中最具深度的詮釋，要推施淑兩篇論文〈感覺世界——三〇年代臺灣另類小說〉、〈日據時代臺灣小說中頹廢意識的起源〉，施淑將翁鬧的生平，在日本的留學生涯，與臺灣作為殖民地的現實相勾連，引用 1930 年代郭秋生一篇重要的文學評論〈解消發生期的觀念、行動的本格化建設〉，說明 1930 年代的臺灣文壇應該告別一再重複早已無甚新意的「封建批判」，走向新的目的意識，然而當翁鬧進一步深入感覺世界去描寫的結果，卻反而是「即便是逃向感覺世界也無法解決現實的、存在的困境」。

施淑所針對的殖民現代性，固然深刻地點出了日本作為「最後帝國的後進性和早熟性」，和「殖民地早熟知識分子」因應這種由中國到日本、由傳統到現代的時空意識轉變頹廢意識形成的過程，但面對日語同化逐漸普遍，臺灣主體慢慢消失，殖民化／現代化一體兩面的困境。「頹廢」作為一種文學現代性的顯現，其意義是否只是保守消極？恐怕是值得質疑的。施淑偏重在帝國殖民的性質，將壓迫與抵抗隱然鎖定在「日本 VS.臺灣」或「殖民地母國 VS.被殖民地個人」這樣簡單的二元對立框架上，讓由臺灣面對日本殖民的對抗論述所發展出來的國家想像與翁鬧個人關係的面向被模糊抹消。筆者嘗試補充的是，如果用吳叡人所謂因「西方／日本／臺灣」這雙重邊陲下的抵抗而孕生的福爾摩沙意識型態這一想像的國族概念去推演，翁鬧這位個人主義作家的苦悶與解脫或許還可以從他與《臺灣文藝》與《臺灣新文學》這兩個同樣作為臺灣新文學運動中反殖民與抵抗的代表刊物的互動脈絡中得到更進一步的理解。因為將翁鬧放進文學史中，1936 年楊逵脫離《臺灣文藝》，另辦《臺灣新文學》雜誌而與《臺灣文藝》所成的犄角之勢，是日據時期臺灣文壇唯一有過兩份本土現實主義文藝刊物同時發行的階段，而翁鬧除了最初第一首詩，投稿於《福爾摩沙》之外，所有的作品幾乎都出現在《臺灣文藝》《臺灣新文學》上，1935 年翁鬧連寫四篇小說，對文學顯出摩拳擦掌，準備大幹一場的態勢，但 1936 年的〈可憐的阿蕊婆〉和 1937 年的〈天亮前的戀愛故事〉，相距短短半年之內，兩篇作品卻呈現出深沉與高蹈，兩種截然互斥的時間意識，這中間的原因絕對不只是施淑所謂的與帝國殖民的關係這一面向所能詮盡。大膽地對殘缺片斷的歷史作關係聯結固然顯得危險萬分，不過筆者還是要提出，對照《臺灣新文學》與《臺灣文藝》對文藝大眾化路線的水火之爭，與翁鬧創作中時間意識的變化相聯結，或許可以補足施淑翁鬧研究的不足，找出另外一種詮釋的可能。並以翁鬧為例，看到臺灣現代主義文學發展呈現的文學現代性與國家想像之間的關係。

上章《臺灣文藝》與《臺灣新文學》的分立現象與論爭內容，及 1936 年臺灣文學場及純文藝的處境，說明了當時翁鬧所處身的臺灣的文學場，以下即嘗試說明翁鬧前期樂觀的線性的時間意識及後來如何墮入循環的時間觀中以及其中可能的關聯與基進意義去做說明。

肆、《臺灣文藝》與《臺灣新文學》的分立現象與論爭

資料顯示，楊逵之脫離《臺灣文藝》，另辦《臺灣新文學》，由戰前作家賴明弘、張深切、楊熾昌在戰後發表的文字看來，多半對楊逵帶有譴責，認為此舉多少是分化文聯、破壞團結，如張深切個人的回憶錄《里程

碑》，關於楊逵分化文聯的行為有如下的評述：

> 星建奠定了《臺文》的基礎，而某作家不顧大局，為固執己見，不恤文聯分裂，儼然替日本當局效忠，打擊文聯，這一過錯實在難能輕恕。[43]

然而，據戰後楊逵的解釋，可以發現楊逵不滿他認為極精采的藍紅綠〈紳士之道〉[44]卻不獲《臺灣文藝》編輯張星建採用，恐怕才是引爆的焦點。[45]換言之編輯的爭議其實來自文學路線的差異，對此，葉石濤曾加以解釋：

> 其實，這並不是要不要刊登一篇小說的問題，在那背後有更深刻的意識型態的糾紛存在；那便是關係到臺灣新文學運動理想的狀態和文藝大眾化路線的個人見解不同。[46]
>
> 楊逵一向是主張臺灣新文學運動是寫實的，現實主義的文學運動，應該和窮苦大眾打成一片，推翻日本的殖民統治。他看不慣《臺灣文藝》中有些風花雪月的遊戲文章。[47]

---

[43]原出版社為臺中，聖工出版社，共四冊，1961 年 12 月出版，現收於陳芳明等編，《張深切全集‧卷 2‧里程碑——又名：黑色的太陽（下）》（臺北：文經出版社，1998 年），頁 622。

[44]原刊《臺灣新文學》第 1 卷第 5 期（1936 年 6 月），頁 3～42，見《臺灣新文學雜誌叢刊》第 6 卷，林鍾隆中譯收入鍾肇政、葉石濤編，《光復前臺灣文學全集‧卷 6——送報伕》（臺北：遠景出版公司，1979 年），頁 11～225。

[45]楊逵對此事第一次發言，是在林載爵，〈訪問楊逵先生——東海花園的主人〉，《臺灣文學的兩種精神》（臺南：臺南市立文化中心，1996 年），現收於彭小妍等編，《楊逵全集‧第 14 卷（資料卷）》（臺南：文化保存籌備處，1998 年），頁 295。訪問時第一次提到，他認為雙方歧見出在「我看他決定不用的稿件，不見得比要錄用的差」、解釋第一段話的重點在於「我看他決定不用的稿件，不見得比要錄用的差」、「我們的文學觀是不同的，意見就相左」兩個重點上。很顯然地，楊逵認為雙方的爭執起於文學路線的差異，而張深切等卻認為爭執的起因在於楊逵奪權的陰謀。兩造的說法與認知有很大的歧異。參林梵，《楊逵畫像》（臺北：筆架山出版社，1978 年），頁 113。

[46]葉石濤，〈《臺灣新文學》與楊逵〉，《走向臺灣文學》（臺北：自立晚報社文化出版部，1990 年），頁 87～88。

[47]葉石濤，〈楊逵的「臺灣新文學」〉，《臺灣文學的悲情》（高雄：派色文化出版社，1990 年），頁

根據學者趙勳達的研究，楊逵其實是在一批當時臺灣文壇最為活躍作家的支持下離開文聯，而這些以賴和為首的作家在支持楊逵與《臺灣新文學》後，大多數都不再支持《臺灣文藝》，也不再為《臺灣文藝》寫稿；另，自從 1935 年底楊逵創辦《臺灣新文學》後，它的聲勢與其獲得的支持立即蒸蒸日上，不但超越了同期的《臺灣文藝》，更使得《臺灣文藝》暴露出江河日下的窘況，終於在《臺灣新文學》創刊後八個多月，不得不走上停刊的命運。而楊逵直到戰後後輩詢問之前，從未主動提出辯解，因此，趙勳達認為，楊逵過去在賴明弘、張深切、楊熾昌口中留下的「不顧大局」的評價，其實是一方汙名化、一方沉默下的結果。[48]

比較雙方雜誌在面對日文書寫方面的態度，可發現《臺灣新文學》維護漢文空間、鼓吹漢文書寫方面不遺餘力，後來甚至造成第 1 卷第 10 期「漢文創作特輯」的被禁[49]；相反的，張深切則是讓《臺灣文藝》文稿由中文中心轉變為日文中心，而且認為這是「勢所使然」的結果，因為當時《臺灣文藝》已由民族性而轉向政治性，再由政治性轉向文藝性。[50]

雙方往來意見中，張深切認為問題出在「日文的使用」，楊逵則認為不是文學的形式（指文學語言），而是文學的內容的問題。雙方當時曾在《臺灣文藝》與《臺灣新聞》等刊物上，對各自文藝路線有過不少論述，針對當時論述內容，可以發現「文藝大眾化」其實是雙方衝突的主要焦點，楊逵的文學觀側重階級，認為普羅文學是歷史的使命，文學對象唯有鎖定普羅大眾才是正途。張深切則主張「跨階級」的民族立場觀點。

79。

[48]關於這部分的討論，可參趙勳達，〈《臺灣新文學》（1935～1937）的定位及其抵殖民精神研究〉第一章（成功大學臺灣文學研究所碩士論文，2003 年 6 月）。

[49]參趙勳達，〈禁用漢文的前奏曲——談《臺灣新文學》一卷十號被禁的「漢文創作特輯」〉的討論，《文學臺灣》第 41 期（2002 年 1 月），頁 63～194。

[50]張深切對所謂「勢所使然」的原因，曾提出解釋，一是東京支部的文稿較優之勢，二是臺灣人的日文程度優於中文之勢，三是中文（包括中國白話文與臺灣話文）尚未統一，造成讀者混亂之勢。因此張深切主張「日文」乃勢所使然，進而批評楊逵不諳情勢，而對《臺文》偏重日文的作法多加批評，儼然是為了爭奪編輯權而趁機作亂。張深切著；陳芳明等編，《張深切全集・卷 2・里程碑——又名：黑色的太陽（下）》，頁 622～623。

楊逵和張深切觀點的歧義可以從《臺灣文藝》第 2 卷第 2 期上兩人分別撰寫的〈藝術是大眾的〉與〈對臺灣新文學路線的一提案〉中一窺大要。

楊逵在〈藝術是大眾的〉中首先認為文學必須考慮到讀者，也就是鑑賞者。文學絕不是孤芳自賞的，因此楊逵強烈批評「純文學」，他認為純文學的缺點「只在追求雕蟲小技，已經墮落成類似自然主義的低俗、瑣碎的藝匠。」同時，楊逵認為「從歷史的使命來看，普羅文學本來就應該以勞動者、農民、小市民作為讀者而寫。」因此，應該從勞動者的立場與世界觀，積極地書寫知識分子、中產階級、資產階級等敵人及其同路的生活。楊逵強調的「這種世界觀不是概念式的，而是充分地消化後，具體書寫於作品當中」，這才是「真正的寫實主義」。[51]

張深切對此也提出了他完整的見解，他主張「跨階級」的民族立場的觀點，認為當時文壇由於吳希聖的〈豚〉、楊逵的〈送報伕〉、呂赫若的〈牛車〉先後受到極高的肯定，正走出一條普羅文學的路線，但強調階級差異與衝突的普羅文學，雖有其關懷面，卻失之偏頗，他在〈對臺灣新文學路線的一提案〉一文中提出了「道德文學觀」，認為「我們欲建築文學新路線，著先明瞭道德」，明瞭道德而後才能判斷人類之好壞，領會褒貶之道，達到文學的目的。張深切此處的「道德」並非儒家所謂的道德仁義的「道德」，而是老子所謂的天地萬物運行的不變法則。張深切認為歐美的「人道主義」過於抽象，而「階級道德主義」又過於偏狹，認為兩者都只是「道德」的一部分，而不是完全的「道德」。因此，「我們如果只意識的偏袒無產階級，那麼階級文學終於不能成為無產階級的」。[52]

前面提過，由於 1930 年代日本捲入了世界性的資本主義經濟危機，致使法西斯主義迅速擴張，日本開始瘋狂鎮壓工農運動和日本共產黨及其所

[51]楊逵，〈藝術是大眾的〉，《臺灣文藝》第 2 卷第 2 期（1935 年 2 月），收於彭小妍等編，《楊逵全集・第 9 卷（詩文卷上）》（臺南：文化保存籌備處，2001 年），頁 138。

[52]發表於《臺灣文藝》第 2 卷第 2 期，收於李南衡編，《日據下臺灣新文學・明集 5——文獻資料選集》，頁 182。

領導的無產階級文學運動。1933 年起，不但無產階級作家聯盟的成員數百被捕。無產階級文學運動領導者之一的小林多喜二甚至被捕虐殺。在日共領導人佐野學、鍋山貞親等被捕並引發大批無產階級作家「轉向」支持日本軍國主義的對外擴張後，不但標榜去政治化的、個人主義至上的純文學應運而生，興起「文藝復興」的口號，1934 年「行動主義」也在這氛圍下相運而起，主張精神上的自由主義，在文學上掌握文學的「能動精神」，讓文學回到其本來的特質，以建立普羅文學的思想性與藝術的獨立性渾然的調和，使文學達到更高的層次。[53]

呼應日本當時「文學至上」和「行動主義」的兩種文學新思潮，張楊兩人當時因文學思想與路線的不同，遂也各自聯結並發展對應出各自更深入的文學見解，可以說為日據時期文學理論拓出非常精采的面向。楊逵支持日本的「行動主義」，認為其提出的普羅文學的思想性與藝術的獨立性渾然的調和，可以使文學達到更高的層次。希望即將創刊的日本《文學案內》也能採取統一戰線的方式，一同對抗法西斯主義。[54]楊逵有鑑於日本普羅文學的發展走進了為政治鬥爭服務的死胡同，提出「行動主義」來修正普羅文學，以避免臺灣的普羅文學走上僵化教條，和日本普羅文學一樣失敗的覆轍。[55]

針對楊逵的論點，張深切再寫〈對臺灣新文學路線的一提案（續篇）〉一

[53]行動主義的出現，源自 1933 年 10 月，舟橋聖一、阿部知二創刊以擺脫政治重壓為目標的《行動》雜誌。1934 年下半年，小松清、舟橋聖一、阿部知二先後發表文章提倡「行動主義」，小松清認為向來的一切文學形式未能整體把握人性，因此反對小說構成的概念化及樣式化，主張重新構建其文學形式。1934 年大森義太郎則針對具有右派傾向的「行動主義」發表一連串的批評。認為這種行動主義是從知識分子出發而引出的文學態度，它只在口號上反法西斯，實際上是反馬克思主義的，仍存在著走向法西斯的可能性。主張法國行動主義才具有反法西斯，而且明確朝向馬克思主義，以及決心與勞動階級共同行動的進步立場。相關見解見葉渭渠，〈文藝復興與日本浪漫派文學思潮〉，《日本文學思潮史》（北京：經濟日報出版社，1997 年），頁 500～516。

[54]楊逵，〈進步的作家與共同戰線——對《文學案內》的期待〉，原載於《時局新聞》第 116 期（1935 年 7 月），收於彭小妍等編，《楊逵全集・第 9 卷（詩文卷上）》，頁 278。

[55]楊逵這方面的見解尚多，如〈傾聽讀者的聲音〉、〈行動主義檢討〉、〈文藝批評的基準〉、〈新文學管見〉等，見趙勳達，〈《臺灣新文學》（1935～1937）的定位及其抵殖民精神研究〉，第一章的深入討論。本節的討論主要參考自趙勳達論文，在此致謝並說明。當然筆者以有限的日文能力作了必要的基礎核對。不過，趙勳達論文偏重在釐清《臺灣文藝》與《臺灣新文學》分裂的根本原因與過程，並為備受批評的楊逵開脫，因此強調的是兩方抵殖民性質的基進程度與「國家想像」的面向，並未就其與文學自主性的關係或文學自主性契機的出現，再作延伸分析。

文，繼續宣揚其「道德文學觀」，由老子的《道德經》的中心思想出發，解釋「道」沒有形體，是萬物生存死滅的自然法則，順應自然法則演進或行動，就是「道德」。因此，道德是真理、是自然、是是非判斷的最高標準。一切事物的運作必須順應道德而行，當然文學也不例外，所以張深切說：「一切派別文學在道德文學之前——會像星辰之於太陽失色無光！我以為文藝復興是要復興道德文學，否則一切的文學是會碰壁的！最近為了文藝復興的碰壁，而復提倡了一種什麼能動主義和行動主義（能動主義或行動主義現在還未有築出什麼顯然的理論路線），真是多此一舉了。」[56]這段話一方面肯定道德文學是一切文學路線的根本，認為只有道德文學才能不偏頗、不主觀，另方面批評行動主義，認為如果順應道德文學的原則，則行動主義根本是多此一舉。表面上，張深切沒有點名批判楊逵，但由於當時臺灣文壇暢談行動主義的只有楊逵一人，因此兩人隔空交火態勢十分明顯。

另外楊逵也針對張深切曾在〈對臺灣新文學路線的一提案〉及〈對臺灣新文學路線的一提案（續篇）〉中提出的「科學分析」與「真、實」的概念，以實際運用在的創作上不可行去回應，認為寫作多少需要「說謊的天才」，說明創作的要素絕不在於百分之百模擬真實。而需要虛構才有生命力，這個論點呼應了〈藝術是大眾的〉中「這種世界觀不是概念式的，而是充分地消化後，具體書寫於作品當中」的說法，而且楊逵還補充說明：「自然主義不看人和社會活生生的狀態，就像看照片一樣只看表面；極端的話，就把死屍當成真人了。」[57]理想的小說是對「現實狀況」的反映，而非「真實事件」的重現，這樣才能將現實性與藝術性結合。由於張深切從老子「道」、「自然」的角度談文藝創作，其道德文學觀也多少類似於當時的「自然主義」，楊逵認為依此文學觀創作的小說，勢必「缺乏藝術性」。張深切「科學分析」、「道德文學」的論點，在楊逵的筆中遂不是「真正的

[56]張深切，〈對臺灣新文學路線的一提案（續篇）〉，《臺灣文藝》第 2 卷第 4 期，頁 94～98。
[57]楊逵，〈臺灣文壇的近況〉，原載《文學評論》第 2 卷第 12 期（1935 年 10 月），收於彭小妍等編，《楊逵全集・第 9 卷（詩文卷上）》，頁 412。

寫實主義」。

綜觀兩人論辯的焦點，其實主要的差距還是「文藝大眾化」中所謂「大眾」的內涵。張深切受傳統的文學理念影響，反對貴族文學，因而他心中的「大眾」是不分階級的平民；而楊逵受社會主義影響，除了反對貴族文學，也反對資產階級，他的「大眾」是普羅塔列尼亞的無產階級[58]，因雙方存在著根本的歧見，交鋒半年之後終究不了了之。[59]雖然他們共同關注的焦點都在面對本土臺灣上[60]，然而，由於左傾程度的差距，較右的張深切及其代表的「臺灣文藝」終於在「二元對立」的場域競爭邏輯上，形成走的是「純文藝」路線的文學「幻象」。[61]

伍、1936 年的臺灣文學場與「純文藝」處境

前面提過楊逵直接發表的對「純文藝」的不以為然，就張深切而言，其《里程碑》一書中也提過，張深切曾與林茂生有過一場「為人生而藝術」或「為藝術而藝術」的論戰，林茂生認為藝術是藝術家靈感的表現不必有功利的目的，藝術本身自有其價值，張深切則說「我主張藝術需要對

[58]據趙勳達研究，當時雙方均採用左派階級論的說法，張楊兩人的矛盾是第三階級和第四階級的矛盾。此階級說最早出自法國 14 世紀初三級會議，稱第一階級為教士，第二階級為貴族，第三階級為資產者、小資產者、城市平民、工人農人等一般平民，隨著資本主義的發展，第三階級內部出現資產階級與無產階級的矛盾，無產階級分化出來成為「第四階級」。參《馬恩選集歷史詞典》（北京：商務印書館，1992 年），頁 79。

[59]參趙勳達，〈《臺灣新文學》（1935～1937）的定位及其抵殖民精神研究〉第一章。

[60]眾所周知，楊逵的〈送報伕〉反映了強烈的社會主義控訴，因此一般被稱為社會主義者，但筆者同意根據楊逵作品由〈送報伕〉（1933 年）到〈水牛〉（1935 年）、〈模範村〉（原題：田園小景，1936 年）及〈蕃仔雞〉（1936 年）的主題內涵變化所作的推論，這時期他已經注意到了臺灣特殊性的重要，也就是能正視臺灣人民被殖民的苦難，換言之，楊逵在此階段已經由早期單純的社會主義者轉為結合階級立場與民族立場的社會民族主義者。參趙勳達，〈《臺灣新文學》（1935～1937）的定位及其抵殖民精神研究〉，頁 174～179。

[61]借用布爾迪厄用詞，說明文學場中為獲得文化產品之合法定義進行鬥爭而形成的「令人感興趣」與否的「價值的象徵」。比如藝術家經由簽名的奇蹟把某些藝術品變成聖物。各種動因在幻象中互相竄通，是行動者互相對立和製造遊戲本身的競爭的基礎。「幻象」既是讓人決定「是否參與遊戲」的條件，也是遊戲的產物，因為此一「幻象」形成「歷史習性」，也左右行動者的選擇。布爾迪厄著；劉暉譯，〈幻象與作為偶像的藝術品〉，《藝術的法則：文學場的生成和結構》（北京：中央編譯局出版社，2001 年），頁 275～278。拙論以為此更是行動者在各場域活動時重要的認識的中介，即布爾迪厄與結構主義分家的對行動者「儀式性意義」的認識論斷裂的中介，這形成現象學家伽達瑪，《真理與方法》中所謂的行動者的先前視野（preunderstanding）。

人生有意義才有價值，關於這一口號我不便說我們的藝術應為臺灣的解放而存在」[62]，這是為什麼賴明弘 1954 年《臺北文物》的〈臺灣文藝聯盟成立的斷片回憶〉中會認為「我們在那時候已不是為藝術至上主義而從事文學，而是為人生的藝術而從事文學工作」。[63]因為這確實是《臺灣文藝》創刊時的理想。

但如果進一步考察發生在 1936 年左右，即《臺灣新文學》成立後，臺灣文學場針對兩刊物的各種論述與現象，可以看出在《臺灣新文學》創刊後，《臺灣文藝》確實逐漸失去了臺灣人的支持。除了在文聯中擔任要職的吳新榮與郭水潭兩人對《臺灣新文學》的成立表達支持言論，身分中立的王詩琅、陳垂映等紛紛加入《臺灣新文學》，另外鄭定國、林快青、徐瓊二、賴明弘、賴緣塁、江燦琳、杜茂堅、林克夫、連溫卿、黃寶桃、李禎祥、林國風、葉清水、廖毓文、何春喜、李張瑞等其他的文壇人士，也並未譴責楊逵的作法，因此這可謂形成了一股集體的聲音，他們並不認為需要去「反省」楊逵的出走與臺灣新文學社的成立。具有文聯嘉義支部成員身分的徐玉書且明顯提供了另一個支持臺灣新文學社的理由，他說：

> 看到了「文聯」越來越離開了大眾的立場，於是不得不再另建設一種雜誌，與我島內文藝同好者群握手不可，故他們在 1936 年頭，共同起來創設了「臺灣新文學社」，而由此社發刊的一種雜誌，名曰《臺灣新文

[62]據張深切回憶錄《里程碑》所述，此論辯發生在 1935 年 6 月 1 日，是臺灣文藝聯盟佳里支部成立座談會上發生，當時的臺南名士，也是日據時期臺灣籍第一位畢業於東京帝國大學（今東京大學），首獲文學士頭銜的文學家林茂生專程前去提出挑戰，「論戰一上一下，茂生看大勢不利，坦然而輕鬆地說道：『這場論戰，算是我吃了敗仗，暫掛免戰牌，等我養精蓄銳，準備好了，另行討戰，因為我還未承認折服。』」，參張深切著；陳芳明等編，《張深切全集．卷 2．里程碑——又名：黑色的太陽（下）》，頁 619。另吳新榮，〈佳里支部發會式通信〉，《臺灣文藝》第 2 卷第 8、9 期合刊（1935 年 8 月），頁 57～58，也有記載。而這次論戰據說「盛況空前」，差點演出全武行，參楊熾昌原著；葉笛翻譯；呂興昌編訂，《水蔭萍作品集》，（臺南：臺南市立文化中心，1995 年 4 月），頁 338；羊子喬，〈移植的花朵——深受超現實主義影響的風車詩社〉，《聯合報．副刊》，1980 年 10 月 24 日。

[63]原載《臺北文物》第 3 卷第 3 期。見李南衡編，《日據下臺灣新文學．明集 5——文獻資料選集》，頁 386。

學》，以給島內諸同好者群自由登臺吶喊，以重整旗鼓以振興非常時代的臺灣新興文學。[64]

徐玉書認為《臺灣文藝》背離了文藝大眾化的初衷，也背離了與大眾同在的立場，因此他認為臺灣新文學社的創立以及《臺灣新文學》的發刊乃「時勢所趨」，符合文壇一致的期望，由於他具有文聯成員的身分，他的一席話，顯得格外強而有力。

觀之《臺灣新文學》創刊以來對「演劇運動再出發」的熱烈進行、對漢文創作的維護、民間文學的重視、鄉土色彩的獎勵甚至刊物的價格等，都比《臺灣文藝》要更重視臺灣貧苦大眾的需要，而且《臺灣新文學》與內地文藝團體來往頻繁，不但作為內地雜誌如「日本學藝新聞社」、「那烏卡社」與「文學案內社」在臺灣的銷售點，儼然是這些雜誌的「臺灣分社」，臺灣新文學社也代理了『時局新聞』、『世界文化』、『土曜日』、『公民常識』等刊物、『槙本楠郎主要童話集』的銷售業務，與之相較，《臺灣文藝》顯得不振許多。[65]這也是《臺灣文藝》為何在 1936 年邀請深受日本文藝界讚賞的舞踊家崔承喜來臺的主要原因，為此張星建還特別赴東京舉辦「臺灣文學當前諸問題——文聯東京支部座談會」，這批留日作家原是《臺灣文藝》供稿的主力，而當時原籍韓國的崔承喜，不但迅速走紅於日本、也已經赴歐洲表演，「飲譽環球」。[66]足見《臺灣文藝》的作法，是想以更具「象徵資本」的文學作家，及尋求另一種「現代形式」（芭蕾舞）好與《臺灣新文學》迅速形成的活力相互抗衡。

---

[64]徐玉書，〈臺灣新文學社創設及《新文學》第 1、2、3 期作品的批評〉，《臺灣新文學》第 1 卷第 4 期（1936 年 5 月），頁 97。

[65]以上參趙勳達，〈《臺灣新文學》（1935～1937）的定位及其抵殖民精神研究〉，第二章的討論。

[66]張深切提到「崔小姐的舞蹈，是學於日本最著名的舞蹈家石井漠，而青出於藍，她一枝獨秀，日人也甘拜下風，推她踏上國際舞壇，飲譽環球；她正如臺灣的音樂作曲家江文也，代表日本的樂壇享受國際名譽，結成日本藝術界的兩大奇葩。」張深切提到，當時除了「臺北以外」，演出都受到熱烈歡迎，這現象背後真正的原因值得更進一步探討。張深切著；陳芳明等編，《張深切全集‧卷 2‧里程碑——又名：黑色的太陽（下）》，頁 625。

雖然崔承喜確實來到臺灣表演，但當時從未接觸過芭蕾舞的臺灣報紙卻一致採取「默殺主義」，沒有代為宣傳介紹；連臺灣人經營的《臺灣新民報》也說「《新民報》不是文聯的宣傳機關」。因此，崔承喜同為殖民地人民的心聲雖曾引起張深切大大的感動[67]，在臺北以外的演出也受到熱烈歡迎[68]，卻無法如《臺灣文藝》的預期，以一人之力即「大大地來鞏固文聯的基礎」。[69]這些結果使《臺灣文藝》終究以經濟上也困難而消沉告吹。1936 年 8 月 28 日《臺灣文藝》第 3 卷第 7、8 期合刊，即其發刊的最後一期，大方刊出兩篇明顯的針對《臺灣文藝》的批評，首先是陳鈍也〈與文學界為「敵」〉一文：

> 《臺灣文藝》之所以不能刺激我，是因為大體上作品的步調緩慢，內容方面缺少生理上和生物學上的結構，只有心理現象的感傷主義和情感而已。（中略）看看這種意識的體現，所寫出來的作品多半都不能成為主角的完美的代言人，反而透過自己的主觀扭曲了事實。（中略）西歐近代哲人說：「生活決定意識」，又說：「經濟是一切文化的基礎」，我絕對支持這種看法。文藝是一種生活現象——而且影響力很微小，現實中每個人的生活磨擦，遠比文字所能表現的激烈多了。（中略）如果不能鉅細靡遺又真實地寫生這種時代動態，賦予它一個「時代的定義」，就沒有文學價值。《臺灣文藝》做不到這種地步，也就沒有存在的理由。[70]

從這段敘述可以發現他所謂的西歐近代哲人，顯然是寫實主義思想指導者馬克思的言論。而他認為《臺灣文藝》的文學作品太過個人主義，沒有時代感，如

[67]參張深切著；陳芳明等編，《張深切全集・卷 2・里程碑——又名：黑色的太陽（下）》，頁 625～628。

[68]關於這點，值得再做進一步考察。

[69]參張星建在「臺灣文學當前諸問題——文聯東京支部座談會」上的發言。翁鬧著；陳藻香、許俊雅編譯，《翁鬧作品選集》，頁 222。

[70]陳鈍也，〈與文學界為「敵」〉，《臺灣文藝》第 3 卷第 7、8 期合刊（1936 年 8 月），頁 61～63。此譯文據趙勳達，〈《臺灣新文學》（1935～1937）的定位及其抵殖民精神研究〉，頁 212。

果做不到對時代感的反映，就是沒有文學價值，沒有文學價值，也就沒有存在的理由。這段簡單的「文藝反映時代」的推論，和後來新馬派對「最重要的是找到最恰當的形式」的看法相較，當然是對文藝認識不夠深刻的結果，不過以無能找到最恰當的表現形式和表現語言的當時臺灣文壇，《臺灣文藝》終究以「落入感傷主義」被寫實主義主張的讀者打到右邊去。

同期《臺灣文藝》中，以〈牛車〉成名的呂赫若也認為當時文壇瀰漫著兩種空氣，一個是為藝術而藝術的純文藝氣氛，另一個是為人生而藝術的現實主義氣氛，而呂赫若認為文壇應該遵循後者。[71]基於這樣的美學標準，呂赫若批評當時身為《臺灣文藝》的重要藝術評論人、甚至被稱為「文聯四大天王」[72]之一的吳天賞為純藝術論的「虛無主義者」[73]，可以發現這不但說明了吳天賞對藝術的現實感不夠強烈，是信仰寫實主義的呂赫若不能接受的；也是《臺灣文藝》走向純藝術化的一個象徵。[74]

除了文壇人士對《臺灣文藝》的批評，實際上，《臺灣文藝》內的「二言三言」一欄中，藉由對於「文藝大眾化」所採取的態度，已經顯出《臺灣文藝》不同於前的態度偏移與尷尬立場：

> 文學本來就是大眾的，這是無異議的。但是，實際上那只是高遠的理想，不是嗎？在現實問題上也還潛藏有許多的矛盾。[75]

---

[71]見呂赫若，〈文學雜感——兩個空氣〉，原載《臺灣文藝》第 3 卷第 6 期（1936 年 5 月），收於呂赫若著；林至潔譯，《呂赫若小說全集》（臺北：聯合文學出版社，1999 年），頁 552～554。

[72]語見張深切著；陳芳明等編，《張深切全集・卷 2・里程碑——又名：黑色的太陽（下）》，頁 625。

[73]見呂赫若，〈文學雜感——舊又新的事物〉，原載《臺灣文藝》第 3 卷第 7、8 期合刊，收於呂赫若著；林至潔譯，《呂赫若小說全集》，頁 559。

[74]另外如同樣出於臺灣文藝協會的楊熾昌和王白淵當時也曾被吳新榮、郭水潭等人批評為「薔薇詩」，見《吳新榮日記（戰前）》1936 年的記載和郭水潭 1934 年的〈寫在牆上，薔薇詩人們〉，郭水潭批評說：「近來臺灣文壇各地常出現好像薔薇美麗的詩。……啊！美麗的薔薇詩人……壓根兒品嚐不出時代心聲和心靈的悸動，只能予人以一種詞藻的堆砌，幻想美學的裝潢而已。」參楊雅惠，〈詩畫互動的意境——從王白淵、水蔭萍詩看日據時期臺灣新詩美學與文化象徵的拓展〉，《臺灣詩學》第 1 期（2003 年 5 月），頁 31～32。

[75]作者不詳，載於《臺灣文藝》第 3 卷第 6 期，頁 70。

這說明了為什麼張深切在晚年回憶錄《里程碑》中，自己也承認《臺灣文藝》後來在文聯東京支部大力支持，島內作家作品相對落伍的形勢之下，後來已轉變為「純文藝」雜誌，無法維持初創的主旨了。[76]

在此，我們可以進一步藉由之前臺灣唯一，也是首倡現代主義色彩的王白淵、楊熾昌的處境，以比較《臺灣文藝》、《臺灣新文學》此一分裂代表的意義。吳新榮在《吳新榮日記（戰前）》中提到「1936 年 2 月 4 日，臺南市風車詩社的『薔薇』詩人水蔭萍（楊熾昌）及利野蒼（李張瑞）來訪。」[77]之前，郭水潭 1934 年就曾在〈寫在牆上，薔薇詩人們〉中批評說：「近來臺灣文壇各地常出現好像薔薇美麗的詩。……啊！美麗的薔薇詩人，……壓根兒品嚐不出時代心聲和心靈的悸動，只能予人以一種詞藻的堆砌，幻想美學的裝潢而已。」[78]

據學者楊雅惠推測，王白淵〈詩人〉一詩，或許是「薔薇詩人」一詞之起因，詩中說：

薔薇默默開著
在無言中凋謝
詩人活的沒沒無聞
吃著自己的美而死

蟬子在空中歌唱
不問收穫而飛去
詩人在心中寫詩
寫了又擦掉

月亮獨個兒走著

[76]張深切著；陳芳明等編，《張深切全集・卷 2・里程碑——又名：黑色的太陽（下）》，頁 622。
[77]《吳新榮日記（戰前）》，此轉引自楊雅惠，〈詩畫互動的意境——從王白淵、水蔭萍詩看日據時期臺灣新詩美學與文化象徵的拓展〉，《臺灣詩學》第 1 期，頁 31。
[78]郭水潭著；羊子喬編，《郭水潭集》（臺南：臺南縣立文化中心，1994 年）。

照亮夜之黑暗

詩人孤獨地歌唱

道出千萬人情思。[79]

又王白淵另作〈花與詩人〉中也有：「薔薇低首說啦你是飛舞在生命上端的蝴蝶／我是歌吟情感的地上歌手／……詩人回答說／被稱為花稱為詩人者／同屬自然的一個現象」。兩詩皆以薔薇花開比擬詩人，歌詠詩人與創作的無上價值。

楊熾昌之被稱「薔薇詩人」，主要是他詩中常出現「薔薇」的意象[80]，而 1927 年日本發行的一本帶超現實色彩的詩刊便命名為《薔薇、魔術、學說》（北園克衛等編）。此外，楊熾昌在〈兩本詩集的備忘錄〉中亦提到讀女詩人中村千尾詩集《薔薇夫人》，楊熾昌認為此是「詩的純粹性最生動」的詩人。[81]足見「薔薇」一詞，在當時或有「創造之神」的象徵。但在寫實主義主張的吳新榮眼裡，卻是華而不實、柔弱無力的貶義。[82]

如果說，楊熾昌、李張瑞、林永修、張良典等人於 1933 年成立「風車詩社」、發行《風車詩誌》，「由於社會一般的不理解而受到群起圍剿的痛苦境遇，終於以四期就廢刊」[83]代表的是當時臺灣島內以超現實主義為代表的「純文藝」風氣與「大眾文藝」的對立及挫敗，那麼這樣一股臺灣文學場內部文藝路線「對立潮流」的真正成形，可能要到《臺灣新文學》從《臺

[79]出自王白淵，『蕀の道』（盛岡：久保庄書店，1931 年），此據月中泉譯文，《光復前臺灣文學全集・卷 9——亂都之戀》（臺北：遠景出版公司，1982 年），頁 211。

[80]詩的部分，至少有〈古弦祭〉（1934 年）、〈貝殼的睡床——自東方的詩集〉（1934 年）、〈花粉和蝴蝶〉（1934 年）、〈傷風的唇——有氣息的海邊〉（1935 年）、〈風的音樂〉（1936 年）、〈要過境的蝴蝶〉（1936 年）、〈不歸的夢〉（1938 年）、〈戀歌〉（1938 年）、〈薔薇〉（1939 年），評論部分，〈檳榔子的音樂〉、〈燃燒的頭髮〉、〈洋燈的思惟〉等均曾出現「薔薇」，另目前尚未得見，曾獲 1937 年《臺灣日日新報》小說獎徵文首獎的〈薔薇的皮膚〉，也被楊熾昌認為是一生難忘的三篇佳作之一，可見楊熾昌對「薔薇」意象喜愛的程度。此參楊熾昌原著；葉笛翻譯；呂興昌編訂，《水蔭萍作品集》。

[81]參楊熾昌，〈洋燈的思惟〉，葉笛翻譯；呂興昌編訂，《水蔭萍作品集》，頁 162。

[82]參楊雅惠，〈詩畫互動的意境——從王白淵、水蔭萍詩看日據時期臺灣新詩美學與文化象徵的拓展〉，《臺灣詩學》第 1 期，頁 31～32。

[83]見楊熾昌原著；葉笛翻譯；呂興昌編訂，〈《紙魚》後記〉，《水蔭萍作品集》，頁 253。

灣文藝》中脫離後才引起了全面的注意。[84]儘管《臺灣文藝》的立場與文學表現都還「不夠現代得很」，但因為同樣標榜「大眾文藝」，經過這麼來來往往的鋪陳比較，《臺灣新文學》獨立後的《臺灣文藝》終於不得不被逼出了其「純文藝」的立場。[85]對照兩方同時都推動的「新劇運動」，在 1930 年 10 月 18 日《臺灣新民報》上，張深切所組的「臺灣演劇研究會」就曾被署名「暴狂鐘」的作者點名批判，雖然針對的是「臺灣演劇研究會」內部紛爭，卻質疑張深切欲將演劇研究會帶往何處？長此以往，是否將淪為資產階級的辯護者？[86]果不其然，《臺灣文藝》的走向和遭遇證實了他的預言。而作為日據時代難得的帶著強烈自由主義思想色彩的張深切，也不免如陳芳明所言，是「掙扎於政治和文學之間」了。[87]

陸、驅魔與抵抗

湊巧或偶然的，處於這風暴漩渦中的翁鬧，在 1936 年 5 月號於《臺灣文藝》發表了一篇〈可憐的阿蕊婆〉，故事寫一老朽的婦人晚年生活的故事，因翁鬧斯時的關懷，這作品（或「論述」）分裂為兩個互相排斥卻也相

[84]事實上李張瑞曾在《臺灣新文學》創刊號上「反省與志向」專欄，對楊逵的文學主張表達不滿；而楊熾昌也曾以森村千二郎為筆名，寫了一篇〈臺灣的文學呀，要拋棄政治的立場〉，表達他純文藝的文學觀。針對的即河崎寬發表在《臺灣新文學》上的評論。參楊熾昌原著；葉笛翻譯；呂興昌編訂，《水蔭萍作品集》，頁 117～119，因此，兩人與寫實派的爭論也多以《臺灣新文學》為園地或對象。

[85]葉石濤曾在〈楊逵的《臺灣新文學》〉中回憶當時的《臺灣文藝》比起《臺灣新文學》來，確實「多了許多風花雪月的文章」。葉石濤，《臺灣文學的悲情》，頁 77～79。

[86]轉引自梁明雄，《張深切與《臺灣文藝》的研究》（臺北：文經出版社，2002 年），頁 43。

[87]參陳芳明，〈《里程碑》解說〉，張深切著；陳芳明等編，《張深切全集・卷 2・里程碑——又名：黑色的太陽（下）》，頁 761～762。陳芳明點出了張深切藉文學形式探索臺灣前途而發動成立臺灣文藝聯盟，及其《臺灣文藝》的出刊，是日據臺灣新文學運動成熟結實的里程碑。並交待後來因張深切側重臺灣民族主義與楊逵主張臺灣社會主義，終為各自堅持的意識型態所困惑，分散了當時文壇的力量。同時陳芳明很有識見地認為，「他（張深切）在寫回憶錄時，似乎並未能正確評估這一份成就。因此，《里程碑》對於臺灣文藝聯盟的檢討並沒有占用太大篇幅。」筆者認為，如果能補充張深切在演劇運動方面的參與、主張和操作的回憶，應該更能見出張、楊兩人彼此的齟齬和表現形式的問題，因為戲劇的演出和動員更容易看出其與社會的互動。可惜這方面的資料有限，了解相對困難。關於張深切的掙扎，另可參簡素琤〈被殖民情境中的啟蒙辯證——張深切的自由思想在日據時代臺灣文化啟蒙運動中的指標意義〉中對其劇本《落陰》和《人間與地獄——李世民遊地府》中透露的「反理性思維的騷動」的簡單說明。《中外文學》第 32 卷第 5 期（2003 年 12 月），尤其是頁 165～166，「宗教與張深切的自由思想」。

互滲透的意向結構：一是，以阿蕊婆終將歸回自然，一切盡歸幻滅的「年老」論述，承認其終將達不到理想自我的對現實處境的解釋；二是，以移居流動及未來視野的想像，藉「城鄉認同」的辯證思考「國族認同」。前者建立在連接過去，斷裂未來的悲觀意識上；後者建立在斷裂過去，迎接未來的樂觀意識上。筆者以為，翁鬧〈可憐的阿蕊婆〉提出的問題性的深度和廣度是值得深入推敲的，就今天日據時期文學如火如荼展開的研究現象看來，這篇作品實在未受到應有的注目。以下便根據〈可憐的阿蕊婆〉內容與思考進一步加以分析，以說明我的論證和看法。

一、「自然」與「異質空間」的流動辯證

據資料顯示，翁鬧在此作發表前，曾病倒於日本，〈可憐的阿蕊婆〉的寫作，和這場病的發生應有直接的關係，因為這場病或許使翁鬧更認真而悲觀地去思考他身為臺灣人及臺灣作家的處境。

故事一開頭先引用 20 世紀初美國意象派詩人 Joseph Campbell 的詩句「孩子們走了／靜靜想著他們／那像廢水車下面的水」。接著，整個描寫從故事主角阿蕊婆住居的房子和附近環境寫起，不斷以「與其說……不如是」的句法，呈現一種辯證往復的敘事。透過阿蕊婆的命運刻寫，逐漸將全文的空間隱喻化。

在〈可憐的阿蕊婆〉中，阿蕊婆曾經是住居一帶的財主，在地價急速下降，大兒子又不善經營，亂賣田地終致破產之後，如今已經孤獨地獨居了 15 年，她的房子是座落在人口約有兩萬的中部某古老街上，「雖是街上，卻是汽車不斷地『譜，譜』按著喇叭行駛的大馬路拐進三四條小巷的地方，因此給人有偏僻的感覺。」除了遠離街道，那一帶房子「亂七八糟地蓋著」「陰暗蒼老」「不是進深很淺，就是深得不得了」。附近屋舍完全隱密，「變成了小街暗巷裡常有的私娼窟」，「日間像該地的修道院一樣靜悄悄」，「它或許像神祕的靈的道場，也像跟這世上一切俗念與規定隔絕的幽邃的祭壇一般」。她的臥房被這樣描述：

> 至於阿蕊婆的臥房，夾在奉祀神明與廚房之間，只有咯答咯答響的竹床和痰壺。阿蕊婆在家的時間差不多都在這裡過著。在僅容一人躺臥的床上，她像冬眠似的蛇，一動也不動地睡著。[88]

夜裡醒來，阿蕊婆沒辦法確定把握她的存在：

> 阿蕊婆想要做什麼，但她正想著這些時，世界上所有的東西會忽然遠離她而去。阿蕊婆沒有辦法，將視線朝向奉祀神明的地方與廚房兩三次，然後低頭閉起眼睛。[89]

透過阿蕊婆唯一的兩個活動空間：陰暗潮濕窄仄的巷弄住家和大街上的城隍廟。翁鬧寫著阿蕊婆逐漸變成「物」與「自然」：

> 阿蕊婆的臉上既無感覺，也沒有表情，可以說她逐漸遠離人而接近大自然咧，假如阿蕊婆夜裡沒有回去蹲在那裡睡覺的話，人們都不會覺得詫異吧。甚至阿蕊婆就這樣停止呼吸，不再動了，任誰也都不會感覺得奇怪吧。[90]

在這裡，線性時間停止，剩下不盡循環的永恆時間，一切彷彿都靜止了，是神是人，鬼耶魔耶難辨。因此，「無論是那一晚阿蕊婆都從未關門，不如說她無從關門哩」「說是祭祀神明的地方，掛在壁上的神像卻很陳舊」，「與其說她要拜別的，不如說她是自己該受別人拜」。「與其說……不如是」句法的重複使用說明了阿蕊婆徘徊在人鬼神魔的交界。

但翁鬧後來安排因為被鄰居發現病倒在家，阿蕊婆的孩子來帶她到鄉

[88]翁鬧著；陳藻香、許俊雅編譯，《翁鬧作品選集》，頁 151。
[89]翁鬧著；陳藻香、許俊雅編譯，《翁鬧作品選集》，頁 152。
[90]翁鬧著；陳藻香、許俊雅編譯，《翁鬧作品選集》，頁 155。

下去住，也因此讓阿蕊婆有了不同的經驗與視野，有了回返人間的可能：

> 阿蕊婆在鄉下的生活開始了。起初她從火車上下來，被兒孫扶著長時地走在沒有人影的鄉村道路。阿蕊婆心裡的感覺是：天空太廣大了！她住在街上時，幾乎沒有把視線朝向天空過，但阿蕊婆現在看見天空無涯地掩蓋著草木、人、房屋以及道路等。而且藍色的天空無限地伸展著，看來那麼寧靜。但不只是天空，散落在它下面的房屋，草木看來也那麼寧靜。一顆頹喪而垂老的靈魂，雖播種得晚，卻感到自己所屬的偉大的母胎，這實在是可驚的變化，雖然沒有用言語表達，像站在大鏡子前時那樣，感到自己的姿影照原來的樣子在草木以及天空中映現出來。[91]

擅長談知識、空間和權力關係的法國文化理論家傅柯（Michel Foucault）曾提出「異質空間」和「虛構地點」的觀點，他認為「虛構地點」是那些沒有真實地點的基地（比如烏托邦）。他們是那些與社會的真實空間，以一個直接或倒轉類比之普遍關係的基地。它們或以一個完美的形式呈現社會本身，或將社會倒轉，無論如何，「虛構地點」是一個非真實空間。

但，傅柯認為「異質空間」是文化、文明所存在的另一個真實空間——它們確實存在，並且形成社會的真正基礎——它們是那些對立基地（counter site），是一種有效制定的虛構地點，於其中真實基地與所有可能在文化中找到的不同真實基地，被同時地再現、對立和倒轉。這類地點是在所有地點之外，卻仍然可以指出它們在其中的位置。

「異質空間」可能在各種文化裡以不同方式運作，卻具有一些明顯的共同特點，比如，經常同時開展出「異質時間」的面向；當人與一般的時間突然有所斷裂時，這樣的「異質空間」最能發生效力。這樣的異質時間可分兩種：一種與永恆或所有時間連結（如博物館和圖書館，集所有時間之大成，或在時間

[91]翁鬧著；陳藻香、許俊雅編譯，《翁鬧作品選集》，頁 159～160。

之外）；另一種則指向瞬間即逝的時間（如歡樂節慶）。

作為一種與真實空間的關係，一方面它可能創造出一個幻想空間以揭露所有真實空間的幻覺性；另一方面，相反的，它創造另一個完美的、拘謹的、仔細安排的不同的真實空間，以顯現我們的空間是汙穢的、病態的、和混亂的。[92]

按傅柯的說法，阿蕊婆住居一帶，「日間像該地的修道院一樣靜悄悄」、「它或許像神祕的靈的道場，也像跟這世上一切俗念與規定隔絕的幽邃的祭壇一般」是一個與一般人的日常經驗「偏離」的異質空間[93]，而身處其中的阿蕊婆無論是在殘破的臥室裡「像冬眠似的蛇，一動也不動地睡著。」或長年地坐在城隍廟前，以老朽的身體證明著她的存在，都是不被看見的（除了一些可憐她身世的老鄰居），是與家族的、社會的雙重的疏離。在社會（以城隍廟為代表）中，她不是不在場，但完全被視而不見，「假如阿蕊婆夜裡沒有回去蹲在那裡睡覺的話，人們都不會覺得詫異吧。甚至阿蕊婆就這樣停止呼吸，不再動了，任誰也都不會感覺得奇怪吧。」當然，這一方面也因為她老邁了，「阿蕊婆的臉上既無感覺，也沒有表情，可以說她逐漸遠離人而接近大自然。」

而當阿蕊婆到鄉下去，翁鬧又建立了另一種與阿蕊婆的成長經驗迥異的異質空間，讓阿蕊婆發現了「這實在是可驚的變化，雖然沒有用言語表達，像站在大鏡子前時那樣，感到自己的姿影照原來的樣子在草木以及天空中映現出來。」

按傅柯所言，這種差異地點和烏托邦的虛構地點之間，可能存在著某種混合的、交匯的經驗，可以作為一面鏡子以自我鑑照：

> 這片鏡子由於是個無地點的地方，故為一個虛構地點。在此鏡面中我看到了不存在其中的自我，處在那打開表層的不真實的虛像空間中，我就在那兒，又非我之所在，是一種讓我見自己的能力，使我能在缺席之處

---

[92]陳志梧譯，〈不同空間的正文與上下文（脈絡）〉（Text/Contexts of Other Space），夏鑄九、王志弘編譯，《空間的文化形式與社會理論讀本》（臺北：明文書局，1993 年），頁 309～409。

[93]夏鑄九、王志弘編譯，《空間的文化形式與社會理論讀本》，頁 404。

看見自身：這是一面鏡子的虛構地點。但就此鏡子確實存在於現實中而言，又是一個差異地點。它運用了某種對我所處位置的抵制。

於是，這一鏡子（從阿蕊婆來看，是鄉下），正如傅柯所謂「當我凝視鏡中的我時，那瞬間，它使我所在之處成為絕對真實，並且和周遭所有的空間相連，同時又絕對不真實，因為為了感知它，就必須穿透存在那裡面的這種虛像空間。」成為一提供差異思考的差異地點，讓阿蕊婆發現了自己「生活經驗」的貧乏和都市文明的「不自然」：

阿蕊婆如果從富有感性的少女時代起就在這種田園長大的話，這些大自然的顏色以及香味會滲進她身心，不僅成為她身體的一部分，也成為她心靈的一部分吧。但她卻在人為與粉飾下虛構的都市裡長大。在那裡連泥土都被掩蓋著，既沒有植物，也沒有溪流，有的只是電線桿以及下水道了。[94]

當阿蕊婆回歸第一度自然時，固然得到特殊的共鳴與共感，但她終究發現那個世界距離太遠，那是當阿蕊婆在鄉下住了一段時間後，她把「雨點打在香蕉葉又彈了回來」的自然景象看成了「很多人撐著打開的傘在街上行走」的文明意象。「故鄉」的義諦在這來回流動的思索後有了深刻的意義：

但人的靈魂奇怪地具有所屬性，儘管如何骯髒的土地或醜陋的地方，以自己長久居住的地方為故鄉，縈繞在他的回憶裡。有時會成為嚴重的鄉愁，儘管住在如何美麗的地方，也會驅策人焦躁忍受不住哩，年輕活潑且還懷有美麗的憧憬時人會想從地上的某一角落飛到另一角落去，但失掉活力後，在任何地方都是徬徨著——到了無法感到心安的年代人會尋找

[94]翁鬧著；陳藻香、許俊雅編譯，《翁鬧作品選集》，頁 162。

舊巢咧。[95]

在城市成長老去的阿蕊婆因年老無依被家人帶到鄉下去，得以把視線朝向從未注意過的廣大的天空，藉由回歸第一度自然（感到自己所屬的偉大的母胎），而「像站在大鏡子前時那樣，才感到自己的姿影照原來的樣子在草木以及天空中映照出來」（原來本來她住的倒是鬼域？）。然而，如果斷裂早已存在，原始的「第一自然」固然如此寧靜開闊，卻終究並非身為文明世界（第二自然）一分子最終可能的回歸之處。於是阿蕊婆住屋一帶、臥房，既是一「偏離的」異質空間，象徵著翁鬧在文明世界裡的位置的邊緣性，但這種「偏離的」異質空間，卻也成為深受時間焦慮所苦的翁鬧得以暫時得到喘息的空間。透過〈可憐的阿蕊婆〉中陋巷裡的居室或鄉下的二個「異質空間」的相互辯證演繹，不但召喚翁鬧或讀者進入一短暫的或想像的永恆世界，也以此鬆懈或轉換線性時間觀下的時間焦慮。在這番「自然／文明」的辯證對話之後，所謂「自然認同」不免也會在不同的現實認知中成為一種「想像」的產物，不無流動跨越的可能。而阿蕊婆最後所認同的陋巷則倒轉了邊緣／中心的位置，認同之處即是家鄉，即是中心，而這樣的國家想像，是純粹以「個人主體性」而非現代國家建造想像中建立在殖民者或資產階級為中心所定出的虛妄的「自由、平等、博愛」的「現代主體」為中心來理解的。[96]

如此翁鬧不但完成了身為殖民地臺灣知識分子，尤其是受日文教育長大又赴東京留學的文藝知識分子必然置身的「國家想像」的精神卸重，也把前面〈跛腳之詩〉中勉勵詩壇的，經過了「青春的萎黃症」後的想像——「世界之

[95]翁鬧著；陳藻香、許俊雅編譯，《翁鬧作品選集》，頁 162。

[96]馬克思在分析資本主義與民族國家的關係時指出：民族國家政治體制的形成是由資本主義促成，由於其對中世紀社會與政經體制的衝擊，不但造就了民族國家的政治體制，也釋放了「個人」，即把「公民身分」（citizenship）賦予全體人民，這種「個人」的觀念，從古典時期的特殊身分意味，變成一種「抽象的身分」——即「想像的」、具自由平等機會的「現代性的主體」，而不是以每個個體的身體為具體單位的「個人主體」，參 Derek Sayer, *Capitalism and Modernity:AN Excursus on Marx and Weber* (Londen: Routledge, 1991), pp.72-86。

幕，徐徐上升的序曲。隨之響起的是令你來不及喘氣，幾乎要震破耳膜的急速的曲調。」由「未來」移置到「過去」，過去既是空想，便可以拋棄，以更實際地面對新的未來。雖然，就殖民地知識分子的現實認知而言，這似乎卻成了一種頹廢的、虛無的逃避。

二、羞感與占位

雖然我們無法完全得知翁鬧在短短一年內究竟遭遇到什麼，但從〈可憐的阿蕊婆〉中對文明的論辯、其在文明世界裡關係位置的思考，往前回溯其在文學立場上的發言，或許可以得到一二線索。

1935 年 4 月《臺灣文藝》第 2 卷第 4 期，即張、楊兩人分別在第 2 卷第 2 期發表〈藝術是大眾的〉及〈對臺灣新文學路線的一提案〉後，翁鬧有散文〈東京郊外浪人街——高圓寺界隈〉一文，文中他先點出高圓寺位於都市邊陲、狹窄、嘈雜的空間現實，接著再以幽默諧趣的語調，淡筆素描幾位當時文學場的知名人物如新居格、小松清、鈴木清、上脇進、伊藤整等在此地悠遊出沒的情形，使「高圓寺」一地雖然位處「地理上」現代文明代表的東京的邊緣，卻在「文化上」擁有高度的「資本象徵性」[97]，最後他以「高圓寺的萬國文學青年們啊！你們究竟在猶豫什麼？為何一直要鑽牛角尖，三餐不繼地徘徊在高圓寺界隈呢？」的質問惋嘆收尾，形式上是對那些萬國青年處境的同情，實質上卻反面托顯了他自身對文學的執著形象以及相似的處境感。

從〈東京郊外浪人街——高圓寺界隈〉一文所述，我們知道他與當時日本文壇多所接觸[98]，而據當時同為日本留學生的「臺灣藝術研究」文友劉捷回憶「他和當時一般窮學生一樣，一年到頭穿的是黑色金鈕的大學制

[97]此引法國文化評論家布爾迪厄「文學場」的說法，見布爾迪厄著；劉暉譯，《藝術的法則：文學場的生成和結構》第一部第三章，頁 174～215。

[98]據吳坤煌，〈臺灣藝術研究會成立及創刊《福爾摩沙》前後回憶一二〉中所言，翁鬧「雖常與幾個當時出名的日本小說家散文家在一起，但既不容易（被）提拔，生活費又沒來路，結果懷抱著法國莫泊桑的幻想困倒東京高圓寺街頭，而窮病交迫終止不遇的一生。」見《臺灣文藝》第 76 期（1982 年 5 月），頁 334～338。

服，蓬頭不戴帽子，表示已輟學不上學堂，四處旁聽，逛講演會、書鋪或參加各種座談會。」[99]大抵可以確定他當時除執著於文學寫作外，也積極活躍地參與文壇活動。

但在《臺灣文藝》、《臺灣新文學》分家後的 1936 和 1937 年，翁鬧比較具代表性的作品卻僅有〈可憐的阿蕊婆〉和〈天亮前的戀愛故事〉，之後他也幾乎就消失於臺灣文壇了。除了是生活上可能的貧窮困頓、戀愛的挫敗，如果比較 1935 年剛登上文壇時翁鬧連續不停地發表多篇詩和小說的創作量，委實顯得特別，但如果從張、楊論戰中對文學如何表現以達到「文藝大眾化」，並比較 1936 年文壇因兩大雜誌分立而使潛藏在表面的「文藝大眾化」底下暗中較勁的「大眾文藝」、「純文藝」兩股對立力量的具體抗衡。再將翁鬧之前的時間意識置入文學場中去理解，翁鬧寫作〈可憐的阿蕊婆〉時的困擾似乎就沒那麼難解了。換言之，我以為發生在文學場域裡，和他相當接近的張、楊論戰，以及整個文學場經由《臺灣新文學》成立而引發的兩種文學路線之爭，或許也直接間接影響了當時執著於文學，急於求名的翁鬧文學路線選擇的焦慮。

1936 年 8 月刊在《臺灣文藝》的〈臺灣文學當前諸問題——文聯東京支部座談會〉，是理解翁鬧的一個很可貴的資料線索，座談當時擔任主席的劉捷和掀起與楊逵論爭的《臺灣文藝》主編張星建都曾論及當時已創立《臺灣新文學》而與《臺灣文藝》分家的楊逵，語下頗多不滿，劉捷提及他曾針對楊逵的〈藝術是大眾的〉為文質疑「何謂大眾」，楊逵卻不反應，翁鬧對此事並無回應。但當劉捷談及如何表現「鄉土的色彩」時，率先發言的翁鬧和張文環卻有截然不同的意見，翁鬧認為應該保留臺灣固有的辭彙以求忠實表現鄉土色彩，折衷方法可以在名詞旁標日本假名。但張文環則認為臺語搬入文中有時顯得冗長或者突顯階級的不同，因此考慮內地讀

[99]參劉捷，〈幻影之人——翁鬧〉，原載《臺灣文藝》第 95 期（1985 年 7 月），頁 169～172。後收入翁鬧著；陳藻香、許俊雅編譯，《翁鬧作品選集》，頁 276～280。

者接受度應全部以日語書寫。[100]

從這段座談紀錄可以清楚看出當時參與的賴貴富、鄭永言、曾石火、陳瑞榮等人，和翁鬧一樣，對如何在語言中保留鄉土特色並為內地人接受同感急迫與兩難，而翁鬧後來也再度提出「我認為最好的是採用臺灣與內地折衷的方法」。

但「折衷」在鄉土臺灣和內地日本之間，顯然不是那麼容易，1935 年 8 月發表的〈殘雪〉已經開始顯露這種對斷裂與停滯的困惑，文中的主角林春生最後徘徊舊愛新歡的兩難，究竟要去找回回到北海道的他心愛的喜美子，或回去拯救遠在故鄉的青梅竹馬玉枝？最後他突然有了一個奇怪的念頭：北海道、臺灣那裡比較遠？他記得在地圖上北海道比較近，但他發覺在他心裡這兩個地方都一樣遠。於是，他決定不回臺灣也不到北海道：

> ——他想，打開窗戶望著外頭。昨晚下的雪，可能也是今年最後一次下的殘雪，從頭上的屋頂滑落到眼前的地面，接著又慢慢疊合在一起。[101]

「可能也是今年最後一次下的殘雪」說明了斯時翁鬧猶存的對時間的浪漫與樂觀想像，殘雪是淒寒，或唯美？翁鬧對這正初步分裂的自我以「因為可能是最後一次」加以收攏，林春生於是暫時逸出當下的「間隙狀態」，隨殘雪飄遊於過去未來，分裂的主體暫時得到了縫合。

但現實終究強大無以迴避，根據目前《翁鬧作品選集》所見資料，〈可憐的阿蕊婆〉一作發表於 1936 年 5 月號《臺灣文藝》，在此作發表前，翁鬧曾病倒於日本，其間與之後他與楊逵曾有一段非常短暫的信件往來，均刊在楊逵所編的《臺灣新文學》上。[102]

---

[100]張文環考量臺灣如何登上日本文壇與其平起平坐，對此十分執著，他對翁鬧舉的可以在臺灣的用詞「大廳」旁標假名「ひろま」而不用「廣間」的用法，一再表示不妥。

[101]翁鬧著；陳藻香、許俊雅編，《翁鬧作品選集》，頁 135。

[102]分見《臺灣新文學》第 1 卷第 2 期（1936 年 3 月），頁 50～51 與《臺灣新文學》第 1 卷第 3 期（1936 年 4 月），頁 65～67，後收入翁鬧著；陳藻香、許俊雅編，《翁鬧作品選集》，頁 76～77。

翁鬧言及原要好好拜讀《臺灣新文學》之後再詳述感想，「無奈正染上正在東京猖獗流行的感冒，一週來病倒床上」。後來楊逵應該又去了一信，翁鬧則在回信裡說「你要我把虛無感踢開，但似乎不大可能」。

這兩段通信說明斯時楊逵對他的勉勵與期待，換言之，也不免有要翁鬧應「在現況中作選擇」的意思。值得注意的是，這原只是兩人間私密的往來問候而已，但楊逵為促進與文友互動，在《臺灣新文學》所設之「明信片」欄，把他接到的所有信件資料都擺上去。使所有讀者都可以讀到收寄信人雙方的近況，這樣一方面是拉近編者／作者／讀者關係的最便利方式，一方面卻也使通信欄成了全雜誌唯一而且標準的「形象景觀區」。

因此當翁鬧所說的「你要我把虛無感踢開，但似乎不大可能」句子登上雜誌時，或許代表的不只是翁鬧作為「邊緣人」、「虛無者」形象之被指認（define），更具有喚起翁鬧先前曾預期的「震破耳膜的急速的曲調」，卻終未得見的「理想自我」之「羞感」的可能，而這之間可能的聯繫是先前那場病引發的「疾病的隱喻」[103]，亦即這場病或許使翁鬧更認真而悲觀地去思考他身為臺灣人及臺灣作家的處境。

西方近年來有關「羞感現象學」的研究，讓我們更加了解，「羞恥」（shame）對人類行為的影響。學者指出，羞恥的產生，基本上源於自我被暴露出本身的缺陷、瑕疵和失敗，而因此擔心遭受外界的蔑視。以《聖經》中失樂園神話中一系列糾纏於身體／人獸／匱乏因素的故事來看，首先亞當和夏娃在偷嚐禁果之前，「他們赤身裸體，不知羞恥」；之後「悟覺自身之裸露，並用果葉縫製圍裙」遮羞；當兩人被逐出樂園，夏娃以手遮

[103]美國文化評論者蘇珊・桑塔格原版於 1978 年《疾病的隱喻》與 1989 年重讀前書而寫的《愛滋及其隱喻》二書（臺灣以企鵝叢書的合訂本為名合稱《疾病的隱喻》）透過精采地分析過去歷史對許多疾病如肺結核病、癌症、愛滋病的想像，說明人類對疾病的錯誤態度常常使疾病的想像比疾病本身顯得更為可怕。此書出版後對文化界的影響顯而易見。雖然蘇珊・桑塔格創作《疾病的隱喻》當時，以一乳腺癌患者的身分，對人類常將疾病「隱喻化」的普遍文化心理深深不以為然。蘇珊・桑塔格著；刁筱華譯，《疾病的隱喻》（臺北：大田出版社，2000 年）。王溢嘉，《精神分析與文學》（臺北：野鵝出版社，1989 年），頁 51。另關於疾病的除魅化與隱喻化在臺灣文學書寫上的現象可參李欣倫，〈戰後臺灣疾病書寫研究〉（中央大學中國文學所碩士論文，2003 年 1 月）的探討。

蔽私處和胸部，亞當用手蓋住眼睛，羞恥之情溢於言表。如此，此失樂園神話意指的羞恥可分幾個層面，首先是羞恥和裸體的聯繫，上帝找不到躲起來的亞當，亞當則回答因「裸體而躲藏」，人類因偷嚐知識之果，有區別善惡的自知，故將自己提升於萬獸之上，也因此羞恥於早先裸露人獸（man-beast）狀態，故羞恥和人類最初的自我意識是緊密相關的；其次，亞當夏娃失樂園的慚愧一方面肇因於對上帝命令的違抗與逾越（傳統上稱此為「罪惡感」的起源），但在偷嚐知識之果而遭受上帝的懲罰中，人類也意識到人與神的界限、自我的限制而感到羞恥（自我缺陷被暴露），因此，「羞感」又由對「自我的不足或缺陷」的認識而產生；再次，據學者的看法，西方基督教崇揚精神，貶抑身體，加上皈依基督教的奧古斯丁將沒有身體欲望的性關係頌揚為「天堂的婚姻」，而將失樂園視為「獸欲的起源」，都使獸欲成為失去上帝寵愛、產生羞恥的來源。

在這羞恥現象學的研究中，被視為有里程碑地位的路易斯（Helen B. Lewis）更進一步指出，因自我缺陷被暴露，或因意識到自我的限制而感到的「羞恥」不但比因對規範的侵犯與逾越而產生的「罪惡感」對自我認同有更為重要的影響。而且，自我在經歷疏離和羞恥時，既有欲忠於自我的本能，又有欲與施於羞恥者等同而貶低自我的願望，兩者相煎使自我危機更加強化。這焦慮不需要在被當場抓住發現時才發生，而是在成長的過程中將他者的評判內在化的結果，如此，羞恥的兩面性不僅是個人心理上的一內在特質，也可以作為社會掌控和操縱的無形典律，具有潛在、強大而廣闊的社會功能。[104]

由上，我們不但可由此延伸解釋翁鬧後來在〈天亮前的戀愛故事〉中所一再提及的因從小就觀看了許多動物的求偶行為而過度早熟，成了「廢料」的這一論斷的「羞感」的源頭，更可以嘗試解釋翁鬧因與楊逵的明信

---

[104]以上論點主要參陳音頤，〈羞恥、身體與（女性）他者的凝視——論 D.H.勞倫斯《戀愛中的女人》〉，《中外文學》第 30 卷第 9 期（2002 年 2 月），頁 203～209。

片事件可能引發的「不充分自我的無意識體驗的焦慮」[105]所具有的意涵。

前面提過，楊逵在 1934 年曾以〈送報伕〉入選東京《文學評論》第二獎（第一名從缺），這是臺灣人作家首度進軍日本文壇並獲得肯定。1935 年，翁鬧也將其小說〈戇伯仔〉投稿東京《文藝》雜誌，因為《文藝》雜誌屬於當時三大權威綜合雜誌之一的「改造社」旗下刊物[106]，而〈戇伯仔〉被列入「選外佳作」[107]，即「雖未入選，仍屬佳作」，因此，雖然最後落選，仍然深受矚目。[108]

然而，如果對照 1935 同年，才 22 之齡即以〈牛車〉入選日本『文学評論』雜誌，同樣畢業於臺中師範的呂赫若的而言，年已 27 的翁鬧，不但年齡大了許多，落選也終究是落選。呂赫若在 1939 年才赴東京學習聲樂，從目前的資料難以判斷翁鬧對呂赫若在當時有多少認識，單從與翁鬧確有往來的楊逵來比較，〈送報伕〉入選時，楊逵雖年已 30，但他 21 歲已經到日本留學。總之，對經過五年公學校教職才到日本東京「取經」，年已 27 的翁鬧而言，年齡和急於成名的壓力必然帶給他相當程度的時間焦慮感，而楊逵的成功也必定使得相差三歲，曾說過「在銀座散步的這些眾愚的頭腦集中起來，也不及我一個」這種帶著高度「菁英」意識的他有著既崇敬羨慕又「彼可取而代之」的競爭之感。

---

[105]參安東尼・紀登斯著；趙旭東、方文譯，〈第二章　自我：本體的安全與存在性焦慮〉，《現代性與自我認同》（臺北：左岸文化出版社，2002 年），頁 60。

[106]《改造》雜誌創刊於 1919 年，至 1955 年廢刊，與《中央公論》、《文藝春秋》並列為當時日本三大綜合雜誌，被稱為登入文壇之「龍門」。1933 年到 1944 年改造社另發行《文藝》雜誌，成為昭和時期文藝雜誌的代表。轉引自梁明雄，《張深切與《臺灣文藝》研究》，頁 254；另參劉捷，〈幻影之人——翁鬧〉，後收入陳藻香、許俊雅編譯，《翁鬧作品選集》，頁 279。

[107]此據楊逵在《臺灣文藝》第 2 卷第 7 期〈編輯後記〉中所言，「本期創刊欄的「戇爺さん」是『文藝』的選外佳作，已迫近入選圈，今由作者相當細心加以改作的作品。」但部分評家直接稱其入選日本「改造社」的文藝佳作，如羊子喬在主編《光復前臺灣文學全集・卷 6——送報伕》的〈翁鬧作品解說〉中所言。筆者認為，這個區別在理解翁鬧的自我認同上是不可輕忽的。羊子喬文收入陳藻香、許俊雅編譯，《翁鬧作品選集》，頁 246。

[108]比如吳新榮便曾在〈致吳天賞〉信中提到：「過去我們認為翁鬧是值得尊敬的詩人，這次讀了「戇爺さん」，更發現他是值得尊敬的有能作家。」「可謂真正的農民文學，他完全把握了頹敗的農村經濟機構，使這篇作品達到成功之境，不管他本人有無意識，他的確發揮了寫實主義的本領。」原載《臺灣新聞》文藝欄，收入張良澤編，《吳新榮全集——亡妻記》（臺北：遠景出版公司，1981 年），頁 231。

或許就是在這種期待成名的現實考量下，翁鬧當時投稿參與「改造社」刊物『文藝』時投的卻是〈戇伯仔〉，這一被視為「真正的農民文學」、「發揮了寫實主義的本領」的描寫鄉土人物的作品，而不是今天較為人傳誦、讓人留下深刻印象的〈天亮前的戀愛故事〉之類的男女心理作品。1935 年開始他積極投稿，參與文學活動，年底《臺灣新文學》從《臺灣文藝》出走創刊，張、楊「文藝大眾化」論爭並隨著文壇互動逐漸白熱化。身在殖民主義中心的邊緣——日本——的作家翁鬧，和當時許多留日臺灣知識分子一樣，感受毋寧是更為複雜的。在寫作上，他們在文學場中位置的取得[109]來自他們的作品，但正如當時文學評論家郭秋生所期待的，應建立在新的目的意識之上開展的「本格期」新的「現實」[110]對當時的文學創作者而言，卻有了巨大的爭論，包括日語或臺灣話文或漢文（指中國白話文）的孰輕孰重，日語為主的書寫如何保留和能反映臺灣現實的用語，甚至文學內容的走向，都使「如何寫」成了新的問題，學習日文長大的翁鬧，如果比較當時主張全以日文書寫的張文環，心裡顯然對傳統有著更大的心理包袱，或許由於他的養子出身的身分，他對弱勢階級必然和楊逵一樣的認同。這是為何當楊逵創辦《臺灣新文學》時，翁鬧會在「你要我把虛無感踢開，但似乎不大可能」的同張明信片中，寫道：「我對楊逵君的工作與新文學社的發展抱著滿腔的期待。我相信在楊逵君的努力之下，不久

[109]如布爾迪厄所謂「位置（按：指個人在各種場域中的經由抉擇後的選取）和配置（按：指個人因社會互動的動態過程中因其屬性規定而被分配的位置）的關係是雙重的，習性作為配置系統，實際上只能通過與社會規定位置的確定結構發生關係才能實現；但是相反的，只有通過這些自身多少有些徹底地與位置不協調的配置（按：筆者無法閱讀法文，但應可確定此處中文譯本有誤，應是『位置不協調的配置』，而非『位置協調的配置』），存在於位置的這種或那種潛能才能發揮出來。」參布爾迪厄著；劉暉譯，〈第二部第二章：位置與配置的辯證法〉，《藝術的法則——文學場的生成與結構》，頁 313。

[110]從日據新文學運動初期討論西方文學思潮的幾篇論文：小野村林藏，〈現代文藝之趨勢〉，《臺灣青年》第 4 卷第 1 期（1922 年 1 月）；林攀龍，〈近代文學的主要潮流〉，《臺灣》第 3 年第 5 期（1922 年 8 月）；張我軍，〈文藝上的諸主義〉，《臺灣民報》，1925 年 1 月 8 日，來看，今天一般習稱的寫實主義在日據新文學運動初期大都稱為「自然主義」，然 1930 年代前後，葉榮鐘和郭秋生等開始將自然主義視為劣等的文學形式，認為自然主義的科學寫實只是一種機械的寫實，缺乏藝術上的價值，文藝作者應在作品中注入作者的感情，至此，自然主義的文藝理論被左翼理論全盤否定，參賴松輝，〈日據時期臺灣小說與思想模式之研究 1920～1937〉第四章、第五章（成功大學中國文學系博士論文，2002 年 7 月），頁 97～250。

的將來，我們臺灣島上必定會產生優秀的作品。」[111]可見當時遠在日本的翁鬧對《臺灣新文學》的創刊確有一份期待的喜悅之情，這和楊熾昌曾批評楊逵的「意氣用事」有著截然不同的差異。[112]可見雖然同為「現代主義文學」的重要創作者，翁鬧和楊熾昌對「文藝大眾化」的想法透過對兩份雜誌分立現象的不同意見也顯出左右的巨大差異。

但當時文學場內正在進行觀念的進一步深化與結構的重組，一切都是不確定的，敏銳的翁鬧自然也看到了核心的問題，即在主動他動之間，他必須迅速找到一個位置（即擇定一文學路線）好迅速展開「占位」[113]，而對翁鬧可能更前衛的純文藝文學，以個人主義為主的方式卻正在受到排擠的過程之中。敏感的翁鬧要走到新的位置顯然要經歷的是一場對「父親的律法」（啟蒙論述）的背叛，而這代表的似乎又是對臺灣的背叛了。

三、「文明／自然」到「日本／臺灣」的內在轉換與〈可憐的阿蕊婆〉到〈天亮前的戀愛故事〉的否定話語

以上所論說明為何翁鬧在 1936 一整年仍然寫些雜感，仍參與文學活動，為何卻只寫出了〈可憐的阿蕊婆〉一篇具體的作品，而無論情節設計或意向結構都呈現出歧異和分裂的性質，使內容顯得極不統一。因為這裡面有著對回歸／逃離國族的辯證思考，在兩種異質空間之間，觀點是流動變化的。從故事開頭引用他曾翻譯刊載在《臺灣文藝》第 2 卷第 5 期的 Joseph Campbell 的〈老媼〉一詩，可以知道他原本呈現的是一種要讓時間得以連續統一的現實承認與

[111]翁鬧，「明信片」，《臺灣新文學》第 1 卷第 3 期，頁 67。此段譯文引用趙勳達，值得注意的，其原文「君の御仕事と新文學社の發展に滿腔の期待を持つてるまむ」明顯用了「對新文學社發展的期待」，但陳藻香在《翁鬧作品選集》中卻譯為「對新文學之發展」的期待，不知是無意之遺漏，還是有意為之？但這牽涉到翁鬧對《臺灣新文學》期待態度的強度，對本文處理的角度頗有關係。

[112]原文為「『臺灣文學』的分裂（按：意指楊逵離開文聯），其主因也是出於此，文人相輕，自古而然，要想取得意見一致，似乎是奢想，是故一個道地的文學工作者，必須有容納他人批評的雅量，純粹為文學而文學，團結力量，把箭頭指向日人才是。豈料窩裡反之後，一些意氣用事之徒憤然離開『臺灣文學』另起爐灶，真是親者痛仇者快的憾事。」楊熾昌，〈回溯〉，呂興昌編，《水蔭萍作品集》，頁 223。

[113]這占位意味的不是揭開文學場的競爭策略，占位的選擇是由社會關係決定的，這也就是布爾迪厄所謂的「沒有意圖的意向性」。

主體壓抑，「孩子們走了／靜靜想著他們／那像廢水車下面的水」。對照翁鬧所譯全詩，便知這詩的氣氛完全如首段「在聖堂內／襯托在銀白燭光下／年邁的臉容／多麼的崇美」，及二段「像是冬陽／孅弱的光輝／老嫗的臉龐，刻畫著／歷經生產之的意義」所展現的，是一種平和而寧靜的哀傷，在壓抑與昇華之間，翁鬧顯然希望將這種時間焦慮作以一種平和的解離來提升和淨化。

然而正是在這裡我們看到翁鬧時間意識的斷裂和顛倒，〈音樂鐘〉喚起的自始就是兩種記憶，當意識斷裂、歷史終止，現在、過去、未來散為殘雪片片，零碎殘缺，翁鬧開始面臨的理想自我與意義散潰的危機，〈可憐的阿蕊婆〉中以平和的解離來提升和淨化的嘗試終要失敗。

它的失敗則要從故事最後去看。當阿蕊婆過世後，從墓地上回來的阿蕊婆兒子海東——本來要遷到大陸去找活路，卻因為阿蕊婆的衰老留了下來——兄弟們不知道他為什麼突然那麼傷心地放聲大哭：

> 傍晚時分，海東帶著孩子從山上回來，在剛有燈光蒼然的屋子裡，他早就發現佇立在那裡的他本人的黑影。[114]

為何是海東他「本人的黑影」呢？這究竟又是個怎樣的「黑影」呢？這段帶著「超現實」手法的敘述，非常突兀地出現在文中的最後，如果按照前面的推論，把此作視為對張深切、楊逵二人論爭所代表的寫實主義論述的「臺灣國族想像」，以及當時文學場整個「文藝大眾化」與「純文藝」的對峙氛圍所反映的「臺灣國族主義」對抗「日本國家建造」的焦慮症的症狀，翁鬧藉由全文發展到三分之二後才突然出現的兒子海東準備到大陸去的情節，除了預言著當時臺灣人在對出路的限制的國族想像發展出日本、臺灣以外的第三種可能，雖然海東也不知道到大陸去究竟前途如何，但因為身為「阿蕊婆的下一代」，具有臺灣、日本雙鄉經驗的翁鬧，顯然已看出海東必然要面對的這「歷史記憶」的

[114]翁鬧著；陳藻香、許俊雅編，《翁鬧作品選集》，頁170。

不可承受之重。後殖民文學理論家霍米・芭芭（Homi Bhabha）曾指出：

> 記憶是殖民主義與文化身分之間的橋梁，記憶（memory）絕不是靜態的內省或回溯行為，它是一個痛苦的組合（remembering）或再次成為成員的過程，是把被肢解的過去（dismembered past）組合起來以便理解今天的創傷。[115]

〈可憐的阿蕊婆〉中海東所發現的「佇立在那裡的他本人的黑影」，顯然是翁鬧對自己文化身分的「痛苦的組合（remembering）或再次成為成員的過程」反思之後一個沉重的結論，海東在此，可視為「殖民／被殖民」國族論述結構下被排出的他者，即國族對抗之殘餘物，那黑影則是他的鏡像，充滿著無法統整起來的「被肢解的過去」，預言著這樣的出路所充滿的歷史記憶之陰影。

不過，值得注意的不只是翁鬧以「海東」的「放聲大哭」所點出的「記憶」之沉重。而且，經由這個有點突兀的結尾，翁鬧前面對「自然」「文明」的辯證，因此與「國家想像」相結合，「文明與自然的對話思考」轉換而為「日本／臺灣國族認同思考」的意義。從這轉換我們可以重新思考翁鬧中有關城鄉流動情節設計的有點「怪異」的原因，雖然也不是完全不可能，不過翁鬧把阿蕊婆放在城市長大而非鄉村長大，又讓其子海東因家道中落而搬遷鄉下，再因阿蕊婆老病臥床被帶到鄉下，而有重新認識自然的機會。如此，這情節雖和我們一般認知的農村向城市流動的現象完全相反，卻可以卻因此看出翁鬧藉此想傳達的「身分認同」的結語：「但人的靈魂奇怪地具有所屬性，儘管如何骯髒的土地或其醜陋的地方，以自己長久居住的地方為故鄉，縈繞在他的回憶裡。有時會成為嚴重的鄉愁，儘管住在如何美麗的地方，也會驅策人焦躁忍受不住哩，年輕活潑且還懷以美麗的憧憬時人會想從地上的某一角落飛到另一角落去，但失掉活力後在任何地方都是徬徨著——到了無法感到心安的年代人會

[115]見其 *The Location of Culture*, (London: Routledge, 1994), p.63。譯文轉引自陶東風，《後殖民主義》（臺北：揚智文化公司，2000 年），頁 10。

尋找舊巢咧。」在這讓人很難忘懷的論述中，要找出故鄉究竟指的是「臺灣」或「日本」恐怕是徒然無功的，但其中揭櫫的認同基礎——由「記憶」喚起的情感，卻一清二楚，毫無疑問。

作為臺灣日據時期最重要的現代主義代表作〈天亮前的戀愛故事〉，它的現代主義特質是這樣被評論家施淑理解的：「它的世紀末色調，它之力圖表現思想上無法明說的事物及至於敘述上的不穩定的、幾乎消失了輪廓的語言及文體。」[116]而誕生在這施淑所謂的「找不到自己」的表現形式和表現語言前夕的〈可憐的阿蕊婆〉，正是一個涉及了作家翁鬧找到自己的語言前夕（以〈天亮前的戀愛故事〉為起點）的所有創傷的源頭、過程及復原治療之種種的「創傷的病歷」。在翁鬧整個創作史上，它不妨視為大崩解前，翁鬧對身為殖民地臺灣人空間意義，疆界認同、遷移流動及其周邊等等的刻意壓抑盤整，也是對人的存在處境與現實處境的一場「驅魔儀式」，一種認識論的中介及顛倒。因為有這一場「驅魔儀式」，翁鬧才不得不寫出〈天亮前的戀愛故事〉這一「叛逆」的惡聲。所謂：

> 你啊還處在青春頂峰的你啊，正像那芳香的酒變了教人皺眉的醋酸一樣，我精神內部對人世所抱的至高的愛，如今就要完成發酵作用，正在逐漸變成激烈的恨，縱然我的人生和青春在悠久的歲月中幾乎等於零，我確信這無窮小的恨，也必能跟無窮小的恨一起對宇宙發生破壞作用。[117]

這「恨」的表現，不但是生而為人的抗議，更是確認了文化身分後一個行動者的現身。

可惜，後來，翁鬧並沒有繼續展開其更為激烈的或具反思性的「廢人書寫」，終以「幻影之人」的形象消失於人間，否則他將開發出的成果應該會是

[116]借用施淑，〈翁鬧〉中評語，原載施淑編，《日據時代臺灣小說選》（臺北：前衛出版社，1992年）。後收入翁鬧著；陳藻香、許俊雅編譯，《翁鬧作品選集》，頁 294。
[117]翁鬧著；陳藻香、許俊雅編譯，《翁鬧作品選集》，頁 182。

奪目耀眼的。

從以上，筆者要提出另一面向的，看似與施淑的翁鬧理解所謂的「始而叛逆，既而頹廢，終而虛無」似乎相反，卻是站在同一根源上的結論。即透過對〈可憐的阿蕊婆〉一篇的語境和語言縫隙的理解，我們可以看到〈可憐的阿蕊婆〉中從「文明與自然的對話思考」到「日本／臺灣國族認同思考」的內在轉換。由這樣的內在轉換也說明了，〈天亮前的戀愛故事〉作為日據時期現代主義文學的「虛無」、「頹廢」的基進政治意義。重新質疑「文明的代價」及試圖「把時間喊停」，並嘗試顛覆建立在連續的線性時間觀上，永遠比不上日本的「遲到的時間焦慮」。這篇表面看來只似一個「廢料」的喃喃囈語的文字，卻由於其「自稱廢料」，及細膩刻寫的「變成廢料的源起」，這個作品因此和〈可憐的阿蕊婆〉一樣具有指涉及自身的兩面性，除了徹底地從人與一切生物的「自然性」來檢討文明的矯飾，揭破人類的樊籬，也可視為個人對文明的一切樊籬、疆界之必然束縛的「無政府式指控」，企圖超越臺灣文學場設定了「理想無產大眾」的啟蒙話語，建立另一套「反知識分子話語」的「賤民論述」？日據作家陳鏡波於戰後回憶自己當年的寫作的一文〈軟派文學與拙作〉中這麼說：

> 現代是 20 世紀對性學問題的研究一天比一天進步，所以早年受了它底影響的我，對軟派文學感到很大的興趣，喜讀軟派文學，而對於那些高級文學，什麼「觀念小說」什麼「感覺派小說」或者「新興普羅列達利亞文學」和「純文藝小說」等都不敢領教。……時「純文藝」理論正盛，我的這些作品受不到一顧，但我不並不傷心，因為我的志望是想做通俗作家，以娛讀者。諸如日本的菊池寬、吉川英治、法國的「左拉」都是我憧憬的目標，我的志望是小得可憐。[118]

對照翁鬧的「我只想談戀愛」與陳鏡波的「性學問題的研究一天比一天進

[118]陳鏡波，〈軟派文學與拙作〉，李南衡主編，《日據下的臺灣文學・明集 5——文獻資料選集》，頁 399。原載《臺北文物》第 3 卷第 3 期。

步」的相同指涉，他的「自稱廢料」，究竟只是一種真實的自我認知？還是另一種反面話語，好以此取得自己的位置？我以為要從二個層面去看，一是對外而言，「自封廢料」、「自稱賤民」的方式，不僅是一種「占位」策略，最重要的，它可以重新協商「現代主體」和「個人主體」的衝突。「從屬階級」的發聲，固然需要「階級代言人」，但「反帝」、「反殖民」所謂「大眾」的基本概念，正是每一個單一的「個人主體」的集合，不一定是「啟蒙」概念下「等待救贖」的被動角色，壓迫的形式也不一定來自「殖民主」，可能也來自這種「殖民／反殖民」對抗所形成的象徵秩序[119]，對純真「個人主體」的干擾，就這個層面而言，這個作品可視為當時知識分子啟蒙話語的「異端」，視為一種非常有力的大眾論述。就對內而言，它卻是一種真實的認知，對知識分子角色擔當的自我定位與反思。這正好反應了布爾迪厄所謂「個人即社會」。[120]尤其是從前面論證的〈可憐的阿蕊婆〉的產生語境看來，〈天亮前的戀愛故事〉中所謂「如果 30 歲以前」不能找到所愛的話，「我絕對不要再活下去」的時間焦慮，不但反映了經由啟蒙話語所塑造出來的「現代主體」意識，也呈現出「現代主體」意識不斷進展分化所必然顯現在每個個體身上的「個人主體」意識。「現代主體」和「個人主體」不但具有衝突性也具有相應性。因此，對於個人精神的強調，不必然是迴避國族的「虛無」，也可能是找不到一套既能表現「個人主體」，又能涵蓋建立在民族——國家層次論述上的「現代主體」之後的「虛無」。在 1930 年代之後臺灣經由「鄉土文學論爭」、「臺灣話文論爭」已建

[119]象徵秩序是借自拉康「主體形成」的說法，在這裡是非常重要的概念。孩童雖然在鏡像階段確立主體的完成，但此時找的自己只是一個想像的自我，必須從想像界進入象徵界，才能從想像的主體過渡到真實的主體。而，父親所代表的象徵秩序就是現象的秩序，是我們有意識地生活其中的社會和文化秩序，整個文化體系都可以被看作一個象徵體系，如果沒有語言邏輯符號等象徵秩序，人格的形成便無法落實。換言之，此即一種永恆的現實性。因此，張深切、楊逵的論爭對翁鬧而言不代表其個別主張對翁鬧的直接影響，而是這論爭所象徵的以「文藝如何大眾化」為主、非常重視階級思考的臺灣文化場與文學場的「現實」。在這主張之下，以發展文學自主意識為主的「純文藝」在公眾／私人的階序下自然被置於「象徵秩序」的邊緣。參杜聲鋒，《拉康結構主義精神分析學》第四章、第五章（臺北：遠流出版公司，1997 年），頁 128～157。

[120]「個人，在他們最具個人性的方面，本質上恰恰是那些緊迫性的化身」，這些緊迫性深刻體現在場域的結構中，或者更準確地說，深刻體現在個人於場域內占據的位置中。布爾迪厄、華康德著；李猛、李康譯，《實踐與反思——反思社會學導引》，頁 47。

立起來的對臺灣的「特殊性」的認知語境中，其「自稱廢料」自然具有相當曖昧的歧義性，但這不但不是逃避式的虛無，反而可能是更為基進的解放，畢竟抵抗殖民最終想達到的正是「自由」與「解放」。透過〈可憐的阿蕊婆〉中異質空間的書寫，或許使翁鬧藉以暫時逸出「知識分子身分」或「殖民地人民身分」而得到解放的可能，並因此走向未來，因此，1936年到1937年唯一的兩篇小說〈可憐的阿蕊婆〉與〈天亮前的戀愛故事〉，在「時間意識」上所呈現的由沉抑到高蹈的巨大轉折，正是翁鬧此一時間焦慮症的「病歷」與「藥方」。

這也因此顯現出現代主義文學潛在的雙重性，表面上看似缺乏對現實的反映，卻是重要的「內面現實」。如日本文評家柄谷行人在探討日本現代文學的起源時說，意識到風景（而非背景）的存在，這一現象的改變是使日本現代文學出現的一個重要因素。「這樣的風景並不是一開始就存在於外部的，而須通過對『作為與人類疏離化了的風景之風景』才得以存在。」[121]換言之，這是一種由把顛倒的再顛倒回來的顛倒意識而生的新的認識。這種建立在對「風景」、「自然」觀察的新的文學感性，不只說明了一個在「雙重邊陲」的國族碎片下的殖民地人民抵抗的曲折，也說明了我們必須把作家放在其創作的連續史上，更有耐心的來往於作家的文本之間，與文學場多重脈絡的仔細釐析之間，才看得到這種充滿「否定性」的話語所具有的現代性意義。

附表：翁鬧發表雜誌創刊停刊時間比較表

雜誌名	創刊時間	停刊時間	發行期數
《福爾摩沙》	1933年7月15日	1934年6月15日	3期
《臺灣文藝》	1934年11月5日	1936年8月28日	16期，一期未刊
《臺灣新文學》	1935年12月28日	1937年6月5日	15期，一期未刊

——選自《北臺國文學報》第2期，2005年6月

[121]炳谷行人著；趙京華譯，《日本現代文學的起源》（北京：生活・讀書・新知三聯書店，2003年），頁19。

試論日據時期臺灣文壇的「幻影之人」翁鬧

與郁達夫比較

◎張羽*

同樣是多情才子，並於 20 世紀前半葉留學日本；同樣是從詩歌創作起步，並以小說創作成名，又兼長散文和文學評論；同樣深受日本「私小說」的影響，並以早年放蕩不羈的情感經歷來寫小說；同樣是不為人知的神祕死去……分別來自海峽兩岸的兩位作家——郁達夫和翁鬧竟有如此多的相似之處，令人感到驚訝。

相對於郁達夫，翁鬧這個名字對於大陸讀者來說，是完全陌生的。在臺灣文學史上，被稱作「幻影之人」[1] 的翁鬧，是個早夭的文壇鬼才，1910 年出生於臺灣彰化的貧苦農村家庭，臺中師範畢業，當了幾年教員後前往東京發展，1940 年，潦倒於東京高圓寺街頭，結束其懷才不遇的一生，年僅而立之年。翁鬧 26 歲崛起於文壇，在短短五年之內，創作了短篇小說〈音樂鐘〉、〈戇伯仔〉、〈殘雪〉、〈羅漢腳〉、〈天亮前的戀愛故事〉、〈可憐的阿蕊婆〉和中篇小說〈有港口的街市〉等七部，〈戇伯仔〉曾入選日本「改造社」的文藝佳作，大獲好評。這些作品都含蘊豐富的文采，早在 20 世紀 40 年代，就有黃得時指出：「最富於潛力的翁鬧以本作品（係指〈有港口的街市〉——著者注）為最後作品而辭世，真是本島文壇的一大

---

*發表文章時為廈門大學臺灣研究院文學研究所助理教授，現為廈門大學臺灣研究院文學研究所所長。

[1]劉捷，〈幻影之人——翁鬧〉，《臺灣文藝》第 95 期（1985 年 7 月），頁 190～193。

損失……否則大可占有日本文壇的一席。」[2]20 世紀 90 年代，又有張恆豪評說：「日據時代的臺灣小說，可說到了翁鬧的手上，才有獨樹一幟的表現，才開啟了另一文學藝術的嶄新領域。」[3]這些相隔了半個世紀的評價或許可以參證翁鬧應在臺灣文學史上占有重要的一席位置。

我們在讀翁鬧的作品時，可以明顯感受到他與郁達夫的為文有很多相似之處：二人的文化構成和文學影響都與日本文化有著密切的聯繫，也都喜歡以沉湎於醇酒和美色來表明自己的特立獨行。但由於不同的生活經歷和各自不同的性格特徵使他們即使是表現同一主題的小說時，也表現出很大的不同，從而促成了小說中的基質和文風的不同。這裡通過對二者的比較，來顯現翁鬧文學創作中的某些特質，從而洞察日據時期臺灣作家的創作情態以及作品中所呈現出的駐足殖民宗主國的心靈感受。

一、「私小說」籠罩下的生命精靈

1920 年前後，「私小說」在日本文壇上影響很大，這類小說多關注身邊發生的瑣碎情事，直率地描寫靈與肉的衝突。郁達夫與翁鬧都刻意模仿過「私小說」的創作模式，郁達夫因其〈沉淪〉深受佐藤春夫的「私小說」《田園的憂鬱》中大膽暴露自我的抒情方式的影響，而被稱為「中國的佐藤春夫」。[4]翁鬧則以小說〈有港口的街市〉躋身當時《臺灣新民報》的新銳中篇小說特輯，並大獲好評，成為成功的實驗者。在翁鬧與郁達夫的小說中，可以清晰地諦視出「苦悶和自卑」、「失樂園的困惑」和「放棄生命」三個面向呈現出的赤裸裸的情感原罪。

（一）苦悶和自卑——病的心理根源

1920 年以後，祖國大陸和臺灣小說中開始出現一些新的留學生形象：他們面色蒼白，留學日本或從日本歸來，單純執著於自我，這些人物真實

---

[2]黃得時，〈輓近臺灣文學運動史〉，《臺灣文學》第 2 卷第 4 期（1942 年 10 月）。
[3]張恆豪，〈幻影之人——翁鬧集序〉，《翁鬧、巫永福、王昶雄合集》（臺北：前衛出版社，1991 年），頁 14。
[4]郁達夫，〈海上通信〉，《郁達夫文集》第 3 卷（廣州：花城出版社，1982 年）。

再現了早期的留日學生內心中糾纏著的苦悶與自卑的心理。

翁鬧出身貧寒，性格孤僻，始終是個人奮鬥，在與人交往中，常以「青白眼」看人，因而朋友較少，這也影響到其筆下的主人公總是在同孤獨搏鬥，這不僅是其筆下人物的命運選擇，更是現實中作者本人的真實選擇。孤獨來源於自卑和頹廢，也夾帶了與孤獨搏戰後的失意感。〈殘雪〉中那個蒼白面孔無所作為的留日青年林春生，不敢愛也無法快樂地活著，令他不快樂的原因，是其自卑猶豫的性格，將主動向他示愛的日本女孩的愛情又拱手送還。〈天亮前的戀愛故事〉是典型的「私小說」的模式，主人公「我」瘋狂地追求愛情，但總是不停地流露出「……我也不過是一個絕對不會引起注意的凡夫俗子。」在其他作品中，主人公也常常講一些自輕自賤的話，但實際上，主人公的自卑更多的是個體化的行為，這些自謙的話只不過是人物情緒的一閃念，並不具有深厚的心理基礎，也可以說，這種心理是青春期男女的正常心態。

如果說翁鬧是在白描青春期現象，那麼郁達夫則是以小說為媒介深入地探討青春期病態傾向，可以說，在郁達夫筆下深化了人物的自卑自賤的心態，一些人物明顯顯示出偏執狂的病態心理。如那個得知靜子有了男人，「就同傷弓的野獸一般，匆匆地走了」的男人（〈銀灰色的死〉）；窺視房東少女洗澡被察覺後，隱居起來的「他」（〈沉淪〉）；見了妙齡少女的表哥，便懷著「敗劣的悲哀」，提前離開的質夫（〈風鈴〉）……這些「生則於世無補，死亦於世無損」的「零餘者」的苦悶與自卑已經具有了深層的病態的情意結。在塑造這些人物形象時，郁達夫往往從人物內心的探索開始，逐漸向外擴張，直至突兀地伸展到對社會的控訴。最終他將這種自卑心理歸咎於日本的教育制度和祖國的貧弱。

從郁達夫和翁鬧小說文本傳遞給我們的信息來看，二人都真實展現了 20 世紀初留學生的心靈圖片：留學壓抑、寂寞孤獨、學無所用、前途渺茫的悲觀意識。雖然二人赴日時間相差近 20 年，但由於兩人都是完全脫離了原來的文化語境，宛如被擱置在孤島之中，這種個體成長期的境遇突變，再加上兩人敏感的、憂鬱的心理特質，總有鬱鬱不得志的心態如影隨形。但不同的是，翁鬧筆下的零餘者不具有深層的心理鬱結，更多是「為賦新辭強說愁」；相對於翁鬧沉埋於一己的天空，郁達夫的小說具有了相應的廣度，其主人公的病態心理已經深入骨髓，並且與國家意識相結合，將更為廣闊的社會背景前置到小說整體敘事之中。

（二）欲愛無岸——失樂園的困惑

何以解憂？唯有愛情，這是這一時段留學生文學中常見的主題。孤獨的境地容易產生對愛情的執著追求，然而，欲愛不能，這成為郁達夫和翁鬧及其筆下的人物共同面對的問題。作為弱國子民，在日本遭受冷遇的生存狀態，將他們逼進內心的殿堂，建築起藝術的空中樓閣。魏晉放達的名士派離不開酒和藥，現實生活中的郁達夫和翁鬧的放浪形骸少不了美酒和女色，在某些時候，二人甚至對自己的酗酒醉色的私生活娓娓而談，毫不掩飾。

翁鬧寫下了各種情態下的愛：〈音樂鐘〉中萌芽式的童真愛；〈戇伯仔〉中的因貧窮而變得冷漠的愛；〈殘雪〉中等待抉擇的愛……尤以〈天亮前的戀愛故事〉的表白到了令人瞠目的地步，小說開篇就是：「想談戀愛。想得都昏頭昏腦了。為了戀愛，決心不惜拋棄身上最後一滴血，最後一片肉。那是因為相信只有戀愛才是能夠完成自己的肉體與精神的唯一軌跡。」這種野獸般的情欲愛是翁鬧發出的瘋狂之聲，該作也是他「最直接地表達了某種人生觀和戀愛觀的作品。」[5]這裡的愛情是狂熱的、也是虛幻的，始終存在於個體的主觀想像中，而未能付諸於行動。

相對於翁鬧蹈空的愛情物語，郁達夫小說中的愛情落筆則要現實得多，留日十年，他寫下了大量的東瀛之戀，〈銀灰色的死〉中男主人公與小酒店女子靜子的戀情；〈沉淪〉中男主人公「性」的壓抑與苦惱；〈南遷〉寫伊人被日本婦人玩弄的創傷；〈胃病〉裡寫中國留學生對日本少女的一見

[5]張良澤，〈關於翁鬧〉，《臺灣文藝》第 95 期，頁 172～186。

鍾情……在這些愛情敘事中，主人公往往把愛情落實到近在咫尺的日本女性身上，郁達夫迥異於翁鬧的地方在於他將愛情幻滅最終歸因於弱國子民和日本國民身分的不對等，更進一步表現了來自現實的打擊致使愛情夢想頻頻落空，於是郁達夫筆下的人物很多如同〈沉淪〉中的主人公懷著「同兔兒似的小膽，同猴兒似的淫心」，最終在酒館妓院自求沉淪。正因為理想愛情的幻滅使他們放棄了對純潔愛情的追求，轉而尋求肉欲的滿足。於是，看色情書，逛妓院就成了曲折的發洩方式，以求釋放不滿和憤恨，毀滅自己純潔的情操。

由此看來，翁鬧在小說中追求的是情感的感性探求，主人公耽於美好愛情的想像，而止於此，並不進一步探源愛情失敗的緣由；而郁達夫則在小說中追求的是愛情悲劇根源的探求，中國落後的現實狀況使其筆下的愛情背負了深重的社會內涵，雖然有時因為過於牽強而未免顯得矯情。但可以看出郁達夫走了更遠的一步，最終使二者筆下的愛情殊途異路。

（三）放棄生命——尋求感情的替代

對於一個人而言，選擇生存，還是死去，這是一個非常難以回答的問題，每每處於這種情境下，人物會呈現出複雜的心理狀態。郁達夫和翁鬧都喜歡選擇這樣的臨界點，藉以剖開人物內心的複雜世界，於是小說主人公常常由於生命的孤寂和愛情的失意造成自殺的結果，這成為郁達夫和翁鬧小說中的習見模式。

如翁鬧的〈天亮前的戀愛故事〉中，主人公總喜歡在小說中自由地表達自殺的想法：「我覺得我是一個完全不適於生存的人。這是真的……這種感覺要到什麼時候才會達到可怕的毀滅的頂端呢，……大概不會在那麼遙遠的將來吧？」如此之類的話，經常出現在小說中，不久之後，翁鬧就從這個世界上消失了，這大概是翁鬧最後的死亡宣言吧？可惜沒有人在意，至今沒有人知道他準確的死亡日期和死因。應該說，翁鬧的小說中人物自殺有一定的精神病理學意義，這與傳聞中他本人最終死於精神病院有一定的關連，小說中的人物與現實中的翁鬧交相映現。不過，其小說裡的自殺多是一種意念，是一種未來式的自殺，隱含在小說裡，不一定非要製造出最後死亡的結果，但這種精神活動往往使人物擁有更豐富的內心寫照，促使人物形象豐盈起來。他們往往以自殺來確認自己的價值，來實現對自我的尋找。因此翁鬧從不把死亡寫得可怕，而是快樂的、幸運的，甚至充滿了涅槃後的幸福。

與翁鬧不同，在郁達夫的筆下，自殺不僅是個性化的選擇，也是社會逼迫的結果，主人公往往是用生命的毀滅來抗議社會的不公和歧視，同時也隱含著人物個體對自身價值的全盤否定。小說〈銀灰色的死〉、〈沉淪〉、〈胃病〉、〈南遷〉、〈風鈴〉中的主人公不是選擇酗酒後凍斃街頭，就是絕望中蹈海自殺，或者病魔纏身，生死未卜，多是悲劇性的結尾。可以說，郁達夫和翁鬧筆下的主人公都具有自尊與敏感、憂鬱與多思的氣質，無法忍受一般人可以承受的麻木、遲鈍，因而也常常陷入自殺意念的糾纏中，這種心理既顯示心靈的焦慮，也揭示了問題的解決——心靈與環境對抗的最終解決方式，就是放棄自我。

綜上所述，在「私小說」創作領域中，郁達夫和翁鬧都以自己獨具魅力的語言刻畫了不同的中國「零餘者」形象，他們拿起刻刀細膩傳神地鐫刻出 20 世紀初知識分子的心靈感受：他們背負著傳統與現代的巨大差距，卻沒有靈魂的歸宿，在異國，他們是作為他者而游離在異國文化本體之外的，於是無所不在的「孤獨」應運而生，成為留日學生共同的生存體驗，在這一點上，郁達夫和翁鬧的小說具有相通之處，他們都揭示了知識分子孤獨的根源問題。在剖析人性的豐富性和複雜性上，郁達夫的小說顯然比翁鬧的小說更加深邃，他除了尋求個體本身的原因外，還延展到尋求促成這一事象的社會根源。正是這一原因，使二者小說氛圍的渲染和意境的創造有所不同，翁鬧的小說雖然也有悲情色調，但總有溫暖的太陽出現在風雨之後，顯示了亮麗的色彩；郁達夫的小說則處處彌漫著陰雨天的沉悶氣氛，主人公身為「弱國子民」而備受輕侮和嘲弄，只好在酗酒中追求心靈的麻醉，在自我沉淪中銷損人生價值。

二、駐足扶桑之國的日本觀

1913 年，17 歲的郁達夫跟隨哥哥赴日，在日本的身分是正規學校的學生。1922 年畢業於東京帝國大學（今東京大學）經濟部，後選擇回國發展，參加編輯《創造》季刊、《創造週報》等刊物。翁鬧則是在 1934 年，24 歲時以游學生的身分出現在日本，一度曾獲得過有豐厚報酬的工作，但因追求日本女同事而被開除，自此隔絕在日本社會之外，沒有生活來源，又不願返回臺灣。由此可以看出，二人在日本的居留時間是上世紀 1920、1930 年代，正是第一次世界大戰後日本成為戰勝國，政治、經濟、軍事實力急遽膨脹。二人的小說中也或多或少呈現出這一時段內的「日本形象」，表現為下意識地對日本社會的政治結構、風土人情和自然景觀的描述，體現出二人在文化習得和社會認知的過程中獲得的對日本認識的總和。在形象學意義上，被翁鬧和郁達夫製作出的「日本形象」是對真實的日本的某種解讀，往往由三個層次構成：首先是最具直感的日本形象——日本的女性形象；其次則是作為作家的特殊感受的形象——「支那人」眼中的日本人；第三是一個民族（社會、文化）的形象——逃不出去的都市迷園。

（一）溫柔的日本女子形象系列

郁達夫寫遍了各種身分的日本女性：有房東的女兒、日本女同學、病院的看護婦、已為人妻的美婦人、風月場的妓女，可以說，這些女性構成了日本女性人物形象系列。郁達夫曾這樣讚嘆過日本女子：「一例地是柔和可愛的，……身體大抵總長得肥碩完美，決沒有臨風弱柳，瘦身黃花的病貌。……關東西靠山一帶的女人，皮色滑膩通明，細白得像似瓷體；至如東北內地雪國裡的嬌娘，就是在日本也是雪美人的名稱。」（〈雪夜〉）同樣是日本婦女，在日本作家谷崎潤一郎的筆下卻完全不同，「像紙一樣薄的乳房，貼在平板的胸脯上……使人感到這不是肉體，而是一根上下一般粗的木棒。」（《陰翳禮讚》）由此一正一負的鮮明對比，可以明顯地看出郁達夫過多溢美之詞，這可能與郁達夫的仰視角度看日本婦女有關，郁達夫三歲喪父，由母親撫育長大，因而在情感指向上更多傾向於女性。

與郁達夫過多著墨於女子的溫柔美麗不同，翁鬧筆下女性人物既有臺灣女性形象，也有日本女性形象，更多是作為主人公的一種心理映襯物而出現，他的小說都是在日本留學期間完成，這也隱含了他是以近距離的姿態來寫日本女子，臺灣女孩則退至為遙遠的背景。他筆下的日本女性都純潔、美麗。最典型的表達這種情感傾向的作品是小說〈殘雪〉，在小說中，林春生赴東京後，遇到離家出走的活潑可愛的日本女孩喜美子，林雖然喜歡她，卻沒有表露心聲，直至喜美子被家人接回，這段精神之戀才無果而終；而林的初戀情人陳玉枝為了抵抗父母之命，赴臺北喫茶店工作，依然癡心於林春生，將辛苦所得寄給林春生，而林接到信後，絕情地寫下了「我已經完全忘了你」的回信。敘事中可以明顯地看出，翁鬧有意將故鄉女孩的影像與日本女孩的實像相比照，雖然沒有明顯地表露對臺灣女子的輕蔑，然而卻給人以對日本女性的盲目愛戀，對臺灣女性則有欲棄敝履之感。還有〈天亮前的戀愛故事〉中那個沒有明確地點明身分，始終作為主人公「我」的傾聽者而存在的日本女子，從字裡行間傳遞出的信息可以看出，她是一個年輕的妓女，翁鬧一再用善良、可愛的字眼來形容，將傾慕之情宣洩得無以言表。至於其他小說中出現的臺灣女性人物，則無一例外地選擇了醜陋的女性人物，如〈戇伯仔〉中那個像牛馬一樣勞動的「火車母」阿足，〈可憐的阿蕊婆〉中衰老頹唐的阿蕊婆。文學作品中的女性人物塑型恐怕也來源於現實生活中翁鬧的態度，楊逸舟說過翁鬧的缺點是「看不起臺灣女性，而對於日本女性卻是盲目的崇拜」。[6]吳天賞也曾回憶說，年輕的翁鬧抵達日本不久即與 46 歲的日本離婚婦女同居，受到朋友的勸解才淡然分手。[7]翁鬧在日本居留的短短幾年，在情感方面屢遭挫折，因而小說刻畫的這些溫柔的日本女性其實是在進行某種情感的補償，這其中的難言之隱恐怕也是常人難以想像的。

---

[6]楊逸舟，〈憶夭折的俊才翁鬧〉，《臺灣文藝》第 95 期，頁 169～172。
[7]吳天賞，〈蜘蛛〉，《臺灣文藝》第 2 卷第 3 期（1935 年 3 月），頁 106～111。

不過，女性作為一種溫柔的符號在郁達夫和翁鬧的筆下的敘事意義卻顯現出不同來：在郁達夫的作品中，日本女子形象成了主人公的精神和情感的全部寄託物，因而會有〈銀灰色的死〉中的「他」聽說靜子嫁於人酒醉而死；〈南遷〉中的伊人在見到女學生 O 之後，彷彿又重新尋到了「中世紀的田園」……在郁達夫這裡，日本女性人物甚至成為小說情節發展的必然推動力。而在翁鬧的筆下，日本女性人物形象始終是一個點綴，彌漫在文本之中，情緒與感覺的渲染才是翁鬧寫作唯一的宗旨，總之翁鬧和郁達夫都是藉日本女性形象抒發脆弱、感傷、誠摯的心靈感受，這正是源於現實生活中的男性尊嚴喪盡，只好在小說中重塑自我神話。從這些女性形象身上，我們更多地感到翁鬧和郁達夫對日本女性頂禮膜拜之後的悲情掙扎。

（二）「支那人」眼中的日本形象

在無限美化日本女子的同時，郁達夫也寫到了另外一些不友好的日本人，這些日本人常常稱中國留學生為「支那人」。郁達夫曾分析過日本國民中的兩種鮮明對待中國留學生的態度：一類是日本中上流的知識分子，對中國留學生，以籠絡的態度來對待；另一類是日本無知識的中下流，代表日本國民的最大多數，在態度上言語上舉動上處處都直叫出來在說：「你們這些劣等民族，亡國賤種，到我們這管理你們的大日本帝國來做什麼！」尤其是後一種態度，引起郁達夫的沉痛思考，他說過：「支那或支那人的這一個名詞在東鄰的日本民族，……聽取者的腦裡心裡，會起怎麼樣的一種被侮辱、絕望、悲憤、隱痛的混合作用，是沒有到過日本的中國同胞，絕對想像不出來的。」[8]不僅僅止於這一思考層面，甚至還燃起了對日本的憤恨，在〈〈沉淪〉自序〉裡，通過主人公的吶喊，傳達了這樣的觀點：他們都是日本人，他們都是我的仇敵。我總有一天來復仇，我總要復他們的仇。這裡，郁達夫揭示了留學生的窘境：一方面作為文明追求者最先來到

---

[8]郁達夫，〈雪夜〉，《宇宙風》第 11 期（1936 年 2 月）。

異域接受全新的教育，另一方面，又受到日本國民的排斥，因而滋長了自卑與自賤的心理。作者把自己的主觀感受通過文字表達出來，傳達給我們的日本民族形象是：他們輕視中國人，稱之為支那人。從郁達夫的文本中，我們可以看出：日本人尤其是日本男人是極其不友好的，從而推而廣之，整個日本民族的形象特徵被突現出來，即日本民族是粗暴的不友好的。

可是，在翁鬧的作品裡，我們很少看到郁達夫式的憤怒，更多是迎合時局，不為所動的留學生形象。根據楊逸舟的回憶，他與翁鬧的交往起始於 1929 年的日本教員詛罵臺灣學生為支那人的事件，當時翁鬧還是臺中師範學校的學生，可以想見，二人的交誼肇因於共同的「支那人」的憤怒。但到了日本之後，翁鬧的內心中更多的是渴求與日本人平等的期待，這從他頻繁地追求日本女性就可以看出來，其一生的悲劇也可以歸因於他始終沒有意識到臺灣是日本的殖民地，臺灣人應乖乖地順從去做劣等公民，卻天真地奢望「內臺一致」。這一點顯現出二人日本觀的截然不同來：類似的「支那人」細節與憤慨，在郁達夫的作品裡一再出現，成了一個無法解開的情結。而翁鬧雖然留學日本時，境遇非常窘迫，卻少了郁達夫的那份怨天尤人的情緒。他的作品很少再現日本社會普遍存在的歧視中國人的狀況，而是採取一種聽之任之的逆來順受的態度。

（三）逃不出去的都市迷園

20 世紀 20、30 年代許多中國青年以留學的方式來製造生命的巔峰。此時中國大陸、臺灣與東京的現代化程度有很大的差距。在東京，刺激留學生神經的是繁華都市裡的霓虹燈、汽車、商店櫥窗等現代化的街景，和博覽會、咖啡屋、電影院等摩登的去處，這對於更多受農業文明影響的中國人來說，打破了原有的地理歸屬感，無疑會演變成心靈的災難，讓東京變成了一個逃不出去的都市迷園。

翁鬧是個百變奇才，寫農村生活時是浸了血淚在寫，寫都市生活時又搖曳生姿地寫出繁華來。但根底裡，他一直對東京有著特別的厭惡：「想起市區電車、汽車、飛機這些，我就禁不住毛骨悚然。……不是老相撞啊，追撞啊什麼的發生車禍嗎？真是糟透的傢伙！」在〈天亮前的戀愛故事〉中，藉自稱是「廢料」、「不適於生存」的獨白者，翁鬧更進一步指出使他瘋狂的是東京的都市生活，「它遵循那令人戰慄的概然律，那應當唾棄的慣性率，連最小限度的可能性都沒有。」因而他最大的願望就是逃離城市，返歸於原始，他甚至希望，「現代的人類忘掉他們的生活方式與一切文化，再一次回到野獸的狀態。」除了像這樣直白地表露對都市的感悟之外，翁鬧還在〈殘雪〉中以對日本女孩的情感距離來丈量對日本都市的感受，當林春生身處東京，突然心裡升起了一個奇妙的念頭：「北海道和臺灣，究竟哪個地方遠。……但他發覺在內心這兩個地方都同樣遠。」對愛情的丈量轉化為對都市的情感距離的丈量，兩個地方都同樣遙遠，有家也難歸了。小說描寫了完全不同類型的兩個女孩，一個是鄉土女孩，一個是都市女孩，這其實就是純樸而落後的臺灣與現代而摩登的日本的比照，就道義而言，林春生眷戀家鄉，就情感而言，林春生嚮往都市，最終選取了全部放棄，這其實也隱含著翁鬧對給予自己太多傷痛，也給予自己太多新奇的都市，去與留選擇的困惑。

與翁鬧不同，在郁達夫的小說中，繁華的日本都市代表了夢想和追求。當〈沉淪〉中的「他」從東京的中央車站乘夜行車去 N 市時，他「胸中忽生了萬千哀感，眼睛熱起來了」，「他」愛東京，雖然作品中並未明顯透露東京的狀況，但這裡的東京已成了情感的寄託者。事實上相對於都市，郁達夫天性更近鄉村自然風貌，〈南遷〉的主人公南遷是為了尋找一個和故鄉一樣美麗的地方，這樣，安房半島又成為郁達夫苦苦尋覓的故鄉的替代者。顯然，郁達夫在作這樣的描述時，帶了很大的情感傾向，力圖把安房變成「故鄉情結」的一個替身。

這一時期日本資本主義的高速發展，使日中兩國的國力出現巨大的差距，這樣一個高速運行的都市圈，使得中國的留學生自覺身陷迷園，想要出逃，卻無路可走。既然不能「破帽遮顏過鬧市」，就要使自己來抵抗已經被城市逐漸吞噬的詩意，這一點在翁鬧這裡顯示得很明顯，而郁達夫一方面享受著現代化的都市帶來的摩登的生活，另一方面又在精神世界裡尋找桃花源的情結。

綜上所述，一個作家在對異國進行描述時，往往會與該國的真實面貌有一定的偏差，尤其當身居異國他鄉時，敏感而獨特的體驗更容易造成感受的偏差。作為「日本形象」的審視者，翁鬧和郁達夫出於留學生的特殊身分，多年苦悒的留學生活，在描述日本國、日本民族、日本人的形象時，又傾注了大量主觀情緒，在言說自我的同時，也再現了日本的「他者」形象。這種形象經過二人各自的主觀感受的過濾，外呈於文本之中。郁達夫的小說中都顯而易見地表現出作為中國人的焦慮，處處呈現了精神層面上的民族觀念衝撞和文化信仰的危機。翁鬧的描述帶有較強的自由主義色彩，力求在小說中，消解宏大敘事，用主人公的主觀心理感受來替代對日本的理性化解釋。

三、悲憫與超越維度下展開的思考

庚子之後，大陸留日學生在政治方面，容易接受社會主義和民主主義的影響。類似「弱國子民」的屈辱在很多留日作家的筆下表現過，如魯迅表現過受嘲笑的中國人的智力（〈藤野先生〉）；郭沫若表現過勢利的日本房東對中國留學生的刁難（《行路難》）……郁達夫也始終徘徊在家國意識中，「是在日本，我早就覺悟到了今後中國的運命，與夫四萬五千萬同胞不得不受的煉獄的歷程。」[9]這使他的小說中將愛國意識以一點為中心，向周圍輻射，從而擴大了小說的思想容量。郁達夫的國族困惑，在翁鬧這裡未有明顯的體現，但在鄉土文學和殖民地文學的問題上，翁鬧主張過：「形式上與日本文學相同，內容上屬於臺灣」，文字表現則應「尋求日語和臺灣話的折衷」。[10]事實上，日據時期的很多臺灣作家以日語為創作語言，雖然想

[9]郁達夫，〈雪夜〉，《宇宙風》第 11 期。

[10]翁鬧在 1936 年臺灣文藝聯盟東京支部舉辦的「臺灣文學當前諸問題」座談會上的發言，見《臺

在「內容上屬於臺灣」，但又想躋身日本文壇，因而必須迎合日本文壇的風潮，這勢必造成一種兩難境地。無論是文學創作，還是在現實生活中，翁鬧必將面對的是解決不了的情感認同的困境。

（一）翁鬧的頹廢意識與郁達夫的國族意識

翁鬧的小說帶有濃重的殖民地的過客意識，他的一些小說被認為是「……所隱含的自我消費的世紀末情調，他的價值混亂，他的偏執和焦灼，以至於渴望回到人類文化的零點的瘋狂，在在顯示著殖民地特殊的斷裂的歷史所形成的自我歷史的斷裂」。[11]在〈音樂鐘〉、〈戇伯仔〉、〈殘雪〉、〈羅漢腳〉、〈天亮前的戀愛故事〉等小說中，翁鬧呈現了一種不約而同的敘述態勢，故事一開篇，即墜入主人公的無可奈何的沉思冥想之中，再回眸敘述幾件或快樂或悲傷的情事，然後再回到現實情境中，依然陷入彷徨無助的處境，無法解脫。在殖民地的歷史斷裂的夾縫中，作家個人很容易更多回歸本我，這也是翁鬧的小說中出現強烈的頹廢意識的原因所在。較為突出的是〈天亮前的戀愛故事〉表現了頹廢主題，強調感官印象，從而使小說獲得了一種純粹的藝術品位，更鮮明地顯現出過客意識。

郁達夫 13 歲赴東瀛留學，在日本的九年中，正好是日本空前開放與混亂的大正時期。這對作者精神世界的形成，作用應當說是舉足輕重的，他曾對作品中的頹廢意識做過夫子自道：「沉索性沉到底吧！不入地獄，哪見佛性，人生原是一個複雜的迷宮。」[12]這些頹廢思想直接體現在郁達夫作品中性描寫的大膽恣意，〈沉淪〉裡的窺視少女沐浴，〈南遷〉裡婦人當眾裸身梳洗，〈風鈴〉中露天溫泉場的男女混浴等，這些曾在中國文壇引起軒然大波，但這只是文學造境中的自由選擇，與此同時，關於國族的論述在郁達夫的文字中都隨處可見，郁達夫在 1917 年 6 月 3 日的日記中寫道：「然

灣文藝》第 3 卷第 7、8 期合刊（1936 年 8 月）座談會紀錄「臺灣文學當面の諸問題」，翁鬧在「鄉土文學、報告文學、殖民地文學」、「關於小說的趣味」等部分的發言。

[11]施淑，〈日據時代小說中的知識分子〉，《兩岸文學論集》（臺北：新地文學出版社，1997 年），頁 43。

[12]郁達夫，〈雪夜〉，《宇宙風》第 11 期。

余有一大愛焉，曰愛國。余因愛我國，故至今日而猶不得死；余因愛我國，故目受人嘲而不之厭；……國即余命也。國亡則余命亦絕矣！」〈沉淪〉中的「他」自我毀滅時高呼「祖國快快富強」的口號，也是私小說的一個「奇異」的結尾。令郁達夫一直耿耿於懷的被稱為「支那人」的情緒和弱國子民心態，其實都是郁達夫的國族意識根深蒂固地存在於他的腦海中的顯現，日本生活的經歷強化和彰顯了個體的國族意識。作為屈辱感受的本源擔當者，其實是中華民族，異國雖然有種種不好之處，但祖國母親的羸弱，才使作家發出憤怒的吼聲。在這裡，個人的心態與祖國的窘境融合到一起，寫身邊事卻又連帶出祖國憂患，這成為留日學生諸如郁達夫、郭沫若、成仿吾筆下的常見主題。文本中郁達夫的頹廢意識與現實中的郁達夫的愛國思想並行不悖，郁達夫最先提出了文學上的階級鬥爭的口號，並奔走於南北之間，寫過新軍閥和新官僚的爭論時評，公開指責過蔣介石叛變革命，郁達夫一生都處在騷動不安狀態中，始終徘徊在頹廢與救贖的兩端。

與郁達夫在留日九年學成歸國不同的是，徘徊在東京街頭的翁鬧儘管貧窮，卻不願回臺灣，他常常蓬頭不戴帽子，四處旁聽，逛講演會、書鋪或參加各種座談會，即所謂當時盛行的「游學」方式。翁鬧處在殖民地時期的歷史斷裂感之下，時局的變化，人們無法掌握歷史命運，有個性的知識分子這時更多地走向個性化的自我世界，追求純「個人」的敘事。施淑曾這樣評價寫於 50 年前的〈殘雪〉和〈天亮前的戀愛故事〉:「就是以『現代的』標準衡量，仍不失其怵目驚心的現代性。」[13]施淑所說的「現代性」即是指歷史斷裂之下產生的個體的焦灼與偏執，竭力回歸人類原初的世紀末的情調，一種現代的頹廢。小說中的主人公面臨的現狀如此頹唐，現實中的翁鬧頹廢浪漫，不拘小節，酷似今日的嬉皮士，卻始終篤信殖民政策下的內臺平等，因而他一再地去追求十分渺茫的愛情和生活，結局自然不

[13]施淑，〈日據時代小說中的知識分子〉，《兩岸文學論集》，頁 43。

可能成功，因而翁鬧把最後的安慰放在現實的頹廢上。

（二）翁鬧的全賴感覺與郁達夫的情調結構

1934 年 7 月「臺灣文藝協會」的機關雜誌《先發部隊》刊登了郭秋生的評論〈解消發生期的觀念行動的本格化建設化〉[14]，文中提出，關於臺灣文學建設期的行動，應該消解發生期的暴露的破壞的態度，而改以「直觀事物至於奧裡」的新態度、新眼光。由於前期的臺灣文學只在客觀的寫實而少有自我的主觀活動，「感覺的世界是從所不曾顧及的」。未來的創作方向，應充分探究感覺的分野及人們內部的心理世界。翁鬧無意識地暗合了這一期待，並成為成功的實踐者。在作品中他不停地燃燒自己的感情，成為端賴感覺的實踐者。

在小說中，翁鬧總是打亂一切秩序，任由自己的情感升騰，匯成洶湧的情感巨流，奔馳而下，常令讀者瞠目。翁鬧往往選擇與自己的性格氣質相近的人物作為小說的主人公。〈天亮前的戀愛故事〉從頭到尾都由男主人公的自我抒情而構築起來，這種敘事角度的選擇，更有利於展現翁鬧作為寫情聖手的一面。在行文中，敘事者「我」會突然停止敘事說：「抱歉，因為不知不覺興奮起來……。我的胸膛眼見就要裂開。」主人公癡迷地講述自己青春期的愛欲、沒有結果的戀愛、對人類文明的憎惡，希望回到野獸的時代，在表達愛與恨的決絕時，主人公說道：「我精神內部對人世所抱的至高的愛，如今就要完成發酵作用，正在逐漸變成激烈的恨。縱然我的人生和青春在悠久的歲月中幾乎等於零，我確信著無窮小的恨，也必能跟無窮小的恨一起對宇宙發生破壞作用。」這種情感極度發酵，而驟然發生的爆破，也顯示了翁鬧無法駕馭情感之濤，任由它在小說中洶湧無度。作品中無法克制的毀滅和破壞的欲望，根底裡都顯示了翁鬧本人作為被殖民地作家，所面臨的難題無法解決而帶來的情感風暴。

相對於翁鬧任由感情之水在文本中汪洋恣肆，郁達夫則在一個更高的

[14]郭秋生，〈解消發生期的觀念行動的本格化建設化〉，《先發部隊》創刊號（1934 年 7 月），頁 18～29，收於《臺灣新文學雜誌叢刊》第 2 卷，東方文化書局復刻本。

層面上強調小說敘事中的更為周延的情調結構，他說：「歷來我持以批評作品好壞的標準，是『情調』兩字。只教一篇作品，能夠釀出一種『情調』來，是讀者受了這『情調』的感染，能夠很切實的感著這作品的氛圍氣的時候，那麼不管它的文字美不美，前後的意思連續不連續，我就能承認這是一個好作品。」[15]他的很多小說都在自覺地實踐著這一主張，因而在組織情緒結構時，都是有意識地為他所要在作品中創設的情調服務，情緒的起伏跌宕，受制於統一的情調，試看郁達夫寫赤裸裸的情欲，不斷地奔湧，又不斷地淨化，往復回旋，造成一種如泣如訴的情感旋律；寫感傷的情緒，起初的怨懟，在不斷地平復中，造成一種回旋的韻律；即便發抒憤恨之情，也總能尋到內在情感的節制點，憤怒而後平緩地釋放，在〈過去〉、〈蔦蘿行〉和〈薄奠〉等小說中，都是以作家的情緒為基調，連綴其一唱三嘆式的有節有制的構建，也可以看出郁達夫用情感緯文，但又不像翁鬧的無法控制，而是錯落有致地營造出一種情調氛圍。也因此如泣如訴地呈現出統一的格調。郁達夫在總結西方小說藝術發展的歷史經驗時，就明確指出小說藝術存在著「向外」與「向內」兩條不同的發展道路，即還存在著「注重內心的紛爭苦悶，而不將全力傾洩在外部事變的記述上……把小說的動作從稠人廣眾的街巷間轉移到了心理上」的道路。[16]在某種意義上，郁達夫這類抒情小說，成為五四時期現代小說觀念更新的重要標誌，小說中的抒情和寫景也成為敘事同等的兄弟。

四、結語

從 1895 年日本占據臺灣以後到 1920 年臺灣新文學運動興起之前，這 25 年中的臺灣文壇與清朝統治時期沒有太大的差別，文人仍深受中華傳統文化的影響，日本對臺灣的統治尚未深入到文化層面，當時臺灣文人通過

[15]郁達夫，〈我承認是「失敗」了〉，《郁達夫文論集》（杭州：浙江文藝出版社，1985 年），頁 112。
[16]郁達夫，〈現代小說所經過的路程〉，《郁達夫文論集》，頁 477～484。

書籍、報刊和交往很容易讀到大陸文人的作品，郁達夫也曾對臺灣文壇發生過影響，他曾於 1936 年 12 月 23 日到訪過臺灣，受到臺灣文人的熱烈歡迎，當時有莊松林寫下了〈會郁達夫記〉，文中說：「一面因為關心新文學運動的我們和『五四』以來中國新文壇之中堅作家郁達夫氏之間，雖然有高低之分別，主義主張的差異，而有心於建設殖民地文學之道卻一致的，一面也因為臺灣文壇受本國文壇之影響姑且不說，而受中國中堅作家郁氏以外如魯迅、郭沫若、張資平、茅盾等的影響也可以說不淺……。」[17]此時潦倒於日本的翁鬧有沒有關注過臺灣的文壇，我們沒有具體資料可以說明，但以常理推測，不會毫無關係。

作為他者的日本形象，受寫作地點和寫作時間以及寫作時的情緒狀態和多種因素的影響，因而會有諸多不同，表達出他們對於日本社會的、文化的、意識形態的範式的理解的差異。翁鬧多是在東京製作「日本」形象，而郁達夫多數小說寫於回國後，這裡面的「日本」更多的帶有一種想像或回憶。翁鬧來日本是為了尋夢，他是從被殖民地臺灣來到宗主國的首都東京，這是當時許多臺灣青年的理想，但有才華的翁鬧不見容於當時的日本社會，最終潦倒而死。至於郁達夫則是為了尋根而來，每在日本行走一步，他都在進行著深刻的比較，對日本，他既愛且恨，最終選擇回國，比起翁鬧的「有家歸不得」算是生命歷程中一段自我選擇。以翁鬧和郁達夫的文學創作個案，應該說其意義不僅限於文學與作家個人，尤其是對近代以來中日關係特定場景中的中國知識分子的心靈剖面具有普遍的文化意義。翁鬧作為 20 世紀 20、30 年代逐漸成熟起來的被迫用日文寫作的臺灣知識分子的代表之一，其創作揭示出當時的弱勢族群和殖民地人民心靈深處的無所歸依的心靈苦況。

——選自《臺灣研究集刊》2005 年第 3 期（總第 89 期），2005 年 9 月
——於 2017 年 6 月修改，僅就翁鬧生平資料進行修訂

[17]莊松林，〈會郁達夫記〉，《臺灣新文學》第 2 卷第 2 期（1937 年 1 月），頁 60～65。

兩個新感覺作家的欲望城市
重讀翁鬧與劉吶鷗小說中的都會元素

◎葉衽榤*

一、前言

許北山好像很氣憤，聲音顫抖地說下去。兩人已走入霓虹燈一閃一閃的銀座，在光與人的海底潛行，林的臉色越來越蒼白。

——翁鬧〈殘雪〉[1]

周文平認為，要做現代化的生意，就必須擁有現代化的明淨大方而有廣告價值的店鋪，對現在的店鋪深感不滿，絞盡腦汁，想擁有條件最好的角間，以實現富於野心的夢。

——巫永福〈欲〉[2]

我離開十年住慣了的東京，是在三年前的春天。現在閉上眼睛，當夜的情景，還可以歷歷浮上腦際。像長蛇一般開往下關的夜車，九點離開了東京站，經過有樂町、新橋、品川、大森，街燈逐漸從視野消失時，簡直無法抑制，熱熱的東西湧上心頭。

——王昶雄〈奔流〉[3]

她去了，走著他不知道的道路去了。他跟著一簇的人滾出了那車站。一

---

*發表文章時為臺北教育大學臺灣文化研究所碩士生，現為玄奘大學教學發展中心博士後研究員。

[1]翁鬧，〈殘雪〉，張恆豪編，《翁鬧、巫永福、王昶雄合集》（臺北：前衛出版社，1991 年），頁 67。後收錄於翁鬧著；陳藻香、許俊雅編譯，《翁鬧作品選集》（彰化：彰化縣立文化中心，1997 年），頁 128。

[2]巫永福，〈欲〉，張恆豪編，《翁鬧、巫永福、王昶雄合集》，頁 273。

[3]王昶雄，〈奔流〉，張恆豪編，《翁鬧、巫永福、王昶雄合集》，頁 325。

路上想：愉快地……愉快地……這是什麼意思呢？……都會的詼諧嗎？哈，哈，……不禁一陣辣酸的笑聲從他的肚裡滾了出來。鋪道上的腳，腳，腳，腳……一會兒他就混在人群中被這餓鬼似的都會吞了進去了。

——劉吶鷗〈遊戲〉[4]

臺灣文學與世界文學的接軌，並非是戰後（1945～）或 1960 年代以降才發生的事。儘管歷來有不少評論家與學者，皆認為臺灣的現代主義文學為 1960 年代的特色，更有不少論述認為臺灣直到 1960 年代才有所謂的現代主義文學思潮的創作，更認為 1960 年代現代主義文學之興起，與西方相較而言乃是屬於時間上「遲到」的現象。[5]但若我們仔細回顧臺灣日治的文學史，卻能夠在「赴日學生群」上看見與世界文學接軌的情景。更進一步的，我們還可以發現在廣義的西方現代主義文學大行其道的 1910～1930 年代這個區塊，臺灣日治文學史中的部分文學家也正在迅速的接受現代主義文學思潮的洗禮。這些受到廣義現代主義文學思潮啟發的作家群，包括有以《風車》為中心的楊熾昌、利野蒼、張良典等詩人；以及沾染「新感覺派」氣息的翁鬧、巫永福、吳天賞、郭水潭與劉吶鷗等小說家。由此看來，臺灣文學思潮變動中的「現代主義文學」之出現，不但沒有遲到，還正好與世界文學思潮有所銜接，穩穩行駛在世界文學思潮的軌道上。

本文開頭所引的四段文本內容，正是這群與世界文學接軌的現代主義作家群之作。這四段引文的內容不但充滿著前衛的書寫思考模式，在內容上還顯現著「霓虹燈」、「現代化」、「街燈」、「都會」等都會圖像的字眼。我們甚至可以說，在部分的臺灣日治文學的內容與表現上，其實相當「現

[4]劉吶鷗，〈遊戲〉，康來新、許秦蓁編，《劉吶鷗全集文學集》（臺南：臺南縣文化局，2001 年），頁 43。

[5]有關「現代主義」在戰後臺灣文學史上的傳播現象，可以參見於呂正惠，〈現代主義在臺灣〉，《戰後臺灣文學經驗》（臺北：新地文學出版社，1995 年），頁 3～48。陳芳明，〈臺灣新文學史第十三章——橫的移植與現代主義之濫觴〉，《聯合文學》第 202 期（2001 年 8 月），頁 136～202。

代」。[6]植基在資本主義沃壤上的現代主義文學，其所展現出來的內容與題材，便有不少是資本主義積聚而成的「都會」。這四段引文所體現的都會意象，恰可以說是現代主義文學的某些表現片段。然而「都會」的存在未必是「主題」，對於新感覺派作家而言，「都會」的圖像或許只停留在「題材」的層面，更值得我們去玩味的是眾作家透過都會這個題材，所欲表達，或者說是欲彰顯與突出的「主題」為何？更何況，「現代主義」本身興起的目的並不在於「題材」，而是針對一個「主題」而來。

在處理歸屬於「現代主義」一脈的「新感覺派」其「題材」與「主題」之間的課題前，我們先回顧一下臺灣文學裡被歸類於「新感覺派」的作家之分類情況，這將使我們更能清楚的看見臺灣文學與世界接軌的情形。事實上，為了讓臺灣文學史脈絡的「現代主義」文學在時間線性上的座標重新落點，重讀臺灣日治小說，尤其是翁鬧與劉吶鷗等「新感覺派」文學將更形重要。我們首先可以隱約看見的是，在當今的臺灣文學論述裡，翁鬧與劉吶鷗通常並不被放在一起討論。[7]在較為常見的分類方式與討論裡，翁鬧通常與巫永福、吳天賞、郭水潭等一起被討論，劉吶鷗則被歸納於施蟄存與穆時英等的上海新感覺派。[8]這樣的分類論述方式，是緣於劉

[6]除了《風車》等詩人群與「新感覺派」作家群之外，臺灣日治文學中尚有王詩琅、朱點人等作家的小說中有不少都會的描寫。尤其朱點人的〈秋信〉一文，可以為日治文學中另一種型態的都會文學代表。

[7]但杉森藍曾在其學位論文〈翁鬧生平及新出土作品研究〉一文中，談及翁鬧、巫永福與劉吶鷗分別為日本新感覺派在臺灣、中國的發展。可參照杉森藍，〈翁鬧生平及新出土作品研究〉（成功大學臺灣文學研究所碩士論文，2007 年）。此外。在 2004 年由文訊所主辦的「青年文學會議」中，蔡明原亦曾將翁鬧與劉吶鷗作一比較，可參照蔡明原，〈上海與臺灣——新感覺的兩種實踐：以翁鬧與劉吶鷗的作品為探討對象〉，《文學與社會學術研討會：2004 青年文學會議論文集》（臺南：國立臺灣文學館，2004 年），頁 63～86。

[8]目前臺灣有關翁鬧的研究，尚可參照黃毓婷，〈東京郊外浪人街——翁鬧與一九三〇年代的高圓寺界隈〉，《臺灣文學學報》第 10 期（2007 年 6 月），頁 163～195。王玫珍，〈焦慮、幻滅與感傷——翁鬧小說中的感覺世界〉，《人文研究期刊》第 1 期（2005 年 12 月），頁 27～52。廖淑芳，〈國家想像、現代主義文學與文學現代性——以日據時期臺灣作家翁鬧為例〉，《北臺國文學報》第 2 期（2005 年 6 月），頁 129～168。許素蘭，〈荒原之心——無產作家之另類：翁鬧及其文學〉，《淡水牛津臺灣文學研究集刊》第 5 期（2003 年 7 月），頁 133～146。許素蘭，〈「幻影之人」翁鬧及其小說〉，《國文天地》第 77 期（1991 年 10 月），頁 35～39。許俊雅，〈幻影之人——翁鬧及其小說〉，《中國現代文學理論》第 6 期（1997 年 6 月），頁 248～264。李怡儀，〈日據時代的臺灣新文學——以翁鬧的作品為主〉（東吳大學日本文化研究所碩士論文，1993 年）。

吶鷗個人屬性與翁鬧等人有所不同的關係。但我們若將翁鬧與劉吶鷗一起放在臺灣文學史的脈絡去看，就能看到隸屬於日本國境的殖民地臺灣對日本文學的接受度。重讀以翁鬧與劉吶鷗兩種典型的新感覺派小說，正可以體現出日本新感覺派文學對臺灣文學的傳播與影響。因此以翁鬧與劉吶鷗為主的新感覺派書寫，可以將臺灣的現代主義文學之出現，至少往前拉到 1930 年代。而透過日本文壇的轉譯與傳播，臺灣文學正搭上與日本文學、世界文學接合的思潮列車。

要了解「題材」與「主題」對於新感覺派文學的意義，我們必須從它的文學史歷程談起。而要掌握日本新感覺派文學的興起，我們可以先回歸到日本當時的社會情境：

> 日本現代派文藝思潮的起因，首先，是 1923 年發生了關東大地震，引起了政治、經濟的大混亂，給日本社會、文化生活帶來嚴重的困難，深化了資本主義的危機……破壞性的虛無思想，瞬間的享樂風潮席捲而來，造成人們精神上的窒息與荒廢，他們對自己在社會的存在感到不安，追求剎那間的美感、官能上的享受和日常生活中非現實的東西。[9]

以日本 1930 年代社會氛圍所滋繁起來的新感覺派文學，其實質上是以「虛無」、「享樂」、「荒廢」、「不安」、「剎那美感」、「官能享受」與「非現實」等元素所組成。這些元素的產生目的在於控訴社會的不穩定與混亂，同時，也為當時以自然主義等較為保守而傳統的日本文學帶來新的契機。然而於此同時，我們依然要以當時日本現代主義文學產生的主要模式為推

謝肇禎，〈地平線上的幻影——淺談翁鬧小說的特質〉，《文學臺灣》第 18 期（1996 年 4 月），頁 160～177。黃韋嘉，〈幻影之人的愛爾蘭想像——從翁鬧詩作看臺灣新文學三〇年代的轉向〉（靜宜大學主辦：第三屆中區研究生臺灣文學研討會暨臺文系學生論文發表會，2007 年），等等。高維宏，〈情欲與紀實——現代性情境之頹廢書寫：試以翁鬧與郁達夫為例〉（彰化師範大學主辦：97 學年度中區大學院校臺文系、所學生論文聯合發表會，2009 年）。

[9] 葉渭渠，《日本文學思潮史》（臺北：五南圖書出版公司，2003 年），頁 455～456。

演，亦即日本在都會中所形成的資本主義規模，催生了日本文學的現代派。這落實在翁鬧的小說中就成為〈音樂鐘〉、〈殘雪〉、〈天亮前的戀愛故事〉與新面世的〈有港口的街市〉等的重要場景，這四篇力作皆是以都會為背景所繕寫而成的都會小說。[10]另一方面，上海新感覺派的大將劉吶鷗也大都以都會為背景書寫小說，演示起上海的海派文學進程。

有趣的是，翁鬧並不只寫都會背景的小說，目前所見的翁鬧小說裡，以鄉村為主要背景的小說亦有兩到三篇之多。我們在此必須要注意到的是「空間」與「文化」的概念，當資本主義改變了日本的都會時，從臺灣前往日本東京的留學生翁鬧與劉吶鷗，均受到都會的影響，但之後劉吶鷗再次前往上海發展，而翁鬧則停留在日本，在此兩人小說產生了題材與內容上的裂解。雖然兩人均是新感覺派文學的小說家，但在翁鬧身上所出現的「鄉村」圖像卻並未在劉吶鷗身上出現，這或許與兩人的「童年空間」以及文化「鄉愁」有關。[11]

回到以資本主義所產生的新感覺派，奠基於現代化都會所產生的翁鬧與劉吶鷗都會小說，所面臨的文學史情境可能是「跨國」或「跨空間」的文化情境。地理學中柏克萊學派（Berkeley）的創始者梭爾（Sauer），提出了個別地景如何形成，以及對文化產生的可能影響。[12]在後來的姍波（Semple）更運用了環境決定論的概念解讀文化，據此姍波以新達爾文主義的概念，詮釋了世界各地不同文化產生的因素乃是得自於環境的刺激。[13]由於不同地域與不同空間的關係，將很容易產生分道揚鑣的文化。此外，我們必須要體認到的是空間這個概念，基本上可割裂為群體型與個體型。總的來說，群體空間會影響到個人空間，好比說臺北的都會節奏會影響到在臺北路人行走的速度，而遠在鄉間的民眾則在生活上節奏會相對較慢。

---

[10]〈有港口的街市〉即充滿許多的都市場景，同時還具有不少「異國」情調。

[11]翁鬧為彰化社頭的農家出身，為窮苦人家的養子；劉吶鷗為臺南柳營望族出身，家境優渥。

[12]Sauer, C. O.,"The morphology of landscape", *University of California Publications in Geography,* 2:pp.19-54.

[13]Semple, Ellen Churchill 著；陳建民譯，《地理環境之影響》（臺北：臺灣商務印書館，1976 年）。

群體空間象徵著一種社會化的存在，對抗這種空間的方式是個人本身主體性的彰顯。植基於資本主義都會的翁鬧與劉吶鷗小說，展現了一定程度上靜態的、感傷的、身體的、零餘的隱喻表述，咸信這與都會息息相關。

在蔡明原的〈上海與臺灣新感覺的兩種實踐：以翁鬧與劉吶鷗的作品為探討對象〉一文小結中，對翁鬧與劉吶鷗的小說做出以下的說明：

> 劉吶鷗的小說場景完全以身處的上海為選擇，和翁鬧的臺灣農村社會形成一個顯著的對比。代表著現代和傳統的兩個場景其實便能預想兩人在小說呈現上基本的差異。[14]

但在翁鬧的小說中其實有著不少的都會風景，特別是在〈有港口的街市〉出現後，我們可以更加的肯定這一點。本文緣此因而萌生重讀翁鬧與劉吶鷗小說中都會元素的念頭，將新感覺派大纛下的翁鬧與劉吶鷗小說再做一次空間上的比較，以及在空間型式的構築下的兩人有何異同？翁鬧（1910～1940）與劉吶鷗（1905～1940）的出現在時間線性上相仿，於創作方面也同樣以「新感覺書寫」聞名。對於臺灣日治小說史而言，兩人更是不可多得的特殊作家。綜觀翁鬧與劉吶鷗的「新感覺小說」,「都會」為重要的空間場景。以 1926 年至 1936 年為區塊的臺灣日治文學史，通常被視為是「社會寫實主義」大行其道的時期。翁鬧與劉吶鷗在這個時期皆以新感覺式的都會小說崛起，象徵著臺灣日治文學史的不同面向。

就翁鬧與劉吶鷗所設身的東京與上海而言，其空間與地緣、物質文化緊密的接合，特別是東京與上海明顯的受到外來文化的深刻影響，發展出與日本本土文化及中國傳統文化有所不同的海派文化。劉吶鷗所象徵的上海「新感覺書寫」被視為海派文學的一種典型，而翁鬧的〈有港口的街市〉又何嘗不具有相當開放性的海派性格呢？或許我們將新感覺派視為一

---

[14]蔡明原，〈上海與臺灣——新感覺的兩種實踐：以翁鬧與劉吶鷗的作品為探討對象〉，收錄於《文學與社會學術研討會：2004 年青年文學會議論文集》，頁 78。

個整體，將翁鬧與劉吶鷗完整的納進這個新感覺派文學史的脈絡裡，我們將能稍稍紓解新感覺派的裂解情況，或者說我們可以看到新感覺派的發展「進程」。而這個新感覺的發展進程，由於臺灣被納入日本的國境之中，遂使新感覺派得以順理成章的成為臺灣文學史的一部分。1930 年代的臺灣文學史，因此進入世界現代主義文學思潮的一環。

二、翁鬧與劉吶鷗小說的空間比較

> 他們踏著自行車、駕著馬車、駛著汽車
> 晨曦，駕馭者經過東邊的雲下
> 黃昏，戀人們走在草叢的小徑[15]

翁鬧於 1934 年前往日本東京，直到 1940 年前後為止，共計在日本六年；劉吶鷗則於 1920 年前往日本東京，直到 1926 年才離開，很巧合的在日本一樣也是六年。這個前往「日本東京」的動作使兩人受到「摩登」的啟發。所謂的摩登其實只是很粗略的以充滿現代性符號的「都會」所指稱的修辭，本文以都會元素來檢視翁鬧與劉吶鷗，是基於新感覺派下都會意象出現的一種權宜。在日本受到新感覺影響的翁鬧與劉吶鷗，的確在小說裡流露出都會的空間場景。

城市對翁鬧與劉吶鷗所帶來的一個重要關鍵，除了創作思維上的「新感覺」取向之外，對兩人本身的生活模式還趨近於一種波特萊爾式的「都市漫遊者」身分（flâneur）。這個「都市漫遊者」身分可以說是兩人在空間概念鏈接上的第一個共通點，也象徵性的將翁鬧與劉吶鷗在都會空間裡的通同性表現出來。尹子玉在〈日據時期留日臺籍作家〉一文裡，就曾對翁鬧在東京高圓寺的所見情景有所敘述：

[15]Richard Aldington 著；翁鬧日譯；陳藻香華譯，〈白楊樹〉，陳藻香、許俊雅編譯，《翁鬧作品選集》，頁 31。

翁鬧在東京四處奔波之後，落腳高圓寺，他在〈東京郊外浪人街——高圓寺界隈〉裡，對於高圓寺這塊學生天堂多所著墨，樂於它的價廉物美，狹小嘈雜的街道，卻又鄰近新宿都會區，滿是浪人風貌的街上偶而可見知名文士——如新居格、小松清；學生、上班族、舞孃、巴黎歸來的畫家、理娃娃頭的文學青年、談情說愛的藍眼老外等等……[16]

對於翁鬧來說，縱身在高圓寺的生活可能就具有薰染浪蕩者之風，或是能有與都會漫遊者交遊的機會。就新感覺派的小說家而言，對都會本身都具有一定的「他者」意識，翁鬧將自身偏離都市中心，而不完全離開都市，彷彿就是意識到都會的「他者」性。而浪蕩者這個概念對劉吶鷗來說，更是直指其自身生活，彭小妍就曾經為文述說劉吶鷗小說的「浪蕩」。[17]

雖然翁鬧與劉吶鷗兩人本身均兼有浪蕩與漫遊者身分，但兩人在小說的空間中卻並不全然只具有十分明顯的「浪蕩性格」。劉吶鷗在小說裡的浪蕩體現於〈遊戲〉等篇，都會中的人際關係以十分曖昧的方式表現出來。翁鬧的小說則在「浪蕩性格」之外還傾向於一種「零餘者」的情境，〈天亮前的戀愛故事〉就多少帶有這種「零餘者」的味道。[18]當然浪蕩者與零餘者在許多特質上是非常類似的，但零餘者所帶有的頹廢性格更加的鮮明。[19]翁鬧的頹廢特質與當時日本文壇的風氣有很緊密的關係，這當然與大時代下的變動與現代性所帶來的壓迫感多少有關。

本文前述談到了新感覺派的興起與日本當時的社會政經以及大眾情緒有關，尤其日本 1920 年代的關東大地震後的經濟混亂，以及 1930 年代受

[16]尹子玉，〈日據時期留日臺籍作家〉，《文訊雜誌》第 179 期（2000 年 9 月），頁 36。
[17]可參見彭小妍，〈浪蕩天涯：劉吶鷗一九二七年日記〉，《中國文哲研究集刊》第 12 期（1998 年 3 月），頁 1～40。
[18]翁鬧〈天亮前的戀愛故事〉內文敘述著：「多方聯想起來，我覺得我似是一個完全不適於生存的人。……」這種風格十分接近「零餘者」的情境。翁鬧，〈天亮前的戀愛故事〉，收於陳藻香、許俊雅編譯，《翁鬧作品選集》，頁 180。
[19]翁鬧〈天亮前的戀愛故事〉（1937 年）與郁達夫的〈沉淪〉（1921 年）有某種程度上的神似，特別是有關「愛情」的這部分。

到世界經濟蕭條的影響，使得日本本身對於資本主義有所質疑。這種質疑風氣落實到文學創作裡就成為一種帶有批判性色彩的思潮，也就是對工業革命以來的現代性有所批判，這讓現代主義支流新感覺派的基調，原則上是批判資本主義的有關。回到翁鬧與劉吶鷗兩人的新感覺創作來說，兩人的創作基調若如文學史家所言都符合於新感覺特徵，那麼對於高資本化所產生的都會，兩人的態度都應具有相對性的批判性。「浪蕩者」、「漫遊者」與「零餘者」的小說特徵對資本主義化嚴重的都會，可說提出了一種類似「他者」的視域。[20]當都會成為一種「他者」，「他者」（都會）空間的被凝視與展現，就可以被置換成一種「他者」與「自我」的二極構造。翁鬧與劉吶鷗透過都會批判都會，但也因此了解都會，深刻的體會到都會的內在，並從中展現了「自我」。這種自我的殊性，或許可以從翁鬧與劉吶鷗所展現的「都會」去窺得一二。劉吶鷗的小說創作均以都會為主要場景，所帶有的都會空間背景幾乎是毫無疑問的。顯而易見的是，劉吶鷗對都市的場合更情有所鍾，而翁鬧則在場景的表現上更具彈性。儘管如此，都市對於我們在分析翁鬧的小說時，仍具有一定的影響力，如蕭蕭在介紹翁鬧的小說時，引述了施淑之言：

> 有一篇小說叫做〈天亮前的戀愛故事〉……如此前衛性的作品，具有開創意義的小說，我們都會覺得應該出現在現代主義盛行的 1960 年代，或者後現代主義耀武揚威的 1980 年代末期。然而，不是，這是施淑在《日據時代臺灣小說選》對翁鬧的評介，說這篇小說是「1930 年代臺灣小說的《惡之華》」。[21]

---

[20]一般在都會情境下所產生的小說文本，有些文學批評家會以「異化」的眼光來解讀。但翁鬧的小說是經由都市與原鄉空間的差異性所產生的「質變」，相信與異化相較，更接近於透過將都市「他者」化的方式，經由意識流的方式回溯鄉土記憶。劉吶鷗則對都市確實展現一定程度的「異化」，但另一方面卻也對都市有「他者」化的情況。

[21]蕭蕭，〈朝興村人——翁鬧傳奇〉，《自由電子報》自由副刊，2005 年 11 月 5 日。網址：http：//www.libertytimes.com.tw/2005/new/nov/5/life/article-1.htm，瀏覽日期：2009 年 4 月 10 日。

本文在這裡刻意不直接引施淑之語，而轉引蕭蕭的說法，目的在於顯示出「都市／鄉村」的空間概念對於我們分析翁鬧小說的重要性。我們可以看到蕭蕭雖然引了施淑稱翁鬧「前衛性」的說法，但蕭蕭在標題上依然標上了「朝興村人」，並且，在〈朝興村人——翁鬧傳奇〉一文裡，蕭蕭幾乎都在捕捉翁鬧與鄉土的關係。[22]

這裡我們清楚的看見，在兼有都市與鄉村場景的小說〈天亮前的戀愛故事〉裡，翁鬧也施展了前衛性格十足的新感覺書寫，更細膩的說，翁鬧的新感覺書寫並不單純的使用於鄉土或是都會中的一類，因為在翁鬧的小說裡事實上已涵攝了這兩個空間。由此我們可以開出翁鬧與劉吶鷗的兩條新感覺書寫上的不同路線，一是以翁鬧為主的，兼有鄉土性與都會性的新感覺小說，一是幾乎以都會為主的劉吶鷗新感覺書寫。所謂的「摩登惡之華」，不應只拘於「都會」的摩登一隅，在鄉土題材上施展新感覺的技巧，表現出鄉土人物所遭逢的惡，未嘗不可謂之為「摩登」「惡」之「華」。

就「空間」的概念而言，我們不妨對空間概念採取更具「空間」彈性的策略來應用，就場景而言，我們可以將翁鬧與劉吶鷗分為「都市／鄉土」與「都市」[23]；在兩人的書寫對象上，則為「日本／臺灣」與「上海」，這是從大方向的思考，所得出的地緣空間概念。也就是從在地與跨國的思考，分析出的空間差異性。但如果我們將空間稍微壓縮一下，以都市為焦點，就更能比較出兩人在都市裡空間的差異性。就翁鬧本身而言，當中有兩個場景可以值得我們特別注意，即翁鬧的「房間」、「室內」與劉吶鷗的「舞廳」，而利用這兩型都會裡的場景，能夠展現出翁鬧與劉吶鷗在都

---

[22]這篇為蕭蕭尋找翁鬧身世的文章，也因翁鬧的出生地與蕭蕭有地緣關係，因此這篇文章多述及翁鬧的鄉土性。

[23]將翁鬧小說書寫的背景空間分類並探討者，目前有兩種做法：一種是如蔡明原的〈上海與臺灣——新感覺的兩種實踐：以翁鬧與劉吶鷗的作品為探討對象〉，將翁鬧小說視為鄉土題材，咸信這是為了與劉吶鷗的都會性做出強烈對比的分類方式；第二種是如廖淑芳的〈國家想像、現代主義文學與文學現代性——以日據時期臺灣作家翁鬧為例〉，將城鄉之間的關係視為「自然／文明」的象徵，並更進一步的推及為「日本／臺灣」的國族論述指涉，這是以殖民地與被殖民地的思維出發，做出文化抵抗的詮釋方式。

會空間表現上的不同。在都會的「房間」、「室內」空間裡，翁鬧往往以回憶自身的意識流手法去書寫，劉吶鷗則是單純的利用「房間」這個場景。而就都會的「舞廳」這個空間來說，翁鬧僅在〈有港口的街市〉中出現，劉吶鷗則以〈遊戲〉與〈兩個時間的不感症者〉表現「舞廳」裡的特別意義。因此翁鬧與劉吶鷗除了在「都市／鄉土」與「都市」的書寫空間上有所不同之外，在都會這個空間，「房間」與「舞廳」更是兩人分別製作「新感覺」的重要場所。

以「都會空間」為焦點的分類上，劉吶鷗的〈遊戲〉與〈兩個時間的不感症者〉採取「舞廳」為突顯都會「速食」文化的象徵。劉吶鷗在面對「都會」時的批判態勢，是透過對都會裡的人際關係與速度的渺視所建立的，〈兩個時間的不感症者〉所指稱的兩名男子 H 與 T，處在高速變化中的現代性人際關係中，還來不及應付時間上的風雲變色，就已經在以都會空間為背景的速食愛情裡被擱置，兩人對於都會現代性的回應只能「呆得出神」：

於是他們飲，抽，談，舞的過了一個多鐘頭時，忽然女人看看腕上的錶說，

——那麼，你們都在這兒玩玩去吧，我先走了。

——怎麼，怎麼啦？

H、T 兩個人同一個聲音，同樣長著怪異的眼睛。

——不，我約一個人吃飯去，我要去換衣衫。你們坐坐去不是很好嗎，那裡面幾個女人都是很可愛的。

——但是，我們的約怎麼了呢！今夜我己經去定好了呵。

——呵呵，老 T，誰約了你今夜不今夜。你的時候，你不自己享用，還跳什麼舞。你就把老 H 約了走，他敢說什麼。是嗎，老 H？可是我們再見吧！

於是她湊近 H 的耳朵邊，「你的眼睛真好呵，不是老 T 在這兒我一定非給它一口一個吻不可。」這樣細聲地說了幾句話，微笑著拿起 Opera-bag

來，便留著兩個呆得出神的人走去了。[24]

相較於劉吶鷗的〈遊戲〉與〈兩個時間的不感症者〉，我們可以先看翁鬧的〈有港口的街市〉裡舞廳的出現，以及〈有港口的街市〉本身的一些徵狀。〈有港口的街市〉將日本、俄國等跨國文化雜揉表現，更以多線進行的敘事表現故事進程，可以說是翁鬧相當投入的鉅作，若我們將〈有港口的街市〉所帶有多元文化的特色考慮進來，其舞廳的存在，剛好可以表現〈有港口的街市〉本身的海派性格，這恰好與擅用舞廳的劉吶鷗有雷同的神髓，不過〈有港口的街市〉顯然更為錯綜多元。至於翁鬧的「房間」、「室內」等空間，包括〈音樂鐘〉與〈天亮前的戀愛故事〉都以回憶式的「意識流」來鋪設，儼然為翁鬧相當具有代表性的特色，如〈音樂鐘〉裡所言：「直到現在我往往會在漸漸發白的曙光中，憶起那時候的事」。[25]翁鬧選擇在都會裡的「房間」、「室內」去追憶，個體的空間與自我的意識十分的強烈。因此在都市裡的房間，翁鬧的追憶式書寫以及「零餘者」的意義使然，反而使都市逐漸成為一種簡單的背景，甚至有被「他者化」的現象。[26]

比較翁鬧與劉吶鷗小說裡的「空間」，還有一個議題具有討論的必要性，即身體與性別上的空間。相對於都會、鄉村、房間、舞廳等空間，女性在翁鬧與劉吶鷗的小說裡也具有相當重要的地位。本文認為都市在翁鬧與劉吶鷗的書寫中，因著「浪蕩者」、「漫遊者」與「零餘者」的身分關係，都市有被「他者化」的情況。然而女性在翁鬧與劉吶鷗的小說中，特別是以都會為背景與題材的小說，女性也顯然被「她者化」了。這種處在「摩登」「惡」之「華」中的女性，體現了翁鬧與劉吶鷗的愛情書寫，更形成了兩個新感覺作家的「欲望城市」空間。

[24]劉吶鷗，康來新、許秦蓁編，《劉吶鷗全集文學集》，頁 110～111。

[25]翁鬧著；陳藻香、許俊雅編譯，〈音樂鐘〉，《翁鬧作品選集》，頁 83。

[26]翁鬧著；陳藻香、許俊雅編譯，〈天亮前的戀愛故事〉，《翁鬧作品選集》，頁 179。〈天亮前的戀愛故事〉裡有一段對都會嫌惡的表態：「想起市區電車、汽車、飛機這些，我就禁不住毛骨悚然。……」

三、翁鬧與劉吶鷗小說的愛情書寫

翁鬧與劉吶鷗的都會書寫都受到新感覺派的啟發，然而各自著重的都市空間又有所不同，但同時他們也都呈現出以「情欲」為特殊調性的色彩。這不免讓人聯想到，是否是緣於情欲較易表現出「新感覺」的原因。「新感覺」大纛下的翁鬧與劉吶鷗「愛情」書寫面向，以有些乖張的敘事與表現，以及耽美放縱的姿態挑戰了 1920 年代以前的日本文壇。我們重讀兩人的小說，似乎可以看到翁鬧與劉吶鷗也具備了翻轉臺灣 1930 年代文學史書寫的能量。除了從書寫空間上的「都會」具備了翻轉的可能外，以情欲為主軸的愛情書寫也頗為顛覆現有的文學史觀。雖然翁鬧與劉吶鷗在空間上的書寫對象有些微的差異，但都會的空間，與都會中兩人所秉持的房間與舞廳特色，都成為一種題材而非主題。至於新感覺所引導出的愛情書寫面向，則兼具了題材與主題的性質。在以愛情書寫為主題的這部分，翁鬧與劉吶鷗是難分軒輊的。劉捷曾稱翁鬧為「夢中見過的幻影之人」[27]，郭海榮則譽劉吶鷗為「一個敏感的都市人」，恰能表現翁鬧與劉吶鷗的愛情書寫特色。翁鬧的愛情書寫頗有如夢似幻的況味，劉吶鷗則敏感的觀察到都會裡情愛的不可靠與不確定性。

翁鬧的愛情書寫，有以意識流的方式去追憶的。如在〈音樂鐘〉裡就以回憶小時候之事進行故事續航：

[27]劉捷寫下翁鬧像夢中見過的「幻影之人」後，包括張恆豪、黃韋嘉、許素蘭、許俊雅等人都曾撰文討論或分析翁鬧小說。「幻影之人」幾乎成為翁鬧的代名詞，但我們卻很有可能因著長久以來用「幻影之人」來表述翁鬧的習慣，逐漸忽略掉翁鬧的其他面向，或是還能夠再開發的地方。好比說，翁鬧的「留學生」身分就是一個千真萬確的事實，旅日的留學生文學是否可以形成一個脈絡？如果可以，翁鬧在留學生圈的影響，以及翁鬧在留學生文學的地位如何？其次，由於〈有港口的街市〉重新面世，將可能有為翁鬧重新確立文學史定位的可能，〈有港口的街市〉裡情節的多線發展，大大增加了翁鬧創作的厚度。第三，翁鬧曾說過形式上與日本相通，內容以臺灣為主的小說寫作理念，〈有港口的街市〉的面世是否是一個轉向？最後，還有負面向的翁鬧、黑暗中的翁鬧以及具暴力形象的翁鬧，如在〈殘雪〉中林春生對「玉枝」的殘酷，在〈天亮前的戀愛故事〉裡拆散蝴蝶的舉動，〈羅漢腳〉的車禍。翁鬧「浪蕩者」的性格，與「零餘者」的書寫、負面的一面，都還值得我們再探討。

我隨著鐘的聲音，用低聲哼唱：
麻雀啾啾喊
紙窗漸漸亮
趕快起來不然太晚
是小時候的歌。
舊日的記憶在我心頭復活。
我從老師學了那支歌。[28]

當然這只是簡單的回想，與都市的空間在此只是剛好應用在響起音樂鐘聲音的效果一樣。重點在於回憶起小時候與女孩間的互動：

到了晚上，該由我、叔叔和漂亮女孩在廂房一塊兒睡。
是個豐滿又爽朗的女孩。
我們把音樂鐘放在枕邊下睡。到六點，時鐘就會叫醒我們。
「喂，你跟她一塊兒睡吧。」
等到女孩開始打鼾了，叔叔便這樣說著，
「不要，叔叔跟她一塊兒睡吧。」
我害羞的在黑暗中意識到頰頰在發燙。
一會兒，我開始慢慢伸手過去。只想碰一碰女孩身體。……[29]

雖然身處於都市中，但第一人稱的敘述者卻回想到小時候與一名小女孩的互動。這樣彈性的將現在與過去的空間置換，固然是鬆動當下時空的做法。也可以藉此突顯鄉愁，遙想記憶中的片刻。

此外，在以都市為背景，交錯現在與過去的喃喃自語式小說〈天亮前的戀愛故事〉則以敘述小時的雞、鵝、蝴蝶等情事，接續開展了自身對於戀愛的渴

[28]翁鬧著；陳藻香、許俊雅編譯，〈音樂鐘〉，《翁鬧作品選集》，頁 81。
[29]翁鬧著；陳藻香、許俊雅編譯，〈音樂鐘〉，《翁鬧作品選集》，頁 82。

望。[30]翁鬧在〈天亮前的戀愛故事〉對戀愛交織忽而感傷（sentimental）時而熱切（fervent）的情緒書寫，與雞、鵝、蝴蝶的回想有互為引喻的現象。如公雞對母雞的霸道、公鵝對母鵝的鍥而不舍、一對蝴蝶活生生的被拆散，正像是上演著人生在面對感情時的戲碼。就翁鬧本身來說，〈音樂鐘〉與〈天亮前的戀愛故事〉特意的回憶過去在鄉間的愛情記憶，反而讓現在的自身愛情狀況顯得局促。不過，女性在此確實成為一個「她者」，〈音樂鐘〉與〈天亮前的戀愛故事〉是架築在情欲上的一種原動，女性似乎相當被動的成為敘述者滿足戀愛欲望的解藥。而〈天亮前的戀愛故事〉書寫雞、鵝、蝴蝶等片段就彷彿將性視為一種獸性的本能，刻意的將愛情書寫緊緊的扣住性欲。〈音樂鐘〉裡一段想碰觸女孩的段落，則混雜了似懂非懂的愛情。這兩篇以都會為背景小說，又夾雜了大量的鄉村回想，我們在這兩篇小說中暫時可以將翁鬧小說裡的情欲與愛情當成一種混為一談的交融現象（hybridity）。[31]當然，這種愛情觀在許素蘭等的解讀裡，很容易就被視為一種「粗糙原始」的愛情觀念。[32]這是由於翁鬧顯然將女性視為一種「她者」，接近於原始情欲的描繪就會以一種相對粗獷的形象浮顯而出。即使翁鬧在小說中說明了要與女性結合，才能有完整的我，但女性充其量也只是用來完整「我」的「她者」。很值得我們去注意的是，這種情欲書寫僅有在翁鬧涉及都會背景的小說才比較清楚的顯現，〈羅漢腳〉與〈戇伯仔〉等自不會著重在這部分。

在〈殘雪〉的書寫部分，翁鬧更注重於「愛情」的層面，不過將女性視為「她者」的情況依然。就女性來說，翁鬧在〈殘雪〉裡的兩位女性身分，很容易會被視為是對臺灣女性的歧視。這可以從楊逸舟對翁鬧本身歧視臺灣女性的說法去推想。[33]〈殘雪〉裡林春生在喜美子與玉枝之間的選擇

---

[30]雖然在〈天亮前的戀愛故事〉裡敘述者有不斷助說著「你啊」，但並沒有人與敘述者對話，反而像是喃喃自語的私小說。

[31]交融現象（hybridity）通常被應用於文化上的混合，在此借用於情欲書寫與愛情書寫的混淆。

[32]許素蘭，〈「幻影之人」翁鬧及其小說〉，《國文天地》第 77 期，頁 35～39。

[33]楊逸舟，〈憶夭折的俊才翁鬧〉，陳藻香、許俊雅編譯，《翁鬧作品選集》，頁 248。如果我們認同

題雖然沒有答案，不過對林春生來說有一段音訊全無的玉枝，似乎有被藐視的感覺。[34]〈殘雪〉很單純的表現了林春生在愛情裡的迷惘，林春生最後不前往北海道找喜美子，亦不回臺灣找玉枝，兩個「她者」在林春生的生命中已經逐漸成為「她方」。翁鬧的小說書寫直到〈有港口的街市〉裡的谷子，翁鬧似乎有脫去將女性視為她者的現象，為小說主軸的谷子，占了整部小說的大部分。然而，谷子的孤兒身分以及加入幫派、被拘捕、成為舞女等等，正是一種社會邊緣身分。谷子最後與油吉離去，可算是翁鬧較為偏向喜劇結果的一部小說。

〈殘雪〉裡的林春生在兩個女子之間做選擇，劉吶鷗的〈兩個時間的不感症者〉則是一名女子周旋在兩名男子之間，結局是女子拋下兩名男子而去的愛情「速」寫。劉吶鷗尤其擅長對於「感情」與現代社會裡「男女關係」的新感覺描繪，無論是〈禮儀與衛生〉的可瓊，或是〈熱情之骨〉裡的玲玉，都在婚後被其他男子所愛慕。〈方程式〉裡的密斯脫 Y 更是周旋在密斯 W、密斯 A、密斯 S 之間。劉吶鷗對於「男女關係」的新感覺描繪，既能精采的象徵都會，亦連帶的營造了漠視時間的「時間的不感症」。對於劉吶鷗而言，愛情的書寫彷彿就只是一場曖昧而不確定的遊戲。而劉吶鷗與翁鬧相較之下，翁鬧在〈音樂鐘〉與〈天亮前的戀愛故事〉中以回憶小時之事的意識流表現情欲，劉吶鷗則以〈殺人未遂〉表現了其獨特的意識流敘事手法。劉吶鷗透過一名強姦犯的追述，捕捉了強姦犯的犯案過程，充滿情欲想像與新感覺的書寫同時呈現。當〈殺人未遂〉裡強姦犯自述與女職員接觸時，其異常的感覺就流露出來：

> 兩個人兩隻手提著兩根鑰匙向著兩個並排的鎖洞插進去，同時地轉，同時拉，於是把那個強固的箱門開了。這些機械的動作雖然只在沉默的一

楊逸舟對翁鬧本人歧視臺灣女性的說法，那麼我們在閱讀其作品時就容易有類似歧視臺灣女性的刻板印象。楊逸舟：「翁鬧的缺點是看不起臺灣女性，而對日本女性卻是盲目的崇拜。」

[34]翁鬧著；陳藻香、許俊雅編譯，〈殘雪〉，《翁鬧作品選集》，頁 126。〈殘雪〉中的林春生在給玉枝的回信裡說：「我已經完全忘了你」。

剎那間經過，但在我的腦筋中卻留下了很深刻的印象，好像每一舉一動都有著它的意義，沒有她我絲毫沒有辦法去開了它，沒有我她個人也是開不開的。……[35]

無論在文學史的歸類上，上海文學史裡的劉吶鷗與臺灣文學史中的劉吶鷗，都亦批判亦頌揚了現代性的「魔力的勢力」。在舞廳中「心神」被仿似魔宮的舞池空間所迷惑，時間的概念在此被漠視、忘卻，處於其中的男人女人則個個身分極其「曖昧」。然而這種魅惑「心神的魔力」之書寫，卻仍然對於女性有著強烈的物化性格：

在某種意義上，摩登女郎的原型可以溯到法國和日本的文學淵源。一個簡明的形象系譜，有助於我們了解劉吶鷗如何在跨文化和種族性別意義上承襲並改變了摩登女郎形象的內涵。[36]

一旦摩登女郎的形象在劉吶鷗的小說裡被物化，女性性別的「她者化」就已經是劉吶鷗小說的一種特徵。翁鬧與劉吶鷗在愛情的書寫上時而以意識流的方式表現情欲，時而以愛情為主題去開展。兩人不同的是，當翁鬧將小說主題注重在愛情層面時，女性似乎可以帶有臺灣或日本的象徵，但或許也只是單純的情愛層面。而劉吶鷗將小說主題以愛情為主時，女性又恍然變成都市現代性的象徵，代表了一種都會現代性下的不確定感與速食性的愛情觀。

臺灣文學史通常不將翁鬧與劉吶鷗放在同一位置上，但兩人在文學史上出現的時間相仿，寫作特徵均被歸納在新感覺派中，此外也都具有臺灣旅日留學生的身分，就生命歷程與寫作風格來說確實有許多貌合神似的地

[35]劉吶鷗，康來新、許秦蓁編，《劉吶鷗全集文學集》，頁 200。

[36]史書美，〈性別、種族與半殖民地性：劉吶鷗的上海都市風景〉，《2005 劉吶鷗國際研討會論文集》（臺南：國立臺灣文學館，2005 年），頁 45。

方。劉吶鷗的〈遊戲〉、〈兩個時間的不感症者〉與〈殺人未遂〉等可以視為其新感覺手法的代表小說，這使劉吶鷗的小說與施蟄存的〈將軍底頭〉、〈在巴黎大戲院〉、〈梅雨之夕〉及穆時英的〈上海的狐步舞〉、〈白金的女體塑像〉、〈第二戀〉等等相提並論。翁鬧的〈音樂鐘〉、〈殘雪〉、〈天亮前的戀愛故事〉則與巫永福的〈首與體〉、〈山茶花〉、〈欲〉及郭水潭的〈某的男人的日記〉等等歸於一派。在愛情與情欲的書寫方面，相同的是都或多或少的應用了意識流與新感覺手法。但由於劉吶鷗往赴上海，遂使劉吶鷗還同時受到上海的地域性文學思潮影響。為了區隔開兩者的不同，論述者往往會以劉吶鷗為上海新感覺派的分類方式，將劉吶鷗與翁鬧分述別論。[37]在蔡明原的論述中，翁鬧與劉吶鷗可說是分別為都會與鄉村的代表。但若就愛情書寫的部分，兩者並不那麼的遙遠，尤其在情欲書寫下女性「她者化」彷彿成為兩人的創作徵象。在都市被他者化的架構之下，顯然女性的「她者化」現象也成為一種兩人都會書寫的特徵。以性欲書寫為主題與題材的愛情書寫，與以都會為題材與背景的小說裡，共構出翁鬧與劉吶鷗新感覺書寫的「欲望城市」。

四、結語

就新感覺派的興起與傳承來說，都市似乎對從臺灣前往日本的留學生並不是那麼的重要，然而往赴日本再轉進上海的劉吶鷗似乎十分強調都會的性質。[38]另一方面，就翁鬧目前所見的最後力作〈有港口的街市〉來看，

[37]部分研究中國現代文學的學者，傾向於劉吶鷗同時直接受到歐美的文學思潮影響。由於劉吶鷗與施蟄存等過從甚密，而施蟄存等人未必直接受到日本新感覺派影響，因此造成劉吶鷗在新感覺派脈絡上的歸屬與翁鬧可能有些距離。但劉吶鷗本身確實受到日本新感覺派的啟發殆無疑義。根據許秦蓁的研究：「1976 年 1 月 12 日、13 日，翁靈文發表於香港《明報》上的文章〈劉吶鷗其人其事〉中寫著，劉吶鷗曾經笑著對朋友說：『橫光利一是新感覺派第一代，他自己是第二代，穆時英是第三代。黑嬰是第四代。』我們可以從劉吶鷗的這句「戲言」，找到劉吶鷗自我歸屬與定位的文學流派——『新感覺派』。」因此，我們從文學系譜學的角度來看。翁鬧與劉吶鷗其實系出同源。許秦蓁，《摩登、上海、新感覺——劉吶鷗（1905～1940）》（臺北：秀威資訊科技公司，2008 年），頁 52。

[38]新感覺派本質上鄙薄都會，因此都會的題材並不是日本新感覺派的主要表現場景。

翁鬧對於都會的書寫與上海新感覺派比較起來其實不遑多讓。翁鬧在小說的創作歷程中，不少篇章都以身處東京的態度，框夾著回憶中的鄉村事件為書寫策略。若要強制性的將翁鬧的每篇小說劃分或歸類於都市或鄉土。將會面臨都會小說或鄉土小說「定義」上的因境。因此本論權宜性的將翁鬧同時涉及都會與鄉村的小說，定為「都市／鄉土」，避免生硬的詮解。

對於兩人的都市空間書寫，在兩人的創作裡都隱含著一個很重要的概念，即本文所提出的「他者化」，在翁鬧來說是藐視大都市的一種心態，是忽略都市的一種情境，身處在都市中的「房間」與「室內」，將自身的個體很清楚的彰顯出來，並予以回溯到記憶中小時候的鄉間。劉吶鷗的「舞廳」空間就直接利用了都市的空間，對都市進行直接的諷刺。而就小說的類型來說，本文透過重讀翁鬧與劉吶鷗的小說，認為兩者差異應為「都市／鄉土」與「都市」的別異。而在都會書寫部分，兩人又透露出「浪蕩者」、「漫遊者」與「零餘者」的特質。在翁鬧的「房間」與「室內」與劉吶鷗的「舞廳」裡，還潛藏著意識流式的情欲書寫，以及對於愛情的幻想。有所不同的是，翁鬧小說對於女性除了情欲想像之外，也帶有一種對女性「她者化」的現象，是為了要滿足愛情所需的要件。對於翁鬧的小說而言，重點只是「戀愛」，對於女性的愛好幾乎沒有描摹。劉吶鷗將女性的「她者化」與對都市的「他者化」熔於一爐，女性搖身一變成為「現代性」的象徵。

新感覺派所具有的「浪蕩者」、「漫遊者」與「零餘者」正好能夠表現翁鬧與劉吶鷗的文化心態，一方面對都市的不滿，一方面批判資本主義文化的強勢。而在這當中可能還帶有一種孤寂的落寞感，一種個體自身的流亡與離散心情。「浪蕩者」、「漫遊者」與「零餘者」可以說代表了自身的心態，流亡與離散所引導出的「飄泊感」，顯示了翁鬧與劉吶鷗本身與社會的陌生與隔閡。劉捷稱翁鬧為「夢中見過的幻影之人」，郭海榮稱劉吶鷗為「一個敏感的都市人」，某種程度上也算是精確指出了翁鬧與劉吶鷗對於都市與社會的焦慮狀態。

本論重讀翁鬧與劉吶鷗具都會面向的小說，提出兩人對都市與女性的「他者化」與「她者化」，並且將空間書寫與情欲書寫嘗試做一鏈接，我們從中可以看到翁鬧與劉吶鷗在臺灣 1930 年代文學史中的特殊性。我們或可藉由翁鬧與劉吶鷗等這一群留日學生群的文學新思潮，讓 1930 年代的臺灣文學思潮與世界接軌。更進一步的，我們清楚的看見，1930 年代不是左翼文學抬頭的獨霸時期，還有另一條以翁鬧與劉吶鷗為主的文學脈絡正朝氣十足的活動著，以相當「現代」的文學思考進行創作，更能與以「風車詩社」為中心的詩人群類比，一同綻放了摩登惡之華，頹廢著情欲的愛與失。

參考文獻

- 尹子玉，〈日據時期留日臺籍作家〉，《文訊雜誌》第 179 期，2000 年 9 月，頁 30～37。
- 史書美，〈性別、種族與半殖民地性：劉吶鷗的上海都市風景〉，《2005 劉吶鷗國際研討會論文集》，臺南：國立臺灣文學館，2005 年，頁 17～66。
- 朱雙一、張羽，《海峽兩岸新文學思潮的淵源與比較》，廈門：廈門大學出版社，2006 年。
- 呂正惠，《戰後臺灣文學經驗》，臺北：新地文學出版社，1995 年。
- 杉森藍，〈翁鬧生平及新出土作品研究〉，成功大學臺灣文學研究所碩士論文，2007 年。
- 翁鬧著；陳藻香、許俊雅編譯，《翁鬧作品選集》，彰化：彰化縣立文化中心，1997 年。
- 翁鬧著；杉森藍譯，《有港口的街市》，臺中：晨星出版社，2009 年。
- 陳芳明，〈臺灣新文學史第十三章——橫的移植與現代主義之濫觴〉，《聯合文學》第 202 期，2001 年 8 月，頁 136～148。
- 陳建忠，〈巫永福小說〈首與體〉中的留學生形象〉，《日據時期臺灣作家論・現代性、本土性、殖民性》，臺北：五南圖書出版公司，2004 年。
- 彭小妍，〈浪蕩天涯：劉吶鷗一九二七年日記〉，《中國文哲研究集刊》第 12 期，1998 年 3 月，頁 1～40。
- 許素蘭，〈「幻影之人」翁鬧及其小說〉，《國文天地》第 77 期，1991 年 10 月，頁 35

～39。

- 許秦蓁，《摩登、上海、新感覺——劉吶鷗（1905～1940）》，臺北：秀威資訊科技公司，2008年。
- 張恆豪編，《翁鬧、巫永福、王昶雄合集》，臺北：前衛出版社，1991年。
- 葉石濤，《臺灣文學史綱》，收錄於《葉石濤全集17‧評論卷：五》，臺南：國立臺灣文學館、高雄：高雄市文化局，2008年。
- 葉渭渠，《日本文學思潮史》，臺北：五南圖書出版公司，2003年。
- 廖淑芳，〈國家想像、現代主義文學與文學現代性——以日據時期臺灣作家翁鬧為例〉，《北臺國文學報》第二期，2005年6月，頁129～168。
- 蔡明原，〈上海與臺灣——新感覺的兩種實踐：以翁鬧與劉吶鷗的作品為探討對象〉，《文學與社會學術研討會：2004青年文學會議論文集》，臺南：國立臺灣文學館，2004年，頁63～84。
- 劉吶鷗，康來新、許秦蓁編，《劉吶鷗全集文學集》，臺南：臺南縣文化局，2001年。
- 蕭蕭，〈朝興村人——翁鬧傳奇〉，《自由電子報》自由副刊，2005年11月5日。網址：http://www.libertytimes.com.tw/2005/new/nov/5/life/article-l.htm。最後瀏覽日期：2009年4月10日。

——選自蕭蕭、陳憲仁編《翁鬧的世界》
臺中：晨星出版社，2009年12月

「現代」與「原初」之異質共構：翁鬧小說中的現代主義演繹[*]

◎朱惠足[**]

一般認為，現代主義（modernism）的藝術與文化起源於 17 世紀工業革命後的西方國家，繼而傳播到非西方國家，成為一種全球性的藝術文化潮流。因此，凡非西方國家的現代主義文化，均為西方「正牌」現代主義的模仿或亞流，無法擺脫「遲到性」（belatedness）與非原創性的宿命。然而，近年來的後殖民研究顯示出，17 世紀西方現代主義的產生，與西方藝術家、文人跟亞洲、非洲文化的人類學式接觸密不可分。根據英國文化研究創始人之一的雷蒙‧威廉斯（Raymond Williams）之研究，甚至在西方本身，許多現代主義與前衛運動的成員為帝國大都會的移民，因為不同語言文化的接觸而產生具實驗性的語言與文化革新。[1]也就是說，現代主義是西方國家透過海外殖民地經營，進行工業化資本主義的全球性擴張時，與非西方國家的他者文化接觸、對話與混雜的過程中所產生。事實上，在西方本國生產出現代主義的「帝國大都會的移民」，多是來自於海外殖民地的菁英分子。由以上歷史與社會背景來看，現代主義的文化實踐必須被放置在西方與非西方國家之間，因海外擴張與殖民統治而產生的異種族異文化接觸與翻譯之過程中（而非從西方到非西方的單方向傳遞）討論。同時，

[*]原標題為〈「現代」與「原初」之異質交混：翁鬧小說中的現代主義演繹〉，作者現改為〈「現代」與「原初」之異質共構：翁鬧小說中的現代主義演繹〉。

[**]發表文章時為中興大學臺灣文學暨跨國文化研究所助理教授，現為中興大學臺灣文學與跨國文化研究所副教授。

[1]Raymond Williams,"Language and the Avant-Garde", *The Politics of Modernism*, (London, New York: Verso, 2007), pp.77-80.

現代主義主要特色的都會資本主義文化與個人性慾，並非毫不關心政治的高蹈菁英文化，而是與殖民統治、異種族異文化的接觸與翻譯、國族認同等歷史社會背景密切相關。

美國華裔學者史書美在其專書《現代的誘惑：書寫半殖民地中國的現代主義（1917～1937）》（*The Lure of the Modern: Writing Modernism in Semicolonial China, 1917-1937*）中即指出，1917 年五四運動至 1937 年中日戰爭爆發期間，中國知識分子的現代主義文學建構與發展，具體因應著中國在西方列強與日本勢力下的「半殖民地」歷史狀況。[2]在殖民地臺灣，現代主義文學的發展同樣也牽涉到在地知識分子與西方、日本的接觸經驗，另外還因為來自中國的影響以及作為日本殖民地的關係，呈現更複雜的演繹過程。1910 年代以後，臺灣青年為了追求高等教育的機會，遠渡重洋到帝國首都東京求學，他們接觸到自由開放的大正民主主義風潮，歷經關東大地震（1923 年）後東京急速的都市變貌，以及政治社會急速變動下產生的種種文化思潮。與同時代日本知識分子一樣，他們透過大量的日文翻譯，接觸西方以及非西方國家的文化思潮與創作，並受到日本文學家與思想家的論述與創作直接影響，分別發展出不同理念與風格的文學與藝術創作。殖民地時期的臺灣知識分子，在接觸吸收了歷經日本演繹的現代主義思潮之後，如何在思想與形式上將其進行殖民演繹，創作出獨特的文學作品？本文以翁鬧的小說作品為例，討論性慾、臺灣鄉土的「原初（the primitive）」主題，與都市文明、新心理主義等「現代（the modern）」文化與書寫形式，在小說中產生何種異質交混與相互建構？「性慾」與「臺灣鄉土」作為「原初」的象徵，看似與東京帝都從西方引進的「都市文明」、「現代主義」文藝形式形成對比。然而，正如西方現代主義建構與亞洲、非洲的種族、文化接觸密不可分，翁鬧的小說作品也呈現出「原初」與「現代」之間的相互建構。本文首先透過翁鬧以東京為主題的散文作品，

---

[2]史書美著；何恬譯，《現代的誘惑：書寫半殖民地中國的現代主義（1917～1937）》（南京：江蘇人民出版社，2007 年）。

分析他如何藉由東京的郊區文化突顯日本資本主義發展與天皇制國家內部的異質性。進而進入小說作品的討論，探討翁鬧作品中「原初」與「現代」的交混與相互建構，呈現何種現代主義的殖民演繹。最後，透過同時代臺日左翼知識分子的紛歧評價，探討翁鬧獨特的現代主義演繹如何突顯現代知識分子自我認同建構的內在矛盾。

一、高圓寺「浪人」文化與現代主義：散文〈東京郊外浪人街〉

1935 年 4 月，翁鬧在《臺灣文藝》雜誌第 2 卷第 4 期發表留日後的第一篇創作——散文〈東京郊外浪人街——高圓寺一帶〉[3]，文中記述他在東京高圓寺一帶的生活狀況及接觸到的日本文人。在翁鬧相關生平資料付之闕如的狀況下，這篇散文成為一窺翁鬧在東京的都市生活經驗，如何孕育出他創作中獨特的現代主義風格之重要線索。散文中，翁鬧描述自己在輾轉遷移後，終究還是回到此處，因為這一帶不像新宿附近生活費高昂，到新宿的電車費又便宜，吸引許多失業或經濟拮据的「浪人」[4]風情之文人聚集。黃毓婷考察 1930 年代居住於高圓寺一帶的文人屬性，推測翁鬧文中所謂的「浪人」，「或許就是潛伏的共黨、不修邊幅的失業青年、殖民地以及外國來的異鄉人」，並以 1930 年代在日本的海外擴張與國內集體鎮壓下，所產生的日本左翼轉向風潮之歷史背景，來說明「高圓寺的浪人們以特立獨行的演出確保了個人最小限度的自由」，「在與山手線核心的天皇制國家的對峙當中」，顯示出獨特的文化主體性。[5]值得更深入探究的是，除了政治上的左翼色彩，高圓寺一帶的浪人文化所孕育出來的現代主義，如何與天皇制國家，以及與其密不可分的都市資本主義文化邏輯之間形成「對

[3]翁鬧，「東京郊外浪人街——高圓寺界隈」，《臺灣文藝》第 2 卷第 4 期（1935 年 4 月），頁 13～17。本文引用的日文文本均為筆者自行翻譯。

[4]根據『大辭林』辭典，浪人一詞原指在日本古代律令國家下不堪租稅負擔而離開本籍地、逃亡異鄉的農民，現代用法則指重考生、待業者與失業者。

[5]黃毓婷，〈東京郊外浪人街——翁鬧與 1930 年代的高圓寺界隈〉，《臺灣文學學報》第 10 期（2007 年 6 月），頁 182～183。

峙」？這樣的「對峙」如何型塑殖民地青年翁鬧從 1935 年到 1937 年年初為止，速度驚人且具多樣面貌的現代主義小說創作？

首先，高圓寺一帶的生活樣式與文化風格，與新宿等東京市中心的均質化資本主義都市文化，呈現相當大的對比。作為失業者匯集的「浪人街」，巷道的攤販稀落冷清，呈現出 1929 年全球性「經濟恐慌的浪潮」之影響。雖然如此，「混雜在失業者模樣的人群當中，偶爾可以看到知名人士，即使是在黑暗的巷弄，也洋溢著首都的氣氛」。[6]翁鬧進而列舉出，在這一帶出沒的日本文人包括新居格、小松清、鈴木清等馬克思主義代表理論家、伊藤整、俄國文學翻譯者上脇進、達達主義者辻潤等。透過翁鬧的觀察可知，這些引介外國最前衛的文學理論或創作的知名文士，不管是在外觀或是生活方式上，與街頭「失業者模樣」的人們並沒有什麼兩樣。別名「高圓寺散赤仙」[7]的新居格喜歡觀賞免費的武打劇，拖著磨損的木屐急行的小松清看起來像是米店的跑腿，伊藤整曾在便宜的今金食堂包伙寄宿，上脇進因為將唯一的一件和服外套送進當鋪，而在睡衣外套著千瘡百孔的外衣走在路上，目前聽說是寄住朋友家。K 氏（江燦琳）拿著辻潤的俳句手稿「近似吐過痰的姿態　富士山」[8]要叫賣。辻潤的手稿是在咖啡廳用火柴寫的，內容也與傳統俳句的優雅風情截然不同，以吐痰的不雅姿態來譬喻日本的聖山富士山，刻意展現一種骯髒美學。由這些例子可知，高圓寺一帶的日本文士在日常生活實踐中，標榜「浪人風情」貧困生活中「豐富的思想與美學」[9]，蓄意展演與天皇制國家及都市資本主義邏輯背道而馳的叛逆。他們所引領的馬克思主義與現代主義兩種外來思潮，表面上看似在思想與美學風格上互相對立，但事實上同樣作為都市資本主義文化衍生出的文化產物，彼此交疊互通，無法進行截然的二元劃分。

高圓寺一帶具有階級混雜性的現代主義風格，同時也呈現跨國資本與

---

[6]翁鬧，「東京郊外浪人街——高圓寺界隈」，《臺灣文藝》第 2 卷第 4 期，頁 14。
[7]黃毓婷在前文中的譯語。
[8]因富士山頂的缺口與吐過痰的嘴形形狀類似。原文為「つば吐いた姿に似たり富士の山」。
[9]翁鬧，「東京郊外浪人街——高圓寺界隈」，《臺灣文藝》第 2 卷第 4 期，頁 14。

文化流動下所產生的「世界主義（cosmopolitanism）」面貌。〈東京郊外浪人街〉當中伊藤整曾寄宿過的今金食堂即為一個生動的縮影。翁鬧敘述道，「在這狹小的食堂當中也洋溢著世界主義（コスモポリタン）的氣氛。中國人、朝鮮人、滿州人、吾島人等，不管是容貌或語言都是多采多姿。搞不好暹羅人與韃靼人也混在其中」。[10]作為殖民地出身者，翁鬧敏感地留意到東京大都會當中的異國風情要素。尤其是，今金食堂的顧客包含了日本的殖民地與占領地之出身者，這些因日本帝國的海外勢力擴張而聚集東京的亞洲人帶來的世界主義色彩，有異於東京的西洋文化要素，並成為干擾日本天皇制國家單一民族神話的雜音。同時，物美價廉的今金食堂本身，不管是提供的料理、店主與客人互動的方式，都洋溢著濃厚的日本傳統「下町」（具有昔日街道氣氛的區域）氣息，成為帝國首都急速資本主義擴張過程中停滯的空間。就在高圓寺一帶，知名文士所引介的歐陸馬克思主義或現代主義的學術與高級藝術文化、來自殖民地或占領地的異鄉人釀造的世界主義氛圍、以及日本傳統下町氣息，展現著民族與階級上的明顯位階差異，卻又相當自然和諧地並存混雜。

〈東京郊外浪人街〉結尾處出場的乞丐老大，也顯示出高圓寺一帶傳統日本文化與現代帝國大都會文化交混的性質。散文中描述，高圓寺南邊稍遠處的妙法寺[11]有個「活幽靈」:「顏面、四肢與身軀都是名符其實的皮包骨，眼球斜斜地一上一下，鼻子絲毫沒有隆起而只有兩個孔，沒有嘴唇地露出整個牙齒，如此模樣的怪物。不過，那不是幽靈，而是全東京市的乞丐老大，可不容蔑視。大概是火葬場的乞丐吧！」。[12]翁鬧將東京市的乞丐老大描寫成「活幽靈」，呈現濃厚的都市民俗學意象。與世界上其他都市一樣，歷經快速西化與都市化的東京，已經喪失許多傳統日本農業社會的民俗成分。然而，仍有部分傳統民俗要素殘存下來，出沒於新都市空間中仍

[10]翁鬧，「東京郊外浪人街——高圓寺界隈」，《臺灣文藝》第 2 卷第 4 期，頁 15。
[11]日蓮宗的佛寺。原本為真言宗，元和年間（1615～1624）改宗。
[12]翁鬧，「東京郊外浪人街——高圓寺界隈」，《臺灣文藝》第 2 卷第 4 期，頁 17。

保有昔日下町氣息的街頭巷尾或寺廟附近，形成都市傳說（urban legend）或怪談。[13]怪物般的可怕外貌，與不事生產的乞丐老大的身分，象徵著為明亮進步的都市現代空間與資本主義所驅逐的前現代存在，突顯出高圓寺一帶傳統民俗成分的殘存。這個「活幽靈」般的乞丐老大與「火葬場」在意象上的結合，具有更複雜的文化交混意義。火葬場作為死亡儀禮的實踐場所，一方面襯托「活幽靈」介於生與死之間的中間性質，更重要的是，火葬場為都市化產物的新興葬儀形式與商業活動（急速都市化人口膨脹造成土地缺乏，傳統土葬形式轉變為現代火葬形式），火葬場乞丐的出現，顯示出傳統乞討行為之現代化變遷。[14]不僅如此，翁鬧還在文末以戲謔的語氣提及，若「高圓寺的萬年文學青年們」能以乞丐老大作為「觀賞對象（見世物）」，帶著他到處乞討，「根本不必四處流浪，咬著文學不放」，不管是要結婚或是要留學西洋，都能馬上籌措到費用。[15]「活幽靈」般的乞丐老大不但結合都市化產物的火葬商業活動，甚至可轉變為都市觀賞娛樂的「奇觀（spectacle）」，展示傳統民俗與新興都市文化共生共構之一例。

「活幽靈」般的乞丐老大化身都市民俗學象徵，巧妙地與東京市內的都會經濟活動共生，相較之下，如翁鬧般在貧困生活中空想著揚名文壇的「高圓寺的萬年文學青年們」，在現代資本主義大都會當中，無法找到適切的生存之道。翁鬧在散文中也感慨自身作為寓居東京的殖民地青年，雖與這些知名日本文士生活在同一空間、展現類似的浪人風情，在文學成就上卻遠遠不及。他在文中嘲弄叫賣辻潤俳句手稿的K氏：

> K 氏啊！你以文學為志奔向東京已過了十幾年，過了而立之年卻還無法自立，為了每日三頓飯汲汲營營，還說什麼「馬上就要進攻文壇」？我

---

[13]江戶時期的日本東京已流傳許多都市傳說。參見野村誠一，『江戸東京の噂話：「こんな晩」から「口裂け女」まで』（東京：大修館書店，2005 年）。

[14]日本的葬儀形式以土葬為主，火葬僅限於僧侶及佛教徒。直到戰後的高度經濟成長期，都市地區因墓地不足及衛生的考量，火葬才開始普及。

[15]翁鬧，「東京郊外浪人街——高圓寺界隈」，《臺灣文藝》第 2 卷第 4 期，頁 17。

雖然在心中揶揄著：還不如朝著空中放屁來得快，但是啊！我其實也好不到哪裡去啊！[16]

翁鬧清楚意識到，自己同樣也是胸懷大志到東京發展，卻淹沒在帝國首都的經濟洪流當中一無所成。光說大話、「朝著空中放屁」的揶揄，其實也適用於自己。

1933 年巫永福發表於《福爾摩沙》雜誌的小說〈首與體〉，同樣也描寫臺灣人留學生在東京街頭閒晃的情景。不過，〈首與體〉當中的臺灣人留學生活動的區域為皇居附近的九段下、日比谷地區一帶，屬於東京的政治中心。在小說當中，經濟優渥的臺灣人留學生漫無目的地閒晃、到美松百貨公司逛街、到帝國大飯店劇場看契柯夫《櫻桃園》的戲劇演出，享受跨國資本主義下的外來高級消費文化，與翁鬧筆下高圓寺一帶「下町」氣息的世界主義截然不同。兩位臺灣人留學生筆下的互異東京生活，不僅顯示東京內部的區域性劃分，也造成出兩位作家接收到帝國首都生產的不同現代主義文化。[17]翁鬧筆下的高圓寺一帶，混雜的「浪人風情」、日本左翼知識分子導入的馬克思主義與現代主義文學藝術、殖民地與其他亞洲國家的出身者、日本前現代的下町風情等，各種人種、文化與階級相互混雜。這樣的文化交混，孕育出翁鬧結合現代主義與馬克思主義的創作風格：菁英式個人主義與社會主義意識，高級藝術形式與社會底層陰暗面、西方外來藝術手法與在地傳統文化等，彼此看似互相矛盾對立的因素，不可劃分地交錯在一起的混合體。以下即分別針對翁鬧小說作品中的兩大主題——性慾與臺灣鄉土人物，探討兩者如何作為「原初（the primitive）」的象徵，與都市文明體驗及現代主義表現形式之間，產生異質文化的交混與碰撞，呈現殖民地青年對現代主義的獨特演繹。

[16]翁鬧，「東京郊外浪人街——高圓寺界隈」，《臺灣文藝》第 2 卷第 4 期，頁 16。強調為原文。

[17]巫永福的小說作品也可分為東京留學生活體驗以及臺灣鄉土小人物兩大題材，與翁鬧相當類似，但在書寫手法與風格上較淡泊。巫永福與翁鬧創作的現代主義風格之類似處與差異處，值得另文討論。

二、都市文化與生理本能：〈音樂鐘〉與〈殘雪〉

發表〈東京郊外浪人街〉兩個月後，翁鬧發表了第一篇小說創作〈音樂鐘〉。[18]以簡短文體書寫的這篇小說，透過兩首音樂鐘的音樂，回憶兒時在祖母家首次接觸到音樂鐘的經驗。當時敘事者只是個孩童，會自動發出音樂的音樂鐘不外乎是一種「驚奇」，等到年紀較長，他才具備足夠知識，將音樂鐘的歌聲與工廠、飛機螺旋槳等工業化時代的動力加以連結：「這是過了很久之後才想到的，那上面有著像是碾米工廠的機械般的東西，以及飛機螺旋槳般的東西。那個機械在歌曲響著時旋轉著，至於螺旋槳，則轉動到看不見。用手指停住螺旋槳，機械也跟著停下，歌聲止住」。[19]

如果說音樂鐘在硬體方面代表了機械文明的新體驗，那麼，軟體方面的樂曲聲則象徵大日本帝國在空間上的擴張。小說開頭處，人在東京的敘事者意外聽到音樂鐘的旋律，雖想不起歌名與歌詞，旋律卻似曾相識。直到某日，在深川[20]聽到一個男人哼著，才想起那是〈汽笛一聲〉（「汽笛一声」）的旋律。隔天早上，又聽到音樂鐘響起，這次的音樂是一首從前老師教過的〈早起之歌〉，召喚敘事者的兒時記憶。前者的〈汽笛一聲〉為日本「地理教育鐵道唱歌」組曲的其中一首，這系列組曲藉由火車揚起汽笛聲通過東京新橋至神戶的各個車站，讓兒童記憶日本國內各主要都市的名稱。後者的〈早起之歌〉（「早おきのうた」）為京都一帶的童謠，小說中記錄了歌曲開頭的歌詞：「烏鴉啊啊地叫著／麻雀啾啾地叫著／紙糊拉門（ショウジ）已經亮了起來／再不起床就要遲到了」。[21]如果我們考慮到敘事者的殖民地出身，這兩首日本兒歌帶有獨特的殖民教化意義：對於臺灣人學童來說，不管是前者歌詞中日本國內火車行經的現代大都市名稱，或是後

[18]翁鬧，「歌時計」，《臺灣文藝》第 2 卷第 6 期（1935 年 6 月），頁 46～48。
[19]翁鬧，「歌時計」，《臺灣文藝》第 2 卷第 6 期，頁 47。
[20]東京江東區西北部的地名，江戶時期為木材集散地。
[21]翁鬧，「歌時計」，《臺灣文藝》第 2 卷第 6 期，頁 46～47。參考杉森藍，〈翁鬧生平及新出土作品研究〉（成功大學臺灣文學研究所碩士論文，2007 年），頁 66～67。

者歌詞中烏鴉、紙糊拉門等日本常見的傳統景物，都是相當陌生的。然而，容易記憶的旋律與朗朗上口的歌詞，透過學校教育，便能深深銘刻於記憶當中直到長大成人。祖母家古老客廳古老茶几上的音樂鐘機械文明結合日本文化意涵的音樂聲，將年幼的敘事者納進了日本帝國跨越空間的想像之中。[22]

音樂鐘的樂聲不但喚起敘事者兒時在殖民地臺灣的文明初體驗，也喚起他性慾初萌的記憶。敘事者繼而回憶中學一年級的暑假到祖母家，與中學四年級的叔叔以及某個美麗的女性遠親一同過夜，初次感受到性慾的情景：

> 過了不久，我開始緩緩將手延伸過去。我只是想要觸摸女孩的身體。不過，如果女孩與叔叔沒有發現的話，也並非沒有想要輕輕抱一下。
>
> 然而，我的手始終都無法抵達女孩的身體。
>
> 整個晚上我就這樣嘗試著，卻終究沒有抵達女孩的身體。
>
> 然後——然後音樂鐘開始唱起歌來，天亮了。[23]

清晨六點的設定時間準時響起的音樂鐘，無情地宣告白天的到來，敘事者終夜的努力終告落空。童話般的無邪敘事風格，絲毫沒有因為性慾未獲實現帶來的挫敗感與焦慮，只留下性慾初萌記憶的懷舊氣氛。透過這段青澀的回憶，小說中的音樂鐘同時成為新奇外來機械文化與生理性慾的初體驗，在記憶當中，現代文明與本能、機械與身體、白天與黑夜、現代（學校教育）與傳統（祖母古老的家）等，構成「現代」與「原初」的彼此拉鋸。

小說最後，敘事者感性地作結：「那是在發生在非常遙遠的故鄉，非常

---

[22]劉麟玉研究臺灣總督府編纂的公學校唱歌集，第一期教科書（1915 年）的歌詞以培養「國民精神」類的最多，約占一半左右；第二期教科書（1934～1935 年）則以「自然」、「生活」題材最多，不像早期教科書具有濃厚同化色彩。劉麟玉，『植民地下の台湾における学校唱歌教育の成立と展開』（東京：雄山閣，2005 年），p.190。

[23]翁鬧，「歌時計」，《臺灣文藝》第 2 卷第 6 期，頁 48。

久遠以前的事情。／那個音樂鐘是否現在還在祖母家的客廳茶几上呢？／我完全沒想到，此時在這個首都，會聽到跟那個音樂鐘相同的歌」。[24]在小說簡短的篇幅中，只以深川這個地名指示敘事者現在身處東京，沒有提供敘事者在「這個首都」的職業、生活狀況等資訊。對於東京街道的描寫，也僅止於敘事者與哼唱〈汽笛一聲〉的男人相遇之場景：「某日當我走在有著垃圾堆臭味的街道上時，突然有個身穿破爛粗布衣裳的體毛濃密男人，以突兀的怪聲低沉地唱起來」[25]，顯示東京都市較為前現代的街角風景。然而，音樂鐘所召喚的現代文明與生理本能體驗，不只是敘事者兒時的過往記憶，作為都市文化的重要特徵之一，想必也在敘事者如今置身的帝都時空下，以不同的形式上演著。從這個角度來看，音樂鐘跨越時空的樂聲，使得殖民地臺灣與東京大都會這兩個不同的時空交疊，帶出都市文明下的原初性慾主體之主題。

性慾作為深層心理的重要元素，與現代主體性之建構／解構有著密切關係。在佛洛伊德的精神分析理論影響下，光亮、可視、表面的「意識」底下，黑暗、隱藏、深處的人類「心理」成為現代主義文學探索與表現的對象，性慾即為重要的主題之一。克里斯蒂娃（Julia Kristeva）曾批判，現代主義文學者關注無意識與深層心理，試圖推翻啟蒙主義以來的理性自我，但實際上依舊沿襲了傳統寫實主義的前提：「自我」可以透過語言敘事來表現。然而，喬哀思（James Joyce）與吳爾芙（Virginia Woolf）等人的內心獨白、意識流等現代主義表現形式，逐漸導向拉岡式的分裂主體的概念，取代一貫的自我認同主體。[26]〈音樂鐘〉作為翁鬧的小說處女作，預示了他接續的小說創作〈殘雪〉與〈天亮前的戀愛故事〉中現代主義主題的不同變奏：帝國首都下殖民地青年透過性慾體驗，建構／解構現代主體性之過程。

[24]翁鬧，「歌時計」，《臺灣文藝》第 2 卷第 6 期，頁 48。
[25]翁鬧，「歌時計」，《臺灣文藝》第 2 卷第 6 期，頁 46。
[26]Joseph Allen Boone, *Libidinal Currents: Sexuality and the Shaping of Modernism*, (Chicago and London: The University of Chicago Press,1998), pp. 143-151.

發表〈音樂鐘〉之後隔月，翁鬧發表了極富臺灣鄉土色彩的〈戇伯仔〉（本文後半部將進行討論），隨後又接續發表了〈殘雪〉。[27]小說中，來自臺灣的 23 歲青年林春生，輟學投入劇場的戲劇活動，遭到家裡斷絕經濟來源。小說主要情節描寫林君首次參與劇團的重要角色演出，與此平行的是他的兩段感情：一為在東京咖啡廳相遇的北海道女子喜美子，一為留日前在故鄉受到雙方父母反對的陳氏玉枝。東京與鄉下、戲劇與戀愛、北海道與臺灣，多重的力量拉扯構成故事張力，優柔寡斷的林君就在這多重的拉鋸之間掙扎猶豫著。

小說中喜美子借住林君住處的重要情節當中，以生理性慾與都會劇場文化，具體呈現「原初」與「現代」的拉扯。隔著一個榻榻米看著喜美子豔麗的側臉，林君「頭部極端地發熱，將手放在胸前，便感受到不知為何物的泥狀液體，從那裡無止盡地推湧而上來」[28]，為了讓自己平靜下來，林君開始強迫自己將思緒轉移到即將演出的戲劇。他希望未來能揪結同志組成劇團，回到故鄉臺灣好好表現一番，因此這次的演出相當重要。然而，他也不確定自己的未來是否真能如想像中順遂。想到這裡，他不禁又動搖了起來：「越是試圖要平靜下來，他的心卻越加動搖，這不就像是不顧主人的監視而衝破籠子的猛獸一樣嗎？如今，意慾——在這之前從來沒有體驗過的意慾——如今可不是完全從自己的支配逃脫，自由奔放地四處奔馳而恣意跳樑著嗎？」[29]這個場景以「泥狀液體」與「野獸」的具體物質，具象化與豔麗女性近距離接觸產生的性慾本能，與此相對的，則是薈萃東京的專業劇場文化，以及將此現代高級藝術帶回故鄉臺灣的理念。作為都市空間中的性慾主體，林君除了受到劇場文化象徵的東京都會現代性拉扯，還與北海道、臺灣遙遠地理空間下的封建父權文化產生拉鋸。喜美子出身的北海道雖屬日本國內，但與玉枝所在的南臺灣一樣，仍然受到父權封建制

---

[27]翁鬧，「殘雪」，《臺灣文藝》第 2 卷第 8、9 期合刊（1935 年 8 月），頁 36～55。
[28]翁鬧，「殘雪」，《臺灣文藝》第 2 卷第 8、9 期合刊，頁 40。
[29]翁鬧，「殘雪」，《臺灣文藝》第 2 卷第 8、9 期合刊，頁 41。

度的控制。相對地，玉枝離家出走到臺北的咖啡廳工作，則顯示出在殖民地臺灣內部，也有如東京般的現代都會存在。而喜美子與玉枝兩人都是因為接受了女學校的現代教育洗禮，才會試圖抵抗父權，逃到東京或臺北等都會區，成為咖啡廳的女服務生，追求現代女性的自主。[30]因此，〈殘雪〉中封建父權與現代性的拉鋸，不只發生在帝國首都與殖民地之間，而是呈現更複雜的內部分節。

此外，即使是在最先進的帝國現代首都東京，也能觀察到傳統與現代交混、類似〈東京郊外浪人街〉中的都市民俗空間。小說中描述林君不解於喜美子的行動時，花費不少篇幅旁岔至他在東京「納涼音頭」[31]都市祭典活動中與兩名女性接觸的奇特經驗。在夏日夜晚年輕男女日益狂亂的亂舞當中，一名梳著正式髮型的年輕瘋女站在林君身旁，大家都不約而同地後退遠離，只有他若無其事地站在原處，使得眾人的眼光轉移到他身上。在東京都市街道展演的都市民俗祭典，本身就是一種非日常的時間[32]，同時也象徵著打斷都市秩序的前現代時空。在這非日常的期間，超逸常軌的行動破例獲得認可，青年男女幾近瘋狂的狂亂舞蹈成為祭典的中心，然而，年輕瘋女被社會排除在外的病理學瘋狂，卻依然不被接受。

林君規避眾人注視退到人群後面，又發現一名絕世美女站在後方，每次他回頭，就會看到那名女性正凝視著他。這樣的狀況持續到第三個晚上

[30]在殖民地臺灣，咖啡廳女服務生的社會地位低下，但因不必出賣身體而是以勞動力來維持生計，許多期望經濟獨立的女性仍趨之若鶩。沈孟穎，《咖啡時代：臺灣咖啡館百年風騷》（臺北：遠足文化公司，2005 年），頁 142～144。

[31]音頭原為日本傳統民謠（譬如「秋田音頭」、「伊勢音頭」），昭和 8 年（1932）創作流行歌的「東京音頭」造成空前流行，從東京市中心到近郊，只要在商店街附近的空地播放該唱片，馬上就會有民眾圍成一圈起舞。日本有盂蘭盆舞（盆踊り）的習俗，各地民眾到了夏天，就會聚集在寺廟神社內的空地，跳該地傳統的盂蘭盆舞。然而，東京等大都市的新興住宅區大多沒有這樣的在地傳統，以「東京音頭」為首的「某某（地名）音頭」風潮，可說是唱片業與商店街結合下產生的替代性都市祭典。參考網站：「昭和初期の映画主題歌あれこれ」 http://blog.livedoor.jp/okel609/archives/64729152.hrml（2009 年 l0 月 5 日）。

[32]日本民俗學將農村的民俗祭典活動稱為「ハレ（晴）」（非日常的時間），與一成不變的「ヶ（褻）」（日常的時間）相對，配合農業生產的規律互相穿插。「ハレ」的時間具有神聖性，顛覆原有的日常秩序，具有使疲乏的共同體重新注入活力之功能。與農耕生活脫離的都市當中的「ハレ」祭典，則以疾病等災厄的解除為目的。宮田登，『江戸歳時記』（東京：吉川弘文館，2007 年），pp.1-14。

祭典即將結束，他跟在動身離去的女性背後，打算進入暗巷後便開口搭訕。此時，背後突然有四、五人少年逼近他，他趕緊快步走回大街上，領悟到這可能是一場設計好的美人計。從祭典活動的非日常性時空出現的妖豔美女，「看起來幾乎不像凡世之人」，結果卻是都市文化下以女性身體激發男性性慾，進行金錢詐欺的美人計誘餌，女子脫俗的原初魅力瞬間物化為都市黑暗犯罪的資本。林君感慨道，不管是喜美子或是祭典中絕世的妖豔美女，「世界上的女人為何不更單純地行動呢？還是說，正因為太過單純，才讓我們這些觀看著的男性產生錯覺呢？若真是如此，女人不就成為最值得憐愛與擁抱的唯一存在嗎？」[33]雖然林君無法理解這些女性行動背後的動機，但他選擇以浪漫的方式，解讀都會文化下女性施展原初魅力的行動。

小說最後，林君原本預計回臺灣探望玉枝，收到喜美子來信後，又想到北海道跟她坦承自己的心情，三心二意後突兀決定哪裡也不去。都市文明戰勝原初性慾，林君決定留在東京，兩位再次受到傳統父權掌控的女性，都成為與他「相隔甚遠的存在」。最後一場殘雪的意象，預告著春天即將來到，也暗示著林君未來在劇場的發展將有光明的前程。這樣的結局，使得〈殘雪〉成為優柔寡斷的殖民地青年在帝國首都的現代生活當中面對「原初」的召喚，最終前者戰勝後者的成長故事。

三、揉雜的敘事形式與慾望主體：〈天亮前的戀愛故事〉

同樣描寫帝都空間下被殖民者青年未能實現的性慾，〈天亮前的戀愛故事〉[34]採取第一人稱自白體，敘事者為一個明天即將滿 30 歲，任職於東京某公司的青年，對著一個 18 歲的妓女徹夜訴說自己的「戀愛故事（戀物語）」。與〈殘雪〉不同的是，〈天亮前的戀愛故事〉對於敘事者的殖民地出身僅一語帶過：「我出生的地方嗎？一開始沒有先告訴你，我出生於南國

[33]翁鬧，「殘雪」，《臺灣文藝》第 2 卷第 8、9 期合刊，頁 44。
[34]翁鬧，「夜明け前の戀物語」，《臺灣新文學》第 2 卷第 2 期（1937 年 1 月），頁 2～20。

喔！我記得妳是出生於北方的雪國對吧？」[35]而且，「南國（南の国）」並沒有明確指涉殖民地臺灣，只是與「北方的雪國」相對照，顯示在日本國內地理位置上的差異。另外一個隱晦不明的重要資訊，則是傾聽者的身分。雖然整個敘事過程中，不時透過敘事者這一邊的問題或回應，間接呈現敘事者與傾聽者的對話，但一直要到小說最後，讀者才得知大概的故事現場：

> 妳一定從幾十個、不、幾百個男人那邊聽到同樣的故事吧！不過，今晚應該是妳一次遇到像我這樣意志與行為極端分裂的男人吧！啊，我整個晚上躺在妳的身旁，不知道有多麼想要緊緊抱住妳！然而，我沒辦法那麼做。對我而言，這不但不值得自豪的，甚至是令人感到羞恥的。像我這麼沒用的人，終究還是應該受到輕蔑，才是獲得適當評價的吧！
>
> 啊！我想擁抱妳！用我的雙臂使盡力氣緊緊擁抱妳！不，我沒有那樣的勇氣。啊！不行！不行！請幫我拿那頂帽子。接下去的部分，我下次來的時候再跟妳說。等到那時，我一定會鼓起勇氣來見妳。現在不行！因為我還有很多話要說，太過百感交集。如果下次有機會再來，我一定會跟妳說完其他的。現在我的心中很是痛苦……。[36]

由這段敘事者對傾聽者的直接話法敘事，可以推論出故事發生的場景與狀況：敘事者躺在一名 18 歲的妓女身旁，說了一夜的話，直到天明離去為止。作為都市社會的產物，性交易使得生理的性慾與性行為物化為資本主義商品，但小說中的妓女卻成為殖民地青年在疏離的帝國大都會生活下，毫無掩飾進行自我告白的對象。敘事者在離去前表達想要擁抱對方的慾望，但這並不是出自於性慾，而是出自於感情的交流。小說最後，傾聽者的妓女甚至為他落淚，呈現不同於一般性交易的互動關係。

就在這東京都會的邊緣角落，殖民地青年的敘事者追溯他成長過程中

[35]翁鬧，「夜明け前の戀物語」，《臺灣新文學》第 2 卷第 2 期，頁 4。
[36]翁鬧，「夜明け前の戀物語」，《臺灣新文學》第 2 卷第 2 期，頁 20。

的戀愛經驗事。雖名為「戀愛故事」，但其實是沒有實際戀愛經驗的敘事者，訴說自己性意識的萌發，以及兩次對女性產生愛戀心情的經驗。小說第一節，敘事者回顧十幾歲時目睹雞、鵝、蝴蝶三種動物或昆蟲交配的過程，從中體會到生物本能的性慾與性行為，如何成為人類文明背後強烈的動機，將人類的性慾與性行為降低到動物性的層次。在描述蝴蝶的段落，敘事者故意將交配中的一對蝴蝶用力分開，分別往相反的方向拋去，使其不再有機會重逢。透過破壞蝴蝶交配的行為，敘事者自白其在青少年時期的殘虐性與破壞傾向。

在第二節，敘事者強調自己對於戀愛近似偏執的渴望，認為唯有與戀愛對象的女性在肉體上合而為一，「『自我』才能首次體現完整的姿態」[37]，將戀愛昇華為自我完成的唯一方法。接著描述事實上並不存在的夢中情人，如何以「聖女」的姿態出現在午夜夢迴之間：「我馬上帶著想要額頭碰地膜拜的心情閉上雙眼，因為戀人的姿態實在是太過神聖莊嚴了。我總是看到她的周圍有著光芒從背後照射」[38]，將幻想中的情人加以神聖化，以類宗教體驗的方式描寫與她合體的想像。緊接著，敘事者將自己毫無掩飾的告白行為，定義為對自身深藏的「真實面貌」之暴露，並坦言自己就是「野獸」。進一步地，敘事者希望「現在的人類應該將所有的生活模式與文化悉數忘卻，再次回到野獸的狀態」[39]，並對現代都市文明進行批判。

不管是對於性慾與性行為的動物性、本能性之強調，以及捨棄人類文明回歸野獸狀態的主張，都可以觀察到施淑所謂波特萊爾式的「惡魔主義」。[40]而這種強調、主張原初獸性的「惡魔主義」，不外乎是與巴黎相似的東京都會中潛藏的本能原初性質，也就是刺激帝國都會現代主義作家與藝

[37]翁鬧，「夜明け前の戀物語」，《臺灣新文學》第2卷第2期，頁7。

[38]翁鬧，「夜明け前の戀物語」，《臺灣新文學》第2卷第2期，頁7。

[39]翁鬧，「夜明け前の戀物語」，《臺灣新文學》第2卷第2期，頁8。

[40]「這篇帶有惡魔主義（Diabolism）味道的小說，它的世紀末色調，它之力圖表現思想上無法明說的事物，及至於敘述上的不穩定的、幾近消失了輪廓的語言及文體，為臺灣文學開展了一個新的面向，使它成為 1930 年代臺灣小說的《惡之華》」。施淑編，《日據時代臺灣小說選》（臺北：麥田出版公司，2007 年），頁 201。

術家的第三世界他者文化。對於掩蓋住這些「原初」的現代都市文明，敘事者表達強烈的憎惡之感，他批判的對象從炫耀大於禦寒功能的貴重圍巾、發出噪音令人發狂且無所不在的收音機，到橫行市區的電車、汽車與飛機：

> 還有，一想到市區電車、汽車與飛機，就忍不住起雞皮疙瘩。電車那傢伙就像蛞蝓一樣遲緩貼地爬行，卻一天到晚搞撞車、追撞的各種事故。真是糟糕的傢伙！而且，請想像一下那傢伙的腹部。不如裝進棺材的梅干般的老太婆啦、大清早就面色蒼白頻頻打瞌睡的中學生啦……其他傢伙的醜態不勝枚舉。再講到汽車那傢伙，它的汙穢更令人掩鼻也難以忍受。在不怎麼寬廣的街道，就好像不趕快就來不及赴死似地，旋風一般——不，那傢伙配不上這樣的形容，該修正為鼠疫一般——完全就像是鼠疫一樣，掠過袖子衣襬刷地瞬間通過，之後只留下不吉與塵埃。那可說是想要縮短生命的最佳方法哪！[41]

引文中對於電車與汽車的負面描寫，為相當典型的都市文明批判：電車引發的各種事故、電車中毫無生氣的通學通勤族、汽車的橫衝直撞等。敘事者並語帶諷刺地以「鼠疫」[42]這都市人群聚集而滋生肆虐的現代傳染病，來取代表現都市進步速度感的「旋風」，強調汽車的速度與死亡之間的關聯性。敘事者繼而表示，對於都市文化之憎惡，顯現出他的「不適合生存」：「從很久以前我就多少感覺到自己是個不適合生存的人。這樣的感覺何時會達到那可怕的破滅頂點，連我自己也不大清楚。大概不會是太久之後的未來吧！」[43]

無獨有偶地，日本新感覺派代表人物橫光利一（1898～1947）晚年發

[41]翁鬧，「夜明け前の戀物語」，《臺灣新文學》第 2 卷第 2 期，頁 8～9。強調為原文。
[42]鼠疫曾在明治、大正時期數次肆虐日本。
[43]翁鬧，「夜明け前の戀物語」，《臺灣新文學》第 2 卷第 2 期，頁 9。

表的自作解說當中，提到 1923 年關東大地震後，化為廢墟的東京開始出現種種科學新產物，同樣也列舉收音機、汽車與飛機為例：

> 我對於美的信仰，因為這個不幸突然被破壞了。人們將我稱為新感覺派的時期，就是從這時侯開始。眼前所見的大都會令人難以置信地成為茫茫的焚毀廢墟向四周擴散，汽車這速度的變化物開始在世界上晃來晃去，隨即出現收音機這聲音的奇形怪狀物，叫做飛機的鳥類模型也作為實用品，開始在空中飛翔。這些都是地震過後在我國首次誕生的現代科學具象物。這些在廢墟中現代科學的先端技術陸續成形當中，處於青年期的人們之感覺不可避免地發生了變化。[44]

橫光利一接著回顧，當年藝術派同人如何以心理主義與精神主義為武器，「突破唯物史觀與自然主義的重圍，殺出一條血路」。[45]一夕之間將東京都會化為廢墟的自然浩劫，以及災後重建過程中陸續出現的種種「現代科學具象物」[46]，震災帶來前所未有的物質徹底毀滅與重建，促使橫光利一等同時代青年重新思考認識與再現世界的方法。他們批判既有文壇主流的自然主義文學強調如實客觀的「寫實主義」只能捕捉到事物表象，主張「透過悟性，將內在直觀進行象徵化」，將「剝去自然的表象，跳到事物本身內部的主觀之直觀觸發物」作為「感覺的表徵」，進行種種語言與敘事的形式實驗。[47]

1934 年赴東京留學的翁鬧未曾經歷過關東大地震，對他而言，市區電車、汽車、飛機等科技文明產物，不再是新奇事物，而是充斥東京街頭的

---

[44]橫光利一，「解說に代えて（一）」，『定本橫光利一全集』第 13 卷（東京：河出書房新社，1982 年），p.584。

[45]橫光利一，「解說に代えて（一）」，『定本橫光利一全集』第 13 卷，p.585。

[46]事實上，這些現代產物有些在關東大地震之前就已出現，海野弘，『モダン都市東京——日本の 1920 年代』（東京：中央公論社，1983 年）。

[47]橫光利一，「感覚活動——感覚活動と感覚的作物に対する非難への逆說」，『定本橫光利一全集』第 13 卷，pp.76-77。

都市日常風景。然而，他與橫光利一等日本新感覺派世代的青年作家一樣，都強烈意識到現代都會科技文明下人類受到機械化、分子化的情形，也都致力透過精鍊的語言與形式，來表現被掩蓋在快速且亮眼的都市文明背後的事物本質。除了對於都市文明掩飾下的性慾之動物性、本能性之強調與謳歌，〈天亮前的戀愛故事〉中的敘事者雖是個自我否定的頹廢男性，但他並沒有被殖民者在帝都空間受到去勢的幻滅式頹廢[48]或自我嘲諷，或是對化為都市犯罪與商品的性顯示沉溺與貶抑的矛盾態度，而是在無法適應的都會通勤生活中，依舊保有青少年般對於理想戀愛的憧憬。這也是為什麼敘事發生的場景雖是在妓女的住處，但是完全沒有都會性交易現場的肉體性與經濟性，而是兩個來自外地的都市邊緣人出自內心的感情交流。

除了對於都市文明的批判與橫光利一等新感覺派一致，在翁鬧的〈天亮前的戀愛故事〉當中，還可以觀察到許多其他日本文學流派的影響。譬如說，前述對夢中情人的類宗教體驗敘事，使人聯想起北村透谷的宗教式浪漫主義，小說整體的第一人稱告白文體，則為日本現代文學的典型手法。此外，小說第三節描述兩段中學時期愛慕女性的經驗之部分[49]，不管是場景、情節與敘事手法，都使人聯想起〈心〉、〈三四郎〉、〈少爺〉等夏目漱石的書生小說。兩段中學時代未能實現的愛戀經驗，都沒有明確點出故事場景。在第一段經驗中，兩名中學生穿著中學制服沉醉於炸蝦店與叔本華哲學、在街頭跳華爾滋，尾隨女性出入街道上的百貨公司、和服店等，如果場景為東京也並無不自然之處。在第二段經驗中，敘事者穿著中學制

[48]史書美曾分析郁達夫、滕固等留日中國作家的小說中，透過對日本女性充滿渴望的被閹割中國男性，展現民族主義與性慾交錯下的頹廢主義。參見史書美，〈利比多與民族國家：郁達夫、滕固等的道德頹廢〉，《現代的誘惑：書寫半殖民地中國的現代主義（1917～1937）》。此外，楊逸舟在回憶錄當中，提到翁鬧具有盲目崇拜日本人女性的傾向，並曾與一位與俄國人有過婚姻關係的46歲日本人女性同居。楊逸舟，〈憶夭折的俊才翁鬧〉，《臺灣文藝》第95期（1985年7月），頁169～171。即使楊逸舟所言為事實，翁鬧各篇小說中的殖民地青年並不直接等同於作者。

[49]第一段經驗描述中學四年級時，與友人在街上閒晃偶然發現一個理想中的女性，尾隨著她進入和服店、日用品店，最後甚至冒昧拜訪她走進的房子，才知道她隔天就要出嫁。第二段經驗則是敘事者中學五年級時，傾心於青梅竹馬女性友人的朋友，鼓起勇氣拜訪她家，才知道她已有未婚夫，而且因為父親過世，馬上就要回鄉下去。四年後，敘事者接獲那名女學生來信，表達對他的愛慕之意與無奈之情。

服與帽子登門拜訪女方家裡，並跟對方母親開門見山地請求「請將小姐嫁給我」，對方母親也表現相當明理的態度，有違臺灣社會的常理。要不是讀者已經知道敘事者的殖民地出身，光從日文文本來看，可能不會意識到故事的場景並非在東京等日本國內都市，而是在殖民地臺灣。

〈天亮前的戀愛故事〉中日本現代文學主題與敘事手法的影響痕跡，並不意味著翁鬧這篇小說為殖民地青年對帝國首都文學典範的學舌式模仿，而是顯示出，翁鬧在帝國首都的生活體驗與文學修業，接觸到不同歷史時期與社會背景下產生的現代日本文化，使得他的現代主義創作混雜了多樣的文學風格，也生產出殖民地青年在帝都空間下獨特的主體位置。就在各種日本現代文學文體與敘事的揉雜與質變之中，主角絮絮叨叨地自我告白自己做為一個性慾中挫主體的經驗。不僅止於〈天亮前的戀愛故事〉當中的敘事者，〈東京郊外浪人街〉當中 G 氏想像中的「戀人」、三人搭訕失敗的經驗、〈音樂鐘〉當中無法抵達女孩身體的手、〈殘雪〉當中差點中了美人計、沒有勇氣向喜美子告白的林君等，都有性慾中挫的相關經驗。透過帝都現代文化與原初性慾的拉鋸，翁鬧以東京為舞臺的散文、小說作品，創造出來自於殖民地，與東京的各種都市文化具有多重關係，因而難以歸類的現代交混主體。

四、臺灣鄉土色彩與新心理主義敘事：〈戇伯仔〉與〈可憐的阿蕊婆〉

在上述以東京為舞臺的作品之間，翁鬧發表了以臺灣老人為主題的〈戇伯仔〉、〈可憐的阿蕊婆〉，以及描述臺灣鄉下小孩的自傳性小說〈羅漢腳〉。這些小說創作富有濃厚的臺灣鄉土色彩，並穿插部分臺語語彙與日語方言[50]，乍看之下與以東京為舞臺的作品有很大的差異。然而，正如前文所

[50]翁鬧曾在文聯東京支部的座談會上，針對如何在文學創作中突顯臺灣「鄉土色」的問題，主張「臺灣、內地折衷」的方式，在日文文本中夾雜臺灣固有的漢字語彙，並在漢字旁標註對應的日文語彙，既能顯示臺灣的鄉土色彩，又方便日本人讀者理解。「臺灣文學當面の諸問題」，《臺灣

討論的，翁鬧筆下揉雜的敘事與主體性，與東京都市空間中的民俗要素、失落的原初性慾密切結合，從這個角度來看，以臺灣鄉土人物為題材的小說群中的「原初」，與東京題材的作品具有共通之處。同時，翁鬧這些富有濃厚臺灣鄉土色彩的小說，在寫實敘事之間夾雜了新心理主義[51]敘事手法，使得小說中的「鄉土」再現也摻雜了「現代」的成分。翁鬧如何以現代主義的敘事手法，來描寫臺灣在地的鄉土與人物？與同時期臺灣的左翼文學實踐之間，在書寫風格與意識型態上展現什麼樣的差異？

〈戇伯仔〉[52]的主角為 65 歲的單身農民戇伯仔，與母親、弟弟夫婦住在破落小屋，過著貧困的生活。在耕種無法糊口的狀況下，戇伯仔哀求鎮上的魚乾店老闆僱用他，與其他年輕雇員寄宿店鋪二樓。過年後，戇伯仔被辭退，每天上山批筍子到平地販賣。某日下山途中，看到上山買豬糞的鄰居牛母倒在路邊已經死亡，戇伯仔隨即通知家屬。隔天清晨戇伯仔經過原處，屍體已經不見，只留下扛糞的扁擔，故事就此畫上句點。〈戇伯仔〉雖以臺灣貧苦農民求生存的過程為主題，卻在小說當中穿插極富現代主義風格的場景。某日深夜，戇伯仔忙完魚乾店的工作後，獨自到鎮上剛興建好的土地公廟拜拜：

——那是戇伯仔走出土地公廟，踏上歸途的時候。那裡是一整片的田地，

文藝》第 3 卷第 7、8 期合刊（1936 年 8 月），頁 5。關於翁鬧作品中的臺灣語彙使用，黃毓婷以 1930 年代同時出現於日本內地與殖民地臺灣的農村文學熱潮為背景，討論翁鬧小說中的日語方言（非特定地區的類型化鄉下方言）使用、臺語語彙日文表記等，並指出小說中的臺灣農民使用日語方言，雖然能營造鄉下土味，但也使得作中人物成為虛構的存在。黃毓婷，「翁鬧を読み直す——「戇爺さん」の語りの実験をめぐって一」,『日本台湾学会報』第 10 号（2008 年 5 月），p.159-168。

[51]1930 年代初期，佛洛伊德的精神分析、喬哀思與普魯斯特文學的內心獨白、意識流手法在日本文學界相當風行，發展出新心理主義文學，與之前夏目漱石等人作品中的心理分析區別。在日本現代文學史上，被定位為批判性繼承新感覺派的現代主義正統派。代表性的理論為伊藤整『新心理主義文学』（1932 年）、代表性的作品為横光利一『機械』（1930 年）、川端康成『水晶幻想』（1930 年）、堀辰雄『美しい村』（1933 年）等。佐藤公一，「新感覚派とモダニズム」,『時代別日本文学史事典　現代編』,（東京：有精堂，1994 年），p.26-34。伊藤整曾在前述翁鬧的散文〈東京郊外浪人街——高圓寺一帶〉中登場。

[52]翁鬧，「戇爺さん」,《臺灣文藝》第 2 卷第 7 期（1935 年 7 月），頁 1～22。

> 巨大的埤圳堤防貫穿其中，在遠處，山朦朧地從樹叢中抬起頭。（中略）那是他快要走到埤圳橋梁的時候。阿伯傾聽著從堰堤傾洩而下的奔流轟隆的聲響，感覺到某道銀光從頭上向左側方向直線滑落。當它消失在地球底部的瞬間，阿伯清清楚楚地看到它的真面目。那是月亮。他抬起頭來看，月亮已經消失，四周突然變暗。就在下一秒鐘，所有的星星都動了起來。接下來怎麼了？這回是阿伯腳踩的大地開始搖晃起來。才這樣想著，大地便以驚人的速度開始下沉。阿伯不自覺地以兩手覆臉，心中卻很平穩。他的臉上浮現下定決心的神情。同時，不可思議的智慧掠過阿伯腦中。雙腳快要離開地球了，阿伯掙扎著。生命開始動搖起來，完了！可是我還想活下去！阿伯本能地反抗，死命捉住地球——在痛苦的頂點，阿伯醒了過來。（後略）[53]

這段敘事的開頭與戇伯仔到土地公廟拜拜的情節銜接，乍看之下並無特殊之處。然而，寫實的風景描寫從途中突然轉變為天搖地動的異常現象，直到引文最後，讀者才明白原來這是戇伯仔回到魚乾店後做的一場夢。在夢境當中，戇伯仔即使面對世界末日般的毀滅狀況，仍然保持平穩，憑藉「想活下去」的堅毅決心，「本能地反抗」生命的終結。作者透過超現實的夢境，塑造超乎所有現實困境與苦難的天地異變，比小說當中對於戇伯仔困頓處境的寫實敘事，更強而有力地表現鄉土人物在絕境中求生存的生命韌性。

除了超現實夢境的運用，綜觀整篇小說，〈戇伯仔〉的敘事風格與其他日治時期以臺灣農民悲慘命運為主題的寫實主義小說均大異其趣。首先，小說以詩句題銘揭開序幕，內容描述十年前算命仙預測戇伯仔將於 65 歲壽終正寢，如今戇伯仔已達到那個歲數，差不多是時候了。題銘詩句口語化的打油詩形式，以及與算命仙討價還價的內容，預告了小說中作者在描述

---

[53]翁鬧，「戇爺さん」，《臺灣文藝》第 2 卷第 7 期，頁 17。

戇伯仔的悲苦故事時，不時穿插詼諧的敘事手法。小說開頭的場景即為一例。戇伯仔叼著長煙管坐在長椅上想事情，煤附著在蜘蛛網上日積月累形成黑色柱狀物，掉落在他的禿頭上，以滑稽的方式帶出故事人物與場景的破落與窮困。有些地方則穿插具有現代主義色彩的詩意表現。例如介紹完戇伯仔一家成員後，形容眾人的表情都跟家裡的光線一樣黯淡，接著穿插以下兩行詩意的表現：「他們各自都可以感覺到，長久的歲月結成一塊、逐漸變暗，白晝時間也縮短。過去看起來就像是平板的鉛色曠野」。[54]不管是詼諧打趣或詩意的表現，都沖淡了戇伯仔悲苦故事的沉重黯淡氣氛，小說的敘事自身製造出一種距離感，使得讀者無法全然耽溺於對底層百姓的同情情緒當中。

隔年 1936 年翁鬧發表了〈可憐的阿蕊婆〉[55]，同樣以前衛藝術手法來處理臺灣傳統老人的題材。小說描寫 82 歲的阿蕊婆獨居於中部某古老城鎮巷內破落的紅磚屋，某日病倒後，被接到鄉下與長男海東一家同住，卻因過度想念鎮上的生活而臥床不起。後來，海東經營的雜貨店因村裡開闢新道路而被強迫買收，加上某夜突然襲來的強大颱風毀壞了他的住屋，阿蕊婆又回到鎮上，隔年春天靜靜死去。與戇伯仔、羅漢腳一樣，阿蕊婆代表了前現代的臺灣傳統人物與文化。阿蕊婆住在與大馬路有段距離的巷弄內，住屋本身與內部擺設都是傳統臺灣式，她每天從狹小的廚房後門側身出去，沿著高牆圍繞的細長巷道走到城隍廟，拄著枴杖坐在石獅子的臺座上。小說中阿蕊婆的世界是靜止不動的，呈現與瞬息萬變的周遭事物無關的「原初」景象。

然而，綜觀通篇小說，可以發現在寫實主義敘事之間，夾雜了紛雜的敘事風格與手法。小說一開頭，以愛爾蘭詩人 Joseph Campbell（1879～1944）的詩句「兒女們離去／其思緒沉靜／就像廢棄水車下的水流」[56]為題

[54]翁鬧，「戇爺さん」，《臺灣文藝》第 2 卷第 7 期，頁 4。
[55]翁鬧，「哀れなルイ婆さん」，《臺灣文藝》第 3 卷第 6 期（1936 年 5 月），頁 2～19。
[56]全詩可參照翁鬧發表於《臺灣文藝》第 2 卷第 5 期（1935 年 5 月）的〈現代英詩抄〉。

銘，表現獨居已有 15 年之久的阿蕊婆之心理狀態。在描述阿蕊婆的獨居生活時，則以她在漫漫長夜對著月亮、風說話來表現。阿蕊婆對著風低語：「你是冷風吧／將我的兒子孫子帶走的就是你吧／可惜你來無影去無蹤／但我可不要不見兒孫一面就死去喔」[57]詩句形式呼應著小說開頭的題銘，詩意的語言沖淡了小說的寫實主義色彩。詩句內容雖是訴說孤苦老人的孤獨心境，卻因將月亮與風擬人化，而呈現脫離現實社會脈絡之浪漫主義色彩。

除了浪漫主義敘事之外，小說中阿蕊婆被接到鄉下與兒孫同住後，開始產生幻覺的部分，則具有鮮明的新心理主義色彩。兒孫圍繞膝前的日子雖然幸福，「焦慮與動搖」卻開始在阿蕊婆心中滋生：

> 但當她坐在海底般的寂靜當中時，阿蕊婆便會想起那三個空無一物的房間、太太們的笑聲、龍在空中弓身的廟、石獅子、以及毫無斷從那前面走過的男女身影、叭叭的公車喇叭聲、從車站出發離去的火車尖銳的汽笛聲等等。阿蕊婆在夢中看到這些故鄉城鎮的各種景色。到後來，甚至連白天醒著的時候，也都斷斷續續看到這些東西出現在眼前，這些幻想變化為各種樣貌出現。[58]

15 年獨居生活周而復始的日常生活記憶，化為彼此不相關的景色片段，接續出現在阿蕊婆眼前。從一開始的夜間夢境到後來的白晝幻覺，這些故鄉城鎮的風景片段以影像的形式呈現阿蕊婆的潛意識，展現現代主義式的心境描寫。不僅如此，某日正午，阿蕊婆甚至幻視自己的出殯行列，嚇壞身旁的孫子海參。緊接著阿蕊婆對於自己出殯行列的具體描述，出現以下深具幻想性的敘事：「血潮從自己的身體一滴不剩地退去，五體僵硬如石塊，馬上就要被放入棺木當中，從此世過渡到彼世——阿蕊婆即將淹沒

---

[57]翁鬧，「哀れなルイ婆さん」，《臺灣文藝》第 3 卷第 6 期，頁 5。／原文為改行。
[58]翁鬧，「哀れなルイ婆さん」，《臺灣文藝》第 3 卷第 6 期，頁 13。

於赤色的幻想之海。從那幻想的海面，搖晃燃起整片的陽炎熱氣」。[59]對照前段引文「海底般的寂靜」比喻的和平幸福狀態，此處「赤色的幻想之海」的海面「搖晃燃起整片的陽炎熱氣」，利用顏色、溫度等強烈的視覺聽覺效果，以現代主義式前衛意象來表現阿蕊婆身陷的驚駭世界。不管是對著月亮、風喃喃自語的浪漫主義，或是只有阿蕊婆本人才看得到的幻象之新心理主義敘事的穿插介入，擾亂了〈可憐的阿蕊婆〉當中的寫實主義敘事，使得這篇小說呈現臺灣鄉土色彩與現代主義風格混雜的樣貌。

五、〈羅漢腳〉及其紛歧評價：現代主體的形構過程

在〈戇伯仔〉與〈可憐的阿蕊婆〉之間，翁鬧還發表了〈羅漢腳〉[60]，透過孩童的心理來呈現臺灣鄉土人事物。小說中透過五、六歲的幼童羅漢腳，呈現他家中貧困的狀況：家中有六個小孩，父親在農忙之餘還四處替別人工作，母親則在家中編竹笠，羅漢腳通常都獨自在外面玩耍。從小說開頭羅漢腳跟母親要錢被罵，到母親要羅漢腳到墓地乞討拜拜的餅、羅漢腳這個名字的由來、三歲的弟弟飢餓誤食裝在醬油罐中的燈油、弟弟被賣掉等，描述了羅漢腳家中貧困帶來的種種不幸。然而，小說中以羅漢腳的日常生活及他天真無邪的心理為故事主軸，透過他不知世事的視線反映出來的貧困與不幸，顯得不那麼沉重與黑暗。小說最後，羅漢腳被輕便車（臺車）撞傷，小說中描寫「他感到大腿處激烈疼痛，但那只是極短的時間」，然後便只有模糊的記憶。等他醒來之後，發現枕邊的汽車等玩具非常高興，隔天，第一次坐上輕便車到員林就醫，也滿懷喜悅之情。小說最後，「輕便車爬上坡道，通過流著黑水的大河，滑下緩坡。前所未見的風景一一映照在他的眼簾。就在此時，羅漢腳有生以來第一次遠離自己的狹小鄉鎮」。[61]即使不幸終於直接降臨，小說敘事依舊透過孩童的心理狀態來呈

[59]翁鬧，「哀れなルイ婆さん」，《臺灣文藝》第 3 卷第 6 期，頁 13～14。
[60]翁鬧，「羅漢脚」，《臺灣新文學》第 1 卷第 1 號（1935 年 12 月），頁 6～13。
[61]翁鬧，「羅漢脚」，《臺灣新文學》第 1 卷第 1 號，頁 13。

現事件，對於周遭大人的愁苦幾乎沒有提及。

〈羅漢腳〉以孩童心理為焦點的敘事手法，引發同時代臺灣人知識分子褒貶不一的評價。《臺灣新文學》雜誌發行的《新文學月報》第 2 號，刊載許多臺灣知識分子閱讀創刊號後的感想，其中有多篇論及〈羅漢腳〉。[62] 論者多留意到，〈羅漢腳〉在呈現貧農生活困境時，並未採取一般左翼文學偏好的寫實主義手法。譬如臺灣文藝聯盟成員的徐瓊二便針對〈羅漢腳〉頗具個性的敘事句法，提出以下看法：

> 因為句子非常簡短，文章整體給人不夠成熟之感，就好像「我今晚去散步。遇到許多散步的人們。我立刻回家。感到非常疲倦。」這樣的感覺。就像火車駛過的鐵軌，火車在通過節與節之間的短鐵軌時劇烈搖晃，更令人不舒服的是「喀隆、喀隆」的聲音。因此，乘坐在翁鬧的火車當中時，喀隆、喀隆的聲音與上下的搖晃，都快讓人腦震盪了。還有，「羅漢腳」的人名出現好幾十回，實在相當難讀。不過，作者在小說創作上具有優良素質。在節奏上相當順暢就不必說了，並且總是確切掌握現實感。[63]

徐瓊二批評〈羅漢腳〉簡短跳躍的敘事句法，給人「不舒服」的閱讀經驗。不僅止於〈羅漢腳〉，在〈戇伯仔〉、〈可憐的阿蕊婆〉等翁鬧以臺灣鄉土人物為主角的小說創作中，均可觀察到這樣的特徵，與〈天亮前的戀愛故事〉中都市場景下冗長的饒舌自白，形成相當大的對比。值得注意的是，徐瓊二以火車駛過鐵軌時產生的搖晃與噪音，生動地比喻翁鬧的敘事句法，顯示出翁鬧雖在〈天亮前的戀愛故事〉表達對現代交通工具的速度感之厭惡，其書寫仍然無可避免地受到現代都市生活節奏的影響，呈現現

[62] 以下〈羅漢腳〉的同時代評論，參考陳藻香、許俊雅編譯，〈附錄二　藝文界之回響——翁鬧研究資料〉，《翁鬧作品選集》（彰化：彰化縣立文化中心，1997 年），頁 238～245。

[63] 徐瓊二，「《臺新》を読んで」，《新文學月報》第 2 期（1936 年 3 月），頁 6。

代主義簡短跳躍的思緒與句法。

然而，徐瓊二在上述批評之後，卻又肯定翁鬧的素質，稱讚他的小說創作「總是確切掌握現實感」。詩人郭水潭更進一步地說明翁鬧創作中浪漫主義造成的寫實效果：

> 此人的作品風格具有相當內斂之處，像他這麼不受意識傾向所束縛，卻又能夠緊密地與文壇連結，大概多受此人自身的詩人之純情所助。因此，要從他的作品當中找出具體的思想過程相當困難，相對地，他在語詞與語詞之間，神不知鬼不覺地將問題編織進去，顯現其作品飽滿的健全性。透過羅漢腳這個少年，隨著他年齡的成長逐漸將視野開展。等到這個少年即將到達視野往下深入的時點，此創作便宣告結束。作者意圖要說明這過程當中的種種現象，儘管他有著浪漫的隨性（ロマンティックな甘さ），或者應該說正因為他的浪漫主義，即使他在作品中設定人世間不幸的事實，也不至於陷入造作。（中略）或是幼兒喝下燈油造成騷動的描寫，非常有效果地活現貧農陷入生活困境的狀態，諸如此類的描寫，都因為作者的浪漫主義而非常發揮效果，反而獲得寫實的成功，這一點是值得注意的。[64]

郭水潭指出，翁鬧的創作「不受意識傾向所束縛」，亦不直接提示「具體的思想過程」，但是並非不具問題意識，而是以「詩人之純情」，「在語詞與語詞之間神不知鬼不覺地將問題編織進去」。針對〈羅漢腳〉，郭水潭認為翁鬧的浪漫主義促使〈羅漢腳〉雖然以人世間的不幸為主題，卻「不至於陷入造作」。同為浪漫主義傾向的詩人，郭水潭對翁鬧的浪漫主義風格表示欣賞，並不令人驚訝。但值得玩味的是，郭水潭與徐瓊二均肯定翁鬧作品的寫實性，甚至認為在〈羅漢腳〉當中，翁鬧的「浪漫主義非常發揮效

[64]郭水潭，「文学雑感」，《新文學月報》第 2 期，頁 4。

果，反而獲得寫實的成功」。兩位論者均認為翁鬧有別於寫實主義的主觀敘事形式，同樣也能創造出寫實的再現。莊培初對於〈羅漢腳〉的評論，則同時提及〈戇伯仔〉、〈可憐的阿蕊婆〉，認為翁鬧的作品容易被誤解為缺乏社會性，未能把握經濟結構，然而，羅漢腳這個五、六歲小孩的角色，其實「沒有與社會隔絕，同樣也受到農村經濟的波及」。莊培初最後並指出，翁鬧不直接描寫臺灣社會問題與經濟狀況，而是透過犀利的諷刺手法間接呈現，「諷刺太有效果而誘人熱淚，這是相當奇妙的」。[65]

然而，也有不少論者從左翼的觀點，批判翁鬧〈羅漢腳〉當中的敘事形式無法充分表現臺灣貧困農家的狀況。譬如，作家陳梅溪表示：「翁君致力於兒童的心理描寫，這一點非常引起我的興趣。然而，作為普羅家庭的兒童心理，還是有不夠徹底之處」[66]，從「普羅」再現的觀點，批評作品中的兒童心理描繪。吳濁流更明確地指出，羅漢腳的想法太過老成，再加上，小說「究竟是以羅漢腳的命運為主題，還是以羅漢腳家庭的悲慘為主題，並不清楚。也許是因為如此吧，沒有壓倒人的魄力。就好像在聽以美麗詞句展開的街頭演說一樣，只有當時沉醉其中，結束後回想起來卻不知所云」[67]，認為翁鬧這篇小說徒具華麗形式，缺乏實質的內涵。除了《新文學月報》，刊載誌的《臺灣新文學》當中也出現類似的批判聲音。日本人評論家河崎寬康認為，這篇小說雖以羅漢腳為中心，但其父兄的工作與一家人的生計也很重要，特別是「最小的男孩被賣的事情也是臺灣的特殊性之一，應該更進一步賦予此事件整體性，探討此一社會問題。作者對於現實的高昂熱情，在寫實主義上似乎造成一種退步」。[68]河崎具體建議，作者既然希望讀者體會貧困之苦，就應該更加確實地描寫貧困之苦才對。以上這

[65]莊培初，「読んだ小説から——台新創刊号より八月号まで」，《臺灣新文學》第 1 卷第 8 期（1936 年 9 月），頁 45。
[66]陳梅溪，「創刊号を読む」，《新文學月報》第 2 期，頁 9。
[67]吳濁流，「創刊号読後感」，《新文學月報》第 2 期，頁 11。
[68]河崎寬康，「台灣の文芸運動に関する二三の問題」，《臺灣新文學》第 1 卷第 2 期（1936 年 3 月），頁 55。

些批評都是從左翼的觀點出發，認為〈羅漢腳〉以孩童為中心的描寫形式很特別，但對於普羅家庭與農村經濟的問題卻不夠深入，無法寫實呈現殖民地臺灣獨特的經濟問題。

翁鬧的作品之所以受到以上的批評，與〈戇伯仔〉、〈羅漢腳〉雖以日本殖民統治下臺灣農民的貧困生活為題材，卻缺乏強烈的左翼階級意識有關。〈戇伯仔〉中提到戇伯仔種的芭蕉曾獲得郡的一等賞，提示故事的時間背景為日本殖民統治時期。然而，小說中只提到，戇伯仔一家與其他村人陷入生活經濟困境，是因為不景氣的影響，完全沒有提及殖民統治下的社會、經濟背景，更別說是控訴殖民地經濟問題與壓迫。〈羅漢腳〉中孩童的無邪視線，也使得小說中對於貧困家庭狀況的描寫，失去了控訴的色彩與力量。徐瓊二閱讀〈羅漢腳〉時之所以覺得「不舒服」，或許也是因為〈羅漢腳〉在內容題材上具有左翼色彩，在表現形式上卻有異於一般左翼主題小說穩定厚重的長句表現。

也就是說，在回頭凝視故鄉的殖民地處境時，翁鬧脫離左翼寫實的傳統，以浪漫主義、現代主義美學詮釋阿蕊婆、戇伯仔、羅漢腳這樣的鄉土小人物與孩童，不像左翼知識分子正面揭示單一的馬克思主義階級鬥爭意識型態與寫實主義形式美學。新心理主義與浪漫主義敘事的穿插、現代主義式簡短跳躍句法、殖民統治歷史背景的帶過、加上左翼與反殖民意識型態的闕如，使得翁鬧充滿臺灣鄉土色彩的日文小說創作，在左翼文學興盛的 1930 年代殖民地臺灣文壇當中，成為異色的存在。翁鬧用來表現臺灣鄉土人物阿蕊婆、戇伯仔的夢境、幻覺等新心理主義手法，與〈天亮前的戀愛故事〉中都市文明表面下的「性慾」，同樣都是現代主義文學關注的潛意識、深層心理。翁鬧以探討「性慾」等潛意識的現代主義手法捕捉臺灣鄉土人物的「心理」，招致奉寫實主義和社會責任為圭臬的左翼知識分子之批評，顯示出殖民地青年的現代主義演繹與左翼、反殖民意識型態與美學之間的齟齬。

事實上，翁鬧曾在小說時評中，批判左翼立場的賴明弘刊登在《臺灣新文學》雜誌上的小說〈夏〉，對於水利會臺灣人職員與大地主壓迫小佃農的描寫：

> 我要談的就是你那樣的描寫方法。或者該說是作者的人生觀或是社會觀之類的吧！你的作品整體給人的感覺就是，沒有如實掌握到人性。人性應該是更複雜，更多少具有些許彈性、自由性與奔放不羈的層面才是。並不是所有的支配階級，所有的地主，就只會具有低劣的人性。我期待的是，從真實的層面來看人性。只要是支配階級或地主，就馬上視為敵人加以憎恨，是非常幼稚的。這已經是眾所皆知的常識了，我不想用這樣的言辭輕易論斷你。[69]

在這篇小說時評的最後，翁鬧還提到賴明弘小說中的大地主在臺灣只是少數，更何況，連這些少數的資產階級，「在更大的勢力……之桎梏下」，也都歷經著沒落的過程，未來將呈現悲慘的狀況。[70]引文中被刪除的部分，應該就是指日本殖民政府。由此可窺見，翁鬧並非沒有關注到日本殖民統治下臺灣庶民受到的壓迫與剝削，只是他認為社會與人性是複雜的，並非階級意識與左翼寫實可以完全涵蓋掌握。

翁鬧對於文學該如何再現社會現實的看法，與日本新感覺派、新心理主義代表的作家橫光利一有共通之處。戰後日本研究者由良君美指出，橫光在 1928 年發表的論文〈新感覺派與共產主義文學〉中曾表示，不管是資本主義或是共產主義，都是不可否認的既存事實。由良據而指出，橫光利一不認為資本主義或是共產主義的任何一方為「真理」，而是致力於保持文學的自律性。[71]然而，值得留意的是，文學自律性的主張雖突顯文學實踐不受既有政治與社會意識形態支配、制約的自主性，卻忽略了知識分子在此

---

[69]翁鬧，「新文學三月號讀後感」，《臺灣新文學》第 1 卷第 3 期（1936 年 4 月），頁 57。
[70]翁鬧，「新文學三月號讀後感」，《臺灣新文學》第 1 卷第 3 期，頁 57。
[71]由良君美，「虚構と様式言語（上）—横光利一の場合—」，『日本文学研究大成　横光利一』（国書刊行会，1991 年），pp.119-122。

過程中並非透明客觀，而是以特定的主體位置為媒介進行社會現實的再現，並藉此建構其種族、性別與階級等自我認同。

正如本文的討論所示，翁鬧在他的創作中並不掩飾其「現代」的書寫位置與媒介性，而是標示其主體位置——寓居東京的殖民地出身者，在西方傳入的都市文明、現代主義藝術與左翼思想、浪人貧困美學交混的環境下進行創作。他以東京的都市空間為舞臺的小說創作當中，召喚兒時與青少年時代的殖民地記憶，呈現現代機械文明發展背景下的性慾啟蒙、中挫等主體建構過程。以臺灣鄉土人物為主題的小說創作，則以日文的書寫語言及現代主義文學手法，將殖民地鄉土人物的「原初」呈現為歷經「現代」多重翻譯的產物。事實上，翁鬧的小說創作集中發表於 1935 年至 1937 年年初他寓居東京的期間，〈戇伯仔〉等具有臺灣鄉土色彩的作品，夾雜於描寫東京大都會下殖民地青年原初性慾的作品之間發表，兩大主題的創作同時進行。這些作品當中及作品之間「現代」與「原初」的異質共構，見證了一個殖民地知識分子在西方物質文明與文藝形式、日本帝國首都的多重交混、殖民地鄉土的社會現實等跨越時空的交疊處，形構與辯證自我認同與主體位置的流動性過程與齟齬痕跡。

——選自《臺灣文學學報》第 15 期，2009 年 12 月
——於 2017 年 5 月修改

畸零的象徵，孤兒的救贖

以翁鬧新出土小說〈有港口的街市〉為分析對象

◎杉森藍[*]

一、前言

〈有港口的街市〉原刊載於《臺灣新民報》由文藝欄主編黃得時策畫的新銳中篇小說特輯中。除了翁鬧的作品之外，還有王昶雄的〈淡水河漣漪〉、陳華培的〈蝴蝶蘭〉、呂赫若的〈季節圖鑑〉、龍瑛宗的〈趙夫人的戲畫〉、陳垂映的〈鳳凰花〉、中山千枝的〈水鬼〉、張文環的〈山茶花〉等九篇。翁鬧的〈有港口的街市〉是「新銳中篇小說特輯」的第一篇，從昭和14年（1939）7月6日開始連載到8月20日，總共46回。黃得時在〈輓近臺灣文學運動史〉裡曾提到，1939年是臺灣文學運動的空白期：

> 盧溝橋事變勃發同時，本島的文學活動也遭致暫時停滯，直到昭和15年（1940）1月1日《文藝臺灣》創刊以前的兩年半時間，《臺灣新民報》上的新銳中篇小說的企畫之外，沒有一個文學活動亦沒有文藝雜誌。這兩年半可以說是臺灣文學運動的空白時代。[1]

黃得時接著說明策畫特輯的緣起：「隨著事變長期繼續，眾人也逐漸恢復做文學的心情，加上被朝鮮及滿州厲害的進展所刺激，臺灣文學必須有

---

[*]發表文章時為成功大學歷史研究所博士生，現為實踐大學應用日文學系教師。

[1]黃得時，〈輓近臺灣文學運動史〉，葉石濤編譯，《臺灣文學集》卷 2，（高雄：春暉出版社，1999年），頁98。

所發揮的想法，不期而遇地在眾人念頭浮現了。這就是《臺灣新民報》出現新銳中篇小說的緣故。」[2]而「依靠這些作品，暫時萎縮的文學熱情再度昂揚。」[3]由此可見翁鬧這篇作品的歷史價值了。

龍瑛宗〈一段回憶——文運再起〉（ひとつの回憶——文運ふたたび動く）（發表於《臺灣新民報》，1940 年 1 月 1 日，13 版）提及：

> 翁鬧的〈有港口的街市〉、王昶雄的〈淡水河漣漪〉、呂赫若的〈季節圖鑑〉等作品，若以通俗小說之意圖為根基而寫成，那麼問題就另當別論。但即使如此也不免使人產生過於混水摸魚之感。
>
> 翁鬧筆風向以抒情見稱，但這篇作品卻反而給人像是刻意走輕快節奏的造型師之感。

在龍瑛宗的眼裡，翁鬧的〈有港口的街市〉、王昶雄的〈淡水河漣漪〉、呂赫若的〈季節圖鑑〉均以通俗小說形式呈現，但是，黃得時卻認為：「最富潛力的翁鬧，以本篇為最後作品而去世，可說是本島文壇的一大損失。」[4]

本論文[5]在翁鬧死因的推測裡提到，據陳遜章的回憶：「昭和 13 年（1938），有一天來了個刑事，才知道這些都源自於翁鬧。他們找不到翁鬧，才來找我們。」[6]陳遜章認為，翁鬧有可能是因為被刑警追捕，開始逃亡，逃亡的經驗也反映在翁鬧的創作中。

翁鬧在〈有港口的街市〉的序言裡，自述創作的動機：

[2]黃得時，〈輓近臺灣文學運動史〉，葉石濤編譯，《臺灣文學集》卷 2，頁 99。
[3]黃得時，〈輓近臺灣文學運動史〉，葉石濤編譯，《臺灣文學集》卷 2，頁 99。
[4]黃得時，〈輓近臺灣文學運動史〉，葉石濤編譯，《臺灣文學集》卷 2，頁 99。
[5]杉森藍，〈翁鬧生平及新出土作品研究〉（成功大學臺灣文學研究所碩士論文，2007 年），頁 93。
[6]張炎憲、曾秋美，〈陳遜章先生訪問紀錄〉，《臺灣史料研究》第 14 卷（1999 年 12 月），頁 161～181。

陸地和海洋互相擁抱的地方，是各式各樣的旅客歇泊的地方，在那裡自然應該有它自己跟別人不同的生活樣態。聽到晨霧中搖曳的汽笛時、看到夜霧中如幻影般漂浮的桅桿時，人們正在為明天而夢呢？還是被悔恨擾亂著心神呢？這則故事是著名通商港口在某段人類史上的一個斷層。在那裡旅遊、佇立碼頭上的我，曾想過為這座港口寫些什麼，之後再次訪問那裡的我，愈來愈想要寫些什麼。因此我開始盡力蒐集資料。如今資料整理出來了。我想將這篇文章獻給失去父親的孩子、跟小孩離別的父親以及不幸的兄弟。如果能夠得到讀者的喜愛，那便足以令我喜出望外了。[7]

〈有港口的街市〉發表時間是昭和 14 年（1939）7 月 6 日，從上述陳遜章的回憶以及翁鬧的序言中，可知翁鬧 1938 年這段期間藏身神戶。翁鬧也自述創作的動機和社會歷史的意義——在被時代、環境潮流所撥弄的翁鬧，想將這篇作品「獻給失去父親的孩子、跟小孩離別的父親以及不幸的兄弟。」我們不禁要問：這部中篇小說是否也是翁鬧要獻給自己的？

二、故事情節

〈有港口的街市〉的舞臺是國際都市神戶的港口，故事分成序言、一至五章以及終曲。在序言中提到，故事發生在 1925 年，描寫神戶港外國蒸汽船進港的情形，以及日本女人谷子跟著水手們離開了神戶。

第一章描寫的是：1927 年 28 歲有走私寶石和嗎啡嫌疑的女人有年谷子，與一個離家出走的青年乳木純在從香港回神戶的船上邂逅，接著與刑警可兒、及谷子情同手足的油吉重逢。小說再回到谷子被遺棄的童年經驗，雖然被松古老人收養，卻因老人的過世而進入孤兒院、感化院，谷子受不了感化院猶如苦刑般的生活而逃離，加入不良幫派——紫團，揭露出

[7]翁鬧著；杉森藍譯，《有港口的街市》（臺中：晨星出版社，2009 年），頁 92～94。

孤兒悲慘的命運。同時描寫谷子親生父親乳木氏遺棄孩子的來龍去脈。

第二章則是從乳木純的故事開始，他念念不忘在船上遇到的谷子，也描寫乳木純的父親乳木氏改過自新，回歸宗教的懷抱之後，繼承牧師的職務，並費盡心思尋找遺棄的女兒。在偶然的機會下，乳木氏和谷子於拘留所相見、談話。接著又回頭敘述乳木純與真綺子的戀情。

第三章則描寫了許多神戶風景，以谷子與油吉的交談為中心，敘述神戶不良少年小新以及街頭女人阿龍與谷子的互動。第四章則從關西金融界大人物山川太一郎與刑警可兒利吉的故事開始，詳細描寫俄羅斯馬戲團，以此帶領出乳木純與谷子、支那子的重逢，並描寫同昌一夥人的假鈔偽造集團。第五章主要描寫山川太一郎事業的沒落以及他所經營的舞廳遭到檢舉的過程。最後在終曲篇，乳木氏透過乳木純才知道自己一直尋找的親生女兒竟是谷子。而谷子則到故事最後要離開神戶時，才得知乳木氏就是自己的父親。

小說劇情圍繞著神戶發展，翁鬧以自身的經驗和歷史事件，對爵士音樂、寶塚歌劇、俄羅斯馬戲團、舞廳、電車、神戶、奏川街頭的情景和歷史，均有細膩的描寫。

為了能夠理解這篇小說，以上將故事中人物一一分類整理。但是在小說中，這些情節並非單純按照時間順序排列，例如「谷子的故事」發展到某個程度時，其他的小故事順勢插進來，然後又回到「谷子的故事」。像這樣，不同人的不同故事，不斷地相互交錯。翁鬧的敘事方式並非直線進行，故事發生的順序往往與文中的順序不一致，這就是所謂的「錯時法」。

這種「錯時法」的寫作方式，以及小說中諸多人物的交錯編排，已經跟新感覺派的獨白式小說技巧大不相同。

翁鬧自己也表明，這篇小說是「蒐集資料」而寫成的，可見不完全是自己想像出來的。照小說中的人物及場景安排來看，也依循著某種程度的歷史、社會現實環境。表面上用全知的敘述觀點來描繪不同人物的故事，實際上也影射了翁鬧的個人生活經驗。

例如，翁鬧是學音樂出身的，小說中就會特別注意到音樂的背景，甚至還能談到一段保羅・惠特曼所創的爵士音樂，就連看到女學生的制服，都知道她們是寶塚歌劇院的學生。因為神戶是一個國際性的港口，日本第一齣歌舞劇《我的巴黎》就是在神戶上演，翁鬧甚至將小說人物真綺子安排進這場歌舞劇中。

翁鬧除了將自己對音樂的敏銳度寫進小說之外，小說中的乳木純想當畫家、宮田在國中時寫了奇怪的詩、創辦同人雜誌，結果因賠錢收掉了，宮田又回到「不事生產」的老樣子，這兩個人物都具有翁鬧在美術及文學上的影射。

雖然在這篇〈有港口的街市〉中，從一些人物、情節、場景可以看到翁鬧的影子，但主軸與結構上的安排，還是放在谷子等人身上。小說中的「錯時法」，在某種程度上可說是取法了新感覺派中的現代主義寫作技巧，但其表現出來的精神卻是對現實社會的關懷，因為劇情一直圍繞在孤兒、妓女等社會底層人物的悲苦遭遇上。

翁鬧將寫作的焦點，從「自己」轉移到「他人」，從寫自己感受的新感覺派，到用現代主義的寫作方式來呈顯現實主義的人道關懷，這就是新出土的〈有港口的街市〉的特別之處，也是這篇小說的文學價值所在。可惜這篇文章發表後沒多久，翁鬧就過世了，算是他的絕筆之作。

為什麼翁鬧第二次來到神戶，還特別蒐集了資料來寫這篇小說呢？消極的因素可能是為了逃避刑警的追捕，積極的意義，有可能是翁鬧想在文學創作上有所突破。如果翁鬧沒死的話，也許他晚年的小說會類似這篇〈有港口的街市〉，呈現不同於新感覺派的樣貌。

三、創作背景

（一）時空背景的安排

〈有港口的街市〉故事並非直線進行，故事發生的順序與文本的順序不一致，這就是所謂的「錯時法」。「錯時法」其實是結構主義者熱奈特（G. Genette）在《敘事話語》中提出的小說手法之一。首先從故事的重點開始描寫，接下來為了說明劇情或背景而追溯過去。像這樣的手法十分普遍，可說是敘述或小說傳統的手法之一。

「錯時法」分為「順敘法」和「倒敘法」兩種。「倒敘法」是回想、追憶，「順敘法」則是預言、預測，讓讀者抱著希望繼續讀下去的手法。

翁鬧在〈有港口的街市〉的序言裡先描寫谷子偷渡到國外的情形，然後在第一章裡描寫兩年後谷子與乳木純的邂逅，自此展開故事，接著再回到谷子小時候，追溯到谷子親生父親乳木氏的故事等。因此翁鬧採用的是「倒敘法」。

〈有港口的街市〉以神戶為舞臺，整個故事圍繞著神戶而生，另外翁鬧花了不少篇幅細膩地描寫神戶風景，明治時代後期經過甲午戰爭，大阪成為日本最大的經濟都市，而神戶則發展成東洋最大的港灣城市。翁鬧在小說的開頭描寫：

> 西元 1860 年。
>
> 當時神戶還是小小的停泊港，沒想到 60 年後發展迅速，過了三年後，又因為大地震和火災，變成日本第一大海港了。[8]

神戶也是日本爵士樂發源之地，因為港口有很多外國人，小說一開頭就從外國蒸汽船開始描寫，接著「出生於印度的、爪哇的、英國的、墨西哥的，這樣的四個美國人」等，及其他不同國籍人士多不勝數，像支那人同昌、馬戲團的俄羅斯人、德國人所經營的咖啡廳「juchheim」。摩登都市神戶的飯店就有以下的描寫：

> 在靠山的地方有神戶一流的飯店——東亞飯店。
>
> 在關東大地震之後，從東京跑到關西的有名作家，在其創作中如此寫

---

[8]翁鬧著；杉森藍譯，《有港口的街市》，頁 96。

道：「神戶街頭柏油路很多，但這是最漂亮的路。」
這就是從東亞飯店筆直到海岸的東亞路。[9]

《文藝時代》稻垣足穗的作品裡面，也常常出現東亞飯店。它是 1908 年英國、德國、美國、法國人共同出資經營的飯店，以飯店專用建築方式來設計、施工，在當時的飯店中，可說是走在時代的尖端。三之宮東亞路就曾出現在谷崎潤一郎的作品中，谷崎潤一郎在關東大地震之後，搬到關西陸續發表作品。描寫被女性玩弄的男人之悲喜劇《痴人的愛》，引起了很大的回響。而作品『赤い屋根』(紅色屋頂）也曾描寫東亞路一帶及東亞飯店附近的情景，就連鐵路也成了摩登都市的象徵：

從東亞飯店到海岸的路上，有三條穿過大街的鐵路。
第一條是從大阪神戶電車快車終點站上筒井，前往須磨的市營電車山手線，第二條是東海道線的鐵路。再走一個町段左右又有一條鐵路，這就是神戶市的第一條市營電車鐵路榮町線。
頭一段到山手線是所謂神戶的山手地帶，過了這條鐵路後的東亞路，是以外國人為主要客群的商店街。[10]

在關西，盛行模擬美國都市電車路線的建設，1905 年以阪神電氣鐵道為開端，接著阪急寶塚線（1910 年開業）、阪急神戶線（1920 年開業）等，而在大阪、神戶之間，則有環境舒適的郊外住宅區不斷開發。因而，此地的都市、文化發展，均與鐵路有密切的關係。隨著阪神地區鐵路網的開通，大阪商人、藝術家、文化人全搬到這裡來。他們既重視傳統，又受到西洋文化的影響，這群享受生活情趣的人們，形成了一股名為「阪神間現代主義」的獨特風格。

這一段彷彿是川端康成在《淺草紅團》中所描寫的關東大地震後的景

[9]翁鬧著；杉森藍譯，《有港口的街市》，頁 198。
[10]翁鬧著；杉森藍譯，《有港口的街市》，頁 204。

象。經過地震後的重建，出現了全新的風貌。在《淺草紅團》裡面，鐵路是一種摩登之物的象徵。翁鬧再繼續描寫東亞路附近的景色：

> 走到東亞路的盡頭，在飯店的前面左轉，兩個人不知什麼時候，來到了諏訪山公園的登山口。
>
> 這公園的另外一個名字叫「金星臺」。
>
> 園名的由來是因為美國的天文學者曾在此努力研究過天文學問之故。為了紀念此事，在公園的角落，豎立了用英文刻成浮雕的紀念碑。
>
> 有無金星不得而知，但因為這裡是高崗，能夠一目了然地瞭望神戶整個街市。[11]

諏訪山公園 1903 年開放為遊樂園。1874 年法國的觀測隊在這個公園進行金星的觀測，因此，諏訪山公園的瞭望臺被稱為「金星臺」。園內還有紀念觀測的金星觀測紀念碑。

接著以淺草來形容神戶新開闢的市區，翁鬧對神戶風景以及街市歷史細膩的描寫，呈現出神戶國際商港的新穎圖象。

> 明亮燃燒著的南邊天空，是神戶的淺草、湊川新開闢的市區。
>
> 模仿了地震前淺草一二樓的神戶鐵塔，被天鵝絨肥皂的廣告燈照得明亮而聳立。
>
> 越過眼前街市的另一邊，白天能夠眺望到紀州半島與淡路島一帶的海，但現在只能看到海港中漂浮的船隻燈火，像遍布的星星般閃耀，連船的影子都看不到。只是隔著黑暗，汽笛的聲音，微微地顫動著，緩緩地傳遞過來。[12]

---

[11]翁鬧著；杉森藍譯，《有港口的街市》，頁 212。

[12]翁鬧著；杉森藍譯，《有港口的街市》，頁 220。

（二）都市文化

翁鬧對神戶風景以及街市歷史的描寫十分用心，他將蒐集來的資料，不斷地插進各段故事裡頭，另外值得注意的是，當時都市文化：

> 1930 年，堂堂進入東都的關西有力的電影製作公司、帝國電影株式會社的走紅女演員，又是最高幹部的女演員。這位最高幹部女演員歌野八百子，正是後期出現的紫團女團長呢！[13]

「帝國電影演藝株式會社」是一家電影製作公司。成立於 1920 年，為大阪的實業家山川吉太郎所創立。在〈有港口的街市〉裡的山川太一郎角色，也是翁鬧模仿山川吉太郎的吧。山川吉太郎在 1914 年建設大娛樂設施「樂天地」，就像〈有港口的街市〉裡面的舞廳「Trockadero」。「Trockadero」是「三層樓的建築物，一樓是撞球場、麻將遊戲場，二樓是舞廳，三樓是旅館。」[14]，而「樂天地」也是三樓層。帝國電影在 1930 年攝影棚被燒掉的同時，樂天地也跟著倒閉了。

> 那一年的十月。
> 日本的科尼島——純他們這麼稱呼的寶塚歌劇場裡，日本最初的歌舞劇《我的巴黎》隆重上演了。[15]

1927 年，寶塚歌劇團演出日本最初的歌舞劇《我的巴黎》。總共演出 16 場、總登臺人數高達 210 個，演出時間是一個半小時，在當時來講，簡直是無法想像的超級演出。臺上出現汽船、火車、汽車等跨時代的文明產物，演員們忙得幾乎沒有喘息的時間。另外，在服裝上也是一大創舉，完

---

[13]翁鬧著；杉森藍譯，《有港口的街市》，頁 142。
[14]翁鬧著；杉森藍譯，《有港口的街市》，頁 288。
[15]翁鬧著；杉森藍譯，《有港口的街市》，頁 192。

全是從前寶塚歌劇看不到的大膽露腿露臂，讓觀眾驚豔連連。而主題曲也大受歡迎，獲得空前的成功。[16]翁鬧接著描寫觀眾乳木純的情形：

> 當然，真綺子被分配的舞女角色，只是一個換幕間補場的小角色而已，然而這個舞女的姿態卻在純的腦海中留下了深刻的印象。
> 從此以後，純跟真綺子，不用說，開始了柏拉圖式的戀愛。[17]

神戶也是日本爵士音樂的發源之地，因為港口有很多外國人停駐，保羅・惠特曼所創的爵士音樂也出現在這篇小說中，更加顯示出神戶這個國際大港的多元文化。

> 這一年，在似乎已窮盡的日本西洋音樂界裡，發生了一件大事。那就是保羅・惠特曼（Paul Whiteman）創造出的爵士樂渡海而來。
> 時至今日，惠特曼也好、海倫凱勒（Helen Keller）也罷，他們的名字幾乎成了常識，但在當時，只有某部分人知道而已。說到爵士樂，很多人認為那不過是背離音樂之道的狂躁喧鬧聲而已。而為了宣傳爵士樂，菲律賓的 carton 爵士樂團第一次在神戶登陸了。[18]

爵士樂在 1920 年代萌芽，在 1930 年代開花結果。作曲家喬治・蓋希文（George Gershwin）與保羅・惠特曼（Paul Whiteman）在 1924 年合作一曲〈藍色狂想曲〉，是古典樂作曲家首次將爵士樂交響樂化。經歷了與多位知名樂手如歐瑞小子（Kid Ory）、奧立佛國王（King Oliver）和 Fletcher Henderson 的合作，小號手路易・阿姆斯壯（Louis Armstrong）於 1925 年從紐約返回芝加哥，成立自己的五重奏，這個樂團爾後加入低音號與鼓，

---

[16]http://www.skystage.net/Prgm/Detail/638.html。
[17]翁鬧著；杉森藍譯，《有港口的街市》，頁 192。
[18]翁鬧著；杉森藍譯，《有港口的街市》，頁 188。

成為著名的熱樂七重奏（The Hot Seven）。

> 這裡亦是酒館的密集地帶，壓倒三絃的琴音，是到處入耳的流行爵士樂，唱得行人的腳步都亂了。
>
> 不過，年輕人即使穿得西裝筆挺，也不得不到這種酒館去吧。
>
> 剛好這時候，〈紅燈、藍燈〉的道頓堀進行曲風靡市井，在這酒館「夢・巴黎」也是如此，從方才就一直重複演奏同樣的進行曲。[19]

由於新的西洋爵士音樂與文化的引進，使得神戶新舊文化並陳，人們一面重視傳統，一面受到西洋文化的影響，這也形成「阪神間現代主義」獨特的風格。

四、創作主題

（一）社會畸零人的象徵

針對〈有港口的街市〉一文來進行分析，首先必須討論「孤兒」在翁鬧的文學世界中象徵著什麼？以及藉由孤兒的書寫與觀照，來觸及他小說中重要的意涵？翁鬧文學中的孤兒開啟了其作品中的認同議題，也成為小說中重要的文學象徵手法，翁鬧用窮人、孤兒、妓女和寡婦來說明他者被剝奪的處境，為弱勢者代言，基於眾生平等的悲天憫人胸懷，從作家創作心理上來看，翁鬧流星般的生命與孤兒盪氣迴腸的故事之間，有著共同的悲涼，格外具有書寫幼時陰影的象徵意義，據楊逸舟的回憶：「自稱是養子，對於親生的雙親一無所知」。[20]「自己是個養子」這想法一直深烙在翁鬧心裡，他一生似乎都在尋找親生父母的形象，「尋找親生父母」的主題都一再地出現在翁鬧的作品裡，成為翁鬧小說中持續存在的意象。

描述孤兒的生活，也是日本新感覺派代表作家川端康成作品中的鮮明

[19]翁鬧著；杉森藍譯，《有港口的街市》，頁 240。
[20]張良澤，〈關於翁鬧〉，《臺灣文藝》第 95 期（1985 年 7 月），頁 172～186。

象徵，川端康成兩歲喪父，三歲又喪母，由祖父帶大，到 15 歲時，祖父也去世，從此成了天涯一孤兒，他在日後一些自傳性的作品中也曾回憶這段孤兒經驗。川端康成的小說具有獨特的藝術風格，主要描寫孤兒的生活，表現對已故親人的深切懷念與哀思，以及描寫自己的愛情波折，敘述自己失意的煩惱與哀怨，其主導的藝術風格是感傷與悲哀的調子，以及難以排解的寂寞。

例如川端康成抒情地描寫對少女思慕的《伊豆的舞孃》，也是作者自稱的「孤兒毅力」，為了平撫少年時期的心理創傷。從《十六歲的日記》到《油》、「葬式の名人」、「孤兒の感情」等，均是追求孤兒毅力的作品。換句話說，由於母體經驗的缺乏，必然引起對外在母體激烈的渴望之心。《伊豆的舞孃》是試圖從「孤兒意識的憂鬱」解脫，反映在川端康成對流浪旅藝人的親睦：

> 在家鄉，川端康成一直在人們一聲聲的「可憐啊，可憐啊」聲中，強迫扮演著可憐者的角色；在「天下的一高」校園，他又常常「離開一步」；而在這次伊豆之旅中，在他不堪忍受自憐復自厭的折磨而獨自一人悄然離校旅行的途中，偶然遇到並同行的「伊豆的舞孃」的一聲「好人哪」的評價，自然會一下子冰釋了一高學生川端康成心靈上鬱積的嚴寒，陰暗剎那如洗般明淨了。這是因為「伊豆的舞孃」對他既無輕蔑也無好奇，僅只是以平常心對平常人，這正是川端康成此時此刻的精神心靈最重要的。似乎 20 年來人們還從來沒有以尋常人一般，和他交往。在川端自己都在懷疑自己是否正常時，這樣的與他人之間的情感交流，哪怕僅僅是一句「好人哪」，定會引起無窮的情感波瀾。實際上，當八年之後，川端康成將這次伊豆之旅的所見所感昇華釀造為藝術精品《伊豆的舞孃》時，才標誌著那句「好人哪」引起的情感咀嚼回味，終於有了可觸可感的歸宿。[21]

[21]張國安，《川端康成傳》（臺北：業強出版社，1990 年），頁 24～25。

川端康成以鄉愁來尋找靈魂歸宿的家，其小說可以說是歸返之歌，從初期的《伊豆的舞孃》，川端康成之旅已經開始，在現實探求的同時，也有作者回溯生命歷程的意味。

針對這篇〈有港口的街市〉，翁鬧自己說：「我想把這一篇，獻給失去父親的孩子、跟小孩離別的父親以及不幸的兄弟。」翁鬧在這篇作品描寫主人翁谷子的生命歷程：從出生、被遺棄、在社會底層下被命運無情撥弄，到最後逃到國外去，一方面描寫貧困家庭的小孩、以及孤兒的幼少年期的心理創傷，一方面描寫著國族認同問題，也開啟他對身分認同的的質疑與探索。小說的開端，翁鬧從海港特有的景色開始描寫，谷子被發現偷渡到香港，加上走私寶石和嗎啡的嫌疑再次回到神戶，翁鬧開始追尋謎樣的谷子，對於她到底有怎樣的過去開始進行追索：

谷子到底有怎麼樣的過去呢？
雖然想起來也沒什麼用，但是偶爾想起來也不錯，不是嗎？[22]

原來谷子有一段不可告人的身世，她被因偷竊而入獄的父親遺棄在貧困部落裡，幸得松吉老人的收養，才得以艱苦地生存下來：

村落的人們雖然是松吉老人的親戚，但也是毫無關係的人。
不用說，在這種情況下，人們當然希望成為後者。
而且，這個貧民村落裡，沒有任何一個家有餘力給六歲的小孩東西吃。
檀那寺的住持經常注意這個小孩。這小孩的身世怎麼這麼像「孤兒院」的小孩啊！
這些小孩們在街頭上是這麼說的：「跟爸爸死別了，跟媽媽生別了，沒有家可以回去也沒有錢……」[23]

[22]翁鬧著；杉森藍譯，《有港口的街市》，頁 124。
[23]翁鬧著；杉森藍譯，《有港口的街市》，頁 128～130。

谷子雖然身為孤兒，但擁有堅毅的形象和頑強的生命力，她將所有缺憾的憤懣，轉化為能量與養分，這就是她最動人的性格：

那段期間，谷子當然出落得幾乎令人認不得，但是明顯的憔悴面容，正顯示她黯淡的生活。

繼承了頑固的松吉老人脾氣，谷子也是一派倔強而固執，不過卻擁有一種令人落淚的溫柔。[24]

松吉老人過世之後，谷子歷經了孤兒院、感化院、加入神戶幫派紫團、成為街頭上的妓女，看盡街頭上各種流浪的孤兒生活，更顯孤兒在社會陰暗角落中生活的窘困與孤立無援，他們必須為自己的生命奮鬥：

「我嘛，一個人總可以勉勉強強地過吧。」

「這樣喔。」

兩個人聽谷子這麼說就不再勸進了

如此說來，女人總能夠挨下去的。

（中略）

而谷子則當了酒館的女招待……[25]

身為女性孤兒，更是女性命運中的邊緣人，西蒙・波娃的《第二性》中談到，在人類歷史和文化的長河中，男人是做為絕對的主體（the subject）而存在的，而女性則為成為男人的對立面和附屬體而存在，所以西蒙・波娃所提到的「第二性」[26]，是在社會和文化中普遍存在的一種歧視

[24]翁鬧著；杉森藍譯，《有港口的街市》，頁 132。

[25]翁鬧著；杉森藍譯，《有港口的街市》，頁 150。

[26]西蒙・波娃著；陶鐵柱譯，《第二性》（臺北：貓頭鷹出版社，1999 年 10 月）。西蒙・波娃的《第二性》中指出女人是男人的客體和他者（the Other）、這裡的他者是指女人相對於男人所處的邊緣化的、陌生人的特殊處境和地位，而這種處境和地位是低於男性的，由於女人一直被界定為天

女性的觀念。

過去我們認為歷史、經濟發展、傳統習俗等和性別無關，但是性別理論挑戰這一點，而將性別因素放入所有歷史、經濟和傳統之中，引入性別關係此一分析角度。而身為為生存與工作抗爭的女性孤兒而言，不僅是經濟弱勢的女性，其社會位置、個人身分與選擇，更是座落在父系男權社會中，〈有港口的街市〉的場景在神戶這個國際性的港口，人種複雜，商業貿易繁榮，充斥著異國情調和光怪陸離的人事物，由於社會環境的關係，下階層的女性以當妓女為生存之道：

> 如果有人感嘆海港特有的這些女人的存在是國恥，那大概要被責難為笨蛋吧。外國人遺落在海港的錢，其中三成的確是靠她們的本領撿起來的。這無疑是海港意想不到的收穫。
> 在神戶逐漸繁榮的同時，海港女人的數量也悄悄地跟著增加。[27]

關於妓女，翁鬧在其詩作〈寄淡水海邊〉中，曾描述作者對一名 16 歲就被迫賣身的少女的情愛與思念，而在〈有港口的街市〉裡描述妓女生活的片段中，翁鬧也解剖出人性的現實面，呈現出人性中貪欲、自私的弱點，以及身為妓女背後的悲慘經歷：

> 當然在這附近出沒的女人，絕不會接近沒錢的男人，若不是身穿流行的西裝，看起來很有錢的窮光蛋，她們會立刻端出年輕夫人或千金小姐的架子，對他們嗤之以鼻。
> 這些女人十個當中有八九個是船員的妻子，要不就是窮途末路的寡婦。
> 一年當中，船員丈夫只有十天或二十天左右在家，船員妻子要找到這麼

生的他者，現實世界是被男性主宰與統治的。
[27]翁鬧著；杉森藍譯，《有港口的街市》，頁 98。

好的副業是不必花什麼工夫的。[28]

在這個貿易發達的國際商港中，谷子能選擇的工作機會卻十分有限，成為妓女是下階層女性以身體交換生存的最後選擇，以身體為商品，以性為交易內容，可說是妓女的基本工作，這樣的現象雖然普遍存在於各地，但在不同的社會文化環境中，仍可能呈顯不同的面貌。因此，從歷史的角度觀察，娼妓問題並非孤立的社會現象，也是特定歷史階段中社會文化的反映，同時，其本身也是某些社會文化發展的基地。在大部分的社會中，多視娼妓為「特殊行業」，在國際商港中喊為妓女的谷子，一個手無縛雞之力的年輕弱女子，受到周遭人的唾棄、鄙視，甚至那些下流男子輕浮地挑逗，卻仍須在那樣的環境中打滾，更反映出日本社會的傳統父權文化和西方注視下的東方主義：

谷子也在那段期間，轉來轉去地換工作，當舞孃、售票場的收票員、最後成了街頭的女人——也就是外國人口中的「可愛的日本姑娘」了。[29]

小說另外一個敘事主線是支那子的故事，支那子也同樣是孤兒，她是朝子的小孩，朝子在海港地方上有權勢、有妻兒的山川太一郎經營的舞廳「Trockadero」裡工作，山川太一郎代表了男性對物質文明的追求、情欲的追逐，與女體的迷戀：

這舞廳是採會員制的，大部分的會員都是海港地方上有頭有臉的人物，卻沒有一個正經的，所謂的不良老人多不勝數。這些人不只要抱著女人或被女人抱著跳舞，他們要跟女人喝酒、要跟女人跳舞，而且喝醉跳累之後，還要抱著女人睡覺，為重要條件。

---

[28]翁鬧著；杉森藍譯，《有港口的街市》，頁 200。
[29]翁鬧著；杉森藍譯，《有港口的街市》，頁 150。

所以這裡的女人全是舞女，也同時都是妓女。[30]

山川太一郎是以什麼樣的眼光看待妓女？妓女在社會價值的觀念裡，是一個被物化的對象，在以父權制度文化下，大多數女性的意識當中，存在著牢不可破的男性權威，女性永遠活在男性權威和判斷之下，正是通過物化，女性不論在身體上或精神上都是他者與客體。

山川認為女人是只要買東西給她，她就會馬上提供身體來答謝的動物。[31]

身為父權代言人的山川太一郎，先是玩弄朝子，後來厭倦她之後，便將她資遣：「對山川八年來的怒氣狠狠燃燒著她的心。奪取她童貞的色魔，讓支那子成為私生女的壞蛋，而現在又要奪走她的工作。惡魔！惡魔！」[32]後來她企圖殺死山川太一郎，卻沒有成功，罹患肺病的朝子最後留下 12 歲的支那子自殺，和朝子情同姐妹的谷子，就負起了照顧孤兒支那子的責任，谷子將照顧支那子這項重責大任，視作生存下去的動力，不僅流浪許久而疲憊的心可以被救贖，就連生命的價值也從此再確立。

現在，谷子有一個像自己的小孩一樣地疼愛的女兒，17 歲的支那子，大概是認識她母親朝子的時候——對了！那的確是谷子 20 歲，當舞孃的時候呢！

朝子不但罹患肺病，而且在舞廳的亞麻油氈上，被男人摟著跳舞。當時朝子已有九歲的支那子。

支那子的父親是個貿易商人，雖然是海港有頭有臉的人士，有妻有子的身分，卻玩弄了像女兒一樣的朝子。

---

[30]翁鬧著；杉森藍譯，《有港口的街市》，頁 288。
[31]翁鬧著；杉森藍譯，《有港口的街市》，頁 292。
[32]翁鬧著；杉森藍譯，《有港口的街市》，頁 154。

支那子出生後八年，她父親胖嘟嘟的身子，開始在谷子與朝子的舞廳進進出出了。
不知道在什麼時候，山川買下了舞廳，成為經營者，出現在她們面前了。[33]

在這個孩子的成長過程中，雖然母親如同虛線，但是透過谷子對希望與未來的執著，依舊會有個想像式的實體被塑造出來，讓孩子有值得學習模仿的對象：

「如果事情進行順利，我要改邪歸正。你也該洗手不幹吧。」
「問題又嚴重了！」油吉默默地笑著。
「不是開玩笑的。是真心話啊。也是為了支那子……」谷子是真的這麼想的。
至少要讓被朝子委託的支那子，過幸福的人生。朝子與自己都過得太不幸了。
忽然想起了有關朝子的種種回憶，谷子心中不由得百感交集。[34]

在此我們看到了谷子的堅韌以及義無反顧。帶著未來與希望，谷子已然從支那子的救贖中轉變為救贖者的地位，這也暗示谷子生命型態的轉變，谷子的生命也正因為救贖者而重新開始。照顧支那子的谷子不僅代表自己，也象徵著母親對於生命的執著與犧牲，翁鬧用極動人的筆調，去歌頌谷子努力扶養一個健全光明的小孩，努力要從孩子未來的生活中，洗淨自己羞恥的一生，谷子寫給乳木氏的信中流露出身為母親的驕傲，谷子因為支那子而展現不同的新面貌：

在此很厚顏地拜託您，就像前幾天跟您說過的，我在本地舉目無親，處

---

[33]翁鬧著；杉森藍譯，《有港口的街市》，頁 150～152。
[34]翁鬧著；杉森藍譯，《有港口的街市》，頁 232。

境又非常艱難。雖然我是這樣的女人，但我自認把支那子培養得很出色，並不會比別人差的……[35]

第二章則是從乳木純的故事開始，他念念不忘在船上遇到的谷子，也描寫乳木純的父親乳木氏早年因妻子身亡，貧窮潦倒而拋棄了孩子，後來改過自新，回歸宗教的懷抱之後，繼承牧師的職務，費盡心思尋找曾經遺棄的女兒。

就這樣，又過了幾年……現在的他，深深懷念老牧師的教誨，成為一個虔誠的神之使徒。
當然，他以盡力尋女的心情，將重新做人的歲月花費在尋找孩子上，然而一切卻彷彿只是徒然的努力罷了。[36]

因緣際會，身負教誨責任的牧師乳木氏和谷子在拘留所相見談話，谷子因意外發生而留下的小指傷痕，在乳木氏心中留下不可抹滅的印象：

但是乳木氏卻一直記得谷子。
谷子小指被切斷的鮮明傷痕，關於谷子的一幕幕記憶，有時會不斷在乳木氏心中盤旋。
喔，可憐的街頭女人！[37]

乳木氏透過乳木純才知道一直尋找的親生女兒是谷子，卻因為在谷子成長過程中未盡父親之責，而不敢與親生女兒相認，心中的懊悔愧疚的糾葛情感，使得乳木氏失去表露真情的勇氣，深覺自己沒有權利自稱父親：

[35]翁鬧著；杉森藍譯，《有港口的街市》，頁316～318。
[36]翁鬧著；杉森藍譯，《有港口的街市》，頁140。
[37]翁鬧著；杉森藍譯，《有港口的街市》，頁184。

「谷子是妳的本名嗎？」

「是。」

之後，兩個人交談了很久。

這一次，谷子說出了真話。乳木氏一動不動地彎著脖子傾聽著。

已經毋庸置疑了，這個女人就是乳木氏長年在找的女兒。

乳木氏眼眶裡晶瑩的淚水，輕輕地掉下來了。

但是，乳木氏終究沒有自稱他是父親。

谷子的那些話，深深地打動了乳木氏。

這個擁有不幸的過去的女兒，一定很記恨她的雙親吧。

乳木氏覺得自己沒有權利自稱父親。[38]

谷子到故事的最後離開神戶時，才知道乳木氏就是自己的父親，谷子雖然十分震驚，父親給了她一種非世俗意義的導引，在靈犀相通的片刻，在父女相認原該悲喜交加，谷子卻沉默而噤聲。和父親相認，使得原本身為孤兒的谷子，以身世的確認重新肯定自我，那不僅僅只是因為找到血緣的承繼，背後的意義無非是為谷子下一個流浪人生階段而準備：

純反彈式地大叫：「姊姊！」

「咦？！」這個叫法對谷子來說很意外。

純好不容易才斷言說：「妳是我的姊姊。」

「咦？」

「我父親這麼說的。」說完之後，純好像摟著支那子，走下了梯子。

無數的紙帶從船上朝著送行人的頭上，迅速地白的紅的飄落下來。

舷梯被移走了，S 丸漸漸地開始離開碼頭。

乳木氏上氣不接下氣地跑來了。

[38]翁鬧著；杉森藍譯，《有港口的街市》，頁 314。

「喔，知道了。」

乳木氏終於看見了谷子，好幾次跟她深深地點頭。然後拍了一下支那子的肩膀，很快地舉起手來。

一領會了那個意思，谷子就點了點頭。

啊，那個人就是純所說的，是我的父親吧，谷子心裡不知為什麼鬱悶起來了。[39]

（二）對資本主義的批評

山川太一郎垂涎朝子的美色，朝子在山川的追求下生下一女：

支那子的父親是個貿易商人，雖然是海港有頭有臉的人士，有妻有子的身分……[40]

身為關西金融界的大人物，有妻子兒女的貿易商人山川太一郎跨足多項產業，在紡織、汽船界占有舉足輕重的地位，迅速累積了巨大的財富，因而成為地方上的霸主，是工業、交通運輸業的新興產業資本家[41]：

話是非從這靠近山區的某個宅邸開始說起不可。在巨大的門牌上，一眼就可以看到寫著粗大的「山川太一郎」的字眼。

在進去這棟房子之前，我們得先了解山川太一郎的地位。但是山川汽船

---

[39]翁鬧著；杉森藍譯，《有港口的街市》，頁 322。

[40]翁鬧著；杉森藍譯，《有港口的街市》，頁 150。

[41]資本家一詞是出自西方經濟學思想學派，尤其是馬克思主義，定義資本主義社會所做的階級劃分當中的富有階級之一。在馬克思主義裡，資產階級被定義為在生產商品的資本主義社會中擁有生產工具的階級，和「資本家」實際上是相同的意思。在當代的馬克思主義用語中，資產階級是指那些控制了公司機構的人，控制的方法則有透過對公司大多數股份的掌握、選擇權、信託、基金、仲介、或關於市場業務的公開發言權，因此「資本家」是指財富主要透過投資得來的人，而他們毋須工作以求生。馬克思主義認為無產階級（賺取薪資者）與資產階級在本質上是互相敵對的，勞工自然都希望薪資能夠愈高愈好，然而資本家卻希望薪資（即成本）能夠愈低愈好，資本家以剝削勞工為累積財富的方法。

股份公司董事長、東邦紡織股份公司董事、其他兩三家公司的大股東，山川太一郎，可說是關西金融界的大人物。[42]

山川因女兒漾子的亂倫事件而受到媒體輿論的壓力：「山川有一個 23 歲的女兒，去年接近年底時，女兒漾子因為素行不良，被警察拘捕了。為了漾子而跟官田洋介競爭的板井正二，也一起被逮捕了。資產家的女兒亂倫！報紙的報導讓山川看得目瞪口呆。社會的壞心眼，一起轉向他了。」加上全球性的不景氣使他的事業下滑，國內又因昭和空前的大貪汙事件爆發，政府開始嚴格監視資本家，在災難接二連三發生後，山川的重要文件又無故被偷：

> 大小災難滾成了一個大雪球，開始步步逼近山川。
>
> 一到了三月，關係企業之一的東邦紡織倒閉。接下來是開往溫泉的電力鐵道經營發生困難。
>
> 同時，山川汽船股票也兵敗如山倒地一路下滑，跌到谷底。暴跌、暴跌、再暴跌。
>
> 很少叫苦的山川太一郎，對於接連不斷的苦難，也不免覺得狼狽不堪了。
>
> 在此期間，山川汽船的股票迅速慘跌，為了脫離困境，山川的作法是傾售其私產，將下跌的……
>
> 山川的臉色蒼白，垂頭喪氣。「現在總得想個辦法……」
>
> 但是，偏偏在這個時候，山川身邊又發生了件大事。
>
> 在春天一個微暖和的夜晚，山川打開重要文件，專心致志地思考今後的對策，明天可能會下雨，關得緊緊的房間悶得蒸熱，再加上整個房間充斥雪茄的味道和煙氣，使得山川兩眼刺痛。

---

[42]翁鬧著；杉森藍譯，《有港口的街市》，頁 250。

山川站起來打開窗戶，只見星星微暗的天空，一點風都沒有。文件放著、窗戶也開著。山川從房間出去小便，僅僅五分鐘的來回時間，回到房間的他不由得呆住了。

桌上的文件不見了。[43]

山川手下的舞廳「Trockadero」原本十分賺錢，因為可兒警官利用公權偏袒山川的財團，向個別企業集團輸送利益。官商勾結也體現出當時的政府政策和政治制度，為了保障資本的累積，政府不惜犧牲人民的權益和需求，然而由於掩護山川的可兒警官被開除，使得山川的舞廳被處以鉅款，並勒令停業：

從第二天開始，舞廳停止營業、被處鉅額的罰款、可兒警官被開除——報紙報導的還不只這些。

山川汽船公司職員的罷工。他們要求立刻給付拖欠已久的工資、縮短上班時間、改善不佳的伙食⋯⋯。

不知從哪裡怎麼傳的，遺失的重要文件最後竟落到勞動者抗議組織手上。

很遺憾，山川沒有得勝。劇情急轉直下，幾天之內，山川汽船就要轉讓給某公司了。

揭露舞廳事件的人到底是誰？[44]

瀕臨破產的資本家山川喪失了財產所有權。從而也失去了資本家身分，最大的主因是重要文件落入競爭對手手裡，加劇資本家之間的競爭，競爭敵手讓山川徹底破產，而這一切都是谷子一手策畫的結果，小說除了暗示谷子為朝子報仇之外，也毫不留情地譴責了剝削勞工的資本家山川：

[43]翁鬧著；杉森藍譯，《有港口的街市》，頁 284～286。
[44]翁鬧著；杉森藍譯，《有港口的街市》，頁 294。

3 月 28 日各大報紙爭相報導山川汽船的沒落，谷子叫小新偷的文件被送到勞動者抗議組織的手上。並且被公開出來了。

山川太一郎完完全全被企業界擊退了。[45]

五、結語

〈有港口的街市〉小說圍繞著神戶展開，基於翁鬧實際的經驗、歷史性事實，細膩地描寫爵士音樂、寶塚歌劇、俄羅斯馬戲團、舞廳、電車、神戶、奏川等街頭情景、歷史。

翁鬧在敘述故事時，已經跟新感覺派的獨白式小說技巧有所不同，其進行方式不是直線的，而是諸多人物的交錯編排，此外，對現實社會的關懷也是小說中重要的主題，圍繞在孤兒、妓女等社會底層階級的悲苦遭遇，從寫自己感受的新感覺派，到用現代主義的寫作方式來呈現人道關懷。這篇小說的創作主題，一是社會畸零人的象徵，谷子從對孤兒支那子的救贖中轉變為救贖者的地位，這也是暗示谷子生命型態的轉變，和父親相認，使得原本身為孤兒的谷子，以確認自己身世的方式重新肯定自我；二是對資本主義的批評，翁鬧在小說中對條件優越的資本家山川，逐步脫離生產勞動，變為剝削勞工的資本家，表達了嚴厲的譴責。

參考文獻

一、文獻史料

・「港のある街」(有港口的街市)，《臺灣新民報》，1939 年 7 月 6 日～8 月 20 日，8 版。

・『フォルモサ』(東方文化復刻本)，創刊號～第 3 期，1933 年 7 月～1934 年 6 月。

・《臺灣文藝》(東方文化復刻本)，第 1 卷第 1～3 期、第 7 期、第 8、9 期合刊，

[45]翁鬧著；杉森藍譯，《有港口的街市》，頁 304。

1934 年 11 月～1936 年 8 月。

‧《臺灣新文學》（東方文化復刻本），第 1 卷第 1～2 期、第 5 期，1935 年 12 月～1937 年 6 月。

‧《臺灣新民報》，1938 年 10 月 14 日、1939 年 7 月 6 日～8 月 20 日，8 版。

二、專書論著

‧葉石濤、鍾肇政編，《光復前臺灣文學全集》，臺北：遠景出版公司，1997 年。

‧林瑞明，《臺灣文學的歷史考察》，臺北：允晨出版社，1996 年。

‧李南衡編，《日據下臺灣新文學明集》，臺北：明潭出版社，1979 年。

‧陳藻香、許俊雅編譯，《翁鬧作品選集》，彰化：彰化縣立文化中心，1997 年。

‧許俊雅，《日據時代臺灣小說選讀》，臺北：萬卷樓圖書公司，1998 年。

‧許俊雅，《日據時代臺灣小說研究》，臺北：文史哲出版社，1995 年。

‧張恆豪編，《翁鬧、巫永福、王昶雄合集》，臺北：前衛出版社，1991 年。

——選自蕭蕭、陳憲仁編《翁鬧的世界》
臺中：晨星出版社，2009 年 12 月

最後的汽笛聲

〈有港口的街市〉在翁鬧創作歷程的位置與意義

◎許素蘭*

一、前言

在晚近關於翁鬧研究的論文中，筆者特別注意到日本在臺留學生杉森藍的碩士論文——〈翁鬧生平及新出土作品研究〉。[1]她的論文，在以「文體論」的觀念，分析翁鬧小說特色、詮釋翁鬧文本內涵、比較翁鬧與日本新感覺派作家作品的關係等「內部研究」之外，並且著力於翁鬧生卒年、身世背景、戶籍資料、學生時代表現、留日生活等「外緣研究」，也討論到筆者在〈青春的殘焰——翁鬧〈天亮前的戀愛故事〉〉文中[2]，所提「翁鬧的養父在員林當醫生」的問題。[3]

杉森藍的論文提供許多可貴的文獻資料，大大擴展了翁鬧研究的面向；更難得的是，她的論文並且附錄了翁鬧新出土的現代詩「征け勇士」（中譯：〈勇士出征去吧！〉，與中篇小說「港のある街」（中譯：〈有港口的街市〉）的日文原作，以及由她翻譯的中文未刊稿。[4]

〈勇士出征去吧！〉刊載於 1938 年 10 月 14 日《臺灣新民報》，內容描寫勇士出征前車站送行的情景，充滿昂揚的愛國熱情，反映了中、日開

*發表文章時為靜宜大學講師，現為國立臺灣文學館研究典藏組研究助理。

[1]杉森藍，〈翁鬧生平及新出土作品研究〉（成功大學臺灣文學研究所碩士論文，2007 年）。

[2]許素蘭，〈青春的殘焰——翁鬧〈天亮前的戀愛故事〉〉，《聯合文學》第 182 期（1999 年 12 月）。

[3]提供筆者此一訊息的許文宏教授為員林人，與杉森藍訪查所得：翁鬧曾經在九到十歲之間住過親戚在員林街開設的「壽泉醫院」（詳見杉森藍，〈翁鬧生平及新出土作品研究〉，頁 52），有地緣關係。

[4]翁鬧著；杉森藍譯，《有港口的街市》（臺中：晨星出版社，2009 年 5 月）。

戰後的戰鬥氛圍。

同樣發表於《臺灣新民報》，以日本國際化港市——神戶為小說背景、日本人為主要小說人物的〈有港口的街市〉，則為黃得時策畫的「新銳中篇創作集」的第一篇[5]，刊載時間為 1939 年 7 月 6 日至 8 月 20 日。

長久以來，〈有港口的街市〉一直是翁鬧文學缺漏的一塊拼圖，如今得以出土，令人感到無限欣慰。

在小說刊登前的「作者的話」裡，翁鬧表示本篇小說寫的是「著名通商港口在某時代的人類史上的一個斷層」[6]，而這個港口是他「曾經在那裡旅遊、佇立」的碼頭，也「曾經想為這港口寫些什麼」（頁 92），因此有了這篇小說的誕生。

雖然沒有其他文獻，可以進一步說明翁鬧為何想為他「曾經在那裡旅遊、佇立」的港口「寫些什麼」，卻又想把這樣一篇作品，「獻給失去父親的孩子、跟小孩離別的父親，以及不幸的兄弟」（頁 94）的創作動機，但是，不同於翁鬧其他小說，如〈羅漢腳〉、〈戇伯仔〉、〈可憐的阿蕊婆〉；也不同於「新銳中篇創作集」其他作家作品，如王昶雄〈淡水河的漣漪〉、張文環〈山茶花〉之以故鄉臺灣、臺灣人為書寫對象，〈有港口的街市〉充滿「異國情調」的文本內容，在作者自道的寫作動機之外，是否隱含有其他更深層的內涵與寓意，則是值得深入探討的。

而這也是筆者寫作本論文的興味所在，本論文將以此為論述重點之一。

另方面，作為翁鬧「最後作品」的〈有港口的街市〉[7]，不僅在小說取材上，和翁鬧之前的作品有很大的差異性，在內容表現上，也有不同於之前作品的地方，這些差異與不同代表怎樣的意義呢？整體而言，〈有港口的

[5]「新銳中篇創作集」還包括：王昶雄〈淡水河的漣漪〉、陳培華〈蝴蝶蘭〉、呂赫若〈季節的圖鑑〉、龍瑛宗〈趙夫人的戲畫〉、陳垂映〈鳳凰花〉、張文環〈山茶花〉等。

[6]翁鬧，〈有港口的街市〉刊載前「作者的話」，杉森藍譯。引文見翁鬧著；杉森藍譯，《有港口的街市》，頁 92。又，本論文再有引用《有港口的街市》譯文，將直接在文末標明頁碼，不另作註。

[7]黃得時著；葉石濤中譯，〈輓近臺灣文學運動史〉，《臺灣文學集‧日文作品選集 2》（高雄：春暉出版社，1999 年 2 月），頁 99。日文原刊《臺灣文學》第 2 卷第 4 期（1942 年 10 月）。

街市〉在翁鬧創作歷程的位置又是如何呢？它和翁鬧其他作品有何關聯性呢？本論文將透過其文本分析探討之。

二、「神戶港」的地景意義

1937 年 7 月，「盧溝橋事件」發生，緊接著中、日戰爭爆發，臺灣作家受到戰事影響，從開戰以來，一直到 1940 年 1 月《文藝臺灣》創刊之前的兩年半之間，文學活動幾乎呈現暫時停頓的狀況。其間，黃得時策畫，1939 年 7 月開始，於《臺灣新民報》連載八個多月的「新銳中篇創作集」，則是臺灣作家「隨著事變長期繼續，眾人也逐漸恢復做文學的心情，加上被朝鮮及滿州厲害的進展所刺激，不期而遇地在眾人念頭浮現了臺灣文學也必須有所發揮的想法」[8]，文學熱情再度昂揚的創作表現。

彼時，仍在日本留學的王昶雄，從少年時期就懷抱著想描寫淡水河「這條與我（按：王昶雄）有深厚淵源的河流」的願望[9]，接受邀稿即如願地以「淡水河」作為他初次執筆中篇的小說背景，寫下〈淡水河的漣漪〉。

同樣留滯日本，翁鬧卻選擇異地的「神戶港市」，作為他為此一特集創作的小說場景。

作家對他書寫的對象，往往摻雜有某種情感因素，除非是「為文造情」的寫手。王昶雄從小生長於淡水河畔，而以淡水為書寫對象，不用說，他的內心一定充滿濃濃的鄉情；神戶是翁鬧曾經旅遊、佇立的港口，翁鬧想為它「寫些什麼」，想必也有其情感成分在。只是，對故鄉的情感是人類普遍的情感之一，讀者容易體會；對異地的情感則有其特殊性，翁鬧對「神戶港」到底懷抱著怎樣的情感，作者沒有直接說明讀者不易了解。

實際上，位於日本瀨戶內海的神戶港，在日治時期原是大多數臺灣人從基隆港出發前往日本，靠岸的港口，也是由日本返回臺灣，啟航的碼

[8]黃得時著；葉石濤中譯，〈輓近臺灣文學運動史〉，《臺灣文學集・日文作品選集 2》，頁 99。
[9]王昶雄著；李鴛英譯，〈淡水河的漣漪——作者的話〉，許俊雅編，《王昶雄全集・第一冊》，（臺北：臺北縣文化局，2002 年 10 月），頁 372。

頭，可說是臺灣留日學生連結故鄉臺灣與逐夢之地日本的橋梁。

王昶雄自 1929 年赴日求學，直到 1942 年完成學業才回臺定居，假期中時有往來臺灣與日本之間，〈淡水河的漣漪〉就是 1939 年從臺灣往日本的旅途上，船離開基隆時，在基隆的海上起草的。[10]

從基隆港出發，「過了 60 小時左右，船已經行在瀨戶內海了，明媚的須磨明石就要看見了」[11]，船也很快就要抵達神戶港了——對王昶雄來說，前面迎接他的是「明媚」的未來，背後則是故鄉親人的祝福與等待；故鄉溫暖、親切的召喚，以及值得期盼的未來，讓王昶雄感覺「世界縮短啦」。[12]

而翁鬧呢？

翁鬧從 1934 年，懷著想進入中央文壇的青春夢想，離開臺灣前往日本，到 1939 年的三、四年間，所發表的詩和小說，雖曾引起好的回響與鼓勵，如郭水潭即稱其〈羅漢腳〉:「是作家極高的浪漫性所衍生出來的寫實成功之一面」[13]；藤原泉三郎則認為〈羅漢腳〉是當期《臺灣新文學》四篇小說中文筆最熟練的一篇，「對描寫的著眼點，亦達水準。若以此筆法去挑戰更完整的題材，必可寫出好的作品」。[14]但是，其隨性、放浪、不切實際、不在意人情世故的生活方式與行為舉止，卻無法得到態度嚴謹的朋友們的認同與諒解。[15]

儘管有時「一年到頭穿的是黑色金鈕的大學生制服，蓬頭不戴帽

---

[10]王昶雄著；黃玉燕譯，〈獨白——〈淡水河的漣漪〉執筆完畢〉，許俊雅編，《王昶雄全集・第一冊》，頁 111。

[11]王昶雄著；黃玉燕譯，〈獨白——〈淡水河的漣漪〉執筆完畢〉，許俊雅編，《王昶雄全集・第一冊》，頁 111。

[12]王昶雄著；黃玉燕譯，〈獨白——〈淡水河的漣漪〉執筆完畢〉，許俊雅編，《王昶雄全集・第一冊》，頁 111。

[13]郭水潭著；陳藻香譯，〈文學雜感——關於翁鬧氏〈羅漢腳〉〉（節錄），陳藻香、許俊雅編譯，《翁鬧作品選集》，（彰化：彰化縣立文化中心，1997 年 7 月），頁 239。原刊《新文學月報》第 2 期（1936 年 3 月）。

[14]藤原泉三郎著；陳藻香譯，〈放肆之評——《臺灣新文學》創刊號作品評〉（節錄），陳藻香、許俊雅編譯，《翁鬧作品選集》，頁 243。原刊《臺灣新文學》第 1 卷第 2 期（1936 年 3 月）。

[15]參閱張炎憲、曾秋美，〈陳遜章先生訪問記〉，《臺灣史料研究》第 14 期（1999 年 12 月）。楊逸舟，〈憶夭折的俊才翁鬧〉，《臺灣文藝》第 95 期（1985 年 7 月）。

子，……四處旁聽，逛講演會、書鋪或參加各種座談會」[16]，有時在和他「浪人」性向契合的高圓寺浪人街四處遊逛[17]，和作家文人閒聊，表面看來日子似乎過得很自在，其實，他的內心卻是充滿虛無感的——1936 年在給楊逵的明信片上，翁鬧即如此寫道：

> 楊君，謝謝來信。你要我把虛無感踢開，但似乎不大可能。（換句話說，也許就是我的毛病也說不定。）還能有這樣奢言的時刻，或許是值得慶幸的。毛病我會努力去驅散，踢開它的。我真羨慕你精神抖擻的樣子。[18]

雖然無法得知楊逵從哪些地方觀察到翁鬧充滿「虛無感」，而要翁鬧將「虛無感踢開」。但是翁鬧認為「虛無感也許就是我的毛病也說不定」的自我陳述，卻也直接表露了翁鬧深層的黝闇與孤寂；在翁鬧來說，與故鄉隔著遼闊海洋的日本，或許並非像王昶雄那般，是象徵光明未來的「明媚」陸地。

另方面，從小過繼給別人當養子，「對於親生的雙親一無所知」的翁鬧[19]，或許也無法像王昶雄那樣感知故鄉人對他的期盼與關懷，他和故鄉人之間，也難以建立某種情感聯繫，原本打算學成回國的青春夢想隨著歲月的消逝，逐漸成為夢幻泡影，「臺灣」似乎已成為回不去的故鄉；站在曾經佇立、徘徊的神戶港口，看著從基隆開來神戶、神戶開往基隆的船隻，終日來來往往，翁鬧內心的孤寂與沉重，或許不僅僅是作為養子，或作為被殖民者的「被拋棄感」而已，甚且有著存在主義者所說：「深深地感知自己是被不知名的力量投擲到這

---

[16]劉捷，〈幻影之人——翁鬧〉，《翁鬧作品選集》，頁 277。原刊《臺灣文藝》第 95 期。

[17]翁鬧在〈東京郊外浪人街——高圓寺界隈〉文中，曾提到：「高圓寺是多麼嘈雜而浪人風味頗濃的街呢」、「我的性向或許跟這浪人街恰恰相吻合」（引文見《翁鬧作品選集》，頁 68）。原刊《臺灣文藝》第 2 卷第 4 期（1935 年 4 月）。

[18]翁鬧著；陳藻香譯，〈明信片〉，《翁鬧作品選集》，頁 77。原刊《臺灣新文學》第 1 卷第 3 期，（1936 年 4 月）。

[19]楊逸舟，〈憶夭折的俊才翁鬧〉，《臺灣文藝》第 95 期。引文見陳藻香、許俊雅編譯，《翁鬧作品選集》，頁 251。

世界上的孤兒」的強烈孤獨感，而不知「故鄉在何方」也說不定。

雖然目前尚無相關文獻，可以證明翁鬧當年是否從神戶港上岸日本，但是作為大多數臺灣人靠岸日本的港口，「神戶港」原本就具有「揮別故鄉」的地景意涵，翁鬧以之做為〈有港口的街市〉的小說場景，更使它從單純的地景，蛻變成具有文本內涵的文學意象，從這個角度看，翁鬧是否從神戶港上岸，都無礙於「神戶港」在〈有港口的街市〉裡，具有「鄉愁」象徵的地景意涵。

除了做為從殖民地臺灣來的船隻的停泊港，「神戶港」自開港以來，更是外國船隻靠岸的國際港，受外國文化影響甚深，在日本而言，也是充滿異國情調的港市。

這樣一個港市，對「青春浪人」的翁鬧自然具有強烈的吸引力。

翁鬧的生命本質，或許誠如前面所說，是「虛無」的；但是，與「虛無」同時存在的卻是被「虛無感」所激發的「放浪青春」：

> 所謂青春時代，是精神抖擻，體力充沛，如閃電般翱翔天際的時代。是該去體驗各種不同習俗的佳期；是聽夜半鐘聲之時期；無論是居在城市或鄉村，都該放眼去觀賞日出日落美景之時期；……為了看一場失火的現場，不惜走上一哩之路。為了欣賞一場劇，不惜整天佇守在戲院。這就是青春。古人曾說：「放浪形骸享受青春」，自有它的道理。[20]

而充滿異國情調、多元文化混生，「有它自己跟別的不同的生活樣態」（頁 92）的國際港市──神戶港，對於青春放浪、熱情昂揚、對新事物異文化充滿好奇與追求之興致的翁鬧，不用說，正是一個符合他想「體驗各種不同習俗」之需求的地方。

〈有港口的街市〉的敘事時間，主要集中在 1925 年到 1930 年之間，

[20]翁鬧著；陳藻香譯，〈跛腳之詩〉，陳藻香、許俊雅編譯，《翁鬧作品選集》，頁 196。原刊《臺灣文藝》第 2 卷第 4 期。

也就是大正末年到昭和 5 年之間，是新世代的開始也是舊世代的結束。

那樣的年代正是新興的異國文化，在明治維新之後，不斷傳入日本的年代，翁鬧在小說中即提到菲律賓的 carton 爵士樂團，首次在神戶最好的電影院「松竹座」，演奏新興的爵士樂；也提到日本最初的歌舞劇《我的巴黎》在「寶塚歌劇場」公演，以及由白俄羅斯人組成的馬戲團在神戶演出的事。

在場景描寫上，翁鬧特別著墨於從神戶一流的飯店——「東亞飯店」筆直通往海岸、外國人喜歡在那裡散步的漂亮馬路——東亞路，而「眷戀異國的人們，至少暫時可以享受異國風情呢」（頁 198）；另外，翁鬧也提到東亞路盡頭的諏訪山公園，為了紀念曾經在此地專心做研究的美國天文學家，另有一「金星臺」的名字，藉此表示美國天文學家與日本的交流。

種種地景與細節描述，一方面既塑造了〈有港口的街市〉小說中的異國文化氛圍與地景樣貌，也呈顯了神戶之所以吸引翁鬧，兼具現代化與波希米亞風的城市特質。

從這個特質看來，神戶則又是翁鬧擁抱世界文化的起點。

既是異鄉漂泊、離別的海岸，也是擁抱世界的起點，交織著離別與重逢、希望與絕望、熱情與虛無、黑暗與光明、死亡與新生等各式各樣的對比性意涵，對翁鬧而言，「神戶」雖然是一個異國的港市，卻也是夢想的航站，以之為〈有港口的街市〉的小說場景，既是翁鬧內在心靈的自我投射，也是豐饒的文學意象的呈露。

三、孤兒的故事

除了以「神戶」為背景，突顯小說場景的特殊意義，〈有港口的街市〉在文本內容上，也與翁鬧之前發表的作品，有很大的差異性。

首先，〈有港口的街市〉的女主角有年谷子，雖然並非第一位出現在翁鬧筆下的年輕女性，但是她與翁鬧筆下其他年輕女性，卻有很大的不同——

例如：目前在文獻上被認為是翁鬧第一首詩的〈淡水海邊寄情〉詩

中，讓主角「背著你，偷偷地／灑下了潸潸的眼淚」的未滿 16 歲的少女；第一篇小說〈音樂鐘〉裡，主角終夜幻想觸摸、摟抱而終不可得，事隔多年仍伴隨著音樂鐘的曲音流盪在主角記憶之門，「豐滿而又爽朗的女孩」。

另外，內容敘述留日臺灣男子同時情牽舊識臺灣女友與新歡日本愛人，始而難以取捨，終而雙雙放棄之愛情故事的〈殘雪〉；1937 年發表，主角以獨語方式，向燃燒青春火焰的 18 歲女孩，傾訴自己蒼白、早熟之青春記憶與破碎、挫敗之戀愛經驗的〈天亮前的戀愛故事〉，也都可以看到年輕女性的身影。

在這些作品中，通常有一第一人稱男性敘事者「我」存在，以「我」為主體，「女性」不僅是男性主角愛戀、思慕的對象，也是被男性凝視、描繪的客體，小說著重的往往是女體的描寫，而非人物性格的塑造，例如：在〈淡水海邊寄情〉裡，即有這樣的句子：「我曾經握著你的纖手／出神地望著你婀娜的倩姿」；在〈殘雪〉與〈天亮前的戀愛故事〉中，則分別出現：「高聳的鼻子，明亮的眼睛，類似可愛動物的微薄嘴唇，引人的烏黑頭髮──多麼美麗的女孩」（〈殘雪〉）；「她有著著實柔軟的腰和優美的腳，我的熱情立刻達到沸點」（〈天亮前的戀愛故事〉）的敘述。

這些女子，以被男主角認為美麗、活潑、熱情的身姿，出現在讀者面前，卻也真如「幻影之人」般，沒有鮮明的個性，也缺乏以其為主體的情節敘述，轉眼又從讀者眼前消失，難以留下深刻印象。

而〈有港口的街市〉裡的有年谷子，卻正好相反：

有年谷子因為母親產後過世、父親在獄服刑，一出生就成為孤兒，幸經善心的松吉老人收養，才得以存活下來。六歲的時候，老人去世，谷子輾轉被送到孤兒院與感化院。

15 歲那年，谷子逃離感化院，一度加入神戶兩大不良少年幫派之一的「紫團」，以「紫團」作為棲身之地。「紫團」後因警察檢束而解散，谷子為了生活，先後當過舞孃、售票場姑娘，後來更成了「街頭的女人──也就是外國人口中『可愛的日本姑娘了』」（頁 150）。

小說即以谷子當街飛奔，向不付錢的外國水手追討酒錢，並請水手讓她搭船偷渡香港，兩年後再度返回神戶港拉開序幕，敘寫以谷子為中心的「孤兒的故事」。

在小說中，翁鬧不僅不再把女性角色的有年谷子，當作被男性角色凝視、描繪的「客體」，而以有年谷子為小說書寫的主體；小說情節的開展，也是以有年谷子為中心，透過谷子的生命歷程、生活經驗，呈顯小說所意欲表達的主題。

換句話說，寫了那麼多年輕女性的翁鬧，似乎是直到〈有港口的街市〉，才真正有了以年輕女性為主角的小說書寫。

除了作為小說書寫的主體，在角色塑造上，谷子為了生活而奮鬥、粗礪的女性形象，也大大不同前述作品中偏重於「賞玩」性質的女性造型。

就這一點而言，「有年谷子」的出現，可說是翁鬧女性小說人物塑造上的突破與創新。

其次，〈有港口的街市〉正面積極、富於救贖意涵的結局安排，也是翁鬧之前作品難得見到的。

谷子為了生活，雖然不得不混進不良幫派、當街頭女人、酒吧女老闆，也曾經是偷渡客、走私寶石，並參與偽幣製造者流通偽幣，彷彿繁華神戶，黑暗角落盛開的陰翳之花。

然而，翁鬧卻賦予谷子「一種令人落淚的溫柔」（頁 132）、富俠義精神與強韌的生命力：當外國酒客想白吃白喝，谷子可以當街飛奔向其索討；為了護衛被資本家山川太一郎蹧蹋的舞女朝子，谷子也可以不畏危險，橫身擋在朝子與持刀的保鏢之間，終至左手小指被截斷一節；朝子自殺身亡後，谷子更毅然負起養育朝子的私生女——支那子的責任，並且盡力培養支那子，避免支那子再度走上母親的命運。

另外，谷子更幫助迫害她的惡人的情婦阿龍戒除酒癮、擺脫糜爛生活建立家庭，之後兩人聯手協助警方破獲山川太一郎所經營，以伴舞為名、賣淫為實的舞廳，並舉發山川太一郎汽船公司剝削員工的不法行為、懲罰為虎作倀的惡人。

透過這些為社會掃除罪惡、為弱勢者爭取公平正義的行為，谷子逐漸脫離陰暗的孤兒命運、擺脫孤兒意識，生命獲得救贖與昇華。於是，在將支那子託付給牧師乳木氏收養之後，害怕往日罪行（走私寶石）被揭發的谷子，毅然決定離開神戶，逃往與臺灣同為日本殖民地的大連。[21]

谷子不再視偷竊、走私、流通偽幣等，過去曾做過的事為當然，決定改變生活的原因，固然在於谷子本性善良，另外卻還有一個重要的轉化契機，那就是牧師乳木氏的宗教情操對她的感召。

乳木氏其實就是谷子未曾相認的親生父親，未當牧師之前，曾經是因偷竊服刑的大盜。谷子出生那天，乳木氏越獄逃亡，因飢餓闖入美國人傳教士家中企圖搶劫，卻反而受傳教士感化自動歸獄；乳木氏出獄後為傳教士收留，並成為虔誠的神的使徒，繼傳教士為該教會的牧師。

翁鬧以「惡念很強的人，善念其實也很強」的說法（頁 172），詮釋乳木氏從令人痛恨、戰慄的大盜，變成人人尊敬、慈愛的宗教家的行為轉變，也以之彰揚乳木氏「徹底」的個性與行動的決志。

成為牧師的乳木氏，時常到拘留所教誨被拘留的嫌疑犯，也時時打聽被棄養的女兒的消息。

某次，谷子以「賣淫的現行犯」被帶到拘留所，幸經乳木氏保釋才得以脫身。

那次會面，雙方都不知道對方就是自己的親人。

然而，乳木氏宗教家的形貌，卻深刻地留在谷子腦海裡；他的宗教情操也深深感動谷子，成為谷子日後獲得救贖的契機。

雖然小說情節過於通俗化、簡單化谷子對抗資本家的過程，但是乳木氏「由惡轉善」，以及谷子「鋤惡救弱」的行為所揭示「超凡入聖」與宗教

[21]1904 年日本向俄國宣戰，後俄國戰敗，將其所統治的中國大連、旅順讓給日本，日本於 1905 年在大連、旅順設總督府，將大連、旅順規畫為「關東州」。讓人好奇的是，大連、臺灣同為日本殖民地，翁鬧為何安排谷子逃往大連，而不是臺灣呢？

救贖的積極意義，卻也足以翻轉翁鬧在〈天亮前的戀愛故事〉裡，被評論家施淑認為是表現了「虛無和毀滅的欲望」[22]的「頹廢」形象。

姑且不論，表現「超凡入聖之積極力量」，是否比表現「虛無和毀滅的欲望」更接近「真實」；這樣的思想主題，總是開創了包括以臺灣農村為題材的〈羅漢腳〉、〈戇伯仔〉、〈可憐的阿蕊婆〉等小說中，未曾出現的，傳遞了可期待之未來的作品訊息，也突顯出，發表於戰爭期間的〈有港口的街市〉，不論在翁鬧個人創作歷程上，或「時代意識」上，都有其開創新局面之階段性意義。

此外，資本家山川太一郎的角色安排，也是小說中值得討論的重點之一。

在翁鬧作品中，也不是沒出現過批判資本主義的文字，例如〈戇伯仔〉裡的戇伯仔每天不停地努力工作，卻仍然難以溫飽的生活景況，所反映臺灣農民（無產階級）無法自主，只能任市場機制（資產階級）隨意宰制的處境，即隱含了對資本家的批判；在〈可憐的阿蕊婆〉裡，翁鬧也曾透過阿蕊婆的二兒子——海東所遭遇的經濟風波，對財團與警察的利益掛鉤，提出批判。

儘管如此，在〈有港口的街市〉之前，翁鬧並未具體創造一特定對象的「資本家」小說人物。

在翁鬧的觀念裡，臺灣並沒有真正的「臺灣人資本家」；他認為讓殖民地臺灣人陷入悲慘生活的是比一般有產階級勢力更浩大的殖民統治，正如他在評論賴明弘〈夏〉裡所說：

> 在咱們的臺灣島上，究竟有多少如林萬舍之輩（按：林萬舍為〈夏〉之小說人物）？擁有二三十萬圓的家產而悠悠然自適過活的人呢？依我想：在臺灣，我們在比那些有產階級更浩大的勢力……的桎梏之下，不

[22]施淑，〈感覺世界——三〇年代臺灣另類小說〉，《兩岸文學論集》（臺北：新地文學出版社，1997年6月），頁100。

是正在步著沒落的步伐呢？[23]

而且，就文學表現而言，翁鬧重視的是「實實在在的人性」[24]，他認為：「應該把人性放實際客觀的角度來觀察。若一提支配階級、有產階級，就立刻把它設定於敵對的位置而去憎恨的話，無庸贅言的，那只像一個小兒科病患」。[25]

或許是這樣的社會觀與文學觀，讓翁鬧在以臺灣社會為背景、臺灣人為書寫對象的小說中，一直缺少「資本家」，也因此甚且被評論者認為他的小說人物「與資本主義社會發展有著同質性的人的破滅」。[26]

如今在以日本人為小說人物〈有港口的街市〉裡出現邪惡的資本家山川太一郎，是否因為其為「日本統治者」的象徵，以之做為「比那些有產階級更浩大的勢力」的暗喻呢？

四、最後的汽笛聲

逃往大連的前夕，谷子突然受到乳木氏的訪問。

這是父女倆第二次會面。在乳木氏眼中，和第一次在居留所看到的女子比起來，生命已然脫胎換骨的谷子，在「衣服、小動作各方面都改變了很多」(頁 314)。

乳木氏終於從谷子的言談中，證實谷子就是自己尋找多年的女兒。然而，認為遺棄女兒、將女兒推入不幸境遇的自己，「沒有權利自稱父親」(頁 314)，乳木氏竟不敢和谷子相認。

而谷子也是直到開往大連的輪船即將啟航，鑼聲響起，才從趕來送行的乳木純口中，知道他就是自己同父異母的弟弟，牧師乳木氏是親生父親。

在與父親臨別的一瞥中，谷子與父親雖然有著心靈相應的默契，卻也

[23]翁鬧，〈新文學三月號讀後感〉，陳藻香、許俊雅編譯，《翁鬧作品選集》，頁 203。
[24]翁鬧，〈新文學三月號讀後感〉，陳藻香、許俊雅編譯，《翁鬧作品選集》，頁 202。
[25]翁鬧，〈新文學三月號讀後感〉，陳藻香、許俊雅編譯，《翁鬧作品選集》，頁 202。
[26]施淑，〈日據時代小說中的知識分子〉，《兩岸文學論集》，頁 45。

只能默默地隨著船隻離岸漸行漸遠，在汽笛聲中告別故鄉與親人……：

> 無數的紙帶從船上朝著送行人的頭上，迅速白的紅的飄落下來。
>
> 船梯被移走了，S 丸漸漸地開始離開碼頭。乳木氏上氣不接下氣地跑來了。
>
> 「喔，知道了。」
>
> 乳木氏終於看見了谷子，好幾次跟他深深地點頭。然後拍了一下支那子的肩膀，很快地舉起手來。
>
> 一領會了那個意思，谷子就點了點頭。
>
> 啊，那個人就是純所說的，是我的父親吧，谷子的心裡不知為什麼鬱悶了起來。船一離開防波堤，就在那邊做了個大迴轉。
>
> 於是，看不到谷子了。突然，支那子的肩膀激烈地振動起來，開始顫抖哭泣了。
>
> 「不要哭，不要哭。」然後，乳木氏凝視著漸漸遠離而去的船隻。
>
> ——頁 322、324

故事結束，離開日本母土的孤兒谷子仍然繼續流浪；而創造了谷子的翁鬧也沒有再踏上自己的母土臺灣。

以寫實為主的〈有港口的街市〉，人物非常多，有流浪街頭的小混混、純真的少女、滿懷青春夢想的青年學生、欺壓善良的惡霸、剝削勞工的資本家、傳教士、電影演員……，彷彿大型歌舞劇般，在「神戶」這個國際港市的大舞臺上，熱鬧地扮演底層人物為生活奮鬥的故事，以及人性的善與惡。

就小說表現技巧而言，〈有港口的街市〉或許不是那麼成熟[27]，故事情節的設計也過於通俗化和浮面化，但是，可以看得出來，翁鬧不僅努力在建構一個與小說背景相契合的故事內容，也用心於勾勒小說場景——神

[27]例如「插敘」與「倒敘」手法的運用，即顯得有些混亂；而情節的進展也過於側重在「交代故事」上面，缺乏經營。

戶，在前述現代化與波希米亞風之外，新舊交錯的城市風貌與歷史變遷，例如，在敘述孤兒院院長的馬鈴薯園時，翁鬧同時也以從美國引進馬鈴薯的村田新左衛門，在「斷髮令」頒布後，仍留著舊式髮髻的行為表徵，既敘寫馬鈴薯引進日本的歷史，也突顯村田新左衛門既先進又傳統的叛逆個性，以及當時髮式流行的風潮：

> 斷髮令老早就下了，海港的人們爭著誇耀外國人，把頭髮梳成七三分頭或背頭，用髮蠟把頭髮梳得發亮，其中卻有一個反其道梳了一頭舊式髮髻的人——日本的馬鈴薯王村田新左衛門，他從美國進口馬鈴薯的種子，大規模地開始種植馬鈴薯，不久之後，在海港一帶四面八方都是馬鈴薯田，而孤兒院的田裡，也種了馬鈴薯，豐富了孤兒院長的飯食。
>
> ——頁 132

又如敘寫酒館密集的湊川地區，翁鬧也以壓倒三絃琴音的爵士樂混亂行人的腳步，做為神戶港「西化」與城市變遷的象徵：

> 這裡曾經留下了平相國清盛的福原京的痕跡，現在卻成了妓院區，的確是紅燈籠的港口。
>
> 鱗次櫛比的房子，不只是出租的宴會會場，這裡亦是酒館的密集地帶，壓倒三絃的琴音，是到處入耳的流行爵士歌，唱得行人的腳步都亂了。
>
> ——頁 240

另外，除了前述所提有關東亞路、金星臺的敘述，翁鬧也藉谷子被棄之地——「澡堂之谷」，由「澡堂之谷」而「安養寺山」、而「大倉山公園」的地名更易，寓寫時代變遷。

從這種種內容敘述，可以看出，〈有港口的街市〉的寫作手法，基本上仍延續了以臺灣農村為背景的〈羅漢腳〉、〈戇伯仔〉、〈可憐的阿蕊婆〉等作品的寫實性與現實性，不同的是，〈羅漢腳〉、〈戇伯仔〉、〈可憐的阿蕊婆〉的調子是陰鬱、沉重的，而〈有港口的街市〉則是明朗、輕快的。

〈有港口的街市〉如果不是翁鬧最後之作，其比翁鬧之前其他作品更為鮮明的寫實性、現實性，以及積極正面之主題內涵，或許正是翁鬧擺脫虛無與頹廢，開創文學新歷程、建立文學新風貌的起點也說不定。

遺憾的是，繁華如夢、青春如煙，〈有港口的街市〉之後，翁鬧就此從臺灣文壇消失！

翁鬧為何選擇與臺灣無關的異鄉異地——神戶，作為創作歷程中具有「轉捩點」意涵的作品之小說場景，在前述「神戶港」的地景意義之外，筆者還做了這樣的推測：

翁鬧一心想進軍「中央文壇」，為了讓日本讀者容易接受臺灣文學，在討論到顧及臺灣鄉土色彩與日本讀者的接受度時，翁鬧雖然主張在名詞使用上，「採用臺灣與內地折衷的方法」[28]，卻也認為：「鄉土色彩固然重要，但，寫出來的東西也要使這邊的人（指日本本土的讀者）所能了解的程度才好」[29]，甚至，進一步地，「就形式而言，我（按：指翁鬧）認為採這邊（按：指東京）文壇的形式並無不可。宛如日本文學在形式上可相同於世界文學之形式一般，只要內容含有臺灣的特色，形式同於日本文學的模樣亦無不可」。[30]

另一方面，翁鬧為日文作家，或許和日治時代其他以日文寫作的臺灣作家一樣，曾經面臨了張文環所說，以和文（日文）難以確切表現臺灣鄉村生活的寫作難題：

本來寫這樣古早的鄉村生活，最感困難的就是用和文無法表現的事項。

[28]〈臺灣文學當前的諸問題——文聯東京支部座談會〉，翁鬧發言，引文見陳藻香、許俊雅編譯，《翁鬧作品選集》，頁 226。

[29]〈臺灣文學當前的諸問題——文聯東京支部座談會〉，翁鬧發言，引文見陳藻香、許俊雅編譯，《翁鬧作品選集》，頁 225。

[30]〈臺灣文學當前的諸問題——文聯東京支部座談會〉，翁鬧發言，引文見陳藻香、許俊雅編譯，《翁鬧作品選集》，頁 229～230。

> 表現不出來，筆自然會轉方向。轉了方向就會寫成許多奇妙的東西出來。能否表現真正親近吾人生活的文學？這是我們正在努力的目標……。[31]

這樣的難題，恰如戰後用華文寫臺灣生活，同樣也有「無法表現」的情況，甚且可能華文能力愈精鍊，「筆自然會轉方向」的情況愈嚴重。

因為這樣的難題，再加上翁鬧離開臺灣日久，與故鄉愈來愈疏離，更難捕捉臺灣生活的面貌、切入臺灣生活的脈動，在創作上乃有了以「作者在場」的在地生活為取材對象，而創作出〈有港口的街市〉，也說不定。

就一位曾經「對臺灣文學的期望與矜持，如同愛少女一般盤踞我心深處」的臺灣作家而言[32]，翁鬧讓後世讀者期待的中篇小說竟然是一篇與臺灣沒有直接關聯的作品[33]，雖然讓人感到有些錯愕，甚至有些失望；但是，若從「作家在場」、「作品反映生活」的角度看，翁鬧以寫實手法表現在地生活的寫作方向，不也是誠摯的創作態度的表現嗎？如果翁鬧繼續留在日本，或許成為另一位小泉八雲或陳舜臣也有可能？！

五、結論

以一方面延續、強化，一方面突破、創新的作品風貌，不論在小說取材、人物塑造、內容主題上，都與翁鬧之前作品有所不同的〈有港口的街市〉，在翁鬧小說創作歷程上，實具有開創新局面、塑造新風格的意義。

或許是巧合，也或許是潛意識作用，翁鬧以之開啟創作之門的〈音樂鐘〉，一開始敘事者「我」所聽到的音樂鐘樂曲〈汽笛一聲〉，根據杉森藍的考證，那是「明治 33 年大和田建樹所作詞，以教育的目的發表的『地理

---

[31]張文環著；陳千武譯，〈小說《山茶花》作者的話〉，《張文環全集・卷 4》（臺中：臺中縣文化中心，2002 年 3 月），頁 2。小說原刊《臺灣新民報》，1940 年 1 月 23 日至 5 月 14 日，8 版。

[32]翁鬧，〈跛腳之詩〉，《翁鬧作品選集》，頁 197。

[33]〈有港口的街市〉裡有各色人種的小說人物，除了主要的日本人，還包括白俄羅斯人、美國人、支那人等，令人好奇的是，獨獨缺少臺灣人。

教育鐵道唱歌』」[34]，歌詞內容是將新橋到神戶，總共 66 個鐵道站名編成歌，教小孩背唱，一方面當作音樂教育的項目，另方面也讓小孩從中認識日本地理和歷史，小孩也可以藉此學習初步的漢字或韻文，可說是「綜合科目」的一種。[35]

〈汽笛一聲〉指涉了「汽笛」與「神戶」這兩個物件。

而作為翁鬧告別文壇的最後之作〈有港口的街市〉，也同時指涉了「汽笛」與「神戶」。不論是巧合或是潛意識作用，始於〈音樂鐘〉，終於〈有港口的街市〉的汽笛聲再度響起，似乎也為翁鬧畫出既是起點也是終點的文學軌跡。

有著宗教救贖、溫暖人心之精神力量的〈有港口的街市〉，雖是翁鬧「獻給失去父親的孩子、跟小孩離別的父親，以及不幸的兄弟」的作品，不也是「見不到鷗鳥飛翔／只見無涯沙漠／在狂風中獨自躑躅／孤伶的異鄉人」[36] ——翁鬧，自我療傷的作品嗎？

參考文獻

一、專書

・王昶雄著；許俊雅編，《王昶雄全集・第一冊》，臺北：臺北縣文化局，2002 年 10 月。

・張文環著；陳萬益主編，《張文環全集・卷 4》，臺中：臺中縣文化中心，2002 年 3 月。

・翁鬧著；陳藻香、許俊雅編譯，《翁鬧作品選集》，彰化：彰化縣文化中心，1997 年 7 月。

[34]杉森藍，〈翁鬧生平及新出土作品研究〉，頁 66。
[35]杉森藍，〈翁鬧生平及新出土作品研究〉，頁 66。
[36]翁鬧著；陳藻香譯，〈在異鄉〉，陳藻香、許俊雅編譯，《翁鬧作品選集》，頁 8。原詩為：「見不到鷗鳥飛翔／只見無涯沙漠／孤伶的異鄉人／在狂風中獨自躑躅」，為順文氣，筆者引文將原詩順序略為更動。

二、單篇

- 施淑，〈日據時代小說中的知識分子〉，《兩岸文學論集》，臺北：新地文學出版社，1997 年 6 月。
- 施淑，〈感覺世界——三〇年代臺灣另類小說〉，《兩岸文學論集》，臺北：新地文學出版社，1997 年 6 月。
- 施淑，〈日據時代臺灣小說中頹廢意識的起源〉，《兩岸文學論集》，臺北：新地文學出版社，1997 年 6 月。
- 黃得時著；葉石濤譯，〈輓近臺灣文學運動史〉，《臺灣文學集・日文作品選集 2》，高雄：春暉出版社，1999 年 2 月。
- 張炎憲、曹秋美，〈陳遜章先生訪問記錄〉，《臺灣史料研究》第 14 期，1999 年 12 月。
- 許素蘭，〈青春的殘焰——翁鬧〈天亮前的戀愛故事〉〉，《聯合文學》第 182 期，1999 年 12 月。
- 許素蘭，〈荒原之心——無產作家之另類：翁鬧及其文學〉，《淡水牛津臺灣文學研究集刊》第 5 期，2003 年 8 月。

三、學位論文

- 杉森藍，〈翁鬧生平及新出土作品研究〉，成功大學臺灣文學研究所碩士論文，2007 年。

——選自蕭蕭、陳憲仁編《翁鬧的世界》
臺中：晨星出版社，2009 年 12 月

舊記憶與新感覺的激盪

翁鬧詩作中的土地意象與生命感喟

◎蕭蕭*

一、前言

臺灣最早將日治時代文學作一全盤性介紹的書，是 1979 年 3 月李南衡（1940～）主編的《日據下臺灣新文學》「明集」五大冊，分別是《賴和先生全集》、《小說選集一》、《小說選集二》、《詩選集》、《文獻資料選集》[1]，此一選集唯一提到翁鬧（1910 年 2 月 21 日～1940 年 11 月 21 日）的地方是在王詩琅（1908～1984）所撰的〈日據下臺灣新文學的生成及發展——代序〉中，王詩琅在此文中將臺灣新文學的發展分成五個時期：1.萌芽期；2.開展期；3.成熟時期；4.高潮時期；5.戰爭時期。翁鬧則出現在 4.高潮時期：「在這一時期臺灣新文學顯然已擺脫初期的暴露式的政治色彩，純站在文學的立場寫作，所以藝術氣味也漸濃厚。主要的作家除了前述（指：張深切、張星建、賴明弘、楊逵、葉陶）之外，中文還有林越峰、謝萬安、蔡德音、繪聲、林精鏐、賴玄影、張慶堂等人，至於日文則有翁鬧、史民、郭水潭、呂赫若、施維堯、江燦琳、楊啟東、吳天賞、陳遜仁等人，此外這些雜誌（指《臺灣文藝》、《臺灣新文學》）還刊有洪耀勳、陳紹馨、郭明昆、蘇維熊等人的學術論文。」[2]在這套書中，小說集、詩選集

*本名蕭水順。發表文章時為明道大學中國文學學系副教授，現為明道大學中國文學學系榮譽講座教授。

[1]李南衡主編，《日據下臺灣新文學・明集》（臺北：明潭出版社，1979 年）。

[2]王詩琅，〈日據下臺灣新文學的生成及發展——代序〉，李南衡主編，《日據下臺灣新文學・明集 1——小說選集一》，序頁 6～8。此文在《日據下臺灣新文學・明集》1～5 冊書中均在首篇出現。

中均未選錄翁鬧作品，概因《日據下臺灣新文學・明集》只選中文作品，日文作品要等《日據下臺灣新文學・潭集》才出現，可惜距離「明集」出版已過 30 年，目前仍了無蹤影。對於翁鬧生平，首次加以簡介，要等到 1979 年 7 月由臺灣文學大老有「北鍾南葉」之稱的鍾肇政（1925～）、葉石濤（1925～2008）所主編的《光復前臺灣文學全集》，其第六卷《送報伕》收錄翁鬧的五篇小說〈音樂鐘〉、〈戇伯仔〉、〈殘雪〉、〈羅漢腳〉、〈天亮前的戀愛故事〉，對翁鬧簡介如下：

> 翁鬧，彰化縣人，1908 年生，畢業於臺中師範，曾擔任教師，後赴日本，就讀日本大學。翁鬧生活浪漫，不修邊幅，無拘小節，類似現今的嬉皮，他曾以小說〈戇伯仔〉一作，入選日本「改造社」的文藝佳作。在日本與張文環、吳坤煌、蘇維熊、施學習、巫永福、王白淵、劉捷等人組織「臺灣藝術研究會」，並創辦《福爾摩沙》雜誌。1940 年左右，病歿在日本。[3]

這套書實際的編輯人員是當時任職遠景出版事業公司的羊子喬（楊順明，1951～）及全力協助的張恆豪（1950～）、林梵（林瑞明，1950～）。雖然此一簡介有許多訛誤，卻是最早勾勒出翁鬧年籍與形象的重要資料。而且此書選入翁鬧五篇小說，率先肯定翁鬧的小說價值，其後，張良澤（1939～）、許俊雅（1960～）都曾津津樂道此事。張良澤於 1985 年出版的《臺灣文藝》第 95 期，以第六卷《送報伕》所收 11 人、20 篇小說作統計，認為以楊逵（1905～1985）名聲之響、作品之多，僅得四篇，翁鬧卻以六篇作品被選五篇，躍居全卷之冠，「可見翁鬧出道雖比楊逵為遲，但其成就在當今年輕評論者眼中，並不遜於楊逵。憑此一點，即可證實翁鬧在

[3]鍾肇政、葉石濤主編，《光復前臺灣文學全集・卷 6——送報伕》（臺北：遠景出版公司，1979 年），頁 287～288。

臺灣文學史中所占地位之重要。」[4]許俊雅則在《翁鬧作品選集》裡以〈幻影之人——翁鬧及其小說〉作為「代序」，文中提到「在《光復前臺灣文學全集・卷 6——送報伕》（小說）收錄了 11 人、20 篇作品，翁鬧作品居全書之冠，凡有五篇入選，比楊逵作品尚且多一篇，如就目前僅見的六篇小說而言，其入選比例（六分之五）則更是高於任何一位日據作家，足見其成就在當今評論者眼中有舉足輕重之地位。」[5]

《光復前臺灣文學全集》小說八卷出版後三年，詩選四卷亦出版，分別是《亂都之戀》、《廣闊的海》、《森林的彼方》、《望鄉》，其中卷 10《廣闊的海》收入翁鬧三首詩〈在異鄉〉、〈故里山丘〉、〈詩人的情人〉，對翁鬧的生平沒有新發現，反而簡化為：

> 翁鬧，彰化人，1908 年左右生，畢業於臺中師範，曾擔任教師，後赴日本就讀日本大學，加入「臺灣藝術研究會」，並創辦《福爾摩沙》雜誌，1940 年左右，病歿於日本精神病院。[6]

生年，從肯定句「1908 年生」變成疑惑性的「1908 年左右生」；逝世的情景，從不確定的「病歿在日本」，變成為確定的「病歿於日本精神病院」。這三年間臺灣文學研究者對翁鬧是否有重要發現，未從得知，不過，羊子喬為這四本詩選所撰的總序〈光復前臺灣新詩論〉，將日治時代臺灣新詩分為「奠基期」（從 1920 至 1932 年，也就是從新文化運動中《臺灣青年》的創刊，至《臺灣新民報》改為日刊為止）、「成熟期」（從 1932 年至 1937 年，即 1932 年 4 月 15 日《臺灣新民報》週刊改為日刊，至 1937 年 4

[4]張良澤，〈關於翁鬧〉，《臺灣文藝》第 95 期（1985 年 7 月）。後收錄於陳藻香、許俊雅編譯，《翁鬧作品選集》（彰化：彰化縣立文化中心，1997 年），頁 252～271。此處引文見於頁 255～256。
[5]許俊雅，〈幻影之人——翁鬧及其小說（代序）〉，陳藻香、許俊雅編譯，《翁鬧作品選集》，序文及目錄頁。
[6]羊子喬、陳千武主編，《光復前臺灣文學全集・卷 10——廣闊的海》（臺北：遠景出版社，1982 年），頁 213。

月 1 日日本政府禁止使用中文為止，前後約有六年)、「決戰期」(從 1937 年至 1945 年止，即 1937 年 4 月 1 日日本政府全面禁止使用中文開始，至 1945 年 10 月 25 日臺灣光復為止，為期約八、九年)[7]，將翁鬧納入「成熟期」，雖未舉翁鬧詩作為例，但兩次提到「其中以夢湘、吳坤煌、翁鬧、水蔭萍、李張瑞、林修二、林精鏐、王登山、董祐峰、黃衍輝等較為重要。」[8]「另外，翁鬧、黃衍輝、林精鏐等人的作品，亦有精采的演出。」[9]以新詩數量僅有六首(選入三首)的翁鬧而言，能得此青睞，一樣令人驚嘆。

但就一個愛好新詩的彰化人而言，這樣的簡介當然無法滿足我，從此我投注心力在彰化縣籍的新詩人研究。從二水、田中，到社頭、員林的山腳路所屬山林、溪圳、田野，是我青少年遊蕩的勢力範圍，王白淵(1901～1965)、翁鬧與曹開(1929～1997)，正是沿著八卦山腳，世襲生活於其間，或來自臺北師範、或來自臺中師範，傑出卻不被重視的三位詩人，自然成為我研究的首要對象。其中尤其是同屬社頭，有著地緣之親的翁鬧，更是我搜尋的第一目標。

二、任何幻影之人自有其真摯之心

很快又很巧的，《光復前臺灣文學全集》詩選四卷出版之後三年，1985 年 7 月，《臺灣文藝》第 95 期出刊「翁鬧研究專輯」，其中登載與翁鬧有數面之緣的楊逸舟(楊杏庭，1909～1987)、劉捷(1911～2004)、巫永福(1913～2008)之文，令人又驚又喜，喜的是又有了翁鬧的訊息，驚的是這三篇文章頗多驚人的負面之詞。楊逸舟〈憶夭折的俊才翁鬧〉[10]文中的翁

[7]羊子喬，〈光復前臺灣新詩論〉，羊子喬、陳千武主編，《光復前臺灣文學全集・卷 9——亂都之戀》(臺北：遠景出版社，1982 年)，序頁 1～37。

[8]羊子喬，〈光復前臺灣新詩論〉，羊子喬、陳千武主編，《光復前臺灣文學全集・卷 9——亂都之戀》，序頁 20～21。

[9]羊子喬，〈光復前臺灣新詩論〉，羊子喬、陳千武主編，《光復前臺灣文學全集・卷 9——亂都之戀》，序頁 28。

[10]楊逸舟，〈憶夭折的俊才翁鬧〉，《臺灣文藝》第 95 期，頁 169～172。後收錄於陳藻香、許俊雅編譯，《翁鬧作品選集》，頁 248～251。楊逸舟(楊杏庭)，生於明治 42 年(1909)臺中州，在臺灣接受公學教育、師範教育，1934 年入東京師範教育研究科(現日本筑波大學)，1940 年赴中

鬧，讀師範時，晚間自修時間常發出怪響，擾亂人家讀書；當教師時，像狂人一樣，不跟人打招呼，不在意人情世故；赴日留學時，曾發妄大之言：「在銀座遊蕩的這些眾愚的頭腦集中起來，也不及我一個。」甚至於說翁鬧把書籍、衣服、被單都提去當掉，在亂七八糟的報紙堆裡凍死了，又說他年富力壯卻不肯勞動掙錢，白白給餓死。在這篇不到兩千字的散文中，有五處提及翁鬧對日本女性的迷戀，可能是指三段不如意的戀情：臺灣公學校日本女教員、東京高圓寺界隈的 46 歲寡婦、內閣印刷局日本女子。楊逸舟對翁鬧以被殖民者的身分竟然去高攀殖民國女子，頗有微詞。劉捷〈幻影之人——翁鬧〉[11]則在負面敘述之後拉回正面評價，如說翁鬧「一年到頭穿的是黑色金鈕的大學生制服，蓬頭不戴帽子」，但緊接著說，這種游學方式，「實際上對於文藝寫作的修練也是最有效的方法之一，這樣可以自由參加各種有關文學、藝術的集會，多認識圈內文壇人士。」又如說翁鬧受託暫住陳垂映（陳瑞榮）的東京公寓，等陳垂映從臺灣返回，「所有棉被衣服都不見，看家的翁兄亦不知去向」，暗示翁鬧不守信、不盡責，但話鋒一轉，「當時的翁鬧生活浪漫，窮苦到了極端，他那種深刻的人生體驗，鍥而不舍的精神，倘若能夠發揮於文學作品，天再假以長壽的話，翁鬧的成就必然可以期待，更有可觀。」話雖如此，「幻影之人」四個字卻從此成為後世論述翁鬧最常借用之詞。

然而，翁鬧真是幻影之人嗎？為什麼會是幻影之人？是不是「他者」回憶四、五十年前的陳年舊事所造成的印象模糊？仔細比對《臺灣文藝》第 95 期

國，於南京汪精衛政權任教育部專員，後亦任還都後國立編譯館編譯官、內政部委員等職，1947 年奉內政部長張厲生之命，來臺調查二二八始末，歷時一月，並完成報告書上呈。1948 年國共戰爭情勢惡化，以難民身分抵臺，歷任臺灣銀行特約研究員、教育部特約編審、並曾參與縣市長選舉，1953 年離臺赴日，1987 年 6 月 5 日病逝於東京。著有《二二八民變》（楊逸舟原著、張良澤譯）（臺北：前衛出版社，1991 年）。

[11]劉捷，〈幻影之人——翁鬧〉，《臺灣文藝》第 95 期，頁 190～193。後收錄於陳藻香、許俊雅編譯，《翁鬧作品選集》，頁 276～280。劉捷，日本速記學校畢業，明治大學法科研讀，遊走於日本、中國、臺灣之間，二二八事件中被捕入獄，歷任《臺灣新聞報》、《臺灣新民報》記者，臺北市證券工會總幹事，擅長文學評論、文學觀察、禪學，著有《我的懺悔錄》（臺北：九歌出版社，1998 年）。

「翁鬧研究專輯」中，楊逸舟、劉捷、巫永福三人回憶翁鬧的文章，錯謬、矛盾之處實多。如巫永福〈阿憨伯的形象〉中提到：「記得我與他的認識不是在東京，而是 1935 年我由東京回臺，任臺灣新聞記者時，他由吳天賞陪同，東寶町中央書局訪問《臺灣文藝》的編輯張星建，經吳天賞介紹認識的。」[12]經查翁鬧赴日是 1934 年，直至 1940 年未有返臺紀錄。

再如劉捷記憶中「翁鬧就是那時日本留學生臺灣藝術研究會的一分子，我和他沒有個人的往來深交。東京市本鄉區元町張文環兄之家每日有文學青年出入，因為那時文環兄與奈美子夫人結婚，設有伙食，初次來到日本的，在住的常常在此集合，這裡雖然沒有掛上招牌，無形中就是『臺灣藝術研究會』──《福爾摩沙》的集會所。我和翁鬧常在此地碰面交談，有時候是翁鬧、張文環、我三人，有時候是曾石火、蘇維熊、施學習、巫永福、吳坤煌等多數人。」[13]但根據施學習的文章：「直到民國 21 年 3 月 20 日，再由在東京同仁蘇維熊、魏上春、張文錕、吳鴻秋、巫永福、黃坡堂、王白淵、劉捷、吳坤煌等氏，另繼續組織『臺灣藝術研究會』的團體。」[14]其後，「民國 21 年 5 月 10 日，便假東京本鄉區西竹町張文環氏所經營的茶室兼菜館的トリオ集會。那天到會的計有吳坤煌、王白淵、張文環、巫永福、蘇維熊、施學習、陳兆柏、王繼呂、楊基振、曾石火等 12 人。」[15]會中討論的是關於研究會機關雜誌《福爾摩沙》的出版與發行問題。這兩次重要聚會，都不曾提到翁鬧的名字，確證翁鬧並不屬於臺灣藝術研究會的成員，再查《福爾摩沙》雜誌出版了三期，始於 1932 年 7 月，

[12]巫永福，〈阿憨伯的形象〉，《臺灣文藝》第 95 期，頁 187。後收錄於陳藻香、許俊雅編譯，《翁鬧作品選集》，頁 272。巫永福，南投人，日本明治大學文藝科畢業，臺灣藝術研究會、臺灣文藝聯盟成員，光復後曾任臺中市政府祕書、中國化學製藥公司副總經理、新光產物保險公司董事兼副總經理，《笠》詩刊、《臺灣文藝》發行人，創設「巫永福文學獎」，著有《巫永福全集》（沈萌華主編，24 冊）（臺北：傳神福音文化公司、榮神文化公司，1995～2003 年）。

[13]劉捷，〈幻影之人──翁鬧〉，《臺灣文藝》第 95 期，頁 190～193。後收錄於陳藻香、許俊雅編譯，《翁鬧作品選集》，頁 276～280。

[14]施學習，〈臺灣藝術研究會成立與《福爾摩沙》（Formosa）創刊〉，李南衡主編，《日據下臺灣新文學・明集 5──文獻資料選集》（臺北：明潭出版社，1979 年），頁 351～361。此段見頁 355。

[15]施學習，〈臺灣藝術研究會成立與《福爾摩沙》（Formosa）創刊〉，李南衡主編，《日據下臺灣新文學・明集 5──文獻資料選集》，頁 360。

止於 1933 年 6 月，翁鬧雖然曾在《福爾摩沙》創刊號發表第一首詩〈淡水海邊寄情〉，但此時翁鬧尚未出國，等到 1934 年翁鬧出國，臺灣藝術研究會則在稍後併合於此年 5 月 6 日創立的臺灣文藝聯盟了。[16]因此，當劉捷說：「關於翁鬧的個人生平，我所接觸的只是東京《福爾摩沙》時代一段短時間，所知不多，在我的回憶中，他像夢中見過的幻影之人。」[17]或許有其真意。

又如楊逸舟雖然與翁鬧同為臺中師範首屆畢業生（昭和 4 年，1929），〈憶夭折的俊才翁鬧〉文章一開始即言：「翁鬧是臺中師範第一屆畢業的高材生，名列全級第六名。」但經查臺灣總督府臺中師範學校學業成績表，翁鬧五學年與演習科的學年成績之席次／人數，分別是 58／85、56／85、53／78、44／74、20／65、33／64，所以卒業成績是 43／64，頂多只能算是中等。整張學業成績的平均數是「七」級分，卒業成績能達到「八」級分的是國語（日文）讀方、作文、習字、漢文、英語，音樂是唯一達到「九」級分的一科。不過，操行成績第一學年是「乙下」，其後一直是「乙」，未曾甲等，或可稍稍呼應翁鬧三位友人對他的共同評價：「非同流俗」，非屬「循規蹈矩」之輩。

翁鬧對他人的評價，其實也有蛛絲馬跡可循，這些蛛絲馬跡又透露什麼樣的訊息？竟也如一般人對他論述之嚴苛嗎？

以他在〈新文學三月號讀後感〉[18]的長篇隨想來看，翁鬧對於新進作家如賴明弘，雖然不欣賞他的小說，卻以 1200 字的篇幅分析他對人性的看法，指陳小說人物塑造的技巧，這種指點迷津、示人金針的古道熱腸，文壇少有。在這篇隨想中，他強調「真正的人性應該更複雜，而且有更多的通融性、自由性，與不羈的奔放性。」他不認為階級應該設定於敵對的位置而相互憎恨，支配階級或地主就應該將他寫成具有卑劣、俗不可耐的人性，因此如果要徹底挖掘這種醜惡，就必須寫出必然性與具象性。這樣的言論出自於貧困的鄉村子

---

[16]賴明弘，〈臺灣文藝聯盟創立的斷片回憶〉，李南衡主編，《日據下臺灣新文學・明集 5——文獻資料選集》，頁 378～391。

[17]劉捷，〈幻影之人——翁鬧〉，《臺灣文藝》第 95 期，頁 193。

[18]翁鬧，〈新文學三月號讀後感〉，《臺灣新文學》第 1 卷第 3 期（1936 年 4 月）。後收錄於陳藻香、許俊雅編譯，《翁鬧作品選集》，頁 201～207。

弟、潦倒東京的浪人，可以看出他對人性與文學的正確胸襟。對於舊識江燦琳詩作〈曠野〉的隨想，翁鬧選擇以感傷的語調回憶昔日情景：

> 請恕我抒一抒我的感傷吧！常我想起，曾幾何時，我倆終夜流連在田中、二水的稻田中之往日之時，便使我心頭哽塞，不可名狀。

這才是朋友之間的溫潤之情，常有這種溫潤之情的人，豈會有乖張之行？翁鬧心目中的江燦琳形象：

> 雖眷戀著往來的人影：心牽繫巷中歡樂之聲，卻只能孤孤零零，沒有朋友，沒有戀人地獨自漂泊在荒野的唯美主義者。對詩人而言，這世界或許是花叢錦簇、令人眩眼的美麗花園。其實，那是充滿荊棘與毒草之園呢。就因為他有顆潔美的靈魂，而使他無心修邊幅，任其蓬頭垢面，任其衣裳襤褸，任其鞋襪歪曲無形。江君，這就是往來在我心頭的你的模樣。

這種蓬頭垢面，獨自漂泊在荒野的唯美主義者的形容，或許也是翁鬧自我的寫照，這種惺惺相惜的場景，令後人感動。對新交關愛，對舊雨難捨，如此重義重情，翁鬧的形象值得依此方向重新構建。

一般認為翁鬧對當時臺灣文壇不夠熱心，很少參與社團活動，但是如果將翁鬧一生的文學志業列一簡表如次，反而證明了翁鬧對臺灣文學的熱情與焦急。

翁鬧文學年表

西曆	日紀	年齡	文學大事及著作
1910	明治 43	1 歲	2 月 21 日：出生於臺中廳武西堡關帝廳社 264 番地（今屬彰化縣永靖鄉東側），親生父親陳紂、母親陳劉氏春之四男。

1915	大正 4	6 歲	5 月 10 日：入戶臺中廳線東堡彰化街土名東門 359 番地翁家為養子（螟蛉子），父親翁進益、母親翁邱氏玉蘭。養父翁進益原居地應為武東堡社頭庄湳雅 185 番地，翁進益之母、翁進益夫妻及翁鬧之戶籍，常進出於此地址。
1923	大正 12	14 歲	4 月 29 日：入學臺中師範學校（今臺中教育大學）。
1929	昭和 4	20 歲	3 月 18 日：畢業於臺中師範學校（首屆畢業生）。畢業後進入員林公學校（今員林國小）教書兩年（1929 年 3 月 31 日～1931 年 3 月 31 日）。
1931	昭和 6	22 歲	轉往田中公學校（今田中國小）教書三年（1931 年 3 月 31 日～1934 年 3 月 31 日）。
1933	昭和 8	24 歲	7 月：詩〈淡水海邊寄情〉，發表於《福爾摩沙》創刊號。
1934	昭和 9	25 歲	結束教職後，前往日本東京遊學。
1935	昭和 10	26 歲	4 月：散文〈東京郊外浪人街——高圓寺界隈〉、隨想〈跛腳之詩〉、詩〈在異鄉〉，發表於《臺灣文藝》第 2 卷第 4 期。
			5 月：譯詩〈現代英詩抄〉，發表於《臺灣文藝》第 2 卷第 5 期。
			6 月：小說〈音樂鐘〉、隨想〈有關詩的點點滴滴——兼談 High-brow〉、詩〈故鄉的山丘〉、〈詩人的情人〉、〈鳥兒之歌〉等作品，發表於《臺灣文藝》第 2 卷第 6 期。
			7 月 1 日：小說〈戇伯仔〉，發表於《臺灣文藝》

			第 2 卷第 7 期。
			8 月：小說〈殘雪〉，發表於《臺灣文藝》第 2 卷第 8、9 期合刊。
			12 月 28 日：小說〈羅漢腳〉，發表於《臺灣新文學》第 1 卷第 1 期。
1936	昭和 11	27 歲	1 月：詩〈搬運石頭的人〉，發表於《臺灣文藝》第 3 卷第 2 期。
			3 月：書信〈明信片〉一，發表於《臺灣新文學》第 1 卷第 2 期。
			4 月：隨想〈新文學三月號讀後感〉，書信〈明信片〉二，發表於《臺灣新文學》第 1 卷第 3 期。
			5 月：小說〈可憐的阿蕊婆〉，發表於《臺灣文藝》第 3 卷第 6 期。
			6 月：隨想〈新文學五月號讀後感〉，發表於《臺灣新文學》第 1 卷第 5 期。
1937	昭和 12	28 歲	1 月 25 日：小說〈天亮前的戀愛故事〉，發表於《臺灣新文學》第 2 卷第 2 期。
1938	昭和 13	29 歲	10 月 14 日：詩〈勇士出征去吧〉，發表於《臺灣新民報》8 版。
1939	昭和 14	30 歲	7 月 4 日：中篇小說〈有港口的街市〉，發表於《臺灣新民報》新銳中篇小說特輯，由黃得時策畫。連載至 8 月 20 日。
1940	昭和 15	31 歲	11 月 21 日：逝世。

從這張簡表可以看出，翁鬧的作品大都發表在《臺灣文藝》與《臺灣新文學》，最早與最晚的作品則發表在《福爾摩沙》、《臺灣新民報》上。特

別是在《臺灣新文學》的言論，除作品外，總立刻有讀後感（兩篇）、明信片（兩篇），抒發自己對當期作品或短或長的評論與具體建議，並對編輯團隊加油打氣，諸如「新文學日前拜讀。對其嶄新之體裁及內容頗為驚訝。對貴兄之鞠躬盡瘁，不勝感激，遙祝今後之發展與成功。」「對於貴兄的工作，以及新文學之發展，我滿腔熱誠地期待著。無庸置疑，由於貴兄之努力，我堅信必定會產生優秀的作品。願能相互鞭韃，百尺竿頭再進一步。」[19]如此密集的關切與鼓舞，必然來自一顆真摯、虔敬的心；如此隔期就出現的立即性評語，必然來自對文學的狂熱信仰與狂熱實踐。

翁鬧，身或許因困頓而飄忽如影，心對文學卻似磐石穩固。他既現代又寫實的兩棲型作品，不論是詩或小說，都集中於 1935 與 1936 年，26、27 歲的年紀完成。28 到 30 歲的三年，則肆力發展〈有港口的街市〉中篇小說，短短五年的時間，造就翁鬧文學版圖。

翁鬧的身世處境與文學成就，實可與日治時代另一位天才型的短命詩人楊華（楊顯達，1900～1936）相比，相同的是他們都住在褊狹、惡劣的環境裡，窮苦潦倒，享年雖僅三十出頭，卻擁有極高的文學讚譽。不同的是，翁鬧遊學日本，以日文寫作，楊華久困屏東，使用純正中文或臺語漢字為工具；翁鬧以小說得勝，楊華則以小詩擅場；一中一南，既令人欷歔、惋嘆，又令人珍惜、悸動。

三、雙父之鷹與雙鄉之狐的掙扎

翁鬧有六篇短篇小說、一篇中篇小說〈有港口的街市〉，中篇小說為成功大學臺灣文學研究所碩士——日籍杉森藍所翻譯，2007 年 1 月隨其碩士論文〈翁鬧生平及新出土作品研究〉而面世，但遲至 2009 年 5 月才納入彰化師範大學策畫的「彰化學」叢書，得以印刷出版。

[19]翁鬧，〈明信片〉一，原載《臺灣新文學》第 1 卷第 2 期（1936 年 3 月）。後收錄於陳藻香、許俊雅編譯，《翁鬧作品選集》，頁 76。〈明信片〉二，原載《臺灣新文學》第 1 卷第 3 期。後收入於《翁鬧作品選集》，頁 77～78。

因此，討論翁鬧小說往往依其內容分為兩大類加以討論，先行者如葉石濤：「在『成熟期』裡作品量較多，在小說領域上開拓新傾向的作家是翁鬧。翁鬧已經有了現代知識分子的懷疑精神，用敏銳的感覺捕捉現實世界的複雜現象，用心理分析來剖析內心生活，以嶄新的感覺來描述四周環境，皆有獨到的成就。他是屬於小資產階級的文化人，但基本上是反帝反封建的。他的作品影響到龍瑛宗和呂赫若等人，使得這些作家都多少帶有蒼白的知識分子，世紀末的頹廢。翁鬧的小說分為兩種傾向，其一是以客觀的眼光來凝視臺灣現實的；這便是〈戇伯仔〉(《臺灣文藝》，1935 年)和〈羅漢腳〉(《臺灣新文學》，1935 年)。另一種小說是富於詩精神的，表現現代人複雜的心思和感覺的小說，如〈殘雪〉(《臺灣文藝》，1935 年)、〈音樂鐘〉(《臺灣文藝》，1935 年)、〈天亮前的戀愛故事〉(《臺灣新文學》，1937 年)。」[20]這種說法幾乎已成定論。

典型者如張恆豪：「就題材而言，其作品可分為兩類：一是對於農村小人物的關懷，如〈戇伯仔〉、〈羅漢腳〉、〈可憐的阿蕊婆〉，另一是對於現代男女複雜感情心理的剖析。在觀點及表現上，翁鬧對於人類內心世界探索的興味遠甚於外在現實世界的觀察，小說充滿了現代主義的敏銳感、心理分析和象徵手法。」[21]另一典型者許俊雅亦言：「六篇短篇小說，如依題材的不同，大致可分成兩類：一為對愛情的渴望、異性的思慕為主題的〈音樂鐘〉、〈殘雪〉、〈天亮前的戀愛故事〉；二為以臺灣農村生活、農村小人物為描繪對象的〈戇伯仔〉、〈羅漢腳〉、〈可憐的阿蕊婆〉。這兩組剛好各占三篇。(這些 27、28 歲之作，證明了他早熟而可畏的才華，以及內蘊的自我毀滅傾向。)前組寫出對情戀的憧憬、真誠的追求與失落，唈唈吞吐出自我內在的深層面；後者再現臺灣庶民存在之困境，傳達出殖民社會環境與時代之氛圍。」[22]綜觀新文學以來的小說界，以雙軌並行的方式創作者，唯

[20]葉石濤，《臺灣文學史綱》(高雄：文學界雜誌社，1987 年)，頁 53。
[21]張恆豪，〈幻影之人——翁鬧集序〉，《翁鬧、巫永福、王昶雄合集》(臺北：前衛出版社，1991 年)。又見於陳藻香、許俊雅編譯，《翁鬧作品選集》，頁 281～283。
[22]許俊雅，〈幻影之人——翁鬧及其小說（代序）〉，陳藻香、許俊雅編譯，《翁鬧作品選集》，序文

翁鬧而已，有趣的是，根據上列〈翁鬧文學年表〉，兩組小說的創作，呈現一先一後的交錯方式在進行，並非以時段分裂，也無法以區塊分割。不僅如此，詩與小說的發表也呈現這種夾雜、交錯、共治、同冶的現象。換句話說，翁鬧的思考裡，新詩／小說，現代性／感懷型，具有共時性而不相錯亂，同行而不相悖離，彷彿夫妻之間同床異夢卻又一無爭端。

翁鬧新詩共有七首，依序是：〈淡水海邊寄情〉（1933 年）、〈在異鄉〉（1935 年）、〈故鄉之山丘〉（1935 年）、〈詩人的情人〉（1935 年）、〈鳥兒之歌〉（1935 年）、〈搬運石頭的人〉（1936 年）、〈勇士出征去吧〉（1938 年）。不似小說那樣可以截然二分，但呈現的仍然是兩股力量的糾纏。這兩股力量不斷在詩中自我糾纏，不是鐵軌式的並駕齊驅，而是鉸剪式的，合則其力能翦除鋼筋，分則自由而行。

但要討論這七首詩之前，需要辨明翁鬧成長的空間。

最早調閱翁鬧相關戶籍以確定其行止的研究者是日籍杉森藍女士，其碩士論文〈翁鬧生平及新出土作品研究〉於 2007 年面世[23]，對於翁鬧的家庭、遷徙有了明確的釐清。不過，仍有一些解讀上的錯誤，本文無意逐筆加以修正，謹依田中戶政事務所資料為主，佐以社頭戶政事務所、彰化市戶政事務之資料，相互辯證，重新敘明。

依田中戶政事務所戶籍部冊冊號「0091」，第 00241 頁，「戶主翁鬧」之記載，翁鬧（日治時代翁鬧之鬧，都手寫為異體字之「鬦」），生年月日為明治 43 年（1910）2 月 21 日，生父母為陳紂、陳劉氏春，出生別為四男，原居住地為臺中廳武西堡關帝廳庄 264 番地（今永靖鄉，東鄰社頭鄉），所以，以生父所在地而言，翁鬧應該是永靖人。

大正 4 年（1915）5 月 10 日，六歲的翁鬧成為翁進益、邱氏玉蘭之螟蛉子。翁進益、邱氏玉蘭結婚於明治 39 年，翁進益為招夫，先是住在臺中

及目錄頁。又見於許俊雅，〈翁鬧小傳〉，《臺灣文學家年表六種》（臺北：臺北縣政府文化局，2006 年），頁 215；但括弧內的字則已刪去。

[23]杉森藍，〈翁鬧生平及新出土作品研究〉（成功大學臺灣文學研究所碩士論文， 2007 年）。

廳線東堡彰化街土名東門 359 番地（今彰化市東門），後來異動頻仍，有時隨翁鬧讀書、教書而定居留，但在翁鬧成長的過程裡，是以社頭庄湳雅 185 番地（今社頭鄉山腳路）為主要居住地，所以，以養父所在地而言，翁鬧才是社頭人。

昭和 4 年（1929）翁鬧從臺中州臺中市川端町二番地（讀臺中師範學校時之寄居地），轉往員林郡員林街員林 159 番地（今員林市鎮上），昭和 5 年又遷往員林街湖水坑 138 番地（今員林市百果山湖水里）。昭和 4 年、昭和 5 年的異動，是因為翁鬧從臺中師範畢業，前往員林公學校（員林郡員林街員林 145 番地）服務一年，改調至「員林公學校柴頭井分教場」（今員林市柴頭井、林厝，76 號聯絡道林厝交流道附近）服務。昭和 6 年至昭和 9 年，翁鬧服務於田中公學校，戶籍設在田中庄田中字田中 409 番地。依田中戶籍簿冊記載，翁鬧在昭和 9 年 4 月 4 日除戶，可以判讀為在此之後離臺赴日。依彰化市以翁進益為戶主的翁鬧記事，翁鬧的死亡日期是昭和 15 年（1940）11 月 21 日。

依以上所記，翁鬧六歲以前生活在永靖農家，六歲以後則在彰化、社頭、臺中成長，師範學校畢業後的五年，擔任公學校教員，活動範圍縮小為員林、社頭、田中所屬八卦山山麓。

翁鬧第一首詩〈淡水海邊寄情〉，與家鄉土地無涉，但與出身有關，可以視為浪漫主義式的情懷，這也是所有詩人最早萌生詩意之動心處。

清爽的海風徐徐吹來
西邊的天際，薔薇色的紅潤
閃耀在銀色的光芒中
望著小兔般
跳躍水邊的白浪
我曾經握著妳的纖手
出神地望著妳婀娜的倩姿

妳住在大都會區畫中
陰暗巷中的一隅
與妳並肩漫步馬路的夜晚
記得，透過高樓大廈
望日的月色，顯得格外皎潔

某晨，在你的房間
醒過來的我
透過天窗射入的陽光
室中的擺設
明暗顯得格外悽愴
在圓桌、在衣櫃、在藤椅
甚至在床上
我背著你，偷偷地
灑下了潸潸的眼淚。

如今，憂愁仍陣陣襲擊我心
在含苞待放
未滿十六歲的人生年華中
妳為什麼要步上鬻身的命運？
如今，你在何方？
妳仍然獨處於那寂寥的陰屋中嗎？
啊，那天，那天在海邊的沙灘上
與妳並肩編織著美夢的往日啊！[24]

此詩首段與末段相呼應，翁鬧身在淡水海邊，從淡水暮色的美景中，

---

[24]翁鬧，〈淡水海邊寄情〉，《福爾摩沙》創刊號（1933 年 7 月），頁 35～36。收錄於陳藻香、許俊雅編譯，《翁鬧作品選集》，頁 2～6。

憶及過去的一段情。首段「薔薇色的紅潤／閃耀在銀色的光芒中」，藉色彩寫夕陽餘暉與滿天霞彩，以「小兔跳躍」形容水邊白浪的起伏波動，視覺上充滿意象之美。末段才讓女主角現身，一個未滿 16 歲就賣身的女孩，此刻會在哪一個陰暗的角落？這是翁鬧文學中關懷賣身女孩的開始，直到最後一篇小說〈有港口的街市〉[25]，仍然持續這樣的關懷。中間二、三兩段則藉光影的變化，回憶兩人相處的情境，第二段以 15 號的皎潔月光，襯托女孩住處之陰暗，以高樓大廈襯托女孩的卑微；第三段則以早晨的陽光，襯托女孩住處擺設悽愴，命運坎坷，更以自己偷偷拭淚加深愁緒。這首情詩以養子的身分關心賣身的女孩，呼應著〈有港口的街市〉中對孤兒與妓女的悲憫，彷彿是翁鬧所有作品的「序詩」。

從窮鄉僻壤的八卦山鄉野，直抵上國都城近郊，懷鄉情緒飽漲的翁鬧，出國後的第一首詩竟然是〈在異鄉〉，頗值得我們思考：

越過山嶺，涉足谷間
漂過大海，臨淵佇立
幽幽之聲，輕輕呼喚我名
啊！那是巢居我內心之大鷹

「無故鄉者禍也」
尼采曾如此說
我成為，竟成為
顛簸於漫山荊棘之荒野人
寂寞，它在無光的茅屋中
在晚春的暮色裡告別
悲哀在遙遠的雲際
望不到　故里的山姿

[25]翁鬧著；杉森藍譯，《有港口的街市》（臺中：晨星出版社，2009 年 5 月）。

分離西東
已輾轉一春秋
爹娘啊！請勿怨恨
吾非鬼魔之子，乃時代之子也

我的途上　暗澹無月
見不到鷗鳥飛翔　只見無涯沙漠
孤伶的異鄉人
在狂風中獨自躑躅

請勿言：希望在握
那是枉費的空言
唉！汝啊！
啊！屬於我的　只是絕望已矣！[26]

這首詩以孤獨的「鷹」自況，鷹是八卦山脈的候鳥，春秋兩季過境八卦山、大肚山，學名稱為「灰面鵟鷹」，通常清明節前後由南返北，被稱為南路鷹、培墓鳥，雙十節左右南遷，南部人稱之為國慶鳥。翁鬧選擇「越過山嶺飄過大海」的灰面鵟鷹的英姿，作為他鄉愁的象徵，「那是巢居我內心之大鷹」，以「巢居」——結巢而居，暗示愁鄉之心無法驅離；同時也用灰面鵟鷹的孤傲，自喻飄離故里「在狂風中獨自躑躅」的孤伶感。

〈在異鄉〉這首詩，他引述尼采的話：「無故鄉者禍也」（沒有故鄉的人是不幸的），極陳異鄉獨處的寂寞與悲哀：「寂寞，它在無光的茅屋中／在晚春的暮色裡告別／悲哀在遙遠的雲際／望不到故里的山姿」。無光的茅屋、晚春的暮色，這是光影的應用；「無光的茅屋」與「遙遠的雲際」則有對比的效果，而且還有天地之間瀰漫寂寞、悲哀的誇飾作用。「故里的山

[26]翁鬧，〈在異鄉〉，原載《臺灣文藝》第 2 卷第 4 期（1935 年 4 月），頁 35～36。收錄於陳藻香、許俊雅編譯，《翁鬧作品選集》，頁 7～11。

姿」,「顛簸於漫山荊棘之荒野人」，顯示社頭八卦山的記憶，在翁鬧心中遠勝過永靖的田野風光。

鳥，在這首詩中，出現了「鷹與鷗鳥」——「孤獨與親切」的對比效果。在翁鬧所翻譯的〈現代英詩抄（十首）〉中，有〈逐波飛逝的海鳥〉、〈鶇鳥與鶇鳥〉兩首詩，以鳥為書寫客體，期望自己有一對可翱翔天空的翅膀、慨嘆「毀了的愛的茅屋，靠誰來建造呢？」。[27]呼應著翁鬧心中對自由與愛的渴望。鳥，似乎成為翁鬧心靈的回音：

鳥兒，
牠在黎明與黑暗之際叫著
吱吱　吱吱　吱吱
妳是否在悲泣？
悲泣妳飛出了漆黑？
或是在高興？
高興妳迎接了光明？
吱吱　吱吱　吱吱
從天空到山谷
從山谷到原野
在這世上
竟沒有妳憩息的地方
午晝太亮了
子夜太暗了
只在晨曦
那短短的一霎那間
你是幸福的

[27]翁鬧日譯，〈逐波飛逝的海鳥〉、〈鶇鳥與鶇鳥〉，陳藻香、許俊雅編譯，《翁鬧作品選集》，頁37～39、頁43～48。

對人類
雖是一段最不幸的時刻
吱吱　吱吱　吱吱
鳥兒啊！
妳的故鄉究竟在何方？
是山嗎？
是海嗎？
當方形的窗口肚白時
山的靈氣
與海的潮香
吱吱　吱吱　吱吱
隨著妳歌聲
飄揚過來
想來瞧瞧
只為純粹而活的
你的哀思
鳥兒啊！
在世界要揭開
喧囂的序幕之前
吱吱　吱吱　吱吱
我將帶著妳
登上那天庭
把你當做
心靈的回音[28]

[28]翁鬧，〈鳥兒之歌〉，《臺灣文藝》第 2 卷第 6 期（1935 年 6 月），頁 32～33。收錄於陳藻香、許俊雅編譯，《翁鬧作品選集》，頁 18～20。

此詩以短句寫成，模擬鳥語之短促而響亮，而且擬聲詞「チチ　チチチチチ」一再重複，是一首以聲取勝的作品。這首詩雖然有「飛出漆黑」或「迎接光明」的疑問，但「在這世上／竟沒有妳憩息的地方」，「妳的故鄉究竟在何方？」仍然隱藏著想家的悲傷情緒。

如果說〈在異鄉〉是從反面道出思鄉之情，〈鳥兒之歌〉是從側面藉鳥寫人，那麼，與〈鳥兒之歌〉同時發表的〈故鄉的山丘〉[29]，則是正面書寫鄉愁。這三首詩以不同的面向，具體寫出翁鬧對八卦山麓家鄉的情義，深濃有味。「孤獨在外的翁鬧，其實可能也並非文友所認為那般狂妄不近人情，〈在異鄉〉一詩就寫出他對故鄉的苦戀和對父母的思念，以及面對自己的頹廢、寂寞和絕望時的痛苦，雖然也想力圖振作，但卻似乎無法走出暗巷。」[30]回不去的「鄉」在翁鬧心中縈繞不去，是一種苦，悲慘的現實在眼前逼迫而來，是另一種痛，苦與痛的生存壓力之下，無可依傍的虛無感因此在翁鬧心中無限擴大。

不過，去國五年，這樣的鄉愁是否會因時空轉換而褪色？劉捷曾言：「那時為進出日本文壇，畢業後不肯還鄉，在東京苦修流浪的文藝人，翁鬧是典型人物之一。」[31]翁鬧的土地意象，會不會：社頭逐漸淡出、東京逐漸淡入？

翁鬧最重要的一篇散文〈東京郊外浪人街——高圓寺界隈〉[32]，長達 4500 字，仔細描繪翁鬧落腳高圓寺一帶的生活實境，特寫活躍於此的人物，包括新居格、小松清、伊藤整、上脇進、鈴木清、阪中正夫、直木三十五，以及隱其名姓的 K 氏、G 君、Y 君[33]，多少透露出翁鬧對東京浪人

[29]翁鬧，〈故鄉的山丘〉，《臺灣文藝》第 2 卷第 6 期，頁 32～33。收錄於陳藻香、許俊雅編譯，《翁鬧作品選集》，頁 12～14。

[30]楊翠，〈追逐幻影的時代之子〉，施懿琳等著，《八卦山文學步道導覽手冊》（彰化：彰化縣文化局，2002 年），頁 101。

[31]劉捷，〈幻影之人——翁鬧〉，《臺灣文藝》第 95 期，頁 193。

[32]翁鬧，〈東京郊外浪人街——高圓寺界隈〉，原載《臺灣文藝》第 2 卷第 4 期。收錄於陳藻香、許俊雅編譯，《翁鬧作品選集》，頁 68～75。

[33]杉森藍認為 K 氏指江燦琳，G 君指吳天賞，Y 君指楊逸君。杉森藍，〈翁鬧生平及新出土作品研究〉，頁 81～83。

街的認同與嚮往，他說：「仔細一想，我的性向或許跟這浪人街恰恰相吻合，不必想再轉移他處呢。」特別是在講論「今金食堂」時，他說：「在這樣狹窄的小店，卻始終瀰漫著國際人的空氣，中國人，朝鮮人，滿州人，臺灣人，長相、言語都屬多彩多樣。」[34]如此開放的天空，比起閉塞的山腳人家，嚮往自由的鳥或許心中已有選擇。

〈東京郊外浪人街——高圓寺界隈〉與〈在異鄉〉是同時期的作品，一起刊登於 1935 年 4 月的《臺灣文藝》第 2 卷第 4 期，彷彿可以感受到兩個家鄉在翁鬧心中的掙扎與溶接。換句話說，當翁鬧逐漸認同於東京近郊高圓寺界隈的生活情境時，他內心其實非常清楚自己所在之地是「異鄉」。

〈在異鄉〉，翁鬧呼喚著：「爹娘啊！請勿怨恨／吾非鬼魔之子，乃時代之子也」。在〈有港口的街市〉「作者的話」中，翁鬧要把這篇重要的小說獻給「失去父親的孩子、跟小孩離別的父親以及不幸的兄弟。」[35]如此重視親子情緣的翁鬧，對於養子的身分、兩個父親的尷尬，對於亞細亞的孤兒、兩個家鄉的不安，血緣、地緣，翁鬧的抉擇注定是痛苦的。

翁鬧的生父是永靖鄉的貧農，如果不是經濟不好，如何捨得將自己的親生兒子送給別人當養子？翁鬧的養父在戶籍上登錄的職業是「雜貨商」，依其戶籍遷徙之頻繁來看，顯然不是開雜貨店的老闆，而是挑擔子賣雜細的流動攤販。以這樣的家庭背景而言，生父、養父應該都無法供應翁鬧昂貴的留學經費，但是翁鬧執意出國，執意留在東京，即使窮蹙潦倒，凍餓街頭，為友人所不齒，為著心中所追逐的文學理想，為著身體裡燃燒著的文學熱情，他依然選擇內心思念家鄉所必須忍受的無盡煎熬，他依然面對身體留駐東京所必須忍受的凍餒交迫，這種窘困之境裡對文學的堅毅決志，實為一般常人所不及。

鷹，高傲盤旋；狐，行蹤如謎。雙父之鷹，雙鄉之狐，翁鬧的情義在面對生父與養父、面對東京近郊與社頭山野，在生活與文學中，同時存在著矛盾、

[34]翁鬧，〈東京郊外浪人街——高圓寺界隈〉，原載《臺灣文藝》第 2 卷第 4 期。收錄於陳藻香、許俊雅編譯，《翁鬧作品選集》，頁 68、71。
[35]翁鬧著；杉森藍譯，《有港口的街市》，頁 94。

撕扯與掙扎，這種孤寂與掙扎，又豈是旁人、後人所能了解？

四、記憶之丘與感覺之界的激盪

〈故鄉的山丘〉，正面書寫思鄉愁緒，但在上一節，我們不曾舉證細說，挪至此節詳論，是因為這首詩最能說明記憶之丘與感覺之界的激盪。〈故鄉的山丘〉，標題的字面意義，很清楚標示出這是懷鄉之作，但仔細檢驗他的書寫技巧卻又不止於思念家鄉的表層寫實而已。

我繞著雛菊綻開的小丘
追逐著，跳向穴洞的青蛙

陽光在我胸前融化
輕柔得使我瞠目

啊，誰在撥弄天庭之琴弦？
這一天，我們遙遙地遠離了死神

甘蔗園上遍地開滿了花朵
夕陽，她，趕忙來湊上一腳

雙親的家，在墓地的彼方
我吹著口哨，歡迎春的到來[36]

屬於家鄉社頭的寫實景物：雛菊、小丘、穴洞、青蛙、陽光、甘蔗園、花朵、墓地，盡是即目所見，隨手拈來，但在這些具體的鄉村風土之間，翁鬧卻又夾雜著天庭、琴弦、死神這類非寫實的名物。正因為家鄉山丘的舊記憶仍然鮮活，日本文學氛圍裡的「新感覺派」理念方興未艾，如何以新的現代化技巧

[36]翁鬧，〈故鄉的山丘〉，《臺灣文藝》第 2 卷第 6 期，頁 32。收錄於陳藻香、許俊雅編譯，《翁鬧作品選集》，頁 12～13。

去處理心頭上的衝撞，或許是剛踏上日本土地，亟欲進軍日本文壇的翁鬧，所最想表現的：現實的真與藝術的美。討論到翁鬧的作品，即使是以現實、抗議為主流的日治時代文學，也不能不注意翁鬧的現代性、藝術性與特殊性：「翁鬧的文學，文字凝斂細膩，意象豐富飽滿，手法前衛，特別是關於顏色、氣味、溫度、味覺、觸覺等感官知覺的描寫，在同期臺灣新文學作家之中，可說是既獨特又優異。翁鬧的文學成就，也就因而更形璀璨。閱讀翁鬧，猶如觀看在荒原中一步步朝向幻影的追逐者，他的人與他的文學，都有著這樣的悲劇性格。」[37]試看〈故鄉的山丘〉，第一段「雛菊綻開」、「跳向洞穴」寫的是視覺；其次「陽光融化」、「輕輕柔柔」寫的是觸覺；「撥弄琴弦」、「遠離死神」用的是聽覺加知覺；「開滿花朵」、「夕陽餘暉」又回復了視覺裡的光與色；末段「繫念雙親」、「歡迎春回」，綰結整首詩，呼應題目的故里與山姿，呈現出舊記憶與新感覺相互激盪的歷程。

「新感覺派」如何從舊感覺中汲取新要素，其實並無出人意外之淫技奇巧，朱雙一在檢驗海峽兩岸的「現代性」時，曾言：「所謂新感覺書寫是指以悟性活動調動起觸覺、嗅覺、視覺、聽覺等各感官的機能，以比喻、象徵、自由聯想等手法來突出主觀體驗的文學創作，常傾向於表現超驗的感覺、變形變態的幻覺、錯覺以及聯覺。」這樣的說法，其實可以簡約為八個字：主觀獨攬，通覺開放。與任何現代主義相似度極高。因此他又說：「其與象徵主義、意象派、未來主義、意識流、表現主義、超現實主義、存在主義等等有著密切關係。臺灣的新感覺書寫不具備一般文學流派所具有的固定組織和架構，具有跨地域、跨時段的書寫特性，但其審美感覺方式、思想內涵和寫作模式上都極為相似，可以『新感覺書寫』概稱之。」[38]

稍晚於翁鬧 14 年出生的臺灣詩哲林亨泰（1924～），對於日本新感覺派的一群年輕作家，如橫光利一、川端康成、中河與一等人作品曾有涉獵，他曾引述橫

---

[37]楊翠，〈追逐幻影的時代之子〉，施懿琳等著，《八卦山文學步道導覽手冊》，頁 107。

[38]朱雙一、張羽，〈新文學早期海峽兩岸的現代主義創作〉，《海峽兩岸新文學思潮的淵源和比較》（廈門：廈門大學出版社，2006 年），頁 207～208。

光利一在〈感覺活動〉文中的話：「我認為未來派、立體派、表現派、達達派、象徵派、如實派等的某些部分，無一不屬於新感覺派。」[39]又引述川端康成的話：「必須攝取外國文學的新精神——如未來主義、立體主義、達達主義的技法與理論，並且以多采多姿的方式再現現實為目的。」[40]如是，在這樣的釋義下，所謂「新感覺派」，其實就是採取開放的態度，接納歐美現代文學經驗，所以翁鬧的小說、新詩，都具有這種「現代性」傾向，「新感覺派」可以當之無愧。

細觀日本文學思潮史中，「新感覺派」規模不大，時程不長，重要的主張有如下幾點：

1. 主張主觀是唯一的真實，否定現實世界的客觀性，從而強調文藝要「表現自我」，而「表現自我」又全取決於「新的感覺」。所以他們以為感覺就是將其觸發對象從客觀形式變為主觀形式。
2. 主張文藝創作應把感性、知性放在理性之上，表現自我感受和主觀感情，從而貶低和否定理性的價值和作用，全然以個人的「感覺生活」，取代理性認識。
3. 他們主張形式決定論，認為形式即內容，內容即形式，而形式是決定內容的，離開了形式，就無所謂內容。
4. 主張文學革命，否定日本文學傳統，全盤接受西方現代主義文學。[41]

主觀獨攬，通覺開放，新感覺派就是以主觀的感覺駕乎一切事物之上。因此，仔細審視〈故鄉的山丘〉這首詩，在「思家鄉」之同時，透露出「齊死生」的豁達之觀：「檢視兩行一節的格式，竟是一生一死交錯而行：雛菊綻開

[39]林巾力，《福爾摩沙詩哲林亨泰》（臺北：印刻文學出版公司，2007 年），頁 142～143。文末附註說是引自橫光利一，「新感覚論」，『文藝時代』第 2 卷第 2 期（1925 年 2 月）。
[40]林巾力，《福爾摩沙詩哲林亨泰》，頁 143。
[41]葉渭渠，《日本文學思潮史》（北京：經濟日報出版社，1997 年），頁 475～477。轉引自蔡明原，〈上海與臺灣新感覺的兩種實踐：以翁鬧與劉吶鷗的作品為探討對象〉，財團法人臺灣文學發展基金會編，《文學與社會學術研討會：2004 青年文學會議論文集》（臺南：國立臺灣文學館，2004 年），頁 71～72。

是生機，人追青蛙、青蛙跳向穴洞是避開死亡；陽光融化是潰退，輕柔則是舒適；天庭琴弦是天籟，遠離死神有如青蛙跳向穴洞；甘蔗園開花是喜，夕陽西下則有悲的氣息；『雙親的家在墓地的彼方』可能暗示雙親在另一個國度，吹著口哨則是快樂的行為。」[42]可以說，〈故鄉的山丘〉不只是單純的懷鄉之作，翁鬧將鄉愁之思緒提升為生命的體悟，鄉愁是舊記憶，生命的體悟則是新感覺，否則在「雙親的家，在墓地的彼方」之後，怎麼會接上「我吹著口哨，歡迎春的到來」？

翁鬧雖然以小說揚名於文壇，但他極為重視詩是否蓬勃發展，他說：「有詩的蓬勃發展，才能臻於文學真正勃興之境界。亦即文學的勃興，乃寓於詩的勃興。」[43]翁鬧的詩觀強調高智慧的表現，不可趨於流俗：「真正的高智慧者，極難同流於庸俗。他永遠是孤獨的。」「他永遠是孤獨，且似孩童，他與庸俗似永不相容，他閱讀陌生的書籍，傾聽陌生的異國音樂，陶醉於無名畫家之畫。他從馬斯尼的〈哀歌〉、畢卡索的〈詩人的出發〉中，悄悄找到了靈魂的桑梓。但當這些歌聲充斥街坊，膾炙人口時，他的靈魂又將匆匆地奔向他方。」[44]這是翁鬧的詩與小說，在 20 世紀 30 年代的「現代性」追求，不斷求新求變，不斷保持感覺的「陌生化」。如果將翁鬧的〈詩人的情人〉拿來與王白淵（1901～1965）的《荊棘之道》（1931 年）、楊熾昌（1908～1994）的《熱帶魚》（1931 年）、《樹蘭》（1932 年）相對照，臺灣文學的「現代化」早在1930 年代即已轟轟烈烈展開。

她死在他出生之前

然後

在他死後生出來的

[42]蕭蕭，〈八卦山：蘊藏多元的新詩能量──以賴和、翁鬧、曾開、王白淵透視新詩地理學〉，《土地哲學與彰化詩學》（臺中：晨星出版社，2007 年），頁 98。
[43]翁鬧，〈新文學三月讀後感〉，陳藻香、許俊雅編譯，《翁鬧作品選集》，頁 207。
[44]翁鬧，〈有關於詩的點點滴滴──兼談 High-brow〉，陳藻香、許俊雅編譯，《翁鬧作品選集》，頁 198～200。

Cosmopolitan

在太陽凍結死寂的夜裡，他抱著冰塊遁跑。
在那兒，只有謝肉祭的花車、火炬、無氣息
的舞蹈、海底光的搖曳……淒凜的風，把他
吹襲得像一片樹葉，只吹襲他……。

世界已死了，他坐在岩角上招手。天幕下垂
了。他把沿路捧來的光，向它擲了過去！啊，
世界甦醒了，人們發出驚駭之嘆聲，但，知道
星由來的，僅他一人！[45]

這首詩的後兩節，日文原文以「散文詩」的形式排列，這在臺灣新詩發展史裡應該是最早的嘗試者。詩人與其情人（指寫作的靈感、詩中的靈魂），有生之日似乎絕無相見的可能，這是詩人必得永世追逐、永世流浪的契機。第二節的散文式排列，將場景設計在陰森、冷冽的氣息中，「謝肉祭的花車、火炬、無氣息的舞蹈、海底光的搖曳，淒凜的風」，呈現出一種遙遠、無聲的祭典，靜而詭異地演出，唯有詩人清醒感受那種冷酷，這一小節的異國經驗、超現實經驗，正符合「於夢中尋求真實，從現實中追求更新的現實；在個性上發揮獨自的創意——這就是賦予超現實之義者的途徑。」[46]換言之，〈詩人的情人〉是一首應用超現實主義手法的作品，值得與風車詩社超現實主義的詩作，相提並論。

第三節的散文式排列，則以星的亮光暗示詩人的創作，在眾人為星光發出驚駭歎聲之前，詩人抱著冰塊遁走，在懸崖、岩角的危險地帶向世界招手，收集光，擲出光，如此嘔心瀝血的歷程，又有多少人能經歷、能理解？

---

[45]翁鬧，〈詩人的情人〉，《臺灣文藝》第 2 卷第 6 期，頁 32。陳藻香、許俊雅編譯，《翁鬧作品選集》，頁 15～17。
[46]翁鬧，〈有關於詩的點點滴滴——兼談 High-brow〉，陳藻香、許俊雅編譯，《翁鬧作品選集》，頁 200。

舊經驗與新感覺的激盪下，翁鬧還有一首精采的作品：

在陣陣強風暴雨中
襤褸而疲憊的人在搬運著石頭
　　臉色黯淡無光
　　指甲裂開，甲縫充塞汙泥
　　脛腿削瘦無肉，卻如鋼骨般的堅硬
在白晝如黑暗，慘酷的世界中
他們踉蹌著，幾乎要仆倒
多少歲月，出賣著這低微的努力！
　在黑暗之中
　他們蹣跚地搬運著石頭
　同伴的額頭，幾乎要在跟前相碰
　卻辨不出他們的臉容！
暴風雨在狂嘯著
隱約地聽到了呻吟之聲
似是前往屠場的小羊之悲鳴……
　　我屏息仆伏在泥濘的地面
當我站起來時，在腳邊
發現了他搬運的石頭
啊！驅趕暴風雨
長時間被虐待的他們
黑暗的夜晚逝去不久即將天明
這時候
來哀悼抱著空腹倒下去的朋友之前

他必須抱住即將要倒下的人們[47]

整座八卦山臺地大部分表層土壤多為紅土，下層則為頭嵙山層。「頭嵙山層包括礫石層及砂岩，粉砂岩和頁岩所相互交錯的碎屑岩層，此兩層岩層皆具有以下兩種特性：1.質地疏鬆，抗蝕力頗差：一經大雨沖刷或人為墾耕，尤其容易導致崩塌土石流等現象，殃及山腳之沿麓低下地帶住民的屋舍與耕地，成為當地居民生活上的一大威脅。2.透水性頗佳、排水良好，土壤保水力弱：然此特性對作物根系之發育卻甚有利，如：鳳梨、薑等深根作物。」[48]因此，八卦山臺地有著數以千計的東西向坑谷，處處可見裸露的岩塊，時時可見搬運石頭的人，向陽（林淇瀁，1955～）〈阿爹的飯包〉[49]詩中的阿爹就是在溪埔搬砂石的人，可以見證。翁鬧此詩寫實性極強，搬運石頭的人臉色黝黑，腿肚有力，「指甲裂開，甲縫充塞汙泥」；這首詩同時應用「前往屠場的小羊之悲鳴」作為譬喻，用以關懷家鄉出賣勞力的無產階級。這首詩的舊記憶疊映在新感覺之上，仍然清晰，這一年是翁鬧離鄉赴日的第三年（1936 年），八卦山麓的勞動階層仍然在翁鬧心中映現著鮮明的圖象。

發表〈搬運石頭的人〉之翌年，1937 年中日戰爭爆發，日本捲入二次大戰的漩渦中，臺灣本土也進入緊張狀態。再一年，翁鬧在軍國主義喧囂的日本，身歷其境，寫出他這一生中最後的詩作〈勇士出征去吧！〉詩中充滿戰鬥性的呼喚之詞，表達出屬於那個時代的、日本制式的昂揚意志，是當下的現實主義作品，卻也充滿浪漫主義的情懷。

夜光晃眼的〇〇車站

[47]翁鬧，〈搬運石頭的人〉，《臺灣文藝》第 3 卷第 2 期（1936 年 1 月），頁 38。後收錄於翁鬧著，陳藻香、許俊雅編譯，《翁鬧作品選集》，頁 24～27。後六行補譯，摘自杉森藍，〈翁鬧生平及新出土作品研究〉，頁 120。

[48]蔡威立等，〈八卦臺地土地利用型態之分析〉，《2006 年彰化研究學術研討會八卦臺地研究論文集》（彰化：彰化縣文化局，2006 年），頁 23-11～23-12。

[49]向陽，〈阿爹的飯包〉，《土地的歌》（臺北：自立晚報社，1985 年），頁 9～10。

忽然湧出喇叭的響聲
瞅了一下，僅是一片旗海
人牆圍繞著旗海
不知不覺地脫帽止步
莊嚴的區域！
你看，在人牆裡，有個站立不動的勇士
在他前面列隊吹喇叭的是少年們
勇士的臉上充滿著決心與熱情
早已為祖國竭盡獻出生命的姿態
如今他在國民的送別下就要出征去
決心與熱情使他臉頰變得通紅
祝福他光榮出發的少年們的喇叭聲
氣勢沖天彷彿破曉的吶喊
雄姿英發的勇士！
英勇的少年們！
被送行的人和送行的人
崇高的熱情如斯結合在一起還會再現於世嗎？
喇叭的響聲歇了
國民聲嘶力竭地呼叫
「萬歲！萬歲！萬歲！」
勇士簡短而用力地回答
「謝謝！」
勇士出征去吧！
為了祖國的光榮出征去打勝仗吧！
勝不了就不要活著回來！
這就是你的祖先世世代代流傳的教訓
你的祖先用了劍和詩

創造了這個美麗的神的國度

將永久繁榮的大八州傳承給了子子孫孫

你也是為了祖國而成為英雄的國民之一

把理想化成現實、讓現實昇華為理想（略）……？？？？[50]

這首詩充滿激情、鼓舞與歌頌，但仍清楚地切割為我與日本國民，翁鬧很清楚自己是一個旁觀者，他清醒地指出「你的祖先用了劍和詩／創造了這個美麗的神的國度」，「你也是為了祖國而成為英雄的國民之一」，第一人稱與第二人稱的對話書寫，顯示翁鬧未必有錯亂的祖國認同，但在記憶之丘與感覺之界的激盪裡，家鄉的舊記憶顯然是逐漸淡而遠了！至少，就像〈殘雪〉這篇小說中所說的「北海道和臺灣，究竟那個地方遠？他記得在地圖上北海道比較近，但他發覺在內心這兩個地方都同樣遠。」[51]

翁鬧的家鄉的土地意象，在他 30 歲以後，淡了遠了！翁鬧所熟悉的「新感覺派」在日本的發展卻也似櫻花一般，瞬間展現絕美，瞬間凋謝無蹤！翁鬧的生命竟然與此二者相似，不免令人感喟。

五、結語：任何現代性之作自有其現實之境

翁鬧曾言，他之所以被黃衍輝的〈牛〉所感動，「與其說它是一首具有技巧的好詩，不如說是，因為它令我聯想到，這詩背後的現實世界。」[52]這種技巧與現實不可偏廢的堅持，甚至於現實世界的反映要重於技巧之舒展的觀念，一直是翁鬧的文學主張。在 1936 年 6 月「文聯東京支部座談會」中，難得發言的翁鬧也曾表示：「就形式而言，我認為採這邊（指東京——譯者）文壇的

[50]翁鬧，〈勇士出征去吧！〉，《臺灣新民報》，1938 年 10 月 14 日，8 版。引自杉森藍，〈翁鬧生平及新出土作品研究〉，頁 123～124。此詩為杉森藍所發現並譯成中文，後兩句，筆者稍加修飾，使成為此詩之結束語。

[51]翁鬧，〈殘雪〉，原載《臺灣文藝》第 2 卷第 8、9 期合刊（1935 年 8 月）。收錄於翁鬧著；陳藻香、許俊雅編譯，《翁鬧作品選集》，頁 135。

[52]翁鬧，〈新文學三月讀後感〉，陳藻香、許俊雅編譯，《翁鬧作品選集》，頁 206。

形式並無不可。宛如日本文學在形式上可相同於世界文學之形式一般，只要內容含有臺灣的特色，形式同於日本文學的模樣亦無不可。」[53]這就是勇於現代化的日治時代作家翁鬧，所開拓出來的無所偏倚的文學觀，一個不以貧窮為苦，不為環境所限的文學追求者，勇於嘗試新技巧的表現：「比去愛一個成熟中年婦人，我更深愛一個笨手笨腳卻充滿希望羞澀的年輕少女。」「比去愛象徵偉人天年般圓熟靜謐的夕暉，我更深愛萬物剛從夢中甦醒般潔淨無邪的晨曦。」[54]就因為這種大膽的嘗試，翁鬧的新詩，篇數雖少，卻都具備這種經緯交錯的、互文的織錦之美。

才無所偏，命有所限，翁鬧的新詩彷彿彰化八卦山之鷹孤傲高飛，又如日本遲疑之狐猶豫難決，一直在已然之痛與未然之苦的間隙裡，不斷撕扯；在記憶之丘與感覺之界中，來回激盪。這樣的作品在日治時代已經走在時代的前端，引人側目。但是我們仍然清晰地在翁鬧現代性的作品中看見他的故鄉山野，仍然具現出翁鬧的現實裡的困境，見證著：「現代性」，必然在「現實性」具足飽滿度後，才能激射而出。

參考文獻

- 臺灣文藝社，《臺灣文藝》第 95 期，1985 年 7 月。
- 臺灣總督府，《臺灣總督府及所屬官署職員錄》，昭和 6 年至昭和 8 年（1931～1933），中央圖書館臺灣分館館藏。
- 向陽，《土地的歌》，臺北：自立晚報社，1985 年。
- 朱雙一、張羽，《海峽兩岸新文學思潮的淵源和比較》，廈門：廈門大學出版社，2006 年。
- 羊子喬、陳千武主編，《光復前臺灣文學全集・卷 9——亂都之戀》，臺北：遠景出版公司，1982 年。

[53]陳藻香譯，〈臺灣文學當前諸問題——文聯東京支部座談會〉，陳藻香、許俊雅編譯，《翁鬧作品選集》，頁 230。原載《臺灣文藝》第 3 卷第 7、8 期合刊（1936 年 8 月）。

[54]翁鬧，〈跛腳之詩〉，《臺灣文藝》第 2 卷第 4 期，後收錄翁鬧著；陳藻香、許俊雅編譯，《翁鬧作品選集》，頁 196～197。

• 羊子喬、陳千武主編，《光復前臺灣文學全集・卷 10——廣闊的海》，臺北：遠景出版公司，1982 年。
• 李南衡主編，《日據下臺灣新文學・明集》五冊，臺北：明潭出版社，1979 年。
• 杉森藍，〈翁鬧生平及新出土作品研究〉，成功大學臺灣文學研究所碩士論文，2007 年。
• 施懿琳等著，《八卦山文學步道導覽手冊》，彰化：彰化縣文化局，2002 年。
• 翁鬧著；杉森藍譯，《有港口的街市》，臺中：晨星出版社，2009 年。
• 財團法人臺灣文學發展基金會編，《文學與社會學術研討會：2004 青年文學會議論文集》，臺南：國立臺灣文學館，2004 年。
• 張恆豪編，《翁鬧、巫永福、王昶雄合集》，臺北：前衛出版社，1991 年。
• 許俊雅，《臺灣文學家年表六種》，臺北：臺北縣文化局，2006 年。
• 陳藻香、許俊雅編譯，《翁鬧作品選集》，彰化：彰化縣立文化中心，1997 年。
• 葉石濤，《臺灣文學史綱》，高雄：文學界雜誌社，1987 年。
• 葉渭渠，《日本文學思潮史》，北京：經濟日報出版社，1997 年。
• 彰化縣文化局，《2006 年彰化研究學術研討會八卦臺地研究論文集》，彰化：彰化縣文化局，2006 年。
• 蕭蕭，《土地哲學與彰化詩學》，臺中：晨星出版社，2007 年。
• 鍾肇政、葉石濤主編，《光復前臺灣文學全集・卷 6——送報伕》，臺北：遠景出版公司，1979 年。

——選自蕭蕭、陳憲仁編《翁鬧的世界》
臺中：晨星出版社，2009 年 12 月

幻影與真實

翁鬧詩作翻譯符碼的「演譯」與「延異」

◎向陽*

一、緒言：翁鬧詩作研究為何缺席？

翁鬧，在臺灣文壇被冠以「幻影之人」的小說家與詩人，他的生卒年一直眾說紛紜，他的生年，就有 1908 年或 1909 年的不同推定，卒年則多半以「1940 年左右」帶過；死因或謂「病歿於日本精神病院」、或謂「睡在亂七八糟的報紙堆裡，就這樣凍死了」、或謂「凍死在日本街頭」；他的家世也撲朔迷離，或謂他是「窮苦的農村子弟」，或謂他「幼年即過繼給員林翁家為養子」……。直到 2007 年成大臺文所日籍研究生杉森藍發表碩士論文〈翁鬧生平及新出土作品研究〉，翁鬧的生卒年，方才因為杉森藍取得翁鬧戶籍資料而有以澄清：翁鬧生於明治 43 年（1910）2 月 21 日，卒於昭和 15 年（1940）11 月 21 日，死因並無記載。[1]

身世和生平的撲朔迷離，添增了翁鬧的「幻影」形象，也標誌了一個早逝作家的悲劇性。「幻影」意味著虛幻而不真實，這是與翁鬧同年代的作家劉捷對他的回憶與印象。劉捷這樣說：

> 關於翁鬧的個人生平，我所接觸的只是東京《福爾摩沙》時代一段短時

---

*本名林淇瀁，詩人、評論家。發表文章時為臺北教育大學臺灣文化研究所副教授，現為臺北教育大學臺灣文化研究所教授、臺灣文學學會理事長。

[1]杉森藍，〈翁鬧生平及新出土作品研究〉（成功大學臺灣文學研究所碩士論文，2007 年 1 月），頁 50。

間，所知不多，在我的回憶中，他像夢中見過的幻影之人。[2]

幻影，恍似夢中，劉捷這樣傳神的形容，既貼切地表現了翁鬧不為人知的迷離身世，也喻示了翁鬧在日治年代臺灣文壇的邊緣位置，及其不為人知、不被了解的邊陲性格，在他少數的朋友之中，與他同為臺中師範學校同學、後又在日本讀書的的楊逸舟說他有「倔強的自尊心」、說他「妄大」、劉捷回憶錄中的翁鬧是和幾個留學生把他家中一星期菜食「不客氣的吃的乾乾淨淨」。這樣的邊陲性格，不僅表現在朋友眼中，也在翁鬧小說〈天亮前的戀愛故事〉所說「我覺得自己似是一個不適於生存的人」的語調中呈現。[3]翁鬧的不為朋友所知，似乎更加深了他的孤獨感，以及他在短暫的文學生命中所表現的青春的抑鬱。

從翁鬧留下的作品來看，他最為人熟知的是小說，《翁鬧作品選集》收入他自 1934 年到 1940 年六年之間所寫的小說六篇〈音樂鐘〉、〈戇伯仔〉、〈殘雪〉、〈羅漢腳〉、〈可憐的阿蕊婆〉及〈天亮前的戀愛故事〉，加上杉森藍在其碩論披露出土的中篇〈有港口的街市〉[4]，合計七篇。這種創作力可謂豐沛；其次則是詩作，《翁鬧作品選集》收錄〈淡水海邊寄情〉、〈在異鄉〉、〈故鄉的山丘〉、〈詩人的情人〉、〈鳥兒之歌〉、〈搬運石頭的人〉等六首[5]，加上杉森藍碩論所揭新出土詩作〈勇士出征去吧〉[6]，合計七首；另

---

[2]劉捷，〈幻影之人——翁鬧〉，《臺灣文藝》第 95 期（1985 年 7 月），頁 190～193。此一說法其後廣為臺灣文學界援用，如張恆豪編，《翁鬧、巫永福、王昶雄合集》（臺北：前衛出版社，1991 年）；許素蘭，〈幻影之人——翁鬧及其小說〉，《國文天地》第 77 期（1991 年 10 月），頁 35～39；楊翠，〈追逐幻影的時代之子——翁鬧（1908～1940）〉，《八卦山文學步道導覽手冊》（彰化：彰化縣文化局，2002 年）；許俊雅，〈幻影之人——翁鬧及其小說〉，陳藻香、許俊雅編譯，《翁鬧作品選集》（彰化：彰化縣立文化中心，1997 年）。

[3]這句話見於陳藻香、許俊雅編譯，《翁鬧作品選集》，頁 180。作為一種獨白，既寫出小說「我」的苦悶，也流露出作者「我」的書寫心境。

[4]原發表於《臺灣新民報》，1939 年 7 月 6 日至同年 8 月 20 日，8 版。見杉森藍，〈翁鬧生平及新出土作品研究〉，頁 155～341。

[5]原詩題目依序為「淡水の海邊に（寄稿）」、「異鄉にて」、「ふるさとの丘」、「詩人の戀人」、「鳥ノ歌」、「石を運ぶ人」。

[6]原詩題目為「征け勇士」，發表於《臺灣新民報》，1938 年 10 月 14 日，8 版，是皇民化運動階段的擁戰詩，見杉森藍，〈翁鬧生平及新出土作品研究〉，頁 123～124。

《翁鬧作品選集》亦收錄翁鬧譯詩〈現代英詩抄十首〉，以及翁鬧隨筆、書信、感想等七則——整體來看，在人生旅途上被視為「幻影」的翁鬧，在文學旅途上則是一個真實的存在。對翁鬧來說，他的人生或許真是不幸的悲劇；對臺灣文壇來說，翁鬧以及他的文學書寫的存在，則是大幸。

關於翁鬧小說的研究，《翁鬧作品選集》已列有郭水潭〈文學雜感（節錄）〉等 18 篇，惟多為隨筆、追憶或小論；碩論部分，則除了杉森藍〈翁鬧生平及新出土作品研究〉之外，另有東吳大學日文研究所李怡儀所撰「日本領台時代の台湾新文学：翁鬧の作品を中心に」。[7]怡儀的碩論是國內研究翁鬧作品的用心之作，在 1990 年代中期，她以翁鬧為研究對象，具體分析當時可見到的翁鬧詩作以及六篇小說，通過原文閱讀，分析文本，歸納翁鬧作品特色，實屬不易；此外，她以翁鬧與龍瑛宗、呂赫若進行文本比較，指出翁鬧與龍瑛宗兩人寫作風格與技巧雖然類似，但兩人關注的課題、則有不同聚焦（翁鬧聚焦於農民現實生活與男女戀愛關係，龍瑛宗則關心知識分子的苦惱與女性問題）[8]；在翁鬧與呂赫若的比較部分，她指出雖然都有農民題材的作品，但在文學觀上，翁抱持耽美的為藝術而藝術的寫作觀，呂則是強調社會性、階級性。[9]杉森藍〈翁鬧生平及新出土作品研究〉一如題目，其貢獻在於透過史料澄清翁鬧生平之謎，以及就翁鬧新出土中篇〈有港口的街市〉、詩作〈勇士出征去吧〉進行文本分析與翻譯之上。

就目前的研究文獻來看，翁鬧的詩作文本分析與研究仍相當匱乏。除李怡儀碩論第二章第一節針對翁鬧詩作進行分析之外，有黃韋嘉以〈幻影之人的愛爾蘭想像——從翁鬧詩作看臺灣新文學三〇年代的轉向〉一文，專論翁鬧譯詩及其詩作的主要精神。[10]唯此文試圖將翁鬧與葉慈進行文學觀

[7]李怡儀，「日本領台時代の台湾新文学：翁鬧の作品を中心に」（東吳大學日本文化研究所碩士論文，1994 年 6 月）。

[8]李怡儀，「日本領台時代の台湾新文学：翁鬧の作品を中心に」，頁 124。

[9]李怡儀，「日本領台時代の台湾新文学：翁鬧の作品を中心に」，頁 143。

[10]黃韋嘉，〈幻影之人的愛爾蘭想像——從翁鬧詩作看臺灣新文學三〇年代的轉向〉（靜宜大學主辦「第三屆中區臺灣文學研究生論文發表會」論文，2007 年）。

與思想的對比，稍嫌勉強；此外，蕭蕭也有〈八卦山：蘊藏多元的新詩能量──以賴和、翁鬧、曹開、王白淵透視新詩地理學〉一文，從文化地理學的角度論述彰化籍詩人的土地哲學，分析翁鬧三首詩作〈在異鄉〉、〈鳥兒之歌〉、〈故鄉的山丘〉的故鄉意象，指出其中沉潛的鄉思與哲思，雖只居全文一小節[11]，已能突顯翁鬧詩作的特質之一。

翁鬧詩作的稀少，是翁鬧詩作研究不易開展的主因。以六首加新出土一首，合共七首詩作，各作之間未必具有相互關係，要從中爬梳翁鬧詩作的整體風格及其特色，顯屬匪易，這是原因之一；其次，翁鬧詩作都為日文作品，轉譯之間，往往產生語言與文化的隔閡現象，一如班雅明（Walter Benjamin）〈譯作者的任務〉一文所言，原始文本和譯本之間具有不同的意義：

> 在原始文本中，內容和語言就像果實和果皮渾然一體；但是，翻譯文本卻像一件滿是皺褶（folds）的皇袍，在語言之下包藏著譯作的內容。[12]

因此，一個翻譯文本就算能夠抓住語言，卻也只是在語言上的傳遞，而無法表現原文「果實和果皮渾然一體」的原貌。這種符碼轉譯的鴻溝，使得像翁鬧以及與他一樣在日治年代以日文書寫的作家文本，若非透過原文閱讀，總難免產生誤讀現象，特別是以意象經營為本質的詩，更難完全傳達原作的神髓，置之於研究與分析，尤其如此，這是日治年代臺灣日文詩作研究困難的原因之二，且不獨翁鬧為然。因此，本文擬以翁鬧詩作的翻譯文本為對象，比照日文原作，進行符碼分析，藉以探究翁鬧詩作如何在轉譯過程之中為翻譯者所詮釋？又如何在不同譯者的翻譯之下，產生新的文本？造成誤讀翁鬧，甚或以幻影為真實的文本演繹，導致翁鬧詩作成

[11]蕭蕭，〈八卦山：蘊藏多元的新詩能量──以賴和、翁鬧、曹開、王白淵透視新詩地理學〉，《土地哲學與彰化詩學》（臺中：晨星出版社，2007 年），頁 94～99。

[12]Walter Benjamin,"The Task of the Translator", *Illuminations*, translated by Harry Zohn.(New York: Schocken Books, 1968), p.75.全文譯本可參張旭東、王斑譯，《啟迪：班雅明文選》（香港：牛津大學，1998 年），頁 63～76。

就在詩史之中的不在（absent）？

二、以碎片黏合陶罐：翁鬧詩作譯本比較

翁鬧現有詩作共七篇[13]，翻譯為華文的譯本表列如下：

原詩題目	譯本題目	譯者	譯文首見出處
淡水の海邊に（寄稿）	寄淡水海邊	張良澤	《臺灣文藝》第95期（1985年7月）
	淡水海邊寄情	陳藻香	《翁鬧作品選集》（彰化：彰化縣立文化中心，1997年）
異鄉にて	在異鄉	月中泉	《光復前臺灣文學全集》（臺北：遠景出版公司，1982年）
		陳藻香	《翁鬧作品選集》
ふるさとの丘	故里山丘	月中泉	《光復前臺灣文學全集》
	故鄉的山丘	陳藻香	《翁鬧作品選集》
詩人の戀人	詩人的情人	月中泉	《光復前臺灣文學全集》
		陳藻香	《翁鬧作品選集》
鳥ノ歌	鳥兒之歌	陳藻香	《翁鬧作品選集》
石を運ぶ人	搬運石頭的人	陳藻香	《翁鬧作品選集》（原詩最後六行，譯本漏植；杉森藍碩論引用為全譯。）
征け勇士	勇士出征去吧	杉森藍	〈翁鬧生平及新出土作品研究〉

這七首詩，就其內容言，「淡水の海邊に（寄稿）」為翁鬧第一首詩作，以

[13]事實上，翁鬧小說〈戇伯仔〉正文之前也有一首詩作，採取口語對話方式，分行形式表現，由於與小說文本合一，較難認為是獨立文本。

戀歌似的語言旋律，回憶淡水海邊的舊日戀情，原文洋溢著一股看似輕快、實則悵然帶有無奈悲涼的氛圍。此詩有兩個譯本，張良澤的譯作與陳藻香的譯作各有所長，但比對原詩傳達的內容與感覺，張良澤保留了翁鬧詩作的關鍵意象，較能傳達翁鬧詩作的語境。以原文與譯文對照，舉例如下：

原文：

僕は君の手を握って
君の薄桃色の姿を見るのが好がだつた

張譯：

我握著妳的手　眺望著
妳的淡桃色的姿影令人難忘

陳譯：

我曾經握著妳的纖手
出神地望著妳婀娜的倩姿

在這兩行詩中，原句「薄桃色の姿」，張譯「淡桃色的姿影」貼近原詩而能傳神采，陳譯「婀娜的倩姿」採取意譯，反倒失去了原句鮮明的意象和色彩感。此外，「薄桃色の姿」，事實上也呈現日治時期臺灣女性的穿著偏好，淺桃色衣服的女性身姿，隨處可見[14]，譯為「婀娜的倩姿」則使原作意象頓失。翻譯的翻轉或不翻轉，得失寸心，於此可見。另如本詩有句「未だ十六の蕾」，張譯「未滿十六歲的花蕾」，陳譯「未滿十六歲的人生年華」，亦以張譯較佳。

再舉「詩人の戀人」的翻譯為例。這首詩發表於 1935 年 6 月 10 日出版的《臺灣文藝》第 2 卷第 6 期，原詩如下：

[14]立石鐵臣，「本島人女性の服裝・夏の街頭に見る」，《民俗台湾》第 1 卷第 3 期（1941 年 9 月），頁 29。立石鐵臣曾描述當時臺北街頭所見女性衣服色彩，以淺桃色和綠色為最多。

彼女は彼の生れるまへに死んだ
そして
彼が死んでから生れた
Cosmopolitan

太陽の凍った死寂の夜、氷を抱い
て彼は遁走した。そこは謝肉祭の市
山車、松明、息のない舞踏、海の底
の光の動搖めき……凄まじい風は
彼を木の葉のやうに吹き捲くる、彼
だけを
世界が死んで、彼は岩角に坐してさ
し招く。天の一角が垂下る。彼は道
々つかんできた光をそれへぶち撒い
た
世界が蘇って、人々は驚駭する。け
れども星の由來を知ってゐるものは
彼だけである

首先，此詩也有月中泉與陳藻香兩譯本，先就首段兩譯本的差異來看：

月譯：
她在他出生前死掉了
而他是
死裡逃生的
Cosmopolitan[15]

---

[15]Cosmopolitan，月中泉翻譯時，加註「此為流浪人也」。

陳譯：

她死在他生之前

然後

在他死後生出來的

Cosmopolitan

細究原文，兩譯應以月中泉所譯較貼合翁鬧原意。「そして」在日文中作為接續詞，可譯為「而」，也可譯為「然後」，視前後句語意而定，後句是「彼が死んでから生れた」，意為「他是死中重生的」，因此以月中泉所譯較貼合原旨。「Cosmopolitan」，兩譯本均維持原文，自可不譯。月譯加註「Cosmopolitan」為「流浪人」，若譯為「四處漂泊的人」或許更貼近原詩要表達的意涵。

其次，作為一種翻譯符碼，兩譯較嚴重的問題，可能不在語意翻譯的問題，而是對於「散文詩」形式的忽視。這首詩除第一段採自由體分行形式外，餘皆使用散文體的分段形式處理，應被視為臺灣新詩史上第一首散文詩，然則，卻因為翻譯文本採分行形式而為論者所忽略。在發表此詩的同期《臺灣文藝》中，翁鬧另還發表了「ふるさとの丘」與「鳥ノ歌」兩首，合共三首詩，後兩首均為分行詩，只有本詩採取分段散文詩形式，足見他有意為之。[16]就詩的翻譯而言，保持原作的形式處理是必要的，可惜此詩兩譯本對此未盡重視，遂使這首的歷史意義被蒙蔽於譯詩的形式外觀之下。

此外，詩的形式事實上也具有詩學目的，一首散文詩在翻譯之後如被割裂為分行詩，其原有的語調、文氣和情境勢必因此改觀，並影響讀者、論者對該詩的評價。如最早研究日治時期臺灣新詩的詩人學者羊子喬在他的〈光復前臺灣新詩論〉中雖然也將翁鬧視為「成熟期」較重要的詩人，但在列舉「超現實主義的個人抒情」代表性詩人時則只列水蔭萍、李張

[16]三首詩作見《臺灣文藝》，第 2 卷第 6 期（1935 年 6 月），頁 32～33。

瑞、林修二、董祐峰等四人。[17]其中董祐峰並非「風車」同仁，他的詩以象徵主義手法為之，代表作品「森の彼方へ」（向著森林彼方）是臺灣新詩史上首見的詩劇。[18]翁鬧亦非「風車」同仁，但他同樣以象徵主義見長，在開創散文詩的形式，和意象處理的技法上，置之於同時期現代主義詩人群中，亦絕無遜色。譯作的一時疏失，影響翁鬧詩的評價與詩史定位，於此可見。

顯然，作為日文詩人的翁鬧，在華文譯本展開的「皺褶」之下，他的真實身影被忽視了——作為「幻影」，翁鬧的人以及他的詩的真實，因為不被了解而被棄置、忽視，這是日治時期日文作家在當代臺灣視鏡之中共同的邊緣遭遇，他們在轉譯過程中被丟失了他們的本色。

回到「詩人の戀人」的譯本問題上來。此詩分段部分，月中泉版的譯文是：

太陽凍結寂　靜之夜
抱著冰冷　他遁走了
在那裡
狂歡節的花車
和火把沒有呼吸的舞蹈
波光搖晃、凌厲的風
把他刮得像孤葉一般，把他的
世界都埋葬了
他坐在岩端呼喊救命
天角垂了下來
他將一路抓來的光遍撒下去

---

[17]羊子喬，〈光復前臺灣新詩論〉，《蓬萊文章臺灣詩》（臺北：遠景出版公司，1983 年），頁 79～86。學者楊雅惠，《現代性詩意啟蒙：日治時期臺灣新詩的文化詮釋》（高雄：中山大學出版社，2007 年），頁 24，也繼續沿用羊子喬觀點。

[18]董祐峰，「森の彼方へ」，《臺灣文藝》第 2 卷第 5 期（1935 年 5 月），頁 82～84。

世界甦醒了，人們大為驚駭
然而，知道星星由來的
只有他罷了

由於譯本採分行形式處理，原作「太陽の凍った死寂の夜、氷を抱いて彼は遁走した。」本係一完整句式，翻譯之後原詩被分割為「太陽凍結寂靜之夜／抱著冰冷　他遁走了」，造成語氣的頓挫節奏，反而使原詩的沉鬱蒼茫感，因為四個短句的連串而遁走。比較起來，陳藻香版譯為「在太陽凍結死寂的夜裡，他抱著冰塊遁跑。」因為採取散文體的方式翻譯，就能貼合原詩的語氣和語境，唯一的問題只在陳版或許不熟悉新詩形式，採每句到底的方式呈現，忽略了散文詩作的形式，也具有調節閱讀節奏、視覺的功能：

在太陽凍結死寂的夜裡，他抱著冰塊
遁跑。在那兒，只有謝肉祭的花車、
火炬、無氣息的舞蹈、海底光的搖曳
……淒凜的風，把他吹襲得像一片樹
葉，只吹襲他……

將陳版的譯本以齊頭尾（如原詩發表形式）重新處理，翁鬧這首詩作為一首傑出散文詩的形貌立即浮出。對於不識日文原作的華文讀者，面對此譯文及其接近原作排列形式，方才可能比較迫近翁鬧原詩的真實，以供鑑賞之資。用班雅明的譬喻來說，翻譯是黏合陶罐碎片的過程：

要將陶罐碎片黏合在一起，連最微小的細節都須吻合，儘管形狀不必彼此相像。翻譯亦同，譯文雖然不必然要和原作的意義完全符合，卻必須更加細緻地將原作的表意（significance）包容進去，來使原作與譯作成為更偉大語言的可被辨識的碎片，一如碎片之所以成為陶罐的一部分。[19]

將翁鬧於 1935 年 6 月發表的「詩人の戀人」視為一個陶罐，在日文原文與華文譯文之間，同樣也存在著陶罐與碎片的關係，由於語文的轉譯，也由於符碼的轉換，在其符徵（signifier）和符旨（signified）所組成的符號中，隱藏著繁複的、並且是隱密的文化脈絡。[20]符碼，因此就是「一套有組織的符號系統」，它使用的規則建立在社會成員的共識上，具備傳播上的社會意義。[21]因此，翻譯符碼，若要在傳播過程中再現原作「陶罐」，就必須將原文中的細節（碎片）加以黏合，才能具現原作的表意（significance）。

在這樣的認知下，較貼近翁鬧此詩「散文」書寫語境的「理想譯本」，可能是以陳藻香譯本為本，但修正首段的誤譯，再將陳譯符合原詩「散文」形式重組。如此一來，比較足以表現翁鬧詩的「陶罐」的譯本可能如下：

她死在他生之前

而

他是從死中重生的

Cosmopolitan

在太陽凍結死寂的夜裡，他抱著冰塊

遁跑。在那兒，只有謝肉祭的花車、

火炬、無氣息的舞蹈、海底光的搖曳

……淒凜的風，把他吹襲得像一片樹

葉，只吹襲他[22]

---

[19]Walter Benjamin,"The Task of the Translator", *Illuminations*, p.78.

[20]瑞士語言學家索緒爾（Ferdinand de Saussure）認為符號（sign）含有兩種成分：一為符徵（signifier），或譯為「能指」，指的是透過實物、聲音的文化顯徵；一為符旨（signified），或譯為「所指」，即符徵背後所承載的概念。F. de. Saussure, *Course in General Lingistics* (London: Peter Owen, 1960).

[21]John Fiske 著；張錦華譯，《傳播符號學理論》（臺北：遠流出版公司，1995 年），頁 89。

[22]本句下陳譯加添「……」，為原作所無，此處刪。

世界已死了，他坐在岩角上招手。天幕
下垂了。他把沿路捧來的光，向它擲了
過去[23]
世界甦醒了，人們發出驚駭之歎聲。但[24]
知道星由來的，僅他一人[25]

對照翁鬧原作，譯本若以此一貼合原作形式的方式呈現，譯本所傳遞的原作表意便可為華文讀者所辨識，而其符碼的意義也較能貼近原作想傳達的詩旨了。

三、翻譯符碼：在幻影與真實中游移／猶疑

透過翁鬧詩作的譯本比較，顯現了翁鬧原作及其翻譯符碼之間的游移／猶疑關係。索緒爾以「符徵」和「符旨」構成符號的分析單位；其後，羅蘭・巴特（Roland Barthes）在《神話學》（*Mythologies*）一書中又有進一步的延伸。他指出，符徵（Sr）是形式（form），符旨（Sd）則是概念（concept），兩者組合而成一個符號，而此一符號又可能成為另一個符號下的符徵，藉以指涉另一個符旨的概念。從而組成一套語言神話（Language Myth）。[26]換句話說，翁鬧的詩作，本身就可視為一個原作符碼，有其既有的符徵、符旨；翁鬧詩作的譯本，則是以翁鬧詩為其符徵，而指涉新的符旨的一套符碼，我們可稱之為翻譯符碼。

既然如此，翻譯符碼與原作符碼之間，無可避免地就會產生德希達（Jacques Derrida）所稱的「延異」（Différance），這個術語來自「差異」（difference）和「延緩」（deferment）兩詞。德希達認為並無所謂固定不變的意義的存在，最終的意義乃是在被不斷延緩、不斷與其他意義產生差異

[23]本句下陳譯加添「！」，為原作所無，此處刪。
[24]「但」之下陳譯加添「，」，為原作所無，此處刪。
[25]本句下陳譯加添「！」，為原作所無，此處刪。
[26]R. Barthes, *Mythologies*, translated by Annette Lavers.(New York: Hill & Wang, 1972), pp.114-115.

的過程中得到標識。因此意義不是恆定不動的，而是與其他意義相互關聯的。[27]翁鬧詩作的藝術表現與文學評價，截至目前為止，顯然不是由他的日文原作而來，而是經由華文譯本，被使用華文的讀者／論者根據華文符碼理解而論定——真實的翁鬧，不以原貌被認知，而以翻譯符碼的皺褶被理解，他的人形如幻影，他的詩形如幻影，也就勢所必然了。

或許可以換另一種方式說，翁鬧詩作為「原作符碼」，符徵是他以日文寫出的詩，符旨則指向翁鬧所欲傳遞的內心意旨。一個能夠掌握日文，並且了解詩的讀者，透過原作符徵，反溯製碼者翁鬧的符旨，即使無法完全解開原作符碼的內涵意義，至少尚能確知這是一只「陶罐」（外延意義）。

而翻譯，通常由能夠掌握原文的譯者（同時作為讀者）為之，理論上來說，他具有最基本的解碼能力（最少在尚未進行翻譯之前，他看到的是一只陶罐）；但等到進行翻譯之際，他開始面臨轉換不同語言及其背後深層的內涵意義如何轉譯的考驗。此時譯者也由讀者轉換為作者，他既是原作符碼的解碼者，又是翻譯符碼的製碼者。他既需要通過原作的符徵，去理解原作作者的符旨；又必須將他所理解的原作符旨，重新編製為翻譯符碼的符徵，提供給譯作的讀者據以通過譯作符徵，輾轉反溯原作的符旨——在如此多重轉折的訊號遞送過程中，一個讀者透過翻譯符碼所能理解的原作符碼，已經遭受多重干擾，德希達所稱的「延異」略近於此，出自原始傳播端的原作者所欲傳達的訊息及其編碼的意義，已經產生差異與延緩現象，原作的訊息可以變得微弱甚至隱而不彰，亦可能產生變化甚至遭到翻轉。物理學家杜恩（Pierre Duhem）認為「譯文是不可靠的，翻譯就是背叛。當一種版本被翻成另一種譯本時，在兩種文本之間從來也不是等價的。在物理學家觀察它們的具體事實和這些事實在理論家的運算中被表示的數值符號之間，存在著極大的差異。」也是此意。[28]

---

[27]P. Goring, *Studying Literature: the Essential Companion,* (London:Arnold & New York: Oxford University Press Inc, 2001).

[28]李醒民，〈論科學中的語言翻譯〉，網站：中國論文下載中心。網址：http://www.studa.net/keji/081102/09421974.html，最後瀏覽日期：2009 年 4 月 20 日。

與「詩人の戀人」同在《臺灣文藝》第 2 卷第 6 期發表的另兩首詩「ふるさとの丘」與「鳥ノ歌」，譯本就存有上述翻譯符碼難以避免的「延異」（差異與延緩）問題。「ふるさとの丘」有月中泉、陳藻香兩譯本，月譯題為〈故里山丘〉，陳譯為〈故鄉的山丘〉，前者古雅，後譯較貼近原意。原作日文如下：

雛菊の咲いてゐる丘をめぐって
小蛙をその土の穴に追ふた

陽はこの胸のまわりでとけ
わたしはその輕さに駭いた

あゝ　大空の絃を奏でるもの
この日　死への距離は遠い

甘蔗畑の上には花がさいて
夕日があたふたと駈けつけた

父母の家は墓場のむかふにある
わたしは口笛を吹き春をよんだ[29]

從原作來看，這首詩意象生動鮮明，形式以五小節、每節二行的十行詩形式出之，可說是臺灣新詩作品中最早見的十行格律作品。而整齊的格律之中，一、二、三、五，均以「た」韻收尾，又能表現出聲韻之美。就格律而言，這首出現在 1935 年的詩作，已達成熟之境。詩作寫故鄉的山丘，卻又別有所指。雛菊、小蛙（青蛙）、土穴、陽（陽光）、大空（天空）、甘蔗畑（甘蔗園）、花、夕日（夕陽）、墓場（墳場）等景物，逐一上場，表

[29]《臺灣文藝》第 2 卷第 6 期，頁 32。

現出詩人眼中故鄉山丘的景觀，這是這首詩的符徵（外延意義）；而其符旨（內涵意義）則指向詩人思鄉念親之情，唯連結著山丘景觀的敘事語言，則有「死への距離は遠い」（距離死亡甚遠）、「わたしは口笛を吹き春をよんだ」（我吹著口哨呼叫春天）的心境陳述，使得山丘周邊的景物因為著我色彩而活潑歡悅起來，從而成功地營造了以景寫情的豁達境界。詩人蕭蕭說此詩頗有「齊死生」的豁達之觀[30]，點出此詩的高曠之境。

譯本，作為翻譯符碼，能否解出翁鬧此詩所欲傳達的編碼及其情境，因而也就考驗著譯者。先看月中泉譯本：

繞著雛菊盛開山丘
將小青蛙追進穴洞

陽光在胸膛溶化
我為其輕盈驚駭

啊　奏著天空琴弦
這個日子，距離死亡遙遠

甘蔗園上開著花
夕陽倉皇趕上來

父母親住在墓地那邊
我吹著口哨呼喚春天[31]

月中泉係日治年代出發的詩人，他的這首譯詩在語境上已經相當貼近原作的情境，這首譯詩既照顧到原作的整齊格律形式，在尾韻上也以第二

[30]蕭蕭，〈八卦山：蘊藏多元的新詩能量——以賴和、翁鬧、曹開、王白淵透視新詩地理學〉，《土地哲學與彰化詩學》，頁 98。
[31]月中泉譯，〈故里山丘〉，羊子喬、陳千武編，《光復前臺灣文學全集・卷 10——廣闊的海》（臺北：遠景出版公司，1982 年），頁 217～218。

小節的「駭」對應第四小節的「來」；以第三小節的「弦」、「遠」呼應第五小節的「天」，使得原詩的韻律感俱足。若要求疵，只有在華文語感上稍嫌生硬，導致原詩流利輕快的詩意和語感稍有磨損。這個翻譯符碼與原作符碼幾乎若合符節，只在語感上產生部分的延異。

再看陳藻香譯本：

我繞著雛菊綻開的小丘
追逐著，跳向穴洞的青蛙

陽光在我胸前融化
輕柔得使我瞠目

啊，誰在撥弄天庭之琴弦？
這一天，我們遙遙地遠離了死神

甘蔗園上遍地開滿了花朵
夕陽，她，趕忙來湊上一腳

雙親的家，在墓地的彼方
我吹著口哨，歡迎春的到來

與月譯相較，兩個翻譯文本的語境就大為不同，陳譯雖也維持原詩十行形式，但其句式較月譯冗長，且在第一節第二行以「，」斷句，第四節第二行更將整句以「，」拆為三小段，第五節第二行同樣以「，」斷句。這使得譯詩的語境稍顯匆促急迫，較乏輕快流暢之感；若與翁鬧原詩相較，這種語句的割裂，也使原詩傳達的豁達高曠境界因此隱匿。就用語看，「わたしはその輕きに駭いた」，月譯「我為其輕盈驚駭」，陳譯「輕柔得使我瞠目」，可能以驚駭較能傳達原意；「この日　死への距離は遠い」，月譯「這個日子，距離死亡遙遠」，陳譯「這一天，我們遙遙地遠離了死神」，也以月譯較佳，陳譯出現「我們」可能為筆誤；「夕日があたふたと駈けつけた」，月譯「夕陽倉皇趕上來」，抓住了原句的語境，陳譯「夕陽，她，趕忙來湊上一腳」，則嫌贅增，也無法傳原句之神；「わたしは口笛を吹き春をよんだ」，月譯「我吹著口哨呼喚春天」，同樣精準傳遞原句語境，陳譯「我吹著口哨，歡迎春的到來」，改原「呼喚」為「歡迎」，頓使全詩流於凡庸。陳譯的問題，或許不在日文文本的轉譯，而在中文與新詩語境的掌握不足，這使其翻譯符碼與原作符碼的語感、境界，都出現逆向翻轉的結果，製碼與解碼之間產生的延異，使得此一譯本在語言上雖能表現翁鬧此詩的外延意義，但內涵意義則隱而不彰，較為可惜。

以兩個華文譯本而論，能再現翁鬧原作的流暢語境的，應屬月中泉譯本，但若與翁鬧原作相較，則「齊死生」的豁達境界方才更堪咀嚼。

更深層的符碼延異，出現在「鳥ノ歌」的譯本上，此詩只有陳藻香譯本，由於原詩長40行，此處僅取前十行進行比較。原作前十行如下：

鳥ハ
黎明ト暗黒トノ境ニ啼ク
チチ　チチ　チチチ
闇ヲ出タノガ
悲シイノカ
光ガ來タノガ
嬉シイノカ
チチ　チチ　チチチ
空カラ谷ヘ
谷カラ野ヘ

這是一首相當特殊的詩作，詩以漢字與片假名書寫，最早直接透過日文研究翁鬧的李怡儀認為是「翁鬧逆行性格的展現」[32]，杉森藍則說此詩「使用漢字和片假名來呈現獨特的文體」[33]，兩人都指出了此詩在語言作為符碼的特殊性。翁鬧特意使用片假名取代當時已經通用的平假名，應該有其詩學的用意，而非只是為了「逆行」，因為就在此詩連同「ふるさとの丘」、「詩人の戀人」發表的同期《臺灣文藝》，他還發表了「詩に關するノオト——ハイブラウのことゞも」（有關於詩的手札——兼談有智之士）一文，強調「有智之士乃是藝術欲望的先驅者、探險家」，「在夢之中追求真實，在現實之中追求更新的現實，在個性中追求獨創性——這才是超現實主義者被賦予的道路」[34]，由此足見追求獨創性乃是翁鬧的詩觀，也在這他透露了自己對超現實主義的喜愛與追求[35]，使用已不被使用於正文之中的片假名，應該是翁鬧通過以片假名舊符徵指涉新符旨之創作意圖的表現。

日文由漢字、片假名、平假名組成。在日本平安時期（794～1192年），漢字和片假名組合成文，屬於男性社會的專利，其後平假名出現，逐步取代片假名，直到 20 世紀初日本政府發布「小學校令」，統一日文字體之後，所有政府文書全部改用平假名書寫，片假名從此方才退居第二線作為外來語、外國人名地名等專有名詞、擬聲語和擬態語之用。[36]因此，對翁鬧來說，在這首詩中不採人人皆用的平假名，而用片假名，除了想要在語言上獨樹一幟，與人不同外，或許也有模擬古風而造新境的思考。

從這個最少是以平安時期通用的平假名出現的文本的角度來看，翻譯此詩，自不能以常態性的翻譯出之，以略近古語、文言的語式翻譯，應更能突顯此詩略帶古風的特色。陳藻香譯本似乎沒有注意到此詩的獨特性，

---

[32]李怡儀，「日本領台時代の台湾新文学：翁鬧の作品を中心に」，頁 58。

[33]杉森藍，〈翁鬧生平及新出土作品研究〉，頁 120。

[34]翁鬧，「詩に關するノオト——ハイブラウのことゞも」，《臺灣文藝》第 2 卷第 6 期，頁 20～21。華譯見陳藻香、許俊雅編譯，《翁鬧作品選集》，頁 199～200。原題目譯為〈有關於詩的點點滴滴——兼談 High brow〉，此處題目與引句係筆者自譯。

[35]翁鬧對超現實主義心嚮往之，甚少為論者所注意。

[36]〈平假名與片假名的雙重變奏〉，網站：明智工作室日文戰略研究室，網址：http://blog.yam.com/mint zchou/article/20107642。最後瀏覽日期：2009 年 4 月 20 日。

其譯本仍延續與翻譯「ふるさとの丘」無殊的語境：

鳥兒，
牠在黎明與黑暗之際叫著
吱吱　吱吱　吱吱
妳是否在悲泣？
悲泣妳飛出了漆黑？
或是在高興？
高興妳迎接了光明？
吱吱　吱吱　吱吱
從天空到山谷
從山谷到原野

此一翻譯符碼顯然與翁鬧原作符碼在語言、形式和語境上相去甚遠，且無法表現此詩和翁鬧同期兩詩的截然不同。如改以精簡而近似古語的方式翻譯，原詩的獨創性（較諸 1930 年代臺灣新詩界的詩風）或將更見突出：

鳥啼
於黎明與暗黑之境
吱吱　吱吱　吱吱吱
為出於昏闇
而悲耶
為光明之來
而喜耶
吱吱　吱吱　吱吱吱
自天空至山谷
自山谷至野地

翻譯作為一種符碼，要能完全貼合原作符碼，本來就屬不易，譯事維艱，猶如在幻影與真實中尋求貼近原作的語調、氛圍，而又要模擬原作語境，推敲原作意旨，特別在詩的譯事上，更形艱鉅。本文所舉譯本之譯者月中泉、陳藻香，均為浸泳日本語文之大家，他們對日治時期臺灣文學的譯介，功不可沒，在翻譯翁鬧這樣「逆行」於既有語言、詩風的詩人之作時，必定花費甚多心血。翁鬧原作與譯本之間出現的延異，乃是文本轉譯難以避免的現象，翻譯者為貼合碎片重新貼合陶罐，在游移於翁鬧獨創的符碼過程中，為妥善解其密碼而猶疑再三的苦心，都應為讀者所敬佩。

四、結語：鳥啼於黎明與暗黑之境

本文寫作目的，不在舉訛求疵，而是希望透過原詩文本，指出翁鬧詩藝成就之沉埋，而利於詩史論者重新注視翁鬧在臺灣新詩發展史上的位置，給予翁鬧詩藝應有的評價。以本文所舉翁鬧「淡水の海邊に（寄稿）」與同時發表於《臺灣文藝》的「ふるさとの丘」、「詩人の戀人」、「鳥ノ歌」三首詩作來看，翁鬧在語言的冶鍊、詩藝的琢磨、以及意象的使用、形式的翻新上，顯然都相當苦心經營，且表現了卓然不群的風格，而其成就，也應不在他同年代的諸多詩人之下。

在 1935 年 3 月 1 日寄給《臺灣文藝》的一篇感想中，翁鬧曾經豪氣地宣稱「跛腳之詩」的美麗，以及對於詩的狂熱與堅持：

> 的確，我們正在繼續著書寫跛腳的詩。我們無疑是不折不扣的青年。雖然笨拙、受傷、瘸著腳走路，但在我們身上仍可嗅到青春特有的強烈的體臭，且可感覺我們青春的血在沸騰，肌肉在興奮地抖動著。[37]

這個階段的翁鬧創作力旺盛，他在《臺灣文藝》不斷發表作品，除了

---

[37]翁鬧，「跛の詩」，《臺灣文藝》第 2 卷第 4 期（1935 年 4 月）。筆者自譯。

前舉詩作以及「詩に關するノオト——ハイブラウのことゞも」、「跛の詩」之外，尚有隨筆「東京郊外浪人街——高圓寺界隈」[38]、譯詩「現代英詩抄（十首）」[39]、小說「歌時計」（音樂鐘）[40]、小說「戇爺さん」（戇伯仔）[41]、「殘雪」[42]、詩「石を運ぶ人」（搬運石頭的人）[43]、小說「哀れなルイ婆さん」（可憐的阿蕊婆）[44]；在《臺灣新文學》他也發表了「明信片」[45]、小說「羅漢脚」[46]，以及小說「夜明け前の戀物語」（天亮前的戀愛故事）[47]。可見他的創作力之旺盛，像青春之血一樣地沸騰。

只可惜天不假年，翁鬧其後在《臺灣新民報》發表詩作「征け勇士」[48]，中篇連載小說「港のある街」之後不久，即於日治昭和 15 年（1940）11 月 21 日逝世，距他出生日治明治 43 年（1910）2 月 21 日，得年 30。

作為天才型的詩人和小說家，翁鬧的作品都出以日文，他的日文優雅流利，但日治之後的臺灣讀者多已不諳日文，只能依賴譯本認識他。同樣依賴華文譯本，翁鬧的小說評者既多，評價亦高，如評論家張恆豪即以「日據時代的臺灣小說，可說到了翁鬧的手上，才有獨樹一幟的表現，才開啟了另一文學藝術的嶄新領域」之語推崇翁鬧[49]；何以同出翁鬧之手，其詩作卻少見知音，也匱乏評論——原因不在翁鬧拙於詩，而是翁鬧之日文詩作不易翻譯。本文針對翁鬧詩作譯本所作的比較，一方面應可展現翁鬧作為一個前衛的現代主義詩人的高度，一方面也充分說明了翁鬧不為論者重視的關鍵原因。這不獨翁鬧為然，同樣以日文書寫的水蔭萍（楊熾昌）

---

[38]翁鬧，「東京郊外浪人街——高圓寺界隈」，《臺灣文學》第 2 卷第 4 期（1935 年 4 月）。
[39]翁鬧，「現代英詩抄（十首）」，《臺灣文藝》第 2 卷第 5 期（1935 年 5 月）。
[40]翁鬧，「歌時計」，《臺灣文藝》，第 2 卷第 6 期。
[41]翁鬧，〈戇爺さん〉，《臺灣文藝》，第 2 卷第 7 期（1935 年 7 月）。
[42]翁鬧，「殘雪」，《臺灣文藝》，第 2 卷第 8、9 期合刊（1935 年 8 月）。
[43]翁鬧，「石を運ぶ人」，《臺灣文藝》第 3 卷第 2 期（1936 年 1 月），頁 38。
[44]翁鬧，「哀れなルイ婆さん」，《臺灣文藝》第 3 卷第 6 期（1936 年 5 月）。
[45]翁鬧，「明信片」，《臺灣新文學》，第 1 卷第 2～3 期（1936 年 3～4 月）。
[46]翁鬧，「羅漢脚」，《臺灣新文學》第 1 卷第 1 期（1935 年 12 月）。
[47]翁鬧，「夜明け前の戀物語」，《臺灣新文學》第 2 卷第 2 期（1937 年 1 月）。
[48]翁鬧，「征け勇士」，《臺灣新民報》，1938 年 10 月 14 日，8 版。
[49]張恆豪，〈幻影之人——翁鬧集序〉，《翁鬧、巫永福、王昶雄合集》（臺北：前衛出版社，1991 年）。

也存在著同樣的翻譯符碼延異問題，詩的「演譯」與小說不同，小說重於敘事，演譯不難；詩則通過符徵，意在言外，指向多義的符旨，演譯之後，往往失真——然則，水蔭萍在沉埋半世紀之後重被發現，且獲得高度重視與肯定，儘管他的超現實主義詩作譯本潛藏著雙重性的延異隔閡；翁鬧則依然如詩壇中的「幻影之人」，無法以真實之姿為當代臺灣詩界所識。

幻影與真實，在翁鬧已然無言的詩作之中，正如喑啞鳥啼，於黎明與暗黑之境，鵠候一線光明。

參考文獻

- 《臺灣文藝》，第 2 卷第 6 期，1935 年 6 月，頁 32。
- 〈平假名與片假名的雙重變奏〉，網站：明智工作室日文戰略研究室，網址：http://blog.yam.com/mintzchou/article/20107642。最後瀏覽日期：2009 年 4 月 20 日。
- 翁鬧著；月中泉譯，〈故里山丘〉，羊子喬、陳千武編《廣闊的海》，臺北：遠景出版公司，1982 年，頁 217～218。
- 羊子喬，〈光復前臺灣新詩論〉，《蓬萊文章臺灣詩》，臺北：遠景出版公司，1983 年，頁 79～86。
- 李醒民，〈論科學中的語言翻譯〉，網站：中國論文下載中心，網址：http://www.studa.net/keji/081102/09421974.html，最後瀏覽日期：2009 年 4 月 20 日。
- 李怡儀，「日本領台時代の台湾新文学 ： 翁鬧の作品を中心に」，東吳大學日本文化研究所碩士論文，1994 年 6 月。
- 杉森藍，〈翁鬧生平及新出土作品研究〉，成功大學臺灣文學研究所碩士論文，2007 年 1 月，頁 50。
- 翁鬧，「石を運ぶ人」，《臺灣文藝》第 3 卷第 2 期，1936 年 1 月。
- 翁鬧，「港のある街」，《臺灣新民報》，1939 年 7 月 6 日～8 月 20 日，8 版
- 翁鬧，「夜明け前の戀物語」，《臺灣新文學》第 2 卷第 2 期，1937 年 1 月。
- 翁鬧，「征け勇士」，《臺灣新民報》，1938 年 10 月 14 日，8 版。
- 翁鬧，〈明信片〉，《臺灣新文學》第 1 卷第 2～3 期，1936 年 3～4 月。

- 翁鬧，「東京郊外浪人街——高圓寺界隈」，《臺灣文藝》第 2 卷第 4 期，1935 年 4 月。
- 翁鬧，「哀れなルイ婆さん」，《臺灣文藝》第 3 卷第 6 期，1936 年 5 月。
- 翁鬧，「現代英詩抄（十首）」，《臺灣文藝》第 2 卷第 5 期，1935 年 5 月。
- 翁鬧，「殘雪」，《臺灣文藝》第 2 卷第 8、9 期合刊，1935 年 8 月。
- 翁鬧，「跛の詩」，《臺灣文藝》第 2 卷第 4 期，1935 年 4 月。
- 翁鬧，「羅漢脚」，《臺灣新文學》第 1 卷第 1 期，1935 年 12 月。
- 翁鬧，「戇爺さん」，《臺灣文藝》第 2 卷第 7 期，1935 年 7 月。
- 張旭東、王斑譯，《啟迪：班雅明文選》，香港：牛津大學，1998 年，頁 63～76。
- 立石鐵臣，「本島人女性の服裝・夏の街頭に見る」，『民俗台湾』第 1 卷第 3 期，1941 年 9 月，頁 29。
- 張恆豪，〈幻影之人——翁鬧集序〉，《翁鬧、巫永福、王昶雄合集》，臺北：前衛出版社，1991 年。
- 許俊雅，〈幻影之人——翁鬧及其小說〉，陳藻香、許俊雅編譯《翁鬧作品選集》，彰化：彰化縣立文化中心，1997 年。
- 許素蘭，〈幻影之人——翁鬧及其小說〉，《國文天地》第 77 期，1991 年 10 月，頁 35～39。
- 黃韋嘉，〈幻影之人的愛爾蘭想像——從翁鬧詩作看臺灣新文學三〇年代的轉向〉，靜宜大學主辦「第三屆中區臺灣文學研究生論文發表會」論文，2007 年。
- 楊雅惠，《現代性詩意啟蒙：日治時期臺灣新詩的文化詮釋》，高雄：中山大學出版社，2007 年。
- 楊翠，〈追逐幻影的時代之子——翁鬧（1908～1940）〉，《八卦山文學步道導覽手冊》，彰化：彰化縣文化局，2002 年。
- 董祐峰，「森の彼方へ」，《臺灣文藝》第 2 卷第 5 期，1935 年 5 月，頁 82～84。
- 劉捷，〈幻影的人——翁鬧〉，《臺灣文藝》第 95 期，1985 年 7 月，頁 190～193。
- 蕭蕭，〈八卦山：蘊藏多元的新詩能量——以賴和、翁鬧、曹開、王白淵透視新詩地理學〉，《土地哲學與彰化詩學》，臺中：晨星出版社，2007，頁 94～99。

- R. Barthes, *Mythologies*, translated by Annette Lavers. New York: Hill & Wang, 1972
- Walter Benjamin,"The Task of the Translator", *Illuminations*, translated by Harry Zohn. New York: Schocken Books, 1968, p.75.
- P. Goring, *Studying Literature: the Essential Companion,* London: Arnold & New York: Oxford University Press Inc, 2001.
- John Fiske 著，張錦華譯，《傳播符號學理論》，臺北：遠流出版社，1995 年，頁 89。
- F. de. Saussure, *Course in General Lingistics,* London: Peter Owen, 1960.

——選自蕭蕭、陳憲仁編《翁鬧的世界》
臺中：晨星出版社，2009 年 12 月

日新又新的新感覺

翁鬧的文化意義

◎陳芳明*

翁鬧是一個傳奇性人物，就像夜空裡劃過一道彗星，稍縱即逝。那道光芒極其稀薄，卻又相當迷人。在臺灣文學史上，受到的議論未嘗稍止。就像日據時代所有新文學運動的作家，懷抱北上東京的願望，只為了能夠在帝都文壇被看見。翁鬧在 1935 年到達東京時，臺灣新文學運動正發生左右分裂。如果他留在臺灣，他究竟會走社會主義運動，還是選擇現代主義運動，是一個令人深思的問題。如果從當時臺灣的社會環境來判斷，翁鬧可能不會寫出新感覺派的小說。畢竟，資本主義與都會生活在臺灣還未到達成熟階段。顯然沒有一個恰當的美學土壤，來孕育現代主義作品。

歷史從來不容存在假設性的問題，因為已經發生過，就不可能捲土重來。但是，像翁鬧這樣受到矚目的作家，生命何其短暫，生活何其痛苦，為什麼值得後人再三咀嚼？由於他的早夭，反而使他在文學史上留下一個難解的謎。他所創造的藝術高度，對同輩作家而言簡直是遙不可及。這種文化差距，不僅僅是帝國與殖民地之間的距離所造成，也是鄉土寫實文學與都市現代文學的隔閡所造成。殖民地的、寫實的、鄉土的這些特質，可能很容易定義充滿批判精神的在臺作家。而這樣的定義，卻很難概括翁鬧的文學格局。

新感覺派文學崛起於 1920 年代《文藝時代》，完全是由橫光利一、川端康成所開創。關東大地震的災難之後，日本文壇重新洗牌，左翼文學臻

---

*作家、評論家。發表文章時為政治大學中國文學系教授，現為政治大學講座教授。

於高潮階段，而新感覺派文學也在這段時期宣告誕生。左翼作家強調的是集體解放，他們強烈批判資本主義帶來的貧富不均，也批判帝國政府與財團的勾結。相對於這種反抗性的文學，新感覺派要求的是積極挖掘個人的內心感覺；並且追求從時代枷鎖解放出來，以獲得個人美學的自由。橫光利一的小說《春天乘著馬車來》，把時代的光與影，現代的速度感，個人內在的終極渴望，都藉由文字的鍛鑄而釋放出來。新感覺派的風潮，強烈衝擊著來自殖民地臺灣的作家。

首先是來自臺南的劉吶鷗，1923 年到達東京，正好迎接新感覺派的誕生。這種歷史的巧合，似乎改變了這位殖民地知識分子的心靈軌跡。他在 1927 年遠赴上海，也把東京流行的藝術美學帶到租界地的魔都。他的遷徙途徑，不能不使後人提出一個問題：如果他回到臺灣，殖民地土壤是否有可能容許新感覺派文學生根？以臺灣文學史來印證，當時的臺灣只有一個作家受到注意，那就是賴和，當時他正在創作〈一桿稱仔〉與〈鬥鬧熱〉。這兩篇小說，意味著臺灣作家正在嘗試使用漢語，而且也還在摸索現代小說的形式。知識分子面對一個龐大的殖民權力，恐怕沒有心情營造內心細微而精緻的感覺。他肩負著思想解放的使命，顯然無法照顧個人心理層面的渺小波動。劉吶鷗如果選擇回到殖民地，今天就不會有他在文學史上的所受的評價。恰恰就是他前往大都會的上海，在霓虹燈光輝映的十里洋場，恰好可以接納他在新感覺派美學的耽溺。

將近十年之後，翁鬧也投入帝都的生活。以他的窮困潦倒，似乎無法培養耽美的新感覺。然而，東京的繁華媚惑著殖民地青年的心靈，就像一隻小小的飛蟲，落入現代都會的巨網裡。這位殖民地作家到達都會時，也正是日本統治臺灣屆滿 40 年的時候。縱然臺灣總督府刻意舉行「始政 40 週年臺灣博覽會」，但是海島現代化的高度與深度，尚不足與殖民母國相提並論。身為次等國民的作家，自有其特定的文化限制。他是橫跨三種語言的知識人，包括中國白話、日語與臺語。這種複雜的文化交錯，自然而然形成他靈魂深處的感覺。

當他投入新感覺派的文學創作時，其心理感受與日本作家的距離其實相當遙遠。在面對現代化的成就時，先天就產生一種文化位階的高低。必須理解這種苦澀的滋味，才能接近他心靈深處的情緒波動。無論是〈天亮前的戀愛故事〉或〈殘雪〉，都可清楚看見翁鬧有意無意之間洩漏某種自卑感。那不只是對女性愛意的未遂症而已，也強烈暗示著帝國與殖民地之間的無可彌合。新感覺派強調為藝術而藝術，也揭示心理底層的微妙變化。翁鬧的文學意義，正好點出日本作家與臺灣作家截然不同的感覺。

如果觀察較早到達東京的巫永福，更可以幫助說明翁鬧內在的矛盾情結。在〈首與體〉那篇小說，典型顯示了殖民地知識分子在思想與行動之間的矛盾。「首」代表著某種價值的嚮往，「體」則意味著具體實踐行動之欠缺。來自鄉村型的殖民地臺灣，對於現代化當然懷有高度期待。然而他的生命根源，仍然深深種植在臺灣土壤。這篇小說耐得起長期的反覆討論，就在於作品內容恰如其分反映了臺灣作家的兩極矛盾。巫永福如果繼續留在東京，也許可能會比翁鬧更早成為新感覺派的實踐者。但是他終於回到臺灣，回到現代化不完整的殖民地社會。客觀的歷史環境，決定了巫永福不可能持續創作新感覺美學的小說。

相形之下，翁鬧即使淪落在東京的都市邊緣，竟寧可維持波希米亞式的流浪生涯。或許是大都會霓虹燈放射出來的燦爛色彩，或許是城市電車傳來敲打的鈴聲，在他魂魄裡釀造鬼魅的引力。這種五光十色的現代感，絕對不可能出現於海島臺灣。他失去生活的能力，卻獲得靈魂上的滋養。大約也只能從這個角度來詮釋，才有可能了解這位疾苦作家所遇到的悲慘命運，也更能理解現代化的大都會生活對他所造成的文化衝擊。

翁鬧在臺灣文學史上受到的議論，毫不稍讓於富有抵抗精神的賴和、楊逵或呂赫若。有關他的研究，永遠不會過時。他所生產的文學作品，縱然極其有限，卻容許後人擁有一個無窮想像的空間。他的美學內涵足以道盡現代性的迷人與惱人，也足以顯現殖民地作家的追求與挫折，以及內心的理想與幻滅。真正的藝術，永遠禁得起反覆的挖掘與咀嚼。或許，還有遺漏的史料未曾發現，這樣的殘缺可能就像翁鬧生命那樣，留下巨大空白，卻值得讓後人不斷填補。黃毓婷的這部翻譯，應該是到目前為止最為完整的一冊。她的譯文精確而清麗，足可負載翁鬧的靈魂到當代讀者手上。十餘年前，黃毓婷是我教室裡的一位學生。她遠赴東京大學讀書之後，信息便斷斷續續。如今她交出這本翻譯，已足夠讓師生情誼失落許久的空白再度填滿。

——選自《印刻文學生活誌》第 123 期，2013 年 11 月

輯五◎

研究評論資料目錄

作家生平、作品評論專書與學位論文

專書

1. 陳藻香，許俊雅編譯　翁鬧作品選集　彰化　彰化縣立文化中心　1997 年 7 月　322 頁

本書為翁鬧作品選譯及評論。全書分 2 大部分：第 1 部分選譯翁鬧作品；第 2 部分為評論：1.描寫翁鬧的小說及翁鬧參與的文學座談會 2 篇，收有吳鬱三〈蜘蛛〉、文聯東京支部座談會〈臺灣文學當前諸問題〉；2.藝文界之迴響——翁鬧研究資料 19 篇，收有郭水潭〈文學雜感〉（節錄）、徐瓊二〈臺新讀後〉（節錄）、陳梅溪〈創刊號讀後〉（節錄）、吳濁流〈創刊號讀後〉（節錄）、藤原泉三郎〈放肆之評——臺灣新文學創刊號作品評〉（節錄）、河崎寬康〈關於臺灣文藝運動的二三問題〉（節錄）、莊培初〈從所讀的小說談起——由臺新創刊號至八月號〉（節錄）、羊子喬〈翁鬧作品解說〉、楊逸舟〈憶夭折的俊才翁鬧〉、張良澤〈關於翁鬧〉、巫永福〈阿戇伯的形象〉、劉捷〈幻影之人——翁鬧〉、張恆豪〈幻影之人——翁鬧集序〉、許素蘭〈「幻影之人」翁鬧及其小說〉、施淑〈翁鬧〉、李怡儀〈有關翁鬧之記事〉（試稿）、謝肇禎〈地平線上的幻影——淺談翁鬧小說的特質〉、許俊雅〈翁鬧生平著作年表初稿〉、許俊雅〈編譯後語〉。正文前有許俊雅〈幻影之人——翁鬧及其小說（代序）〉。

2. 蕭蕭，陳憲仁編　翁鬧的世界　臺中　晨星出版社　2009 年 12 月　345 頁

本書為 2009 年「翁鬧的世界——翁鬧百歲冥誕紀念學術研討會」論文集。全書共 12 篇文章：林明德〈細讀翁鬧〈天亮前的戀愛故事〉〉、杉森藍〈畸零的象徵，孤兒的救贖——以翁鬧新出土小說《有港口的街市》為分析對象〉、許素蘭〈最後的汽笛聲——《有港口的街市》在翁鬧創作歷程的位置與意義〉、高維宏〈翁鬧文本中的遊女形象〉、黃小民〈翁鬧短篇小說中的新感覺派〉、葉衽榤〈兩個新感覺作家的慾望城市——重讀翁鬧與劉吶鷗小說中的都會元素〉、李進益〈翁鬧短篇小說論〉、羊子喬〈漂浮在一九三〇年代東京街頭的幻影——翁鬧作品中的自我書寫與現代性敘述〉、黃韋嘉〈頹廢幻影下的顯影——翁鬧及其詩作研究〉、李桂媚〈日治時期臺灣新詩標點符號運用——以賴和、楊守愚、翁鬧、王白淵為例〉、向陽〈幻影與真實——翁鬧詩作翻譯符碼的「演譯」與「延異」〉、蕭蕭〈舊記憶與新感覺的激盪——翁鬧詩作中的土地意象與生命感喟〉。正文前有林明德〈叢書序：啟動彰化學——共同完成大夢想〉、蕭蕭〈編者序：真人真影真性情〉，正文後有李桂媚整理〈翁鬧相關研究資料〉。

學位論文

3. 李怡儀　　日據時代的臺灣新文學——以翁鬧的作品為主（日本領台時代の台湾新文学——翁鬧の作品を中心に）　東吳大學日本文化研究所碩士論文　蜂矢宣朗教授指導　1994年6月　175頁

本論文以日文書寫，將翁鬧的作品分為二類，一為「農民小說」，另一為「戀愛小說」，並佐以作者生平事蹟與文學觀分析小說與詩歌中的文學特色，在探討其作品之餘亦勾勒出龍瑛宗和呂赫若早期作品的特色以為比較。全文共6章：1.翁鬧について；2.作品分析；3.作品の特色；4.当時の文学者との比較；5.台湾文学史上における翁鬧の位置づけ；6.結論。

4. 杉森藍　　翁鬧生平及新出土作品研究　成功大學臺灣文學系　碩士論文　林瑞明教授指導　2007年2月　360頁

本論文重新探討與定位日治時代臺灣作家翁鬧以及他的作品特色，釐清翁鬧生平與其新出土作品，以及當時日本、臺灣文壇的新感覺派之關係。其次以日本文學潮流新感覺派對於臺灣文壇的影響進行評估，以及重新定義日本新感覺派與翁鬧文學特色之間的關係，並從區域研究和比較研究的方式，來分析日本新感覺派對當時中國和臺灣文壇的傳播與影響，與進一步定位翁鬧在文學史的地位。最後從創作主張、創作主題與藝術形式來加以分析，詮釋其後期小說之風格與特色。全文共6章：1.序論；2.日本新感覺派；3.翁鬧的生平與文學歷程；4.翁鬧日文文體特色；5.新出土資料〈勇士出征去吧〉、《有港口的街市》詮釋；6.結論。正文後附錄〈中篇小說《有港口的街市》中日文對照〉、〈翁鬧大事年表〉。

5. 楊明潔　　新感覺派的存在美學研究——以翁鬧短篇小說與劉吶鷗《都市風景線》為例　彰化師範大學臺灣文學研究所　碩士論文　許麗芳教授指導　2011年　101頁

本論文以存在主義的視角探索新感覺派的發源，並從文本結構、文體與人物詮釋多方探討主體所面對的存在困境、對存在本質的質問，探究現代化造成的荒謬諸象及資本主義引發都市人的焦慮情緒，最後透過劉吶鷗與翁鬧兩位作家作品的差異性，探討中國新感覺派與臺灣新感覺派的異同。全文共6章：1.緒論；2.新感覺派與存在意識；3.翁鬧短篇小說的存在美學；4.劉吶鷗小說《都市風景線》的存在美學；5.翁鬧與劉吶鷗的新感覺派藝術表現差異；6.結論。

6. 謝惠貞　　日本統治期台湾文化人による新感覚派の受容——横光利一と楊逵

・巫永福・翁鬧・劉吶鷗　東京大學人文社会系研究科　博士論文　藤井省三教授指導　2012 年 1 月　140 頁

本論文以楊逵的文學理論及巫永福、翁鬧、劉吶鷗的小說，交叉比對橫光利一的作品，比較兩者之間的異同，同時探討日治時期「臺灣新感覺派」作家的發展脈絡、影響情況，以及「臺灣新感覺派」的誕生過程。全文共 7 章：1.日本統治期台湾における「新感覚派」；2.1932 年—1936 年横光利一受容の概観：楊逵と「純粋小説論」を中心に；3.明治大学での師事：横光利一「頭ならびに腹」と巫永福「首と体」；4.構図としての「意識」発見：横光利一「時間」と巫永福「眠い春杏」；5.植民地的メトニミーの反転：横光利一「笑はれた子」と翁鬧「羅漢脚」；6.翻訳による権威の流用：横光利一「皮膚」と劉吶鷗「遊戯」；7.「台湾新感覚派」の系譜——文体と題材の受容と変容。

7. 王馨聆　　翁鬧及其小說研究　中正大學臺灣文學研究所　碩士論文　楊智景教授指導　2015 年　142 頁

本論文聚焦於翁鬧小說的特色與風格，並從翁鬧生平與其作品之間的關聯性、現代主義書寫、作品中的殖民地性慾、小說中的構思設定等方面進行分析與討論。全文共 6 章：1.緒論；2.翁鬧生平與其小說的關聯性；3.翁鬧小說中的現代主義書寫；4.翁鬧小說中的性、情、慾：〈有港口的街市〉、〈殘雪〉、〈音樂鐘〉、〈天亮前的戀愛故事〉；5.翁鬧小說中的意象、人物、命名；6.結論。正文後有〈翁鬧文學作品表〉。

作家生平資料篇目

自述

8. 翁鬧著；編輯部譯　　作者的話　印刻文學生活誌　第 123 期　2013 年 11 月　頁 69

他述

9. 江燦琳　　我所敬愛的「文化仙仔」〔翁鬧部分〕　臺灣文藝　第 2 卷第 9 期　1965 年 10 月　頁 24—28

10. 羊子喬，陳千武　　翁鬧　廣闊的海　臺北　遠景出版公司　1982 年 5 月　頁 213

11. 楊逸舟　　憶夭折的俊才翁鬧　臺灣文藝　第 95 期　1985 年 7 月　頁 169—

172

12. 楊逸舟　　憶夭折的俊才翁鬧　翁鬧、巫永福、王昶雄合集（臺灣作家全集）　臺北　前衛出版社　1991年2月　頁139—142

13. 楊逸舟　　憶夭折的俊才翁鬧　翁鬧作品選集　彰化　彰化縣立文化中心　1997年7月　頁248—251

14. 劉　捷　　幻影之人——翁鬧　臺灣文藝　第95期　1985年7月　頁190—193

15. 劉　捷　　幻影之人——翁鬧　翁鬧作品選集　彰化　彰化縣立文化中心　1997年7月　頁276—280

16. 張良澤　　關於翁鬧　臺灣文藝　第95期　1985年7月　頁172—186

17. 張良澤　　關於翁鬧　翁鬧、巫永福、王昶雄合集（臺灣作家全集）　臺北　前衛出版社　1991年2月　頁143—163

18. 張良澤　　關於翁鬧　翁鬧作品選集　彰化　彰化縣立文化中心　1997年7月　頁252—271

19. 康　原　　壯志未酬的作家　文學的彰化——彰化縣新文學作家小傳　彰化　彰化縣立文化中心　1992年　頁38—42

20. 施懿琳　　日據時期文學發展概述——日據時期彰化地區新文學——翁鬧（一九〇八—一九四〇年）　彰化文學圖像　彰化　彰化縣文化中心　1996年6月　頁117—119

21. 彭瑞金　　翁鬧——純文藝的忠實信徒　臺灣文學步道　高雄　高雄縣立文化中心　1998年7月　頁110—113

22. 彭瑞金　　翁鬧——純文藝的忠實信徒　臺灣新聞報　1998年9月21日13版

23. 彭瑞金　　翁鬧——純文藝的忠實信徒　臺灣文學50家　臺北　玉山社出版公司　2005年7月　頁189—192

24. 尹子玉　　日據時期留日臺籍作家——翁鬧　文訊雜誌　第179期　2000年9月　頁36

25. 林政華　臺灣本土小說名家與名作——翁鬧　臺灣文學汲探　臺北　文史哲出版社　2002年3月　頁128—155

26. 林政華　由寫實轉向純藝術風格寫作的小說家——翁鬧　臺灣新聞報　2002年10月1日　9版

27. 林政華　由寫實轉向純藝術風格寫作的小說家——翁鬧　臺灣古今文學名家　桃園　開南管理學院通識教育中心　2003年3月　頁31

28. 許俊雅　殘雪——作者登場　日治時期臺灣小說選讀　臺北　萬卷樓圖書公司　2003年8月　頁205—207

29. 〔彭瑞金選編〕　作者簡介　國民文選・小說卷1　臺北　玉山社出版公司　2004年7月　頁208—209

30. 蕭　蕭　朝興村人翁鬧傳奇　自由時報　2005年11月5日　E11版

31. 許俊雅　翁鬧小傳　臺灣文學家年表六種　臺北　臺北縣政府　2006年12月　頁214—216

32. 黃毓婷　東京郊外浪人街——翁鬧與一九三〇年代的高圓寺界隈[1]　臺灣文學學報　第10期　2007年6月　頁163—188

33. 黃毓婷　東京郊外浪人街　破曉集　臺北　如果出版社　2013年11月　頁67—83

34. 〔封德屏主編〕　翁鬧　2007臺灣作家作品目錄　臺南　國立臺灣文學館　2008年7月　頁665

35. 藍建春主編　在笑聲之中吞下淚水——王禎和的悲憫世界——小故事：肉慾的幻影：翁鬧　親近臺灣文學——歷史、作家、故事　臺中　耕書園出版公司　2009年2月　頁360

36. 杉森藍　翁鬧及其文學活動[2]　有港口的街市　臺中　晨星出版社　2009年5月　頁12—61

---

[1]本文自〈東京郊外浪人街——高圓寺界隈〉，追尋作家個人史的細節。全文共3小節：1.前進中央文壇；2.翁鬧與「東京郊外浪人街」；3.翁鬧在帝都東京。

[2]本文藉翁鬧戶籍資料、在學成績與教職員名冊、其赴日後所發表作品建構其生平。全文共4小節：1.前言；2.在臺時期；3.東京留學時期（1934—1940）；4.結語。

37. 林妏霜　　翁鬧　人間福報　2012 年 5 月 2 日　15 版
38. 蔡逸君　　文藝青年　印刻文學生活誌　第 123 期　2013 年 11 月　頁 6
39. 黃毓婷　　翁鬧　破曉集　臺北　如果出版　2013 年 11 月　頁 4
40. 黃毓婷　　翁鬧是誰[3]　破曉集　臺北　如果出版　2013 年 11 月　頁 42—66
41. 黃毓婷　　翁鬧是誰　印刻文學生活誌　第 123 期　2013 年 11 月　頁 28—30，32—42　.
42. 蕭　蕭　　鷹旋的家鄉　九彎十八拐　第 74 期　2017 年 7 月　頁 20—22

訪談、對談

43. 翁鬧等[4]；黃毓婷譯　　臺灣文聯東京支部第一回茶會　破曉集　臺北　如果出版　2013 年 11 月　頁 247—258
44. 翁鬧等[5]；黃毓婷譯　　臺灣文學當前的諸問題　破曉集　臺北　如果出版　2013 年 11 月　頁 259—277

年表

45. 張恆豪　　翁鬧生平寫作年表　翁鬧、巫永福、王昶雄合集（臺灣作家全集）　臺北　前衛出版社　1991 年 2 月　頁 167—168
46. 〔杜慶忠主編〕　　翁鬧著作年表　彰化縣作家資料檔案摘要　彰化　彰化縣立文化中心　1993 年 6 月　頁 230—231
47. 李怡儀　　翁鬧生平及作品年表　日據時代の臺灣新文學——以翁鬧の作品を中心に　東吳大學日本文化研究所　碩士論文　蜂矢宣朗教授指導　1994 年 6 月　頁 163—166
48. 許俊雅　　翁鬧生平著作年表初稿　翁鬧作品選集　彰化　彰化縣立文化中心　1997 年 7 月　頁 316—320
49. 許俊雅　　翁鬧生平著作年表初編　臺灣文學家年表六種　臺北　臺北縣政府

[3]本文從翁鬧的文學創作、同時代作家的回憶，綜述其生平事跡。全文共 5 小節：1.翁鬧是誰；2.翁鬧的奇行逸事；3.作家翁鬧；4.臺灣遠，還是北海道遠；5.破曉的幸福。
[4]與會者：顏水龍、賴貴富、雷石榆、張文環、楊杏庭、陳傳纘、吳天賞、翁鬧、吳坤煌、賴明弘。
[5]與會者：莊天祿、賴貴富、田島讓、張星建、劉捷、曾石火、翁鬧、陳遜仁、溫兆滿、陳瑞榮、陳遜章、吳天賞、顏水龍、郭一舟、鄭永言、張文環、楊基椿、吳坤煌。

2006年12月 頁217—223

50. 杉森藍 翁鬧大事年表 翁鬧生平及新出土作品研究 成功大學臺灣文學系碩士論文 林瑞明教授指導 2007年2月 頁155—341

51. 杉森藍 翁鬧年表 有港口的街市 臺中 晨星出版社 2009年5月 頁326—328

52. 許俊雅 《臺灣文藝》重要作家作品篇目表〔翁鬧部分〕 足音集：文學記憶・紀行・電影 臺北 萬卷樓圖書公司 2011年12月 頁193—194

53. 〔如果出版〕 翁鬧年表 印刻文學生活誌 第123期 2013年11月 頁25

54. 黃毓婷 翁鬧年表 破曉集 臺北 如果出版 2013年11月 頁510—511

其他

55. 翁 鬧 明信片 臺灣新文學 第1卷第2期 1936年3月 頁50—51

56. 陳藻香，許俊雅編譯 明信片 翁鬧作品選集 彰化 彰化縣立文化中心 1997年7月 頁76

57. 翁鬧著；黃毓婷譯 書信：1936年3月 破曉集 臺北 如果出版 2013年11月 頁324

58. 翁 鬧 明信片 臺灣新文學 第1卷第3期 1936年4月 頁65—67

59. 陳藻香，許俊雅編譯 明信片 翁鬧作品選集 彰化 彰化縣立文化中心 1997年7月 頁77—78

60. 翁鬧著；黃毓婷譯 書信：1936年4月 破曉集 臺北 如果出版 2013年11月 頁325—326

作品評論篇目

綜論

61. 羊子喬 翁鬧 送報伕 臺北 遠景出版公司 1979年8月 頁287—288

62. 羊子喬 翁鬧作品解說 翁鬧作品選集 彰化 彰化縣立文化中心 1997年

7 月　頁 246—247

63. 葉石濤　臺灣新文學運動的開展——臺灣新文學的三個階段——成熟期〔翁鬧部分〕　臺灣文學史綱　高雄　文學界雜誌出版　1987 年 2 月　頁 53

64. 葉石濤　臺灣文學史綱——臺灣新文學運動的展開〔翁鬧部分〕　葉石濤全集・評論卷五　臺南，高雄　國立臺灣文學館，高雄市文化局　2008 年 3 月　頁 58

65. 包恆新　郭秋生與翁鬧的創作　臺灣現代文學簡述　上海　上海社會科學院出版社　1988 年 3 月　頁 108—110

66. 古繼堂　翁鬧　臺灣小說發展史　臺北　文史哲出版社　1989 年 7 月　頁 107—110

67. 張恆豪　幻影之人——翁鬧集序　翁鬧、巫永福、王昶雄合集（臺灣作家全集）　臺北　前衛出版社　1991 年 2 月　頁 13—15

68. 張恆豪　幻影之人——翁鬧集　短篇小說卷別冊（臺灣作家全集）　臺北　前衛出版社　1994 年 3 月　頁 35—37

69. 張恆豪　幻影之人——翁鬧集序　翁鬧作品選集　彰化　彰化縣立文化中心　1997 年 7 月　頁 281—283

70. 許建生　翁鬧　臺灣文學史（上）　福州　海峽文藝出版社　1991 年 6 月　頁 512—518

71. 許素蘭　「幻影之人」翁鬧及其小說[6]　國文天地　第 77 期　1991 年 10 月　頁 35—39

72. 許素蘭　「幻影之人」翁鬧及其小說　復活的群像——臺灣卅年代作家列傳　臺北　前衛出版社　1994 年 6 月　頁 95—102

73. 許素蘭　「幻影之人」翁鬧及其小說　文學與心靈對話　臺南　臺南市立文化中心　1995 年 4 月　頁 2—10

[6]本文以翁鬧的作品為例，歸納翁鬧的個人特色和時代背景，探討翁鬧作品的特色與價值。全文分 7 小節：1.生命宛若流星；2.作品內容以臺灣為主；3.粗糙原始的愛情觀；4.真實剖析內心世界；5.寫出臺灣人貧窮的生活；6.〈羅漢腳〉呈現臺灣小孩的典型；7.是歷史光澤，也是文化資財。

74. 許素蘭　「幻影之人」翁鬧及其小說　翁鬧作品選集　彰化　彰化縣立文化中心　1997 年 7 月　頁 284—292

75. 〔施淑編〕　翁鬧　日據時代臺灣小說選　臺北　前衛出版社　1992 年 12 月　頁 206

76. 施　淑　翁鬧　翁鬧作品選集　彰化　彰化縣立文化中心　1997 年 7 月　頁 293—294

77. 〔施淑編〕　翁鬧　日據時代臺灣小說選　臺北　麥田出版公司　2007 年 9 月　頁 201

78. 張超主編　翁鬧　臺港澳及海外華人作家辭典　江蘇　南京大學出版社　1994 年 12 月　頁 493—494

79. 許俊雅　日據時期臺灣小說之作者及其背景分析——小說作者之相關資料及生平略傳——翁鬧　日據時期臺灣小說研究　臺北　文史哲出版社　1995 年 2 月　頁 248—252

80. 謝肇禎　地平線上的幻影——淺談翁鬧小說的特質　文學臺灣　第 18 期　1996 年 4 月　頁 160—177

81. 謝肇楨　地平線上的幻影——淺談翁鬧小說的特質　翁鬧作品選集　彰化　彰化縣立文化中心　1997 年 7 月　頁 298—315

82. 許俊雅　幻影之人——翁鬧及其小說　讀你千遍也不厭倦——坐看臺灣小說　臺北　師大書苑　1997 年 3 月　頁 1—22

83. 許俊雅　幻影之人——翁鬧及其小說　中國現代文學理論季刊　第 6 期　1997 年 6 月　頁 248—264

84. 許俊雅　幻影之人——翁鬧及其小說（代序）　翁鬧作品選集　彰化　彰化縣立文化中心　1997 年 7 月　〔21〕頁

85. 許俊雅　幻影之人——翁鬧及其小說　見樹又見林——文學看臺灣　臺北　渤海堂文化公司　2005 年 2 月　頁 307—324

86. 施懿琳，楊翠　成熟期彰化新文學的花實（1925—1937）——夢中的幻影之人——翁鬧　彰化縣文學發展史（上）　彰化　彰化縣立文化中心

1997 年 5 月　頁 204—207

87. 陳萬益　七等生與翁鬧　中央日報　1998 年 7 月 24 日　22 版

88. 許俊雅　翁鬧小說作品賞析[7]　日據時期臺灣小說選讀　臺北　萬卷樓圖書公司　1998 年 11 月　頁 417—430

89. 陳銘芳　孤寂浪漫的一生——翁鬧其人與小說　臺灣新生報　1999 年 1 月 6 日　17 版

90. 張明雄　炫麗戀情的火花——翁鬧的小說　臺灣現代小說的誕生　臺北　前衛出版社　2000 年 9 月　頁 125—132

91. 張明雄　翁鬧與龍瑛宗小說意境的比較　臺灣現代小說的誕生　臺北　前衛出版社　2000 年 9 月　頁 221—236

92. 許秦蓁　租界區與殖民地——新感覺派作家筆下的城／鄉——殖民臺灣：東京留學生「苦悶的象徵」〔翁鬧〕　育達研究叢刊　第 1 期　2000 年 10 月　頁 128—131

93. 許俊雅　日治時期臺灣小說家筆下的民俗風情〔翁鬧部分〕　島嶼容顏：臺灣文學評論集　臺北　臺北縣政府文化局　2000 年 12 月　頁 2—34

94. 楊　翠　追逐幻影的時代之子——翁鬧（1908—1940）　八卦山文學步道導覽手冊　彰化　彰化縣文化局　2002 年 7 月　頁 101—107

95. 許素蘭　荒原之心——無產作家之另類：翁鬧及其文學[8]　淡水牛津臺灣文學研究集刊　第 5 期　2003 年 7 月　頁 133—146

96. 曾月卿　情慾的生物性描寫——淺談翁鬧、舞鶴、與 D. H. 勞倫斯　臺灣新聞報　2003 年 12 月 25 日　16 版

97. 陳美美　新浪漫派與新感覺派小說——新感覺派〔翁鬧部分〕　臺灣現代主義文學的萌芽與再起　佛光人文社會學院文學研究所　碩士論文　馬森教授指導　2004 年 6 月　頁 43—46

[7]本文分段賞析〈音樂鐘〉、〈殘雪〉、〈天亮前的戀愛故事〉、〈憨伯仔〉、〈羅漢腳〉、〈可憐的阿蕊婆〉。

[8]本文以翁鬧的 6 篇小說，探究他如何書寫另類的「殖民地文學」。

98. 蔡明原　上海與臺灣——新感覺的兩種實踐：以翁鬧與劉吶鷗的作品為探討對象[9]　文學與社會學術研討會——2004 青年文學會議論文集　臺南　國家臺灣文學館　2004 年 12 月　頁 63—84

99. 蔡明原　上海與臺灣——新感覺的兩種實踐：以翁鬧與劉吶鷗的作品為探討對象〔摘要〕　文訊雜誌　第 232 期　2005 年 2 月　頁 42—43

100. 廖淑芳　國家想像、現代主義文學與文學現代性——以日據時代臺灣作家翁鬧為例[10]　北臺國文學報　第 2 期　2005 年 6 月　頁 129—168

101. 廖淑芳　日據時期臺灣文化場與文學場——翁鬧的文學現代性與時間焦慮　國家想像、現代主義文學與文學現代性——以七等生文學現象為核心　清華大學中國文學系　博士論文　呂正惠教授指導　2005 年 7 月　頁 30—32

102. 廖淑芳　日據時期現代主義的萌芽——翁鬧的文學現代性　國家想像、現代主義文學與文學現代性——以七等生文學現象為核心　清華大學中國文學系　博士論文　呂正惠教授指導　2005 年 7 月　頁 60—70

103. 廖淑芳　由浪漫到現代——國家想像與現代主義文學的關係——啟蒙的內在分裂——以〈天亮前的戀愛故事〉為起點　國家想像、現代主義文學與文學現代性——以七等生文學現象為核心　清華大學中國文學系　博士論文　呂正惠教授指導　2005 年 7 月　頁 70—80

104. 張　羽　試論日據時期臺灣文壇的「幻影之人」翁鬧——與郁達夫的比較　臺灣研究集刊　2005 年第 3 期　2005 年 9 月　頁 82—90

---

[9]本文以新感覺派的文本特徵解讀翁鬧、劉吶鷗之作品，並比較分析二人在文學書寫呈現上之差異。全文共 5 小節：1.前言；2.在異國與原鄉之間；3.一種「異質」的文學；4.新感覺的兩種實踐；5.結語：文學史中的翁鬧與劉吶鷗。

[10]本文重新解釋施淑對翁鬧作為現代主義文學代表的「始而叛逆，繼而頹廢，終而虛無」的價值意義。全文共 6 小節：1.翁鬧的文學現代性與時間焦慮；2.日據新文學運動的「雙重邊緣」性質與文學自主趨勢的出現；3.翁鬧前期時間意識：樂觀與悠揚的綰合；4.《臺灣文藝》與《臺灣新文學》的分立現象與論爭；5.1963 年的臺灣文學場與「純文藝」處境；6.驅魔與抵抗。

105. 王玫珍　焦慮、幻滅與感傷——翁鬧小說中的感覺世界　人文研究期刊　第 1 期　2005 年 12 月　頁 27—52

106. 羅詩雲　帝國想像下的故鄉凝視：以翁鬧為主要分析對象，旁論福爾摩沙集團等其他作家[11]　第三屆全國臺灣文學研究生學術論文研討會論文集　臺南　國家臺灣文學館籌備處　2006 年 7 月　頁 197—222

107. 杉森藍　翁鬧日文文體特色　成功大學臺灣文學系第四屆研究生論文發表會　臺南　成功大學臺灣文學系　2007 年 4 月 26 日

108. 林明德　論翁鬧的小說藝術　2007 彰化文學國際學術研討會　彰化　國家臺灣文學館，彰化師範大學國文系暨臺灣文學研究所主辦　2007 年 6 月 8—9 日

109. 李詮林　日據時段的臺灣現代日語文學——楊逵、呂赫若、龍瑛宗、張文環、翁鬧等人的日語作品——翁鬧　臺灣現代文學史稿　福州　海峽文藝出版社　2007 年 12 月　頁 281—282

110. 劉文放　「異類」——試探翁鬧其人及其小說作品　97 學年度中區大學院校臺文系、所學生論文聯合發表會　彰化　彰化師範大學臺灣文學所主辦　2009 年 4 月 11 日

111. 高維宏　情慾與紀實——現代性情境之頹廢書寫：試以翁鬧與郁達夫為例　97 學年度中區大學院校臺文系、所學生論文聯合發表會　彰化　彰化師範大學臺灣文學所主辦　2009 年 4 月 11 日

112. 黃韋嘉　頹廢幻影下的顯影——翁鬧及其詩作研究[12]　翁鬧的世界——翁鬧百歲冥誕紀念學術研討會　彰化　國立臺灣文學館，明道大學主辦　2009 年 5 月 1 日

[11]本文以翁鬧作品為主，輔以福爾摩沙集團等其他作家作品，探討當中描寫之日本的殖民情況，及當時知識份子的思想。全文共 4 小節：1.前言；2.挾現代化而來的殖民性；3.帝國想像下的故鄉凝視；4.結論。

[12]本文探討翁鬧詩作中濃烈的孤寂感及其意象派的特色。全文共 5 小節：1.前言：現代主義文學初體驗；2.幻影之人詩作中的孤寂書寫；3.幻影詩人的愛爾蘭想像；4.翁鬧詩作中的意象派影響；5.結論。

113. 黃韋嘉　頹廢幻影下的顯影——翁鬧及其詩作研究　翁鬧的世界　臺中　晨星出版社　2009年12月　頁178—205

114. 李桂媚　從三道語言伏流透視日治新詩標點符號運用——以賴和、楊守愚、翁鬧、王白淵為例[13]　翁鬧的世界——翁鬧百歲冥誕紀念學術研討會　彰化　國立臺灣文學館，明道大學主辦　2009年5月1日

115. 李桂媚　日治時期臺灣新詩標點符號運用——以賴和、楊守愚、翁鬧、王白淵為例　翁鬧的世界　臺中　晨星出版社　2009年12月　頁206—250

116. 高維宏　翁鬧文本中的遊女形象[14]　翁鬧的世界——翁鬧百歲冥誕紀念學術研討會　彰化　國立臺灣文學館，明道大學主辦　2009年5月1日　本

117. 高維宏　翁鬧文本中的遊女形象　翁鬧的世界　臺中　晨星出版社　2009年12月　頁72—95

118. 黃小民　翁鬧小說中新感覺派思想探述[15]　翁鬧的世界——翁鬧百歲冥誕紀念學術研討會　彰化　國立臺灣文學館，明道大學主辦　2009年5月1日

119. 黃小民　翁鬧短篇小說中的新感覺派　翁鬧的世界　臺中　晨星出版社　2009年12月　頁96—116

120. 楊順明〔羊子喬〕　漂浮在1930年代東京街頭的幻影——翁鬧作品中的自我書寫與現代性敘述[16]　翁鬧的世界——翁鬧百歲冥誕紀念學術研

---

[13]本文選用賴和、楊守愚、翁鬧、王白淵四位彰化詩人詩作，揭示日治時期臺灣新詩標點符號運用的共生與殊相。全文共5小節：1.前言；2.音樂性：點與標的聲情音韻；3.語義性：具形標點與隱形標點的多元表現；4圖像性：類圖像詩的技巧實驗；5.小結。

[14]文藉由翁鬧筆下的女性，進而對日治時期臺灣小說中的女性形象做更豐富的論述。全文共5小節：1.前言；2.邊緣的身分；3.女性角色與社會議題；4.漫遊於都市與鄉村間的遊女；5.結語。

[15]本文探討翁鬧小說中所表現出新感覺派思想，以及通過小說創作欲表達的主題思想。全文共4小節：1.前言；2.翁鬧及其創作觀；3.翁鬧小說內容書寫；4.結論。

[16]本文探討翁鬧作品中的自我書寫及其現代性敘述，追索其神秘的心靈世界。全文共4小節：1.身世與遭遇；2.從自我出發；3.翁鬧的現代性書寫；4.結論。

討會　彰化　國立臺灣文學館，明道大學主辦　2009 年 5 月 1 日
121. 羊子喬　飄浮在 1930 年代東京街頭的幻影——翁鬧作品中的自我書寫與現代性敘述　鹽分地帶文學　第 22 期　2009 年 6 月　頁 205—217
122. 羊子喬　漂浮在一九三〇年代東京街頭的幻影——翁鬧作品中的自我書寫與現代性敘述　翁鬧的世界　臺中　晨星出版社　2009 年 12 月　頁 162—177
123. 羊子喬　飄浮在 1930 年代東京街頭的幻影——翁鬧作品中的自我書寫與現代性敘述　鹽田裡的詩魂——羊子喬文學評論集 2　臺南　臺南縣文化局　2010 年 10 月　頁 133—151
124. 葉衽榤　兩個新感覺作家的慾望城市——重讀翁鬧與劉吶鷗的都會小說[17]　翁鬧的世界——翁鬧百歲冥誕紀念學術研討會　彰化　國立臺灣文學館，明道大學主辦　2009 年 5 月 1 日
125. 葉衽榤　兩個新感覺作家的慾望城市——重讀翁鬧與劉吶鷗小說中的都會元素　翁鬧的世界　臺中　晨星出版社　2009 年 12 月　頁 117—140
126. 林淇瀁〔向陽〕　幻影與真實——翁鬧詩作翻譯符碼的「演譯」與「延異」[18]　翁鬧的世界——翁鬧百歲冥誕紀念學術研討會　彰化　國立臺灣文學館，明道大學主辦　2009 年 5 月 1 日
127. 向　陽　幻影與真實——翁鬧詩作翻譯符碼的「演譯」與「延異」　翁鬧的世界　臺中　晨星出版社　2009 年 12 月　頁 251—277
128. 李進益　臺灣新文學的異端——翁鬧小說論[19]　翁鬧的世界——翁鬧百歲冥誕紀念學術研討會　彰化　國立臺灣文學館，明道大學主辦

---

[17]本文比較兩人在新感覺書寫上的展現、對於愛情題材的處理以及在都會場景上的意義有何異同。全文共 4 小節：1.前言——新感覺來了！；2.摩登惡之華——翁鬧與劉吶鷗小說的空間比較；3.情慾意識流——翁鬧與劉吶鷗小說的愛情書寫；4.結語——臺灣日治文學史中的翁鬧與劉吶鷗。

[18]本文透過比對分析指出翁鬧原作符碼轉譯之間的不足與深層問題，企圖重新定位翁鬧在新詩史上的位置。全文共 4 小節：1.緒言：翁鬧詩作研究為何缺席？；2.以碎片黏合陶罐：翁鬧詩作譯本比較；3.翻譯符碼：在幻影與真實中游移／猶疑；4.結語：鳥啼於黎明與暗黑之境。

[19]本文藉翁鬧小說〈羅漢腳〉、〈戇伯仔〉、〈殘雪〉、〈天亮前的戀愛故事〉論述他對文明與自然、都市與鄉村的觀點。

2009 年 5 月 1 日

129. 李進益　翁鬧短篇小說論　翁鬧的世界　臺中　晨星出版社　2009 年 12 月　頁 141—161

130. 蕭　蕭　舊記憶與新感覺的激盪——翁鬧詩作中的土地意象[20]　翁鬧的世界——翁鬧百歲冥誕紀念學術研討會　彰化　國立臺灣文學館，明道大學主辦　2009 年 5 月 1 日

131. 蕭　蕭　舊記憶與新感覺的激盪——翁鬧詩作中的土地意象與生命感喟　翁鬧的世界　臺中　晨星出版社　2009 年 12 月　頁 278—332

132. 黃于真　試論翁鬧小說中的頹喪風格　第三屆臺大、清大臺灣文學研究所研究生學術交流會　臺北　臺灣大學臺灣文學研究所主辦　2009 年 5 月 23 日

133. 蕭　蕭　翁鬧作品研究　2009 後浪詩社與臺灣現代詩學術研討會　臺中　臺中教育大學語文教育學系主辦　2009 年 10 月 23—24 日

134. 朱惠足　「現代」與「原初」之異質交混：翁鬧小說中的現代主義演繹　臺灣文學學報　第 15 期　2009 年 12 月　頁 1—32

135. 王姿雯　梶井基次郎與戰前臺灣日本語文學：以巫永福、翁鬧作品為例　第八屆東亞現代中文文學國際學術研討會　日本　日本大學文理學部中文科，慶應義塾大學文學部中文科，日吉中國現代文學研究會，慶應義塾大學教養研究中心，東京大學文學部中文科主辦　2010 年 10 月 25—26 日

136. 朱雙一　日據時期臺灣文學運動和創作主題——抗議與隱忍：殊途同歸的文學主題——另一種隱忍：現代主義的一線延綿〔翁鬧部分〕　臺灣文學創作思潮簡史　臺北　人間出版社　2011 年 5 月　頁 149—151

137. 李友煌　臺灣主體意識的萌芽：殖民陰影下的戰前現代海洋文學（1920—

[20]本文從翁鬧詩中「土地意象」的鑄造，找到一個諧和的對應。全文共 4 小節：1.前言；2.任何幻影之人自有其真摯之心；3.雙父之鷹與雙鄉之狐的掙扎；4.結語：任何現代性之作自有其現實之境。

45 年代）——翁鬧日本海港城市的書寫　主體浮現：臺灣現代海洋文學的發展　成功大學臺灣文學系　博士論文　呂興昌教授指導　2011 年 6 月　頁 91—92

138. 陳芳明　臺灣寫實文學與批判精神的抬頭——王詩琅、朱點人與都市文學的發展〔翁鬧部分〕　臺灣新文學史　臺北　聯經出版公司　2011 年 10 月　頁 142—143

139. 許俊雅　日治時期臺灣文學總論——帝國陰影下的臺灣新文學作品——日治時期臺灣小說的發展〔翁鬧部分〕　足音集：文學記憶・紀行・電影　臺北　萬卷樓圖書公司　2011 年 12 月　頁 258—259

140. 張秀蓉　李箱與翁鬧小說的敘述技法比較　東亞語文社會國際研討會：以日本、越南、韓國為出發點　高雄　高雄大學東亞語文學系主辦；行政院國科會，日本交流協會，高高屏區域教學資源中心，高雄大學協辦　2012 年 5 月 25 日

141. 陳芳明　日新又新的新感覺——翁鬧的文化意義　印刻文學生活誌　第 123 期　2013 年 11 月　頁 91—93

142. 陳芳明　日新又新的新感覺——翁鬧的文化意義　破曉集　臺北　如果出版　2013 年 11 月　頁 33—37

143. 黃毓婷　翁鬧是誰　印刻文學生活誌　第 123 期　2013 年 11 月　頁 29—42

144. 黃毓婷　翁鬧是誰　破曉集　臺北　如果出版社　2013 年 11 月　頁 42—66

145. 杜國清　《臺灣文學英譯叢刊》臺灣作家專輯——翁鬧、巫永福與新感覺派　臺灣文學與世華文學　臺北　國立臺灣大學出版中心　2015 年 10 月　頁 166—171

分論

◆單行本作品

小說

《有港口的街市》

146. 林明德　歡迎「翁鬧」返回彰化——作品沉埋七十年重新出土〔《有港口的街市》〕　聯合報　2009年4月25日　E3版

147. 林明德　歡迎「翁鬧」返回彰化——為《有港口的街市》出版而寫　有港口的街市　臺中　晨星出版社　2009年5月　頁6—9

148. 杉森藍　畸零的象徵，孤兒的救贖——以翁鬧新出土小說《有港口的街市》為分析對象[21]　翁鬧的世界——翁鬧百歲冥誕紀念學術研討會　國立臺灣文學館，明道大學主辦　2009年5月1日

149. 杉森藍　畸零的象徵，孤兒的救贖——以翁鬧新出土小說《有港口的街市》為分析對象　翁鬧的世界　臺中　晨星出版社　2009年12月　頁25—51

150. 許素蘭　最後的汽笛聲——《有港口的街市》在翁鬧創作歷程的位置與意義[22]　翁鬧的世界——翁鬧百歲冥誕紀念學術研討會　國立臺灣文學館，明道大學主辦　2009年5月1日

151. 許素蘭　最後的汽笛聲——《有港口的街市》在翁鬧創作歷程的位置與意義　翁鬧的世界　臺中　晨星出版社　2009年12月　頁52—71

152. 悟　廣　翁鬧百歲冥誕學術研討會及出版《有港口的街市》　文訊雜誌　第284期　2009年6月　頁122—123

153. 黃錦珠　港市社會的縱切面——讀翁鬧《有港口的街市》　文訊雜誌　第287期　2009年9月　頁120—121

單篇作品

154. 雷石榆　我所切望的詩歌——批評四月號的詩〔〈異鄉にて〉部分〕　臺灣文藝　第2卷第6期　1935年6月10日　頁123—126

155. 雷石榆　我所切望的詩歌——批評四月號的詩〔〈異鄉にて〉部分〕　日

---

[21]本文藉《有港口的街市》顯現出翁鬧的弱勢關懷與人道立場，突顯出翁鬧在「新感覺派」小說之外的特殊面向。全文共5小節：1.前言；2.故事情節；3.創作背景；4.創作主題；5.結語。

[22]本文分析探討《有港口的街市》在翁鬧創作歷程的位置，和翁鬧其他作品的關聯性。全文共5小節：1.前言；2.「神戶港」的地景意義；3.孤兒的故事；4.最後的汽笛聲；5.結論。

本統治期臺灣文學文藝評論目錄・第 2 卷　東京　綠蔭書房　2001 年 4 月　頁 123—126

156. 雷石榆　我所切望的詩歌——批評四月號的詩〔〈異郷にて〉部分〕　日治時期臺灣文藝評論集・雜誌篇 1　臺南　國家臺灣文學館籌備處　2006 年 10 月　頁 157—163

157. 郭水潭　文學雜感〔〈羅漢腳〉部分〕　新文學月報　第 2 期　1936 年 3 月 2 日　頁 2—5

158. 郭水潭；蕭翔文譯　文學雜感〔〈羅漢腳〉部分〕　郭水潭集　臺南　臺南縣立文化中心　1994 年 12 月　頁 185—186

159. 郭水潭著；陳藻香譯　文學雜感——關於翁鬧氏的〈羅漢腳〉（節錄）　翁鬧作品選集　彰化　彰化縣立文化中心　1997 年 7 月　頁 238—239

160. 郭水潭　文學雜感〔〈羅漢腳〉部分〕　日本統治期臺灣文學文藝評論目錄・第 2 卷　東京　綠蔭書房　2001 年 4 月　頁 311—313

161. 郭水潭　文學雜感〔〈羅漢腳〉部分〕　日治時期臺灣文藝評論集・雜誌篇 1　臺南　國家臺灣文學館籌備處　2006 年 10 月　頁 431—435

162. 徐瓊二　《臺新》を讀んで〔〈羅漢腳〉部分〕　新文學月報　第 2 期　1936 年 3 月 2 日　頁 5—8

163. 徐瓊二　《臺新》讀後（節錄）〔〈羅漢腳〉〕　翁鬧作品選集　彰化　彰化縣立文化中心　1997 年 7 月　頁 240

164. 徐瓊二　《臺新》を讀んで〔〈羅漢腳〉部分〕　日本統治期臺灣文學文藝評論目錄・第 2 卷　東京　綠蔭書房　2001 年 4 月　頁 314—315

165. 徐瓊二　《臺新》讀後感〔〈羅漢腳〉部分〕　日治時期臺灣文藝評論集・雜誌篇 1　臺南　國家臺灣文學館籌備處　2006 年 10 月　頁 436—438

166. 陳梅溪　創刊號を讀む〔〈羅漢腳〉部分〕　新文學月報　第 2 期　1936

年3月2日　頁10

167. 陳梅溪　創刊號を讀む〔〈羅漢腳〉部分〕　日本統治期臺灣文學文藝評論目錄・第2卷　東京　綠蔭書房　2001年4月　頁317

168. 陳梅溪　創刊號讀後感〔〈羅漢腳〉部分〕　日治時期臺灣文藝評論集・雜誌篇 1　臺南　國家臺灣文學館籌備處　2006年10月　頁441—442

169. 吳濁流　創刊號読後感〔〈羅漢腳〉部分〕　新文學月報　第2期　1936年3月2日　頁13

170. 吳濁流　創刊號讀後感（節錄）〔〈羅漢腳〉〕　翁鬧作品選集　彰化　彰化縣立文化中心　1997年7月　頁242

171. 吳濁流　創刊號読後感〔〈羅漢腳〉部分〕　日本統治期臺灣文學文藝評論目錄・第2卷　東京　綠蔭書房　2001年4月　頁318

172. 吳濁流　創刊號讀後感〔〈羅漢腳〉部分〕　日治時期臺灣文藝評論集・雜誌篇 1　臺南　國家臺灣文學館籌備處　2006年10月　頁444—445

173. 藤原泉三郎　顧慮なく評す——臺灣新文學創刊號作品評[23]〔〈羅漢腳〉部分〕　臺灣新文學　第1卷第2期　1936年3月3日　頁50—51

174. 藤原泉三郎著；陳藻香譯　放肆之評——臺灣新文學創刊號作品評（節錄）〔〈羅漢腳〉部分〕　翁鬧作品選集　彰化　彰化縣立文化中心　1997年7月　頁243

175. 藤原泉三郎　顧慮なく評す——臺灣新文學創刊號作品評〔〈羅漢腳〉部分〕　日本統治期臺灣文學文藝評論目錄・第2卷　東京　綠蔭書房　2001年4月　頁321—322

176. 藤原泉三郎著；張文薰譯　無顧忌的評論——《臺灣新文學》創刊號作品評論〔〈羅漢腳〉部分〕　日治時期臺灣文藝評論集・雜誌篇 1　臺南　國家臺灣文學館籌備處　2006年10月　頁450—452

---

[23]本文後譯為〈放肆之評——臺灣新文學創刊號作品評〉。

177. 莊培初　讀んだ小說から——《臺新》創刊號より八月號まで——〈羅漢腳〉（翁鬧）　臺灣新文學　第 1 卷第 8 期　1936 年 9 月 19 日　頁 45
178. 莊培初著；陳藻香譯　從所讀的小說談起——由臺新創刊號至八月號止（節錄）〔〈羅漢腳〉〕　翁鬧作品選集　彰化　彰化縣立文化中心　1997 年 7 月　頁 245
179. 莊培初　讀んだ小說から——《臺新》創刊號より八月號まで——〈羅漢腳〉（翁鬧）　日本統治期臺灣文学文艺評論集・第 3 卷　東京　綠蔭書房　2001 年 4 月　頁 75
180. 莊培初著；涂翠花譯　從讀過的小說談起——《臺新》創刊號到八月號——〈羅漢腳〉（翁鬧）　日治時期臺灣文藝評論集・雜誌篇 2　臺南　國家臺灣文學館籌備處　2006 年 10 月　頁 158
181. 趙勳達　抵殖民的文學現象——重構語言的文化空間〔〈羅漢腳〉部分〕　《臺灣新文學》（1935—1937）的定位及其抵殖民精神研究　成功大學臺灣文學系　碩士論文　林瑞明教授指導　2003 年 4 月　頁 138—139
182. 彭瑞金　〈羅漢腳〉賞析　國民文選・小說卷 1　臺北　玉山社出版公司　2004 年 7 月　頁 223—224
183. 許俊雅　日治時期臺灣小說中的民俗風情〔〈羅漢腳〉部分〕　見樹又見林——文學看臺灣　臺北　渤海堂文化公司　2005 年 2 月　頁 138—139
184. 巫永福　阿憨伯的形象〔〈憨伯仔〉〕　臺灣文藝　第 95 期　1985 年 7 月　頁 187—190
185. 巫永福　阿憨伯的形象〔〈憨伯仔〉〕　風雨中的常青樹　臺北　中央書局　1986 年 12 月　頁 103—106
186. 巫永福　阿憨伯的形象〔〈憨伯仔〉〕　翁鬧作品選集　彰化　彰化縣立文化中心　1997 年 7 月　頁 272—275

187. 巫永福　阿憨伯的形象〔〈憨伯仔〉〕　巫永福全集・評論卷 2　臺北　傳神福音文化公司　1999 年 6 月　頁 143—148

188. 巫永福　阿憨伯的形象〔〈憨伯仔〉〕　巫永福精選集——評論卷　臺北　富春文化公司　2010 年 12 月　頁 89—92

189. 趙　園　五四新文學與兩岸文學之緣〔〈憨伯仔〉部分〕　揚子江與阿里山的對話——海峽兩岸文學比較　上海　上海文藝出版社　1995 年 12 月　頁 52

190. 黃毓婷　翁鬧を読み直す——「戇爺さん」の語りの実験をめぐって　日本台湾学会報　第 10 期　2008 年 5 月　頁 159—175

191. 許俊雅　日據時期臺灣小說創作形式之探討——小說敘事觀點之應用〔〈天亮前的戀愛故事〉部分〕　日據時期臺灣小說研究　臺北　文史哲出版社　1995 年 2 月　頁 580

192. 施　淑　感覺世界——三〇年代臺灣另類小說〔〈天亮前的戀愛故事〉部分〕　兩岸文學論文集　臺北　新地文學出版社　1997 年 6 月　頁 99—101

193. 許素蘭　青春的殘焰——翁鬧〈天亮前的戀愛故事〉　聯合文學　第 182 期　1999 年 12 月　頁 71—76

194. 賴芳伶　開在廢墟意識裡的情慾花朵〔〈天亮前的戀愛故事〉〕　臺灣日報　2000 年 3 月 16 日　35 版

195. 賴松輝　個人經驗與私小說——現代派的小說手法——翁鬧〔〈天亮前的戀愛故事〉〕　日據時期臺灣小說思想與書寫模式之研究　成功大學中國文學系　博士論文　呂興昌教授指導　2002 年 7 月　頁 272—297

196. 徐國能　日據時期的臺灣小說——日據時期臺灣小說之作家與作品——翁鬧與其小說〈天亮前的愛情故事〉　臺灣小說　臺北縣　國立空中大學　2003 年 12 月　頁 44—46

197. 徐秀慧　導讀〈天亮前的戀愛故事〉　二十世紀臺灣文學金典・小說卷・

日治時期　臺北　聯合文學出版社　2006年1月　頁254—155

198. 陳建忠　差異的文學現代性經驗——日治時期臺灣小說史論（1895—1945）——啟蒙、左翼、都市與「皇民化主題」：新文學運動中的小說類型與多重現代性〔〈天亮前的戀愛故事〉部分〕　臺灣小說史論　臺北　麥田出版公司　2007年3月　頁51—54

199. 陳春妤　社會傳統的厭棄、依戀與斷裂——民間宗教和生命禮儀的理解和態度〔〈天亮前的愛情故事〉部分〕　日治時期知識分子對殖民現代工程的批評　靜宜大學中國文學系　碩士論文　王惠珍教授指導　2008年6月　頁82—83

200. 陳建忠　殖民現代性的魅惑——三〇年代以降現代主義與皇民文學湧現——都市文學、現代主義與文學新感覺〔〈天亮前的戀愛故事〉部分〕　文學　臺灣：11位新銳臺灣文學研究者帶你認識臺灣文學　臺南　國立臺灣文學館　2008年9月　頁69—71

201. 林明德　細讀翁鬧〈天亮前的戀愛故事〉[24]　翁鬧的世界——翁鬧百歲冥誕紀念學術研討會　國立臺灣文學館，明道大學主辦　2009年5月1日

202. 林明德　細讀翁鬧〈天亮前的戀愛故事〉　翁鬧的世界　臺中　晨星出版社　2009年12月　頁10—24

203. 姜秀瑛　「愛情」成全不了「逃避」——以翁鬧〈天亮前的愛情故事〉與李箱〈翅膀〉為主　全球化時代中國語言文學的跨國流通國際學術大會兼第五屆青年學者國際學術研討會　韓國　韓國外國語大學中國學研究所，臺灣師範大學國文學系，新加坡南洋理工大學中文系主辦　2009年2月15—18日

204. 姜秀瑛　「愛情」成全不了「逃避」——以翁鬧〈天亮前的愛情故事〉與

---

[24]本文藉現代小說的觀點詮釋〈天亮前的戀愛故事〉。全文共6小節：1.前言；2.翁鬧這個人；3.一種文本多元詮釋；4.新感覺派解碼；5.細讀小說文本；6.結語。

李箱〈翅膀〉為主　臺灣文學評論　第 9 卷第 3 期　2009 年 7 月　頁 62—92

205. 林芳玫　日治時期小說中的三類愛慾書寫：帝國凝視、自我覺醒、革新意識——自我追尋、自我覺醒的羅曼史——巫永福與翁鬧：時尚都會裡的感官探索〔〈天亮前的戀愛故事〉部分〕　2010 海峽兩岸華文文學學術研討會論文選集　臺北　秀威資訊科技公司　2010 年 9 月　頁 205—207

206. 朱宥勳　誰是強摘的果子？——翁鬧〈天亮前的戀愛故事〉　幼獅文藝　第 698 期　2012 年 2 月　頁 28—30

207. 朱宥勳　誰是強摘的果子？——翁鬧〈天亮前的戀愛故事〉　學校不敢教的小說　臺北　寶瓶文化公司　2014 年 4 月　頁 42—47

208. 羅秀美　當代都市文學「史前史」——1979 年以前臺灣文學中的都市書寫——日治時期的都市書寫〔〈天亮前的戀愛故事〉部分〕　文明・廢墟・後現代——臺灣都市文學簡史　臺南　國立臺灣文學館　2013 年 8 月　頁 34—36

209. 崔末順　日據時期臺灣小說所反映的現代性接受樣態〔〈天亮前的戀愛故事〉部分〕　海島與半島：日據臺韓文學比較　臺北　聯經出版公司　2013 年 9 月　頁 224—225

210. 許俊雅　〈重荷〉賞析　日治時期臺灣小說選讀　臺北　萬卷樓圖書公司　2003 年 8 月　頁 436－442

211. 丁鳳珍　當愛與不愛的矛盾找上他時——翁鬧〈殘雪〉與巫永福〈山茶花〉男主角性格比較　臺南市第一屆府城文學獎得獎作品專集　臺南　臺南市立文化中心　1995 年 5 月　頁 194—211

212. 許俊雅　集評〔〈殘雪〉〕　日據時期臺灣小說選讀　臺北　萬卷樓圖書公司　1998 年 11 月　頁 227—228

213. 劉書甫　愛情的條件——比較巫永福的〈山茶花〉與翁鬧的〈殘雪〉　第四屆臺大、政大臺灣文學研究所研究生學術交流會　臺北　臺灣

大學臺文所，政治大學臺文所主辦　2010 年 11 月 28 日

214. 林姵吟　沉默的她者——重探呂赫若，龍瑛宗與翁鬧作品中的女性角色〔〈殘雪〉部分〕　現代中文文學學報　第 10 卷第 2 期　2011 年 12 月　頁 68—73

215. 陳美美　臺灣三〇年代現代主義文學的萌芽——新浪漫派與新感覺派小說〔〈音樂鐘〉部分〕　臺灣現代主義文學的萌芽與再起　佛光人文社會學院文學研究所　碩士論文　馬森教授指導　2004 年 6 月　頁 42—44

216. 林芳年著；葉笛譯　六月的收穫——文藝時評〔〈可憐的阿蕊婆〉部分〕　葉笛全集・翻譯卷三　臺南　臺灣國家文學館籌備處　2007 年 5 月　頁 584—586

217. 向　陽　〈故里山丘〉作品導讀　青少年臺灣文庫 2——新詩讀本 2：太平洋的風　臺北　國立編譯館　2008 年 12 月　頁 116

218. 陳淑容　《臺灣新民報》的「新銳中篇創作集」——漂浪人生——翁鬧與〈有港口的街市〉　戰爭前期臺灣文學場域的形成與發展——以報紙文藝欄為中心（1937—40）　成功大學臺灣文學研究所　博士論文　林瑞明教授指導　2009 年　頁 128—135

219. 〔編輯部譯〕　〈港町〉後天起連載於本報文藝版　印刻文學生活誌　第 123 期　2013 年 11 月　頁 69

多篇作品

220. 林克敏　臺灣文學創刊號を讀む〔〈羅漢腳〉、〈殘雪〉、〈憨爺〉部分〕　新文學月報　第 1 期　1936 年 2 月 6 日　頁 1—3

221. 林克敏　臺灣文學創刊號を讀む〔〈羅漢腳〉、〈殘雪〉、〈憨爺〉部分〕　日本統治期臺灣文學文藝評論目錄・第 2 卷　東京　綠蔭書房　2001 年 4 月　頁 280—282

222. 林克敏著；涂翠花譯　《臺灣新文學》創刊號讀後感〔〈羅漢腳〉、〈殘雪〉、〈憨爺〉部分〕　日治時期臺灣文藝評論集・雜誌篇 1　臺

南　國家臺灣文學館籌備處　2006年10月　頁388—391

223. 河崎寬康著；陳藻香譯　關於臺灣文藝運動的二、三問題〔〈羅漢腳〉、〈憨伯仔〉部分〕　臺灣新文學　第1卷第2期　1936年3月　頁52—54

224. 河崎寬康著；陳藻香譯　關於臺灣文藝運動的二、三問題（節錄）〔〈羅漢腳〉、〈憨伯仔〉部分〕　翁鬧作品選集　彰化　彰化縣立文化中心　1997年7月　頁244

225. 蔡知臻　重探臺灣日治時期小說家翁鬧——聚焦於底層書寫與現代主義〔〈憨伯仔〉、〈羅漢腳〉部分〕　國文天地　第383期　2017年4月　頁86—91

226. 朱　南　試論三十年代臺灣小說〔〈憨伯仔〉、〈天亮前的戀愛故事〉部分〕　臺灣研究集刊　1984年第2期　1984年5月　頁31

227. 許俊雅　日據時期臺灣小說蘊含的思想內容——關懷婚姻情愛之自主〔〈音樂鐘〉、〈殘雪〉、〈天亮前的戀愛故事〉部分〕　日據時期臺灣小說研究　臺北　文史哲出版社　1995年2月　頁472—473

228. 施　淑　日據時代小說中的知識分子〔〈殘雪〉、〈天亮前的戀愛故事〉部分〕　兩岸文學論文集　臺北　新地文學出版社　1997年6月　頁43—45

229. 施　淑　日據時代臺灣小說中頹廢意識的起源〔〈殘雪〉、〈天亮前的戀愛故事〉部分〕　兩岸文學論文集　臺北　新地文學出版社　1997年6月　頁116—118

230. 〔林瑞明選編〕　〈在異鄉〉、〈故里山丘〉、〈詩人的情人〉賞析　國民文選・現代詩卷1　臺北　玉山社出版公司　2005年2月　頁120

231. 蕭　蕭　八卦山：蘊藏多元的新詩能量——倚賴和、翁鬧、曹開、王白淵透視新詩地理學〔〈在異鄉〉、〈鳥兒之歌〉、〈故鄉的山丘〉

部分〕　土地哲學與彰化詩學　臺中　晨星出版社　2007 年 7 月　頁 94—99

232. 謝靜國　漂泊、邊界、青春夢——二十世紀三〇年代臺灣作家私人話語的建構〔〈音樂鐘〉、〈殘雪〉、〈天亮前的戀愛故事〉、〈可憐的阿蕊婆〉部分〕　文學臺灣　第 67 期　2008 年 7 月　頁 128—130，148

233. 邱各容　三〇年代的臺灣兒童文學：黃金時期——推動者行止——臺灣新文學作家——翁鬧：英年早逝的天才作家〔〈音樂鐘〉、〈羅漢腳〉〕　臺灣近代兒童文學史　臺北　秀威資訊科技公司　2013 年 9 月　頁 213—220

作品評論目錄、索引

234. 張恆豪　翁鬧小說評論引得　翁鬧、巫永福、王昶雄合集（臺灣作家全集）　臺北　前衛出版社　1991 年 2 月　頁 165—166

235. 〔杜慶忠主編〕　翁鬧評論引得　彰化縣作家資料檔案摘要　彰化　彰化縣立文化中心　1993 年 6 月　頁 232—233

236. 〔封德屏主編〕　翁鬧　臺灣現當代作家評論資料目錄（四）　臺南　國立臺灣文學館　2010 年 11 月　頁 2245—2256

其他

237. 黃毓婷　翁鬧與《福爾摩沙》　破曉集　臺北　如果出版社　2013 年 11 月　頁 87—88

238. 黃毓婷　翁鬧與《臺灣文藝》　破曉集　臺北　如果出版社　2013 年 11 月　頁 95—96

239. 黃毓婷　翁鬧與《臺灣新文學》　破曉集　臺北　如果出版社　2013 年 11 月　頁 281—282

240. 黃毓婷　翁鬧與《臺灣新民報》　破曉集　臺北　如果出版社　2013 年 11 月　頁 341—343

國家圖書館出版品預行編目資料

臺灣現當代作家研究資料彙編. 91, 翁鬧 / 許俊雅編選.
-- 初版. -- 臺南市 : 臺灣文學館, 2017.12
面； 公分
ISBN 978-986-05-3726-0(平裝)

1.翁鬧 2.傳記 3.文學評論

863.4 106018017

【臺灣現當代作家研究資料彙編】91

翁　鬧

發 行 人　廖振富
指導單位　文化部
出版單位　國立臺灣文學館
地　　址／70041 臺南市中西區中正路 1 號
電　　話／06-2217201　傳　　真／06-2218952
網　　址／www.nmtl.gov.tw　電子信箱／pba@nmtl.gov.tw

總 策 畫　封德屏
顧　　問　林淇瀁　張恆豪　許俊雅　陳義芝　須文蔚　應鳳凰
工作小組　王則翔　沈孟儒　林暄燁　黃子恩　陳映潔
編　　選　許俊雅
責任編輯　王則翔
校　　對　王則翔　白心瀞　陳映潔
計畫團隊　財團法人台灣文學發展基金會
美術設計　翁國鈞・不倒翁視覺創意
印　　刷　松霖彩色印刷事業有限公司

經銷展售　國家書店松江門市（02-25180207）
國立臺灣文學館藝文商店（06-2217201#2960）
一德洋樓羅布森冊惦（04-22333739）
三民書局（02-23617511、02-2500-6600）
台灣的店（02-23625799）　府城舊冊店（06-2763093）
南天書局（02-23620190）　唐山出版社（02-23633072）
後驛冊店（04-22211900）　五南文化廣場（04-22260330）

初版一刷　2017 年 12 月
定　　價　新臺幣 390 元整
第一階段 15 冊新臺幣 5500 元整　第二階段 12 冊新臺幣 4500 元整
第三階段 23 冊新臺幣 8500 元整　第四階段 14 冊新臺幣 5000 元整
第五階段 16 冊新臺幣 6000 元整　第六階段 10 冊新臺幣 3800 元整
第七階段 10 冊新臺幣 3200 元整　全套 100 冊新臺幣 30000 元整

GPN　1010601820（單本）　ISBN　978-986-05-3726-0（單本）
1010000407（套）　978-986-02-7266-6（套）

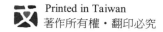